La tigre bianca

Robert Stuart Nathan

La tigre bianca

Traduzione di
Marisa Castino Bado

Rizzoli

Published by Simon and Schuster, Inc., New York

ISBN 88-17-67602-0

Titolo originale dell'opera:
THE WHITE TIGER

Prima edizione: marzo 1989

La tigre bianca

Per Howard Schreiber

Quando aveva quindici o vent'anni
Sottrasse il cavallo di un tartaro e fuggì.
E sulle montagne uccise con una freccia
una tigre bianca...

WANG WEI, *Il Canto del Vecchio Generale*

Parte Prima

«Il fucile colpisce l'uccello
che tira fuori il collo...»

1

Amici e nemici

Bandiere bianche, fasce nere, rose rosse. La morte si era vestita di colori forti.

Al cancello d'acciaio che immetteva nel complesso cinto da mura della Tsungenwai quattro giovani soldati, ragazzi appena arrivati dalle province, stavano di guardia sotto l'arco. Esaminavano la fila crescente di visitatori, controllavano i documenti di identità con assurda meticolosità, verificavano i nomi sulle loro liste. Avevano dei buoni motivi per essere rigidi: bastava lasciar entrare la persona sbagliata, e nella migliore delle ipotesi si finiva all'estremità del deserto di Gobi.

Dal viale della Pace Perenne sbucò trotterellando un gruppo di ragazzi di scuola media, in pantaloncini blu. Alla vista di tutte quelle personalità rallentarono il passo. Guardarono sbalorditi la fascia bianca stesa in cima al cancello in segno di lutto, e subito dopo la schiera di limousine Bandiera Rossa parcheggiate lungo il marciapiede, con tutti i finestrini laterali e posteriori velati da tende bianche. E c'erano anche sei berline Shanghai nuove, anch'esse con le tendine. Per chi non ci sale mai le automobili sono macchine meravigliose. Un ragazzo particolarmente audace, più vecchio degli altri, si fece avanti, con il braccio teso a mezz'aria. Per un attimo si trattenne, come uno studente sicuro della risposta ma aggredito da un dubbio dell'ultimo momento. Poi raccolse tutto il suo coraggio e batté sulla spalla di un uomo alto, con gli occhiali. Probabilmente il ragazzo aveva scelto quel personaggio in particolare a causa della piega stirata di fresco nei pantaloni di cotone, o per i gradi ricamati bianco su bianco sulla camicia, evidenti anche a un occhio distratto. O forse solo perché aveva un'aria cordiale.

«Quale alto personaggio è morto?» chiese il ragazzo timidamente.

«Un uomo grande e glorioso» rispose Lu Hong, che era arrivato non con una berlina Shanghai o con una limousine Bandiera Rossa, bensì su un autobus di linea arroventato. «Un grande servitore del popolo.»

I ragazzi aspettarono che Hong aggiungesse qualche altra cosa, ma subito avvertirono la sua tristezza o la sua reticenza. L'uomo, senza dilungarsi oltre, si affrettò verso l'ingresso contrassegnato con il numero otto. Se non avesse dovuto rispettare le misure di sicurezza, Hong avrebbe detto ai ragazzi che Sun Sheng, di cui si celebrava il rito funebre, era stato qualcosa di più che un grande uomo. Era stato un autentico eroe, come pochi tra gli esseri viventi.

Hong si sentiva profondamente depresso. Sun Sheng morto. Quella realtà non lo aveva ancora colpito in tutta la sua forza. E perché, si chiese, dopo essersi svegliato alle due del mattino, era rimasto stupidamente sveglio a leggere vecchie storie di Ba Jin, che parlavano di miseria e privazione? Lo aveva solo fatto sentire peggio.

Al posto di guardia presso l'arco tolse dalla tasca interna della giacca il suo documento di identità e, come se esaminasse qualcosa di sospetto, si mise a studiare la sua fotografia: il volto di un giovanotto serio con i capelli folti, che nel frattempo ne aveva persi un po' ed era diventato notevolmente meno serio. Quando, quattro anni prima, gli avevano rilasciato il passaporto interno, non portava gli occhiali; e in quel momento si rendeva perfettamente conto che le spesse lenti con la montatura in metallo sottolineavano il suo incombente ingresso nella mezza età. Presentò il documento alla guardia più vicina, uno sbarbatello di campagna infagottato nella divisa grigia. Il ragazzo sudava, ma probabilmente era stato trasferito a Pechino da un villaggio tutto fango e polvere, ed era sicuramente folle di felicità all'idea di lavorare in un posto munito di marciapiedi. Restituì il documento, guardando Hong con la stessa espressione che avrebbe riservato a un cadavere.

Hong visitava raramente quel pezzo di paradiso. All'interno delle alte mura, schierate intorno al cortile, c'erano sette case a tre piani, dipinte in marrone chiaro, con grandi finestre e belle persiane. Le strisce di seta bianca, appese alle finestre della casa di Sung Sheng situata al centro del complesso, avvizzivano al caldo umido del pomeriggio, chiazzate dall'acqua che sgocciolava dai condizionatori. Hong passò oltre un gruppo di poliziotti urbani in giacca bianca, fermi sulla veranda. Non diedero segno di riconoscerlo. Un assistente vicedirettore qualunque. Quanti ce n'erano nei servizi della Sicurezza Pubblica? Venti? Trenta? I titoli proliferavano come i cigni. Comunque, se il potere era meglio di un titolo, un titolo era meglio che niente.

Dall'altro lato del cortile una folla si muoveva su per le scale del palazzo dei convegni, un tempo dimora di un diplomatico francese, con dei vasi di calendule e crisantemi bianchi su piedestalli di marmo ai due lati della porta. Ai piedi della scala era sistemato un rudimentale contenitore di legno pieno di fasce nere da mettere sul braccio; e quando Hong allungò una mano per prenderne una sentì una mano forte che gli stringeva una spalla.

«Bei fiori» sussurrò una voce furtiva alle sue spalle. «E sono veri. Non di carta.»

Hong si volse. Pronunciata da chiunque altro, quell'osservazione sarebbe stata insolente. Detta da Liu Chan, l'assistente di Hong, era un modo di sfuggire al fatto che Sun Sheng era morto, e contemporaneamente un'espressione di dissenso politico. Alla cerimonia funebre per il fratello di Chan, bruciato vivo nel camion in un incidente stradale di nove anni prima, i fiori veri erano stati considerati la manifestazione di una sconveniente ossessione contadina, dissipatrice di preziose risorse. Provate a dirlo ai contadini, aveva pensato Hong. Salì le scale con Chan, che era basso di statura e grasso per mancanza di esercizio fisico. Chan era mongolo, i suoi genitori erano contadini alti e asciutti. Per ereditarietà lui non avrebbe dovuto essere basso, e per ideologia non avrebbe dovuto essere grasso. Non lo doveva essere nessuno. Di quella situazione dava la colpa al periodo trascorso sotto le armi in Tibet. Per reagire alla tortura del freddo, il suo corpo si era coperto di strati di grasso a mo' di protezione, era solito spiegare Chan. Ma il grasso, come molte altre cose, era una specie di camuffamento sotto cui mascherava una notevole durezza.

«Quando sei tornato?» gli chiese Hong. Il suo assistente era stato a Tianjin, a un'ora e mezza di treno da Pechino, a indagare su delle targhe contraffatte di biciclette.

«Ieri a mezzanotte» sospirò Chan. «Siamo rimasti inchiodati sui binari. Credi che potremmo far criticare pubblicamente due ingegneri delle ferrovie, per dare un esempio?» Si strinse nelle spalle per la sua battuta e sfiorò la mano di Hong. «Mi dispiace per Sheng, ho cercato di ritornare venerdì, volevo venirti a trovare, ma non ci sono riuscito.»

Hong si fermò all'improvviso, apparentemente distratto, ma quando parlò la sua voce era disinvolta. «Venerdì?» chiese. «Sei stato chiamato venerdì?»

«Mi pare di sì, nel tardo pomeriggio. C'era un messaggio in albergo.»

Hong non aveva saputo della morte di Sun Sheng fino a sabato, e con pochi dettagli. Il messaggio telefonico aveva parlato di un attacco di cuore: *Venerdì, nel suo ufficio. È stato portato in ospedale.* Strano, pensò Hong, che la notizia avesse impiegato più tempo a percorrere tre chilometri che cento.

«Ti assicuro» proseguì Chan «che quelle targhe "Piccione Viaggiatore" non provengono da Tianjin.»

«Da chi veniva il messaggio che hai trovato in albergo?» domandò Hong.

Questa volta fu Chan a fermarsi su un gradino. «Da qualcuno del centralino, non so con esattezza. Mi pare Li, o Zhang.» Protese le labbra e lo guardò con quei suoi occhi infossati e pieni di sonno. «Qualunque cosa tu stia pensando,» disse, senza perdere l'occasione per fare una predica «è meglio che lasci perdere.»

La permanenza nell'esercito aveva allenato la sua mente a prendere direzioni opposte, ad accettare gli ordini e a ignorarli, a mettere in discussione tutto e niente. Quelle due tendenze conflittuali facevano di quel grasso mongolo un buon poliziotto; e lo avevano reso gradito a Hong fin dal giorno in cui si erano conosciuti.

«Non sto pensando a niente» rispose Hong infilandosi nella porta.

All'interno l'aria aveva un odore metallico. Meraviglia dei condizionatori d'aria olandesi! Di fronte all'ingresso c'erano altre calendule e grandi mazzi di rose.

Chan ne annusò il profumo. «Spero che alla mia morte qualcuno si possa permettere di offrirmi dei fiori» disse. «Sempre che ci sia ancora permesso di riceverne.»

Amici e nemici, centinaia degli uni e degli altri, riempivano la stanza, uno spazio enorme con il soffitto a travi bianche, un alto camino bianco, e tende ondeggianti di seta bianca. Le lampade cloisonné blu e oro dovevano essere state fatte negli anni Trenta, pensò Hong. Per gli alti personaggi solo il meglio. Sul fondo, in mezzo a divani di velluto rosso, c'erano un videoregistratore giapponese e un enorme televisore, il più grande che Hong avesse mai visto. Al di sopra del camino troneggiava una grande fotografia degli anni Cinquanta, raffigurante l'ex primo ministro Chou En-lai, disteso in poltrona, con il tipico sorriso a denti stretti e una sigaretta in mano, intento a dare udienza ai giornalisti occidentali. Hong si avvicinò a una consolle di mogano su cui erano posati il libro elogiativo e una vecchia fotografia di Sun Sheng. Il fotografo aveva catturato quel mezzo sorriso tipico di Sheng, che poteva lasciar presagire qualunque cosa, dalla rabbia all'arguzia. Accanto al ritratto era posata un'urna color rubino, contenente le ceneri di Sheng.

«Pensavo che volesse essere sepolto» osservò Chan.

«E lo voleva» rispose Hong, fissando l'urna. La scarsità di spazio a Pechino imponeva la cremazione anche ai personaggi di spicco, ma Sheng era un tipo all'antica: avrebbe voluto una bara, come i suoi antenati. «Ovviamente io sono solo un individuo,» lo aveva sentito dire Hong con una risata stridula «e i miei desideri non sono niente in confronto alle necessità dello Stato. Perciò crematemi pure. Il mio corpo potrà fertilizzare il terreno. Mi renderò utile, no?» Di fronte a certi ascoltatori Sheng poteva dibattere per ore sull'individuo e sullo Stato. Quando era più giovane, Hong aveva tentato di impadronirsi dell'impostazione filosofica di Sheng e, non essendoci riuscito, aveva cercato di imitarla.

Hong si scoprì a pensare che insieme a Sheng era morto un pezzo della sua vita. E una parte della storia che non sarebbe mai più esistita. Si chinò sul libro e scrisse: *Sun Sheng è stato un grande eroe della Rivoluzione. È stato di esempio per tutti noi. Era mio amico. Vivrò secondo il suo esempio e sentirò molto la sua mancanza.*

Aveva davanti una giornata terribile, una settimana terribile. Hong posò la penna e si voltò verso il centro della stanza. In testa alla folla vide sua madre, Cui Chun, Grande Poetessa della Rivoluzione. Nessuno la chiamava semplicemente per nome: quella definizione precedeva o seguiva immancabilmente. Accanto a lei, con la testa ciondoloni come se stesse studiando la parete nuda, si trovava il padre di Hong. In quei giorni non si avventuravano quasi mai in città. La malattia di suo padre, anche se nessuno vi faceva menzione, era motivo di lieve imbarazzo per tutti. Hong immaginava che quel giorno nessuno ci avrebbe badato. Il clan si era radunato per rievocare i giorni in cui avevano liberato la Cina. Tutti eroi, almeno per il popolo, anche se non l'uno per l'altro.

Hong andava a trovare i suoi genitori meno frequentemente di quanto sarebbe stato opportuno; e come sempre si avvicinò a loro con una fastidiosa sensazione di amore intenso colorato di risentimento e di dovere filiale. Si fece largo tra gli altri funzionari della Sicurezza Pubblica e si fermò accanto a sua madre. In vecchiaia, invece di rimpicciolirsi, Cui Chun si era dilatata. Il suo grosso corpo rotondo era avvolto in una camicetta di seta rossa, in una giacca nera ricamata e in una gonna bianca a pieghe. Per trentacinque anni aveva indossato solo pantaloni blu e tuniche grigie, ma quando era stato consentito di indossare un abbigliamento in precedenza considerato decadente, lei non aveva esitato a ritornare ai lussi della sua giovinezza.

Guardò Hong con gli occhi orlati di rosso, gli sfiorò il braccio con una mano. «Abbiamo perso il migliore» disse con voce strozzata.

Hong annuì. «Come è andato il viaggio?»

«Hanno mandato una "Bandiera Rossa" nuova» rispose la donna, guardando verso il marito. «Gli ha fatto molto piacere. Tu hai un bell'aspetto. Come stanno tua moglie e il nostro bellissimo nipote?»

«Bene» rispose Hong, sperando che sua madre per discrezione non accennasse al suo divorzio.

Suo padre sollevò il capo. «Siamo morti, morti» ansimò Lu Yaomin fuori di sé, tirando per il braccio Hong. «Adesso siamo tutti morti.» Cui Chun mise un braccio attorno alle spalle del marito e cercò di calmarlo; ma lui si piegò verso il figlio e abbozzò un sorriso storto, risultato di un ictus non molto grave o della sua "debolezza di nervi". I medici dicevano che il primo spiegava la seconda. Hong preferiva credere il contrario, che la follia di Lu Yaomin fosse la causa, e non l'effetto. Considerando quello che aveva passato, era un miracolo che fosse ancora vivo, sia pure in quelle condizioni. Hong gli afferrò la mano, e di nuovo sentì quell'aspro sussurro: «Tu sei morto. Siamo tutti morti».

«Sì, ma adesso stai tranquillo» disse Hong cercando di calmarlo.

Cadde un improvviso silenzio. Fino a un momento prima i visitatori avevano prestato una mezza attenzione, più interessati a tenersi d'occhio l'un l'altro, che non alla memoria dell'uomo che erano venuti a onorare. Stavano per iniziare gli elogi funebri. Si avvicinarono al leggìo le tre persone che avevano provocato quel momento di pausa, comunemente note a Pechino come le Tre Tigri. Prima avanzò a spalle curve il ministro della Sicurezza Pubblica, poi il viceministro e infine il direttore delle investigazioni. Hong poteva dire senz'ombra di dubbio di non avere illusioni sul conto delle Tre Tigri. Sin dai tempi del presidente Mao si erano acquistati la reputazione di mastini e di riformatori dei traditori. Ma sfortunatamente i traditori affidati alle loro cure spesso morivano prima di essere emendati. Si diceva che una volta le Tre Tigri avessero picchiato due contadine parecchie ore al giorno per un'intera settimana, per strappare loro delle confessioni, e avevano finito col bastonarle a morte. Forse era vero e forse no, ma la Rivoluzione aveva addestrato bene le Tigri: erano sopravvissuti, e la sopravvivenza, anche per gli eroi, era la prova definitiva. Ora controllavano tutta la polizia investigativa, e si occupavano di quei pericolosi elementi stranieri non affidati al nuovo Ministero Speciale per la Sicurezza dello Stato, dei reati di natura economica quali l'appropriazione indebita, e dei crimini anti-sociali come il furto con scasso, lo stupro, il borseggio.

Si fece avanti per primo il direttore delle investigazioni. Gli anni di lotta avevano segnato il viso angoloso della donna, e tinto di un grigio metallico i suoi capelli corti tirati all'indietro. La prima volta che l'aveva vista, nel soggiorno dei suoi genitori, Hong l'aveva trovata vecchia. Ora, vent'anni più tardi, sembrava più giovane. Si era data il nome di Wei Ye, durante la guerra di liberazione, quando, insieme a tutto il resto, si potevano cambiare anche i nomi per adattarsi al momento. Solo un paio di minuti dopo che la donna aveva incominciato il suo elogio funebre, Hong riuscì a separare quel fiume di parole dalla massa dei suoi pensieri.

«... e ora abbiamo perduto il nostro grande amico, un servitore del popolo, un eroe della Rivoluzione, un uomo che ha sempre cercato di estrarre la verità dai fatti» stava dicendo la donna con una dolce voce cantilenante. Lodi sperticate dalle Tre Tigri, che avevano gareggiato con Sheng per il potere come i topi lottano per il cibo. Hong lanciò un'occhiata a suo padre, che aveva lo sguardo perso sul soffitto, e a sua madre, che non dava alcun segno di stare a sentire. In certo qual modo Cui Chun dava la sensazione di non esserci affatto, di essersi allontanata momentaneamente verso un mondo tutto suo.

«... e quello che ha compiuto per la Rivoluzione» proseguì Wei Ye. «Se non portiamo niente alla nascita, che cosa possiamo togliere al momento della morte? L'opportunità di servire il popolo...»

Il giorno dopo, sul *Quotidiano del Popolo*, sarebbe stato citato il suo elogio funebre, insieme a quelli del ministro e del viceministro: eroi che celebravano il compagno defunto, glorificati a loro volta da molti altri eroi.

Hong si dimenò, si guardò le mani, cercò di cancellare la voce di lei. Miele in bocca, pensò, un pugnale nel ventre.

Ma Sufei, la vedova di Sheng, abbracciò Hong che era entrato con gli altri in casa dei Sun. Lui l'abbracciò e lei gli affondò il capo nel petto, stringendolo per un lungo momento, con le dita affondate nella sua schiena. Per essere una donna anziana aveva delle mani molto forti. «Oh, ti amava tanto» disse finalmente. «Era così fiero di te.» Parlava come se Sheng fosse il padre di Hong, il che in un certo senso era vero. Portò una mano al mento di lui, poi alle guance, alla bocca, accarezzandolo come se fosse cieca e volesse imprimersi il suo volto nella mente. Hong la fissò, e in quel dolce viso rivolto verso l'alto non vide dolore – i suoi lineamenti erano troppo vivi, troppo mobili per esprimere dolore – ma qualcosa di ancora più penoso, un'inquietudine, un sentimento che lui non sapeva definire.

Prima di poter dire quanto avesse amato Sheng e quanto ne avrebbe avvertito la mancanza, Hong si sentì spingere lontano da Ma Sufei. Seguì Chan nella fila che saliva i gradini.

«Tu sei il figlio che avrebbero voluto avere» disse Chan a bassa voce. «Sei il figlio che non hanno avuto.»

Nella spaziosa stanza di soggiorno del secondo piano, alcuni enormi tavoli rotondi erano apparecchiati con tovaglie di lino e belle porcellane bianche e blu. In un'altra località di Pechino otto o dieci famiglie si sarebbero raccolte in una casa grande come quella, e senza aria condizionata.

«È veramente bellissimo» osservò Chan sbirciando le porcellane e girando il capo verso la biblioteca. «È anche meglio di come lo avevi descritto. Guarda quante stanze.»

«Il rango ha i suoi privilegi.»

«Lo so, lo so, ma pensavo che per vivere in questo modo bisognasse essere almeno un viceministro.»

Il retro della casa dava sul muraglione esterno del complesso. La luce del sole riflessa dal tetto a mansarda del dormitorio delle guardie inondava la stanza di luci color ambra. Hong e Chan si sedettero presso le finestre rivolte a est, da cui si vedeva il parco Dongdan e, in distanza, la stazione ferroviaria di Pechino, una grossa e sgraziata costruzione in stile russo. Quando sarebbero ritornati i russi a costruire qualche altra cosa? Mai, si augurò Hong. Facevano dei brutti edifici, e bevevano troppo. Sul marciapiede fuori dalle mura, due ragazzi giocavano al volano sopra una rete tutta sfilacciata.

«Ma Sufei sembra molto addolorata» osservò Chan mentre versava il tè per Hong. «Credevo che non andassero d'accordo.»

«Ed è vero, ma quarant'anni sono tanti.» Hong accese una Doppio Nove, ne passò una a Chan, e si volse a guardare Ma Sufei che entrava dalla porta, con i due figli ai lati come guardie del corpo. Con grande dispiacere dei genitori, nessuno dei due ragazzi aveva dato risultati prestigiosi. Sun Ch'ien, una specie di torello tarchiato, lavorava alla Commissione per il Commercio della Seta di Chongqing, un forno di città con un'aria così grigia per la combustione del carbone che in confronto la caligine azzurra di Pechino sembrava un paradiso. Sun Bairong, il figlio minore, era stato fortunato. Suo padre, trascurando le liste di assegnazione del partito e passando tranquillamente dalla porta posteriore, aveva assicurato a Bairong un posto presso il centro ricerche del Comitato Centrale. Era un mistero che cosa ricercassero, ma il posto prevedeva anche un appartamento di tre stanze con una vera cucina e un bagno nuovo.

Ch'ien e Bairong aiutarono la madre a sedersi in una poltrona accanto alla biblioteca. Ma Sufei si portò un fazzoletto di carta alle guance, prese una sigaretta inglese con filtro da Ch'ien, poi intrecciò le braccia in un gesto con cui sembrava volersi chiudere fisicamente a chiunque volesse esprimerle delle altre condoglianze.

Strano, pensò Hong. Erano arrivati a centinaia per vederla, per confortarla, e lei li evitava.

«I tuoi grandi ammiratori» disse Chan laconico, indicando a Hong con un gesto del polso tozzo il gruppo radunato presso il camino: le Tre Tigri e i loro vari assistenti. «A Tianjin mi hanno detto che il nostro stimato ministro ti considera uno dei nostri investigatori più brillanti.»

«Può darsi che il nostro stimato ministro non si ricordi neppure del mio nome» rispose Hong.

«E ho anche sentito dire che il nostro direttore delle investigazioni ha dei problemi di reni. Quanto può durare?»

«Non augurare la morte a nessuno. Inoltre, tre anni fa avevano detto che aveva il cancro, due anni fa un tumore al cervello, e il prossimo anno verrà fuori qualche altra cosa. Per essere una donna così malata, Wei Ye sembra in ottima forma. Ci sotterrerà tutti.» Così come aveva sotterrato gli altri.

Di fronte alle Tre Tigri sostavano due tipi muscolosi che indossavano delle tuniche grigie di buon taglio. Hong impiegò qualche istante a riconoscerli: il ministro e il viceministro alla Difesa. La loro presenza era per lo meno stupefacente: Hong non li aveva mai visti in pubblico, bensì solo in fotografia, e la loro comparsa era molto significativa. Il ministro alla Difesa, nel tentativo di accrescere il bilancio, trafficava da mesi per far entrare un maggior numero dei suoi uomini nel Politburo; e la Sicurezza Pubblica voleva gli stessi posti. Ma nonostante le battaglie tra i due ministeri, di cui si parlava molto negli ambienti non ufficiali, per qualche ragione il ministro alla Difesa aveva deciso di andare a porgere ufficialmente il suo omaggio al defunto.

Prima di rendersi conto della propria irritazione, Hong si

alzò e si diresse verso le finestre a nord. Nuovi edifici erano sorti nei pressi del parco Ritan, con la facciata di granito rosa come delle comuni case per i lavoratori, ma molto migliori all'interno. Con la coda dell'occhio Hong vide sua madre che passava accanto ai ministri alla Difesa e alle Tre Tigri senza accennare neppure a un saluto: cosa abbastanza sorprendente, visto che erano stati compagni d'armi infinite volte. La Rivoluzione genera delle strane amicizie.

Cui Chun si avvicinò al figlio. «Niente sarà più lo stesso» disse, più a se stessa che a Hong. «Siamo rimasti in pochi.» Sorrise al figlio. «Mi mancherà quel suo grande sorriso a denti in fuori. Quest'uomo riusciva sempre a rendermi felice. Lo avevi visto di recente?»

«Non veniva spesso in ufficio, due o tre giorni alla settimana al massimo.»

«Quando sei andato a trovarlo?»

«Il mese scorso.»

«E come lo hai trovato?» chiese ancora Cui Chun.

«Preoccupato.»

«Di cosa?»

«Non me lo ha detto.»

Era stata una strana giornata. Hong era andato da lui senza essere invitato, per quella che si sarebbe rivelata una discussione fastidiosa e insoddisfacente sui casi a lui affidati. Sun Sheng era distratto. Una ghenga addetta ai sequestri, dei contraffattori di biciclette, un avvocato tedesco più interessato ai movimenti di truppe al confine russo, che non a stipulare contratti per delle scarpe di tela – nessuno di questi argomenti era riuscito ad attirare il suo interesse. Sheng, che non aveva amato mai niente più delle spie, avrebbe per lo meno dovuto interessarsi a quel tedesco. Un uomo che viveva illecitamente in un paese straniero, secondo Sheng, doveva essere dotato di un'intelligenza più sottile di uno che vivesse illecitamente nel proprio paese. Eppure, per la maggior parte del pomeriggio, la loro conversazione si era svolta come una telefonata tipica: quando si credeva di essere in linea, veniva interrotta la comunicazione, poi si ritornava in linea tra disturbi di ogni genere.

Anche più fastidioso era stato il comportamento di Sheng una settimana dopo. Doveva tenere una conferenza sulla sicurezza militare alla Divisione Investigativa, e Hong si era fermato al suo ufficio per andarlo a prendere. Ma Sheng stava uscendo, molto frettolosamente. Non solo si era dimenticato della conferenza, ma aveva anche dato istruzioni a Hong di annullarla. Perché? Cosa c'era di tanto importante? «Questioni di Stato» aveva risposto Sheng, ignorando le obiezioni di Hong con un gesto insolitamente sbrigativo. Era stata quella l'ultima volta in cui Hong lo aveva visto.

Cui Chun guardò verso il caminetto, e Hong vide che il suo sguardo si incontrava con quello del ministro della Sicurezza Pubblica. Cui Chun socchiuse le labbra e annuì, e le Tre Tigri interpretarono il gesto come un invito a unirsi a loro presso la finestra. Al ministro, pieno di sé e di un esagerato dolore, si dovette rammentare che Hong lavorava alla Sicurezza Pubblica. Con Cui Chun scambiò alcune piacevolezze, come quelle che si riservano ai vecchi amici che si vedono solo ai funerali o in altre occasioni pubbliche. Il ministro si informò della casa di Dongshanmiao, della salute di suo marito, e le chiese se a quell'età così avanzata, che peraltro era anche la sua, lei avesse ancora l'energia di lavorare. Ma nessuno, neppure indirettamente, fece riferimento al fatto che le Tre Tigri detenevano ancora il potere, a differenza di lei e di suo marito.

«Hai fatto un bellissimo elogio funebre» disse Cui Chun al direttore delle investigazioni, Wei Ye. «Mi sono commossa.»

Hong non riusciva a credere alle sue orecchie. Fissò incredulo sua madre.

Wei Ye la ringraziò, e il ministro si intromise. «Sun Sheng era un grand'uomo» disse. «Ricordo quando voi due ci avete fatto un discorso sull'arte, sul servizio da prestare alle masse. Chi e in che modo servire. Erano dei grossi interrogativi.»

«E lo sono ancora» ribatté Cui Chun in tono didattico, come se un alunno stupido ma volonteroso non avesse capito un punto importante.

«Sì, certo, lo sono ancora» rispose con forza il ministro, inattaccabile dalle offese. «Lo sono ancora.»

A Hong sembrava di stare a sentire due panda allo zoo che si ringhiavano a vicenda. Parlavano una lingua straniera nota solo a loro, e ricca di animosità nascoste.

Si avvicinò Sun Ch'ien, il figlio maggiore di Sheng. «Scusatemi,» disse, circondando con un braccio le spalle alla madre di Hong «vogliamo fare qualche fotografia. Sapete, la vecchia guardia.»

Le Tre Tigri e Cui Chun andarono obbedienti verso la biblioteca, e si misero in posa sullo sfondo dei libri insieme a Ma Sufei e a nove uomini anziani. Hong si diresse verso il camino. In una cornice di lacca rossa c'era una fotografia dei tardi anni Quaranta scattata nel santuario del Partito, il quartiere generale di Yen-an. Chiunque era stato in servizio a Yen-an, chiunque si era trovato là con il presidente Mao fin dall'inizio, si era guadagnato un posto permanente nella storia della Liberazione. I giovani rivoluzionari della fotografia sembravano guardare in giù e osservare se stessi invecchiati: quarantadue uomini e sei donne con gli stessi berretti a visiera e le stesse camicie informi posavano in quattro file, con al centro il presidente Mao, sul cui viso si leggeva la solita espressione assente. Assorta, forse, o annoiata. Intorno al Grande Vecchio erano radunati i suoi fedeli intellettuali – gli scrittori, i pittori, gli strateghi militari. Alcuni di essi detenevano ancora il potere; altri, come i genitori di Hong, lo avevano perso, riconquistato e perso di nuovo. E gli altri? Per la maggior parte erano morti, e ora Sun Sheng li aveva raggiunti. Hong lo individuò nell'ultima fila: una testa di capelli cespugliosi come quella di Bakunin, occhiali rotondi bordati di acciaio, posati sul naso aristocratico a imprigionare un barlume di sole.

Cui Chun ritornò dopo la posa per la fotografia. «Immortalata ancora una volta» disse allegramente. Era divertente essere immortali. Hong notò con stupore come fosse calma quel giorno – niente arringhe sul decadimento della Cina.

Hong si coprì la bocca con una mano. «Come hai potuto parlare in quel modo dell'elogio funebre pronunciato da Wei Ye?»

«La cortesia fa piacere, e non costa molto.»

«E la troppa cortesia è un inganno.» Guardò verso le Tre Tigri con palese disgusto.

«Dimentichi sempre che sono diversi da noi» disse Cui Chun; poi si interruppe, come se non riuscisse a decidere quale delle sue molte storie raccontare. «So che può sembrare strano, ma per noi è stato più facile. Quando io stavo crescendo...»

«Ti prego» la interruppe Hong, sollevando una mano.

«Quando io stavo crescendo, sentivo quando facevano le esecuzioni appena fuori città: quella di mia zia, di mio nonno, di chiunque avesse scritto le parole sbagliate. Io contavo le detonazioni dei moschetti. Ma nelle campagne, dov'erano loro, non era guerra, era barbarie. I soldati tagliavano le teste alla gente, le issavano su degli arpioni e le portavano in giro stillanti di sangue. I contadini stavano alla finestra a guardare, e alla fine della giornata il fango delle strade era rosso. Sono esperienze che ti formano, che ti cambiano.»

Hong trovava incredibile che sua madre potesse giustificare oggi la loro barbarie in considerazione di quello che avevano sopportato cinquant'anni prima. Cui Chun mise una mano in tasca al figlio, prese le sigarette, ne accese una e fu colta da un violento accesso di tosse. Ogni tre o quattro mesi veniva lanciata una nuova campagna antifumo, e contemporaneamente l'industria statale dei tabacchi continuava a sfornare nuove marche di sigarette.

«Ho ricevuto una lettera da tuo fratello» proseguì Cui Chun. «Verrà presto a trovarci.»

«Motivi di lavoro?»

«*Ovviamente*. Motivi di lavoro che comprendono una sera al circo e un bel pranzo a base di anatra con gli amici al Ministero del Commercio.»

«È molto bravo nel suo lavoro» disse Hong, nell'imbarazzante posizione di dover difendere suo fratello Lin. «Da quando è subentrato in fabbrica, la produzione è aumentata del trenta per cento.»

«Spero che abbiano pubblicato le statistiche, per sancire questi risultati.»

«Sembra che non ci siano dubbi.»

Quelli che avevano posato per la foto si raccolsero intorno a Cui Chun. Hong si mise a vagare per la biblioteca. C'era uno strano umore tra i visitatori, che non riusciva a definire. Molti erano estranei gli uni agli altri, e si controllavano nel parlare: quando sei con degli estranei, tralascia di dire sette parti. Comunque, Hong avvertiva una musica diversa, un tono cupo e sommesso nelle conversazioni. Erano forse a disagio, e non a causa della morte? Stai lavorando d'immaginazione, si disse.

Nonostante l'aria condizionata, il secondo piano si era surriscaldato per il calore emanato dalla folla. Alla fine di luglio sarebbero partiti per la spiaggia di Beidaihe, lasciando il popolo a sudare nelle città e nelle campagne. Hong sgusciò via discretamente, scese le scale munite di passatoia, e si fermò in salotto ad ascoltare i suonatori di timpani e d'arpa. In cortile i componenti più giovani del Politburo oziavano con gli autisti delle fiammanti limousine. Passavano il tempo come facevano i funzionari dovunque: a fumare sigarette, a scherzare sulla disponibilità della carne, e a ringraziare la loro buona sorte per essere lì e non in qualche altra remota cittadina.

Hong indugiò un attimo sulla soglia, per non sembrare un intruso, poi scivolò lungo la parete di fioriere di cemento imbiancato, e sostò a studiare i fiori, ocra, rosa e di una strana tonalità di verde, tanto da sembrare tinti invece che veri. Avrebbe tanto voluto ricordare a quale specie appartenevano. Chissà se non sarebbe stato un bravo botanico, una carriera diventata impossibile quando avevano chiuso le università. La vita sarebbe stata più semplice, a studiare le piante, a produrre una nuova varietà di grano.

Un funzionario anziano con le spalle da atleta e un paio di baffi incolti stava raccontando una storiella su un soldato di campagna venuto a Pechino per vedere il presidente Mao. «E così il soldato ritornò il giorno dopo e disse: "Voglio vedere il presidente Mao". E la guardia gli rispose: "Te l'ho già detto ieri, è morto". Il soldato aspettò un poco, e poi se ne andò. Il terzo giorno ritornò e disse: "Voglio vedere il presidente Mao". A quel punto la guardia perse la pazienza: "Sei venuto due giorni fa, hai chiesto di vederlo e io ti ho detto che era morto. Sei venuto ieri, e ti ho detto di nuovo che era morto. Allora, si può sapere perché continui a venire?". E il soldato rispose: "Mi fa piacere sentirtelo dire".»

Perfino Hong non poté trattenere una risatina. Ma improvvisamente quegli uomini si resero conto che scherzare sulla morte poteva sembrare inopportuno, e smisero di ridere. Hong si accorse che lo guardavano stupiti: l'assistente vicedirettore che fantasticava sui fiori. Avrebbe voluto dire loro: Distraetemi, disturbatemi, seccatemi con le vostre sciocchezze.

Il tipo che aveva raccontato la barzelletta era un certo compagno Wang della motorizzazione. Qual era il suo nome di battesimo? Wang Li? Wang Jian? I Wang erano migliaia, milioni.

«Compagno Lu Hong, tu eri molto vicino al direttore Sun» disse l'uomo con tono amichevole.

«Sì, è vero» rispose Hong dopo un attimo di pausa, come se la faccenda richiedesse una qualche riflessione.

«Era il più gentile fra quelli che stanno in alto, sempre una buona parola per noi.» Wang scosse il capo in un gesto eloquente. «È successo tutto così all'improvviso, per colpa di quella febbre.»

Febbre? No, avevano trovato Sheng accasciato sulla scrivania. Un attacco di cuore, aveva detto il messaggio.

«Un uomo di settant'anni» osservò Hong, stringendosi nelle spalle di fronte al mistero della vita, e senza mostrare il minimo interesse per quel riferimento a una febbre improvvisa. «Un uomo di settant'anni è una candela nel vento. Tu eri in ufficio venerdì?»

«Sì, ho visto che lo portavano via con l'ambulanza.»

«Stava molto male?»

«Sì, aveva un aspetto orribile. Ma il medico disse che non era niente, e che l'Ospedale per le Malattie Infettive gode di un'ottima reputazione. Ma hai ragione tu, una candela nel vento...»

«Già» disse Hong in tono conclusivo. «Potessimo andarcene tutti così in pace.»

Hong agitò il capo in alto e in basso, a esprimere una vaga e oscura commiserazione. Veramente strano, pensò Hong, che nessun altro avesse menzionato la febbre di Sheng. Per contro, le chiacchiere intorno ai dettagli sarebbero state offensive. Un giorno Sheng aveva detto: «Noi non viviamo cent'anni, ma ci inquietiamo per mille».

Hong si scusò, attraversò il cortile e si avviò su per le scale.

Sul pianerottolo del secondo piano incontrò Chan, che sorseggiava con soddisfazione un bicchiere di vino dolce.

«Sheng non ha avuto un attacco di cuore nel suo ufficio» disse subito Hong.

«E invece sì. Me lo hanno detto al telefono.»

«È stata una febbre, una specie di infezione.»

«Hong, sei disgustoso.»

«Tutto in una giornata» proseguì Hong con il viso privo di espressione. «Infezione, febbre, attacco di cuore.»

Chan, esasperato, posò il bicchiere su una mensola. «Era debole di cuore, Hong. Era vecchio. Aveva settant'anni.»

«Suo padre è vissuto fino a novant'anni, e sua madre fin quasi a cento.»

«Ma lui aveva il cuore debole» ripeté Chan con calma.

I visitatori venivano convocati per il pranzo. Hong passò davanti alla fotografia sul camino e si fermò a guardarla ancora una volta. In seconda fila sua madre, grassoccia e sorridente, posava accanto al marito raggiante di felicità. A Hong venne in mente che forse in quel momento lui stava prendendo forma nel ventre di sua madre. Forse era stato concepito per vivere un nuovo sogno proprio quando quelli vecchi morivano. Sentì che Chan lo tirava per un braccio e diceva che Sheng era andato in un mondo migliore di questo. Un'idea discutibile, ma un modo semplice per guardare alla morte.

Hong diede un'altra occhiata alla fotografia. Febbre? Attacco di cuore? Da tempo immemorabile Hong cercava di estirpare il sospetto dalla sua natura, ma lo sentiva crescere sempre più forte dentro di sé, naturale come la corteccia di un albero. Sheng, il filosofo tirannico, lo aveva sempre sollecitato a conservare quella sua corteccia. Sii sospettoso, gli diceva. Non c'è armatura migliore.

2

Si rimescola nella pentola

Il martedì, in preda al dolore o a qualcosa di più profondo e fastidioso, Hong decise di non andare in ufficio. Rimase nel suo squallido appartamento di una stanza, e per gran parte della mattina vagò come un cieco da una parte all'altra, prendendo in mano distrattamente gli oggetti più disparati, qui una cornice, là un libro. Volutamente evitò di pensare al giorno precedente, a suo figlio, a sua moglie che presto sarebbe stata la sua ex moglie, o all'appartamento di cinque stanze che avevano diviso. La sua mente era occupata dagli orrori della Rivoluzione Culturale, quegli anni di sangue che un decennio prima avevano lacerato il Paese e sacrificato tante vite. Ma soprattutto la mente di Hong era occupata dal ricordo del giorno di quattordici anni prima, quando aveva lasciato l'esercito.

Era domenica, un fresco pomeriggio di maggio, Hong era giunto in volo da Nan-ning e aveva preso un sudicio autobus militare all'aeroporto. Erano passati due anni dal suo precedente viaggio a Pechino, ma nella vecchia casa a un piano dei suoi genitori, nelle vicinanze di Dianmen, non c'era nessuno ad accoglierlo. Suo fratello, incapace di procurarsi un foglio di congedo, si era impantanato a Tai-yüan, e un biglietto di sua madre diceva che era andata all'ospedale a trovare il marito. Hong aveva portato le sacche nella sua vecchia stanza sul retro della casa. Quasi tutto era rimasto come lo aveva lasciato: i manifesti di Marx e Chou En-lai, la sveglia che era appartenuta a suo nonno, perfino il gigantesco ritratto stilizzato del presidente Mao appeso sopra la scrivania. Hong era stato tentato di fare in mille pezzi quella stupida cosa.

Guardando fuori dalla finestra, in giardino, aveva visto le

familiari panchine di legno nodoso. In un angolo gli era sembrato di vedere una figura che si muoveva tra le viti, e in un primo momento Hong aveva pensato che fosse uno scherzo del sole. Poi si era accorto che qualcuno legava dei sacchetti di carta sui grappoli color porpora – un modo per proteggerli dagli insetti e dai bambini. Chi poteva essere? Uno dei vicini? La figura si era voltata, e Hong aveva visto che si trattava di Sun Sheng.

Sheng era stato solo un'ombra nella vita di Hong, uno dei numerosi amici di Yen-an dei suoi genitori. Hong sapeva che Sheng occupava una carica importante alla Sicurezza Pubblica e che aveva cercato di proteggere suo padre dalle ire del presidente, ma a parte questo era uno sconosciuto, come spesso sono gli amici dei genitori per i figli. Hong aveva posato le sacche ed era uscito in giardino.

«Bentornato a casa» gli aveva detto Sheng. «A tua madre è dispiaciuto di non poter essere qui a riceverti.»

Hong aveva risposto che si rendeva conto.

«Per lei è difficile curare quest'uva, non ha tempo. Ed è un lavoro delicato. Se metti i sacchetti troppo presto, i grappoli non maturano. Se li metti troppo tardi, va tutto in malora.»

Sheng aveva continuato a parlare delle cure da prestare all'uva, senza mai far cenno ai subbugli politici che avevano rovinato il padre di Hong. Finalmente, dopo essersi informato delle condizioni della campagna, Sheng aveva chiesto a Hong che cosa intendesse fare.

Era il genere di domanda che avrebbe potuto fare un padre. Anche il tono era protettivo. Hong aveva risposto che, nonostante la disgrazia in cui era caduto suo padre, avrebbe potuto far domanda per iscriversi a una delle università che avevano riaperto i battenti.

«Forse è troppo presto per una cosa del genere» aveva osservato Sun Sheng.

E allora, aveva detto Hong, poteva cercare di ottenere un posto in politica, dove avrebbe potuto dimostrare la sua purezza ideologica.

«Forse è troppo tardi per questo» aveva replicato Sheng.

Hong aveva sorriso prima di menzionare un compagno d'armi che vantava degli agganci per ottenere un posto al

Ministero degli Esteri. Però la sua famiglia godeva di una cattiva reputazione proprio per il fatto che procurava favori per vie traverse; e se qualcuno si lamentava, lui si affrettava a scaricare la colpa e negare le responsabilità.

«Agisci con circospezione» aveva consigliato Sheng. «C'è sempre tempo per essere fiducioso... ma come per l'uva, non troppo presto e non troppo tardi.»

Hong si era reso conto che la presenza di Sheng in giardino non era stata fortuita. Un mese dopo era venuto un funzionario del Ministero della Sicurezza Pubblica a dire che Hong sarebbe stato un elemento ideale per il Dipartimento di Polizia. Con l'esperienza acquisita nell'esercito, poteva iniziare con un servizio di pattuglia a piedi. Hong si era presentato il giorno stabilito per iniziare l'addestramento, e si era sentito fortunato. Nel giro di due anni sarebbe salito al livello di investigatore.

Al momento gli era sembrata un'attività di primissimo ordine.

Per il resto del giorno seguente al servizio funebre, si impose un atteggiamento mentale volutamente distaccato. Non fare collegamenti, ci penseranno loro. A metà pomeriggio sentì bussare alla porta: era la custode del palazzo, una vedova di nome Ou, il cui marito era stato un fattorino governativo. Con il beneplacito dei caporioni, la donna era riuscita a restare nell'appartamento costituito da una grande stanza. Voleva sapere se Hong era ammalato. Lui rispose di sì: aveva la nausea, forse covava un raffreddore estivo, e per precauzione era rimasto a casa. La vecchia Ou si offrì di accompagnarlo in clinica. «Hai gli occhi stanchi» disse, ed era vero, anche se non nel modo che intendeva lei. Erano stanchi per aver visto troppo.

Un giorno di ricupero fu sufficiente, e il mattino dopo alle cinque e mezza, mentre gli operai si dirigevano verso i parchi per i loro esercizi *taiji*, Hong si svegliò, bevve un bicchiere di latte di soia, e raggiunse in bicicletta il suo posto di lavoro, sulla Qianmen. L'agitazione che gli aveva interrotto il sonno due notti prima era continuata. Di nuovo si era attorcigliato attorno le lenzuola per tutta la notte, e di nuovo il caldo umido e afoso lo aveva tenuto sveglio. Ancor prima di raggiungere il Planetarium e avere attraversato la Xizhimenwai si era sentito stanco e con gli occhi annebbiati; e la sua visuale era notevolmente peggiorata a causa della corona di aria inquinata posata sull'orizzonte.

Il quartier generale del Dipartimento della Sicurezza Pubblica, un edificio a due ali un tempo parte della legazione britannica e sviluppatosi in stile monolitico tardo-russo di puro cemento, occupava quasi un intero isolato nel cuore della città, poco lontano dal Palazzo dell'Assemblea del Popolo e dalla casa di Sun Sheng, nel complesso sulla Tsungenwai. Il Dipartimento era uno dei molti organismi statali davanti al quale non si fermavano mai a sbirciare gli operai che passavano in bicicletta, perfettamente consci di quello che accadeva all'interno, e assolutamente soddisfatti di ignorarne i dettagli. La disadorna enormità dell'edificio era la testimonianza della convinzione di qualcuno – un consigliere russo? un urbanista ispirato dai militari? – che non c'era mai abbastanza spazio per le necessità legate alla sicurezza dello Stato.

«Compagno Lu Hong!» tuonò la sentinella al cancello. «Ho sentito che hai avuto il raffreddore!» Sembrava particolarmente lieto a quell'idea. Quando la vecchia Ou aveva telefonato, doveva aver dato l'impressione che lui avesse la polmonite.

«Sto bene» rispose Hong, introducendo la sua malconcia Phoenix a una sola marcia.

«Domani starai ancora meglio» disse la guardia.

Nelle rastrelliere lungo la parete erano posate solo altre due biciclette, entrambe nuove e del tipo "Piccione Viaggiatore". Alla sinistra del cancello, con le porte chiuse che davano sulla strada, c'erano dodici garage, e dalle finestre munite di sbarre Hong vide che nove erano vuoti. Nove auto che se n'erano già andate? Alle sei e mezza del mattino? Alla faccia dei regolamenti. Nessuno poteva permettersi un'auto personale, e quelle del Dipartimento dovevano essere usate solo per motivi di lavoro. Ciò nonostante gli alti quadri si facevano accompagnare a casa ogni sera, e riprendere il mattino successivo.

La sentinella notò l'occhiata che Hong aveva dato ai garage. «Tutte le macchine sono nell'autofficina» disse come se il fatto fosse palese, anche se l'autofficina, situata proprio di fronte ai garage, era sfacciatamente vuota.

Nell'ufficio di Hong, al secondo piano, c'era a mala pena spazio per due scrivanie di pino, una sedia girevole con il sedile di cuoio per Hong e una con il sedile di stoffa per Chan, oltre a due traballanti scaffali di acciaio pieni di direttive che nessuno leggeva. Quattro anni prima era stato tolto il ritratto del presidente Mao, ed era rimasto un rettangolo più chiaro sulla parete imbiancata a calce. C'erano ancora Marx e Lenin, quest'ultimo con gli occhi da tartaro fissi in una espressione di costante rimprovero, e una malconcia mappa militare di Pechino che mostrava ancora le vecchie arcate, abbattute da tempo come residui del feudalesimo. Bisognava ringraziare i russi per quello scempio. Sotto l'unica finestra, che dava sull'angusto cortile tra le due ali dell'edificio, era sistemata un'apparecchiatura radio con una vecchia ricetrasmittente Shanghai.

Sulla scrivania di Hong erano ordinatamente impilate le pratiche dei casi portati a termine. La ghenga di Shandong, che si era specializzata a rapire le ragazze per mandarle a ovest, in moglie ai contadini disperati, era stata sbaragliata. Due caporioni si erano dichiarati colpevoli ed erano stati sottoposti a rieducazione, perché si rendessero conto della loro condotta antisociale e si astenessero per il futuro dal commettere un altro reato così nefando. In questo caso, non avrebbero avuto molte occasioni di ricaderci. La loro rieducazione si era risolta in una raffica di pallottole da parte di un plotone di esecuzione.

E questa è giustizia, pensò Hong rabbioso chiudendo di scatto la pratica e spargendo intorno uno strato sottile di cenere di sigaretta. La giustizia era un concetto che evidentemente aveva perso molte sfumature del suo significato.

Una febbre improvvisa, pensò, un'ambulanza. I vecchi si ammalano.

Quanto all'avvocato tedesco che aveva finto di essere più interessato alle scarpe di tela che non ai movimenti di truppe sul confine russo, aveva ricevuto una visita amichevole da parte di Chan, durante la quale gli era stato chiesto di lasciare il Paese. Il tedesco aveva aderito alla richiesta con molta classe. Aveva lasciato l'Hotel Jianguo, aveva accettato di essere scortato all'aeroporto, e si era imbarcato sul primo volo per Tokyo, in prima classe.

Hong si avvicinò alla scrivania di Chan e accese il fornelletto sotto la teiera, entrambi regali del direttore del vicino Magazzino Numero Uno. Suo cognato aveva avuto bisogno di un nuovo posto di lavoro per spostarsi da Jinan a Pechino. Un fornelletto con bollitore in cambio dell'autorizzazione a cambiare posto di lavoro. Hong aspettò che bollisse l'acqua. Era del tutto ragionevole, pensò, che Chan fosse stato chiamato a Tianjin prima che Hong fosse stato raggiunto a casa dalla notizia della morte di Sheng. Così andavano le cose: quando sei vicino a un telefono, ti si può chiamare. Quando non ci sei, i messaggi impiegano più tempo a raggiungerti. Quanto alla cremazione di Sheng, probabilmente il vecchio aveva cambiato idea, o forse i suoi figli avevano convinto la vedova che la sepoltura era veramente l'anacronismo unanimemente riconosciuto. Non sprecare la terra, dicevano, servi il popolo.

Hong sollevò il ricevitore e fece il numero dell'ufficio di Ma Sufei. Lei non c'era, e lui lasciò detto che sarebbe andato a trovarla la sera successiva. In qualche modo avrebbe portato il discorso sulla cremazione di suo marito.

Dal bollitore incominciò a sbuffare il vapore. Hong spense il fornelletto, mise l'acqua in una teiera di porcellana e vi versò una cucchiaiata di tè nero. Se qualcuno, molto potente, avesse voluto la morte di Sun Sheng, sarebbe stato diramato un ordine ufficiale. Sheng sarebbe stato convocato per un incontro in campagna, dove si sarebbe strozzato con una lisca di pesce o sarebbe caduto in un pozzo. O sarebbe stato accusato di un qualunque reato, sottoposto a un rapido processo, e giustiziato.

Hong sguinzagliò la sua curiosità. Ritornò a pensare alla telefonata che Chan aveva ricevuto a Tianjin. Chi altri era stato chiamato? E quando?

Uscì in corridoio, si diresse verso l'estremità orientale dell'edificio e scese due rampe di scale. Nella decrepita bacheca del primo piano erano appesi i nuovi ordini di servizio, fiancheggiati da due fotografie. Una era stata scattata qualche settimana prima per celebrare un recente incontro fra il Ministero degli Approvvigionamenti e il direttivo del Dipartimento della Sicurezza Pubblica: uno stuolo di visi sorridenti che guardavano dei fiammanti centralini telefonici computerizzati e degli apparecchi telegrafici giapponesi come se fossero dei neonati in una nursery d'ospedale. L'altra fotografia, vecchia di parecchi anni, mostrava l'intera Divisione Investigativa a un banchetto. Hong si soffermò a pensare ai personaggi della fotografia più vecchia, soprattutto a quelli che nel frattempo erano stati trasferiti altrove.

Che pensieri sciocchi, si disse come aveva già fatto migliaia di volte. L'improvvisa ventata di trasferimenti si era abbattuta due anni e mezzo prima. In ottobre, appena dopo il corteo per celebrare il trentacinquesimo anniversario della Liberazione. Quasi una dozzina di uomini erano stati inviati a ricoprire strani incarichi in località remote. In qualche modo, nonostante la scarsità di alloggi, era stato trovato un posto anche per le loro famiglie. E nessuno di loro aveva mai più fatto ritorno. *Non rimescolare nella pentola*, aveva detto Chan quando Hong aveva cercato di capirne il motivo. *Non rimescolare a meno che tu non voglia mangiare*. E la moglie di Hong si era lamentata per le sue assenze quel mese: *Tu imbarazzi la gente lavorando fuori orario. Ma cosa ci fai in ufficio?* Divento matto, aveva pensato. Sto scivolando nella debolezza di nervi, come mio padre.

Quello che aveva fatto, con studiata noncuranza, era stato di leggere i dossier personali delle persone trasferite, in una infruttuosa ricerca di spiegazioni.

Si volse, e vide avanzare un commissario politico della Divisione Investigativa. Zhu Gang era una marionetta di legno che riproduceva il tipico modello del sud: mascella squadrata, braccia secche ciondoloni, viso rotondo e innocente con un sorriso costante che scopriva i denti grigiastri. Ma sia l'innocenza sia il sorriso erano artefatti. Zhu era un ex colonnello dell'aeronautica, e aveva la mentalità di una lumaca, e quindi era particolarmente adatto a promuovere la purezza ideologica. A Hong, quando era più giovane e zelante, era stato offerto quel posto, ma lui lo aveva gentilmente rifiutato.

Zhu esplose in un sonoro "buongiorno". «Giovane Hong,» aggiunse «vedo che guardi le fotografie delle nuove attrezzature. Eccellenti, vero? Frutto del progresso.»

«Abbiamo bisogno del progresso» rispose Hong accomodante. Era quella la risposta giusta? Prima che sua moglie chiedesse il divorzio, Hong aveva visto Zhu Gang più di quanto avrebbe voluto.

«Sì, le nuove attrezzature per le comunicazioni ci renderanno più efficienti e democratici» osservò Zhu con fervore. Democratico era una parola appropriata quell'anno, applicabile alle direttive agricole, ai mercati liberi cittadini, perfino alle macchine telex. «Permettimi di estendere a te le mie condoglianze» proseguì Zhu con la faccia da circostanza. «Sun Sheng era un grande servitore della Rivoluzione.»

«Quale?» domandò Hong. La sua lingua era andata oltre quello che lui sapeva essere il buon senso. «Quella marxista, o la nuova rivoluzione capitalista?»

Un altro repentino cambiamento di contegno, e sul viso di Zhu si dipinse un'improvvisa disapprovazione. «È la stessa cosa» rispose con calma. «Hai perduto l'incontro di educazione politica della scorsa settimana. Potresti venire questa settimana. So che devi stare con tuo figlio. Tua moglie è sovraccarica di lavoro. Ma so che vuoi essere un buon servitore del popolo, e voglio aiutarti.»

«Lo apprezzo molto» disse Hong con evidente sarcasmo, ma Zhu parve non accorgersene.

«E come va il ragazzo a scuola? Riesce bene in letteratura?»

«Sì, finalmente ha superato l'esame» rispose Hong, senza sapere se fosse vero. Gli esami si erano svolti la settimana prima, quando lui era a Chengdu a cercare di convincere due vecchi funzionari ad andare in pensione.

Zhu Gang gli agitò un dito contro. «Allora, dovrai trovare il tempo per venire alla riunione di questa settimana.»

«Ci sarò» rispose Hong, capitolando.

Continuò a scendere le scale. Ricerche infruttuose, pensò, riprendendo il filo dei suoi pensieri. Circa nello stesso periodo di quella ventata di inspiegabili trasferimenti, Hong aveva indagato sul caso di tre birmani che contrabbandavano eroina a Hong Kong attraverso la Cina. Sei orribili settimane trascorse al confine, con una pioggia che faceva marcire le ossa, e alla fine Hong aveva raccolto dei sospetti ma nessuna prova contro un vicedirettore che lavorava per le Tre Tigri. Per qualche settimana le cose erano andate male. Il Dipartimento era sotto pressione: porte che sbattevano, direttive sparate come missili, quadri anziani mandati improvvisamente a prestare i loro servizi altrove. I testimoni si rifiutavano di parlare, o citavano dei cospiratori inesistenti. Prima di poter rilasciare un rapporto, si era provveduto al trasferimento anche del vicedirettore, al quarto e al quinto piano c'era stato un movimento di cariche, e Hong aveva dovuto subire un rapporto sfavorevole che avrebbe potuto costargli la promozione o, peggio, fruttargli un trasferimento in provincia dove anche le zanzare morivano di noia.

Tutti quei movimenti erano legati a quel caso di contrabbando? Si poteva continuare a girare intorno alla questione, mordersi la coda per sempre, senza mai trovare una risposta a quegli interrogativi.

Il mio difetto, pensò Hong, la mia debolezza, come gli aveva fatto notare spesso Sun Sheng, sia pure con gentilezza: cercare sempre un motivo prima di capire esattamente il reato. «Il motivo è una questione di storia» diceva Sun Sheng. «Quando conoscerai la storia di un reato, il motivo si svelerà.»

Hong si diresse verso il centralino, che controllava tutte le chiamate in arrivo e in partenza, come tutti sapevano benissimo, e le telefonate casuali all'interno del Dipartimento, cosa che tutti facevano finta di non sapere. Le conversazioni telefoniche assumevano un tono di circospezione che portava a degli stranissimi soprassalti. Potevano o non potevano essere registrate, ma perché rischiare? Inoltre, bisognava tener conto della pessima qualità del sistema. Se si smetteva di parlare per qualche istante, un centralinista, pensando che la linea fosse caduta, poteva anche interrompere la comunicazione. Con il risultato che l'intera popolazione si era abituata a parlare balbettando.

Hong imboccò uno stretto corridoio con il soffitto isolato acusticamente, che si era già deformato e presentava delle macchie di umidità. Nel giro di pochi mesi i tubi dell'acqua appena installati avevano già incominciato a sgocciolare. Soffitti che crollavano, tubi che perdevano, ma bene! In fondo al corridoio superò una porta rinforzata d'acciaio che conduceva alla ex stanza delle caldaie. A mezz'aria era sospesa una coltre azzurra di fumo di sigarette. C'erano dodici consolle, e accanto a ciascun quadro di comando recentemente computerizzato era installato un pulsante che dirottava le chiamate sui registratori della stanza accanto. A una scrivania in fondo al locale era seduto Chu Shoujun, il sovrintendente del centralino, noto per essere un fortissimo giocatore di ping-pong.

«Ti sei alzato presto, Hong» disse alzandosi dalla sedia e fluttuando attraverso la stanza come sanno fare solo gli uomini magri. «Come va il raffreddore?»

«Molto meglio, grazie, Shoujun» rispose Hong divertito.

«Probabilmente è stato il caldo. Terribile, non trovi?»

«Peggio dell'estate scorsa» convenne Hong distrattamente.

«Neanche mia moglie lo sopporta, ma lei è sempre malata, è di costituzione debole. Come stanno tua moglie e il tuo bellissimo figlio?» Shoujun sapeva del divorzio, ma continuava a credere che fosse una situazione temporanea. Il divorzio era solo per gente instabile che si rifiutava di risolvere i suoi problemi in maniera salutare.

«Stanno bene, grazie» rispose Hong.

«E i tuoi genitori?» chiese ancora Shoujun in tono preoccupato, anche se non conosceva nessuno dei due.

«Oh, bene. Sono felici di stare in campagna.» Quanto sarebbero durati quei convenevoli? Shoujun era stato lì tutta la notte, e probabilmente aveva parlato coi muri. Coraggio, si disse Hong. Buttati. «Posso vedere il registro delle telefonate di venerdì, per favore?»

«Sono costretto a chiederti a quale scopo.»

Niente affatto, pensò Hong. Alcuni uomini sembrano dei ragazzi anche nell'età matura, altri assumono una fisionomia di cui si dice che possiede carattere. Hong si era reso conto che sfortunatamente lui apparteneva alla prima categoria: non possedeva ancora, come forse sarebbe successo tra qualche anno, l'inequivocabile presenza da dominatore. Per il momento l'aveva sostituita con una grande riserva di energia, con una forza interiore. Funzionava con le persone abbastanza attente, o abbastanza impaurite, per notarla, ma tra queste non era compreso Shoujun. Sua madre era morta quando lui era ancora piccolo; era stato cresciuto da uomini, tra cui un padre e uno zio militari, il che aveva creato in lui un profondo rispetto per l'autorità. Con Shoujun avrebbe funzionato dire bruscamente: «Dammi il registro di venerdì». Ma Hong apparteneva a una generazione così abituata alle buone maniere che la gentilezza era istintiva.

E adesso, come se la sarebbe cavata? «Voglio assicurarmi che i miei uomini abbiano chiamato regolarmente.»

«Benissimo» rispose Shoujun. Fluttuò di nuovo verso la scrivania e tornò con il registro rilegato in tela. «Devi firmare» disse posando il librone su un banco.

«Non lo porto via» specificò Hong. Non voleva lasciare una traccia scritta.

«Devi firmare comunque.» Shoujun si voltò verso la rastrelliera piena di foglietti gialli che aveva alle spalle.

«Solo se lo porto via» ribatté Hong, incominciando a far scorrere il dito sulla pagina di venerdì. Le chiamate dalle tre del pomeriggio fino a poco prima delle sei riempivano quasi tutto un foglio: più di quaranta telefonate per informare i quadri sparsi per tutto il Paese che Sun Sheng era morto. Per prime le sedi di partito, probabilmente. Poi, nel giro delle due ore successive, a partire dalle tre e un quarto, sei chiamate alla casa di Sun Sheng, nel complesso sulla Tsungenwai. Passò alla pagina di sabato, e vide il numero del suo comitato di quartiere: la telefonata alla vecchia Ou, la custode di casa sua. Una promozione, pensò, avrebbe significato un telefono personale, un lusso superfluo visto che nessuno di sua conoscenza aveva un telefono per ricevere le sue chiamate. Tornò alla pagina di venerdì, e si stupì per l'insolita efficienza del Dipartimento. Se qualcuno si ammala, i fili si arroventano; se muore, prendono fuoco.

«No, scusa,» stava dicendo Shoujun, spingendo un foglietto giallo verso di lui «devi firmare comunque.»

«A quale regolamento ti rifai?» chiese Hong senza sollevare gli occhi dal registro. Alle otto e un quarto di sera, due chiamate allo stesso numero di Tianjin, la prima di pochi secondi, collegamento difettoso, e la seconda, di circa un minuto, a Chan, evidentemente, nel suo albergo. Il sovrintendente Chu Shoujun, con tono cortese ma deciso, sciorinò una sfilza di direttive da non si sa quale Dipartimento. E fortunatamente, un'interruzione provvidenziale: era entrata una centralinista, una ragazza snella e graziosa, con un vestito blu-acciaio, la cui madre insegnava metallurgia all'Università di Pechino. Si andò a sedere in silenzio, accese il suo quadro comandi, e chiamò in aiuto Shoujun. Hong la ringraziò in silenzio, rammentò che la ragazza gli aveva sollecitato una raccomandazione per l'Istituto di Lingue

Straniere Numero Due, e altrettanto in silenzio promise a se stesso che lei, sua madre e le sue sorelle avrebbero visto soddisfatta ogni loro richiesta. Si dedicò di nuovo al registro. E questa, cos'era? Una chiamata a un centralino di Shijingshan? Chi tra i dipendenti del Dipartimento poteva abitare così lontano?

«... e tutti si sono dichiarati d'accordo...» Shoujun era ritornato. «Bisogna assolutamente firmare un modulo se si vogliono leggere i registri.»

«Hai ragione» disse Hong in tono conclusivo, non volendo tirare ulteriormente la corda. «È straordinario come tu riesca a curare così bene tutti questi dettagli. Ma perché fare del lavoro in più? Per questa volta lasciamo perdere il modulo, tanto per alleggerire un po' le scartoffie.»

Non male: una spiegazione politicamente corretta, addolcita con una lode per Shoujun.

«Benissimo» rispose Shoujun, palesemente soddisfatto. Chiuse il registro e si diresse verso la scrivania. «Benissimo» ripeté, poi si voltò per raccomandare a Hong: «Fai attenzione a quel raffreddore. Come per molte altre cose, non si può mai sapere dove potrebbe sfociare».

Come per molte altre cose, pensò Hong uscendo dalla porta. Come per molte altre cose. In corridoio prese un blocchetto dalla tasca e vi annotò il numero di Shijingshan. Si chiese fin dove arrivassero i pettegolezzi dei centralinisti; pensò agli esami di letteratura di suo figlio Bai e decise che doveva chiamare per sapere se li aveva superati; si soffermò sul sovrintendente Chu, che viveva secondo le regole e che un giorno poteva anche essere costretto a condannare chi le infrangeva.

Giunto in cima alle scale, con la schiena rivolta alla fotografia di quei visi sorridenti, Hong guardò il numero telefonico che aveva in mano. Non fare l'eroe, pensò, e meticolosamente strappò in tanti pezzi il foglietto.

«Sei proprio fortunato» disse Chan mentre Hong entrava in ufficio. Chan era seduto alla sua scrivania, con una tazza di tè in mano. «La notte scorsa abbiamo catturato un'intera squadra di elementi corrotti, cinque in totale, con centinaia di biciclette.»

Porse la pratica a Hong. In un Paese senza auto private e, per la maggior parte della gente, con segni limitati di benessere, la sofisticazione delle biciclette era un grosso affare. Anche solo possedere una bicicletta era una necessità di lusso, visto che a un lavoratore comune costava tre o quattro mesi di salario; e se non si poteva avere la bicicletta migliore, per lo meno si poteva possederne una con la targa "Piccione Viaggiatore". Nessuno a Pechino sarebbe stato così stupido da pagare una targa, ma in campagna quel segno di prestigio si poteva avere per altri dieci yuan, indipendentemente dalla qualità della bicicletta. Era una faccenda scottante, vista l'impossibilità ideologica che una marca di bicicletta fosse superiore a un'altra.

«Non immagini la quantità di denaro» proseguì Chan. «Migliaia di yuan. Quei truffatori avrebbero potuto rifornire un grande magazzino, e finanziare un'intera fabbrica.»

«Finanzieranno delle nuove prigioni» rispose Hong sconsolato. Nella sua tasca quei frammenti di carta sembravano duri come sassi.

«Il merito sarà tuo» disse Chan con enfasi. «Hai di che essere contento.» Con un tonfo posò in terra i piedi che aveva appoggiato sul tavolino della radio. «Ascolta, non hai un bell'aspetto, ieri ti devi essere stancato troppo. Cos'è, hai costruito degli scaffali? Hai aggiustato la doccia?»

«La doccia» rispose Hong versandosi una tazza di tè.

«Non riesco mai a tirarti su di morale» disse ancora Chan. «Mi dispiace.»

«Che marca di biciclette avevano?»

«"Eterna", e dell'altra robaccia, con i raggi difettosi e i manubri tenuti insieme con lo sputo. È peggio di un reato economico, è...» Chan farfugliò pieno di indignazione.

«Un reato recidivo» intervenne Hong in suo aiuto. Recidivo era un'altra parola molto in voga, applicabile a quasi tutto.

«Sì, esatto» disse Chan, contento di avere un'etichetta, una qualunque. «Recidivo.»

«Le "Eterna" che targa avevano?» chiese Hong.

«"Universal".»

«Qual è il prezzo più recente di una "Eterna"?»

«Il modello base costa circa centotrenta yuan, forse un po' di più.»

«E una "Universal"?»

«Centosettanta.»

«Un bel profitto. Dov'erano fabbricate le "Eterna"?»

«Qui, probabilmente.»

«Il che non ci consente di fare altri arresti fuori di qui. Il nostro compito è trovare le connivenze.»

«Sei un essere impossibile» commentò Chan. «L'arresto della scorsa notte ti darà molta importanza.» Sventolò un pezzo di carta. «Ma con le buone notizie arrivano anche quelle cattive. Sei ufficialmente invitato a comparire davanti al direttore delle investigazioni domani mattina alle otto.»

Hong guardò il foglietto. Che cosa potevano volere da lui le Tre Tigri? Forse Chu Shoujun si sentiva in dovere di chiamare il quinto piano tutte le volte che qualcuno guardava un registro delle telefonate.

Hong spalancò la porta. «Ho bisogno di aria fresca.»

Fuori solo le foglie potevano sentirli e, per quanto ne sapeva Hong, le foglie non avevano imparato a parlare, anche se non sarebbe stato sorpreso se un giorno lo avessero fatto. Chan lo seguì giù per le scale, in cortile, oltre il posto di guardia che immetteva nella via Qianmen. Passò un carretto a due ruote, trainato da una vecchia in bicicletta. Sul fondo era adagiato un corpo avvolto in un lenzuolo. I potenti fanno fronte alle malattie in ambulanza, pensò Hong, i poveri in bicicletta.

«Svoltiamo l'angolo» suggerì Chan. «Fa più fresco all'ombra.»

«E una miniera di carbone è più fresca di un forno.»

Percorsero un isolato in silenzio, poi svoltarono nella Zhengyilu. Chan accese una Panda, una sigaretta costosa, e ne passò una a Hong. «Qualunque cosa vogliano,» disse «non ti deve interessare. Rifiuta e basta. Nessun nuovo incarico. Slogan del giorno: il fucile colpisce l'uccello che tira fuori il collo.» Chan adorava gli slogan: come il presidente Mao quando era vivo, ne tirava fuori uno per ogni occasione. «Di' loro che siamo sul punto di scoprire una ghenga che vende "Piccioni Viaggiatori" contraffatte.»

«Siamo già abbastanza nei guai» osservò Hong. «Non abbiamo trovato la fonte delle targhe, e non la troveremo tanto presto.»

Chan puntò un dito in aria. «Esatto» disse trionfante.

«Per questo ci serve più tempo. Inoltre, probabilmente a Sichuan le contraffazioni sono opera dell'esercito. Chi altri dispone di camion per spostare le biciclette? Scommetto che c'entra l'esercito.»

«È ridicolo» ribatté Hong. Gli ufficiali dell'esercito non rubavano: requisivano. L'esercito era la carriera migliore, anche se i contadini guadagnavano abbastanza denaro con il mercato libero. Nei tempi buoni e in quelli cattivi, nell'esercito si mangiava bene.

«Inventa qualcosa» suggerì Chan con foga, poi sputò sul marciapiede. Un'abitudine antigienica, da cui nessuno era esente. «Non mi importa cosa dirai loro. Intanto non capiscono niente. Di' loro... vediamo, le nuove direttive sull'efficienza potrebbero venirci in aiuto... di' loro che lavoriamo ventiquattr'ore su ventiquattro.»

«E chi lo fa?» chiese Hong. «Si metterebbero a ridere.»

Chan si appoggiò a un albero e schiacciò il mozzicone sotto la scarpa. Quell'uomo possedeva una rara saggezza, una preveggenza quasi magica. Annusava i guai così come i contadini annusano la pioggia.

«Se rifiuto un lavoro,» proseguì Hong «mi accusano di pensare da reazionario. È prevista una mia promozione in primavera, che mi frutterà una jeep con autista.»

«Non far finta che ti interessano le promozioni. Che otterresti comunque.» Chan scosse il capo come se Hong fosse un bambino scemo; poi, senza una ragione apparente, il suo viso si illuminò di un grande sorriso. «Mi è venuta un'idea. Metti insieme un libro di poesie, sei un dilettante mica male. Magari convinci tua madre ad aggiungerne qualcuna. Poi fatti trasferire in un centro di poesia. Diventa poeta a tempo pieno, e non dovrai più pensare alle promozioni, alle jeep, o a quello che fanno al terzo piano.» Ormai aveva preso il volo. Avrebbe dovuto fare l'insegnante, pensò Hong, e probabilmente lo avrebbe voluto. Un mese dopo avere fatto domanda all'Università di Pechino, l'istituto aveva chiuso i battenti per dieci anni. «Non farti coinvolgere dai loro intrighi,» proseguì Chan, rimettendosi in marcia verso l'ufficio e invitando Hong a seguirlo «e lascia i casi interdipartimentali a qualcuno altro. Sai bene cosa succede lassù. Mentre tu vai in giro a caccia di ladri, loro requisiscono le scrivanie da vendere al mercato nero. E non li puoi arrestare. Me lo aveva raccontato Sheng. Le carte spariscono prima che venga fuori la faccenda.»

Troppo tardi Chan si rese conto dell'errore che aveva commesso. Vide Hong irrigidirsi in volto. Quell'accenno a Sun Sheng lo aveva ricondotto alla sua conversazione con gli autisti il giorno del servizio funebre.

Chan si fermò sul marciapiede. «Senti, anche se hai ragione a proposito di Sheng,» disse con calma «anche se è un po' strano che io abbia saputo la notizia prima di te, o che lui avesse avuto la febbre e nessuno ne avesse parlato, cosa ci guadagni a pensarci? Era un uomo anziano, giusto? Aveva il cuore debole, giusto? Lui ha...»

«Chi ha detto che Sheng aveva il cuore debole?»

«Ha avuto una vita piena e ricca.»

Hong mise una mano in tasca, sfiorò con le dita i pezzetti di carta. Tirò fuori il blocchetto e la penna, e scoprì che non aveva alcun problema a ricordare il numero di Shijingshan. Lo scrisse: 43-3641. «Ti prego, trova a chi appartiene questo numero. Ma non usare il Ministero delle Comunicazioni, d'accordo? Passa dalla porta di servizio.»

Chan guardò il foglietto come se fosse velenoso. «Perché?»

«Per soddisfare la mia curiosità.»

«Non essere così curioso. Sei troppo curioso. E pensi troppo.»

«Sono curioso per natura.»

Chan non si decideva a prendere il numero.

«Facciamo un caso ipotetico» proseguì Hong. «Supponiamo che domani io sia denunciato come cattivo elemento, supponiamo che il nostro amato commissario politico decida che ho rivelato delle tendenze antisociali. Supponiamo che io sia sotto processo e sul punto di essere inviato... in un posto qualunque, per essere rieducato attraverso il lavoro forzato. Tu invocheresti il diritto di testimoniare, di scagionare il mio nome? O saresti troppo spaventato?»

Chan sospirò, con un'espressiva esplosione di fiato che gli fece abbassare il mento e sollevare l'addome, facendo sussultare tutto quello che c'era in mezzo. Tese una mano e prese delicatamente il foglietto dalle dita di Hong. «Fammi ricordare,» gli disse mentre procedevano uno accanto all'altro lungo la strada «ti ho mai detto che sei matto?»

3

Si rimescola nel vento

Pechino era il centro dell'universo, e il cuore della città proclamava la sua gloria. Il mattino dopo Hong guardò il panorama dalle finestre al quinto piano del palazzo dei potenti, una distesa di pietra e granito costruita dal più potente di tutti loro, il presidente Mao. Naturalmente con l'aiuto degli urbanisti russi, innamorati dello stile imperiale. A ovest sorgeva la Porta della Pace Celeste e il Palazzo dell'Assemblea del Popolo, in una profusione di colonne. Dal balcone con il tetto di tegole arancione il presidente Mao aveva salutato il suo popolo e sorriso benevolmente verso la Città Proibita, la residenza dell'imperatore che, molto opportunamente, era di parecchi piani più bassa. Dopo tutto l'imperatore era morto, mentre il presidente Mao, come tutti sapevano, un tempo era stato immortale. Di fronte al Palazzo dell'Assemblea del Popolo si estendeva la piazza Tienanmen, la realizzazione ideale di quanto dettato dal presidente: «Distruggere il vecchio per creare il nuovo».

Quelle che trent'anni prima erano piccole strade costeggiate da piccole vecchie case erano diventate uno smisurato spazio di calcestruzzo, con un aggressivo obelisco di cemento al centro, il monumento agli Eroi del Popolo. Quella vista faceva inorridire Hong. Se si guardava a lungo, ci si accorgeva che era particolarmente brutto.

«Bello, vero?» disse la voce alle sue spalle.

La compagna Wei Ye, direttore delle investigazioni, era seduta dietro la sua ampia scrivania di quercia, con un orecchio attaccato al telefono. Coprì il ricevitore con una mano e annuì. «Siedi, ti prego, me la sbrigo in un paio di minuti, è il Ministero della Giustizia. Ti prego di scusarmi.»

Ah, quella voce, quella cadenza di donna anziana, dal timbro così dolce e leggero, la voce di qualcuno che non aveva mai colpito a morte nessuno, che non aveva mai augurato del male a un altro essere umano. Wei Ye non palesava nessun segno del suo rango: indossava una camicetta bianca inamidata e una gonna blu, la divisa degli alti quadri; ma l'ufficio denotava le sue eccellenti connessioni: tende di broccato in seta verde, un televisore olandese. Sopra la testa del direttore, in una cornice dorata che aveva bisogno di una buona spolverata, era appeso un ritratto del defunto presidente Chou En-lai.

Hong si allontanò dalla finestra e prese posto su una sedia imbottita, con un coprischienale di pizzo lavato di fresco, proprio davanti al direttore, su un vasto tappeto blu a fiori. La sedia era tanto più bassa di quella di Wei Ye che Hong si sentiva come un testimone sotto inchiesta.

Il direttore delle investigazioni gli sorrise e scosse il capo a indicare la sua impazienza di concludere quella telefonata. Coprendo di nuovo il ricevitore, disse: «Al Ministero della Giustizia si rendono conto che svolgiamo un buon lavoro. E sono anche molto addolorati per la morte di Sun Sheng». Qualcuno ritornò in linea, e lei si appoggiò allo schienale imbottito di velluto blu. Hong, essendo al grado dodicesimo, aveva diritto solamente al cuoio. Dopo la promozione anche lui avrebbe potuto riposare sulle molle e sul velluto. Per capire il rango di un funzionario, bastava guardare la sua sedia.

Wei Ye disse: «Sì» dentro il ricevitore, e dopo una pausa aggiunse: «Non c'è dubbio» e dopo un'altra pausa: «Non è molto chiaro».

L'ultima frase – *non è molto chiaro* – era altrettanto comune nella conversazione giornaliera che "Pronto?" o "Hai mangiato?" oppure "Ciao". Significava una varietà di cose. Domanda: Sai dirmi perché questo prigioniero non è stato processato? Risposta: Non è molto chiaro, il che significa che nessuno sa spiegarne il motivo, ma abbiamo perso la pratica. Oppure significa che è intervenuto uno degli alti quadri, e non si devono fare più domande. Oppure che quella mattina è mutato l'indirizzo per quel tipo di reato, e non sappiamo cosa fare. Quando il direttore delle investigazioni usava quella frase, l'interlocutore, se gli stava a cuore la salute tanto quanto l'informazione, cambiava rapidamente argomento. Anche se Wei Ye era sopravvissuta grazie alla storia, e non all'abilità, continuava a piegarsi con molto acume al vento politico. Era una canna di bambù, come dicevano dei sopravvissuti.

Terminò la telefonata e posò il ricevitore. Senza fare accenno alle ragioni per cui lo aveva convocato, si informò delle sue investigazioni, ascoltò con un interesse apparentemente autentico, si congratulò con lui per l'allontanamento dell'avvocato tedesco.

«Abbiamo fatto solo il nostro dovere» disse Hong. Avrebbe pareggiato il talento di lei per la falsa adulazione con il suo per l'autentica modestia.

«Comunque, hai condotto a termine l'operazione con un istinto eccellente» ribatté Wei Ye, e poi, senza ulteriori preamboli, aggiunse: «Ho un caso speciale veramente adatto a te. C'è qui un medico americano per uno scambio scientifico di tre mesi. Si chiama Ostrander, di nome Peter: è aggregato all'Ospedale Universitario e alla Facoltà di Medicina, e sponsorizzato dall'Accademia delle Scienze. Sono sorti dei sospetti sulla sua presenza».

«Da dove hanno avuto origine i sospetti?»

«Non è molto chiaro. Il caso ci è stato affidato direttamente dal ministro. Tu diventerai l'interprete dell'americano, in rappresentanza della Commissione Scientifica e Tecnologica del Consiglio di Stato. Cercherai di ingraziartelo, di addentrarti nelle sue abitudini, e farai dei rapporti regolari. Fingerai di essergli amico, di promuovere le relazioni tra Paesi e popoli.»

Le implicazioni si moltiplicavano come farfalle. A Hong erano stati assegnati ben pochi casi che coinvolgevano degli stranieri. Preferiva i criminali di casa sua. I contatti prolungati con gli stranieri, chiunque fossero, esponevano i quadri alla possibilità di accuse di inquinamento spirituale. Le campagne contro una simile contaminazione incominciavano e finivano con imprevedibile regolarità, e con dei risultati anche meno prevedibili. Per contro, il successo con gli stranieri poteva fruttare un viaggio oltremare, per esempio per accompagnare una missione commerciale o una visita di Stato. Era tutto uno sbocciare di fantasie: una sosta sotto l'Arco di Trionfo di Parigi, una corsa in macchina sul Golden

Gate di San Francisco, una visita al giardino botanico di Zagabria, una gita in barca sul Tamigi sotto la torre del Big Ben, che Hong aveva sentito scampanare nelle trasmissioni della BBC. Ma nel sottofondo Hong sentiva risuonare la sirena d'allarme di Chan: *Non devi aver niente a che fare con i loro intrighi.*

«Questo americano» chiese Hong «è una spia?» Si supponeva che tutti gli stranieri fossero spie, anche se molto spesso non lo erano.

«È possibile, e può anche darsi che abbia dei complici. Suo padre lavorava qui come archeologo per i nemici che occupavano il Paese prima della Liberazione. Avrai quanto prima il suo dossier.»

La sirena di Chan si era messa a strombazzare più forte. Come hai fatto a fermare un dossier a mezz'aria? «Ma se è una spia,» osservò Hong molto ragionevolmente «perché non gli si ordina di andarsene?»

«Se ha dei complici potrebbe esserci un intero covo di traditori. È questo che dovrai scoprire.» Le sue risposte trasudavano attese, come quelle di un copione.

«Scusami, ma come nel caso dell'avvocato tedesco, non dovremmo consultare il Ministero della Difesa Nazionale o il Ministero Speciale per la Sicurezza dello Stato?» Combattere un carro armato a mani nude era niente in confronto a una guerra tra i ministeri.

«Il Ministero della Difesa aveva fornito un interprete allo scienziato, ma il suo inglese non era adeguato all'incarico. E il caso non è ancora abbastanza avanti per il Ministero Speciale.»

Per rifiutare quell'incarico occorreva la delicatezza di una cicala che compie la propria muta. Ovviamente ci si aspettava un gesto di rituale ritrosia, perciò il problema consisteva nel renderlo più forte. Hong alzò gli occhi su Wei Ye. Quando aveva fatto l'elogio funebre per Sun Sheng aveva sovrastato la folla. Oggi, quasi sommersa da quella sua enorme scrivania, era una donna minuscola dalla faccia di corvo. Ma, come sempre, la fragilità le era del tutto estranea. Il potere la manteneva giovane, le aderiva come la rugiada a una rosa, le cancellava le rughe e le lasciava il viso pallido e liscio come una pergamena.

«Come sai, il mio carico di lavoro è già abbastanza

pesante,» azzardò Hong «e poi vi sono tanti investigatori più adatti di me per un caso del genere. Yu Tianwei, per esempio, un uomo con una bella mente, e molto versato per le lingue...»

«Il giapponese e il francese, non l'inglese.»

Hong maledì il momento in cui aveva deciso di seguire le lezioni d'inglese alla televisione. Perché non si era dedicato al giapponese o all'urdu?

«Questo incarico viene assegnato a te perché il partito si fida di te,» proseguì Wei Ye «e perché sei molto valido con gli stranieri. Il ministro in persona ti ha raccomandato. Ti ha osservato al ricevimento per gli studiosi britannici tenutosi al Ministero per gli Affari Esteri.»

«Il caso non dovrebbe essere di loro competenza?»

«Quando si serve la Rivoluzione, non importa chi fa il lavoro. Noi operiamo tutti insieme.»

Wei Ye era un compendio ambulante di lezioni su come servire la Rivoluzione, un trattato vivente di propaganda. Bastava presentare un problema alle Tre Tigri, e subito ci trovavano una prospettiva rivoluzionaria. Perfino per concedere ai loro subalterni di contrabbandare eroina o vendere le scrivanie al mercato nero.

«Sto cercando di comprendere questo caso nella sua complessità» disse Hong. «Mi scuso per essere così ottuso. Qual è la ragione, mi domando ancora una volta, per sottrarre il caso al Ministero della Difesa?»

«Sono a corto di personale, e poi sono maldestri. Perderebbero la pazienza e cercherebbero di arrestare l'uomo, anche se ora sarebbe una mossa controrivoluzionaria, una contraddizione. Abbiamo lottato duramente per sradicare l'arbitrario abuso di potere. Siamo troppo democratici per permettere una cosa simile.»

Ah, democratici! Hong si concesse un sorriso. «Che genere di informazioni sta cercando l'americano?» chiese.

«Non ho letto i documenti» rispose Wei Ye, cosa di cui Hong dubitò immediatamente. «Ma tu hai una buona testa. Se qualcuno dice una cosa, tu ne capisci tre.» Si alzò in piedi. «Ancora una raccomandazione,» aggiunse, accompagnandolo alla porta «devi tenere d'occhio gli elementi sovversivi. Non coinvolgere in questo caso il tuo gruppo di lavoro, bensì solo i tuoi collaboratori diretti.»

Chi poteva essere un elemento sovversivo? Chiunque, a seconda della persona a cui si chiedeva. E che cosa importava se tutta la sua unità veniva messa al corrente di ogni caso? Di solito i suoi rapporti li annoiavano. Ma Wei Ye disponeva di tre teste e sei braccia, e Hong colse l'opportunità per proteggere se stesso. «È una cosa irregolare» protestò. «Non mi risulta che siano state impartite istruzioni del genere prima d'ora. Il gruppo di lavoro discute tutti i casi.»

«Comunque, non quelli che riguardano la sicurezza nazionale» replicò il direttore.

«Allora sarà il caso che tu mi metta l'ordine per iscritto, in modo che i miei collaboratori si rendano conto dell'estrema segretezza del caso.»

La tigre sorrise, o meglio scoprì i denti. «Avrai il mio ordine per iscritto» disse dopo una pausa; poi, prima di congedarlo, aggiunse: «Continua a servire il popolo».

Di sotto era tutto normale. Sulla scrivania di Hong una pratica denunciava il fatto che i contadini rubavano i propri meloni per venderli nei mercati liberi. Nel corso della campagna per liberare Pechino dai cani, erano stati trovati e abbattuti due bastardi. I telefoni dell'ufficio erano isolati.

«Un tipico esempio dell'eredità lasciata dal presidente Mao» esclamò Chan, pigiando rabbiosamente sulla forcella del telefono e sperando in un segnale di via libera. «L'installazione di nuove attrezzature distrugge inevitabilmente quelle vecchie. Cosa voleva il direttore da noi?»

«Un americano» rispose Hong.

«Un pedinamento?» disse Chan sorpreso. «Per questo ti ha chiamato? Be', gli americani sono più facili dei tedeschi o dei russi. Sono così impegnati a far perdere le loro tracce che ne lasciano delle altre ancora più evidenti. Che cosa dovrebbe fare, questo americano? Raccogliere dati sull'agricoltura? Scattare delle fotografie ai carri armati?»

«Non è molto chiaro» rispose Hong con voce mesta. «E non è tutto. Hai davanti a te un interprete della Commissione Scientifica e Tecnologica del Consiglio di Stato. Devo diventare amico di un medico americano, devo addentrarmi nelle sue abitudini, devo...»

«Devi essere rinchiuso nella Prigione Qin Cheng Numero Uno. Devi essere messo contro un muro di mattoni e giustiziato.» Chan piegò indietro il capo e agitò un pugno verso il soffitto. Era palesemente preoccupato. «Sarai un bersaglio più grosso che una berlina Shanghai. E per liberarsi di te lei avrà bisogno solo di un'altra campagna contro l'inquinamento spirituale.» Si mise a sedere e si prese la testa fra le mani. «Allora, perché si trova qui il medico? Chi lo ha invitato?»

«Stanno per mandarmi il suo dossier. È una specie di scambio scientifico.»

Chan scrutò Hong come se cercasse di leggere un libro dal centro della stanza. «Perché proprio tu?»

«Il mio inglese è buono. E lei teme che quelli della Difesa combinino dei guai.»

«Preoccupazione fondata. Ma questo non spiega ancora perché ha scelto proprio te.»

Hong tirò fuori le pratiche sui cani e sui ladri. Nel giro di due anni praticamente tutti i cani di Pechino erano stati uccisi o spediti nelle campagne, dove venivano uccisi e mangiati. La ragione ideologica era evidente: gli animali da vezzeggiare in casa erano un segno di decadenza. Ma non tutti. I pulcini e i parrocchetti erano permessi. Delle ragioni pratiche – in quel momento il pragmatismo dominava nettamente sul marxismo – avevano motivato quella scelta: i cani mangiano troppo mentre i polli mangiano poco, ed entrambi possono essere mangiati.

Hong dedicò la sua attenzione ai ladri, soprattutto quelli comuni, da strada, di cui erano vittime gli operai del terzo turno. Ma una settimana prima il secondo segretario della Divisione Tessili del Ministero del Commercio aveva rimediato delle escoriazioni al mento quando tre delinquenti lo avevano spinto in un cespuglio del parco Beihai per rubargli il portafoglio. Poi, sulla terza circonvallazione, erano stati rubati due camion di meloni. Le normali attività antisociali si trasformavano in un'ondata di criminalità. Hong era dispiaciuto per i falsificatori di biciclette, per i proprietari di animali domestici, per i ladri da strada – e compiangeva anche se stesso per essere costretto ad avere a che fare con loro. Comunque, era leggermente assurdo visto che la posizione del partito era chiara: la criminalità non era un problema in Cina.

Hong passò a Chan la pratica dei ladri di meloni. «Occupatene tu, vedi se riesci a trovare il capobanda e lascia fuori gli altri. Non voglio avere sulla coscienza un camion di contadini morti.» Prese le altre pratiche, sbirciò le etichette, e passò il tutto sulla scrivania di Chan. «Provvedi anche a queste. Se ne potrà occupare chiunque tu ritenga opportuno. Poi va' all'Ufficio degli Esperti in Stranieri e fatti dare il dossier dell'americano. Ostrander, nome di battesimo Peter.»

«Si direbbe uno scandinavo» osservò Chan che aveva studiato lo svedese nel tempo libero.

«Scopri chi è stato a garantire per lui all'Accademia delle Scienze, e procurati i rapporti sui suoi viaggi all'estero, la sua storia familiare, qualunque altra cosa che possa condurre a dei complici.»

«Non mi dire che sospetti qualcuno all'interno dell'Accademia.»

«Ancora non sospetto nessuno. Procurati l'elenco delle sue telefonate, fa' sorvegliare ventiquattr'ore su ventiquattro la sua stanza negli alloggi degli stranieri. Io andrò al Ministero della Difesa a vedere se dispongono di qualche informazione.»

Chan prendeva appunti. «Manda Zizang» borbottò. Un certo compagno Zizang era stato aggiunto al personale del direttore quattro mesi prima. Per una settimana si era presentato al lavoro, e poi non si era più fatto vedere. Era ancora iscritto nei quadri come impiegato, e tutti i mesi qualcuno ritirava il suo stipendio. Chi era? Dov'era? Chi ritirava la sua paga?

«Non mi sembri turbato» osservò Chan.

«Una delle due cose: o questo caso potrà essere risolto rapidamente, o si trascinerà così a lungo che la Difesa farà di tutto per riprenderselo.»

«Perché?»

«Molto semplice. Se non è una spia, lo sapremo presto. E se lo è? Leggi i giornali. La Commissione Permanente del Politburo deve nominare qualcuno in sostituzione di Sheng che faccia da collegamento con il Comitato Centrale. La scelta potrà cadere su Wei Ye, o su qualcuno della Difesa, oppure su qualche onesto passacarte del Consiglio di Stato. Quando ero nell'ufficio di Wei Ye, lei parlava con uno di quei leccapiedi del Ministero della Giustizia: probabilmente si stava facendo propaganda e si attribuiva il merito dell'espulsione dell'avvocato tedesco. E tu credi che la Difesa le permetterà di attribuirsi il merito anche di questa operazione?»

«Buona fortuna a lei» disse Chan con prontezza. «Che salga pure fino alla cima, il posto migliore per essere attaccata e liquidata.» Incominciò a radunare le pratiche. «Il tuo amico Boda ha ripreso a vendere le sculture agli stranieri.»

Boda era un artista non ufficiale, uno scultore che non apparteneva a nessuna unità di lavoro, a nessun istituto. Si manteneva con delle vendite ufficiose, soprattutto ai diplomatici.

«Dove lo hai sentito? Lui non me ne ha parlato.»

«È logico. Perché mettere anche te nei pasticci? Boda finirà nelle miniere di carbone a Datong, e sua moglie a curare le malattie polmonari a Urumchi.»

«Come hai scoperto che vendeva agli stranieri?»

«L'ho letto per caso» rispose Chan deciso «su un rapporto al Ministero delle Telecomunicazioni.»

«E cosa ci facevi?» domandò Hong con un sorriso.

«Ti facevo un favore che probabilmente frutterà a entrambi la fucilazione.»

Chan sollevò stancamente il corpo voluminoso dalla sedia. Tenendo le pratiche sotto un braccio, infilò la mano libera nella tasca della camicia. Ne estrasse un pezzo di carta, lo posò sulla scrivania di Hong, e veleggiò verso il corridoio come un uomo privo della benché minima preoccupazione.

Hong guardò il foglietto. Chan vi aveva scarabocchiato: telefono 43-3641, forno crematorio, via Yuquan, Shijingshan.

Al quarto piano le pareti erano dipinte di un delicato verde loto, non di bianco; i corridoi erano più larghi, con la moquette rosso rubino, e gli uffici, be', erano addirittura mastodontici. Quando si saliva verso il cielo, le nubi non diventavano più soffici? Attraversando la sezione più recente dell'edificio, Hong si diresse verso la divisione degli Affari Militari, nell'ala nord-ovest. In quella che un tempo era stata l'anticamera del ministro britannico un giovane funzionario di nome Jin, assistente di Sun Sheng, stava operosamente spostando le pratiche e ripulendo l'ufficio del defunto per il nuovo occupante ancora sconosciuto. Un tempo Jin aveva fatto il saldatore, ma si era molto distinto all'università ed era riuscito a sfuggire al tedio di un laboratorio da tubista. Sheng lo aveva scoperto tre mesi prima nella Divisione Bilanci del Ministero delle Finanze. Apparentemente Hong era andato a fare le condoglianze, e Jin, conducendo Hong nel suo cubicolo accanto all'ufficio, gliele ricambiò cortesemente.

«Mi hanno detto che il servizio funebre è stato splendido» disse Jin. «Tanti fiori, tutto ben sistemato.» Jin era vicino alla trentina, e aveva un bel viso luminoso di stampo Han, con gli occhi incavati. Bello come una ragazza, pensò Hong.

«Tu non sei stato mai in casa di Sheng?» chiese.

«No, non ho mai avuto questo privilegio.»

«Saresti stato il benvenuto al servizio funebre.»

Il giovane esitò, facendo tintinnare la catena delle chiavi: «Mia moglie... mi ha consigliato di non intromettermi. Era del parere che dovevano parteciparvi solo gli alti quadri».

«Veramente? Peccato.»

«Ed è stato bello come dicono?» proseguì Jin, cambiando argomento senza tanta destrezza.

Hong, per intuizione o per una mezza conoscenza inespressa anche a se stesso, scoprì una certa evasività in Jin. Muovendosi con cautela, rispose che sì, la cerimonia era stata molto bella, un doveroso tributo con un lungo elogio funebre tenuto da Wei Ye. Sentendo nominare il direttore delle investigazioni, Jin mutò quasi impercettibilmente espressione: proprio quello che Hong aveva sperato di vedere, ossia la consapevolezza che Sun Sheng era in conflitto con le Tre Tigri. Che altro sapeva il giovanotto?

«Non eri qui venerdì?» proseguì Hong.

Jin sembrò imbarazzato. «Sì, ma sono arrivato tardi e il direttore Sun non era alla sua scrivania. Poi sono uscito per... restituire certi documenti agli archivi del Partito. Se fossi tornato, se si fosse chiamata prima l'ambulanza...»

Dei documenti agli archivi del Partito? Che cosa se ne faceva Sheng? «Non hai niente da rimproverarti» disse Hong. «Chi ha chiamato l'ambulanza?»

«Il direttore Sun in persona. Ma mi hanno detto che aveva già perso conoscenza quando è arrivata. Quando io sono tornato...»

«Non avresti potuto farci niente» lo interruppe Hong, e poi, con una mossa inaspettata – un pulcino uscito da una cosa ben sigillata come un uovo – aggiunse: «Il vecchio Sun lavorava troppo, troppe ore per una persona così anziana».

Nel muro della diffidenza di Jin sembrò aprirsi una crepa. Il giovane si piegò verso Hong, sollevò le sopracciglia e sbirciò il tramezzo che separava il cubicolo dal corridoio. «Lo avevi saputo» disse Jin.

Sì, rispose Hong con gravità, lo aveva saputo.

«Era spaventoso» aggiunse Jin con intensità «vederlo lavorare in quel modo. Negli ultimi tre mesi si era sobbarcato una mole enorme di pratiche, fermandosi fino a tarda sera dopo che tutti se n'erano andati a casa.»

Quali pratiche? si chiese Hong. Ma si limitò ad annuire.

Il giovane proseguì: «Mi aveva detto che leggeva dei libri di storia, ma io... non ci avevo creduto».

«Ah, no?» disse Hong con un interesse molto ben camuffato.

«Si legge la storia per assorbirla. Ma quel guazzabuglio di carte sul pavimento, sulla scrivania, sugli scaffali – tutte sulla guerra di Liberazione. Lui non leggeva, faceva delle ricerche.»

«A quale periodo era soprattutto interessato?»

«Il suo,» rispose Jin «quando erano tutti con il presidente al quartier generale di Yen-an. Aveva delle documentazioni su vecchie campagne militari e su controversie politiche, e studiava molto, come se fosse un rapporto interno dei giorni nostri.»

«Ti è capitato di vedere gli incartamenti che leggeva?»

«No, non mi permetteva di aiutarlo. Era andato personalmente in giro per la città a chiederli.»

Con noncuranza, e con un tocco di meraviglia, Hong disse: «Mi chiedo che cosa stesse cercando».

«Ma è ovvio, credo.»

Hong chinò il capo da un lato. «E sarebbe?»

«Voleva ritrovare la sua gioventù, rivivere il periodo più importante della sua vita. La stessa cosa era accaduta a una mia zia a Xi'an: riusciva a parlare solo del passato. Tu credi...?» Quell'ultimo passo gli risultava faticoso. «Compagno Lu Hong, lui era tuo amico.»

«Oh, sì, era mio amico.»

«Credi... non vorrei recare offesa, ma... ritieni possibile che la vecchiaia abbia avuto il sopravvento sulla sua mente?»

«Sì,» convenne Hong «può succedere.» Una cosa ridicola, trattandosi di Sheng, la cui mente poteva sollevare i venti e aveva mille cambiamenti e diecimila variazioni.

Con indifferenza Hong tornò nell'ufficio di Sheng, e diede un'occhiata ai tre scatoloni di pratiche posati sul pavimento, e ai mucchi di libri che dovevano essere imballati per il trasloco. La grande stanza antiquata odorava di cera da mobili e di tabacco, ed era una testimonianza di quanto fossero stravaganti i gusti del Ministero degli Esteri britannico: pareti a pannelli di quercia, modanature attorno alle finestre e al camino. Sulla mensola era posato un orologio a tre quadranti: quello più grande indicava l'ora in Cina – la stessa in tutto il Paese, senza fusi orari – e i due più piccoli recavano quella di Mosca e di Tokyo.

«Non sono ancora stati trasferiti i casi di cui si occupava?» domandò Hong passando accanto ai tre scatoloni di cartone.

«Sì, certo, abbiamo incominciato ieri. Questi sono suoi incartamenti personali, vecchi documenti di partito.»

Hong si sedette alla scrivania di Sheng. Facendo scorrere pigramente le dita sul piano lucido, fece del suo meglio per sembrare terribilmente attratto dalla vista sul cortile. In effetti i suoi occhi erano fissi sui tre scatoloni posati sul tappeto a pochi centimetri da lui. In mezzo a due pratiche spuntava un angolo di cuoio nero: il calendario da tavolo di Sheng.

«Non so per chi dovrò lavorare adesso» disse Jin, incoraggiato dalla nuova familiarità che si era instaurata con Hong. «Non sono qui da abbastanza tempo per avere dell'anzianità: potrebbero trasferirmi in una delle sottostazioni, ma spero di no, non voglio lasciare mia moglie e mia figlia. E poi mi piace tanto stare a Pechino. Siamo quasi in cima alla lista d'attesa per un nuovo appartamento, e i genitori di mia moglie sarebbero così felici...»

Hong lo lasciò continuare, finché, dopo un'eternità, fu evidente che non avrebbe smesso fino a quando Hong non avesse promesso di mettere una buona parola per farlo restare a Pechino. Hong promise, e Jin, grato fino a rasentare l'adulazione, lo scortò in cima alle scale.

Hong rimase a guardare Jin che si allontanava, reggendosi alla ringhiera. Era certo che Sun Sheng non era andato in cerca della sua gioventù rivoluzionaria, come Jin aveva romanticamente dedotto. Chiaramente il vecchio era andato in cerca di qualche altra cosa, ben felice che Jin fosse stato sviato. Nessuno meglio di Hong sapeva come fosse abile Sheng a manovrare i giovani. Ma che cosa esattamente aveva cercato in quei vecchi documenti degli anni di guerra? E perché non aveva incaricato il suo assistente di andarli a reperire?

Dalla confusione che imperversava nella mente di Hong sgorgò una rabbia inaspettata. Fino a quel momento gli era bastato di poter lavorare, mangiare, dormire, sopportare la follia politica mascherata da verità. Ma se ritenevi falso l'ordine del giorno, se la morte di un amico ti istigava a combattere, probabilmente eri un cattivo elemento, secondo i dogmi del partito. Hong si incamminò verso il suo ufficio pensando al modo di dare un'occhiata a quei tre scatoloni di documenti prima che Jin li portasse via; e, già pronto a inventare le bugie che lo avrebbero reso possibile, rabbrividì al pensiero di dove l'avrebbe condotto quella battaglia.

Nel cortile posteriore Hong diede un'occhiata al suo orologio, una meraviglia importata dal Giappone che gli era costata un mese di stipendio. Il vetro era appannato dall'umidità, e le lancette perdevano quindici minuti al giorno: probabilmente, pensò Hong, riflettevano quello che il proprietario provava nei confronti della sua vita. Tra due ore, alle tre in punto, una riunione avrebbe fatto scendere nell'auditorio tutti quelli del quarto, del terzo e del secondo piano. Il corridoio che conduceva dall'ala nuova a quella vecchia, e quello che portava all'ufficio di Sheng, sarebbero stati vuoti.

Hong attraversò il cortile, sbucò nella Chang'an e svoltò nella Wangfujing, la principale strada di negozi della città. Era a due sole corsie, con i tram che incombevano sulle biciclette e sulle auto da entrambi i lati: la Wangfujing era in costante stato d'assedio. Anche a metà giornata, percorrere due isolati equivaleva a entrare in uno stadio. Lungo i marciapiedi correvano delle transenne per impedire ai pedoni di essere spinti sulla strada. Di fronte all'Hotel Pechino un posteggio di biciclette faceva affari d'oro: era affidato alle cure di una vecchia sorridente sistemata dentro una baracca di legno, al di sopra della quale si levavano sei piani di impalcature di bambù destinate al rifacimento delle facciate di un paio di edifici. In un vicolo largo appena per lasciar passare una persona con la sua bicicletta, c'era un mercatino di vestiti estivi e di camicie fatte in casa. La solita follia: una marea paurosa di gente, mongoli brizzolati con la camicia blu decorata seduti agli angoli delle strade e, di fronte ai grandi magazzini Pechino, coppie di sposini che andavano a cercare poltrone e divani in attesa di lasciare l'appartamento dei genitori per occuparne uno in proprio. I giovani andavano continuamente per negozi, ma non comperavano: guardare era un divertimento poco costoso. Si fermavano davanti agli zaini di tela, ai frigoriferi Toshiba importati dal Giappone, agli album per fotografie. E ai televisori a colori, naturalmente, anche se poi avrebbero finito per comperarne uno in bianco e nero. Solo gli alti quadri e gli agricoltori ricchi potevano permettersi il televisore a colori.

Hong si fermò prima al negozio di orologi, contrassegnato con il numero 174, vicino ai grandi magazzini per l'infanzia, e riferì all'impiegato sul cattivo funzionamento del suo orologio. Il commesso se lo portò all'orecchio, lo scosse, e scrisse una ricevuta.

«Quando sarà pronto?» domandò Hong.

«Tra un anno o due» rispose il commesso con un sorriso tetro. Poi aggiunse: «Minimo tre settimane, forse quattro».

Hong uscì, si diresse verso la via Donghuamen, e si sentì avvolgere in un sudario di calore. Se Guilin e Chongqing erano dei forni, che cos'era Pechino in quella torrida estate, la peggiore degli ultimi dieci anni? Tutto intorno c'era una marea di impiegati in bicicletta diretti a casa per il pranzo, anche se era incredibile come riuscissero a raggiungere la periferia, mangiare e ritornare in due ore. Di solito in estate le ore d'intervallo erano tre, ma la nuova politica economica aveva cambiato anche gli orari. Lo stipendio di Hong, centosettanta yuan al mese, più del doppio di quanto percepisse un operaio medio, era tale da consentirgli di mangiare sovente nei pressi dell'ufficio.

Ancora una volta si chiese che cosa fosse andato a cercare

Sheng negli archivi del Partito. Dimmi, Sheng, cosa c'era di così importante che sei andato a prenderti personalmente quei documenti, non fidandoti neppure del tuo leale assistente?

Il ristorante del mercato Dongfeng esisteva da quando Hong si ricordava, continuando a servire lo stesso cibo passabile. Di tanto in tanto il bilancio consentiva una mano di bianco alle pareti, delle nuove sedie, di recente aveva permesso perfino una insegna al neon, ma come la maggior parte dei suoi clienti il locale aveva un'aria depressa. Hong si sedette a un tavolo sul davanti, dove l'acciottolìo dei piatti proveniente dalla cucina avrebbe mascherato qualsiasi conversazione. Un cameriere in grembiule bianco si affrettò a portare due bicchieri, una bottiglia da un litro di birra, e una bottiglietta di soda. Hong mescolò nel suo bicchiere tre parti di birra con una di soda, spinse da parte il giornale, e si mise in attesa del suo amico Peng Boda. Era piuttosto raro e difficile riuscire a pranzare con un amico, ma Boda aveva lasciato un messaggio in cui chiedeva di vedere Hong.

«Che malinconia! Grondi tristezza da tutti i pori.»

Hong sollevò lo sguardo. La voce piena dello scultore usciva da un corpo dall'aspetto eternamente fragile, sottile come una canna, sempre vibrante di ansietà. Si mise a sedere, spinse via dalla fronte la selvaggia criniera, e si versò un bicchiere di birra.

«Non sono triste» replicò Hong.

«Questa birra è troppo leggera» disse Boda, sorseggiandone un po'.

«È una brutta stagione per la birra. Salgono le quote di produzione, e insieme aumenta la percentuale d'acqua.»

«È questo il nuovo capitalismo?»

«Non credo» rispose Hong. «Questo è il vecchio socialismo.»

Pranzare con Boda era un esorcismo. In quasi tutti tranne Chan, quelle facezie a briglia sciolta provocavano espressioni corrucciate, e anche peggio. Arrivò il cameriere, fece qualche commento sul caldo, e prese le ordinazioni. Hong si offrì di pagare per entrambi, e incoraggiò Boda a mangiare, sapendo che i suoi pasti a casa erano piuttosto scarsi.

«Comunque, hai l'aria cupa» osservò Boda. «E dire che il depresso dovrei essere io.»

«Perché?»

Era una questione politica. Un collega scultore, nel tentativo di far uscire Boda dai ranghi dei dissidenti, lo aveva segnalato per un incarico all'Istituto di Ricerca Artistica di Pechino. Niente di speciale, un posto modesto, ma avrebbe significato materiale gratis e uno stipendio. Hong trovò che era una buona notizia.

«Lo è e non lo è» spiegò Boda. «Se la cosa va in porto, tutto bene. Ma in caso contrario chi mi ha sostenuto viene a trovarsi nei guai. E gli riuscirà più difficile procurarmi creta e attrezzi. Avrei dovuto fare il pittore. La carta, i gessi, gli acquerelli, sono tutte cose che costano meno. Comunque, che devo fare?»

«Forse vale la pena rischiare» consigliò Hong. «A quanto mi dicono, sta prendendo piede un certo liberalismo nelle arti.»

«Forse è così questo mese» rispose Boda. «Ma il prossimo, chissà?» Svuotò metà del suo bicchiere in un sorso, e lo riempì di nuovo. «Tu sei preoccupato» disse perentorio.

«Niente affatto.»

«Ieri ho visto Chan al mercato. Lui non crede che stia prendendo piede il liberalismo nelle arti. Mi ha detto che non dovrei vendere agli stranieri.»

«Lo so. A chi hai venduto?»

Boda sospirò. «A una graziosa ragazza cecoslovacca. Ha comperato un disegno, uno solo. E non voleva spendere molto.» Boda tracannò la sua birra. «Chan mi ha anche detto del servizio funebre. Cosa ti è saltato in mente di metterti a spettegolare con gli autisti, sollevando dei sospetti? Lo sai anche tu che gli autisti parlano nei posti sbagliati. Min pensa che tu sia stupido.»

«Non è la sola.» Min, la moglie di Boda, era un medico che dirigeva una clinica per gli operai delle fabbriche nel distretto di Fengtai. Min credeva nel silenzio come se fosse una religione, un modello di vita. Se non dici niente, nessuno ti può sentire.

«Pensa che anch'io sia stupido» proseguì Boda. «Perché non scolpisco secondo i canoni approvati? Perché lavoro la creta e il metallo, quando a scuola insegnano a scolpire il legno? Perché faccio dei riferimenti storici nei miei lavori? Ma come si fa, mi domando, a *non* fare riferimenti?» Si chinò sul tavolo, abbassò la voce: «Che cosa hanno detto gli autisti a proposito di Sheng?».

«Che è morto in fretta» rispose Hong.

«E?»

«E Chan non dovrebbe parlare di queste cose.» Adesso sapeva perché Boda aveva voluto vederlo. Se avesse approfondito l'argomento, avrebbe incoraggiato Boda a fare delle congetture. Ma Hong aveva bisogno del suo aiuto. «Dove sarai oggi pomeriggio intorno alle tre?»

«A casa, a lavorare su un pezzo nuovo. Perché?»

«Ho bisogno di un favore.» Con molta calma, Hong gli spiegò di cosa si trattava: di una telefonata con domande precise fatte in un ordine particolare. Boda doveva andare all'ufficio postale vicino al suo appartamento, abbastanza presto per garantirsi l'accesso a un telefono e poter chiamare nel momento giusto. Boda lo ascoltò senza protestare, e proprio quando Hong ebbe finito comparve il cameriere con due piatti di gnocchetti e un vassoio di fagiolini e peperoni forti. Boda servì Hong e poi se stesso. Chiaramente affamato, lo scultore si buttò sul cibo, poi alzò lo sguardo, e fece dei cenni di assenso verso il tavolo alle spalle di Hong. C'erano due ragazzi che gesticolavano, con le mani, i polsi e le dita che danzavano animatamente nell'aria a sottolineare una vivace discussione. O per lo meno era quanto sembrava a Hong. Non aveva mai conosciuto nessun sordo.

«In certi casi dev'essere una benedizione» osservò Boda «non poter sentire.»

Hong sorrise. Boda era un romantico, un essere avulso dalla realtà. Se si stava a sentire non si correva il rischio di avere dei guai. Non poter parlare – quella sì che sarebbe stata una benedizione.

4

La regola dell'Aureo Mezzo

Il preludio a una riunione di Divisione non variava mai. Uno alla volta i funzionari più giovani si spostavano verso l'ufficio di Hong, consegnavano i loro rapporti a Chan, e trovavano delle scuse per fermarsi a spettegolare in modo da poter scendere insieme ed entrare nella sala riunioni come un esercito, guidati dal generale Hong. I sorridenti gemelli Wan della sezione di Chaoyang erano tra i primi a comparire: si mettevano a distribuire amabilmente delle sigarette americane procurate dal loro padre, membro del Politburo e vicepresidente della Federazione dei Sindacati; poi arrivavano Qiao Zhifu, un gigante inflessibile addetto all'amministrazione delle sottostazioni, e Nie Deqing, ex leader della Lega della Gioventù, che aveva l'incarico di mediare le controversie familiari.

Hong scherzò con tutti, e non guardò il suo telefono neppure una volta.

Alle due e quaranta incominciò a radunare i dossier dei casi a lui affidati. A quell'ora Boda doveva già essere all'ufficio postale, a tre isolati dal suo appartamento. Hong gli aveva raccomandato di non correre rischi. Era già abbastanza pericoloso che avesse acconsentito così prontamente ad accontentare Hong. In attesa della telefonata, Hong incominciava a rammaricarsi per quella richiesta impetuosa che gli aveva fatto a pranzo. Conosceva Boda da quando avevano entrambi sei anni, da quando i genitori del ragazzo – suo padre era stato un pianista famoso e sua madre un'impresaria di concerti – si erano trasferiti nella casa di fronte nel vecchio quadrante settentrionale di Pechino. In quei giorni subito dopo la Liberazione, tutti si abbandonavano a grandi sogni e a programmi ambiziosi, e le due famiglie trascorrevano molto tempo insieme a prevedere un glorioso futuro. Intorno ai quindici anni Boda e Hong avevano saputo che un tenente dell'esercito, amico del padre di Hong, era stato denunciato come uomo di destra. Una mattina di marzo del 1967, agli inizi della Rivoluzione Culturale, i due ragazzi stavano andando a scuola quando erano arrivati i soldati, avevano trascinato il tenente giù per le scale e lo avevano portato in prigione. Due mesi dopo i genitori di Boda, accusati di esercitare influenze borghesi, erano spariti in campagna per diventare agricoltori, mentre Boda e sua sorella erano stati mandati al sud ospiti di un cugino. Nel frattempo il fratello di Hong era diventato Guardia Rossa, un buon segno, e i genitori, protetti dalla familiarità che avevano avuto con il presidente Mao, erano riusciti a conservare la casa. Attraverso vecchi amici erano perfino riusciti a far entrare Hong nell'esercito. Ma poco tempo dopo il padre di Hong, animato da motivi nobilissimi, aveva pubblicato un rapporto critico sul calo di produzione del riso, e improvvisamente era stato deciso che anche lui aveva un estremo bisogno di rieducazione. Alla comune! A imparare lo spirito dei contadini! A dominare quei pensieri pericolosi! Il padre di Hong era poi ritornato, con lo spirito non solo rieducato ma totalmente distrutto. La stessa cosa era successa al tenente dell'esercito, che in dieci anni era invecchiato di trenta. Hong rammentava ancora di essere andato con i suoi genitori a vederlo scendere dal treno, mutilato e zoppo. I genitori di Boda dovevano essere morti per mano delle Guardie Rosse, o di fame in qualche remota comune. Non si era mai saputo con precisione. In ogni caso, Boda non aveva tombe da pulire, né pellegrinaggi da compiere, come faceva Hong, alla casa degli avi.

Ora la gente preferiva pensare che quel terribile periodo non si sarebbe più ripetuto, che non ci sarebbero più state rivoluzioni culturali. Ma né Hong né Boda erano mai stati molto fiduciosi in proposito.

La telefonata di Boda arrivò alle tre meno dieci, non un minuto prima, non un minuto dopo. I funzionari continuavano a chiacchierare, capitanati da Chan. Hong finì di accendere una sigaretta, allungò una mano stancamente verso l'apparecchio, come se le telefonate fossero un'autentica afflizione, e rispose al secondo squillo.

«Hong, sei tu?» giunse la domanda prestabilita.

«Sì, parla Lu Hong.»

A beneficio di eventuali ascoltatori, Boda proseguì chiedendo se avesse chiamato in un momento poco propizio, e Hong rispose che stava giusto andando a una riunione di Divisione. Boda disse che voleva solo sapere se Hong poteva portare qualche bottiglia di birra per il pranzo della prossima settimana. Certo, rispose Hong, non c'era alcun problema.

Riattaccò, e al gruppo riunito nel suo ufficio annunciò che era stato appena convocato al Ministero degli Esteri per discutere la faccenda dell'avvocato tedesco, e che doveva andarci immediatamente. La notizia provocò un prevedibile carosello di insulti all'indirizzo di quegli arroganti e boriosi burocrati del Ministero degli Esteri. Chan si incaricò di fare uscire tutti dalla stanza.

Hong rimase in attesa. Sentì uno scalpiccìo veloce di passi in corridoio, riconobbe la voce del funzionario addetto ai pagamenti. Un minuto dopo giunse un'altra fuga di passi, provenienti dalla Divisione della Sicurezza dei Confini, situata all'estremità del piano. Forse, pensò Hong, sarebbe stato più facile dire la verità a Chan. Ma probabilmente sarebbe stato dissuaso dallo slogan del giorno di Chan: il fucile colpisce l'uccello che tira fuori il collo.

Alle tre e dieci il corridoio si era fatto silenzioso. Hong si alzò, e infilò nella borsa per documenti la pratica dell'avvocato tedesco. Uscì in corridoio, si diresse verso le scale a nord-est, e senza voltarsi lasciò che la porta gli si chiudesse alle spalle. Sulle scale non incontrò nessuno: salì le due rampe, e sul pianerottolo si appoggiò alla parete per riprendere fiato. Sentiva pulsare le vene sulla punta del pollice, ma una pausa proprio in quel momento avrebbe potuto por termine alla sua impresa prima ancora che incominciasse. Puoi fornire delle spiegazioni valide per il fatto di trovarti qui, si rassicurò. Stai andando a prendere i rapporti sulla sorveglianza all'avvocato tedesco. Effettivamente il Ministero degli Esteri glieli aveva chiesti una settimana prima, se qualcuno avesse voluto controllare.

Il quarto piano era silenzioso come una tomba. Tutte le porte erano chiuse, e da esse non trapelava alcun rumore. Nel cortile stridettero i freni di un'auto e sbatterono le portiere. Qualcuno era arrivato tardi per la riunione. Meglio non andarci affatto, pensò Hong. Il ministro privilegiava la puntualità al di sopra dell'efficienza.

Hong svoltò a sinistra, si diresse verso l'ufficio di Sun Sheng e fece ruotare l'impugnatura. La porta era chiusa a chiave.

Dietro istruzioni di Sheng, Jin aveva sempre tenuto le sue chiavi appese a un gancio sotto la scrivania, in modo che Sheng le potesse sempre trovare. Chissà se c'erano ancora? Hong si introdusse nel cubicolo a tramezzi, si inginocchiò, allungò una mano sotto la scrivania, e andò a urtare con il dito contro il gancio. Una goccia di sangue era un piccolo prezzo da pagare: le chiavi gli caddero in mano.

Si era quasi rimesso in piedi quando sentì delle voci che si avvicinavano.

«È suo nonno» disse una donna. «Prima della Liberazione ha lavorato per il nemico. Lo hanno tenuto segreto, ma adesso lei è rovinata. Non riuscirà mai più a entrare all'università.»

Due segretarie svoltarono l'angolo: una aprì una porta ed entrò, l'altra si sistemò a una scrivania in fondo alla stanza. Era vecchia e saggia, e lavorava lì da circa un secolo. Hong le guardò i piedi da sotto la scrivania di Jin. Se era molto fortunato poteva disporre di venti minuti, trenta al massimo. Alzati, si ordinò. L'audacia è tutto quello che ti è rimasto.

Strisciò lungo la parete che divideva il cubicolo dall'ufficio di Sheng. Si sarebbe trovato per circa dieci secondi dentro la visuale della segretaria, che però non sollevò neppure il capo. Introdusse la chiave, fece scattare la serratura, estrasse la chiave e si richiuse la porta alle spalle. Per un lungo momento premette l'orecchio contro il vetro smerigliato, ma per la segretaria che si trovava in fondo alla sala il tonfo di una porta non costituiva motivo di allarme.

Gli scatoloni erano stati riempiti a tal punto che dovette estrarre con la forza il calendario. Si mise in ginocchio e sfogliò gli incartamenti, soprattutto rapporti sulle riunioni di partito con delle note a margine di pugno di Sheng. Ore di noia mortale, pensò Hong. Il secondo scatolone conteneva una raccolta di direttive per il personale, e il terzo abbozzi di discorsi sulle procedure di sicurezza per le basi militari e le fabbriche di munizioni. L'orologio sul camino suonò la mezz'ora. Sul calendario Hong risalì a tre mesi prima, al mese di marzo. Ogni pagina copriva una settimana, e Sheng vi aveva annotato non solo i suoi appuntamenti, ma anche chi li aveva promossi. «Su mia richiesta... Dietro suggerimento del ministro... In seguito a un accordo formale con l'amministratore del distretto militare di Hebei...» Hong non aveva idea di che cosa stava cercando. Chissà se c'era una lista dei vecchi documenti che Sheng aveva letto? Ma si parlava solo di riunioni a cui aveva partecipato, impegni che aveva mantenuto, telefonate che aveva fatto.

Qualcuno al quinto piano fece cadere una tazza o un piatto con un esagerato rumore di cocci.

Nell'ultima settimana d'aprile Hong vide sul bordo della pagina lo schizzo di una farfalla seguito da una freccia, e subito dopo la parola *Tianjin*. Poi un altro disegno: un cane, o forse un coniglio, sempre seguito da una freccia, e dalla parola *Wu-han*.

Sheng era andato a Tianjin o a Wu-han? No, secondo quel calendario. La prima e la seconda settimana di maggio erano quasi prive di annotazioni, e la terza lo era del tutto. Giugno si apriva con delle semplici note sulle cose da riparare: i condizionatori d'aria olandesi, un registratore. E poi più niente, più nessun appunto. Sheng era morto.

Hong avvertì un rumore sordo di tuono, il suo respiro nelle orecchie. Ricacciò il calendario nello scatolone, lasciandone fuori un angolo come prima. Vi cadde sopra una goccia di sudore, che Hong si affrettò ad asciugare. Prese la cartella e le chiavi di Jin, si fermò di nuovo presso la porta ad ascoltare, poi uscì e richiuse a chiave la porta.

Attraverso una finestra aperta del piano superiore Hong sentì levarsi delle voci concitate: una rarità. Dopo una quindicina di secondi di quel vociare, su tutto l'edificio scese uno strano silenzio. Nessun cigolìo di porte che si aprivano o si chiudevano, nessun rumore di passi in corridoio, nessuno squillo di telefono, nessun ticchettìo di telescriventi.

Hong strinse la cartella sotto il braccio, come se contenesse i segreti più preziosi di tutto il Paese. Dopo aver assunto il suo disinvolto atteggiamento ufficiale, girò attorno alla scrivania di Jin, trovò il gancio delle chiavi senza fare il minimo rumore, e si diresse verso la scrivania dell'anziana segretaria, che alzò gli occhi e gli dedicò un sorriso austero.

«È già finita la riunione?»

Hong spiegò che il Ministero degli Esteri aveva richiesto la sua presenza a proposito dell'avvocato tedesco, e la segretaria, con dei sospiri astiosi all'indirizzo di quegli intriganti di burocrati, si accinse a fornirgli i rapporti di cui aveva bisogno. Poi, senza preavviso, Hong si sentì cadere addosso tutta la follia del suo comportamento. Avvertì uno spasmo alle gambe, e un tremito alle mani. Quando avrebbe chiamato una guardia la segretaria? Era forse cieca?

La donna si voltò con le pratiche in mano. «Questo caldo è terribile, ho le mani tutte appiccicose» disse. «Come sei pallido... ah, sì, eri un buon amico del compagno Sun. Che cosa triste. Veramente triste.»

Hong annuì, con l'espressione più dolente possibile. Improvvisamente si sentì aggredire dalla paura, e si allontanò così in fretta da lasciare perplessa la segretaria.

Dovette arrivare fino alla scala prima che il suo corpo perdesse la battaglia che aveva ingaggiato con se stesso, grondando un sudore copioso. Pensò alla ragazza che non sarebbe mai stata ammessa all'università perché un tempo suo nonno aveva servito dalla parte sbagliata di una guerra ormai remota, e si chiese come fossero riusciti a mantenere il segreto così a lungo. Probabilmente con un'estrema cautela, necessaria per mantenere tutti i segreti. E il loro, come era stato svelato? Come tutti i segreti, compresi alcuni che lo stesso Hong aveva mantenuto: dalla mano impietosa del tempo.

Controllò per un secondo le pulsazioni. Erano rallentate. La sua mente ritornò ai disegni sul calendario del vecchio Sheng, e sulle pagine prive di annotazioni della fine di maggio e dell'inizio di giugno. Si rese conto con assoluta chiarezza del perché non vi erano annotati viaggi a Wu-han o Tianjin. Nell'ultimo mese della sua vita Sun Sheng aveva smesso di annotare tutto – gli appuntamenti e le riunioni – come se avesse incominciato a sospettare che i suoi appunti non erano affatto privati, perfino nel suo ufficio.

Spinto dal desiderio di uscire dall'edificio, Hong decise di fare veramente quello che in un primo tempo gli era servito di pretesto. Al Ministero degli Esteri gli avrebbero espresso la gratitudine del popolo, e avrebbero lodato la sua abilità deduttiva. E visto che ospitavano gli stranieri, e perciò erano provvisti dei simboli appropriati di amicizia tra i popoli, forse gli avrebbero offerto un bicchiere di buon liquore. E, nonostante fosse solitamente astemio, Hong lo avrebbe gradito moltissimo in quel momento.

In via Foyou i suoi ex vicini lo salutarono come se abitasse ancora lì. Era appena scesa la sera, e all'entrata del mercato Xidan alcuni vecchi pensionati si fermarono a salutarlo e a chiedergli del suo lavoro. Cosa ne pensava di quell'ondata di criminalità? Lui ci poteva fare qualcosa? Al di là della strada, il lago posteriore del parco Beihai era pieno di imbarcazioni a remi, e di dipendenti del telegrafo che, nella giornata di libertà, spingevano forsennatamente a forza di gambe dei pedalò con una tendina gialla, sfidando il calore snervante. Be', meglio dire che c'era un'ondata di criminalità, se serviva a dimenticare per un attimo l'ondata di torrida calura.

In fondo al mercato Hong si fermò in una cartoleria a comperare un grosso pallottoliere per suo figlio. Le dita di Bai stavano diventando troppo grosse per la versione standard adottata a scuola. Hong aveva chiesto al direttore di procurarne uno con le palline di osso, che si poteva trovare nell'estremo nord; e il direttore aveva un amico a Jilin. Nel frattempo Hong aveva già pagato nella speciale valuta straniera, e il direttore aveva esibito un nuovo mangianastri giapponese. Le palline di osso erano una stravaganza – chi vizia un figlio più di un padre assente? – ma quello speciale pallottoliere avrebbe molto impressionato gli amici di Bai.

Hong svoltò in un vicolo cieco con delle case a tre piani, che prima della Liberazione aveva ospitato facoltosi mercanti e burocrati. Parecchi isolati, quelli con i tetti e le finestre rimessi a nuovo, erano di proprietà della Radiotelevisione di Pechino, dove Shen Kuang lavorava alla produzione di telefilm. Dopo essersi sposata con Hong, si era assicurata un intero piano quando parecchi suoi compagni erano stati epurati sotto l'accusa di tendenze capitalistiche. Un lieve errore di tempo, pensò Hong: ora sarebbero stati promossi.

Hong si era sentito aggredire da un senso di colpa. Tutti i matrimoni, col tempo, dovevano produrre armonia proprio come una comune produce grano. Il divorzio non era necessario. Se una coppia litigava in continuazione, se una suocera impicciona esasperava una moglie frustrata fino a farla piangere, il comitato di quartiere consigliava pazienza e moderazione. Nel caso di Hong, l'armonia era durata alcuni anni, poi era degenerata in occasionali litigi e quindi nel silenzio. Hong se ne assumeva la colpa, e catalogava i suoi peccati: era privo di energie sociali, collaborava scarsamente ai lavori di casa, non era esattamente un campione a procurare il superfluo. Kuang aveva avuto ragione a chiedergli di andarsene, e per salvare la faccia lui aveva presentato istanza di divorzio, adducendo l'unico motivo valido: "l'incompatibilità totale". Non si era fatta menzione del fatto che Kuang non era interessata al sesso – anzi, trovava sgradevoli le avances del marito. Comunque, questo aspetto del loro rapporto non era sembrato rilevante.

Hong si fermò in fondo al vicolo. Nella luce fioca del pomeriggio, tra il cantare dei grilli e lo stormire delle fronde dei peri nei piccoli giardini recintati, immaginava i banchieri che tornavano a casa nelle lucenti carrozze nere, con i sudici ragazzini dei ricsciò che aspettavano la mancia: immagini che scaturivano dai ricordi di sua madre e dai racconti di Lao She. Alcuni erano ricchi, la maggior parte erano poveri, ma doveva essere stato un periodo emozionante.

Dall'altra estremità della strada, dove un tempo sorgeva una delle antiche porte della città, giunse l'odore dell'olio fritto, che riportò Hong al presente. Tutto cambiava, il passato della città svaniva. Insieme al suo.

Suo figlio era ancora a scuola, e sua moglie, niente affatto disposta ad accettare scuse, era accanto al lavandino intenta a pulire una pentola. O era meglio dire la sua ex moglie? L'istanza di divorzio era stata approvata dal tribunale, ma nessuno l'aveva ancora vista. Il che faceva di lui, che cosa? Un adultero.

«Avevi promesso di portare Bai allo zoo» disse Shen Kuang.

«Ho un appuntamento che non posso disdire» rispose Hong in tono di scusa. «Se andiamo allo zoo, arrivo in ritardo.»

«Non vuole fare un'altra gita in barca, Hong, vuole solo

andare allo zoo. Gli ho detto che ci sareste andati. Ti prego, non deluderlo. Non lo vedi quasi mai, neppure di domenica. Chi può essere più importante di tuo figlio?»

Si mise a preparare uno spuntino da portare allo zoo. «Tutti parlano di te e di quella ragazza» disse senza guardarlo, rivolta verso la finestra. «È terribilmente imbarazzante. Pensavo tu avessi la cortesia di aspettare la sentenza di divorzio.»

Pettegolezzi, pensò Hong. Un passatempo della gente. Quelle notti così calde incoraggiavano le soste sul marciapiede, a giocare a scacchi o a carte, e a pettegolare.

Kuang era una donna sottile, con gli zigomi alti tipici della razza uigura e grandi occhi neri scintillanti. Si muoveva con la grazia di un'acrobata. Anche in inverno faceva ginnastica all'aperto ogni giorno. Agli occhi di Hong era bella come il giorno in cui l'aveva conosciuta, sedici anni prima, a una conferenza sulla Gioventù e la Rivoluzione tenuta dal padre di lei, un direttore del Ministero delle Foreste che aveva contribuito all'istituzione delle giornate dedicate a piantare gli alberi. Kuang riusciva benissimo nel suo lavoro: aveva molto talento, e tutti i suoi compagni di lavoro la rispettavano. Era una madre buona e premurosa. Peccato che le cose fossero andate così.

«Dobbiamo continuare a vivere» disse Hong.

«Sì, ma con dignità. Quella ragazza potrebbe essere tua figlia.»

«Non proprio» obiettò Hong.

«Be', quasi. Questa storia non ti giova di sicuro al Dipartimento.»

Hong immaginò Yamei, la sua ragazza, sul bordo di una piscina, intenta a incoraggiare la sua squadra a riportare vittorie sempre più grandi nel nome del socialismo. Ammirava la sua innocenza, ed era sicuro di poterla assorbire come una spugna. Con lei avrebbe ritrovato qualcosa che aveva perduto.

«Tua madre si è rimessa a scrivere?» domandò Kuang, mettendosi a sedere di fronte a lui. Gli porse una copia del *Quotidiano del Popolo*, che il suo ufficio riceveva con un giorno di anticipo, e indicò una favoletta su un modesto funzionario della dinastia Ming, un pittore, che aveva accusato un suo superiore di frode e abuso di potere. Tutti quei raccontini avevano due significati, uno letterale e un altro che rappresentava un commento sugli avvenimenti attuali. Ma Cui Chun aveva perso il favore degli ambienti letterari ormai da anni. Le riviste non pubblicavano più nemmeno le sue poesie.

«Non è firmato» osservò Hong, facendo correre lo sguardo in fondo alla colonna.

«Comunque, lo stile è quello di tua madre» precisò Kuang, allungando una mano per riprendere il giornale. «Vediamo, l'alto funzionario uccide il pittore, poi violenta e uccide sua figlia. Ovviamente, il pittore è tua madre. Pittore, poeta, non fa differenza. E tu devi essere la figlia. Allora ci si pone la domanda: chi ti violenterà e ucciderà? In quali guai ti stai cacciando?»

«In nessuno» replicò Hong. «L'articolo non è suo. Non è in condizioni di scrivere allegorie sul potere.»

«Puoi anche chiamare cavallo un cervo, ma questa sembra proprio opera sua.»

Hong diede un'altra occhiata al racconto. Il linguaggio era ricco di immagini, le frasi insolitamente piene di ritmo, chiaramente il prodotto di qualcuno con una preparazione di tipo classico. E Hong sapeva che il suo posto alla Sicurezza Pubblica era meno sicuro da quando era morto Sheng. In fin dei conti, Sheng era stato il suo protettore. Ma il *Quotidiano del Popolo* non poteva certo essere infastidito da quelle questioni così terra terra; e se Cui Chun si fosse messa a scrivere delle storie da pubblicare, ne avrebbe mandato una copia a Hong per chiedergli un parere. Era troppo intelligente per mettersi a sollevare delle onde quando il partito era in subbuglio. L'acqua può far galleggiare una barca, ma può anche farla affondare. «Ormai è in pensione» disse Hong con fermezza. «Scrive solo poesie, e per se stessa. Inoltre, questo racconto ha tutte le caratteristiche di un prodotto del Comitato Centrale. Sicuramente si riferisce a qualche battaglia ai vertici.»

Shen Kuang scosse il capo. «Tua madre ti assomiglia. Non riuscirò mai a capirla. Con i suoi trascorsi potrebbe far parte del Comitato Centrale. Potrebbe proteggerti da tutti. Potrebbe avere una di quelle belle case di Haidian, vicino all'università. E anche tu avresti una posizione di privilegio, e ti arricchiresti come tuo fratello.» Intrecciò le mani in grembo e abbassò lo sguardo su di esse. «E non capisco neanche te. Qualche volta sei così *corretto*, il che ti danneggia, e poi offendi la gente non partecipando alle riunioni politiche e facendo del sarcasmo sulle nuove riforme economiche.»

«Chi lo dice che sono sarcastico?»

«Lo sei sempre, lo sei sempre stato, e di recente...»

Le sue parole rimasero sospese nell'aria. Smise di parlare, si volse, e in quel preciso istante Hong si rese conto di una cosa incredibilmente ovvia: Shen Kuang aveva un amante, il suo caro amico Zhu Gang, commissario politico della Divisione Investigativa. Hong si ricordò della conversazione con Zhu sul pianerottolo: *Tua moglie è sovraccarica di lavoro. E come va il ragazzo a scuola?* Quando i macellai si incontrano, parlano di maiali; quando gli studiosi si incontrano, parlano di libri; e un uomo che corteggia tua moglie le racconta che non sei molto assiduo alle riunioni politiche. Hong rabbrividì di disgusto. Zhu Gang sarebbe stato un orribile sostituto di padre. Dogmatico e freddo, con una mente paragonabile a una dozzina di coltelli che non tagliano, e senza niente che li affili.

«Se diventassi commissario politico,» disse Hong per saggiare il terreno «se accettassi l'incarico... tu...»

Lei gli posò un dito sulle labbra. «No. Non è questo il punto, te l'ho già detto. Certe volte sei proprio ingenuo. Mi sono sposata troppo giovane, tutto qui.»

Un modo per dire che non lo aveva mai amato?

Bai, il loro figlio undicenne, entrò con la cartella appesa al braccio. Per sua fortuna aveva ereditato gli zigomi di Kuang, la sua bocca perfetta e piena.

«Papà!» esclamò. «Ho superato gli esami di letteratura! E ho preso il massimo dei voti in politica! Ascolta.» Si mise in posa, gonfiò il piccolo torace. «Dopo un secolo di eroiche lotte,» disse, recitando a memoria il preambolo della Costituzione «il popolo cinese, guidato dal Partito Comunista e dal nostro grande capo e maestro il presidente Mao Tse-tung, è finalmente riuscito ad abbattere il governo reazionario dell'imperialismo, del feudalesimo...»

Bai lo recitò tutto con il fervore di un autentico rivoluzionario. Che sollievo! L'ammissione a una buona scuola superiore era più competitiva che mai, anche per chi aveva delle buone maniglie.

«... e si impegnano per il progresso e l'emancipazione dell'umanità.» Bai sorrise, molto fiero di sé. «L'ho detto bene, no? Sono stato l'unico della mia classe a impararlo tutto a memoria.»

«Sono molto sorpreso» dichiarò Hong. «Alla tua età non ero certo uno studente brillante come te.»

«Adesso possiamo andare allo zoo?»

Hong rispose che sì, sarebbero andati allo zoo. Offrì a Bai il nuovo pallottoliere, che il ragazzo accolse con gridolini di gioia, poi prese il cesto del picnic. Il ragazzo fece strada ai genitori verso la fermata dell'autobus, ma si fermò sull'angolo e alzò gli occhi, preoccupato.

«Cosa c'è?» domandò Hong.

«Papà, quel racconto sul giornale, la nonna scrive delle cose pericolose? Ci metterà nei guai?»

Hong lanciò un'occhiataccia interrogativa a Kuang. Che bisogno c'era di spaventare il ragazzo? Stava forse cercando di metterlo contro di lui? Kuang distolse lo sguardo.

«No,» rispose Hong «non avremo nessun guaio. Andrà tutto bene.»

Al complesso sulla Tsungenwai la sentinella era lo stesso sbarbatello di guardia il giorno del servizio funebre di Sun Sheng. Hong presentò il suo documento di identificazione, disse che la vedova del compagno Sun lo aspettava, e attese che si aprisse il cancello. E invece la sentinella sollevò il ricevitore del telefono e fece un numero.

«Ma io sono atteso, la compagna Ma Sufei sa che dovevo venire» protestò Hong. La sentinella lo ignorò e chiuse la porta del posto di guardia.

Dopo una breve conversazione al telefono, il giovane militare spalancò la porta. «Devi aspettare» disse.

«Non capisco, il mio nome è sulla lista, come vedi. Qual è il problema?»

«Devi aspettare» ripeté la sentinella richiudendo la porta.

Hong considerò la possibilità di fare una scenata. Un vicedirettore della Sicurezza Pubblica avrebbe dovuto essere trattato con più rispetto. Ma discutere con un soldato non gli sarebbe servito a niente. I militari non riconoscevano il rango di nessun altro. L'esercito era investito di molti poteri, compreso quello di fare tutte le leggi.

Hong si mise a passeggiare al buio, pensando a Sun Sheng e agli incartamenti sulla guerra. Aveva avuto in mente di saldare dei vecchi conti? E con chi? Alzò gli occhi. Al di là della strada, nella sede del quartier generale dell'esercito, era tutto uno sfolgorìo di luci, così forti che si poteva leggere senza strizzare gli occhi. Dietro delle tendine trasparenti al terzo piano un uomo e una donna si abbracciavano, proiezioni della passione. Hong li invidiò, costretto com'era a vivere in uno squallido appartamento che non osava neppure chiamare casa, e a incontrare suo figlio una volta o due alla settimana. Allo zoo Bai aveva chiesto se alle tigri pesava stare in gabbia. Certo che no, aveva risposto Hong, hanno caldo d'inverno, e mangiano bene.

Erano passati cinque minuti, la strada si era fatta più scura, il colletto incominciava a pizzicargli la pelle. Ma è stato meglio così, si rassicurò, io non le ho dato la felicità. Passò un'auto, a luci spente: in teoria per risparmiare la batteria. Guidavano tutti con i fari spenti, anche nel cuore della notte, ma i caporioni dell'esercito consumavano l'elettricità per far l'amore, una cosa che si poteva benissimo fare al buio.

Hong accese una sigaretta, ne aspirò qualche boccata, poi la spense sulla suola della scarpa e la rimise nel pacchetto. Era ridicolo, e oltraggioso. Sicuramente Ma Sufei lo stava aspettando. Dopo quindici minuti che in quel caldo umido gli erano sembrati un'ora, scorse una piccola figura che si avvicinava al cancello dall'interno: una ragazza che avanzava con l'incedere lento di un cavallo. Hong si rammentò di averla vista al servizio funebre, ma in quella mezza luce faticava a identificarla. Poi ricordò la sua andatura, e il nome affettuoso che le avevano dato... Pony. Era la segretaria di Ma Sufei, e proveniva dalla Commissione degli Affari Economici.

«Lu Hong, ti chiediamo scusa» disse freddamente mentre si apriva il cancello. «Mi dispiace che tu abbia dovuto aspettare. La compagna Ma si stava preparando per un viaggio.»

«Ah, e dov'è diretta?»

«A Guangzhou, per tre settimane di riunioni sul commercio.»

Sun Sheng era morto da meno di una settimana, e la mandavano a Guangzhou? Incredibile.

Sun Ch'ien, il figlio maggiore di Ma Sufei, si fece loro incontro in fondo alle scale. Cosa ci faceva lì? Al servizio funebre aveva dichiarato di avere degli affari urgenti a Chongqing, dove abitava.

«Sono rimasto per aiutare mia madre» disse con voce incolore, facendo strada su per le scale.

«State smobilitando tutta la casa?» domandò Hong. «Gliela portano via?»

Sun Ch'ien si guardò alle spalle. «No, certo che no» ribatté prontamente, e poi aggiunse, in tono più pacato: «Mi sono preso qualche giorno di permesso per farle compagnia».

Un'accoglienza peggio che scortese, praticamente ostile. Inattesa da parte della ragazza, ma addirittura sconvolgente da parte di Sun Ch'ien. Anche se non erano mai stati amici intimi, da bambini avevano giocato a biglie insieme, e più tardi avevano condiviso le prime avventure al cinema. Fin dall'infanzia a Ch'ien era mancata l'umiltà del padre e della madre. Quand'era appena adolescente, si pettinava i capelli all'indietro, come un adulto. A ripensarci, sembrava un dittatore in miniatura: prendeva sotto la sua tutela gli altri bambini, e guardava giù per il suo lungo naso con un'aria imperiosa. Ma non aveva mai trattato Hong in quel modo.

La casa sembrò improvvisamente vuota a Hong. Senza Sun Sheng e la sua grande risata, tutto il mondo sembrava vuoto.

Nell'ufficio di Ma Sufei, le sedie, la scrivania e il pavimento erano stati coperti di stoffa e carta. Accanto al divano erano posati, pieni fino all'orlo, due bauli e tre valigie. Tutta quella roba per un viaggio di tre settimane? Ma Sufei sollevò gli occhi da uno scatolone pieno di pratiche. Con un tremito nella voce, spiegò che già da mesi era stata programmata una conferenza sulle Zone Commerciali Speciali, e il suo vice non se la sentiva di affrontarla da solo.

«Bisogna che io ci vada» concluse con voce rassegnata. «Dovrò accantonare il mio dolore.»

«Quando parti?»

«Domani mattina, con il primo volo.» Sistemò il coperchio sullo scatolone di incartamenti. «Su, prendiamo un po' di tè» disse con improvviso finto buon umore. «Dimmi di Bai, come se la cava?»

Con Hong alle calcagna, l'anziana donna si trascinò lentamente fino al salotto, nella parte posteriore della casa. Era chiaramente distratta dai preparativi per la conferenza. Sun Ch'ien li seguì, e la segretaria portò il tè.

«Potete andare a finire di fare i bagagli» le disse Sufei prima di mettersi a sedere.

«Restiamo con voi» rispose la ragazza. Il suo viso delicato mostrava amore e rispetto, ma i suoi modi avevano una durezza da mastino. Insieme a Sun Ch'ien andò a sedersi sul divano sotto la finestra. La loro presenza silenziosa e attenta scombussolava Hong: si mise a parlare genericamente della scuola di Bai, a voce alta per superare il ronzìo incessante del condizionatore d'aria, e riempì l'aria vuota con la sua voce. Ma Sufei gli teneva testa, ma nessuno dei due parlava con l'altro. La loro conversazione era destinata alle pareti, alla coppia immobile sul divano. Sufei non poteva parlare in presenza di suo figlio? La donna si lisciò nervosamente i capelli, e lasciò raffreddare il tè nella tazza. Hong si sentì morire le domande in gola. Perché Ma Sufei aveva deciso di far cremare Sun Sheng? Perché, anche se in apparenza era calma, ogni suo gesto tradiva una grande agitazione?

Dopo mezz'ora comparve un autista per caricare i bagagli di Sufei, che l'avrebbero preceduta a Guangzhou.

«Ci vediamo al mio ritorno» disse l'anziana donna a Hong, alzandosi faticosamente in piedi e dirigendosi verso le scale. Di nuovo la seguirono la ragazza e Ch'ien, tirandosi appresso Hong. «Aspetta,» disse Sufei, dirigendosi verso la biblioteca «ho un regalo per te.»

Si avvicinò agli scaffali che contenevano i preziosi libri di suo marito, e si fermò presso una fila piena delle opere di Confucio: decine di edizioni vecchie e nuove, con molteplici copie di molti di essi.

Sheng era solito dire scherzando che se mai fossero venuti a portargli via i suoi libri, lui ne aveva messi da parte abbastanza per un lungo inverno. A Hong piaceva moltissimo guardare quei libri: erano l'immagine dell'uomo che li aveva raccolti. Ma Sufei, come se sfiorasse una tastiera, fece scorrere delicatamente le dita sui dorsi dei volumi. E mentre cercava nello scaffale, i suoi due accompagnatori, che erano lì solo per aiutarla a fare i bagagli, facevano altrettanto. Dopo qualche istante Ma Sufei tirò fuori un libro, un grosso volume nuovo rilegato in cuoio marrone.

«Eccoti,» disse, spingendolo tra le mani di Hong «lui avrebbe voluto che lo avessi tu.»

Hong sentì gli occhi della segretaria che si spostavano dal libro alla sua mano. Se avesse potuto aprirlo da dieci passi di distanza, lo avrebbe fatto.

Prima che Hong potesse aprire la copertina del libro, Ma Sufei lo prese sottobraccio e lo condusse giù per le scale. All'ingresso del cortile lo ringraziò per la visita, lo salutò sfiorandogli delicatamente il braccio con la mano, poi ritornò sui suoi passi tallonata dai suoi due segugi. All'ultimo istante Hong vide che, attraverso le vetrate della porta, gli lanciava uno sguardo carico di un vacuo terrore, come quello di un condannato che veniva condotto davanti al plotone d'esecuzione.

Fuori dal cancello, sotto la fioca luce di un lampione, il libro si aprì a una pagina precisa, dov'era stato messo un segnalibro. Hong lo esaminò con attenzione. Sul retro, nella veloce calligrafia di Sun Sheng, era scritto: «Se il nome non è giusto, le parole non suonano vere». Una semplice affermazione di Confucio, a indicare che una cosa dev'essere nominata correttamente prima che la si possa capire. In cima alla pagina, c'era il titolo così spesso citato da Sun Sheng: «La regola dell'Aureo Mezzo» e sotto: «Se A è vero, B non è falso».

5

La ricerca della verità attraverso i fatti

Gli uomini e gli animali sono simili. Quando hanno fame, mangiano. Quando sono stanchi, dormono. Quando sono adulti, si accoppiano. Ma l'uomo è diverso dall'animale perché possiede uno spirito, un'anima, che lo spinge verso il bene o il male.

O, per lo meno, così aveva detto Sun Sheng. L'idea era tutt'altro che marxista. Per sua natura, secondo Marx, l'uomo doveva impegnarsi nella lotta di classe. Ma quel venerdì mattina, mentre pedalava verso il suo ufficio, Hong rimuginava sui concetti di Sun Sheng. Aveva voluto dire che alcuni uomini nascevano buoni e onesti, e altri contrabbandieri e ladri? Sheng non si stancava mai di spiegare che l'anima di un uomo onesto imponeva di andare a cercare il male e distruggerlo.

Prima di raggiungere il suo ufficio Hong si fermò al centro telex per ritirare i rapporti arrivati nella notte dalle principali sezioni urbane del Dipartimento. I telex solitamente arrivavano alle quattro o alle cinque del mattino, per sfruttare il periodo in cui le linee erano meno occupate. Le macchine giapponesi erano in funzione: tutte in fila contro una parete, erano affidate a degli impiegati dietro un lungo bancone con cestini di filo metallico destinati ai vari settori. Vicino alla porta si stavano aprendo alcune casse con nuove apparecchiature, sotto la supervisione di Ling Lipin, il direttore delle Operazioni.

«Ecco l'eroe del mese» disse Ling. «Congratulazioni per il caso del tedesco. Guarda che caos! Nuove macchine, ma niente fili di collegamento. E poi, hanno mandato i nastri sbagliati.»

«Non c'è niente di insolito» osservò Hong.

«No» ribatté Ling irritato. «Tutto come al solito. Giusto una volta, tanto per cambiare, sarebbe bello se qualcosa arrivasse come l'ho ordinata. Che tipo di tedesco era?»

«Sbadato» rispose Hong.

«Volevo dire, dell'est o dell'ovest?»

«Dell'ovest.»

Ling, ormai vicino alla cinquantina, era considerato un giovane quadro emergente. Si era laureato in storia all'Università di Nanchino. Un brutto tic gli faceva vibrare la guancia sinistra, e aveva quello sguardo altezzoso che, per esperienza, Hong sapeva appartenere solo alle persone molto stupide.

Ling domandò: «Chi subentrerà agli Affari Militari ora che Sun Sheng è morto?».

«Come faccio a saperlo?» rispose Hong, chiedendosi perché mai Ling potesse pensare il contrario.

«Davvero? Non hai idea? Ieri hai visto il direttore delle investigazioni. Ho pensato che forse voleva consultare te, che eri così legato a Sun.»

Ling ambiva a quel posto – era una buona occasione per procurarsi una posizione politica – ma per pensare che Hong avesse una qualche influenza bisognava essere di un'ingenuità incredibile. Eppure Ling doveva avere delle buone fonti, altrimenti non avrebbe saputo dell'incontro con Wei Ye.

«Ling, nessuno mi consulta su cose così importanti.»

«Ascolta, Hong,» disse ancora Ling piegandosi sul bancone «se pensi ci sia qualcosa che posso fare per proporre il mio nome...»

«Ci rifletterò» rispose Hong. Prese i rapporti e uscì.

L'ordine relativo alla segretezza sul conto dell'americano che Wei Ye aveva promesso arrivò dieci minuti dopo, portato da un giovane funzionario con una calvizie precoce in cima alla testa. Aveva il colorito intenso e la bizzarra espressione di un monaco di quei monasteri nel lontano nord dove la religione era ancora tollerata. No, si corresse Hong, non tollerata. L'anno precedente la religione era tollerata, ora era incoraggiata.

«Buongiorno, vicedirettore. La compagna Wei Ye ti prega di firmare questo ordine, così lo posso riportare indietro» disse il "Piccolo Monaco", porgendogli il foglio.

«Scusami, ti conosco?» chiese Hong.

«Sono Wu Keping, assistente del direttore delle investigazioni. Forse ti ricordi di me. Ero studente nella tua classe a Fengtai.» Il Dipartimento aveva un centro di addestramento vicino alla stazione ferroviaria di Yongdingmen. Hong aveva partecipato a un ciclo di lezioni di procedura costituzionale. I funzionari di polizia qualche volta – anzi, molto spesso – dimenticavano che tutte le persone hanno dei diritti: per esempio, non si può trattenere un prigioniero più di dieci giorni senza un'accusa formale. Il corso era stato un successo, con il risultato che i prigionieri venivano trattati con meno arroganza; ma Hong non si ricordava assolutamente del Piccolo Monaco.

«Sì, hai un'aria familiare» disse, salvando la faccia a entrambi. «Eri un bravo studente, vero?»

«Ho dovuto ripetere il corso due volte» rispose Wu afflitto.

Wu posò sulla scrivania di Hong l'ordine di segretezza. *Per quanto concerne l'ospite straniero Peter Ostrander, medico americano in missione di scambi scientifici: si conviene che tutte le indagini relative al suo caso non dovranno essere discusse dai gruppi di lavoro del Dipartimento o fuori dall'ufficio del quarto vicedirettore delle investigazioni.* La firma di Wei Ye, a tratti minuti, era stata apposta sopra uno spazio destinato a quella di Hong, e completata dal suo sigillo. Era stata maldestra, pensò Hong. Stupidamente aveva dato il suo benestare, ma non avrebbe avuto indietro quello di lui.

«Mi ci atterrò scrupolosamente» disse Hong al Piccolo Monaco. «Grazie per avermelo portato.»

Il Piccolo Monaco sbatté le palpebre. «Ma... Ma...»

«Ancora grazie, e ringrazia il direttore da parte mia.»

Povero compagno Wu, preoccupato di ingraziarsi un padrone impossibile. Esitò, ma Hong si limitò a sorridere. Appena il Piccolo Monaco si volse per andarsene, si spalancò la porta e Chan si precipitò nell'ufficio, palesemente soddisfatto di sé. Il Piccolo Monaco abbozzò un cenno con il capo, fece un mezzo inchino e uscì.

«Chi era?» domandò Chan.

«Wu Keping, il messaggero del direttore.»

«Dovrebbe mangiare meglio, ha l'aria affamata.» Chan vide il foglio sulla scrivania, lo prese e lesse in silenzio. «Che roba è?»

«L'ho chiesto io» rispose Hong.

«Perché?»

Hong prese l'ultima sigaretta, accartocciò il pacchetto, e lo gettò verso il cestino della carta, mancandolo. «Quando il direttore delle investigazioni mi chiede di ritoccare le disposizioni,» disse, senza dimenticare che qualcuno poteva origliare, compreso il Piccolo Monaco appena uscito in corridoio «penso che un po' d'inchiostro sia meglio di una buona memoria.»

Chan raccolse il pacchetto accartocciato e lo buttò nel cestino. «Sei un idiota,» disse, accendendo un fiammifero «e fumi troppo.»

Hong si chinò verso la fiammella e aspirò. «Anche tu, anche tutti noi.»

«È vero, è vero» ammise Chan pensieroso, e si lasciò cadere sulla sedia. «La pratica dell'Accademia delle Scienze sul conto dell'americano sarà qui domani.»

«E i quadri che hanno approvato gli scambi scientifici?»

«Mi procurerò una lista dei nomi. A che cosa ti servirà?»

«A niente, probabilmente.»

Chan si chinò ad allacciarsi le scarpe. La stringa si ruppe. «O i miei piedi sono diventati più grossi, o questi lacci non sono più quelli di una volta.»

Hong tirò su col naso, si schiarì la gola, allungò una mano verso la scrivania per prendere un fazzoletto.

«A forza di parlare di raffreddore, ne prenderai uno» osservò Chan.

«Meno male che non sei un medico. Non dormo bene, per questo ho il raffreddore.»

«Avrei potuto esserlo» rispose Chan con aria sognante da dietro la scrivania. «Se le università non fossero state chiuse. Non è giusto quello che è successo a noi. I ragazzi di oggi non sanno cosa abbiamo sofferto.»

Hong, che lo aveva sentito un centinaio di volte, diede la risposta desiderata: «Sì che lo sanno. Lo hanno letto fino alla nausea».

«Be', forse. Ma continua a non essere giusto.»

«Chi ha mai detto il contrario?»

A Chan piaceva molto lamentarsi, e a Hong stare a

sentirlo. Un legame di amicizia che il presidente Mao non aveva previsto.

Hong si appoggiò allo schienale, fece ruotare la sedia e il suo sguardo si posò sul cavedio di mattoni. Poi prese un foglio da un angolo della scrivania e sollevò la penna a sfera. Questo è un esperimento, si disse, le divagazioni di una mente oziosa. Imbocca un sentiero e vedi dove conduce. Sheng aveva letto i documenti che parlavano del gruppo di Yen-an. Perché? Vecchie battaglie, ormai finite. Su cosa, o chi, aveva indagato Sheng? Hong si richiamò alla mente, come una diapositiva su uno schermo, la fotografia sulla libreria di Sun Sheng; poi un'altra diapositiva, la parete di fotografie nello studio di sua madre. Alcuni dei vecchi rivoluzionari erano morti, altri erano vivi, e altri ancora... be', erano passati troppi anni, Hong era stato in troppi posti per ricordare. Chi era morto mentre lui era nell'esercito? Scribacchiò dei nomi e redasse una lista con i nomi dei quadri più importanti – quelli che Sheng doveva aver conosciuto, e che erano stati a Yen-an con il presidente Mao. Ne risultò un elenco di trentanove nomi: trentadue uomini e sette donne, tra cui la madre di Hong e Wei Ye. Cancellati quelli che Hong sapeva essere ancora in vita, ne restavano ancora ventitré. Allora, disse finalmente a se stesso, fin dove vuoi arrivare? Cercate la verità attraverso i fatti, diceva il presidente Mao, e anche i suoi successori. Lo slogan del decennio. Allora, dov'erano i fatti?

Hong si alzò in piedi, mise la lista in una cartellina verde e poi nella borsa, e prese un pacchetto nuovo di sigarette dal cassetto di centro.

«Dove vai?» domandò Chan.

«A fare una passeggiata.»

«Dove?»

«Dove posso cercare la verità attraverso i fatti.»

Sulla Chang'an alcune donne con grembiuloni e berretti grigi, a bordo di camion muniti di scale per raccogliere la frutta, andavano in giro a spruzzare i carrubi. Le donne portavano delle maschere sul viso, ma il pesticida faceva bruciare gli occhi a Hong. Gli alberi pulivano l'aria, e i pesticidi la insozzavano.

L'Archivio Municipale era lontano da raggiungere a piedi. Se il servizio trasporti del Dipartimento fosse stato meno efficiente e non avesse registrato tutte le uscite di automezzi, Hong avrebbe preso una macchina con autista. Usare la bicicletta gli era sembrato troppo faticoso. Forse stava per avere il raffreddore che si era inventato due giorni prima. Cercò di ricordare come l'Archivio Municipale registrasse le indagini. Erano anni che non aveva avuto motivi di andarci. Gli avrebbero richiesto un documento di identità del Partito e della sua unità operativa, e... e che altro?

Si sentiva oppresso dal caldo, e aveva la sensazione di collassare. Gli bruciava la gola, e senza dubbio alla fine della giornata si sarebbe ritrovato a combattere una bella febbre. Prese l'autobus N° 32 fino all'angolo di Xidan Nord, si trasferì sul N° 5 e sedette di fronte a due nonne con dei bambini sulle ginocchia. Con dita impazienti ridusse a pezzetti il biglietto. L'autobus oltrepassò il parco Jingshan, e poi un'impalcatura di bambù. Un altro palazzo per abitazioni che stava crescendo. Un tabellone recava la scritta: IL TEMPO È DENARO, È FANTASTICO ESSERE RICCHI. Un lato della nuova costruzione sarebbe stato un muro compatto di mattoni, cosicché i suoi abitanti, probabilmente lavoratori degli alberghi, non avrebbero avuto nessuna vista sul complesso che ospitava i leader dello Stato.

Hong scese dall'autobus sulla Wenjin, di fronte al complesso della Biblioteca di Pechino, cinto di mura rosse. Improvvisamente era di nuovo nell'esercito, di pattuglia lungo il confine vietnamita, al crepuscolo, con ancora abbastanza luce per beccarsi una pallottola. Mentre l'autobus si allontanava, fu sul punto di perdersi d'animo. Torna indietro, pensò, lascia perdere tutto, seppellisci i tuoi sospetti, e lasciali riposare in pace come i morti.

Salì la ripida scalinata dell'Archivio e aprì la porta. Il salone, dell'altezza di tre piani, aveva il soffitto a travi di legno. Le stesse stampe riproducenti Lenin e Marx, presenti nell'ufficio di Hong, lì erano appollaiate su una piccola piattaforma sotto una fila di finestre vicino al soffitto. Lungo i due lati del salone correvano lunghi banconi di legno biondo con delle sedie per chi andava a consultare i documenti. Quanto alle misure di sicurezza, Hong assorbì tutto immediatamente: le guardie erano sul punto di addormentarsi, la ragazza con la casacca rossa seduta alla scrivania principale sarebbe stata distratta dalla lettura di *Cinema Popolare* solo da una fucilata, e lo schedario sul banco sembrava che non fosse stato aperto da un'eternità. Proprio di fronte alla porta principale c'era un passaggio a sbarre rotanti, incustodito. Hong si diresse verso la ragazza, esibì il lasciapassare del Dipartimento, e passò al di là delle sbarre come se lo facesse tutti i giorni.

In un chiosco al centro del salone principale era sistemato un impiegato addetto alle informazioni, che sonnecchiava su una copia del giorno prima del *Quotidiano della Sera*. Hong attraversò risoluto la sala e andò a piantarsi davanti al chiosco.

«Nascite e morti?»

«Torna indietro e gira a destra» rispose l'impiegato senza sollevare il capo dal giornale.

Le morti di trent'anni occupavano una nicchia minuscola, quelle degli ultimi sei anni una stanza grande come l'ufficio di Hong. Forse oggi la gente muore più di frequente, pensò Hong. Non c'erano indici. Per trovare dei nomi precisi bisognava sfogliare i registri anno per anno. Ci sarebbero voluti dei mesi per mettere insieme ventitré nomi. Doveva esserci un modo più facile. Hong si spostò al settore delle nascite, ed ebbe la fortuna di trovare un indice dei decessi oltre che delle nascite, con le enormi pagine tutte spiegazzate e ingiallite dal tempo. Andò a sistemarsi a una bella scrivania antica, con uno splendido lavoro di intarsio in avorio, sfortunatamente macchiato di acqua e imbrattato di scarabocchi.

Nel giro di un'ora aveva trovato quattordici nomi, tutti di uomini. Quattordici della sua lista di ventitré erano defunti, e il modo della loro morte era un testamento al concetto della coincidenza. Qui una lisca, pensò Hong, là una squama. Chissà se presto si sarebbero rivelate la testa e le pinne?

Al suo ritorno in ufficio trovò Chan che lo aspettava. Il suo assistente gli aprì la borsa e ne estrasse la cartellina verde.

«Una lista di ladri di biciclette» disse Hong, cercando di riprendersela.

Chan aprì la cartella. Man mano che leggeva, spalancava sempre di più gli occhi. Hong aveva riscritto la lista di quattordici nomi, raggruppandoli secondo la data di morte.

«Pazzesco» commentò Chan.

«Quattordici vecchi quadri, che erano tutti a Yen-an» disse Hong. «Guarda. Undici di loro sono morti in quattro e quattr'otto, a pochi giorni di distanza. Come se avessero appreso qualcosa nello stesso momento.»

«Sì. Quel tipo di morte è inevitabile.» Chan scorse la lista. «In tutto il Paese. In città diverse. E in un periodo di quanti anni... dieci, quindici? Non sono da mettere in relazione, Hong, tu stai rincorrendo delle volute di fumo. Gli alti quadri erano numerosi a Yen-an. Un uomo che muore a Guilin non ha niente a che fare con uno che muoia a mille miglia di distanza. E guarda, il decesso più recente è avvenuto quattro mesi fa, a Dalian. Con chi dobbiamo metterlo in relazione?»

Un uomo muore a Dalian quattro mesi fa, pensò Hong, e dopo qualche settimana, secondo il giovane Jing, Sun Sheng raduna delle carte nel suo ufficio raccogliendole dagli archivi di tutta la città.

Hong prese la cartella dalle mani di Chan. «Il tuo amico che lavora all'ufficio dell'Ispettore Medico non voleva dei biglietti per il cinema?»

Chan lo guardò con sospetto. «E allora?»

«Ho delle tessere per la settimana del cinema francese.» Hong aprì lo schedario vicino alla scrivania e ne trasse una piccola busta. «Perché non gliele porti?»

«Te ne sarebbe molto grato» rispose Chan con voce pacata, senza tuttavia prendere i biglietti.

«Sì, credo che gli farebbero piacere. Mentre sei là, vedi se puoi procurarmi una copia del certificato di morte di Sheng.» Posò la busta in mano a Chan, e gliela chiuse tra le dita.

Chan se la infilò nella tasca della giacca, come faceva con tutte le altre cose: con metodo, e il minimo di movimento. «Hong, sono più vecchio di te e ho imparato alcune cose. Per esempio, quando un amico sta puntando dritto verso una trappola, bisogna cercare di farla scattare prima che lui ci arrivi. Perciò lascia che ti sia amico e che dia questi biglietti a un macellaio di mia conoscenza. Ti procurerò abbastanza carne di maiale da arrivare fino all'inverno.»

Hong era commosso. La maggior parte delle volte la gente badava a salvaguardare i propri interessi. La calamità di un uomo poteva rappresentare la promozione di un altro; e, grazie all'esercito, Chan aveva conosciuto abbastanza calamità da averne a sufficienza per il resto della vita. Si diceva che qualche stagione trascorsa nel Tibet poteva insegnare a chiunque le virtù dell'amicizia o l'egoismo. A Chan aveva insegnato la solidarietà. Aveva dormito tutte le notti avvolto in un mantello da sherpa, su una tela incerata appoggiata sul terreno ghiacciato, senza tende né capanne. Ogni mattina si era svegliato in una pozzanghera del ghiaccio che il calore del suo corpo aveva fatto sciogliere. Ma quando lui sollevava l'incerata e il vento gelido la investiva, l'acqua ghiacciava immediatamente. E insieme ai suoi compagni doveva scalpellare via il ghiaccio per non rischiare di veder distrutta la preziosa incerata. Non ce n'erano di ricambio. Così come non c'erano riserve di fucili, di indumenti, di cibo. Quando Chan diceva scherzando che il suo corpo aveva reagito a quell'inverno permanente mettendo su degli strati di grasso successivi, si dimenticava di menzionare la rigidità alle gambe che ancora lo tormentava, o i solchi sulle unghie nei punti dove si erano spezzate per il freddo. Adesso l'unica cosa che voleva era la tranquillità.

«Ti prometto» gli disse Hong «che se la trappola scatterà, tu non ti ci troverai vicino.»

«Il certificato di morte è solo un modulo, un inutile pezzo di carta.»

«Vorrei vederlo lo stesso.»

Alla fine Chan acconsentì a ingraziarsi l'amico che lavorava all'ufficio dell'Ispettore Medico con quel grazioso omaggio da parte del Dipartimento. Ma non mancò di far notare che Hong ci avrebbe rimesso nel cambio. «Lui ci guadagna dei film francesi, e tu rimedi dei guai.»

Forse era veramente così, pensò Hong, ma spesso era inevitabile andare in cerca di guai. Quando il gallo canta forte, anche un uomo addormentato deve alzarsi e mettersi a ballare.

Alla fine della giornata Hong andò in cerca di un'altra porzione di guai. Per loro scelta, sua madre e suo padre abitavano in una casa isolata che faceva parte di un complesso a tre ore da Pechino. Cui Chun aveva spiegato, senza essere molto convincente, quel suo esilio volontario come una fuga dalle distrazioni della vita cittadina. Aveva bisogno di pace, diceva, per poter scrivere, anche se ormai lo faceva di rado. Le vere ragioni le aveva tenute per sé, e Hong si era stancato di cercare di convincerla che avrebbe dovuto vivere a Pechino, non fosse altro che per poter disporre di valide cure mediche. Cui Chun sembrava nutrire una specie di rancore nei confronti della città, o dei ricordi che aveva lasciato dietro di sé. In ogni caso, era irraggiungibile. Il telefono più vicino era in una fattoria a quarantacinque chilometri di distanza, ma i contadini non facevano mistero che avevano di meglio da fare che non andare a trasmettere dei messaggi agli eroi della Rivoluzione.

Prima di lasciare l'ufficio Hong fece il numero della Agenzia Giornalistica Nuova Cina. Dovette aspettare a lungo prima che uno dei centralinisti si decidesse a rispondere.

«Li Junhua, per favore» disse Hong.

«Il tuo nome e la tua unità operativa» chiese il centralinista.

Hong si fece riconoscere, e fu messo in comunicazione con l'interno. Junhua era addetto alla pubblicazione di statistiche sullo sviluppo economico, che per la maggior parte inventava quando non esisteva un'alternativa. Una volta Hong lo aveva aiutato a raccogliere delle documentazioni su certi giornalisti stranieri, e gli aveva fatto qualche favore.

«Parla Li.»

«Junhua, sono Hong.»

«È tanto che non ti sento. Non abbiamo più giornalisti spie?»

«Ne abbiamo dovunque» rispose Hong. «Mi domandavo se sapevi dirmi chi ha scritto una certa parabola sul giornale di oggi, un raccontino ambientato durante la dinastia Ming.»

Silenzio all'altro capo del filo.

«Pronto, pronto» disse Hong per non far cadere la linea.

«Sì, sono qui. Ho visto il racconto, ma non mi occupo di cose del genere.»

«Potresti occuparti di questa, per fare un piacere a me?»

«Hong, non è il mio... cioè, non so bene come vengono scelti questi racconti.» La sua riluttanza suonava chiara come le sue parole.

«E meno sai,» osservò Hong comprensivo «meglio stai. Ma io ho un interesse personale in questa faccenda.»

«Vedrò cosa posso fare.»

Un'altra pausa.

«Pronto, pronto!»

«Sì, Hong, pronto. Vedrò di occuparmene. Ma per favore non mi telefonare. Mi rifaccio vivo tra qualche giorno.»

La comunicazione fu interrotta, e un secondo dopo sparì il segnale di via libera. Era cambiato il turno al centralino. Oppure no? Hong tenne il ricevitore appoggiato all'orecchio per alcuni secondi di silenzio. Dopo uno stridore metallico ricomparve il segnale di via libera, poi di nuovo silenzio.

«Qui è il centralino. Ti serve una linea, compagno Lu?»

«No, grazie» rispose Hong, e abbassò il ricevitore. Non c'era bisogno di chiedersi come avesse fatto la centralinista a sapere chi era all'apparecchio.

6

Persone mancanti

Una vignetta sulla prima pagina del *Quotidiano del Popolo* mostrava due uomini che si incipriavano il naso a vicenda. La didascalia diceva: «Un'operazione di autocritica». Un commento preventivo sul processo in corso. Hong, ormai abituato alla noia di quelle operazioni, si era messo a leggere il giornale nell'ultima fila dell'auditorium. Nella parte anteriore i suoi compagni funzionari confessavano i loro misfatti. «Ho amministrato male i fondi del mio Dipartimento, ma il problema è stato risolto e tutto scorre liscio» diceva qualcuno dell'Unità di Artiglieria. Funziona tutto tranne i fucili, pensò Hong. Si dedicò a un articolo su un'esplosione avvenuta all'aeroporto di Tianjin. Un incidente, secondo il dispaccio di agenzia, causato da un serbatoio difettoso di carburante. Quello era un modo di presentare l'accaduto. Secondo il telex ricevuto dal Dipartimento di Polizia, il serbatoio era scoppiato dopo che un soldato aveva aperto il fuoco su due musulmani che cercavano di dirottare un aereo a Hong Kong. Chissà com'era la vita là? Sanitari nuovi e macchine per tutti, e una quantità di crimini.

Chan entrò nell'auditorium dalla porta laterale e si diresse verso Hong. «La pratica è arrivata» sussurrò. «Vieni a dare un'occhiata al tuo americano.»

La documentazione fornita dall'Amministrazione del Turismo e dall'Accademia delle Scienze era molto esauriente. Più di quanto ci si sarebbe aspettato sul conto di un ospite non proprio importante dello Stato. C'erano una mezza dozzina di fotografie, il curriculum professionale di Peter Ostrander, la descrizione delle sue attività politiche negli Stati Uniti, un breve profilo della sua personalità.

«Non ha l'aria di una spia» scherzò Chan, sollevando una

sfocata fotografia dell'americano, probabilmente l'ingrandimento di quella del passaporto. «E non assomiglia neppure a uno svedese.»

«Che aspetto ha una spia?»

«Sopracciglia più folte, fronte più alta. Guarda i suoi capelli, ispidi come il fil di ferro. Una vera spia ha i capelli ondulati.»

«Secondo la tua analisi scientifica,» osservò Hong sfogliando gli incartamenti «è assolutamente squalificato. Non ci sono problemi. Chiuderemo il caso in una settimana.»

«Hai visto quel racconto sulla dinastia Ming?» domandò Chan, prendendo una sigaretta dal pacchetto di Hong. «A che cosa si riferisce?»

«Conflitti al vertice» rispose Hong, sollevato che Chan non avesse fatto riferimento a Cui Chun. «Probabilmente a proposito del prossimo Congresso.»

Chan si mise a leggere il curriculum politico dell'americano. «È quello che loro definiscono un consigliere democratico. Probabilmente questo fa di lui una spia.»

«Ma anche noi siamo democratici» ribatté seccamente Hong. Poi dedicò la sua attenzione alle note biografiche, e fu colpito dalla prima riga: *Ostrander, Peter, nato il 14/1/33, a Tang-shan, Cina.* Tutto lì, senza alcun commento.

«Cosa ci facevano i suoi genitori a Tang-shan?» domandò Chan. «Da qui non risulta.»

«Considerando la mole di questa documentazione,» osservò Hong «la definirei una svista significativa. Il direttore delle investigazioni mi ha detto che il padre era archeologo. Procurati il rapporto del Ministero della Difesa sull'interprete che gli avevano assegnato.»

«L'ho già chiesto. Mi hanno detto che è andato smarrito.»

Hong sollevò il capo.

«Già,» confermò Chan «smarrito.»

«Trova chi l'ha perso.»

Chan prese altre due foto, di un uomo identificato nel dossier come *Ostrander, Theodore*, padre dell'ospite dello Stato. Nella prima foto, in bianco e nero e un po' granulosa, l'archeologo, con indosso un paio di short, un camiciotto con le spalline abbottonate e un cappello di paglia a tesa larga, era inginocchiato vicino a un mucchio di terra con due cinesi, uno di mezza età e l'altro un ragazzo, con una pala piantata in mezzo a loro. Il cinese di mezza età era un Han dal viso appuntito e gli occhi infossati, da scheletro, anche lui in pantaloncini corti e camicia. Nella seconda fotografia, più chiara, Ostrander padre, con indosso un vestito, era con lo stesso cinese davanti a un edificio in stile occidentale, con timpani e balconi decorati. Hong girò le fotografie. Sulla prima una striscia di colla gialla indicava lo spazio su cui era stata appiccicata un'etichetta; sulla seconda non c'era niente. Delle due sembrava la più recente, mentre la prima, con i margini strappati e l'emulsione che tendeva al marrone, aveva l'aria molto più vecchia. Sembrava che qualcuno avesse messo insieme un dossier su Ostrander padre molto tempo prima di quello sul figlio.

Chan sollevò la prima fotografia vicino al viso.

«Il presidente Mao che nuota nello Yang-tze» disse, osservando attentamente. In pratica tutti i quadri minimamente smaliziati sapevano che la famosa fotografia dell'anziano presidente, che attraversava il fiume a nuoto a Wuhan, era un falso: una testa incollata sulla superficie dell'acqua. Non solo era possibile riscrivere la storia, ma anche darne delle immagini nuove. Chan indicò lo sfondo – le nubi dietro un monticello di terra – poi tracciò una riga col dito nel bel mezzo del cielo. «Qui manca un pezzo di nuvola.»

Hong tracciò una riga nel mezzo della seconda foto, tagliando in due la casa. I balconi erano perfettamente a fuoco, ma le porte e la veranda in secondo piano erano leggermente sfocate. Theodore Ostrander, in piedi davanti alla porta, era perfettamente a fuoco. Una macchina fotografica piuttosto insolita, pensò Hong. A quattro metri di distanza le immagini erano a fuoco, a tre erano poco chiare, a due metri di nuovo nitide.

Infilò entrambe le fotografie in una busta e si alzò per andarsene.

«Che cosa fa esattamente uno psichiatra?» chiese Chan.

I genitori di Hong, prima della Rivoluzione, annoveravano tra i loro amici parecchi medici di formazione occidentale. «Esplora l'animo umano» rispose Hong.

«Perciò è un teorico politico» osservò Chan.

«No, cerca di scoprire perché la gente è infelice.»

«È così difficile? Io lo so perché sono infelice. Primo,

perché mio cugino Zhang ha tre stanze e io ne ho solo due. Secondo, perché tutti usano buoni per il maiale rubati, e io no perché ho paura che mi scoprano.» Chan sospirò. «E terzo, perché, anche se dovessi aspettare una vita, non avrei mai una mia jeep con autista.»

I titoli proclamavano: «Sempre più insegnanti maschi amano il loro lavoro», «Combattete la delinquenza giovanile», «Mongolia interna: una cultura unica». Sulla copertina dell'ultimo numero di *Donne in Cina* una bellissima ragazzina con la frangia e un sorriso da illuminare tutto il mondo teneva tra le mani il suo minuscolo violino. Le pagine della rivista erano state inchiodate a un tabellone di sughero che teneva tutta la lunghezza della stanza.

«È un mondo meraviglioso» dichiarò Fen Like. «I nostri insegnanti sono meravigliosi, i nostri bambini sono meravigliosi, le nostre minoranze etniche sono meravigliose. Per contro, le mie attrezzature lasciano molto a desiderare.» Il capo della produzione al Centro delle Pubblicazioni, un uomo dalla muscolatura possente a forza di esercizi coi pesi, sollevò sul tavolo da lavoro una scatola di carta millimetrata. «Ma ho qualcosa di nuovo che è veramente meraviglioso.»

Hong seguì Fen nell'enorme reparto impaginazione, dove un battaglione di donne incollavano delicatamente colonne di articoli e titoli. Fen aveva lavorato tre anni per Hong, come poliziotto addetto al traffico, fino a quando, con l'aiuto di Hong, era stato destinato a un incarico molto più leggero e meglio retribuito: lo sviluppo e la stampa di fotografie. Quell'uomo tanto innamorato delle macchine fotografiche era sprecato a dar la caccia ai contadini che vendevano illegalmente il pesce per strada. Nel frattempo Fen si era già comperato una reflex tedesca con un unico obiettivo e un esposimetro giapponese; e aveva messo insieme una collezione di macchine fotografiche Shanghai a due obiettivi. La Shanghai era un'istituzione nazionale. I soldati, gli studenti, perfino i contadini mongoli, ne possedevano una.

Fen fece fermare Hong presso una fila di tastiere collegate a degli schermi televisivi. «Questo è un computer per la composizione. Stupendo. Ogni tasto è un tratto di penna, che attraverso un negativo trasmette una luce su una piccola striscia di nastro. Una cosa incredibile. Non c'è più bisogno di cercare migliaia di caratteri tipografici, secondo i metodi tradizionali. Possiamo mettere insieme duemila caratteri in un decimo del tempo che prima era necessario. È questo che io chiamo modernizzazione. Possiamo riprodurre tutte le lingue del mondo. Perfino l'arabo.» Fece scorrere la mano sulla macchina, come se fosse un prezioso cimelio di famiglia. «Gli arabi leggono molto?»

«Credo di sì» rispose Hong.

Un odore pungente di sostanze chimiche proveniva da una camera oscura adiacente. Si aprì la porta e uscì una donna con delle lunghe strisce di carta umida pinzate con le mollette da bucato. Fen sfiorò di nuovo il computer, con un gesto protettivo, come se temesse che all'improvviso potesse sparire. «Costruito a Shanghai, opera del nostro ingegno tecnologico.»

«Veramente?»

«E con un po' di aiuto dei giapponesi.»

Giunto al suo gigantesco tavolo da lavoro, coperto di fotografie e ritagli di articoli, Fen sedette su uno sgabello con lo schienale alto, lo fece ruotare e aprì la busta di Hong. Guardò la prima istantanea, quella di Theodore Ostrander, padre della spia, in piedi con i due cinesi presso il monticello di terra.

«Un volgare falso come ne ho visti pochi» osservò Fen.

«Era quello che pensavamo.»

Fen si dedicò alla seconda fotografia, di Ostrander davanti alla casa con balconi.

Attraverso la grande lente di ingrandimento, sotto i balconi appariva evidente una linea di congiunzione.

«Guarda qui» disse Fen. Hong prese la lente e la spostò avanti e indietro sulla superficie della fotografia.

In effetti le case erano due: la metà superiore di una, e la metà inferiore di un'altra.

«Sei a caccia di spie, eh?» disse Fen riprendendo la lente e chinandosi sulla prima fotografia. «Hai fatto progressi.»

«Preferirei andare a caccia di cani» rispose Hong.

Fen sollevò il capo. «Entrambe truccate. Io avrei saputo fare di meglio.»

«Ah, sì?»

«Scusami.»

«Hai fatto di meglio?»

Fen sorrise. «Modestia a parte, sì, ho fatto di meglio. Il nostro vicepresidente, quando era un capitalista, ovviamente non poteva comparire in certe cerimonie di partito in cui era riuscito a intrufolarsi. Un colpo di rasoio, un nuovo negativo, una spruzzata di polvere bianca ed era sparito. Adesso partecipa di nuovo alle cerimonie. Come vedi, col tempo possiamo essere tutti dove vogliamo. O per lo meno, avere il ricordo di esserci stati, anche se non ci siamo stati.»

Hong indicò le due fotografie. «Voglio sapere chi c'era. Puoi trovare gli originali?»

«C'è una sola grande raccolta di fotografie in città,» rispose Fen «e spero di non avvicinarmici mai.»

Intendeva il Dipartimento Centrale delle Investigazioni. Il DCI, investito dell'autorità di tenere sotto controllo chiunque, e di indagare su qualsiasi documento, incuteva molta più paura della Sicurezza Pubblica. Il cinese medio non ne aveva mai sentito parlare.

«Se riesci a scoprire dov'è stata pubblicata,» proseguì Fen, sollevando la seconda fotografia «puoi indagare tu stesso.»

«Pubblicata?»

«Guarda» disse ancora Fen, indicando a Hong la lente di ingrandimento. «L'immagine è scomposta a puntini. È così che stampiamo le fotografie, stendendoci sopra una maschera prima di riprodurle per i giornali. Questa è stata mascherata e trasformata in lastra, il che significa che era destinata a un quotidiano o a una rivista.»

Hong vedeva i puntini, impercettibili a occhio nudo. E così la fotografia era stata presa da un giornale, alterata e poi trasformata in una nuova.

Qualcuno si era dato un gran da fare per infilare delle false prove nel dossier di Ostrander. Perché?

«Non avete gli archivi dei giornali qui?»

«Bruciati» rispose Fen. «Durante la Grande Rivoluzione Culturale. A opera di una banda di patriottiche Guardie Rosse, che avevano avuto istruzioni di cancellare il passato.»

«Puoi almeno dirmi dove sono state prese queste fotografie?»

«Ci provo» disse Fen. «Qualcuno al piano di sopra

potrebbe essere in grado di riconoscere l'architettura.»

«E a questo particolare viso affilato,» Hong indicò l'uomo accanto a Ostrander «sapresti dare un nome?»

«Può darsi. È strano che non siano etichettate.»

«Fallo tu» lo pregò Hong.

Un assistente, un tipo filiforme con la faccia da gatto, lasciò cadere sulla scrivania di Fen un fascio di pagine del prossimo numero de *La Cina Ricostruisce*, la rivista di propaganda distribuita su scala internazionale. Fen fece scorrere il suo sguardo professionale sulle pagine, e le siglò tutte nell'angolo in alto a destra. Dalla fronte gli cadde una goccia di sudore sul braccio. Fen si avvicinò al condizionatore inserito nella finestra e lo alzò al massimo. «Qui tutto viene raffreddato per amore delle nostre apparecchiature. Anche noi.» Sistemò un ventilatore che soffiava aria proprio sopra il vasetto della colla. «Sto cercando disperatamente di andarmene da questo caldo. Il figlio preferito di tua madre potrebbe trovarmi una stanza in albergo a Harbin per la fine del mese? Lin ha degli amici là, vero?»

«Lui ha amici dovunque» rispose Hong.

«Allora glielo chiedi da parte mia? Io gli farò qualche bell'ingrandimento. E anche per te, tua moglie e...» Fen strabuzzò gli occhi. «Scusami.»

«Figurati» rispose Hong. «Il divorzio non è più scandaloso come un tempo.»

Fen rimise le fotografie nella busta e accompagnò Hong alla porta. «Tu sei andato al servizio funebre per Sun Sheng» disse con voce sommessa. «Com'è stato?»

«Imbarazzante» rispose Hong.

Fen non fece commenti.

«Lo hanno cremato nel giro di un giorno» aggiunse Hong.

Di nuovo Fen non commentò, e i suoi silenzi incominciavano a essere molto eloquenti.

«Quando potrai dedicarti alle mie fotografie?» chiese Hong.

«Tra una settimana o due, adesso ho dei tempi molto stretti con tutto questo lavoro sul colore.» Fen indicò con un gesto del braccio le pagine di *La Cina Ricostruisce* montate vicino alla porta: edizioni separate con testi in cinese, inglese, portoghese, francese, tedesco, e in una scrittura fantasiosa che Hong immaginò fosse arabo. In un articolo sui progetti chiave previsti dal sesto piano quinquennale, si parlava di una fabbrica di utensileria meccanica finanziata dai tedeschi, di un nuovo stabilimento americano per la produzione di jeep, di un deposito per cereali progettato dai francesi.

«Impressionante» commentò Hong.

«Vero? La Cina ricostruisce... insieme ai tedeschi, agli americani e ai francesi. E con il lavoro materiale, l'iniziativa e il talento del nostro grande Partito.»

Il sole di mezzogiorno si posò sulle Colline Occidentali. A venti chilometri di distanza l'aria era chiara, con una sfumatura d'arancio, ma sulla via Fuxin si stendeva una nube di fumo nero grande come una risaia.

Quella coltre, a differenza di molte altre cose, era permanente, un fatto geografico. A Pechino tutti i venti soffiano da nord, fuori dal mantice della Mongolia e attraverso il deserto di Gobi. Perciò le nuove industrie venivano costruite a sud e a est, cosicché l'aria inquinata veniva spinta verso il mare, e non sulla città. I progettisti di un tempo non erano stati altrettanto saggi. Dopo il Grande Balzo in Avanti, le fonderie della regione dello Shijingshan erano state consolidate come Industrie Principali del Ferro e dell'Acciaio. I vecchi impianti erano abbastanza sottovento perché il fumo continuasse a diffondersi senza mai sparire.

Hong e Chan viaggiavano sotto la coltre di fumo in un'auto del Dipartimento, diretti al Cimitero degli Eroi Rivoluzionari a Babaoshan. Hong aveva pensato di andarci da solo, ma Chan aveva detto che la cospirazione era più difficile da provare che non il recidivismo, che era un modo molto bello per esprimere la sua fedeltà. L'auto era una vecchia Shanghai con un inefficiente impianto di aria condizionata; e l'autista suonava il clacson come se fosse uno strumento musicale, indirizzando le sue attenzioni agli operai in bicicletta del secondo turno. Ma Hong e Chan si guardavano bene dal lamentarsene: potevano contare sul fatto che quell'autista particolare avrebbe registrato per quel pomeriggio dei servizi al Ministero della Difesa e all'Accademia delle Scienze.

«Che differenza c'è tra farsi seppellire o cremare?» disse

Chan. «Una volta che sei morto, non ti accorgi di niente.»

«Probabilmente non c'è nessuna differenza» rispose Hong.

«E allora, perché siamo qui?»

«Per scoprire perché un uomo che voleva essere sepolto è stato invece cremato.

«Le sepolture sono troppo costose» osservò Chan. «Perché spendere per una tomba quando la tua unità di lavoro paga per la cremazione?»

Hong guardò fuori dal finestrino. «Sheng avrebbe potuto permettersi qualunque cosa.»

L'auto si fermò al cancello del cimitero, dietro un taxi Datsun. Al di là dell'edificio principale, a guglie, che ospitava il crematorio, c'erano le cripte dove venivano conservate per cinque anni le ceneri di chiunque non fosse un alto personaggio. Per i potenti non vi erano limiti di tempo, le loro ceneri potevano restare per sempre. Hong notò degli sbuffi di fumo grigio-biancastro che uscivano dai camini di mattoni del crematorio. La vita è breve, pensò, e finisce in fumo. Aprì il finestrino e sporse fuori il capo.

«Perché ci vuole così tanto?» domandò alla guardia.

L'uomo lo guardò come se fosse stato gravemente insultato, si diresse impettito verso l'auto, poi si piegò in avanti, con le mani sui fianchi, e guardò dentro. «Chi sei per essere così impaziente?» chiese con la faccia truce.

Hong presentò il suo documento ufficiale, e la guardia mutò immediatamente espressione. «Ah,» disse deglutendo e trattenendo il respiro «mi dispiace moltissimo, compagno, ti prego di perdonare il mio tono. Puoi passare.» Era troppo nervoso, come aveva sperato Hong, per notare il nome sul documento o la targa dell'auto.

All'interno del crematorio alcune leggere cassette di legno erano impilate sei o sette alla volta. L'odore della morte era come un detersivo che puliva le narici. L'aria era rovente. Dietro una parete di paraventi dipinti a draghi vermigli, montagne bianche e fiumi blu, ardevano i forni. Si sentì un fragore di porte d'acciaio, il rumore di una leva che veniva tirata, il crepitìo delle fiamme, e una vampata di calore che alzò paurosamente la temperatura.

Parecchie famiglie erano in attesa, ciascuna con la sua piccola urna. Da dietro il paravento comparve un omino con l'aria di un impiegato di banca, che fece un cenno a una donna in attesa con una ragazzina e una coppia di anziani. Ma quando vide Chan gli sgambettò incontro con la mano tesa.

«Chan, che piacere vederti» strillò. «Che cosa ti porta qui? Non un decesso in famiglia, spero.»

«Cechov, sei tu!» esclamò Chan.

Chan presentò a Hong il direttore del crematorio, il compagno Song, e spiegò che erano stati insieme nell'esercito.

«Sì, Chan era il mio tenente» spiegò Song con entusiasmo. «Un buon soldato e un grande servitore del popolo.»

Song li condusse in una sala per gli ospiti, suonò per far portare tè e pasticcini, chiese loro una dozzina di volte se erano comodi, poi si scusò e si allontanò per controllare i forni.

«Tu lo sapevi che lavorava qui?» chiese Hong.

«Assolutamente no» rispose Chan.

«Venera tutti, o solo te?»

Chan spiegò che il compagno Song era entrato nell'esercito animato da un autentico fervore rivoluzionario, nonostante che, come unico figlio maschio, potesse essere esonerato dal servizio militare. «Ed era un uomo di lettere, uno studioso, innamorato di tutti gli scrittori russi. Li legge in lingua originale, per questo lo abbiamo soprannominato Cechov. Gli diedero degli incarichi poco gravosi, lavori di tavolino a Shanghai e Pechino. E lui, che cosa fece? Chiese di essere destinato nei posti più duri. Volle assolutamente essere mandato in Tibet. Un patriota totale, Hong, ecco che cos'era, chiaro come il sole. Dovrebbero scrivere un'opera su di lui. Dovrebbero insegnare ai ragazzi la storia della sua vita.»

Due anni dopo essersi arruolato, Song venne a sapere che sua madre stava morendo di una malattia orribile. Come figlio unico, chiese di essere esonerato dal servizio. «E tu credi che lo abbiano lasciato andare a casa? No, un idiota di generale rifiuta di inoltrare i documenti. Allora io mi metto in contatto con un mio zio, al quartier generale della divisione. Non aveva mai fatto niente per me, ma io gli dico che deve darsi da fare per questo patriota. E così Song riesce ad avere il trasferimento a Pechino, e da allora pensa che io dovrei essere superdecorato. Lui è un patriota, e sa che io sono uno che infrange le regole, e per di più recidivo, ma mi vuole bene lo stesso.»

Il compagno Song ritornò. «Devo controllare che il fuoco sia forte,» si scusò «altrimenti la combustione è incompleta.»

Con noncuranza, come se si trattasse di una cosa poco importante, Hong portò il discorso sul giorno in cui era stato cremato Sun Sheng. Il compagno Song ricordava bene quel pomeriggio. Lui aveva già finito il suo turno, e avrebbe già dovuto essere a casa, ma il direttore addetto al servizio notturno era in ritardo. Prima c'era stata una telefonata da un alto funzionario del Dipartimento per chiedere quali erano gli impegni del crematorio, e se si poteva procedere subito alla cremazione per poter fare il servizio funebre lunedì.

«Io gli ho risposto che avevamo moltissimo da fare, ed era la verità. Spero che nessuno di qui passi dei guai, perché facciamo veramente del nostro meglio. Qui non c'è nessuno che sta in ozio, come certi operai delle fabbriche.»

Hong gli assicurò che nessuno era nei guai. Dopo quella prima telefonata dal Dipartimento, chiese, che cosa è accaduto? Mezz'ora dopo, rispose Song, arrivò una chiamata da Ma Sufei, la vedova di Sun Sheng. Era sconvolta, la povera donna, molto turbata. E perché aveva chiamato? Il corpo del marito aveva appena lasciato l'ospedale, e lei voleva sapere quando avrebbe dovuto presentarsi per la cremazione. Hong chiese al compagno Song se per caso ricordava chi avesse telefonato dal Dipartimento. No, c'erano tante cose da fare, lui aspettava il direttore che doveva sostituirlo, ed era impegnato a sovrintendere il cambio del turno. Hong menzionò quattro nomi della lista che aveva messo insieme in archivio, i quattro appartenenti alla vecchia guardia di Yen-an che erano morti negli ultimi quindici anni, tutti a Pechino. Il compagno Song poteva stabilire se erano stati cremati lì?

«Alti quadri?» chiese Song.

«Sì» confermò Hong.

«Noi ci siamo occupati di molti personaggi importanti» disse Song con orgoglio accingendosi a uscire dalla stanza. «Vado a controllare.»

«Anche la data e l'ora, per favore» aggiunse Hong.

È un archivista dei morti, pensò. Non c'era da stupirsi se assomigliava a un impiegato di banca. Chan, con il capo chino e le braccia strette intorno al torace in un abbraccio spasmodico, camminava di fronte a una tabella della produttività: incidenti sul lavoro, numero dei corpi cremati.

«Stai consumando un buon paio di scarpe» osservò Hong.

Chan si fermò. «Io capisco i tuoi sentimenti,» disse «ma cosa speri di ricavare da tutto questo? Finirai in uno di quei forni, molto prima del tempo.»

«Voglio quello che cerca ogni uomo» rispose Hong. «La pace della mente.»

«Hai scelto uno strano modo per trovarla.»

Tornò di corsa il compagno Song, con le cartelle dell'archivio. Dei quattro uomini, tre erano stati cremati lì, nel giro di poche ore dalla morte. Com'erano stati fortunati, pensò Hong. In vita non avevano mai dovuto far la fila per il cibo, e in morte erano passati davanti a tutti per essere cremati.

Ringraziò il direttore e uscì nel cortile. Ai due lati del cancello c'erano delle piante di rose e di viti. Un manifesto con due uomini e tre donne in abiti da lavoro proclamava a grandi lettere: PRIMA DI TUTTO LA SICUREZZA. All'interno, Chan si intrattenne ancora un po' con il direttore del crematorio. Si accesero una sigaretta a vicenda, e si misero a bisbigliare fitto. Quando uscì, Chan aveva sul viso un'espressione austera.

«Le tue domande lo hanno sconvolto. Può sembrare ingenuo, ma non lo è. L'ho convinto che erano questioni riguardanti lo Stato, e che non doveva parlarne con nessuno.»

«Tre uomini,» disse Hong meditabondo, contemplando le rose «e tutti e tre cremati poche ore dopo la morte.»

«Non significa niente» osservò Chan. «A meno che non sia legato a qualche altro fatto.»

Come per tutto il resto, pensò Hong. Ebbene, lui avrebbe dovuto trovare il legame. Con una determinazione quale non aveva conosciuto negli ultimi tempi, si avvicinò alla macchina per far ritorno in città. Chan era sprofondato nel suo malumore, ma quando l'auto oltrepassò il cancello Hong salutò la guardia con la mano e sorrise, per delle ragioni che erano un mistero anche per lui.

L'autista lasciò Hong sulla Wangfujing e proseguì con Chan fino all'Accademia delle Scienze e al Ministero della Difesa. Hong aveva voglia di camminare, di respirare dell'aria fresca. Sentiva la testa sempre più pesante, e la temperatura corporea in aumento.

A una bancarella vicino all'ufficio postale comperò un succo d'arancia in busta di plastica, ne lacerò un angolo e vi inserì la cannuccia. Poi si avviò in direzione sud, verso il Dipartimento di Polizia. Non c'era dubbio che qualcuno molto potente aveva ucciso Sheng, ma come? In effetti, il come era meno importante del perché. Se un altro rappresentante dei vecchi quadri fosse morto nei prossimi giorni, pensò Hong, si sarebbe potuto stabilire un legame. Allora, che cosa doveva fare? Chiamare tutti i sopravvissuti del quartier generale del Partito di Yen-an e dire loro di stare attenti a non prendere il raffreddore? O aspettare semplicemente che ne morisse uno? E se non ne moriva nessuno? Nella mente di Hong continuava a risuonare la frase: Bisogna conoscere la storia di un crimine. Solo così se ne svela il motivo.

«Ma quale storia?» borbottò ad alta voce. «La storia di cosa?»

Attraversò la Chang'an, entrò al Dipartimento dall'ingresso posteriore e salì le scale che conducevano al suo ufficio. C'era ancora il sole ma la polvere che incrostava i vetri impediva alla luce di entrare. Spinse la radio all'estremità del tavolo, avvicinò la sedia della sua scrivania, e aprì il dossier dell'Accademia delle Scienze sull'americano, Peter Ostrander. Per qualcuno la carta era oro, e i documenti scritti un oracolo. Ma non per Hong. Soprattutto quando si trattava di dossier personali, Hong era convinto di poter apprendere di più trascorrendo cinque minuti con l'interessato.

Peter Ostrander aveva condotto un'esistenza molto semplice, per lo meno secondo la sua scheda. Residente a St. Louis, Missouri, medico del Barnes Memorial Hospital, autore di una ricerca di psichiatria sulle difficoltà di apprendimento e la senilità. Sulla scheda si leggeva: *La perdita di memoria nella vecchiaia ha delle cause fisiche secondo la medicina occidentale*. Come la debolezza di nervi di mio padre, pensò Hong. Quanto alle cause fisiche, sei mesi di quasi digiuno potevano essere sufficienti.

Squillò il telefono, e Hong si avvicinò con la sedia alla

scrivania. Era Chan. «Sono al Ministero della Difesa» disse. «Sembra che il dossier Ostrander sia andato irrimediabilmente perduto.»

«E cosa hai trovato all'Accademia delle Scienze? Chi ha autorizzato la visita di Ostrander?»

«Una procedura assolutamente formale» rispose Chan. «Ostrander è uno dei sei medici americani sparsi per il Paese, che sono stati invitati dal Comitato per gli Scambi Culturali.»

«Chi fa parte del Comitato?»

Chan esitò. «Be', le solite persone, il gruppo politico, niente di speciale...»

«Non ti sei fatto dare una lista?» domandò Hong con una sfumatura di impazienza.

«No, be' io...»

«Puoi procurartela?»

«Adesso sono chiusi. Lo farò per prima cosa domani mattina.»

Hong posò il ricevitore e ritornò al dossier dell'Accademia delle Scienze. Al diavolo il Ministero della Difesa. Che le suocere – come tutti chiamavano i vari Dipartimenti in competizione – si diano pure battaglia, e anche a un livello più alto, se possibile. Una figlia può servire solo una suocera, e Hong considerava una priorità assoluta risolvere quel caso. Ostrander era entrato in Cina dieci giorni prima a Guangzhou, proveniente da Hong Kong in treno. Hong guardò di nuovo la foto-tessera ingrandita: fronte spaziosa, zigomi forti che mettevano in risalto gli occhi vivaci, spalancati come per uno shock, probabilmente per il flash, che si rifletteva nelle pupille sotto forma di puntini bianchi. Ostrander aveva veramente l'aspetto di uno scandinavo: e la sua espressione aveva un che di contemplativo, quasi meditabondo.

Hong rilesse la prima riga della scheda: *Ostrander, Peter, nato il 14/1/33, a Tang-shan, Cina*; e di nuovo si stupì per l'assenza dei motivi che spiegassero il soggiorno dei suoi genitori in quel posto. I dettagli che seguivano sollevavano due domande: perché era stata trascurata quella parte della storia dell'americano, e perché, considerando che non era né un giornalista né un diplomatico, qualcuno aveva avuto interesse a compilare un dossier su di lui? Il fatto che l'Accademia delle Scienze avesse sollecitato una simile indagine richiedeva un approfondimento.

Hong continuò a leggere. Nel 1941, all'età di otto anni, Ostrander era ritornato negli Stati Uniti. Quattro anni dopo sua madre si era risposata a Filadelfia, in Pennsylvania, con un cardiochirurgo e professore universitario. La scheda analizzava a sproposito la distribuzione dell'assistenza medica in Occidente, e in una nota a piè di pagina spiegava le suddivisioni geografiche degli Stati Uniti: «La Pennsylvania è una provincia».

Hong si chiese che cosa fosse successo al padre di Peter Ostrander, da consentire a sua madre di risposarsi. Forse Theodore Ostrander era finito in prigione come intellettuale caduto in disgrazia nel periodo maccartiano, la versione americana della Rivoluzione Culturale. Oppure era successivo? Hong non era molto forte in storia politica americana. Fece scorrere un dito lungo la pagina, e poi risalì fino al nome di Theodore Ostrander, seguito da un'annotazione tra parentesi: (*Nessun riferimento altrove*).

Possibile? Neppure una scheda sul conto di un uomo che era stato in Cina nel 1933? E sull'argomento del padre, il dossier di Peter Ostrander era muto.

Non risultavano viaggi all'estero di Ostrander figlio sino all'età di diciassette anni, quando aveva trascorso un anno nella Germania occidentale, secondo un programma di scambi tra studenti. Un posto adatto a una spia, ma le spie adolescenti erano una rarità. Il ragazzo aveva frequentato l'Oberlin College, nell'Ohio, aveva studiato psicologia, frequentato la facoltà di medicina all'Università del Wisconsin, e si era specializzato in neurobiologia, ovvero la chimica del cervello. Poi aveva avuto diverse assegnazioni in ospedali sparsi per tutti gli Stati Uniti. Si era sposato e aveva avuto una figlia, che ora insegnava Shakespeare all'università. La moglie, deceduta in un incidente automobilistico, era stata una poetessa, e la scheda elencava i titoli dei suoi libri. Una famiglia di intellettuali, pensò Hong. L'1/12/80 Ostrander aveva chiesto il visto per la Cina al Consolato cinese di New York; ma in quel periodo l'accesso al Paese era consentito a ben pochi turisti individuali, e Ostrander si era visto respingere la domanda. Era stato inserito nel tour del 15/6/84 dell'Associazione Psichiatrica Americana, ma non era comparso insieme al gruppo, senza alcuna giustificazione; e un parziale rimborso era stato predisposto da Luxingshe, ministro del Turismo, e dall'Accademia delle Scienze.

Un viaggio annullato? E perché? Hong continuò a scorrere la pagina. La moglie di Ostrander era morta l'11/6/84, cosa che evidentemente era sfuggita all'analista dell'Accademia delle Scienze.

Hong rivolse la sua attenzione a un profilo della personalità, con elementi raccolti da "varie fonti". Hong immaginò che provenissero per la maggior parte dal personale del complesso dove era stato assegnato a Ostrander un appartamento di due stanze, e da quello che poteva captare il microfono installato nel muro. I burocrati della Sicurezza Speciale si sentivano importanti se attribuivano le informazioni a una varietà di fonti. Degli altri cinque medici che facevano parte dello scambio culturale, Ostrander era in rapporti cordiali solo con uno, uno specialista in gastrologia assegnato a un ospedale di Shanghai. A Ostrander piaceva la verdura cinese alla prima colazione. Fumava la pipa e si era portato con sé il tabacco, mezzo chilo. Andava al cinema una volta alla settimana, dove si proiettavano film cinesi, e non aveva ancora messo piede al Club Internazionale. Anche se uno straniero avrebbe attirato immediatamente l'attenzione in un cinema, quale altro posto migliore per incontrarsi con un complice? Ostrander andava a letto presto, dormiva solo quattro o cinque ore per notte, si alzava presto a scrivere il suo diario, che portava sempre con sé. I sorveglianti del complesso che lo ospitava dovevano piangere di gioia, visto che Ostrander aveva i loro stessi orari.

Sarebbe interessante vedere il diario dell'americano, pensò Hong. In apparenza il suo contenuto poteva sembrare insignificante, ma lui avrebbe potuto capire da quello che era stato omesso altrettanto che da quello che era stato espresso.

Hong trovava particolarmente strano che nei ventiquattro anni da quando aveva finito la facoltà di medicina Ostrander avesse lasciato gli Stati Uniti tredici volte, ma solo per brevi vacanze: sovente in Svizzera a sciare, e per partecipare a dei congressi di medicina in Europa o nei Caraibi. Hong si chiedeva quale tipo di agente operativo viaggiasse di frequente all'estero ma senza mai essere assegnato a un Paese straniero. Probabilmente Ostrander aveva usato altri nomi, ma in questo caso avrebbero dovuto esserci dei vuoti nella storia. O forse il dossier era solo un collage di avvenimenti, la storia di qualcun altro spacciata per quella di Ostrander. «Per gli innamorati delle scartoffie,» aveva detto una volta Sun Sheng «tutto quello che compare stampato ha un valore di gran lunga superiore all'intelligenza che vi si potrebbe applicare. Bisogna applicare la propria intelligenza.» E come corollario aveva aggiunto: «Solo per il fatto di essere stata scritta, una cosa non è necessariamente utile o vera. Capire il valore di un'informazione consiste nel sapere da dove proviene e perché tu ne puoi disporre».

Il dossier era stato inviato dall'Accademia delle Scienze su istruzione delle Tre Tigri, che apparentemente avevano manovrato per sottrarre il caso alla Difesa. Di estrema importanza, perciò, non erano le informazioni fornite dal dossier, apparentemente inutili, ma piuttosto l'interesse che le Tigri nutrivano nei confronti dell'americano. E molto importante era anche Theodore Ostrander, il padre di Peter. Sicuramente meritava un dossier personale, che probabilmente esisteva nonostante l'annotazione che affermava il contrario.

Hong guardò l'orologio, o meglio il suo polso, visto che l'orologio era a riparare. Quello sulla parete davanti alla scrivania indicava che lui leggeva da circa un'ora. Chiuse il dossier. Il mattino seguente avrebbe dato un'occhiata a Ostrander, per scoprire se era innocuo o, con un po' di fortuna, meritevole di attenzione da parte di personaggi molto più potenti di lui. Ma inconsapevolmente, e nonostante il suo desiderio dichiarato di scaricare il caso prontamente e senza incidenti, si scoprì a rimuginare sugli infiniti messaggi che gli aveva trasmesso il dossier di Ostrander. Per abitudine cercò le finestre, e gli spazi che si aprivano all'orizzonte dove si potevano vedere i fatti autentici.

E sicuramente era l'annotazione tra parentesi, apparentemente innocua, che seguiva il nome di Ostrander padre (*Nessun riferimento altrove*) a fornire la finestra più chiara di tutte.

7

Si vende pioggia e vento

Una carovana di Mercedes-Benz scaricò un gruppo di banchieri di Hong Kong davanti all'Hotel Pechino. Hong li osservò mentre percorreva in bicicletta la Chang'an. Dovevano essere banchieri di seconda categoria, altrimenti avrebbero avuto un appartamento alla Foresteria di Stato. Le loro mogli indossavano fluttuanti vestiti di seta e stringevano tra le mani delle scatole di mah-jong. In alcuni circoli gli ideogrammi corrispondenti a banchiere di Hong Kong venivano tradotti: «Non me ne frega niente di nessuno». Hong si chiese di chi si sarebbero preoccupati nel giro di pochi anni, quando i soldati cinesi avessero occupato il cortile di casa loro.

Al garage del Dipartimento una Shanghai con autista era in attesa di Hong. Anche il Piccolo Monaco era in attesa. Wu Keping, l'assistente del direttore delle investigazioni, era montato di guardia vicino al garage, in compagnia della sua cartella di plastica con cerniera lampo. L'intervista con Ostrander sarebbe stata comunque registrata, ma la presenza del Piccolo Monaco stava a indicare che lui non doveva essere un semplice impiegato.

«Stai per incontrare il medico americano» disse il Piccolo Monaco quando Hong si fu avvicinato al garage. «Io verrò con te per darti tutto l'aiuto possibile.»

E per prendere appunti, pensò Hong. «Posso cavarmela da solo,» disse «se hai qualche altro incarico da assolvere.»

«No, sono libero» dichiarò il Piccolo Monaco, in maniera definitiva.

Partirono in direzione del complesso che ospitava gli stranieri, sulla Jianguomenwai, appena a ovest del Club Internazionale e dell'Hotel Jianguo, la copia fedele di un albergo americano con la facciata di cristallo. All'interno, le ringhiere di ottone spuntavano dalle pareti come erbacce, e un night-club con le pareti di vetro ospitava un'orchestra che suonava tutte le sere della settimana. Stupendamente orrendo, pensò Hong, ma agli occidentali piaceva moltissimo. Appena prima della sopraelevata Jianguomen – un'autostrada che sfrecciava nel bel mezzo della città – l'auto svoltò nella Dongdaiqiao, girò attorno al parco Ritan e si fermò davanti al cancello del complesso per gli stranieri. Hong mostrò il lasciapassare, e aspettò che la guardia registrasse il suo nome. Come si poteva pensare di svolgere qualche attività illegale con una simile sorveglianza? Evidentemente gli occidentali pensavano che tutti i cinesi fossero dei contadini arretrati. Abili e industriosi, naturalmente, ma arretrati.

«Hai scoperto cosa cerca l'americano?» domandò il Piccolo Monaco mentre scendevano dall'auto.

«Silenzio!» sussurrò Hong. «Non si può mai sapere se qualcuno ascolta.» Questo l'avrebbe tenuto tranquillo per un po'.

Al banco della ricezione, Hong disse all'impiegato di annunciarli. Poi presero entrambi l'ascensore fino al settimo piano. Il Piccolo Monaco, intimidito, lanciava occhiate furtive agli appartamenti aperti, dove si davano da fare gli incaricati alle pulizie. Il grattacielo degli stranieri esibiva un lusso straordinario: corridoi con la moquette, cucine con stufe a gas a quattro fuochi e giganteschi frigoriferi, impianto centralizzato di aria condizionata in funzione ventiquattr'ore al giorno, e bagni nuovi piastrellati a tutta parete.

Hong bussò alla porta dell'appartamento 701. Si aprì la porta e comparve un gigante dagli occhi rotondi, quasi mezzo metro più alto di Hong. Era sottile ma aveva le spalle larghe, ed era fatto come un burattino: tutto gambe e poco torso. Il suo viso, contrariamente a quello della foto, sfoggiava un paio di folti baffi striati di grigio; e i suoi capelli erano molto più in disordine, come una parrucca lasciata alla pioggia. Nonostante la sua stazza, Ostrander non possedeva la spavalda sicurezza che Hong aveva riscontrato in altri stranieri. Aveva l'aspetto di un pensatore, non di un attivista.

Ostrander tenne aperta la porta con una mano, e con l'altra, che reggeva la pipa, fece cenno a Hong e al Piccolo Monaco di entrare. I pantaloni kaki erano spiegazzati e la camicia bianca, anche se di ottimo tessuto, aveva un aspetto informe. Con il telaio della porta che aumentava la prospettiva, era tutto grande quello che lo riguardava: gli occhi rotondi, i denti bianchissimi, le braccia dai peli biondi. Eppure non aveva l'aspetto goffo e pesante di molti occidentali.

«La aspettavo, signor Lu» disse stringendo la mano a Hong e poi a Wu. Aveva espresso il suo saluto in impeccabile *putonghua*, il dialetto adottato su scala nazionale. Una persona imponente, molto più dell'avvocato tedesco.

«Magnifico» disse Hong passando all'inglese. «Lei parla molto bene la nostra lingua.»

«Il mio cinese è orribile» rispose Ostrander con un sorriso largo come la sua faccia. «Ed è anche molto scarso.»

Una protesta dubbia, pensò Hong. Ostrander era padrone sia della lingua sia dell'appropriato livello di cortesia, come doveva essere un nemico dello Stato.

Hong presentò il Piccolo Monaco. Ostrander si diede da fare nella moderna cucina, e ritornò con una teiera piena. Hong notò che i suoi occhi irradiavano un'allegria infantile, e che stava leggermente chino, come se la sua altezza lo mettesse a disagio. Hong diede un'occhiata al condotto dell'aria posto sopra l'ingresso della cucina. In alto, tra le due viti, c'era un piccolo foro: il microfono.

«Ci deve scusare» disse Hong «per la persona poco pratica che le avevamo assegnato. So che il suo inglese non era all'altezza della situazione.»

«Il suo inglese andava benissimo» rispose Ostrander con trasporto. «E anche lei, signor Hong, parla un inglese eccellente.»

Un altro tocco di gentilezza, o piuttosto di astuzia? Chissà se la guida assegnata dalla Difesa era veramente adeguata? «In ogni caso,» proseguì Hong «il signor Wu e io vogliamo rendere il suo soggiorno a Pechino il più piacevole possibile. Deve rivolgersi a noi, dottor Ostrander, per qualunque cosa le occorra.»

«Mi chiami Peter, la prego» lo invitò Ostrander, mettendosi a sedere e incrociando le lunghe gambe. Un'immediata rinuncia alle formalità. Gli americani erano convinti che il resto del mondo fosse disposto ad abbandonarsi alla loro barbarie. Ostrander aspirò dalla pipa, e subito si diffuse nella stanza un odore di ciliege bruciate. «In effetti non mi serve molto aiuto» proseguì con quella sua aperta cordialità. «Mi limito ad andare e tornare dall'ospedale. Può darsi che mi serva un biglietto del treno o qualcosa del genere, ma veramente me la posso cavare da solo.»

«È pratico di Pechino?»

«No, ma sto imparando a conoscerla. Prendo gli autobus, viaggio in metropolitana. Lo sa che quando salgo su un autobus quasi sempre qualcuno mi cede il posto?»

«Davvero?» chiese Hong, che da parte sua si guardava bene dal cedere il posto agli stranieri. Era finito da un pezzo il tempo dei salamelecchi.

«Sono tutti così gentili» proseguì Ostrander; poi, chinandosi in avanti, aggiunse: «Tranne che all'ospedale, ovviamente».

«Ah, sì?» disse Hong, fingendosi sorpreso.

Ostrander esibì di nuovo il suo grande sorriso. «Sa com'è. Prima di tutto, sono straniero. E poi devono essere convinti che, essendo uno psichiatra, io sono in grado di sapere delle cose sul loro conto senza che me le dicano.»

Quell'uomo era un imbecille o un bugiardo. No, doveva essere indiscutibilmente un bugiardo. Come poteva una spia essere così ingenua? Ostrander stava facendo un'ottima rappresentazione.

«La situazione cambierà,» promise Hong «quando la gente la conoscerà meglio. Noi vogliamo che si stringano amicizie tra le persone e le culture.»

«Da quanto tempo lavora all'Accademia delle Scienze?» domandò Ostrander.

«Da tre anni» rispose Hong; e mentre la sua lingua sciorinava un falso resoconto del suo lavoro con gli scienziati stranieri, completo di digressioni sui suoi molti viaggi all'estero e di opinioni sui vantaggi di vivere a Parigi piuttosto che a Mosca o a Berlino Est, i suoi occhi ispezionavano la stanza. Sul piano della credenza erano esposti, come nella vetrina di un negozio, numerosi aggeggi: due minuscoli registratori con delle pile di cassette, una macchina da scrivere elettrica con un convertitore di potenza, mucchi di libri, un rasoio elettrico a batteria, una piccola radio a onde corte, scatole su scatole di penne a sfera, parecchi accendini, tra cui uno di metallo nero vicino a un contenitore di gas pressurizzato, e quattro macchine fotografiche con un assortimento di obiettivi. In un angolo della scrivania c'erano parecchi taccuini con la copertina di pelle marrone, uno dei quali era aperto con sopra una penna priva di cappuccio: il diario di Ostrander. Hong dovette resistere alla tentazione di avvicinarsi a dare un'occhiata.

«E così Parigi è la città che le è piaciuta di più» commentò Ostrander.

Hong fece delle acrobazie mentali per rimettersi al passo. Che cosa aveva appena detto di Parigi? «Sì, il cibo francese è molto buono» rispose, e poi proseguì con un inventario dei pasti stupendi che aveva consumato.

Due macchine fotografiche erano giapponesi (una Canon e una piccola Minolta tascabile), una era una Leica, e l'ultima una Polaroid. Lo stesso genere di attrezzature che aveva portato anche il tedesco, e anche i tipici accessori dei turisti ricchi. Il Piccolo Monaco si era seduto in un angolo, e anche lui aveva gettato lo sguardo sulle macchine fotografiche. Per anni Hong aveva respinto come un prodotto della fantasia il ritratto di vita che fornivano i film americani: *Tutti insieme appassionatamente*, che aveva visto tre volte, *Convoy*, la love story sui camion, o il programma televisivo *L'Uomo di Atlantide*. Il Canale 2 aveva trasmesso un cinegiornale della visita negli Stati Uniti del vicepresidente Deng. La fantasia si era rivelata realtà: tutti quei palazzi moderni, le macchine, le autostrade. C'era una contraddizione nello stato socialista. Il modo di vivere occidentale conduceva al male, eppure il socialismo prometteva gli stessi risultati: più auto e trattori, una maggiore produttività, un miglior tenore di vita per tutti. Naturalmente le classi inferiori in Occidente soffrivano la fame, ma la stessa cosa succedeva ai contadini in Cina. Se il capitalismo era un male, perché il socialismo prometteva quello che il capitalismo era in grado di fornire?

Hong proseguì raccontando a Ostrander la sua inesistente carriera di traduttore per la Commissione Scientifica e Tecnica, e terminò con i tre mesi che aveva trascorso a Roma, per essere stato assegnato a un gruppo di biologi.

«Lei ha avuto una vita interessante» commentò Ostrander.

Sì, convenne Hong, ma sfortunatamente la sua conoscenza dell'italiano si era deteriorata durante la Rivoluzione Culturale, quando non si parlava più nessuna lingua straniera. Per lo meno l'ultima parte era vera; e quanto all'aver dimenticato il suo italiano, aveva detto una cosa abbastanza plausibile. In effetti, nonostante fossero state messe al bando le lingue straniere, migliaia di persone le avevano studiate di nascosto quando erano state chiuse le università. Lo stesso Hong aveva sottratto furtivamente dei libri di Dickens e Hemingway dalla casa dei suoi genitori prima che la loro biblioteca fosse razziata e, per la maggior parte, bruciata. A Dickens Hong doveva la sua convinzione che il detestabile marciume del capitalismo avrebbe condotto inevitabilmente alla sua caduta. Ma quella sua denuncia degli orrori della Rivoluzione Culturale gli avrebbe fruttato la fiducia di Ostrander. La critica degli "anni di sangue", incoraggiata ufficialmente, affascinava gli stranieri, soprattutto i russi e gli americani.

Ostrander era diverso. «I cinesi sono troppo severi con loro stessi» disse. «Siete sopravvissuti a un periodo terribile, e adesso siete in marcia. A noi giunge notizia solo del vostro neocapitalismo, del minore controllo sulle fabbriche, della gente che può comperarsi il frigorifero e il televisore.»

«Noi ci serviamo del capitalismo,» precisò Hong «ma in effetti abbiamo un sistema di responsabilità. Adesso siamo tutti più responsabili nei confronti del lavoro, e così siamo più produttivi.»

«Lo chiami come vuole» rispose Ostrander affabilmente. «Quando si paga la gente in base a quello che produce, quando si lascia che il mercato stabilisca i prezzi, noi lo chiamiamo capitalismo.»

«Sì, il sistema della responsabilità funziona bene» ripeté Hong, ansioso di evitare una discussione politica. Non tutti si arricchivano. Le persone prive di ambizione e di talento erano gelose e spaventate. Certi vecchi e ostinati dirigenti industriali che dovevano il posto al Partito combattevano i tentativi di ridurre il loro potere. «E il suo lavoro?» chiese infine Hong. «Forse me lo può spiegare.»

Gli stranieri erano come i grandi cuochi e gli artisti. Adoravano parlare del loro lavoro. Ostrander, essendo una spia, aveva assunto l'atteggiamento corretto. Come medico, spiegò, era sempre stato affascinato soprattutto dai processi interni della mente – come la gente pensa, ricorda, fa dei collegamenti mentali. Hong lo trovò immediatamente un campo molto discutibile di studio. Il marxismo poteva anche essere attaccato come teoria economica, ma spiegava con molta chiarezza come pensava la gente.

«La sto facendo addormentare» osservò Ostrander.

Hong lo scrutò con aria interrogativa. Che cosa aveva voluto dire con quella frase? «Mi scusi?»

Ostrander sorrise. «Volevo dire che la sto annoiando.»

«Ah, un'espressione idiomatica. Sì, adesso capisco. La prego, continui, non mi sta facendo addormentare.»

«Quello che voglio sapere è come lavora esattamente la memoria. Che cosa succede nel cervello, chimicamente, quando si registra un'informazione? Incominciamo appena ora a scoprire come sia complicato il cervello.»

«In Cina noi crediamo che sia molto importante quello che mangiamo per un buon funzionamento della mente. La medicina si preoccupa molto della dieta.»

«È importante anche per noi,» precisò Ostrander con un sorriso «anche se non allo stesso modo. Per esempio, per molti anni abbiamo saputo pochissimo sul cancro. Adesso riteniamo che certi cibi possano procurare il cancro, e che altri ne impediscano la formazione.»

«E quali sarebbero questi ultimi?»

«Le carote, per esempio. E i vegetali a foglia verde.»

«Allora il prezzo delle carote e delle verdure crescerà immediatamente.»

Ostrander scoppiò a ridere, e perfino il Piccolo Monaco taciturno ne fu contagiato. Ostrander si alzò, disse che era atteso all'ospedale, e incominciò a riempire la valigetta, un bell'oggetto di cuoio con fibbie in ottone. Prese due scatole di penne a sfera e le porse a Hong e al Piccolo Monaco. «Una per ciascuno di voi» disse. «Un dono per dimostrarvi quanto apprezzo la vostra cortesia.»

«No, non è necessario» rispose Hong schermendosi con un gesto della mano.

«La prego, le ho date anche al mio ultimo interprete.» Sorrise maliziosamente e aggiunse: «Stia tranquillo, non sono una spia».

Hong prese le penne, ne passò una scatola a Wu. Ma quell'osservazione lo aveva turbato. Perché mai Ostrander aveva fatto quella battuta?

In ascensore Ostrander continuò a chiacchierare, lodando tutto quello che era cinese: le strade pulite, la bellezza della Città Proibita, la tenacia dei sentimenti familiari che proteggeva gli anziani dall'isolamento. All'esterno passò oltre le auto e gli autisti in attesa, per dirigersi spedito verso la rastrelliera delle biciclette. Aprì il lucchetto di una Phoenix nuova a una sola marcia, il modello più economico che si poteva comperare.

«Quando sei a Pechino,» disse, fissando la valigetta portadocumenti al cestino appeso sopra la ruota posteriore «fa' come fanno i cinesi!» Scavalcò la bicicletta con una gamba e si accinse a partire. «Questo è l'unico modo per viaggiare.»

Specialmente, pensò Hong, se si preferisce non lasciare traccia nei posti dove si va.

«Può trovare me o il signor Wu all'Accademia» disse Hong. «La prego, ci chiami se ha bisogno di aiuto.»

Ostrander lo ringraziò di nuovo e partì pedalando.

Il Piccolo Monaco si rilassò e chiese con un tono da cospiratore: «Cosa ne pensi?».

«Che sia una spia molto abile» rispose Hong, anche se non era del tutto convinto.

«Sì, sono d'accordo» affermò il Monaco con decisione.

Hong guardò sparire Ostrander nel traffico della Chaoyangmen, e tentò di valutare l'uomo. Una spia? Si ricordò di una fiaba che aveva sentito da bambino, la storia di una principessa incatenata in una caverna che era fuggita e si era ritrovata in uno splendido mondo di palazzi e templi. Anche a Hong sembrava di essere uscito da una caverna, ma per ritrovarsi in un deserto desolato e bruciato dal sole. C'era molta luce, ma niente da vedere.

Ascoltando il suo respiro sibilante, Hong salì le scale che conducevano al primo piano e svoltò nel corridoio. Attraverso una delle due porte oscillanti alte fino al soffitto entrò nel reparto Sorveglianza. Come in tutti gli altri uffici, anche quelli della Sorveglianza – ovvero "quelli della notte", come venivano chiamati – avevano dei problemi di personale, che potevano esprimersi molto semplicemente con: bilancio troppo scarso, lavoro troppo abbondante. Per quelli della notte la situazione era diventata da insostenibile ad assurda. Fino a un decennio prima il Paese ospitava solo una manciata di stranieri all'anno. Adesso erano milioni, moltissimi dei quali da tenere sotto controllo; c'erano telefonate da registrare e trascrivere, stanze da reperire, bagagli da rubare e ritrovare.

Il reparto Sorveglianza era passato da una mezza dozzina di stanzette a tutta la metà settentrionale del primo piano. Erano state demolite tutte le pareti e costruite delle tramezze, e lo spazio era stato scomposto in centinaia di cubicoli chiamati ironicamente nidi di uccelli dai loro occupanti: dei bugigattoli dove perfino un uccello si sarebbe rifiutato di vivere. All'angolo occidentale del piano vi era un ufficio un po' più grande, con delle vere pareti e le finestre sulla Chang'an, occupato dal compagno Ru Taisheng, il funzionario di collegamento con la Divisione Investigativa. Hong bussò alla porta, entrò, e trovò Ru chinato sulla scrivania che mangiava dei vermicelli da un contenitore di cartone.

«Prima colazione» spiegò Ru. «Ieri sera sono stato qui fino alle undici, non ho un giorno libero da due settimane, e il mio stomaco non sa più che ora è.» Posò il contenitore. «Perciò sei avvisato,» aggiunse con un sorriso «qualunque cosa tu voglia, non l'avrai.» Ru assomigliava a un uccello, con quei pochi capelli tirati indietro come il ciuffo di un airone.

«Mi è toccato un americano» spiegò Hong. «Un tale che tiene un diario.»

«Buon per te. Alludi al medico che abita negli alloggi degli stranieri? Ho avuto l'ordine da Chan, e ieri ho visto i guardiani che venivano a fare rapporto. Siediti qualche minuto. Hai una sigaretta?»

Hong tirò fuori il pacchetto.

«Grazie. Se fossi stato qui ieri sera...»

«Ostrander ha un diario...»

«Che, come sai, porta sempre con sé. Tu hai visto gli stessi rapporti che ho visto io. Se lo porta appresso anche quando va a fare jogging. Peccato che non nuoti.»

«Non potete entrare da lui mentre dorme?»

«E se si sveglia? Ha il sonno leggero. Tre notti fa è sceso dal letto e si è messo a scrivere alle quattro.»

«Voglio leggerlo» disse Hong.

«Si è portato un mucchio di taccuini di pelle, e sta usando

il primo. Quando lo avrà finito, probabilmente lo lascerà nell'appartamento. Allora andremo a fotografartelo.»

«Preferirei non dover aspettare tanto» rispose Hong.

«Dimmi come si fa a tagliare la mano a un uomo senza che se ne accorga.»

«Hai ragione.» Hong aprì la porta. «Per favore telefonami quando avrà finito il primo taccuino.»

Hong uscì in corridoio e salì al secondo piano. I suoi polmoni infiammati invocavano un po' di sollievo. In ufficio Chan aspettava con una lista di membri, completa di curriculum, del Comitato per gli Scambi Culturali dell'Accademia delle Scienze, ovvero gli alti funzionari che avevano caldeggiato l'ammissione di Ostrander come esperto straniero.

«Ho portato anche i dossier degli altri cinque medici stranieri» dichiarò Chan.

Hong guardò il messaggio posato sulla sua scrivania: doveva incontrare suo fratello Lin al circo alle otto. I biglietti sarebbero stati depositati al Dipartimento prima di sera. Posti bellissimi, chiaramente, in seconda o terza fila, settore centrale. Hong prese i dossier dei medici americani, e li aprì uno dopo l'altro. Brevi viaggi, curriculum scolastico, qualche fotografia, e niente più.

«Questi sono praticamente vuoti» disse.

«Non come quello di Ostrander, come avevi immaginato» commentò Chan.

«Controllali comunque. Rapporti della Sorveglianza, telefonate, le solite cose.» Disposizioni inutili, pensò Hong. Gli altri medici non avevano niente a che fare con questo caso. Ma era meglio dare l'impressione di un'estrema accuratezza, piuttosto che incorrere in un rimprovero.

«Com'è Ostrander? Che cosa sei riuscito a sapere da lui?»

«Non molto. Chi fa parte del Comitato?» Hong scorse la lista.

«La solita gente, come ti avevo detto. Due professori riabilitati, un funzionario del Partito che dorme alle riunioni, e due cani da guardia, uno della Difesa e l'altro degli Esteri.»

I professori e il rappresentante del Partito erano semplici funzionari. Erano i due cani da guardia che prendevano le decisioni, che avevano accesso a qualsiasi apparato scientifico. Hong non riconobbe il nome di nessuno dei due, ma la sua attenzione fu attratta dalle notizie relative al rappresentante della Difesa, scarse ma interessanti: incarichi nel Dipartimento Politico Generale dell'Esercito e nella Segreteria del Comitato Centrale, due anni al quartier generale regionale della Marina a Qingdao. Un personaggio con quel tipo di esperienza avrebbe dovuto dirigere un'accademia militare, e non selezionare i medici per gli scambi scientifici.

«E che mi dici del dossier su Ostrander definitivamente sparito dal Ministero della Difesa?» domandò Hong.

«C'è tutta una storia che ti piacerà» rispose Chan. «Ho percorso la solita trafila, da una scrivania all'altra. Avevano tutti solo la registrazione dell'ingresso di Ostrander nel nostro Paese, e dell'assegnazione di un interprete. Sembra che il dossier non sia andato perduto. Secondo loro non è mai esistito.»

«Lo so, loro possono vendere pioggia e vento ai contadini» disse Hong, e poi aggiunse una conclusione scontata: «Non lo sapremo mai».

Si accese una sigaretta, aspirò con fatica, e fu colto da un accesso di tosse che fece tremare la sedia. Una vera pazzia che la Difesa si aspettasse di essere creduta quando raccontava sciocchezze simili. Ma ovviamente non se lo aspettavano. Costruivano la loro storia e non derogavano da essa. Se anche proiettavano un'ombra giuravano che pioveva.

«Stai sudando» osservò Chan.

«Ho la febbre.»

«Fantastico!» esultò Chan. «È semplice, sei gravemente ammalato.»

«E la cosa ti rende felice?»

«Sì. Adesso puoi affidare a qualcun altro questo caso.»

Chan aveva ragione. La battaglia tra la Difesa e la Sicurezza Pubblica aveva assunto nuove e preoccupanti dimensioni, e la guerra delle suocere era una buona giustificazione per scaricare Ostrander. La Difesa aveva un suo rappresentante nel comitato di selezione dell'Accademia, e inoltre aveva perso un dossier. La Difesa mostrava nei confronti di Ostrander altrettanto interesse che la Sicurezza Pubblica, e nello stesso tempo cercava di sovvertire le indagini. Basta con questa storia, pensò Hong. Mettiti a letto per una settimana, o due o tre, e costringi le Tigri a scegliere un altro vicedirettore a cui affidare il caso. Ma Ostrander aveva solleticato l'orgoglio professionale di Hong. O almeno era questo che Hong si raccontava; non volendo pensare ad altre ragioni più profonde che potevano spingerlo a continuare. Comunque, decise che si sarebbe occupato dell'americano ancora per un po'.

Parte Seconda

«Cerca la verità nei fatti...»

8

La Pagoda di Ciotole

La gente amava il circo, e i biglietti erano a buon mercato. Ma per procurarseli servivano soprattutto i rapporti personali, in cui Lu Lin, fratello maggiore di Hong, eccelleva veramente. Quelli erano i requisiti necessari per essere un buon direttore di fabbrica, e così ogni tre mesi Lin veniva in volo da Shanghai a Pechino per incontrarsi con i burocrati dei Ministeri del Commercio e della Difesa. Senza i permessi per ottenere le materie prime, senza le grandi ordinazioni dei magazzini di Stato, senza le sistemazioni dei nuovi laureati, e ovviamente senza le connessioni giuste per ottenerli, la fabbrica di elettronica di Lin avrebbe smesso di funzionare.

In via Baishiqiao Hong scrutò la folla in cerca di Cao Yamei, la sua ragazza, che doveva attraversare la città in un momento di traffico molto congestionato, al cambio dei turni. Hong aveva sperato di poter mandare un'auto del Dipartimento a prenderla, ma erano tutte prenotate: le Volkswagen, le jeep nuove, le Shanghai, perfino le motociclette con sidecar. Probabilmente dirette qui, pensò Hong, con a bordo viceministri e direttori. Sul viale dietro il Centro delle Esposizioni un certo numero di nuovi taxi giapponesi, di Shanghai e di Bandiera Rossa si accalcavano in cerca di un posteggio. Quattro funzionari in abito occidentale e cravatta scesero da una Volkswagen attirando molte occhiate. Si accesero i grappoli dei lampioni.

Hong si spinse gli occhiali sul naso e sbirciò con ansia al di là della strada, verso la rastrelliera per le biciclette. Forse Yamei era stata trattenuta, forse l'allenamento era durato più del solito, forse era rimasta ferita in un incidente di bicicletta. Hong provava un certo piacere a preoccuparsi per lei, anche inutilmente, ad avere qualcuno oltre se stesso per cui preoccuparsi. Il fatto che Yamei si fosse innamorata di lui era stata la più grande benedizione della sua vita, una cosa di cui i poeti scrivevano. Senza di lei avrebbe forse rinunciato alla speranza di trovare un'altra persona da amare, e che lo avesse riamato. Si era immaginato di invecchiare da solo, di ridursi a vivere con suo figlio e diventare un nonno rimbambito. Purtroppo lui e Yamei riuscivano a vedersi meno di quanto avrebbero desiderato entrambi. Lei doveva dedicare molto tempo alla sua squadra di nuoto, e il massimo che potevano concedersi era una sera alla settimana. Chiedere una licenza di matrimonio sarebbe stato legalmente impossibile per almeno un anno, quando Yamei avesse compiuto venticinque anni.

La loro relazione era complicata da altre preoccupazioni, soprattutto il divorzio di Hong e la differenza di età. Quando si erano conosciuti sei mesi prima, a una conferenza del cugino di Chan sulla Commissione Sportiva, Yamei era corteggiata dagli istruttori di nuoto, dai componenti della sua squadra, dai funzionari della sua unità di lavoro all'Istituto della Cultura Fisica. Come lei, i suoi corteggiatori avevano per la maggior parte eccellenti trascorsi politici e buoni stipendi, ed erano tutti vicini alla trentina. Ma lei aveva flirtato con Hong, e lui ne era rimasto incantato. Invece di evitare timidamente l'argomento del suo lavoro, come facevano molte donne, lei lo aveva spinto a parlarne, lo aveva incoraggiato, lo aveva fatto di nuovo sentire importante per il futuro del suo Paese, anche solo per un attimo. Più tardi, quando era stato chiaro che la richiesta di divorzio di Hong sarebbe stata accolta dal tribunale, lei gli aveva mandato un biglietto; e con un gesto di coraggio si erano incontrati nel parco Beihai per fare una gita in barca. Lei gli aveva detto che considerava gli altri corteggiatori dei ragazzi immaturi. Ma scegliendo Hong e rifiutandosi di nascondere l'interesse che nutriva per lui, aveva rischiato le critiche di molti. Perfino i suoi amici le avevano suggerito che forse aveva preso una decisione imprudente. Tutti trovavano difficile capire perché non avesse un aspirante-marito più adatto a lei: più giovane e più attraente, o per lo meno più ricco e non divorziato.

Migliaia di personaggi muniti di buone maniglie si

affollavano davanti all'ingresso del circo. Solo due volte all'anno i circhi regionali sparsi in tutto il Paese mandavano i loro numeri migliori a Pechino per dei periodi di un mese: il che significava che per ogni turno di rappresentazioni c'erano solo quattrocentomila posti disponibili, in una città di dieci milioni di abitanti: una goccia d'acqua nel deserto. Hong riuscì a individuare Yamei tra la folla: parcheggiava la bicicletta e la chiudeva con il lucchetto. Hong agitò entrambe le mani sopra la testa, e lei ricambiò il saluto. Indossava una camicetta a fiori vivaci e una sciarpa rosa che probabilmente aveva portato con sé sul lavoro. Le piaceva vestirsi per lui, una cosa che anche Kuang doveva aver fatto un tempo – sì, certamente aveva cercato di piacergli, ma Hong non se ne ricordava molto bene.

«Scusami, l'allenamento è durato fino a tardi» disse Yamei senza fiato, balzando con grazia su per i gradini e guardando l'orologio. La sua voce era un flauto, il suo corpo sottile da nuotatrice era lo strumento che trasmetteva quel suono celestiale.

«Abbiamo tempo» la rassicurò Hong. «Hai mangiato?»

«Ho fatto colazione tardi. Non ho fame.»

Hong vide che il suo volto, piccolo e liscio come una pietra lucidata, era accaldato per la corsa in bicicletta. Lei lo guardò, sorrise, gli prese la mano e gliela strinse. Hong assaporò il piacere di essere l'oggetto dell'ammirazione e del desiderio di lei.

«Sei bello» gli disse.

Hong si strinse nelle spalle. «Bello come posso essere io» borbottò.

Yamei scoppiò in una risata da ragazzina. «C'è al mondo un uomo più bello di te?» Si avvviarono verso l'ingresso. «Siamo sicuri di vincere il prossimo mese. Ne sono convinta, la squadra non è mai stata così in forma.»

«Magnifico» disse Hong. Nel suo primo viaggio all'estero, Yamei avrebbe accompagnato la sua squadra a Hong Kong per una gara. I nuotatori erano i suoi bambini viziati. Lei li coccolava e li incoraggiava, si preoccupava della loro dieta e ascoltava i loro sfoghi.

«Non te ne importa niente» replicò Yamei con un piccolo broncio. «Lo so. A te interessano solo i rapinatori, le prostitute e i contabili corrotti. Ma io voglio che la mia squadra batta i russi e i giapponesi. E voglio che partecipi alle prossime olimpiadi. Ho un ragazzo nuovo di Yuxian: ha solo tredici anni, ma è destinato ai mondiali nei cinquanta metri.»

Il suo fervore patriottico era come un destriero traboccante di ottimismo. I giovani non erano corrotti dalla realtà, o meglio dal passato. Noi siamo guasti, pensò Hong, ma le nostre cicatrici ci proteggono. La purezza di Yamei lo faceva sentire in ansia per lei. Quella ragazza non aveva dubbi, e neppure un'armatura che la proteggesse. Aveva vissuto così pochi timori che la tragedia, se fosse sopravvenuta, l'avrebbe distrutta.

«Mi sarebbe piaciuto che tuo figlio fosse venuto con noi» disse Yamei.

«Non può» si affrettò a rispondere Hong. Se Kuang considerava Yamei uno scandalo, cosa avrebbe pensato se Bai l'avesse conosciuta?

Hong presentò i biglietti e ritirò le matrici. I posti erano in seconda fila, proprio di fronte all'uscita in pista degli attori. Hong si fermò a comperare due gelati e due aranciate, nonostante Yamei avesse protestato che lei non doveva ingurgitare quelle porcherie. Ma lo fece. Le conoscenze su una corretta alimentazione non avevano mai scoraggiato nessuno dal mangiare dolci. In cima alla rampa di scale che conduceva ai loro posti, Lin aspettava con una manciata di programmi. Era alto, di quasi tutta la testa più di quelli che lo circondavano. Hong non vedeva il suo fratello maggiore dalla primavera scorsa. Si abbracciarono.

«Hai un bell'aspetto» disse Hong.

«Mi sono preso una settimana di riposo al mare» rispose Lin incidentalmente, come a voler lasciare intendere che tutti facevano delle vacanze al mare. «Tu hai l'aria malata, hai bisogno di rilassarti un po'. Noi andiamo al mare mercoledì, abbiamo avuto in prestito una casa a Beidaihe. Prenditi un paio di giorni e vieni anche tu. Qualche nuotata, un po' di cibo buono.» Si voltò verso Yamei. «Non saresti libera mercoledì? Non puoi prenderti una giornata di vacanza? Puoi dire ai tuoi genitori che non sarai sola con Hong: ci siamo noi a salvare la tua rispettabilità.»

«Be'...»

«È deciso, verrai. E come va la tua squadra? Niente vittorie per la gloria del popolo?»

Yamei non raccolse il sarcasmo o probabilmente, pensò Hong, non lo notò neppure. «Sì, vinceremo il campionato» rispose con enfasi.

Lin li condusse alla loro fila, occupata per metà da ospiti suoi. Hong ne riconobbe uno, un tipo molto ordinato sulla sessantina, con le spalle quadrate e i capelli grigi tagliati a spazzola. Indossava un costoso completo, fatto a mano, di pantaloni e tunica grigi. Gli altri funzionari gli lanciavano occhiate furtive, cercando di identificarlo. Si chiamava Deng Bo, ed era stato una specie di mentore per Lin, specialmente quando questi era nelle Guardie Rosse. Era stato proprio Deng, per incarico del presidente Mao, a incoraggiare Lin e i suoi turbolenti compagni a sfasciare il cimitero di Chu Fu, la città natale di Confucio. Lin si professava rammaricato per il suo comportamento durante gli anni di sangue, attribuendolo all'atteggiamento ribelle tipico della gioventù. Ma non tutte le Guardie Rosse si erano abbandonate agli eccessi distruttivi di Lin che, secondo Hong, ci aveva sguazzato a volontà.

Eppure, curiosamente, Hong ammirava il fratello. Lin era uscito da quel passato rinnegato con una sicurezza sbalorditiva. A differenza di Yamei, la cui fede sgorgava dalla certezza che il futuro sarebbe stato migliore per tutti, Lin credeva semplicemente che il futuro sarebbe stato migliore per lui.

«Ti ricordi di Deng Bo?» stava dicendo Lin. «Deng, mio fratello Hong.»

«Stimato viceministro della Difesa» disse Hong con un mezzo inchino.

Deng Bo gli rispose con un largo sorriso, esibendo una chiostra di denti in condizioni così perfette che dovevano essere per forza di porcellana. Un lavoro dentistico di quel genere richiedeva qualcosa di più che denaro e conoscenze giuste. Una scappata a Hong Kong, per esempio, o a Tokyo.

Deng batté amichevolmente sulla schiena di Hong. «Sì, certo, che piacere rivederti» disse con voce tonante piena di un inatteso entusiasmo. Poi, con un tocco di accondiscendenza, aggiunse: «Lo zelante e operoso vicedirettore della Sicurezza Pubblica, sempre impegnato a scovare i nemici del popolo».

«Sono solo un *assistente* vicedirettore» precisò Hong. «Una posizione di rango modesto e di nessun potere.»

Deng scoppiò a ridere. «Ah, ma nessuno di noi ha posizioni di rango. Siamo tutti servitori del popolo.»

Gli altri ospiti di Lu Lin si unirono alla risata. Scherzano sul rango, pensò Hong, ma non sul potere, che è di per sé un gioco furtivo. Deng aveva un ufficio al Ministero della Difesa, dove ufficialmente sovrintendeva ai movimenti delle truppe. Ma in effetti apparteneva al Dipartimento Centrale delle Investigazioni. E chi poteva immaginare che cosa facesse il DCI, o dove fossero nascosti i suoi uffici? Da qualche parte in un edificio del Partito, che nessuno aveva mai visto o sentito nominare. Deng Bo suscitava altrettante chiacchiere che il DCI. Gli alti quadri gli attribuivano il merito di aver fatto naufragare il tentativo di sovvertire il presidente Mao nel 1971. Hong trovava la storia piuttosto inverosimile, visto che Deng era entrato a far parte degli alti quadri dell'esercito solo un anno prima. Comunque fosse, il taglio del suo abito e la qualità dei suoi denti dicevano tutto quello che c'era da sapere.

Deng Bo si mosse per far posto a Hong, ma prima che Yamei andasse a sistemarsi accanto a lui, Lin la trattenne. «Vi voglio entrambi vicino a me,» disse «mio fratello e la sua bella amica.»

Un funzionario dalle labbra sottili si chinò in avanti e si presentò come Ho Weiping. «Ci siamo visti alla conferenza sulla giustizia del Consiglio di Stato» disse con entusiasmo il compagno Ho. Hong lo ricordava vagamente: doveva essere un funzionario addetto alla sicurezza nell'ambito del Ministero della Sanità. «Stavo giusto dicendo a tuo fratello quanto io ammiri vostra madre.» Si voltò verso il suo vicino per spiegare: «La grande poetessa della Rivoluzione». Poi, rivolgendosi di nuovo a Hong, aggiunse: «E tuo fratello mi ha detto che anche tu scrivi».

«Malamente» rispose Hong.

«E che mi dici di questa ondata di criminalità? Si sta facendo qualcosa?»

«Stiamo raccogliendo tutte le nostre forze per porvi termine.»

Per un po' la conversazione fu imperniata su certi teppisti disoccupati che rubavano la birra dalle fabbriche statali, su uno stupratore ucciso a Taicheng, su un'ondata di furti con scasso a opera di una banda di An-hui.

«E c'è anche stata una sommossa di contadini» intervenne uno dei presenti. «Un esattore delle tasse è finito in ospedale. Non c'è disciplina nelle campagne.»

Lin si chinò verso Hong e gli sussurrò: «Cosa ti succede? Hai l'aria così assente».

«Non ho niente, sono solo stanco.»

«Qual è la cosa tanto segreta su cui stai lavorando? Quando ho telefonato, Chan mi ha detto che ti stavi occupando di un nuovo caso molto importante, ma non mi ha voluto dire di cosa si trattava.»

«Un americano» rispose Hong sussurrando a sua volta.

Lin sembrò molto colpito. «Una spia americana, eh?»

«Abbassa la voce» lo invitò Hong.

«Be', potrebbe essere il migliore o il peggiore degli incarichi. Sarai trasferito al Ministero Speciale?»

«Spero di no» rispose Hong.

«Perché? Avresti certi privilegi...» Lin fece roteare gli occhi, e commentò con un sospiro l'ottusità di suo fratello. «Voglio che tu mi faccia un favore» aggiunse.

«Cosa mai potrei fare per te?»

«Voglio che ti trasferisca in un appartamento nuovo.»

Hong lo guardò sbalordito.

«Te lo compero io» proseguì Lin. «Uno dei nuovi bilocali che vendono per cinquemila yuan, a Chongwen. Hai intenzione di sposarti, no? Di avere un altro bambino, suppongo. Avrai bisogno di spazio.»

«Perché me lo vuoi comperare?»

«A me non è permesso acquistare a Pechino. Ti presto il denaro, e nel giro di pochi anni possiamo rivenderlo con un buon guadagno e comperare qualche altra cosa per te.»

I nuovi appartamenti che si potevano acquistare erano molto richiesti. Chiunque avesse del denaro ne voleva uno. Ovviamente, l'offerta di Lin era nebulosa. Del resto, suo fratello non conosceva altre vie.

«Pensaci, divideremo i profitti dell'operazione.» Lin tirò fuori da sotto il sedile la cartella, la aprì e invitò Hong a guardarci dentro. «Ti ho portato dei regali. Un orologio Rolex, svizzero, completo di calendario. E due nuovi registratori Sony, uno per te e uno per Yamei. Funzionano in entrambe le direzioni, non devi voltare il nastro. Ne abbiamo preso una cassa a Hong Kong per copiarne le parti. Non lo faremo, è troppo complicato, ma servono per... be', lo sai.»

Hong lo sapeva, e come. Lin doveva gran parte del suo successo alla prodigiosa abilità nel distribuire nei posti giusti "le merci in prova": nuovi modelli di televisori, radio, e registratori prodotti dalla sua fabbrica, oltre a campioni provenienti dall'estero. Hong guardò sbalordito il contenuto della borsa, soprattutto l'orologio: era più difficile procurarsi un buon orologio che non una bicicletta. «Non c'è bisogno che tu cerchi di corrompermi» disse.

«Sono *regali*» ribadì Lin. Prese il Rolex, lo mise sull'ora giusta, e lo fissò al polso di suo fratello.

«Se è così, grazie» disse Hong. «Mi serviva un orologio nuovo.» Un fratello ai margini del mercato nero presentava i suoi vantaggi. Ma nel guardare il Rolex, Hong si sentiva insudiciato, come se lo avesse rubato.

Il funzionario di nome Ho stava parlando delle lotterie promosse dalle banche di Shanghai con l'intento di elargire dei premi per i grossi depositi.

«È una buona cosa» domandò uno dei quadri presenti «tutta questa importanza attribuita al denaro?»

«È terribile» intervenne un altro con molto zelo, giocherellando con la macchina fotografica giapponese. «È certo che dovremo riformare il nostro sistema. Ai nostri contadini dovrà essere concesso di arricchirsi, ma nello stesso tempo dobbiamo preoccuparci dell'inquinamento spirituale proveniente dall'Occidente. Dobbiamo imparare dagli occidentali, senza lasciarci contaminare. Il vero pericolo è l'inquinamento spirituale.»

Che teorico brillante, pensò Hong. Con una sola frase potrebbe trattare diversi aspetti di una discussione.

«Eh, sì, l'inquinamento spirituale è un grosso problema per tutti noi» intervenne Lin. «Anche per Hong, che...»

Si trattenne in tempo.

«Sì, anche per Hong» precisò Deng Bo. «Ho sentito che tieni sotto controllo un elemento straniero. Devi stare attento. Si tratta di un medico americano con la testa piena di idee balorde.»

Un medico? Hong trasalì come se lo avessero schiaffeggiato. Anche se Deng aveva sentito Lin parlare dell'americano, la parola "medico" non era stata menzionata.

«Sì, un medico americano» disse rivolto a Deng. «Come lo hai saputo?»

«Il DCI ha un grande interesse per tutti gli ospiti stranieri» rispose Deng con un altro sorriso.

Era la prima volta che Hong sentiva qualcuno ammettere apertamente di avere rapporti con il Dipartimento Centrale delle Investigazioni. E, provenendo da Deng, quella rivelazione era tutt'altro che accidentale. Hong si sentì studiato da Deng, e nei suoi occhi scorse un lampo di calcolo.

«Allora mi potrai spiegare come mai sono stato scelto io per questo caso» si informò Hong.

«Cosa posso sapere della politica interna del Dipartimento di Polizia? Ma tu sei un fidato membro del Partito, e da te ci si può aspettare che farai quello che è giusto.»

Si abbassarono le luci e squillarono le trombe. Al rullo veloce dei tamburi uscirono gli acrobati con una serie di capriole. Hong sfiorò la mano di Lin. «Deng sapeva che sarei venuto qui stasera?»

«Lui ha procurato i biglietti» sussurrò Lin. «E mi ha chiesto di invitarti.»

Dopo gli acrobati uscirono quattro leoni, che si misero a camminare su dei palloni rossi e a saltare attraverso cerchi di fuoco: direttamente da Shanghai, proclamò l'annunciatore, e per la prima volta a Pechino. Poi fu la volta di altri ginnasti, che con un balzo da terra si libravano in volo attraverso dei cerchi; di una capra del Kashmir che seguiva una ragazza sopra una corda tesa; di un gruppo di ciclisti adorni di nastri che giravano attorno su un'unica bicicletta. Hong si chinò a guardare Yamei, paralizzata dallo stupore e con il viso acceso.

«E ora» intonò l'annunciatore dalla voce profonda «la contorsionista di fama mondiale, vincitrice del Premio Internazionale Clown d'Oro, la nostra grande acrobata Li Liping della Troupe Acrobatica di Wu-han, che eseguirà la famosa Pagoda di Ciotole.»

Un riflettore si concentrò su una ragazza di diciannove anni al massimo, con i capelli raccolti sulla nuca e tenuti fermi da un fiore di calendula, i pantaloni bianchi e la blusa arancione. Se ne stava timidamente al centro della pista, a ricevere con cenni del capo gli applausi del pubblico. I macchinisti facevano ruotare alle sue spalle una piattaforma circolare. Lei vi si arrampicò, si afferrò con una mano a una piccola impugnatura imbottita in cima a un palo, e si librò come un uccello, con le gambe lanciate nell'aria. Con la mano libera incominciò a prendere dei piattini e delle ciotole di vetro trasparente piene d'acqua di diversi colori, blu, verde, ambra. Poi ne gettò una serie sulla punta delle dita dei piedi, poi un'altra sulla testa, per terminare con una fila di ciotole in equilibrio sulla mano, continuando a far ruotare il tutto contemporaneamente. Decine di piattini e ciotole in un movimento rotatorio pieno di grazia.

Deng Bo diede una gomitata a Hong. Tra il frastuono degli applausi Hong sentì la sua voce, ma non riuscì a distinguere le parole.

«Che cosa?»

Nelle ombre incrociate prodotte dai riflettori il viso di Deng ondeggiava, assumendo un orribile aspetto scheletrico. Hong lo vide ammiccare, con un lampo di soddisfazione negli occhi. Gli si avvicinò a parlargli nell'orecchio: «Ho detto che è lo spettacolo giusto per te, non trovi? Tutto un gioco di equilibrio, con una spia occidentale tra le mani».

Lin offrì la berlina Shanghai avuta in prestito dal Ministero del Commercio, per far riaccompagnare a casa Hong e Yamei. L'autista caricò le loro due biciclette nel baule, mentre Hong ringraziava il fratello per i biglietti e augurava la buona notte a Deng e agli altri quadri. Deng fece un sacco di smancerie a Yamei, mettendola in forte imbarazzo. Dopo un'altra serie di saluti e di ringraziamenti, finalmente Deng e Lin si avviarono verso una delle auto Bandiera Rossa del Ministero della Difesa.

A bordo della Shanghai, Yamei si strinse a Hong. «Tuo fratello è molto generoso» disse, tenendo tra le mani il suo nuovo registratore.

«Sì, molto» rispose Hong.

«Non ti è simpatico? Un fratello è una grande benedizione, vorrei averne uno.» Gli si fece più vicino. «Se avremo un figlio, avrà uno zio. Pensa un po': se tutti avranno un figlio solo, tra qualche anno non ci saranno più né zie né zii.»

L'auto passò davanti alla cupola nera del Planetarium, poi costeggiò il margine del parco Zizhuyuan. Alcune giovani coppie si stringevano tra gli alberi. Abitando con i genitori, non avevano altri luoghi per i convegni amorosi. I parchi cittadini erano le succursali delle camere da letto. Per Hong e Yamei la questione dell'intimità era più complicata proprio perché potevano usufruire più facilmente di una certa privacy. La tradizione, anche per Yamei, imponeva che una donna restasse vergine fino al matrimonio. E se pure Yamei era diventata maggiorenne in un periodo in cui la conoscenza del sesso era più diffusa, anche se non se ne parlava apertamente, restava pur sempre il rischio di rimanere incinta. Yamei aveva deciso che, visto che avrebbe sposato presto Hong e che nel frattempo avrebbero mantenuto segreta la loro relazione, tanto valeva infrangere la tradizione. Attraverso un amico che lavorava all'Istituto degli Sport aveva trovato un medico che le aveva applicato un dispositivo anticoncezionale. Se qualcuno avesse scoperto il loro segreto, sarebbe scoppiato uno scandalo disastroso. Ma avevano fatto molta attenzione. Quella sera sarebbero andati nell'appartamento di Hong a far l'amore. In fretta, naturalmente. Quanto più Yamei rientrava tardi, tanto più doveva affrontare le domande dei suoi genitori. Lei e Hong avevano imparato a darsi piacere a vicenda nel più breve tempo possibile. Sotto quel profilo, pensava Hong, fare l'amore era come una qualsiasi attività controllata dal Partito: doveva essere efficiente.

«Sei di cattivo umore» osservò Yamei.

«No.»

«C'è qualcosa che non va. Il mio abbigliamento è troppo sfacciato? Avrò fatto una cattiva impressione? Ho parlato troppo?»

Hong sospirò. Era una ragazza così poco esigente. Non chiedeva altro che la sua approvazione. «Niente di tutto questo, credimi.»

Yamei rimase in silenzio per un lungo momento. «Sei nei guai?» gli chiese finalmente con un sussurro.

Era la seconda volta in una settimana che gli veniva fatta quella domanda da una persona innocente. Prima Bai, nella sua paura infantile dell'ignoto, e adesso Yamei, intuitiva come solo sa essere chi non conosce il timore.

«Mi è stato assegnato un caso difficile, tutto qui» rispose Hong. «Sono preoccupato.»

«Sei molto in gamba nel tuo lavoro, lo dicono tutti.»

L'auto si fermò davanti alla casa di Hong. L'autista scese e corse ad aprirgli la portiera. Hong sorrise tra sé e sé. Il povero autista non aveva idea di quanto potessero essere importanti i suoi passeggeri, nonostante le biciclette, e così li trattava come degli alti quadri, tanto per non rischiare.

Hong ricuperò la sua bicicletta nel baule, dopo aver detto all'autista di aspettare. Attraversò il cortile, con un braccio attorno alle spalle di Yamei. Immaginò che loro due vivessero in una grande casa con molte finestre, da cui l'occhio poteva spaziare nella bruma. Due figli giocavano in giardino. Hong si sorprese a pensare a Sun Sheng, e si chiese di che cosa fosse andato in cerca. Pensò alle fotografie nel dossier di Ostrander. Chi aveva deciso di alterarle, e perché? Si domandò perché mai Deng Bo avesse tanto interesse per Ostrander, e ripensò ai papaveri del Ministero della Difesa presenti al servizio funebre di Sun Sheng. Ricordò la filastrocca sui suoi viaggi all'estero che aveva sciorinato a Ostrander, e poi si rese conto che il panorama nella bruma che aveva immaginato per sé e per Yamei era una cosa che aveva visto solo in fotografia. Era il Victoria Peak di Hong Kong, e poi, improvvisamente, la Torre Eiffel, e poi ancora le torri di Londra velate dalla nebbia, come nel film *Grandi Speranze*.

Yamei si era messa a correre su per le scale. Dopo aver chiuso con il lucchetto la bicicletta anche Hong si affrettò, come se nelle braccia di lei quel sogno momentaneo avesse potuto diventare realtà.

9

La medusa

Al secondo piano del reparto psichiatrico dell'Ospedale Universitario cinque pazienti con disturbi di tipo reattivo, altrimenti noti come crisi depressive, stavano costruendo dei piccioni di carta.

«Questi pazienti hanno dei disturbi, ma non una vera malattia» spiegò l'infermiera che accompagnava Hong lungo il corridoio. «Fisicamente stanno bene, per questo stiamo cercando di determinare da che cosa dipendono i loro disturbi.»

«Scusami, ma in che cosa consiste la differenza?»

«Un malanno è qualcosa che fa di te un ammalato, mentre questi altri disturbi generano un comportamento antisociale.»

A Hong sembrò che la donna recitasse un vecchio documento di Partito. Si chiese come avrebbe diagnosticato la condizione di suo padre. «Perché fabbricano piccioni?»

«Fa parte della terapia» spiegò l'infermiera. «Mentre lavorano con le mani, per fare giocattoli di carta per i bambini, sono meno infelici.»

Hong lanciò un'occhiata ai depressi che ciondolavano seduti sulle panche. Piegavano la carta con gli occhi fissi nel vuoto. A stare in un posto simile, pensò Hong, chiunque diventerebbe depresso.

«Sono soggetti antisociali, aggrediscono la gente, rompono le cose...?»

«Oh no, mai. Sono troppo intontiti per fare cose del genere.»

«Intontiti da cosa?»

«Dall'elettroshock, una scarica elettrica al cervello che muta il loro atteggiamento e li rende di nuovo felici.

Ovviamente i casi più seri vengono inviati a Shanghai. I nostri sono pazienti speciali, che ci sono stati affidati a titolo di esperimento.»

L'altoparlante sopra la testa di Hong si mise a strombazzare: «La sorvegliante Shen è pregata di presentarsi alla ricezione del secondo piano».

«Sono io» disse l'infermiera avviandosi di corsa per il corridoio. «Torno subito.»

Passò veloce un gruppo di giovani studenti in camice bianco. I ricercatori, noncuranti degli estranei e degli stessi studenti, correvano avanti e indietro da un laboratorio a un'estremità del corridoio a un ufficio all'altra estremità. Dal laboratorio usciva il bip-bip tipico delle apparecchiature elettroniche. Il reparto psichiatrico dell'Ospedale Universitario era abbastanza gradevole, si scoprì a pensare Hong, con le pareti imbiancate di fresco e decorate di manifesti che dichiaravano: LAVATE TUTTA LA FRUTTA PRIMA DI MANGIARLA, PROTEGGETEVI DAI GERMI, e il pavimento di piastrelle pulito e in buone condizioni. Eppure in quel posto si avvertiva anche qualcosa di stranamente triste: tutti gli studenti erano molto giovani e tutti gli insegnanti vecchi, mancava un'intera generazione degli uni e degli altri. Per vent'anni le corsie psichiatriche erano state riempite non di ammalati, ma di radicali. Il presidente Mao aveva bandito la psichiatria come una "falsa scienza borghese".

Il bip-bip proveniente dal laboratorio si era fatto più forte. Hong sbirciò attraverso la porta aperta. Cinque medici circondavano un'anziana donna legata a un tavolo con delle cinghie. Le avevano inserito degli aghi da agopuntura alla base del cranio, collegati per mezzo di fili a un piccolo generatore. Altri fili attraversavano uno schermo televisivo verde per giungere a delle zone rasate sul capo della donna, questa volta non con aghi ma con ventose verdi. Una linea a zig-zag scorreva sullo schermo.

Un medico con un taccuino in mano leggeva una lista di numeri: «Venticinque, cinquantadue, nove, centosei...» e così via. Quando il medico si interruppe, la donna incominciò a rispondergli con dei numeri, questa volta diversi.

Uno dei medici si accorse della presenza di Hong. Corse verso la porta per chiuderla.

«Che cosa succede lì dentro?» chiese Hong, posando una mano sulla porta.

«Lavoro di ricerca» rispose il medico, bloccando la visuale a Hong e spingendo la porta verso di lui.

«Che genere di ricerca?» chiese ancora Hong.

«Ricerca» ribadì il medico, e poi aggiunse: «E adesso scusami, ma questa porta non deve restare aperta».

Il medico la chiuse e appiccicò un foglio di carta sulla finestrella quadrata che si apriva al centro. Hong si strofinò la fronte. La febbre era cresciuta, la testa gli pulsava come se un insetto irrequieto si fosse annidato dietro i suoi occhi. Avrebbe dovuto restare a letto e mandare Chan, o anche il Piccolo Monaco, per un incontro che probabilmente non avrebbe approdato a nulla. Probabilmente a tenerlo in pista era il timore delle domande che avrebbero potuto rivolgergli: perché le tue cartelle sono così sottili? Perché non hai setacciato più a fondo l'americano? Ma a questa spiegazione mancava un elemento. Nel caso di Peter Ostrander, Hong aveva la preoccupante sensazione di inseguire una preda che non sarebbe mai fuggita, che non aveva alcun motivo per farlo.

Diede un'altra occhiata alla porta chiusa del laboratorio, poi si avvicinò al banco degli addetti al servizio di sicurezza, in fondo al corridoio, e sollevò un telefono. L'incaricato alzò gli occhi da una pila di cartelle cliniche.

«Questo telefono non è destinato al pubblico» disse bruscamente.

«Io non sono il pubblico» ribatté Hong.

«Un momento» protestò l'impiegato, alzandosi in piedi.

Hong si sentiva stranamente irritato. Aprì la sua tessera della Sicurezza Pubblica e la cacciò sotto il naso dell'impiegato, che ricadde a sedere senza aggiungere una parola.

Rispose un centralinista. Hong disse il suo nome, l'unità di lavoro e il numero del suo ufficio.

Il telefono squillò due volte prima che Chan rispondesse.

«Hai il programma giornaliero di Ostrander?» chiese Hong.

«Resta in linea» rispose Chan.

Hong sentì il fruscio dei fogli e abbassò lo sguardo sui moduli posati sulla scrivania. In alto c'era la scritta: *Candi-*

dato per l'ammissione, seguita da: *Data di nascita, unità di lavoro, padre, madre, istruzione*. A Hong balenò in mente un'idea. Che stupido, si disse. Perché non ci ho pensato prima?

Tornò l'infermiera. «Possiamo continuare.»

«Tra un minuto» rispose Hong.

Chan ritornò in linea. «Ecco qui, sarà a un seminario presso l'università fino alle due.»

«Sì, lo so. Su quale argomento?»

«Disfunzioni cerebrali e disturbi dell'apprendimento, qualunque cosa significhi.»

Hong guardò l'infermiera Shen, che sfogliava una pila di schede facendo finta di non stare a sentire.

«A proposito di quella ricerca infruttuosa che hai fatto...» disse ancora Hong.

«Di cosa parli?»

«Quella di tre giorni fa.»

«C'è qualcuno che ascolta» osservò Chan.

«Molto acuto da parte tua.»

«Intendi il dossier sul padre di Ostrander?»

«Sì, ma che mi dici dell'altra metà?»

«L'altra metà?» Chan fece una pausa, prima di aggiungere: «Ah, la madre».

«Esatto. Non risulta un nome?»

Un altro frusciare di carte. «Greene» disse Chan.

«Vedi cosa puoi scoprire in proposito.»

«Proverò all'Accademia» promise Chan.

«E anche in qualche altro posto.»

«Hong, gli schedari dei visti sono stati bruciati tanto tempo fa.»

«In qualche altro posto» ripeté Hong. Probabilmente il terremoto del 1976 aveva distrutto tutto, ma valeva sempre la pena di provare.

«Ah, sì, il comune di Tang-shan, dov'è nato Ostrander. Benissimo. Sempre che qualche documento sia sopravvissuto al terremoto. Vedrò cosa posso rimediare.»

Hong posò il ricevitore e seguì l'infermiera fino in fondo al corridoio, e poi su per una breve rampa di scale. Pensava al dossier sul dottor Yan, il direttore della ricerca psichiatrica, che aveva letto quella mattina. L'anziano scienziato aveva studiato all'estero, in Francia e in Austria. Come mai, si chiese Hong, era ritornato al suo antico posto di lavoro dopo che i suoi stessi subalterni lo avevano denunciato, azzoppato e costretto a lavare le toilette?

«La visita che aspettavi dalla Sicurezza Pubblica» annunciò l'infermiera dopo aver aperto una porta con i pannelli di vetro semitrasparente. «Il vicedirettore Lu Hong.»

Hong non rettificò quell'esposizione inesatta del suo titolo: qualsiasi elemento di intimidazione sarebbe servito con un uomo predisposto a odiarlo. Dalla sua sedia presso la finestra il dottor Yan sollevò lo sguardo all'ingresso di Hong: lo studiò per un attimo, poi si alzò faticosamente in piedi, aggrappandosi al bordo della scrivania. Portava un paio di occhiali con le mezze lenti e indossava il camice bianco, unico segno evidente del suo rango. Era un uomo piccolo, curvo e appesantito, ma non dall'età, pensò Hong. I capelli argentei, con la riga in mezzo e spazzolati indietro, erano lunghi in maniera provocatoria, come quelli di un giovane teppista.

Il medico arrancò fino alla porta e con uno sforzo evidente incominciò a trascinare una sedia verso la scrivania, per offrirla a Hong. In apparenza non rivelava nessuna ansietà in presenza di un funzionario della Sicurezza Pubblica, ma Hong aveva notato che, a parte la prima rapida occhiata di valutazione, il dottor Yan aveva evitato di incontrare il suo sguardo. «Sei venuto per Ostrander» disse.

«Sì» rispose Hong, cercando di aiutarlo a spostare la sedia.

«Ce la faccio da solo, grazie» disse il vecchio medico, spingendo avanti la sedia. «Con l'esercizio e la concentrazione riesco a fare quasi tutto.»

Lo studio aveva un'atmosfera di altri tempi e di altri luoghi. Lungo le pareti erano allineate delle alte librerie con le colonne scolpite, e come tavolino da tè c'era un antico baule imperiale con i pannelli dipinti a draghi gialli. Sul suo ripiano erano posate alcune riviste mediche straniere, aperte. Quel posto ricordava a Hong l'ufficio di suo padre all'università, quello che era stato tolto a Lu Yaomin e che lui non si era mai preoccupato di reclamare. O meglio, non era mai stato in grado di reclamare. I libri consunti del dottor Yan, il portapenne e il calamaio di avorio posati sulla scrivania, le fotografie in cornice di quando era studente, erano delle presenze confortanti, non fosse altro perché dimostravano che alcuni vecchi avevano ancora dei ricordi da tener cari. Il dottor Yan accese una sigaretta e ne offrì una a Hong – una 555, di fabbricazione inglese. «Per gli ospiti» spiegò il medico trascinandosi verso la scrivania. In questo caso, pensò Hong, ospite significava polizia. Dopo aver acceso la sigaretta di Hong, il medico prese la sua alla vecchia maniera, tra il pollice e l'indice.

«Dimmi del lavoro che l'americano svolge qui» esordì Hong.

«È stata una scelta eccellente per uno scambio» si affrettò a dire il dottor Yan, parlando al muro sopra la testa di Hong e rispondendo a una domanda interamente formulata da lui.

«Che cosa fa?»

La risposta del dottor Yan tardò molto a venire. Fanno sempre così, pensava Hong. Misurano le parole, valutano il rango dell'inquisitore, il pericolo in cui possono incorrere. Secondo un vecchio detto, tra l'erba e gli alberi, qualunque cosa sembra un soldato. Quelli che avevano passato dei guai una volta vedevano il pericolo dovunque. Quando finalmente si decise a parlare, il dottor Yan lo fece con una voce titubante e affannosa. «Lui... lui osserva. I nostri studenti trattano molti tipi di pazienti. Ovviamente sotto la supervisione di un insegnante. Problemi mentali, debolezza di nervi, depressione. Ostrander ci ha portato molti libri occidentali sull'argomento. Partecipa alle nostre riunioni di facoltà, osserva i pazienti, dà suggerimenti.»

«E questo è tutto» commentò Hong.

Il dottor Yan esitò un attimo, lanciando uno sguardo furtivo verso la porta. «Sì,» rispose «questo è tutto.»

Che cosa aveva visto al di là della porta? Un'ombra? Hong si appoggiò una mano all'orecchio e si piegò verso la parete. Il dottor Yan si concesse un barlume di sorriso prima di stringere la sigaretta tra i denti e di espellere uno sbuffo di fumo.

«È una bella giornata» disse Hong. «Andiamo a passeggiare in cortile, se ti fa piacere.»

Il dottor Yan si alzò faticosamente in piedi e trasse un bastone nero da sotto la scrivania. Hong lo fermò sollevando una mano, poi si avviò silenziosamente verso la porta. Sentì qualcuno che si muoveva in corridoio, sbirciò attraverso il pannello di vetri semitrasparente, poi spalancò la porta.

L'infermiera Shen, con in mano un vassoio con sopra una teiera, praticamente precipitò dentro.

Mortificata, si riprese immediatamente. «Vi portavo del tè e dei pasticcini» dichiarò piacevolmente.

«Stavamo uscendo» disse Hong, tenendo la porta per far passare il dottor Yan. Il vecchio medico camminava con metodo, secondo il proprio passo, ma con un piccolo scatto tutte le volte che appoggiava il bastone.

«Conoscevo i tuoi genitori negli anni Cinquanta» disse quando furono in cima alle scale. «Tua madre è la poetessa.»

«Sì» confermò Hong.

«Prendimi il braccio, per favore.» Hong eseguì, e il dottor Yan si mise a saltellare giù per le scale, tenendo sollevata la gamba offesa. «È sorprendente che tu sia nella Sicurezza Pubblica. Tuo fratello dirige una fabbrica, vero? Mi aspettavo che voi ragazzi sareste diventati artisti o insegnanti.»

«I figli imitano i genitori in tutte le cose importanti» disse Hong quando furono in fondo alle scale. «E non necessariamente a loro vantaggio.»

Il dottor Yan annuì divertito. «Molto bene. Come vedi, tu sei un insegnante. Per inciso, mi piacevano molto i tuoi genitori.»

In cortile si sedettero sotto un pergolato. Una forte brezza faceva stormire le foglie.

«Forse tu saprai perché quell'infermiera mi tiene d'occhio» disse il dottor Yan. «Sono in molte a controllarmi. Una di loro lavora per voi?»

«Non che io sappia» rispose Hong.

Il dottor Yan gli rivolse un sorrisetto dubbioso. «Non ti credo. Vorrei, ma non posso.» Alzò lo sguardo verso il pergolato, un intrico di viti che lasciavano filtrare delle lame di sole. «Qui non c'è nessun altro da tener d'occhio tranne me. Gli altri medici, tutti amici miei, sono morti. Si sono uccisi.»

«Parlami di Ostrander» lo invitò Hong.

«Cosa posso dirti? È un bravo medico. Sarà un piacere averlo qui. Qualcuno che non ti chieda notizie dei nostri incredibili soggetti paranormali della regione di Dazhu.» Si voltò verso Hong, alzando la voce: «Paranormali! Bambini che leggono dei pezzi di carta da dietro uno schermo! Se vuoi denaro destinato alla ricerca, trovatene qualcuno».

«Sono sicuro che una simile ricerca è...»

«Stupida» lo interruppe il dottor Yan. «La dodicenne Wang» proseguì con un tono beffardo nella voce «legge la lista della spesa di sua madre attraverso le tasche del grembiule. Riceve dei messaggi mentali. Sottoponiamola a dei test, impariamo il suo segreto.» Sbuffò. «Uova andate a male. Spazzatura. I Padroni dell'Energia Vitale, è così che chiamano quei bambini.»

Nel suo ufficio il dottor Yan aveva chiuso a chiave la sua rabbia, e si era mostrato mansueto al massimo. Lontano dalle orecchie indiscrete, lasciava traboccare tutta la sua amarezza.

«E che mi dici di Ostrander?» insisté Hong.

«Tu cosa sai a proposito del cervello?»

«Tutto quello che mi serve per pensare» rispose Hong.

«Non è una risposta malvagia. Quando devi sapere qualche cosa, la trovi in qualche posto del tuo cervello. Quello che interessa me, e anche Ostrander, è il modo in cui il cervello trova ciò di cui ha bisogno.» Il dottor Yan tese il bastone e incominciò a tracciare delle figure nella polvere: due cerchi con un punto tra l'uno e l'altro. «Noi ricordiamo e dimentichiamo grazie alle connessioni nervose. I cerchi sono le cellule, il punto è un terminale che trasmette impulsi elettrici. Se il terminale non funziona, se non è presente la sostanza chimica che lo fa funzionare, non possono esserci connessioni.»

«E così il nostro pensiero è una reazione chimica?» domandò Hong.

«Fantastico!» Il dottor Yan batté sul terreno la punta del bastone. «Per essere un burocrate, hai una mente migliore di quanto tu non meriti. Sì, il pensiero è frutto di una reazione chimica, ma è anche vero il contrario. Prendi la medusa, ad esempio. È dotata di un sistema nervoso primitivo, con tutte le cellule uguali. Senza passato, senza futuro. Risponde agli stimoli, ma non opera delle scelte. Il massimo della libertà, si potrebbe dire. Per contro, l'uomo ha un cervello altamente sviluppato, un capolavoro della natura. Tu prova a costruirne un modello, e finirai come i depressi che abbiamo al piano di sopra. Roba da diventare matti.» Prese fiato. «Il cervello umano non è come la medusa. Tiene conto del passato e del futuro. Invece la medusa si limita a reagire.»

Hong si schiarì la voce. «A proposito di Ostrander» disse ancora. «L'Accademia delle Scienze ha approvato la sua domanda per questo scambio. Potrebbe esserci qualche altra ragione, oltre le sue credenziali scientifiche?»

«Tu reagisci, invece di pensare» osservò il dottor Yan. «Non fare la medusa, ne abbiamo già troppe. Tutto il Paese è una medusa.» Batté con il bastone sul terreno. «Ecco, guarda queste cellule. Posso stimolarle con l'elettricità? In Occidente hanno scoperto una sostanza chimica che fa crescere le cellule nervose, le trasforma o le fa lavorare meglio, o addirittura provoca nuove connessioni. Guarda qui.» Scarabocchiò uno dei cerchi. «Cosa è successo? La cellula si è guastata? O c'è una carenza dell'enzima?»

Prodotti chimici nel cervello, pensò Hong. Connessioni per mezzo di enzimi. Se solo fossero state una questione di enzimi anche quelle che doveva fare lui.

«Io voglio scoprire» proseguì il medico «se possiamo mettere insieme quello che sanno in Occidente con quello che so io da qui. Voglio vedere dove sono conservati i ricordi nel cervello, come facciamo a richiamarli quando ne abbiamo bisogno. Ma la mia ricerca non è di moda. Quelli che elargiscono il denaro non ci vedono dei risultati potenziali. Io ho detto loro che posso curare gli effetti della vecchiaia, dei colpi apoplettici, degli ictus cerebrali.»

Hong si scoprì a domandarsi se i vecchi avrebbero tratto vantaggio dal fatto di avere dei ricordi migliori. Molti di loro avevano soprattutto bisogno di dimenticare. «E puoi mantenere quello che prometti?» chiese.

«Forse sì e forse no.» Si chinò verso Hong per sussurrargli: «Ti svelerò un segreto. Tu non sei un protettore di segreti? Non hai forse una guardia alla bocca? Ho chiesto per tre anni di avere uno scienziato occidentale. In un primo tempo quei ritardati mentali dell'Accademia hanno definito il mio lavoro una sciocchezza. Poi lo hanno dichiarato troppo segreto. Bisogna avere la mente bacata per cambiare idea in questo modo. E adesso, all'improvviso e senza nessuna ragione apparente, mi consegnano Ostrander. Un dono del cielo, preziosissimo. Ostrander è assolutamente perfetto per questo lavoro».

«Se la tua ricerca è così segreta,» osservò Hong «lui potrebbe essere venuto a rubartela.»

«Lo spero tanto» rispose il dottor Yan. «Se si riporta a casa degli appunti, può darsi che pubblichi qualcosa sul mio lavoro. A quel punto l'Accademia potrebbe concedermi più aiuto e più denaro. Qualunque cosa farai, cerca di non portarmi via Ostrander.»

Hong si alzò. «Lui crede che io sia il suo interprete assegnato dall'Accademia. Si aspetta di vedermi qui di tanto in tanto. Se scopri qualcosa di insolito sul suo conto, chiamami.» Tirò fuori il biglietto da visita e lo posò in mano al dottor Yan.

L'anziano medico lo infilò nella tasca interna e si alzò faticosamente in piedi. «Ma non vedi?» disse. «C'è già qualcosa di straordinariamente insolito sul suo conto.»

«E cioè?» domandò Hong.

Il dottor Yan sorrise. «Il fatto che sia qui.»

Tutti quei discorsi di marionette erano come un bagno tiepido per Hong. Alle riunioni settimanali del Dipartimento di Polizia non si stancava di starli a sentire. In effetti, come succedeva anche alle riunioni di didattica politica, si sedeva in fondo alla stanza e non ascoltava affatto: si lasciava cullare dalle loro voci mentre leggeva il *Quotidiano del Popolo* o scriveva rapporti.

In quel momento aveva preso la parola il commissario politico Zhu Gang. I capelli sale e pepe erano tagliati così corti che quasi gli si vedeva il cranio. Come aveva potuto Kuang innamorarsi di lui? Il fatto di essere stato sostituito nel cuore della moglie da quella specie di scimmione, da quella creatura sottosviluppata, era sufficiente a far sì che Hong si interrogasse sulla propria qualità umana. Se Kuang stimava così tanto Zhu, pensava Hong, cosa aveva trovato in me?

Il compagno Zhu, alternando gli argomenti come se avesse due bocche sulla stessa faccia, descriveva i più importanti casi in corso, e subito dopo le loro implicazioni ideologiche. Era veramente un gesto di devozione quel suo mescolare la più recente linea del Partito con le decisioni prese durante la linea precedente. L'anno prima chi sottraeva dei beni dello Stato per destinarli a proprio uso, veniva accusato, in base alla parte prima, capitolo secondo, articolo 15, sezione 1 della Costituzione: "di reato controrivoluzionario". Quest'anno veniva incriminato in base alla sezione 2: "reati ordinari che comportano l'ergastolo e la pena di morte". In questo modo le attività economiche illegali diventavano un reato contro il popolo invece che contro la Rivoluzione. Da queste sottili distinzioni sarebbe sorta una democrazia migliore.

Zhu, dopo aver percorso la lista degli assistenti vicedirettori, era arrivato ai casi affidati a Hong, quelli che successivamente erano stati passati a Chan perché li distribuisse agli investigatori. Hong alzò il capo. Tutti sembravano favorevolmente impressionati dai rapporti sull'avvocato tedesco e i ladri di biciclette.

«E ve ne sono altri affidati all'assistente vicedirettore Lu Hong?» chiese qualcuno a voce alta, da un angolo della sala.

Hong si voltò a guardare. L'interrogante era Tan Shu, un corpulento ex caporale dell'esercito che aveva l'incarico di esaminare gli aspetti politici di tutti i procedimenti giudiziari. Tan era considerato un leale e tenace servitore del Partito, anche se un po' ottuso.

«No,» rispose Hong «nessun altro caso.»

«Sei sicuro che siamo stati messi al corrente su tutti?» domandò ancora Tan Shu.

Dove voleva parare? Probabilmente aveva saputo di Ostrander. Ma perché mai voleva tirare in ballo un caso che Wei Ye aveva dichiarato segreto?

«Sì, ne sono sicuro» rispose Hong. «Il compagno Zhu ha passato in rassegna tutti i casi affidati alla mia sezione.»

Zhu dichiarò sciolta la riunione, e i quadri sciamarono in corridoio. Si vociferava della costruzione da parte del Dipartimento di Polizia di una nuova sede, di recenti direttive per il pensionamento coatto dei quadri più anziani. Hong era a metà strada dal suo ufficio quando fu avvicinato da Tan Shu.

«Assistente vicedirettore Lu Hong?»

«Sì, compagno Tan, come stai?»

«Ti prego, non parlare così forte. Volevo chiederti se eri in ufficio venerdì scorso, quando si è sentito male il direttore degli Affari Militari.»

«Sfortunatamente no.»
«Allora non hai visto l'ambulanza.»
Hong sentì irrigidirsi i muscoli alla base della nuca. «L'ambulanza? Temo di non capire. Se non ero qui, ovviamente non l'ho vista.»
«È stata fatta venire dall'Ospedale Universitario ma poi ha portato il compagno Sun all'Ospedale per le Malattie Infettive.»
«E allora?»
«Perché portarlo così lontano, se stava tanto male? L'Ospedale Universitario è solo a cinque minuti di strada, mentre quello per le Malattie Infettive è a mezz'ora. Be', ho pensato che... se non se ne occupava già qualcun altro, forse avevano assegnato a te le indagini su come è morto il compagno Sun.»
In un attimo la mente di Hong fu attraversata da un'infinità di pensieri. Prima di tutto, il compagno Tan non era così perspicace da averci pensato da solo, ma nello stesso tempo era troppo prudente per diventare l'informatore di qualcuno. Secondo, Hong si era reso conto che il caso Ostrander gli aveva occupato del tutto la mente negli ultimi tre giorni. Era solo una coincidenza che gli avessero affidato il caso Ostrander subito dopo la visita che aveva fatto al centralino delle Comunicazioni per vedere i registri delle telefonate? Quale rapporto poteva esistere tra la morte di Sun Sheng e la comparsa di Peter Ostrander? Hong pensò alla regola dell'Aureo Mezzo: se A è vero, B non è falso.
Decise che, trattandosi di Tan Shu, era meglio liquidare definitivamente la questione. «La tua immaginazione galoppa» disse gentilmente ma con fermezza. «Non dovresti mettere in giro voci come questa. Io so che il compagno Sun non stava bene, e che l'Ospedale Universitario non cura le infezioni gravi. Non c'è motivo di indagare sulla morte del compagno Sun.»
Tan chinò il capo. «Mi dispiace molto» disse arretrando. «Hai ragione... è una congettura deleteria... ti prego di dimenticare quello che ho detto...» Si allontanò precipitosamente verso l'ala nord dell'edificio, inciampando per la fretta.
Perché non cercare il suo aiuto? Perché gli aveva mentito per paura? In preda a un sentimento di autoaccusa, Hong si

precipitò nel suo ufficio. Quando spalancò la porta stava squillando il telefono. Era Li Junhua dell'Agenzia Giornalistica Nuova Cina.

«Hong, ho fatto qualche ulteriore indagine su quella storia della dinastia Ming, come mi avevi chiesto.»

«Hai trovato il nome dell'autore?»

«No, non è stato detto neppure ai redattori. Ma sicuramente l'articolo è venuto dal Comitato Centrale.»

«Qualcuno ancora particolarmente attivo?»

«Sembra di sì.»

«E l'argomento effettivo?»

Junhua non seppe rispondere. Un'oscura lotta di potere, disse, di cui i quadri dell'Agenzia Giornalistica erano all'oscuro, e tali volevano rimanere. Mentre riattaccava il ricevitore, Hong si sentì sollevato al pensiero che sua madre non fosse in alcun modo implicata. I suoi unici amici al Comitato Centrale avevano dovuto "andare volontariamente in pensione".

Tuttavia era strano che chiunque fosse stato a scrivere quell'articolo sul *Quotidiano del Popolo* avesse preferito restare anonimo. In una lotta di potere si aveva bisogno di alleati. Per trovarli, si esponeva un dito al vento, si mandava un messaggio pubblico e si aspettava di raccogliere l'eco. Se questo veniva, si andava avanti. Se no, ci si dimenticava del messaggio e si sperava che tutti gli altri facessero altrettanto. La stessa cosa accadeva all'inizio di tutte le campagne antinquinamento spirituale. Era un modo di verificare gli umori del Partito. Ma inviare un messaggio senza lasciare l'indirizzo del mittente era una vera follia. Come potevano i tuoi alleati sapere chi eri?

Il che significava, pensò Hong, che chiunque avesse scritto quella breve storia ambientata durante la dinastia Ming aveva già gli alleati al posto giusto prima ancora che apparisse l'articolo. Una deduzione ragionevole tranne che per una cosa. Se si avevano degli alleati, e la lotta era congiunta, non c'era niente da guadagnare a reclamizzare la faccenda.

Hong cercò nel cassetto superiore i buoni alimentari. Era stato invitato a pranzo dai genitori di Yamei, probabilmente perché volevano essere rassicurati che non sarebbero andati da soli a fare quella piccola vacanza a Beidaihe. Che cosa poteva portare loro? Del vino? No, ne avevano tanto. Molto meglio un barattolo di olio di colza. Gli erano avanzati dei buoni. Si alzò per avvicinarsi alla mappa di Pechino. Chan vi aveva tracciato a penna il percorso della nuova metropolitana, un cerchio che attraversava alle due estremità la vecchia strada di collegamento est-ovest, e continuava la terza circonvallazione, in un tracciato quasi parallelo alle due più interne. Cerchi su cerchi. Come la mia mente, pensò Hong. Prese il dossier di Ostrander, controllò la data in cui era stato esonerato dal caso l'interprete-guida assegnato dalla Difesa: il giorno dopo la visita di Hong ai registri del telefono.

In piedi accanto alla scrivania, Hong scribacchiò una specie di cronologia.

Primo, la morte di Sheng, probabilmente senza alcun collegamento.

Secondo, un'occhiata ai registri del telefono, una visita al giovane Jin, e quei giorni vuoti sul calendario di Sheng.

Poi, l'incarico per il caso Ostrander, e quella storia sul *Quotidiano del Popolo* a proposito di certe lotte di potere in corso. O forse si trattava di vecchie lotte, che avevano provocato la morte di quattordici quadri del Partito?

Non serviva niente chiedersi se c'era un collegamento fra tutti quegli avvenimenti.

Si aprì la porta ed entrò Chan. «È il tuo giorno fortunato» disse sventolando una busta. «Greene, Elizabeth, madre di Ostrander. Chi origliava all'ospedale?»

«Un'infermiera con un naso troppo grande per la sua faccia» rispose Hong, prendendo la busta e aprendola. «Hai chiamato Tang-shan?»

«La nascita era solo registrata. Ostrander è nato a Chou-kou-tien.»

«Ah, Chou-kou-tien!» esclamò Hong trionfante. «La zona archeologica! È questo che io chiamo un bel progresso.» E anche qualcosa di più, pensò. I genitori di Ostrander erano a Chou-kou-tien al tempo della Rivoluzione. Ora il loro figlio ritorna, apparentemente convocato da certi quadri della Difesa proprio quando muore un vecchio rivoluzionario. Hong si ricordò che i ministri della Difesa erano al servizio funebre di Sun Sheng. Trasse dalla busta ed esaminò il rapporto su *Ostrander (Greene), Elizabeth.*

«Chou-kou-tien» intervenne Chan. «Perché lo chiami progresso?»

Si aprì stridendo la porta e Wu Keping, il Piccolo Monaco, si fermò sulla soglia, con la mano sull'impugnatura, in attesa di un invito.

«Entra» disse Hong. «Liu Chan ha appena scoperto qualcosa di interessante sul conto di Ostrander.»

«Prove dell'esistenza di complici?» domandò il Piccolo Monaco.

«Chissà?» rispose Hong. «Ostrander è nato a Chou-kou-tien, dove probabilmente suo padre scavava in cerca di fossili. A meno che non cercasse di riaprire la cava di calcare.»

«Cosa molto improbabile» osservò Wu.

«Estremamente improbabile» commentò Hong. «Chan, prosegui.»

«Parli seriamente?»

«Sì, possiamo approfittare delle intuizioni di Wu.»

Chan fissò Hong al massimo dello sbalordimento.

«Su, continua» lo invitò Hong con un sorriso ironico.

«Come vuoi» disse Chan, pensando contemporaneamente: *La testa è la tua*. «La madre è arrivata a Shanghai nel 1930, accompagnata da suo marito. Nel 1933 partorisce un figlio, e con lui parte da Pechino nel 1941. Il dossier non dice niente di una partenza del padre dal nostro Paese.»

«Non c'è motivo» osservò Hong. «Non si tratta del suo dossier. Possiamo solo supporre che non sia andato con lei. Ma su di lui non esiste un dossier, esatto? Sulla madre abbiamo una documentazione, sul padre no.»

«Non ora, per lo meno» ribatté Chan, cogliendo al volo l'allusione.

«Perché non esiste un dossier sul padre?» domandò Wu.

«Una buona domanda, per la quale non c'è risposta» disse Hong. «Se una persona non ha un dossier, non esiste. Perciò abbiamo un figlio con un padre inesistente.»

«Come molti altri» commentò Chan.

Hong prese in mano il dossier sulla madre di Ostrander. «Chan, sei stato al museo di Chou-kou-tien?»

«No, mai, la strada è orribile e lunga, almeno quaranta o cinquanta chilometri. E poi, io sono una persona ottusa. I musei sono per gli studenti e i turisti.»

«Io ci sono andato l'anno scorso» intervenne il Piccolo

Monaco. «Con mio nipote. Bisognerebbe portarci tutti i bambini. È molto importante per capire la storia gloriosa del popolo cinese. A Chou-kou-tien gli scienziati hanno trovato fossili dei primi esseri intelligenti di questa parte del pianeta. E anche le prove che probabilmente noi siamo la prima razza intelligente della terra.»

«Forse qualcuno di noi» disse Chan. «E così il padre scava in cerca di ossa, diamolo per scontato. Che cosa potrebbe avere a che fare il figlio con degli scavi di vecchie ossa avvenuti cinquant'anni fa?»

«Sono sparite» rispose Hong.

«Che cosa?»

Hong si rivolse al Piccolo Monaco. «Assistente ispettore Wu, forse puoi spiegarlo tu a Chan, a cui è mancata l'opportunità di studiare la storia.»

«I fossili dei nostri antenati sono spariti» spiegò il Piccolo Monaco. «Da dopo la guerra. Dovete andare al museo di Chou-kou-tien a studiare la faccenda. È un vostro preciso dovere verso la patria.»

Hong si rivolse a Chan. «Gli americani hanno cercato di far uscire i fossili durante l'invasione giapponese. Nessuno sa dove sono.»

«Più adagio, per favore» disse Chan. «Cos'ha a che fare l'invasione dei barbari con una cosa del genere?»

Hong si rivolse al Piccolo Monaco. «Assistente investigatore Wu?»

«Non sono molto preparato sulla guerra. Forse dovrei approfondire l'argomento.»

«Sì, fallo» lo invitò Hong. «Incomincia subito.»

Il Piccolo Monaco era palesemente soddisfatto. «Ti preparerò un rapporto per domani, prima del ricevimento.» Era quasi arrivato alla porta quando si voltò per porgere una busta a Hong. «Mi stavo quasi dimenticando, ti ho portato il programma.»

«Quale ricevimento?» chiese Chan.

«Al Ministero degli Esteri» rispose Hong. «Ci vado con Ostrander. Ci sarà del buon cibo.»

Quando la porta si fu richiusa Chan rimase in attesa e in ascolto qualche istante, poi si avvicinò a Hong. «Devi andare a casa e metterti subito a letto. La tua malattia ti fa uno strano effetto.»

«Io non ho una malattia» precisò Hong. «Ho solo un disturbo.»

«Risparmiami le argomentazioni politiche. Cosa diavolo credi di fare? Quel rospo andrà subito a gracidare da Wei Ye. Hai mandato avanti il caso.»

«Niente è quello che sembra» ribatté Hong. «Nessun dossier sul padre, dei fossili spariti da quarant'anni, un interprete del Ministero della Difesa assegnato a Ostrander e poi destituito dall'incarico senza una ragione...»

«Il suo inglese non era abbastanza buono.»

«Può darsi. Comunque, più ci sono complicazioni, meglio è. Wei Ye si accorgerà che è in concorrenza con la Difesa, e vorrà una persona nuova che si occupi del caso. Hai avuto il certificato di morte di Sheng?»

«Me ne sto occupando. Volevo farti notare che tu hai anche calunniato... be', non so chi esattamente, ma quando incominci a parlare di dossier spariti, del Ministero della Difesa che intralcia le indagini... La scure deve pure abbattersi su qualche cosa. Ed è probabile che rimbalzi proprio sopra di te.»

«Non mi risulta di aver insinuato che la Difesa intralcia le indagini» disse Hong in assoluta buona fede.

«Non sei onesto con me. Tu non stai cercando di liberarti di questo caso. Al contrario, ti ci sprofondi sempre di più. Ostrander è solo una fonte di guai: è qui per trovare... come si dice?... dei fossili.»

Hong fu sul punto di controbattere le affermazioni di Chan, ma ci rinunciò. Pensieroso, si morse il labbro per un attimo, poi mise di nuovo nella busta la documentazione sulla madre di Ostrander. «Puoi restituirla» disse posando la busta sulla scrivania di Chan. «Io vado a comperare dell'olio per cucinare.»

«Dimmi cos'è tutta questa storia» domandò Chan.

Hong si infilò in tasca due buoni alimentari. «Te lo dirò appena lo saprò io stesso» rispose.

Una funzionaria della Commissione Statale per l'Energia trova marito presso la Banca Popolare della Cina. Immediatamente devono affrontare una difficile scelta per quanto riguarda la casa. Un appartamento in una antica dimora di

Chongwen fornito dalla banca, piccolo ma elegante, oppure uno di quattro stanze in un grattacielo della città occidentale fornito dalla Commissione per l'Energia. Quattro stanze in un palazzo moderno sembrano la scelta più logica. Un lusso simile capita una volta sola nella vita. Ma Ru Jie, la madre di Yamei, è più favorevole all'altra soluzione. Oltre tutto, c'è una migliore ventilazione.

Fortunatamente aveva vinto Cao Yun optando per l'appartamento nel grattacielo. La vecchia dimora era stata abbattuta e gli abitanti erano stati trasferiti in prossimità del Canale di Lianmaqiao, che in estate diventava un fetido pantano. Nel frattempo, Cao Yun era riuscito ad acquistare un condizionatore per l'appartamento nella città occidentale. I genitori di Yamei occupavano una camera da letto, i nonni paterni la seconda, e Yamei la terza.

Mentre si apriva la porta Hong sentì la televisione nel sottofondo. «Hanno acceso il condizionatore per te» sussurrò Yamei. «E mi raccomando, non fare apprezzamenti di natura politica sulla cameriera.»

Hong era sicuro di non aver capito bene. «La cameriera?»

«L'hanno assunta ieri. Per cucinare, pulire e fare la spesa. Lavorava in una fabbrica di plastica a Chao-yang, ma l'hanno chiusa.»

Hong era sbalordito. Era risaputo, anche se si manteneva un certo riserbo sull'argomento, che gli alti quadri e gli intellettuali importanti avevano dei domestici, ma dei funzionari di medio rango come i Cao, come facevano a permettersi un aiuto?

Cao Yun e Ru Jie si precipitarono verso la porta, e accolsero con entusiasmo l'olio portato in dono da Hong. «Ne avevamo proprio bisogno» disse Jei avviandosi verso la cucina. «È stato un pensiero veramente gentile.»

«Perché lo tieni sulla porta?» Cao Yun spinse Hong verso il soggiorno. Il condizionatore funzionava al massimo.

«Che sollievo con questo caldo» osservò Hong.

Yun andò a spegnere il televisore. «Sì, è stato un buon acquisto. Tranne che quando c'è da pagare la bolletta della luce.»

«Le tariffe diminuiscono» intervenne Yamei con entusiasmo. «Lo potremo usare più spesso.»

I Cao avevano una vita comoda, e volevano la stessa cosa per la loro figlia. Anche se potevano avere qualche dubbio circa l'età e il divorzio di Hong, dovevano riconoscere che possedeva un buon numero dei "dieci requisiti": un buon stipendio, dei trascorsi rivoluzionari, l'accesso a negozi speciali, nessun parente povero da mantenere, una bicicletta e un giorno, con un po' di fortuna, un'auto di proprietà con autista.

Prima che Hong e il padre di Yamei si fossero seduti sul divano a bere un bicchiere di vino, si sentirono delle voci concitate provenienti dalla cucina. Cao Yun fece un cenno a sua figlia. «Ti prego, va' ad aiutare tua madre.»

Dopo che la ragazza se ne fu andata, Hong si informò educatamente sul lavoro di Yun, il che condusse a una discussione sui tempi lunghi necessari per negoziare le lettere di credito per il commercio internazionale. Anche sua moglie Jie era stata insolitamente impegnata. Quelle blande lamentele, evidentemente, preludevano all'argomento dell'aiuto domestico. Quasi a sottolineare la fine del discorso di Cao Yun, giunsero delle altre voci concitate dalla cucina. Yun andò in cerca delle parole per spiegare la presenza della cameriera.

«L'abbiamo assunta... cioè stiamo dando il nostro contributo per alleviare il fenomeno della disoccupazione. Abbiamo scoperto una donna rimasta senza lavoro, che vuole aiutarci nelle faccende domestiche. Jie ha qualche difficoltà ad andare d'accordo con lei.»

«Come l'avete trovata?» domandò Hong, poi si rese conto che aveva formulato male la domanda. «Cioè, come ha saputo questa donna che avevate bisogno di aiuto?»

«Semplicemente attraverso un comunicato affisso in banca dal direttore. Dopo la chiusura della fabbrica, molti dipendenti avevano bisogno di lavorare.»

«Insomma, è stato un caso» commentò Hong.

«E come vedi non si tratta di sfruttamento.»

«Certo che no» rispose Hong.

«In effetti facciamo il Paese più forte assumendo... offrendole un posto. Suo marito è malato, e lei non ha altre entrate.» Si sentiva a disagio a dare tutte quelle giustificazioni. «Noi abbiamo denaro, lei ne ha bisogno, perciò abbiamo fatto la cosa giusta. Entrambi lavoriamo sodo, e non abbiamo mai tempo di fare la spesa. E visto che la donna non è molto intelligente, questo è un buon posto per lei.»

«Ne sono sicuro» disse Hong. «Hai fatto una cosa encomiabile.»

Yun si accigliò, gonfiò il petto. «Hong, mi chiedo se tu non approvi, se non lo consideri un gesto egualitario.»

«No, niente affatto, Yun. Ti prego, non sentirti obbligato a giustificarti. Noi avevamo una cameriera quando ero ragazzo. E tu e Jie lavorate sodo.»

Yun balzò dalla sedia. «Aspetta,» disse eccitato «c'è una cosa che voglio mostrarti.» Frugò tra una pila di riviste e ne estrasse una copia del *Quotidiano Economico* pubblicato a Shanghai. «Ti prego, leggi qui.»

Era un articolo scritto da un funzionario del comune intitolato «Il lavoro di casa, la distribuzione della mano d'opera e le prospettive per l'occupazione». L'autore spiegava che, mentre il mantenere cameriere e cuoche un tempo era considerato abitudine decadente e borghese, l'attuale vita nella città richiedeva così tanto tempo per il lavoro e lo studio che perfino i quadri di livello medio erano costretti ad assumere un aiuto domestico.

L'articolo rispondeva perfettamente allo scopo: Yun avrebbe potuto giustificarsi se fosse cambiata la presente atmosfera. «Un articolo eccellente» osservò Hong posando il giornale. «Ma mi stupisce che possiate permettervela.»

«La banca mi ha dato uno stipendio extra» confessò Yun, quasi vergognandosi. «Trentadue yuan al mese. Così noi possiamo pagarle tre giorni alla settimana, e lei può trovare qualche altra famiglia per gli altri tre.»

La discussione in cucina era degenerata. La cameriera, non ancora abituata alla sua nuova situazione, continuava a opporre resistenza all'invito di unirsi ai Cao per la cena. Ma se una domestica mangiava da sola, il suo datore di lavoro poteva essere tacciato di sfruttamento. Finalmente Jie e Yun rinunciarono, e la cena fu servita senza la cameriera a tavola. I genitori di Yun erano andati al nord per tre settimane a trovare il figlio minore, e due bocche in meno significavano un pasto abbondante e ricco: zuppa di molluschi, piccione e funghi, spezzatino di maiale, vino di mela.

«Dove abiterete a Beidaihe?» domandò Yun, preoccupato per l'onore della figlia.

Sua moglie aggrottò la fronte. «Non disturbare Hong con queste domande.»

«In casa di un generale dell'esercito» rispose Hong. «Un amico di mio fratello.»

«Ciascuno di noi avrà la sua stanza» si affrettò a precisare Yamei.

«Un generale dell'esercito?» chiese Jie. «Quello di cui Lin ha conosciuto il figlio negli anni Sessanta?»

«No, quello era Wang Tai» precisò Hong. «Lui è ancora in prigione.»

Seguì un attimo di silenzio. I Cao preferivano far finta di credere che tutti, tranne i sobillatori autentici, fossero stati riabilitati.

«Ma lui era un radicale» osservò Cao Yun.

«Non esattamente» rispose Hong. «Ha fatto l'errore di accusare di corruzione l'alto comando.» Bevve un sorso di vino. «Lasciamo sbocciare cento fiori» disse con molta serietà, citando il presidente Mao; poi aggiunse beffardo: «E lasciamoli anche morire».

Il silenzio si fece più pesante, e Hong si pentì immediatamente di quel suo tentativo di essere spiritoso.

«Allora, mangiamo il melone» propose Yamei.

Sua madre si illuminò. Yamei aveva appena risolto tutti i problemi del mondo. «Sì, il melone, un'ottima idea.»

Jie si guardò ansiosamente intorno, poi si alzò e andò in cucina, dove la sentirono ancora una volta chiedere alla cameriera di unirsi a loro, almeno per l'ultima portata. Finalmente comparvero entrambe: Jie aveva il melone in mano e la cameriera, una ragazza semplice con le palpebre pesanti, stringeva piena di vergogna l'orlo del grembiule. Jie la presentò, e lei si sedette accanto a Hong.

Yun rivolse un sorriso alla moglie. «Non è meglio così? Mangiamo tutti insieme.»

La cameriera servì le fette di melone su piatti separati, passandoli attorno al tavolo.

«Molto meglio» disse Jie, prendendo il piatto e rivolgendo un grande sorriso a Hong. Rimasero tutti in silenzio per un altro lungo momento, mentre la cameriera si dava nervosamente da fare a lisciare la tovaglia. «Sì, va proprio bene così» aggiunse Jie. «Abbiamo adottato il sistema egualitario.»

10

Uomini riflessivi

A giudicare dai piatti serviti ai ricevimenti ufficiali, tutti a Pechino mangiavano come degli imperatori, e ogni pasto era un'opera d'arte. Nella sala dei banchetti al Ministero degli Esteri, il piatto degli antipasti posato su ogni tavolo rappresentava una gru: la testa era fatta con la buccia di melone, le piume erano costituite da fettine di pollo, gli occhi da tondini di uova conservate nella calce, le gambe da strisce di cetrioli sottaceto. I tovaglioli, infilati nei bicchieri da acqua, erano piegati in modo da sembrare peonie, pavoni, cigni.

Ostrander era entusiasta. «Ma è favoloso! Come riescono a fare delle cose simili?»

«Vanno a scuola» spiegò Hong, conducendo Ostrander verso un tavolo vicino alla tribuna. «In Cina abbiamo più di trecento maestri-chef. Ci vogliono dodici anni per diventarlo. Ogni anno i nostri chef vanno all'estero...»

«Un momento» lo interruppe Ostrander con una risata. «Intendevo i tovaglioli.»

«Ah, per questo ci sono degli speciali apprendisti in cucina. Per diventare un apprendista...»

Ostrander rise ancora più forte.

«Sono ridicolo?» chiese Hong.

«Mi perdoni. Agli americani piacciono i fatti, ma credo che in questo senso i cinesi battano tutti.»

Hong vide Wu Keping presso la porta che scrutava la folla. Che cosa ci faceva lì?

«Mi scusi,» disse «ritorno tra un attimo.»

Hong si diresse verso la porta, e il Piccolo Monaco gli si fece incontro, tenendo sollevata la cartella.

«Ho terminato le ricerche su Chou-kou-tien» disse con molta fierezza. «Qui c'è la documentazione.»

«Non credo che mi serva in questo momento» rispose Hong. «Perché non la porti in ufficio?»

«La lascerò in consegna a qualcuno. Io devo restare qui.»

«Perché?»

«Per le istruzioni che ho ricevuto... cioè, per aiutarti.»

«Non ho bisogno di aiuto.»

«Ma io sono a disposizione.»

Quel pomeriggio Hong avrebbe voluto Ostrander tutto per sé. Voleva che bevesse qualche bicchiere di vino, magari anche un paio di sorsi di maotai, un alcol di sorgo ad altissima gradazione, limpido come l'acqua. Gli stranieri lo tracannavano in un sorso solo, come i loro ospiti cinesi, e immediatamente gli si scioglieva la lingua. «Sta' a sentire» disse Hong al Piccolo Monaco. «Domani e giovedì non ci sarò. Voglio che tu faccia un'indagine su tutti gli stranieri che lavorano negli ospedali di Pechino. Ostrander potrebbe avere dei complici.»

Un incarico inutile. Ostrander era troppo intelligente per cadere in una trappola simile. Ma per lo meno il Piccolo Monaco sarebbe stato occupato per alcune ore.

«Incomincio subito dopo il ricevimento» disse Wu.

«No, adesso. È un grosso incarico, e io voglio un rapporto per lunedì.»

Il Piccolo Monaco aveva l'aria perplessa. Corri di qui, corri di là. Era agli ordini di così tanti padroni che non sapeva mai chi servire per primo.

«Credo di esserti più utile se resto qui.»

Le maniere forti non sortivano alcun effetto. Meglio provare con la vaselina. «Questo studio sugli stranieri che lavorano negli ospedali è fondamentale» disse Hong, e aggiunse, con un lampo improvviso: «Mi ha chiesto il ministro di raccomandare dei funzionari per un nuovo settore della Sicurezza Speciale. Tu potresti essere un candidato».

Il minuscolo cervello del Piccolo Monaco incominciò a frullare. «Il ministro in persona?» chiese. «Hai parlato proprio con il ministro?»

«Naturalmente» rispose Hong. «Altrimenti come poteva ricevere le mie raccomandazioni?»

«Farò meglio a mettermi al lavoro per quella indagine sui medici» disse Wu.

Tutto inventato, di sana pianta. Hong non aveva mai conferito con il ministro, e tanto meno era stato richiesto di esprimere la sua opinione sulle qualità dei suoi colleghi. Lo addolorava dover ingannare, con il pretesto del dovere, questo povero essere infantile che avrebbe dovuto fare i conti con Wei Ye. Attraversò la sala e andò a sedersi al tavolo con Ostrander, quattro altri esperti stranieri e i loro interpreti assegnati dagli ospedali, dalle università e dagli istituti linguistici. Quando il pasto ebbe inizio, ci furono molte risate e sorrisi per tutti.

«Perché i cinesi sorridono tanto?» chiese Ostrander.

«È questo che ci rende diversi dai russi» rispose Hong. «Nelle avversità, noi sorridiamo. Quando siamo imbarazzati, sorridiamo. Quando non comprendiamo una barzelletta, prima ridiamo e poi sorridiamo. I russi, invece, che hanno altrettante avversità che noi, sono sempre imbronciati. Qualcuno dice che dipende dal fatto che bevono troppo, ma io penso che sia la loro natura.»

Dopo ripetuti brindisi con vino e maotai, che veniva servito con ogni portata, gli esperti stranieri si erano fatti loquaci nonostante la lingua spessa. Ostrander raccontò che la sua defunta moglie era una poetessa, e uno degli interpreti riferì che anche la madre di Hong era stata una poetessa. Hong era furioso: avrebbe voluto schiaffeggiare quell'idiota, che doveva sapere sicuramente che lui era stato assegnato a Ostrander dalla Sicurezza Pubblica e non dall'Accademia. Per buona sorte di quell'incompetente dalla bocca larga, Hong non aveva ancora propinato a Ostrander la frottola sulle sue umili origini contadine, su suo padre e sua madre duri lavoratori della terra. Altrimenti quell'idiota sarebbe finito a far l'interprete per i cacciatori di cervi in una gelida e sperduta regione del nord.

La gaffe attrasse l'attenzione di tutti, tranne che degli stranieri già un po' brilli. E quando Hong si mise a tossire forte, gli altri interpreti e scienziati raccolsero l'imbeccata. Intavolarono una conversazione su Albert Einstein, sulla difficoltà di tradurre le riviste tecniche, sui problemi degli intellettuali in tutti i Paesi. Parlarono del significato dei nomi, e un giovane ricercatore chimico diede la traduzione del suo: Difensore della Pace.

«E il suo vuol dire rosso» disse Ostrander rivolto a Hong.

«Sì, sono nato in piena Rivoluzione» spiegò Hong. «È un bel nome.» Datogli dai suoi genitori, pensò ma senza dirlo, come talismano, come una forma di protezione.

«È anche un nome americano» proseguì Ostrander. «Anzi, un soprannome per chi ha i capelli rossi.»

«Un soprannome?» domandò Hong.

«Qualcosa che si usa tra amici.»

«Ah, sì, li abbiamo anche noi.»

«Quand'ero studente tutti i miei amici mi chiamavano capitano.»

«Perché era nell'esercito?»

«No, perché ero il capitano di una squadra di atletica.»

«Chi ha i capelli rossi?» chiese ancora Hong, cercando di immaginarsi un personaggio del genere.

Ostrander sorrise. «Nessuno. Cioè, si possono avere i capelli rossicci, castano chiaro con un tocco di arancio.»

«Ah, capisco» rispose Hong, anche se non capiva per nulla.

«Mi chiedo se potrei chiamarla Rosso» disse ancora Ostrander. «No, forse no. Ma lei mi chiami Peter.»

«Significherebbe che siamo amici.»

«Be', suppongo di sì.»

Dopo il pranzo si spostarono tutti verso le panche appoggiate alle pareti dell'attigua sala per ricevimenti. Ostrander diceva che sperava di andare a Nanchino, per vedere un medico di New York che insegnava in quella università.

«Penso che prima o poi vorrà anche visitare Tang-shan,» intervenne Hong con noncuranza «visto che ci è nato.»

«Tang-shan? No, lì è stato solo mandato il certificato di nascita. Io sono nato a Chou-kou-tien.»

«Ah, sì?» Il tono di Hong era una mistura perfetta di curiosità e di sorpresa.

Ostrander spiegò che suo padre era stato uno dei componenti più giovani di una équipe archeologica operante a Chou-kou-tien. I geologi e i paleontologi avevano operato in quella zona fin dai primi anni Venti, e Theodore Ostrander era venuto in Cina con del denaro stanziato dagli americani per costruire un laboratorio. In seguito aveva contribuito a portare alla luce dei reperti archeologici di enorme importanza: i fossili di un fondamentale anello mancante tra la scimmia e l'*homo sapiens*.

«È una parola inglese?» domandò Hong.

«No, sono due parole latine: *homo*, che significa "uomo", e *sapiens*, che vuol dire "consapevole"» spiegò Ostrander. «Lo scheletro dell'uomo da loro trovato era una delle prime creature primitive consapevoli e in grado di discriminare. Lo hanno chiamato l'Uomo di Pechino.»

All'inizio del 1930, proseguì Ostrander, gli archeologi avevano messo insieme un cranio, con un risultato che aveva sbalordito il mondo. L'Uomo di Pechino era più giovane dell'Uomo di Giava, scoperto in Indonesia all'inizio del secolo. «Ma l'Uomo di Giava era veramente una scimmia. L'Uomo di Pechino aveva il cervello più grande, camminava in posizione eretta, mangiava la carne e si costruiva utensili di arenaria. Ed è stato il primo uomo a usare il fuoco.» Ostrander fece una pausa prima di aggiungere con un sorriso: «La faccio di nuovo addormentare».

«Sono sveglio» rispose Hong. «E sono... com'è quella parola? Ah, sì, *sapiens*, ovvero consapevole.»

«Non vi sono dubbi» confermò Ostrander, guardandolo per un momento insolitamente lungo, come se lo vedesse per la prima volta, come se si fosse reso conto che Hong non era quello che fingeva di essere. Lo sguardo di Ostrander, limpido e intenso, aveva un che di snervante. Ma dopo un attimo, qualunque cosa gli fosse passata per la mente, mostrò un viso del tutto rilassato e proseguì: «L'Uomo di Pechino non è stata l'unica scoperta importante fatta a Chou-kou-tien. Mio padre era coinvolto in un'altra cosa, anche più importante».

«E cioè?» chiese Hong.

«L'Uomo della Caverna Superiore. Il primo uomo moderno dell'Oriente. L'Uomo di Pechino è vissuto mezzo milione di anni fa. L'Uomo della Caverna Superiore è vissuto ventimila anni fa. Capisce cosa significa?»

«Ne so poco di archeologia» confessò Hong. «Non fa parte dei miei interessi.»

«E neppure dei miei» dichiarò Ostrander, dedicando al suo interlocutore un'altra di quelle occhiate indagatrici, anche più lunga della prima. «A cosa sono rivolti i suoi interessi?»

«Agli stranieri,» rispose Hong «e al loro modo di vivere. Alle lingue. All'amicizia tra i popoli. La prego, prosegua.»

«D'accordo, se le fa piacere. L'Uomo della Caverna Superiore significava che in un solo posto avevano trovato due scalini dell'evoluzione: la prima prova dell'esistenza di un cacciatore che non era una scimmia, e la prima prova dell'esistenza di un uomo in grado di *pensare*. I cinesi potrebbero essere i discendenti dei primi esseri pensanti del nostro pianeta.»

I cinesi, pensò Hong, correvano anche il pericolo di diventare il primo caso di evoluzione a rovescio. I primi uomini capaci di pensare, e anche i primi a smettere di pensare.

Infine, continuò Ostrander, gli scienziati avevano dovuto concludere i loro lavori quando l'invasione giapponese aveva minacciato di annientare Chou-kou-tien. «Avevano imballato le ossa per mandarle via prima che arrivassero i giapponesi. Ma poi ci fu il bombardamento di Pearl Harbor, gli americani furono mandati in campi di prigionia, e i fossili sparirono.»

«E che ne è stato di suo padre?» domandò Hong senza cambiare il tono di voce. «Aveva idea di cosa poteva essere successo alle ossa?»

«Mio... mio padre non ce l'ha fatta.»

Hong attese che proseguisse.

«È sparito anche lui.»

«Mi dispiace» si affrettò a dire Hong. Adesso sapeva perché la madre di Ostrander si era risposata, ma non perché fosse scomparso il dossier su Theodore Ostrander. Un uomo sparisce, cosa che accade comunemente, ma il suo dossier dovrebbe sopravvivergli.

«È successo tanto tempo fa» aggiunse Ostrander. «Ero solo un ragazzo.»

Per Hong la famiglia era sacra. Ogni primavera prendeva il treno per Suzhou, fuori Shanghai, per andare a ripulire le tombe dei suoi antenati. Era terribile non avere degli avi, non sapere dov'erano sepolti. Non nascose a Ostrander il suo stupore che qualcuno potesse essere così indifferente verso la sorte toccata al proprio padre.

«Non che la cosa non mi interessi» spiegò Ostrander. «Ma accetto quello che non posso cambiare.»

Come del resto tutti noi, pensò Hong. «Mi dica, come fa a sparire un uomo?» chiese, anche se ne aveva conosciuti molti che avevano fatto altrettanto, e poteva immaginare in che modo.

«Veramente non lo so.» Ostrander alzò lo sguardo verso la cornice dorata dell'alto soffitto, con l'espressione assente di chi scruta nel passato. «Mia madre non si era mai sentita a suo agio qui, e quando è incominciata la guerra... be', siamo partiti. Mio padre avrebbe dovuto raggiungerci dopo un mese, ma non lo ha mai fatto. Hanno detto che forse era morto in un campo giapponese di prigionieri di guerra. Probabilmente mi sono abituato all'idea che non lo sapremo mai.» Posò di nuovo gli occhi su Hong. «Questa è la prima volta che ritorno in Cina. Fino a poco tempo fa, venire in questo Paese era... be', piuttosto difficile.»

«Diciamo che era impossibile» rispose Hong. «Lasci pur perdere la diplomazia.»

Ostrander sorrise e stiracchiò il lungo corpo, lasciandosi scivolare sulla panca. «Sua madre è famosa, anche in Occidente» disse. «Lei non ha mai pensato di diventare un artista?»

«Per servire le masse con l'arte ci vuole un talento che io non possiedo.»

«È proprio necessario che tutte le arti siano al servizio delle masse?»

«L'unico obiettivo della letteratura è quello di esaltare il lato bello della vita e di smascherare gli sfruttatori e le influenze malefiche» dichiarò Hong. Quella era la linea ufficiale, di cui non credeva neppure a una parola. E aveva la strana sensazione che Ostrander lo sapesse, che fosse in grado di riconoscere un pappagallo quando ne vedeva uno.

L'americano estrasse un pacchetto di Winston e ne offrì una a Hong.

«I medici non dovrebbero fumare» osservò Hong.

«Me ne concedo cinque al giorno, se no fumo la pipa.»

«Una buona disciplina.» Hong tese il suo accendino Bic.

«Dove lo ha preso?» chiese Ostrander.

«Li troviamo in certi magazzini speciali. Da noi hanno molto successo.»

«Avrei dovuto regalargliene una scatola al posto delle penne.»

«No, le penne vanno benissimo, grazie.» Aspirò una lunga boccata dalla sigaretta. «Diceva che questo è il suo primo viaggio in Cina da adulto. Immagino che vorrà visitare il posto dov'è nato.»

«Sì, vorrei andarci tra un paio di settimane.»

«Non dovrebbe essere un problema.»

«Come ci andiamo?» chiese Ostrander.

«Noi?»

«Lei verrà con me, spero. Avremmo un'altra occasione per conversare. Potremmo discutere degli scopi che si prefigge l'arte in una società rivoluzionaria.»

«Sicuramente potrà farne oggetto di un interessante dibattito alla clinica universitaria.»

«Vorrei discuterne con lei.»

«Allora sarò lieto di accompagnarla» disse Hong. «Suggerirei di prendere una macchina. Adesso la strada è molto buona.»

«Mi servirà un permesso per guidare. Forse lei può accelerare i tempi.»

«Non sarà necessario. Sono documenti che si ottengono facilmente.»

Anche se questa volta, sospettava Hong, sarebbe stato più facile del solito. La richiesta sarebbe passata velocemente attraverso la burocrazia. Così come la burocrazia aveva accontentato, inspiegabilmente in fretta, il dottor Yan quando aveva richiesto uno scienziato. E in entrambi i casi, Hong voleva scoprire il perché.

La limousine del Ministero lasciò Ostrander al suo alloggio sulla Jianguomen, e depositò Hong al Dipartimento di Polizia. Una volta in ufficio, Hong prese i messaggi provenienti dalle sezioni esterne, e li portò al centro telex. Era già tardo pomeriggio, e gli impiegati erano mezzo addormentati. Gli apparecchi nuovi erano in mezzo alla stanza, in attesa di essere installati.

Hong lasciò i suoi messaggi da trasmettere, poi controllò i nuovi dispacci affissi in bacheca, che non sarebbero mai arrivati ai giornali, oppure, come nel caso della breve notizia sull'esplosione all'aeroporto di Tianjin, sarebbero stati alterati per motivi politici. Il fatto di poter leggere le comunicazioni interne del Dipartimento dava ai dipendenti anche di infimo rango possibilità che valevano più dello stesso denaro: qualche volta un'informazione apriva certe porte più di quanto non potessero fare venti yuan. Le notizie comparivano su un unico foglio di telescrivente che arrivava fino sul pavimento: un lungo dispaccio sulla corruzione in atto presso una fabbrica di cuscinetti a sfere di Harbin, un altro sul conto di un professore francese momentaneamente a Dalian, al quale era stato chiesto di lasciare il Paese per ragioni non precisate.

Hong stava per andarsene quando la sua attenzione fu attratta dall'ultima notizia comparsa sul foglio: un necrologio di Wu-han, con l'indicazione SOLO GIORNALI INTERNI. Un alto funzionario del Distretto Militare di Henan, nella regione amministrativa di Wu-han, era morto la sera prima per un'improvvisa malattia. Si chiamava Su Zhen, aveva 74 anni, era stato commissario politico dell'Aeronautica e membro del Consiglio Nazionale della Difesa. Hong pensò alla lista dei quadri di Yen-an, e ai nomi che aveva depennato, di persone ancora in vita. Su Zhen era uno di loro? No, perché avrebbe dovuto? Hong non ne aveva mai sentito parlare. Andò avanti a leggere il necrologio, che non sarebbe comparso sui giornali fino a giovedì, e fu colpito in particolare da una frase: *Ha fatto la Lunga Marcia con il presidente Mao (1934), è stato coordinatore militare durante la guerra contro il Giappone e in quella di Liberazione.*

Un coordinatore militare, probabilmente collega di Sheng. Hong si scoprì a pensare al disegno sul calendario di Sheng... un coniglio? O una lepre? O forse un cane? E poi una freccia puntata su Wu-han. E ancora, una farfalla e una freccia puntata su Tianjin.

Sulla lista di Hong non c'era nessun funzionario di Wu-han, ma ce n'era uno di Tianjin. Proprio per la mancanza di un rappresentante di Wu-han, Hong non aveva fatto alcun collegamento con gli appunti di Sheng. Che stupido, si disse. Avrebbe dovuto apparirgli chiaro e lampante. Ma lui era in cerca di morti, non di vivi.

Mancavano pochi minuti alle quattro. Con il traffico del pomeriggio, congestionato di camion, un viaggio a Tianjin in macchina poteva durare fino a notte inoltrata. I sedili duri sul treno delle quattro e venti erano sicuramente tutti esauriti, ma con un po' di fortuna poteva procurarsi un biglietto per un sedile morbido.

Tornò in corridoio, salì velocemente le scale che conducevano al suo ufficio, e recuperò la lista dei vecchi eroi della Rivoluzione che avevano prestato servizio insieme a Yen-an. Effettivamente ce n'era solo uno di Tianjin: Yao Yilin, di 71 anni. Da uno scaffale Hong prese una copia polverosa e raramente consultata dell'Annuario del Partito. Mentre lo sfogliava, fu colpito da un pensiero terribile: e se Yao Yilin non fosse stato registrato, e se fosse stato epurato e non più reinserito, e se fosse morto e il fatto per qualche ragione non fosse stato registrato all'anagrafe?

Ma Yao Yilin, secondo l'Annuario, era vivo e vegeto. La foto rappresentava un uomo dal viso largo, con le labbra socchiuse e una ruga profonda sulla fronte, simile allo sfregio di un coltello. Era stato epurato durante la Rivoluzione Culturale, ma era stato riabilitato; e in quel momento era il primo segretario del Comitato Municipale di Tianjin. Hong trovò particolarmente interessante l'annotazione relativa al periodo bellico: *Ha fatto la Lunga Marcia con il presidente Mao (1934-35), ed è stato ufficiale ricognitore durante la guerra di Liberazione.*

Yao Yilin aveva operato insieme a Sun Sheng?

D'impulso Hong sollevò il telefono e fece il numero di un centralinista di Tianjin, che lo mise in comunicazione con il Comitato Municipale. Hong si fece riconoscere e un segretario, con uno sbrigativo tono ufficiale, lo informò che il compagno Yao Yilin non sarebbe stato di ritorno prima delle sei.

Abbandonato l'Annuario sulla scrivania e afferrata la cartella, Hong spalancò la porta, si catapultò in corridoio, e quasi travolse Chan.

«Dove stai correndo?»

«Per commissioni» rispose Hong senza fermarsi.

«Un momento! Hai una riunione informativa delle sezioni alle cinque!»

«Pensaci tu» disse Hong, svoltanto l'angolo e dirigendosi alle scale che conducevano all'ufficio del direttore delle Operazioni.

L'anticamera, con la sua bella scrivania per la ricezione e il divano ricoperto di recente, era vuota. Hong bussò sul vetro smerigliato della porta interna, e sentì Ling Lipin che abbaiava: «Chi c'è? Avanti!».

Il direttore delle Operazioni era al telefono, a discutere animatamente sugli apparecchi telex non ancora installati. Dopo aver supplicato e circuito il suo interlocutore, apparentemente invano, lasciò cadere il ricevitore sulla forcella come se fosse stato felice di vederlo andare in pezzi.

«Mi serve un posto sul treno delle quattro e venti per Tianjin» si affrettò a dire Hong.

«Cos'è tutta questa furia?» chiese Ling Lipin. «Qualcuno ha rubato un tappeto?» La battuta pseudo-spiritosa era stata dettata a Ling dal fatto che a Tianjin c'erano delle fabbriche di tappeti.

«Un caso connesso con la sicurezza nazionale» spiegò Hong. «Sto andando alla stazione. Per favore, puoi telefonare che mi preparino il biglietto?»

Ling sbadigliò con molta enfasi. «Un altro caso di sicurezza nazionale! Vedo che hai fretta, ma... forse hai pensato alla carica di direttore degli Affari Militari, forse potresti suggerire che un uomo devoto come me...»

«Ma Ling, ho già scritto una raccomandazione a tuo favore, e l'ho già inoltrata al viceministro.»

Ling sorrise, guardò l'orologio, e disse a Hong di rivolgersi all'impiegato dello sportello 6, addetto ai sedili morbidi. «Comunque, ci sono un sacco di guai sulla linea. Il treno potrebbe essere costretto a soste forzate per tutta la notte.»

«L'ho saputo» rispose Hong prima di allontanarsi. E se l'unico prezzo da pagare per quella pazzia fossero state alcune ore da trascorrere su un treno, lo avrebbe pagato volentieri, ringraziando il cielo.

11

Un vecchio venditore ambulante

Il treno arrivò miracolosamente a Tianjin con soli dieci minuti di ritardo. Hong si affrettò verso la Piazza Centrale, di fronte alla stazione ferroviaria est. Si vedevano alcuni barconi che dragavano il fiume Hai e, al di sopra del loro sferragliare, si sentivano provenire, dalla riva opposta, i rintocchi trasmessi dalla svettante torre dell'orologio annessa al grande magazzino.

Ai margini della piazza, Hong si fermò presso due stentate piantine sempreverdi che sorgevano da un praticello riarso, e trascorse un minuto a esaminare un'enorme massa di granito in stile russo lunga tre isolati, sede del Palazzo Culturale dei Lavoratori. Davanti a lui incrociavano due ufficiali della Sicurezza Pubblica, facendo ondeggiare gli sfollagente. Nessuno dei due incontrò il suo sguardo. Parcheggiato presso la riva del fiume c'era un autofurgone senza alcuna indicazione, e un uomo e una donna vi sedevano accanto con lo sguardo fisso nel vuoto. Niente di cui preoccuparsi, tranne che Hong avrebbe predisposto un'operazione del genere se avesse voluto tener d'occhio un passeggero uscito dalla stazione. Si guardò alle spalle e vide i viaggiatori stremati dal caldo che sciamavano dietro di lui. E subito dopo si diresse verso il ponte pedonale che conduceva alla via Heping, un tempo via Roosevelt. Era l'arteria principale della città, un viale pieno di traffico, di negozi di antiquariato e di bazar, che nel tratto sud diventava la Jiefangbeilu, e la Zhongshan nella periferia nord, verso la Grande Muraglia. A un passo abbastanza sostenuto, e controllando entrambi i lati della strada, Hong percorse i due isolati che lo separavano dagli uffici del Comitato Municipale, ospitati in una villa di marmo in stile francese con colonne molto borghesi, arcate e medaglioni di fiori di stucco. La città era un vecchio porto, ricostruita durante le concessioni straniere alla fine del secolo, e il suo aspetto coloniale non era stato ancora cancellato dalla marcia del progresso. Hong si fermò sul lato opposto della strada, in attesa che finisse la giornata lavorativa. Entrare era troppo pericoloso: la sua presenza sarebbe stata notata, e la notizia avrebbe potuto raggiungere l'orecchio sbagliato a Pechino.

Non dovette aspettare a lungo. Alle sei e mezza incominciarono a uscire i dipendenti, per la maggior parte giovani, e Hong non ebbe alcuna difficoltà a esaminare i più anziani. Dopo cinque minuti individuò Yao Yilin, facilmente riconoscibile dalla cicatrice sulla fronte, che con l'età si era fatta più profonda e più scura: un tratto assolutamente anomalo su un viso così placido. Era un uomo basso e tarchiato, con grandi occhi bovini, i capelli bianchi tagliati a spazzola, le sopracciglia bianche cespugliose, e quel tipo di andatura risoluta che deriva da una disciplina autoimposta.

Fu allora che Hong vide – più che altro avvertì – il movimento del camion militare verde parcheggiato a una trentina di metri dalla porta del Comitato Municipale. Il mezzo esibiva una lunga sbavatura di grasso sopra i fari arancione. In un angolo remoto ma attivo della sua mente Hong ne aveva registrato la presenza quando era arrivato. Il motore si ingolfò e tossì, e finalmente riuscì a mettere in movimento il camion. Hong vide l'autista che guardava verso est, sollevava un braccio, e poi lo abbassava. A mezzo isolato di distanza c'era un motofurgoncino azzurro a tre ruote, con il telone nero chiuso ermeticamente. Hong era sicuro che non c'era un momento prima. Forse qualcuno lo aveva seguito a Tianjin, o aveva preannunciato il suo arrivo? Chi era al corrente della sua venuta? Solo Ling Lipin. E perché mai Lipin avrebbe dovuto darsi il disturbo di riferire sull'acquisto di un biglietto del treno? E se qualcuno lo aveva seguito veramente, quella era indubbiamente la sorveglianza più scalcinata che avesse mai visto.

Yao Yilin aveva sceso le scale con un altro uomo anziano e una ragazza. Si erano diretti verso ovest, e il camion aveva fatto altrettanto. Hong si mise a seguire il mezzo dal lato opposto della strada, tenendosi all'incirca all'altezza di Yao. Al primo angolo la ragazza si fermò per mettersi in coda alla fermata dell'autobus. I due uomini anziani, impegnati in un'animata discussione, proseguirono oltre le bancarelle della città vecchia. Una volta o due Hong pensò che Yao lo avesse notato, da una mossa del capo, da un guizzo apparentemente incurante degli occhi. All'imbocco con la via Chengdu i due uomini si separarono: Yao si diresse verso sud, e il suo amico si avviò in direzione del fiume.

Il camion si era avvicinato, seguito dal motofurgoncino. Hong controllò i vicoli laterali e non vide nessuno: né un mendicante con lo zaino, né un impiegato in bicicletta, e neppure un piccione. In città si erano rintanati tutti, come se fossero fuggiti da un bombardamento, o morti. Erano rimasti solo quei due veicoli, e avvicinarsi al vecchio Yao sarebbe equivalso a rivelare agli autisti la vera ragione per cui Hong era andato a Tianjin. Hong si mantenne sul suo lato della strada, sperando che il vecchio sparisse in un cortile. Ma Yao Yilin sembrava non avere alcuna fretta, e Hong lo seguì lungo un percorso serpeggiante, attraverso un dedalo di strade strette. Un modo curioso per andare a casa. Stava cadendo il crepuscolo, e il vecchio entrava e usciva dalle ombre come una voluta di fumo di sigaretta alla luce di una lampada.

Erano soli su un tratto praticamente deserto di marciapiede dietro la Palestra del Popolo, quando il camion prese velocità. Hong sentì l'accelerazione, si volse, e in un attimo comprese il suo errore. Non era lui che avevano seguito, bensì il vecchio Yao. Per questo il camion aveva parcheggiato presso il Comitato Municipale, e non fuori dalla stazione ferroviaria. Via radio aveva chiesto che mandassero il motofurgoncino parcheggiato in via Heping. Il gemito del motore crebbe fino a diventare un urlo, le ruote consunte urtarono il marciapiede. Hong prese la sua decisione: balzò in strada, schizzò davanti al camion, e con una spinta vigorosa scaraventò il vecchio Yao nello spazio tra due bidoni della spazzatura. Si udì uno stridore di freni, il rumore del metallo che raschiava sul cemento; quando Hong alzò il capo vide che il camion era salito sul marciapiede e il paraurti li aveva mancati per un centimetro, andando invece a sbattere contro la casa.

Tutto era successo in meno di un minuto. Il soldato al volante del camion saltò giù, si mise a urlare che Hong era stato la causa dell'incidente, poi salì di nuovo a bordo e se ne andò. Hong trattenne la sua voglia di protestare e lanciò un'occhiata verso la fine dell'isolato. Il motofurgoncino se n'era andato.

«Grazie infinite» disse Yao Yilin con molto garbo, per niente turbato da quell'incontro con la morte. Si allontanò da Hong e rimosse una macchia di polvere bianca dalla manica. «Tu sei Lu Hong.»

Hong fece un passo indietro.

«Non ti preoccupare» lo rassicurò Yao. «Non riferirò a nessuno della tua visita. Mi sono accorto che mi seguivi appena uscito dalla porta.»

«Era così evidente?»

«Certe capacità non si perdono mai. Io so quando sono seguito. Sei stato fortunato a parlare con il segretario giusto quando hai telefonato questo pomeriggio. Altrimenti il tuo nome sarebbe stato registrato, cosa che penso non avresti gradito.»

Yao piegò le spalle e si mosse in direzione della via Chengdu. Hong, costernato per la sua incapacità a pedinare qualcuno senza essere scoperto e inorridito per le potenziali conseguenze, ebbe un attimo di esitazione prima di raggiungerlo.

«Hanno cercato di travolgerti» disse.

«Oppure è stato un incidente» rispose Yao. «È terribile, in questi giorni molta gente è stata investita. La settimana scorsa io stavo per essere travolto da un autobus. E un mese fa c'è stato un terribile incidente: un camion per il trasporto di cemento è scivolato sull'asfalto bagnato e per poco non mi veniva addosso.»

Adesso Hong si rendeva conto del perché quel tentativo era stato eseguito in maniera tanto approssimativa. Chiunque lo avesse progettato doveva essere disperato, ed era stato costretto ad affidarsi a conducenti tutt'altro che esperti nel provocare incidenti. Hong era solo preoccupato che uno dei due autisti lo avesse visto abbastanza chiaramente da poterne fornire una descrizione.

Yao lo prese sottobraccio. «Se dovessi indovinare,» disse «direi che sei venuto a chiedermi della guerra.»

«Un personaggio dell'esercito che è morto ieri a Wuhan...» incominciò a dire Hong.

Yao alzò una mano, come se fosse un vigile addetto al traffico, per interrompere il suo interlocutore. «Ti prego, non voglio sapere niente. So che eri un protetto di Sun Sheng, e mi basta. E la ragione per cui sei qui è... che pensi di scrivere una breve biografia su di lui, e parli con i suoi vecchi amici per colmare le lacune. Non è così?»

«Tu non c'eri al servizio funebre.»

«Non sono stato invitato, visto che non sono così importante.»

«Avevi visto Sheng di recente, o parlato con lui?»

«Non ci parlavamo da... vent'anni.» Yao estrasse un pacchetto di sigarette dalla tasca della giacca blu. Ne offrì una a Hong, le accese entrambe, e contemporaneamente lanciò intorno un'occhiata che copriva tutta la strada. Non c'era da stupirsi che si fosse accorto di essere seguito. «Credo che ci sia un concerto in via Fukang. Andiamoci.»

Erano arrivati all'ampia piazza davanti alla Palestra. «Gli anni di guerra sono stati molto eccitanti» disse Yao, come se ne avesse appena discusso. Lui li aveva trascorsi a Tianjin, dietro le linee nemiche, a organizzare un gruppo di spie e, quando aveva tempo, a fare il corriere. «Avevamo molto aiuto dagli stranieri. I giapponesi controllavano i confini della città, ma non osavano toccare le concessioni straniere. Abbiamo perfino nascosto alcuni nostri uomini negli uffici di una banca inglese.»

Un gruppo di aceri costituiva un'isola verde sull'angolo della via Weidi. Yao vi si diresse e si fermò. Hong incominciava a innervosirsi per il fatto che il suo interlocutore non avesse alluso neppure una volta alla morte di Sheng; ma nello stesso tempo aveva la sensazione di trovarsi davanti a una porta che stava per spalancarsi, e che Yao tastasse il terreno per accertarsi se Hong era un amico o un nemico.

Yao imboccò la via Fukang e si diresse verso un grande auditorium. Hong sentì un suono forte di chitarre e il ritmico rimbombo delle batterie.

«Hai il tuo documento di identità della Sicurezza Pubblica?»

Hong tirò fuori la sua tessera del Dipartimento.

«Sventolala davanti a quelli che controllano i biglietti» suggerì Yao. «Non ci faranno molta attenzione.»

Hong eseguì, e senza intoppi riuscirono a superare la

sorveglianza delle due donne dalla faccia arcigna di servizio all'ingresso. Sulla rampa che conduceva al salone principale sostavano decine di giovani, a concedersi una sigaretta e a bere bottiglie di limonata. All'interno era vietato fumare.

Il palcoscenico era illuminato da riflettori di luce rossa, blu e arancio. I componenti dell'Orchestra Guangzhou, almeno in quindici, erano vestiti di bianco, con la cravatta color porpora. Le chitarre, i violini e il piano erano elettrici, i due batteristi erano in azione, e il cantante principale sussurrava una canzone d'amore importata da Taiwan, agitando le anche e gettando in aria il microfono.

«Magnifici!» esclamò Yao alzando la voce per farsi sentire al di sopra della musica. «Decadenti e magnifici! Fanno delle tournée nel Paese per divertire i giovani. Quindici anni fa li avrebbero rinchiusi!»

Yao fece strada verso il fondo dell'auditorium, e si diresse a una nicchia situata tra due rampe di scale. Solo allora si affrettò a dare libero sfogo alla sua storia, e Hong ne ricavò l'impressione che l'avesse tenuta in serbo per anni, perfezionandola via via, in attesa del giorno in cui qualcuno avrebbe bussato alla porta e detto: è arrivato il momento di ricordare. E probabilmente Yao non aveva detto la verità a proposito dell'ultima volta in cui aveva visto Sun Sheng.

«Nel maggio del 1940,» esordì Yao «mi avevano detto di aspettarmi una visita da Sun Sheng. Non riuscivo a capire perché una persona così importante rischiasse la vita per attraversare le linee nemiche. Lui era un alto ufficiale di stanza a Yen-an, e io lo conoscevo solo di nome e di fama. Veramente avrei saputo il suo nome molto più tardi, quando io stesso fossi andato a Yen-an. Allora lo chiamavano il Drago. Il Partito aveva una vera mania per i nomi in codice, grazie all'influenza russa: nomi in codice, agenti in isolamento, cosicché nessuno poteva rivelare l'identità degli altri. Solo gli ufficiali in linea diretta di comando conoscevano i nomi dei loro superiori di stanza a Yen-an. Anche qui prendevamo le stesse precauzioni. Alcuni miei uomini mi conoscevano solo con il nome in codice.»

«Tu eri la Farfalla» osservò Hong. «Ho visto...»

Di nuovo Yao alzò la mano come a fermare il traffico. «No, non dirmi niente che non sia strettamente necessario.» Proseguendo nel suo racconto, Yao riferì che all'inizio di giugno di quello stesso anno era arrivato a Tianjin Sun Sheng, travestito da povero venditore ambulante. «Un'esibizione perfetta. Arrivò in città vestito di stracci, piegato su uno scalcinato carretto di legno. Avresti detto che aveva cento anni. Mi avevano dato istruzioni di incontrarlo davanti al Ministero Francese, ma a causa di quel suo travestimento così perfetto non mi ero accorto del suo segnale quando ero passato la prima volta. Quando scoprii che il vecchio ambulante era un alto ufficiale di Yen-an, rimasi esterrefatto. Ma solo quando venne in casa mia e si raddrizzò potei apprezzare tutto il suo ardire. L'ambulante era svanito, e sotto quegli stracci si nascondeva un gigante d'uomo.»

La voce di Yao si era fatta più incalzante. Il vecchio sembrava un animale lasciato libero dopo una lunga reclusione. All'improvviso si interruppe, fece un passo indietro e si mise a contemplare la brace della sigaretta.

«Perché Sheng era venuto a Tianjin?»

Ma non bisognava far fretta a Yao. «Mia moglie gli massaggiò la schiena dolente. Aveva viaggiato per circa una settimana chino su quel carretto. Gli procurammo degli abiti puliti e gli demmo da mangiare. Era affamato, e divorò il cibo voracemente.»

«La sua missione doveva essere di importanza capitale per convincerlo a sottoporsi a tutte quelle sofferenze» azzardò Hong.

«Non facemmo domande. Il giorno dopo mi disse che era venuto per incontrarsi con un uomo: un corriere che doveva venire dal sud, passando attraverso le linee nemiche a Chou-kou-tien, e poi da Tang-shan.»

Hong non mostrò il minimo interesse per il fatto che il corriere sarebbe passato da Chou-kou-tien, la città dove il padre di Peter Ostrander scavava in cerca delle ossa degli antenati della Cina.

Sun Sheng diede a Yao l'indirizzo di un libraio che aveva il negozio vicino al vecchio porto. «Dovevo andarci tutte le mattine e cercare un segno in vetrina, un dipinto rappresentante un drago. Dovevo andarci proprio io, non ci si poteva fidare di nessun altro.»

«E Sheng non ti aveva ancora detto il motivo dell'incontro, o chi fosse il corriere proveniente dal sud?»

Non c'era bisogno che Sun Sheng approfondisse l'argomento, spiegò Yao. Era risaputo in quel periodo che chiunque parlasse del sud intendeva l'Ottava Armata del generale Zhu De di stanza nella provincia centrale di Shanxi. La campagna dei Cento Reggimenti era stata organizzata per distruggere le linee ferroviarie e tagliar fuori le guarnigioni giapponesi. Yao pensava che i piani della campagna dovevano essere consegnati a Sun Sheng proprio a Tianjin, anche se riusciva difficile capire perché non si potesse mandare un messaggio direttamente a Yen-an.

Forse, pensò Hong, perché Sun Sheng non voleva ricevere quel tipo di informazioni al quartier generale del Partito. E probabilmente il messaggio non proveniva affatto dal sud, bensì da qualche posto nei pressi di Chou-kou-tien.

Yao era andato in bicicletta al porto ogni mattina, come gli era stato ordinato, finché il quarto giorno non era comparso in vetrina il dipinto raffigurante il drago.

«Quella sera Sheng indossò di nuovo gli abiti da mendicante. Mi disse che non sarebbe ritornato, che dopo l'incontro con il corriere sarebbe ripartito per Yen-an. Mi chiese di accompagnarlo, e io gli dissi che avremmo dovuto portare delle pistole. Lui rispose di no, le pistole ci avrebbero fatto riconoscere come militari se per avventura i giapponesi ci avessero perquisito.»

Fu allora che Sun Sheng con calma istruì Yao sul da farsi nel caso si fossero trovati nei guai. Il corriere possedeva un'unica informazione, composta di poche parole, due o tre: un nome o un luogo, aveva pensato Yao. Se Sheng fosse rimasto ferito o preso prigioniero, Yao doveva salvarsi, fuggire a tutti costi, e aspettare. Qualcuno da Yen-an si sarebbe messo in contatto con lui, avrebbe menzionato il Drago e chiesto in che cosa consisteva il messaggio. «Ammetto che ero turbato» disse Yao. «Ero preparato da sempre a morire, ma non durante una missione nella mia città.» Pronunciò quelle parole con estrema naturalezza, come se a tutti stesse a cuore di morire in un lontano villaggio piuttosto che nel cortile di casa.

«E se tu avessi ricevuto il messaggio,» si informò Hong «e Sun Sheng non fosse stato in grado di portarlo via con sé, come avresti fatto a sapere chi era autorizzato a riceverlo?»

«Sheng mi aveva detto di non preoccuparmi, avrei

riconosciuto le credenziali giuste quando me le avessero presentate.»

C'era un coprifuoco in quel periodo, proseguì Yao, che veniva fatto rispettare sporadicamente ma era pur sempre in vigore. Perciò si misero in marcia al crepuscolo: Sun Sheng vestito da venditore ambulante, che spingeva il carretto, e Yao dietro di lui a breve distanza. Se la presero calma: attraversarono la città, costeggiarono lentamente il fiume, e finalmente giunsero al ponte sull'affluente, nei pressi della via Beima. Mentre Yao stava di guardia, Sun Sheng fece il giro dell'isolato, e al suo ritorno segnalò via libera.

Yao fece finta di essere in giro a far spese. Acquistò un pacco di vermicelli e un giornale. Sun Sheng gli aveva detto che dovevano trovare un uomo con i baffi e con un fagotto di libri sotto il braccio. Stava calando la notte, e Yao incominciava a preoccuparsi del coprifuoco. E anche della sua inquietudine.

«Non c'era motivo, era tutto regolare: alcuni soldati giapponesi, la solita gente impegnata nelle consuete occupazioni. C'era una vecchia che vendeva ventagli, un mendicante con un cane che abbaiava in continuazione, niente di straordinario. Ma io avevo la sensazione di essere osservato. Un corriere si accorge di queste cose, come oggi mi sono accorto che tu mi pedinavi quando ho lasciato l'ufficio. Non chiedermi come fa a saperlo. Lo sa e basta.»

Hong non aveva bisogno di chiederlo. Nell'esercito aveva conosciuto parecchi uomini che annusavano un fucile da mille metri di distanza.

Il corriere dal sud era in ritardo di mezz'ora, e Yao decise di passare accanto a Sun Sheng per suggerirgli che era il caso di andarsene. Fu proprio in quel momento che sul ponte comparve una figura. Aveva un fagotto sotto il braccio, ma era troppo buio per capire se si trattava di libri. Yao fece per andargli incontro, ma Sun Sheng gli fece segno di allontanarsi. L'uomo imboccò il ponte. «Si fermò nel mezzo, e si chinò a guardare l'acqua. Accese una sigaretta, ma ci voltava la schiena, e ancora non riuscivo a vederlo in faccia. Ero sicuro che era lui. Indugiava troppo, forse sospettava qualcosa, forse aveva visto qualcosa nell'acqua, non so. Finalmente si sistemò il fagotto sotto il braccio e venne verso di noi.» Fu allora che dall'oscurità esplosero dei colpi, da tutte le direzioni. Per lo meno cinque fucili, forse anche di più. Il corriere stramazzò sul ponte. I soldati giapponesi spuntarono dal nulla. Yao non riusciva a rendersi conto dove si fossero nascosti.

«Quando cercai Sun Sheng, era già sparito nella notte. I giapponesi circondarono la zona, e io fui sottoposto a un interrogatorio, che mi fruttò questa.» Yao indicò la profonda cicatrice sulla fronte. «Avevano rastrellato mezza città, tutti quelli minimamente sospetti, ma alla fine ci lasciarono andare.»

Il pubblico dell'auditorium scoppiò in un applauso fragoroso, battendo i piedi. I rinforzi metallici delle suole scatenarono un autentico frastuono sul cemento.

«Ti sarai chiesto perché Sun Sheng ti aveva detto fin dal principio che poteva correre qualche pericolo.»

«È la guerra» rispose Yao. «C'è sempre pericolo quando si è in guerra.»

«Ma perché» chiese ancora Hong con una pazienza infinita «Sheng si aspettava che i giapponesi pedinassero quel corriere in particolare?»

«Non me lo ha detto, e io non gliel'ho chiesto.»

«E da allora non hai più avuto sue notizie?»

«Non fino a quando non sono andato a Yen-an, e la guerra era quasi finita.»

«Avete mai riparlato di quella notte?»

«No, avremmo dovuto?»

«Vecchi ricordi dei tempi eroici... potevate anche fare un tuffo nel passato.»

«Non lo abbiamo fatto» rispose Yao con voce pacata.

«E allora perché me ne parli adesso?»

Yao si diresse verso l'interno della sala, come se la risposta avesse potuto venirgli da qualcuno tra la folla. Me ne parli adesso, pensò Hong, perché da quarant'anni ti chiedi come i giapponesi fossero riusciti a circondarvi. E continui a pensare a come avessero fatto a sparare a un uomo di cui non avevano il diritto di conoscere l'esistenza. E forse me ne parli perché lo stesso Sun Sheng ti ha telefonato qualche settimana fa, ma è morto prima di poter venire qui di persona a chiederti di rispolverare i tuoi ricordi.

«Mia moglie mi aspetta» disse Yao. «E tu vorrai andare alla stazione per non perdere l'ultimo treno.» Si avviò su per la rampa.

«Chi ti aveva detto di aspettare l'arrivo di Sun Sheng? Chi ti aveva passato il messaggio?»

Yao si fermò. «Non ho mai saputo il suo nome, era solo un altro corriere.»

«Forse potresti scoprirlo» suggerì Hong.

«Ora? Come potrei venire a sapere il suo nome dopo tutto questo tempo?» Yao abbassò lo sguardo e sospirò. «Potrei chiedere ai miei amici.»

«E mi telefoni se vieni a sapere qualcosa?»

«Sarai d'accordo anche tu che il telefono non è il mezzo migliore per parlarci. Se necessario, ci sono altri modi per comunicare.»

«Il corriere dal sud» disse ancora Hong. «Hai mai scoperto perché si era fermato a Chou-kou-tien e a Tangshan?»

«Ti ho riferito tutto quello che mi aveva detto Sun Sheng.» Yao si voltò e continuò su per la rampa.

«Quell'incidente di camion» proseguì Hong.

«Per fortuna c'eri tu a proteggermi.»

«Potrebbe succederne un altro.»

Yao sorrise. «Può darsi. Ma ho molti amici che possono camminarmi accanto, mangiare con me, e perfino dormire vicino a me. E, come sai, gli incidenti accadono in molti posti. Potrebbe succederne uno anche a Pechino, a gente come te.»

Al suo ritorno a Pechino Hong trovò le strade stranamente deserte, tranne che per un occasionale gruppo di operai in bicicletta che avevano appena finito il turno, uno studente esausto sulla Chang'an che si trascinava a casa dopo la scuola serale con la sacca dei libri, degli innamorati diretti verso i salici piangenti e i sentieri tortuosi del parco Dongdan. Tutta la città si era ritirata davanti ai teleschermi per guardare l'ultima puntata di *Noi non siamo gli ammalati della Cina*, un dramma in costume sulle arti marziali importato da Hong Kong. Faide di famiglia, amore, avventura: la televisione popolare era come un manicaretto a base di anatra, un misto di ingredienti giusti.

Hong andò a recuperare la sua bicicletta al Dipartimento. Dopo una buona pedalata verso ovest, all'incrocio di Xidan

Nord, alla luce dei lampioni al sodio di fronte al Palazzo della Cultura, vide una faccia che pensava di aver dimenticato, o forse aveva solo sperato di dimenticare. La donna camminava verso di lui a piccoli passi, con in mano dei fogli tenuti insieme da una cordicella. Hong non riusciva a darle un nome, ma ricordava anche troppo bene che cosa le aveva fatto. Era stata la sua insegnante alla scuola media. Hong si sentì sommergere da un'ondata di vergogna, così possente da avvertirne l'urto sulla schiena. Gli scivolarono i piedi dai pedali, e fu sul punto di cadere dalla bicicletta. Era un gennaio di vent'anni prima, e faceva così freddo che il fiato gelava sulle labbra. Lui faceva parte di un gruppo nutrito che l'aveva trasportata su uno sgabello fin nel cortile della scuola e le aveva gettato addosso dei secchi d'acqua. Hong le aveva scagliato contro degli slogan, aveva guardato formarsi il ghiaccio sui suoi capelli, l'aveva chiamata controrivoluzionaria, destrorsa e altre cose ancora, secondo le direttive impartite dal Partito. Anche allora si era reso conto di fare una cosa ingiusta. L'aveva guardata rabbrividire e supplicare di essere lasciata libera. E perché proprio lei? Perché quella settimana avevano bisogno di un bersaglio, perché era arrivato l'ordine di purgare la scuola di alcuni elementi indesiderati. Lei era stata scelta a caso, una vittima della sorte.

Hong fu tentato di andare a scusarsi con lei, ma ormai a che cosa sarebbero servite le parole? Solo ad alleviargli il senso di colpa; e probabilmente lei preferiva dimenticare ancora più di lui.

Mentre pedalava verso casa, sentì salire la febbre: al mattino bassa, alla sera alta, secondo un suo ritmo preciso. Avrebbe dovuto farsi visitare da un medico, ma per ottenere che cosa? Una ricetta di antibiotici e di tisane, e l'ordine di restare a letto. E avrebbe dovuto rinunciare al caso Ostrander. Ma in quel momento, dopo una vita trascorsa a rifiutare incarichi politicamente difficili, finalmente ne aveva trovato uno di cui aveva un disperato bisogno, come del cibo, del sonno, di un nuovo amore. Un mese prima si era detto che avrebbe atteso a capo chino un'eventuale promozione, e iniziato una nuova vita. Doveva scordarsi dell'insegnante che aveva tormentato, di Shen Kuang, che gli aveva dato un figlio, che era stata una rivoluzionaria ma poi era passata a preparare gli svaghi per le masse e a concedersi una vita molto migliore di quella riservata al suo pubblico. E pazienza se adesso lei amava uno scimmione. E che ne era stato dell'ambizioso ricercatore della verità che un tempo lei aveva rispettato? Be', meglio scordarsi anche di lui. Perciò Hong probabilmente ingannava se stesso, e anche gli altri, pensando di aver rinunciato a una carriera di poeta per servire il popolo nel ruolo di protettore, di intrepido paladino della legge. Sua madre avrebbe preferito che fosse diventato un mediocre poeta piuttosto che un buon funzionario della Sicurezza Pubblica. Perché? «Elogiate il proletariato!» diceva il presidente Mao agli artefici della letteratura. «Elogiate la nuova democrazia e il socialismo!» Tanto valeva cantare le lodi degli angeli, visto che anche loro esistevano solo nell'immaginazione.

E allora, cos'era rimasto? Se il proletariato, la nuova democrazia e il socialismo non erano altro che slogan, perché mai un misero servitore dello Stato doveva preoccuparsi di una sola morte? Quella di un vecchio che comunque sarebbe morto presto. Era inutile essere quello che il presidente Mao aveva definito «un eroe senza un posto dove manifestare il suo valore». E poi quella inaspettata nuova vita era una cosa stimolante, che illuminava il cielo e sollevava l'umore dell'assistente vicedirettore dal buio e dalla tristezza in cui era piombato di recente.

Ma c'era un unico problema. In quella nuova vita il servitore del popolo poteva andare incontro a una morte prematura.

Hong passò davanti alla torre di Radio Pechino, con le fievoli luci rosse e bianche simili a due enormi occhi stanchi, che ammiccavano e lo accusavano di qualcosa. Svoltò sulla seconda circonvallazione. Qualche giorno di sole lo avrebbe guarito dal raffreddore, ma che cosa poteva guarirlo dalla morte di Sun Sheng, e da Ostrander?

12

Una luce nel deserto

Il primo volo privato per la spiaggia di Beidaihe partiva alle sei del mattino, e arrivava un'ora e mezza dopo. Quando Hong scese dall'aereo il sole era già cocente, ma gli spruzzi salati dell'oceano rinfrescavano e profumavano l'aria. Sul piccolo campo d'aviazione militare della costa era appena atterrato anche un Trident: da Guangzhou, aveva detto il capitano, rifiutandosi però di rivelare chi fossero i passeggeri. Sulla pista appiccicosa, in attesa degli ospiti di Lu Lin, c'erano tre vecchi taxi Datsun, con i parafanghi ammaccati, i pneumatici mezzo sgonfi, i motori accesi e l'aria condizionata al massimo. Servitori del popolo, rilassatevi dalle vostre fatiche e godetevi il sole. Il sole è gratis, ma i biglietti aerei no. Servitori del popolo con meno soldi, prendete il treno. Cinque ore di polvere e di canicola vi faranno apprezzare maggiormente le gioie della spiaggia. Gli autisti dei taxi avevano l'aria particolarmente torva, notò Hong. Dalle loro espressioni era evidente che non gli importava niente se avevano aspettato un giorno o un anno.

La grandiosa dimora del generale dell'esercito guardava sulla spiaggia da un angolo appartato in mezzo ai pini. Arrampicandosi su per la Collina Occidentale in fila indiana, i tre taxi passarono davanti a un gruppo di donne e di bambini che, seduti sul marciapiede, aggiustavano reti da pesca, poi davanti a piccole case di cura per il recupero dei lavoratori, e finalmente imboccarono uno stretto cancello, appena sufficiente per il transito di una singola auto, che si apriva in un muro di pietra alto quattro metri. Servitori del popolo più danarosi, tenete nascoste le vostre ville e i vostri giardini. I convalescenziari per gli ammalati dovevano essere in mostra, ma non i palazzi per i privilegiati. In cima allo scosceso vialetto, bordato da rigogliosi cespugli di fiori, tutti potati con una perfezione esasperata, i taxi si fermarono e i visitatori scaricarono i loro bagagli. Il compagno Deng Bo e i suoi gregari del DCI si erano portati dei bagagli esagerati. Avevano bisogno di tre valigie per un paio di giorni? I tre direttori agli acquisti di materiale elettronico in forza al Ministero del Commercio erano stati più modesti: una sola sacca a testa, più le stecche da biliardo personali infilate in lunghe custodie di plastica, come altrettanti fucili. Immediatamente comparvero quattro domestici per occuparsi dei bagagli.

Hong prese la sacca di Yamei e si avviò con la ragazza lungo il vialetto. Yamei arricciò il naso, guardando sbalordita i domestici e subito dopo la veranda-solarium dell'ultimo piano. «È bellissimo,» disse con voce sommessa «ma un po' feudale. Perfino decadente.»

«E borghese» aggiunse Hong con una risata. «Diventare ricchi è fantastico.»

«Non prendermi in giro» rispose la ragazza un po' piccata. «So che gli alti quadri lavorano duramente e hanno diritto a certi privilegi.»

Certamente, pensò Hong. I suoi genitori avevano fatto parte di quella categoria, anche se non avevano mai condotto una vita così lussuosa. La casa a tre piani del generale, probabilmente costruita all'inizio del secolo, aveva l'aria di essere composta da quindici o venti stanze. Tutto intorno al primo piano correva una veranda chiusa da vetri, che doveva essere stata aggiunta di recente con una spesa inimmaginabile. Gli arrivi della sera prima – il figlio grassoccio di un generale con due ragazzi di Shanghai, un certo numero di viceministri della Difesa e del Commercio con le mogli e i figli – erano già vestiti da spiaggia e facevano colazione sotto il porticato. All'interno un enorme registratore trasmetteva a pieno volume cassette-pirata di canzoni d'amore di Taiwan. Al di là della casa, sopra la baia di Bohai, il cielo era una distesa di azzurro dorato.

Dopo colazione gli ospiti si spostarono a sciame verso la spiaggia di mezzo, portando con sé grandi ombrelloni di tela e ceste piene di birra, di verdure in composta e di focacce di mais. Gli operai modello in vacanza premio stavano sulla spiaggia orientale, i turisti su quella occidentale, con i bagnini che sorvegliavano le delimitazioni. Hong avvertì un tocco di invidia retrospettiva. Un giorno al mare, quando lui era giovane, rappresentava un lusso raro. Allora gli alberghi e le case di riposo erano stati chiusi. Sulla riva Yamei giocava a lanciare a dei bambini una palla blu e gialla. Con quanta letizia, pensò Hong. Sarebbe stata una buona madre. Rimase a osservarla con un piacere curioso. Era capace di inquietarsi sul feudalesimo, ma nello stesso tempo riusciva a dimenticare la politica e a divertirsi. Hong non aveva mai conosciuto nessuno capace di essere felice di qualunque cosa offrisse la vita. Yamei viveva su una zattera, e le andava sempre bene, dovunque il vento la spingesse.

Il fratello di Hong arrivò con due bottiglie di birra, stese un asciugamano sulla sabbia, e vi si lasciò cadere di peso.

«È fantastico qui, non trovi?» Passò a Hong una bottiglia di birra gelata.

«Sì, è bello» rispose Hong.

«E che mi dici della casa? E le vasche da bagno non sono una favola?»

«Sono abbastanza grandi per una famiglia intera» convenne Hong.

«Yamei si diverte» disse ancora Lin. «Sei stato fortunato a trovarla.»

«Credo che sia stata lei a trovare me.»

Lin distese per bene l'asciugamano. «L'ami davvero, eh? Più di quanto non amassi Kuang. Eravate troppo giovani quando vi siete sposati.»

«Lo dice sempre anche Kuang.»

«Tu non l'hai mai amata come ami Yamei.»

«Che bisogno c'è di fare paragoni?» chiese Hong.

«Credo che Yamei ti abbia fatto un po' impazzire» disse Lin con un sorriso. «A giudicare da come la guardi.»

Hong si scoprì a pensare che forse era vero. Non era da molto tempo che pensava a Yamei solo come possibile moglie e compagna di vita, ed era sorpreso per come si fosse attaccato a lei.

«Allora, che ne dici se acquistassimo quell'appartamento?»

La birra, la conversazione sulle vasche da bagno, non erano altro che un pretesto per introdurre l'argomento. «Ci devo pensare.»

Lin bevve un sorso della sua birra. «Non c'è niente di male a fare dei soldi, Hong. Ci si abitua a vivere semplicemente, e si incomincia a pensare che sia una cosa nobile. E ti prego di non citarmi Lao-tzu: abbraccia la semplicità, conceditі pochi desideri.»

«Qui si intende una semplicità *palese*» precisò Hong, pentendosi immediatamente della sua pedanteria. «Lo sai che non ho niente contro il denaro,» si affrettò ad aggiungere «e perfino contro il lusso. Solo che questa storia dell'appartamento mi sembra un po' rischiosa, tutto qui.»

«Se vogliamo parlare di rischi, come la mettiamo con te e quel medico americano?»

«Cosa c'entra lui?»

«Ieri ho parlato con Chan. Mi sta a cuore il tuo interesse, fratello giovane, anche se tu non lo apprezzi sempre.»

«Io apprezzo qualunque cosa...»

Lin sollevò la mano. «Ti prego, per lo meno ascolta il mio consiglio. Chan dice che il caso è troppo complicato, e che dovrai fare i conti con i ministeri.»

«Chan parla troppo, e il caso è interessante. Anche il tuo amico Deng Bo la pensa così.»

«Non so di cosa si tratti» disse ancora Lin. «L'ho chiesto a Deng, ma lui mi ha risposto che aveva solo visto il tuo nome su una lista di incarichi, tutto qui. Comunque, forse dovresti tentare di passare il caso a qualcun altro. Finiresti col dover passare troppo tempo con uno straniero sospetto.»

«E tu, non tratti con gli stranieri? Non compri da loro e non commerci con loro?»

«Affari, Hong. Niente altro che affari. Sai cosa ti dico? Se si manovra giusto si può finire con una casa come quella del generale. C'è un ricambio di quadri al vertice. Si tagliano i rami secchi dall'esercito e dalla marina, quei vecchi bastardi che non sanno scrivere neppure il loro nome senza un segretario, e sono solo capaci di citare il presidente Mao e di trovar lavoro agli amici. Subito dopo vengono i ministri addetti alla Sicurezza. I miei amici dicono che potresti essere viceministro. Avresti di tutto: una Mercedes, una casa qui o a Guangzhou per l'inverno, e viaggi all'estero. Non vorresti vedere tutti quei posti che ti fanno sognare? Londra, Parigi, la California?»

Hong si sentì balenare in testa un pensiero. Se io dovessi

vedere la California, vorrei poi tornare in patria? Chan aveva un cugino che era andato in California per studiare, e ci era rimasto. Io potrei essere un poeta cinese in esilio a Roma. E immediatamente, con la stessa velocità con cui si erano affacciate, Hong bandì quelle folli idee, le cacciò via come dei criminali condannati ai lavori forzati di riabilitazione nella Mongolia interna.

«Un viceministro, Hong, non torna a casa dal lavoro in bicicletta. Un viceministro partecipa a qualche riunione, mangia l'anatra a colazione, scrive un rapporto ogni tanto.»

«Una Mercedes al posto della bicicletta non sarebbe male» ammise Hong. «Dipende da cosa dovrei fare per procurarmela.»

Lin bevve l'ultimo sorso dalla bottiglia di birra e lisciò l'asciugamano. «Hong, io ti voglio molto bene. Farei qualsiasi cosa per te. Ma certe volte penso che tu ce l'hai con me per questo.»

«Sciocchezze» rispose Hong.

«Continui a pensare che io ero il figlio preferito.»

«Ma lo eri» ribatté Hong con foga.

«No, solo ai tuoi occhi. Io ero il tipo posato, ma tu avevi una mente migliore. Perché credi che papà ti leggesse le cose? Io ero lento, non avevo interesse per la letteratura o l'economia. Comunque, comperiamo insieme questo appartamento.»

«Vedremo» rispose Hong.

«Tu ti preoccupi per un appartamento. Ero a Shaoguan il mese scorso, in cerca di parti meccaniche, ruote dentate. Un compratore di un setificio di Wanxian voleva gli stessi pezzi. Sai cosa ho dovuto promettere? Mille yuan ai due contabili, e delle ragazze per i vicedirettori. Delle ragazze! Sono diventato un ruffiano, pur di far funzionare la mia fabbrica.»

«Via, non è poi così grave.»

«È peggio di quanto non pensi» ribatté Lin. «È peggio di quanto io possa dirti. Mi faccio un po' schifo, a dire la verità.» Il pallone rimbalzò ai piedi di Lin, che si affrettò a rilanciarlo ai bambini. «Dimentica quello che ho detto. Non ripeterlo a nessuno. Dovrei imparare a tenere la bocca chiusa. E tu stai attento con questo straniero. Liberati di lui, lascia che qualcun altro si assuma il rischio. Ricorda, ti conosco meglio di chiunque altro. Non metterti in testa di fare l'eroe.»

La giornata terminò presto, prima delle dieci. I bambini furono messi a letto, e la casa piombò nel silenzio. Anche i domestici erano andati a dormire. Hong era sdraiato sul duro letto matrimoniale della sua stanza al secondo piano – una bella camera con bagno privato – e ascoltava l'oceano che rotolava sulla baia. Pensava alla famiglia di Ostrander che era stata a Chou-kou-tien quasi cinquant'anni prima, al corriere che si era fermato a Chou-kou-tien prima di incontrarsi con Sun Sheng. Pensava agli avvertimenti di Lin, e si chiedeva come avrebbe reagito all'idea che Sun Sheng poteva essere stato assassinato.

Quando non sopportò di sentire oltre l'oceano, quando gli parve che le onde gridassero di dolore, Hong fece un pediluvio con dei sali nella vasca da bagno. Poi indossò una vestaglia che aveva trovato nell'armadio e si avviò in punta di piedi lungo il corridoio, verso la stanza di Yamei. Bussò due volte, rapidamente, e la porta si aprì.

La ragazza si guardò attorno prima di uscire. «Andiamo giù» sussurrò. «È più sicuro.»

Nonostante scendessero con cautela, il legno degli scalini scricchiolava. Giunti in fondo si fermarono, con le mani allacciate, ad ascoltare come delle sentinelle. Non un suono tranne il frangere delle onde e il rumore del vento che scuoteva la porta d'ingresso.

E un ticchettìo in lontananza, pensò Hong. Qualcuno che mangiava?

«Aspetta» disse. Attraversò l'atrio e sbirciò dietro l'angolo. Proprio come un poliziotto, pensò. Era spasmodicamente all'erta. In un angolo remoto del soggiorno ticchettava un orologio a pendolo.

Il chiarore della luna si insinuava tra i vetri della veranda, proiettando ombre strane sul tappeto sbiadito. Hong fece segno a Yamei di procedere. Si misero a sedere su un divano di bambù, e Yamei gli posò il capo su una spalla. Poi gli prese la mano, se la portò alla guancia, gli baciò il palmo, e per la prima volta da quando si ricordava Hong sentì scendere su di sé una sensazione di pace. Guardò il viso levigato di lei, i capelli fini che le scendevano dalla nuca. Si rammentò di una volta in cui lei gli aveva detto che il loro amore era l'unica cosa di cui aveva bisogno, e lui aveva pensato, senza dirlo, che sperava che fosse altrettanto anche per lui.

«Sei stato così preoccupato» disse Yamei.

Hong le sfiorò le labbra per farla tacere, poi fece scivolare la mano sul collo e sui seni di lei. Yamei si volse, sollevò il capo e gli coprì il viso, le mani e la bocca di baci. Riusciva sempre a sorprenderlo per la sua audacia, la sua passione. Le aprì la vestaglia, lei diede uno strattone alla sua, e insieme scivolarono sul divano. Non dissero più una parola, fino alla fine. La loro nudità parlava più di qualsiasi cosa che avrebbero potuto dire. Ma era diverso questa volta: non bisognava far la corsa con l'orologio, c'era tutto il tempo perché i loro corpi si allacciassero e si separassero, per tornare a stringersi subito dopo. Hong amava il suo viso, le sue mani, la flessibilità del suo corpo quando si sollevava per farglisi incontro. Era un mistero il modo come lei riuscisse ad azzardare delle carezze, a sfiorargli la schiena con le mani, in un movimento simile a un lieve battito d'ali. Ma anche quando la penetrava, quando lei lo tirava dentro di sé, e rabbrividiva emettendo un sospiro involontario, Hong non riusciva a provare quell'ebbrezza, quell'estasi che aveva sperato; e un attimo prima dell'orgasmo si chiedeva se ormai non fosse troppo vecchio per l'amore.

Lei gli restò accanto per un lungo momento, stringendolo forte, come se sapesse quanto avesse bisogno di lei.

«Perché mi ami?» gli chiese.

Come poteva rispondere? Perché si ama? «Perché sei buona» disse.

«Io ti amo,» dichiarò Yamei senza bisogno che lui glielo chiedesse «perché nessun lago si può paragonare all'oceano.»

Bella poesia, belle frasi. Poi Hong si addormentò, e quando lei lo svegliò il cielo si stava tingendo d'azzurro.

«Presto scenderanno gli altri» disse lei con una certa urgenza. «Dobbiamo tornare di sopra.»

Lo baciò ancora una volta, poi si precipitò nell'atrio. Lui la seguì, pensando alla principessa della favola che fuggiva dalla caverna, e pensando che quello non era il deserto, perché non solo c'era luce ma c'era anche qualcosa da vedere.

Giovedì, giorno dedicato alle compere. Una nuotata mattutina, un'ora sdraiati sulla spiaggia, e poi i quadri della Difesa e del Commercio riempirono i portafogli e si misero in marcia verso il villaggio. A Pechino sarebbero stati più discreti. Ma sul lungomare, dal negozio di libri al N° 89 a quello di specialità alimentari in scatola situato al N° 95, succhiavano prelibatezze come ingorde api operaie, riempivano le sacche di cestini di rafia, di salumi, di frutta secca, di liquori dolci, di costosi volumi rilegati in tela di Cechov, Ba Jin e Wouk, di tovaglie e tovaglioli ricamati a mano, di tazze cloisonné acquistate al grande magazzino. Possedevano un certo gusto per gli oggetti belli ed eleganti, ma la cosa più importante era, pensava Hong con un certo rancore, che avevano i mezzi per procurarseli.

Yamei era tornata alla spiaggia, e Hong si era diretto insieme a suo fratello e a Deng Bo verso Kiessling e Bader, l'antica birreria tedesca di fronte all'ufficio postale, dove Lin avrebbe potuto soddisfare il suo gusto recente per il cibo europeo. Si sistemarono attorno a un tavolo inondato di luce proveniente dalle alte vetrine, e mentre Hong si sedeva la tovaglia troppo inamidata scricchiolò. Dalla cucina veniva l'odore di pasticceria appena sfornata, biscotti e torte occidentali. Questo posto è un retaggio dell'imperialismo, pensò Hong, un fantasma degli anni Trenta. Da un momento all'altro sarebbero piombati dentro dei diplomatici tedeschi e avrebbero cacciato via i cinesi come trasgressori. Vietato l'ingresso ai cani e ai cinesi. I camerieri erano entrati nello spirito del posto e provavano un piacere indecoroso ad apparecchiare con posate d'argento massiccio, con il nome degli ex proprietari inciso sui manici. Dopo pochi minuti il direttore, che il compagno Deng trattava con allegra confidenza, depositò sul tavolo piatti stracolmi di würstel, gamberetti e pezzi di granchio. Un cameriere portò alcune bottiglie da litro di Qingdao e tolse i tappi a corona. Era una birra buona e ricca, e difficile da trovare: i tre quarti della produzione erano destinati all'esportazione.

«Farai meglio a comperare quei pezzi nel sud» Deng Bo

stava dicendo a Lin. «Tieni tranquilli i quadri della Difesa, e non avrai problemi ad avere ordini dall'esercito.»

Fuori, pensava Hong, la gente ha fame. Fuori, all'altro capo della baia, ci sono gli operai sulle piattaforme per la trivellazione del petrolio che vedono le loro famiglie due volte all'anno e hanno buone probabilità di annegare quando scoppia una burrasca. E nel frattempo noi siamo qui a banchettare.

«E il mondo è un palcoscenico» dichiarò Deng. «Noi siamo degli attori che recitano la loro parte sul palcoscenico della storia.»

«Shakespeare» precisò Hong.

«Credevo fosse Lenin» disse Deng con disinvoltura. «Be', avevano molte cose in comune.»

Hong pensava al funzionario della Difesa che aveva approvato il viaggio in Cina di Ostrander. «Ho visto una pratica su un tuo amico l'altro giorno» disse con noncuranza. «Un funzionario del comitato che vaglia gli scambi con l'estero nell'ambito dell'Accademia delle Scienze.»

Deng gettò indietro il capo. Si strinse il mento con una mano, cercando di apparire pensieroso. «Un mio amico?» chiese. «Non mi risulta di avere amici all'Accademia.»

«Allora mi sono sbagliato» disse Hong.

Dal cortile posteriore, dove i turisti stranieri erano seduti a dei tavoli al sole, entrò un occidentale piuttosto alto. Si fermò a guardare con le sopracciglia sollevate come se avesse riconosciuto Hong, e si diresse verso il tavolo. Era un uomo all'incirca dell'età di Deng Bo, sulla sessantina, era quasi pelato e secco come un chiodo. Esibiva un sorriso vagamente beffardo, quasi a sfoggiare la sua innata superiorità. Inglese, pensò Hong, oppure francese. Gente esperta in superiorità.

«Ah, guarda chi c'è, Caffey» esclamò Deng, alzandosi dalla sedia e mettendosi a parlare in inglese. «Venga a unirsi a noi.»

Lo straniero si sedette e Deng lo presentò: Raymond Caffey, suddito britannico, residente a Hong Kong, ramo import-export. Il suo vestito di lino bianco era spiegazzato, ma anche le sue grinze sembravano avere qualcosa di speciale.

«Gamberetti?» offrì Deng passandogli il piatto. «Cosa le possiamo ordinare?»

«Grazie, mio caro compagno,» rispose Caffey «ma è meglio di no, non si deve mangiare troppo con questo caldo. Così come non bisogna prendere troppo sole o fare troppo esercizio. Specialmente alla mia età. Mi andrà benissimo un po' d'acqua minerale.»

Deng chiamò il cameriere, e subito comparve una bottiglia di Laoshan.

«Scusi, lei si chiama "Coffee"?» domandò Hong.

«Pronunci pure il mio nome come vuole» si affrettò a dire l'inglese, versandosi l'acqua con un gesto enfatico. «Che cosa rappresenta un nome? La nostra intima essenza? Non credo.» Parlava con magniloquenza, rivolto al mondo più che a qualcuno in particolare. «Lei è appena arrivato, vero?»

«Ieri, da Pechino.»

«Ah, con uno di quei meravigliosi voli speciali riservati a dei tizi particolarmente importanti?»

«Sì, in aereo» rispose Hong.

«Io preferisco il treno. È un viaggio terribilmente lungo, e si soffre il caldo, ma i treni sono mezzi più decorosi, e anche più sicuri. Mi dispiace ammettere che, per quanto io ami viaggiare nel vostro Paese, preferisco non servirmi della vostra compagnia aerea statale, l'infida CAAC.» Strizzò l'occhio a Hong. «Gli aerei si schiantano qualche volta, e in circostanze sconvolgenti.»

«Che genere di articoli tratta?» chiese Hong.

«Quelli di cui hanno bisogno i cinesi» rispose Caffey. Aveva una cicatrice sul naso, una specie di erosione, come quella operata dall'acqua su una roccia. Il risultato di una rissa, o una "voglia" congenita? «Tutto quello che c'è di disponibile nel mondo per portare la Cina verso la modernizzazione.»

Non c'era ombra di ironia in quell'affermazione, il che la rendeva a maggior ragione ironica.

«E di che genere di articoli abbiamo maggiormente bisogno?» domandò Hong.

Deng si piegò in avanti. «Lui è un mediatore, Hong. Quando due persone vogliono fare affari, lui le mette in contatto.»

«Un mediatore» disse Hong. «Molto bene. In questi giorni i mediatori fanno un lavoro molto onorevole.»

«Non lo sono tutti?» domandò l'inglese. «Ciascuno deve

svolgere un lavoro a seconda delle sue capacità, e così via.»

Deng si chinò verso Hong e gli toccò un braccio. «E Lu Hong è un alto funzionario della Sicurezza Pubblica. Di recente ha catturato una spia tedesca.»

Caffey lanciò un'occhiata di finto orrore. «Ah, sì? Lo avete giustiziato? Taglio della testa con la spada?»

«Lo abbiamo rispedito a casa sua» rispose Hong con calma, stupito dall'indiscrezione di Deng.

«E adesso gli hanno affidato un nuovo caso» proseguì Deng. «Un americano, un certo dottor Ostrander.»

Hong volse il capo al colmo dell'indignazione, ma Deng aveva rivolto la sua attenzione a Caffey con un sorriso ironico. Come si spiegava la lingua sciolta di Deng? Non solo al circo, ma anche lì si era messo a spifferare con noncuranza dei segreti di Stato.

«Ostrander?» disse Caffey con una risata. «Peter Ostrander? Un americano? Lui una spia? Ma che idea balorda!»

«Lo conoscete?» chiese Hong.

«Sì, l'ho conosciuto a un ricevimento... mi lasci pensare, dov'era? All'Ambasciata americana, se ricordo bene. Se lui è una spia, io sono Marco Polo. Ostrander è una brava persona che si dedica alla ricerca medica.» Sollevò una mano e fece un gesto ampolloso. «È questo il prezzo che i cinesi pagano per il loro isolamento. Vedono spie dappertutto.»

Entrarono i funzionari della Difesa, di ritorno dal giro di compere. Deng e Lin si alzarono per salutarli, e li accompagnarono a un tavolo nell'angolo opposto. Hong guardò la mano dell'inglese. All'indice portava un piccolo anello d'oro; e sulla nocca era visibile un'altra cicatrice, simile a quella del naso. Hong notò che tutte le pieghe delle nocche erano erose.

Forse delle bruciature di un incendio? Ma perché solo sulle mani e sul naso?

«Non ho capito bene» chiese Hong. «Lei è qui a Beidaihe in vacanza o per lavoro?»

«Per trattare un certo tipo di affari» rispose Caffey.

«Che genere di affari?»

«Mi si potrebbe definire un piccolo ingranaggio del commercio mondiale» dichiarò Caffey con esagerata modestia.

Ma non c'era niente di modesto in lui. Per esempio, era palesemente ricco, e il suo costoso vestito era spiegazzato ad arte. Tutt'altra cosa che Ostrander.

«Che cosa fa un piccolo ingranaggio del commercio mondiale?» domandò Hong.

«È semplice» rispose Caffey. «Supponiamo che gli americani si mettano in mente di montare le jeep in Cina. Ai cinesi piacerebbe costruire jeep per il mercato asiatico. Ora la qualità della vostra mano d'opera è... diciamo che al momento è al di sotto degli standard mondiali. Ma offre il grande vantaggio, soprattutto rispetto agli americani strapagati, di essere incredibilmente a buon mercato. Perciò prima dobbiamo trovare un'industria automobilistica americana disposta a tener testa alla vostra cocciuta burocrazia. Poi dobbiamo riuscire nell'impresa quasi impossibile di sollevare i cinesi da... be'... diciamo dalle loro antiquate abitudini lavorative. La prima cosa è stata fatta da una società di nome Chrysler; quanto alla seconda, resta da vedere se i cinesi sono in grado di costruire una buona jeep anche se sono gli americani a dirigere la fabbrica.»

«Capisco» disse Hong. Ovviamente i cinesi sapevano solo fare cose scadenti.

«Oppure gli spagnoli» proseguì Caffey con tono regale. «Gli spagnoli sono disposti a tutto pur di vendervi delle macchine da maglieria automatiche, ma voi non avete abbastanza valuta forte per potervele permettere, né l'avrete in un prossimo futuro. E che cosa se ne farebbero gli spagnoli di qualche milione di yuan, una valuta priva di valore nel resto del mondo? Perciò bisogna trovare il modo di pagare, ad esempio attraverso il baratto di prodotti. Il commercio internazionale è una giostra. Denaro e prodotti che entrano, denaro e prodotti che escono.»

«Una giostra?» chiese Hong.

«Sì, come quelle per i bambini, con i cavalli di legno su dei pali, e una grande piattaforma rotante.»

«E qual è il suo posto nella giostra?»

«In piedi all'ingresso» rispose Caffey. «Quando i cinesi vogliono girare sulla giostra, hanno bisogno di qualcuno che conosca gli altri passeggeri. E a questi serve qualcuno che conosca la Cina.»

Un uomo in groppa a due cavalli, pensò Hong, può essere

spaccato in due se questi si separano. Come mediatore, Caffey si considerava più potente dei due contraenti. Ma questi potevano sopravvivere senza Caffey, mentre lui non era niente senza di loro.

«E lei conosce la Cina?» gli chiese Hong.

«Molto bene» rispose l'inglese con fierezza. «Sono venuto qui parecchie volte.»

«Da quanto?»

«Da molto.»

«Da che anno?»

La mascella di Caffey si contrasse, e il suo ghigno beffardo vacillò.

«Lei è molto indiscreto. Deformazione professionale, suppongo.»

«No, mi interessano gli stranieri» rispose Hong. «E anche le lingue.»

«Ma lei è un funzionario della Sicurezza Pubblica. Fa parte del suo lavoro fare domande e scoprire i colpevoli. E poi diventa un'abitudine.»

«Niente affatto» replicò Hong. «Abbiamo così pochi criminali. Il crimine non è un problema in Cina. In Occidente avete assassini, ladri, stupratori, rapinatori da strada, mendicanti, prostitute, avete i bianchi che combattono i neri. Il cinese medio, che tipo di crimine potrebbe commettere? Al massimo rubare un paio di meloni.»

«Davvero? E allora mi dica, cosa fa lei tutto il giorno?»

«Vado a caccia di ladri di meloni, e dell'occasionale cattivo soggetto che appiccica etichette false alle biciclette.»

«Anche per le biciclette, quanta importanza ai nomi» osservò Caffey. «Il guaio di voi cinesi è che siete così sospettosi. Per migliaia di anni avete avuto la più grande cultura della terra, avete inventato la polvere da sparo e la carta – e i vermicelli, per carità non dimentichiamo i vermicelli. E poi vi siete chiusi a tutte le influenze straniere. Di conseguenza, guardate a tutti gli stranieri con occhi offuscati. Ci considerate sciocchi volgari o spie. Ed è per questo» aggiunse con forza, battendo sul tavolo con il dito indice «che sospettate ingiustamente delle persone come il buon dottor Ostrander.»

Hong fissava l'indice di Caffey, le sue cicatrici. L'inglese se ne accorse e si affrettò ad abbassare la mano e a posarla in grembo. Era imbarazzante essere sorpreso a esaminare le debolezze altrui, e Hong fu salvato dall'ingresso nel locale di un altro gruppo di funzionari carichi di pacchetti. Tra di essi c'era il compagno Ho, il funzionario del Ministero della Sanità che Hong aveva visto al circo. Un bel bottino per un quadro di livello medio, pensò Hong guardando quelle borse traboccanti. Deng e Lin ritornarono al tavolo, e i nuovi arrivati si avvicinarono. Lin andò al banco della pasticceria a prendere un vassoio di gelato.

«Adesso me ne devo proprio andare, è l'ora del mio pisolino» disse Caffey alzandosi e stringendo la mano a Hong. «È stato un piacere conoscerla. Spero che ci rivedremo.»

«Sì,» rispose Hong «sarebbe interessante parlare della modernizzazione della Cina.»

Caffey salutò Deng, poi Lin che era ancora al banco della pasticceria. La chiacchierata a ruota libera di Deng non era stata un caso. Perché mai aveva fatto il nome di Ostrander?

Hong seguì con gli occhi l'inglese che si dirigeva alla porta. Caffey era spettrale, più alto di tutti gli altri e di un colore che sembrava respingere la luce. Il locale parve farsi più luminoso quando lui se ne fu andato. Dopo che si fu richiusa la porta, Hong si voltò verso Deng e sparò la domanda come un proiettile:

«Ti capita spesso di discutere con tanta leggerezza di questioni di Stato?».

Il viso di Deng si increspò di collera per una frazione di secondo, per poi dipingersi di placido stupore. «Caffey è un vecchio e prezioso amico della Cina» disse in tono perentorio. «Un uomo di cui ci si può fidare. Inoltre, non ha nessuna devozione verso il suo Paese o verso gli americani. Se tu ti accingi a prendere in trappola un cattivo elemento straniero, la cosa non lo riguarda.»

Forse sarà così, pensò Hong, ma un uomo che non è leale verso la sua gente non lo è neanche con la Cina. L'ultima persona al mondo di cui fidarsi è un uomo senza lealtà.

13

Archivi

L'aereo li riportò indietro nella tarda serata di giovedì, e li depositò in una calura così snervante e intensa da sembrare una malattia. Hong scese la scaletta dell'aereo, e si incamminò in direzione di una luna rosa seminascosta da una massa di nubi inquinate. Davanti al suo sguardo le nubi decisero di serrarsi, e la luce rosea sparì completamente. Hong seguì Yamei fino al cancello, dove l'arrivo di una dozzina di passeggeri non fu sufficiente a svegliare le guardie dell'esercito, addormentate sulle sedie, con i fucili abbandonati sulle ginocchia. All'interno dell'aerostazione le donne della pulizia addette al turno di notte spingevano gli strofinacci in una languida danza da una piastrella all'altra.

Durante il breve volo Hong non aveva quasi aperto bocca, e Yamei lo aveva gentilmente assecondato, rispettando il suo umore. Era quello il prezzo da pagare per quella breve vacanza? C'entrava forse la richiesta di Lin di comperare l'appartamento? O forse si disapprovava il fatto che Hong viaggiasse con lei, invece che con la moglie e il figlio? Alle pressanti domande di Yamei Hong aveva risposto no, no, e ancora no. Scusami, le aveva detto, sono stanco, non mi rilasso in vacanza. Soprattutto, pensava tra sé, quando un funzionario del DCI si metteva a divulgare i suoi casi con uno straniero.

All'aeroporto erano in attesa delle limousine del Ministero del Commercio. Hong salutò Lin, che sarebbe partito in volo per Shanghai il mattino dopo, e che insistette ancora una volta, senza successo, per convincerlo all'acquisto dell'appartamento. Quando finalmente si fu liberato di Lin, Hong accompagnò Yamei fino a casa sua. Lasciarono l'autista in macchina, e si diressero verso l'ombra protettiva dei pioppi che bordavano la strada. Hong sfiorò una guancia a Yamei, la strinse tra le braccia.

«Vorrei tanto che avessimo più tempo da trascorrere insieme» gli sussurrò la ragazza. «Stare con te rappresenta la parte più meravigliosa della mia vita.» Lo implorò con gli occhi: Dimmi cosa ti turba.

«Scusami con i tuoi genitori» disse Hong. «Faccio delle battute infelici in loro presenza.»

Yamei gli strinse il braccio. «Ci sono abituati. Io penso che qualche volta ti ammirino in segreto per la tua franchezza. È solo che... hanno paura che tu ti metta nei guai.»

Può darsi che io mi ci metta, pensò Hong. E anche loro, se continuano ad abbracciare qualsiasi mutamento del vento politico. Dove sarebbero finiti i genitori di Yamei quando fosse stato messo sotto accusa il fatto di avere la cameriera e di usufruire di un'eccessiva indennità per la casa? Hong baciò la ragazza e aspettò che attraversasse il cortile. Sulla porta lei si girò a salutarlo con la mano, e sparì su per le scale illuminate. Hong tirò fuori una sigaretta e si avviò verso l'auto, poi dovette fermarsi e far scattare l'accendino tre volte prima di dar vita alla scintilla. Guardando la sua mano al bagliore della fiamma, Hong ebbe un'improvvisa visione di estrema chiarezza, un'immagine sepolta quasi a sua insaputa in un angolo del cervello. Era lo sguardo di Deng quando diceva all'inglese: *E adesso gli hanno affidato un nuovo caso, un americano, un certo dottor Ostrander.* Come si poteva definire quello sguardo? Di autocompiacimento, forse. E quel guizzo che aveva percorso la faccia di Caffey? Un improvviso stato d'allarme, come di un cavallo che rizza la testa avvertendo l'elettricità di un temporale in arrivo.

Vedendo le proprie nocche alla luce azzurra della fiammella, Hong pensò alle cicatrici sulle dita dell'inglese, e al momento di imbarazzo quando Caffey aveva messo la mano sotto il tavolo. O era stato qualcosa di più di un semplice imbarazzo? Le cicatrici di Caffey avevano lasciato degli altri segni, oltre quelli visibili sulla pelle? Era una fantasia da poeta pensare di poter leggere all'interno di un uomo partendo dal suo aspetto esteriore. Ma era anche l'opinione dell'investigatore. Chan, ad esempio, nascondeva i solchi sulle unghie, i danni del congelamento, per non palesare il ricordo delle sue sofferenze passate. Ma probabilmente le lesioni di Caffey erano solo quelle che apparivano, e niente altro. L'inglese sembrava il tipo di uomo che, se gioca con il fuoco, sa che il fuoco brucia.

Il che era molto di più di quanto Hong potesse dire di sé in quei giorni.

Il rapporto sugli scavi archeologici effettuati in tempo di guerra a Chou-kou-tien era frutto di un'incursione del Piccolo Monaco nei libri di storia. Vi erano montagne di lodi sperticate nei confronti dell'archeologia socialista e degli scienziati socialisti. In un primo momento Hong pensò che fosse del tutto inutile trovare un simile documento sulla scrivania di venerdì mattina. Veniva frettolosamente menzionato il padre di Ostrander, senza il minimo accenno a dove fosse finito dopo la guerra. Peraltro, non vi era neppure il minimo accenno a dove fosse finito un attore anche più importante del dramma, il glorioso Uomo di Pechino.

Tuttavia, dal lavoro del Piccolo Monaco Hong poté estrarre un punto a cui dedicare maggiore attenzione: il fugace riferimento a tre archeologi cinesi che in vari periodi avevano sorvegliato gli scavi di Chou-kou-tien. Probabilmente uno di loro aveva lavorato con il padre di Peter Ostrander. Copiò i nomi e appose una nota: «Controllare se uno di questi tre corrisponde all'uomo più anziano nelle due fotografie». Chiamò un messaggero e mandò la lista a Fen Like, al Centro delle Pubblicazioni.

A uso di Wei Ye, Hong stilò un sommario del caso che desse l'illusione di un'estrema efficienza. Indicò, il più laboriosamente possibile, tre esempi del suo solerte impegno per incastrare l'americano: la ricerca di informazioni su *Ostrander (Greene) Elizabeth*, l'incarico affidato al Piccolo Monaco di controllare tutti gli stranieri impegnati presso gli ospedali, e l'incontro con il dottor Yan. Nella versione di Hong quest'ultimo episodio era stato ridotto al massimo e dotato di una parvenza di verità. Quel vecchio cinico che considerava il suo Paese come una gigantesca medusa era diventato, per gli atti ufficiali, un compito studioso, un patriota di prim'ordine, e per quanto riguardava Ostrander un testimone disposto a collaborare. In quel modo la conversazione con il dottor Yan sarebbe stata classificata "pulita", intendendo con questo che per nessuna ragione sarebbe stato interrogato da un altro Ministero, soprattutto da uno di quelli interessati ad appropriarsi del caso.

Hong imbucò il sommario, in busta chiusa, in una cassetta dell'atrio, salì le scale che conducevano alla Sorveglianza e si diresse verso l'ufficio di Ru. L'uomo alzò gli occhi dalla scrivania, dove stava diligentemente componendo una proposta per un aumento del personale e dei fondi.

«Questo accordo con il Nepal è una fonte di guai» disse quando Hong fu entrato. Il confine tra il Nepal e la Cina era stato aperto l'anno precedente, e i turisti stranieri accorrevano in gran numero a Katmandu. «Arrivano a sciami per passare la frontiera a Lhasa e procedere attraverso il Tibet. Come posso tenere il conto di tutte le guide?»

«La vita è breve» dichiarò Hong. «Non ci provare neppure.» Ru era affetto da mania di grandezza: per lui avere più personale equivaleva a possedere maggior potere.

«Tu potresti mettere una buona parola» proseguì Ru. «Basterebbe che tu dicessi che per fare un certo lavoro per te io ho bisogno di altri sei uomini. Tu potresti muovere una montagna in mio favore.»

«Tu muovine una per me. La mia richiesta di una settimana fa...»

«Stai sempre cercando il diario di Ostrander, e io non ce l'ho ancora» rispose Ru. «Evidentemente lo tiene in tasca. Naturalmente avrei potuto farlo buttar giù dalla bicicletta. Magari di notte. Uno spiacevole incidente a opera di qualche cattivo soggetto, di un paio di delinquenti da strada.»

«Non abbiamo bisogno di incidenti internazionali» osservò Hong. «Voglio solo leggere quel diario. Quando pensi che lo finirà?»

«Considerando una vita di durata normale, diciamo tra venticinque o trent'anni.» Ru ridacchiò. Senza una nota comica ad allietare la vita, si morirebbe di malinconia. «Apparentemente il taccuino è composto da circa centocinquanta pagine. Probabilmente gliene restano ancora venti da riempire. Immagino che nel giro di una settimana dovrà ricorrere a uno nuovo. E se lascerà il primo nella sua stanza, te lo faremo copiare in un paio d'ore.»

«Spero che succeda presto» disse Hong dirigendosi verso la porta.

«E per quei sei uomini in più?»

Ru si era alzato per metà dalla sedia, e le sue parole inseguivano Hong come la coda di un aquilone. Ma Hong si era già diretto verso il cortile, dove le auto del Ministero, dopo essere state usate illegalmente dalla sera precedente, aspettavano nei garage, lustre e rifornite di benzina. Hong si fermò presso la scrivania del sorvegliante. Un autista indicò una Volkswagen malridotta e si avvicinò, con il taccuino in mano.

«Destinazione?»

«L'Accademia delle Scienze» rispose Hong.

Dove con un po' di fortuna, pensò mentre saliva sulla piccola auto, poteva trovare i tre uomini che erano svaniti durante la guerra, quello che aveva mandato a casa moglie e figlio con la promessa che li avrebbe raggiunti, e gli altri due che, migliaia di anni prima, si aggiravano in posizione eretta nelle caverne di Chou-kou-tien.

L'archivio dell'Accademia era una cella buia, senza finestra e perciò senza aria, dove regnava una calma profonda. Sulle pareti e sul soffitto imbiancati a calce erano disegnate delle ragnatele di muffa, in parte mascherate da tre enormi manifesti del festival invernale di Harbin: sculture di ghiaccio di pagode, ponti, templi. Due studenti, in attesa di libri, discutevano sottovoce di laser e di particelle ad alta energia. Dietro il bancone tre giovani impiegate scrivevano a macchina delle etichette, sorvegliate da un vecchio gigantesco di nome Lo, con la faccia cosparsa di vene e gli occhi iniettati di sangue. Dimostrava almeno cento anni, ma aveva le spalle larghe e il collo rigido di un soldato.

Quando Hong richiese la documentazione del tempo di guerra sugli scavi di Chou-kou-tien, Lo gettò indietro il capo in un gesto imperioso. La testa pelata brillava come un vaso lucidato.

«Avremo bisogno di un mese per rintracciarla» sbuffò il vecchio. «Forse anche di più. Ti faremo sapere.»

Lo si permetteva di trattare un funzionario della Sicurezza Pubblica come uno scocciatore. Con un pazzo simile era inutile cercare di far valere il proprio rango. «Ho una certa fretta» disse Hong con il tono più deferente possibile.

«Quelli della Sicurezza Pubblica hanno sempre fretta» ribatté Lo.

«Se io aspettassi fuori...» azzardò Hong.

Una delle impiegate, una ragazza pallida con delle lenti molto spesse montate in nero, si volse per annunciare: «Gli schedari sull'archeologia sono al terzo settore a sinistra, Bibliotecario Anziano. Quarto scaffale a partire dal fondo».

Lo si volse verso la sua giovane assistente con gli occhi pieni di disgusto. «Può darsi» rispose, prima di rivolgersi di nuovo a Hong. «Gli intellettuali sono uno spreco di risorse. Il presidente Mao ha incominciato come bibliotecario, e gli intellettuali lo ignoravano come se fosse spazzatura.»

I bibliotecari, almeno secondo il vecchio Lo, non erano da considerare degli intellettuali. Come poteva uno scienziato realizzare qualcosa in un posto come quello? «Tuttavia,» commentò Hong «qualche volta nelle indagini servono gli atti che li riguardano.»

«Il presidente Mao» proseguì il vecchio bibliotecario «ha imparato molto dall'imperatore Ch'in. Duemila anni fa l'imperatore aveva risolto tutti i problemi dello Stato. Prima aveva fatto uccidere tutti gli intellettuali, e poi bruciare i libri. Potremmo ricorrere a qualcosa del genere anche ora.»

La documentazione era nel quarto scaffale a partire dal fondo, e Hong pensava che avrebbe potuto aprire il cancelletto, girare attorno al bancone e prendere quello che gli serviva. Ma esisteva la possibilità di dover di nuovo aver bisogno della collaborazione di Lo.

«Bibliotecario Anziano, adesso abbiamo una nuova opinione degli intellettuali. Sono apprezzabili membri del proletariato.»

Lo rabbrividì con un tocco di rabbia. «Sono inutili, peggio ancora che inutili. Stanno seduti sul vaso, senza riuscire a cacare.»

Il presidente Mao era morto, ma la sua voce sopravviveva. «Sarebbe veramente complicato,» aggiunse Hong «se si dovesse avanzare una richiesta ufficiale di questi documenti a...» Fece una pausa, come se rimuginasse sulle possibilità. «Diciamo al commissario politico dell'Accademia. È ancora il compagno Liu? No, è andato in pensione, vero? Per raggiunti limiti di età.»

I limiti di età e la pensione erano parole sconosciute al Bibliotecario Anziano Lo, che nessuno avrebbe mai osato mandare in pensione. O per lo meno questo era quanto aveva voluto lasciare intendere a Hong con quella sua occhiata altezzosa. Da dove veniva questo individuo? Era forse il rampollo poco brillante di una famiglia di militari? Ma nel frattempo Lo aveva mutato improvvisamente rotta, come una nave in preda a un vento avverso, e aveva spinto sul bancone un modulo in bianco.

«Non è necessaria una richiesta formale» disse. «Riempi questo, per favore.»

Hong scrisse il suo nome, l'unità operativa e la divisione, e quando alzò gli occhi vide le giovani impiegate che ridacchiavano chine sulle macchine da scrivere. Due pacchi di documenti, legati con strisce di stoffa marrone sfilacciata, uscirono dagli scaffali a grande velocità, e il vecchio Lo li gettò sul bancone come se all'improvviso non vedesse l'ora di liberarsene.

Tornato nel suo ufficio Hong posò i documenti sulla scrivania. Mentre slegava le fettucce di stoffa e apriva le ruvide copertine fu colpito dal miracolo della loro sopravvivenza. Così com'era un miracolo che fosse sopravvissuta una parte della storia. Demolite il passato, aveva detto il presidente Mao, il che troppo spesso aveva significato che bisognava riscriverlo.

I documenti erano divisi in due sezioni: la prima era una serie di rapporti sull'impossibilità di proseguire il lavoro scientifico fra i tumulti della guerra, e la seconda era una grossa raccolta di taccuini e di diari provenienti dai vari siti archeologici. I sottili fogli pergamenati della prima sezione erano stati cuciti insieme in un singolo volume con filo grossolano, e appiccicati con colla ormai ingiallita. A giudicare dalle sue condizioni, il volume non veniva aperto da anni. Anche se sbrindellati ai margini, i fogli all'interno erano rimasti quasi bianchi; e nel voltare le pagine, Hong si accorse che nessuna di esse tendeva a sgretolarsi. Molti rapporti erano scritti a mano con tratti precisi che denotavano un'istruzione classica; e Hong riconobbe degli ideogrammi che non vedeva dall'infanzia, prima che la lingua venisse semplificata. Chan ne sarebbe stato entusiasta, e nello stesso tempo si sarebbe addolorato al pensiero che gli era stata negata la possibilità di diventare un uomo di cultura. Non vi era alcuna indicazione della provenienza dei documenti tranne che sulle copertine: una stampigliatura in inchiostro rosso che diceva «Archivi, guerra contro il Giappone, 1937-45,» con "Archeologia" aggiunta a mano.

Hong accese una sigaretta, tossì, e guardò il portacenere, da cui traboccavano sulla scrivania numerosi mozziconi. Estrasse il contenuto della busta con l'indicazione «Siti archeologici, 1932-43». Scartò le cartelle segnate An-yang, Xi'an, An-hui, finché non ne trovò una lunga e sottile con l'indicazione *Chou-kou-tien*. Era legata da un nastro di seta grigia: un tocco stranamente affettuoso, pensò Hong. Quei documenti dovevano essere stati molto importanti per qualcuno.

All'interno della cartella c'era un diario scritto su un quaderno di scuola, e su dei fogli occasionali di vario genere. Tutte le annotazioni erano scritte da una mano sola, parte in inglese e parte in cinese: quella di una segretaria di nome Cheng Hai-lin, assunta a Pechino perché facesse da interprete per gli stranieri.

Le ricerche svolte dal Piccolo Monaco avevano fornito a Hong i precedenti del lavoro archeologico ambientato a Chou-kou-tien. Gli scavi nel piccolo villaggio a sud-ovest di Pechino erano incominciati all'inizio del secolo, a opera di un esploratore tedesco di nome Haberer, ma erano stati subito abbandonati per essere ripresi all'inizio degli anni Venti. Una équipe svedese aveva ricominciato tutto da capo, seguita da decine di scienziati di tutto il mondo: tedeschi, francesi, inglesi, canadesi. Theodore Ostrander, secondo quanto riferito da Cheng Hai-lin, era arrivato dagli Stati Uniti quando la famiglia Rockefeller, a cui si doveva la costruzione della Facoltà di Medicina di Pechino, aveva mandato i fondi per costruire il laboratorio di Chou-kou-tien.

Poco dopo che Ostrander si era unito all'équipe archeologica, nel 1930, i ricercatori avevano incominciato a mettere insieme, con dei frammenti di fossili portati alla luce, un essere umano: l'Uomo di Pechino. «È una cosa stupefacente» scriveva la segretaria. «E dire che io sono una discendente di quest'uomo. Questo essere dal cranio nobile e ben modellato è il mio antenato. Quattrocentomila anni fa viveva qui, andava a caccia e raccoglieva bacche. Noi siamo tutti suoi figli.»

Il diario della segretaria conteneva anche lunghe annotazioni che esprimevano la sua speranza di una vittoria comunista nella guerra civile contro il Kuo-min-tang, e una occasionale allusione ad amici che facevano le spie ai danni dei giapponesi. «Noi siamo forti» scriveva Cheng Hai-lin. «Entrambi possiamo dare un valido apporto fornendo delle informazioni.» Entrambi? Chi? C'erano parecchi riferimenti a "noi", separati dagli appunti sugli scavi, ma tutti molto circospetti.

Hong riguardò le annotazioni precedenti. Su un foglio senza data, apparentemente dell'inizio del 1936 a giudicare dalla carta usata per altri appunti di quello stesso anno, c'era un altro strano commento che non aveva niente a che vedere con il lavoro degli scienziati: «È un momento difficile. I nostri rapporti non sono presi in considerazione. Non riusciamo a capire perché veniamo ignorati».

Era un autentico mistero. Chi veniva ignorato? Quali rapporti non erano presi in considerazione? Certamente non quelli che avevano a che fare con i fossili. Ovviamente era strano che Cheng Hai-lin avesse annotato i suoi pensieri, anche se in quei giorni, a differenza di ora, non si sarebbe mai aspettata che i suoi vicini facessero irruzione in casa sua per leggerli. Oggi si poteva setacciare tutto il Paese senza trovare un diario. Era già abbastanza pericoloso formulare certi pensieri, e a maggior ragione metterli per iscritto.

Nel 1939 i fossili di Chou-kou-tien erano stati trasferiti a Pechino, ma il diario di Cheng Hai-lin non rivelava niente a proposito di una partenza di Theodore Ostrander dalla Cina. Una annotazione, datata «Pechino, 12 marzo 1939», si riferiva alle famiglie degli scienziati stranieri: «Qui la vita è troppo pericolosa per tutti gli stranieri. Il professor Ostrander e il professor Watson incominciano a pensare di rimandare a casa le mogli e i figli. Mi mancherà il piccolo Peter». Hong rilesse il brano. Non c'era spiegazione al fatto che a Cheng Hai-lin sarebbe mancato Peter Ostrander più degli altri ragazzi.

Per i due anni successivi le annotazioni erano scarse, e

all'inizio del 1941 il diario si interrompeva totalmente, senza niente per parecchi mesi tranne due righe datate la seconda settimana di maggio: «La solitudine è terribile, ma io devo essere forte» e «Soffrire è il mio destino». E ancora nessuna spiegazione, né per la solitudine né per le sofferenze.

Hong passò a esaminare le ultime pagine del diario, che coprivano l'estate e l'autunno del 1941. «Gli spregevoli invasori potrebbero distruggere ben presto il nostro laboratorio» scriveva Cheng Hai-lin. «Dobbiamo salvare il lavoro degli scienziati. Il professor Ostrander vorrebbe portare i fossili con sé negli Stati Uniti, ma teme che i giapponesi li scoprano e li distruggano. I diplomatici del suo Paese si sono rifiutati di collaborare, dicendo che è stato stipulato un accordo con il governo di Chiang Kai-shek perché i reperti restino in Cina. Come possono ancora tener fede a un simile impegno ora che siamo in guerra?»

Alla fine la stessa Cheng Hai-lin, con l'aiuto di parecchi archeologi, aveva imballato i fossili in due casse di legno, una contrassegnata con la lettera "A" per i resti dell'Uomo di Pechino, e l'altra con la lettera "B" per quelli dell'Uomo della Caverna Superiore. «Il professor Ostrander dice che questi sono i più importanti, perché dimostrano che l'uomo moderno esisteva al di fuori dell'Europa.» Sì, Hong rammentava che Peter Ostrander gliene aveva parlato. Nel settembre del 1941 la segretaria aveva scritto: «Il professor Ostrander nutre ancora qualche speranza. Il generale Chiang Kai-shek ha detto agli americani che i fossili possono essere portati via dal Paese allo scopo di essere protetti. Ora i marines li conservano in due bauletti, per poi trasferirli in un accampamento di Ching-wan-tao. Ma se non ci riusciranno i marines, probabilmente ci proverà il professor Ostrander. Prego che possa farcela, per il mio bene. Chissà se sopravviverò alla guerra?»

Per il mio bene? Quale interesse personale poteva aver avuto la segretaria nel salvare i fossili?

Il diario terminava lì. Allegata all'ultima pagina – senza firma e senza data – c'era una nota apparentemente redatta da un archivista: «I giapponesi sono entrati in guerra con gli Stati Uniti in dicembre, con il bombardamento delle loro navi a Pearl Harbor. I marines di Ching-wan-tao sono stati fatti prigionieri. Dopo questa data i fossili non sono più stati ritrovati.»

Hong posò il diario da una parte e aprì il volume rilegato di carta pergamenata. Secondo la prefazione di un archivista i vari rapporti, privi di firma e di data, erano stati raccolti nel corso degli anni in varie basi del Partito e in uffici universitari. Hong pensava che in uno di essi potesse esserci la descrizione del crollo degli scavi di Chou-kou-tien. La prima sezione trattava soprattutto delle difficoltà nel far pervenire le provviste a uno scavo archeologico dell'Età del Bronzo situato a Qian Jinggou sullo Yang-tze. I tratti di penna, apparentemente a opera di un pennino di poco conto, erano malfermi, e i caratteri non molto ben delineati, come se lo scrivente fosse stato vecchio o affetto da qualche malattia. L'annotazione era datata dicembre 1939, e mentre Hong scorreva quella scrittura tremolante aveva la sensazione di fare un viaggio a ritroso nel tempo. Nelle attuali condizioni il lavoro scientifico non può continuare. Negli ultimi mesi si è assistito a dei cedimenti anche maggiori nel Fronte Unito. Ma che razza di Fronte Unito è questo? Ci combattiamo a vicenda mentre cerchiamo di combattere i giapponesi. Il mese scorso Chiang Kai-shek ha ordinato ai suoi soldati di ingaggiare battaglia contro di noi a Pingxiang e nella provincia di Hebei. Si è trattato di attacchi estremamente ben organizzati, come se il nemico si fosse introdotto nelle nostre linee di comunicazione. Qualche settimana fa hanno distrutto la parte meridionale della nostra importantissima base di Yen-an.»

Hong si fermò. Un attacco al quartier generale comunista di Yen-an? Rilesse con attenzione il brano. Che cosa significava? Che i generali comunisti del nord avevano dato asilo a un traditore, a qualcuno che lavorava per il Kuo-min-tang? Come erano riuscite le truppe di Chiang Kai-shek ad avvicinarsi tanto a Yen-an? Il brano continuava con la stessa ambiguità, lasciando intendere senza mai dichiararlo esplicitamente che l'esercito comunista era stato tradito.

Mancavano due pagine, che evidentemente si erano staccate dalla rilegatura, e l'annotazione successiva aveva come unica intestazione «Primavera del 1941». Le allusioni a un tradimento avevano assunto un altro tono: *La cattura dei nostri soldati e l'interruzione dei lavori di scavo nella regione di An-hui danno un maggior fondamento ai nostri sospetti. Dobbiamo incominciare a indagare.*

Seguiva una lista di scienziati cinesi che erano sfuggiti alla guerra rifugiandosi in varie località della campagna. Alcuni di essi avevano trovato asilo nelle città del nord controllate dai comunisti, altri in caverne rurali attorno a Guilin, nel sud. Non si faceva menzione a nessuno scienziato straniero.

Non vi era alcun riferimento a Chou-kou-tien fino alle ultime pagine, sotto forma di una copia carbone di un'indagine ufficiale, datata luglio 1968, condotta dal Dipartimento Centrale delle Investigazioni. Da quando era finita la guerra ci erano state parecchie indagini sulla sorte delle due casse contenenti i fossili di Chou-kou-tien. Verso la fine degli anni Cinquanta la Sicurezza Pubblica aveva seguito una pista che iniziava in una ex base americana chiamata Campo Holcomb, che si era arresa ai giapponesi dopo il bombardamento di Pearl Harbor. Invano si era cercato di rintracciare Theodore Ostrander. Uno degli investigatori aveva avanzato l'ipotesi che un prigioniero di guerra americano, con l'aiuto di ricercatori cinesi impegnati a Chou-kou-tien, avesse trafugato i fossili per consegnarli ad alcuni ufficiali del Kuomin-tang. Sempre secondo l'investigatore, i reperti erano nascosti in un museo di Taiwan. Un'ipotesi piuttosto azzardata, secondo Hong. A quest'ora dovevano già essere stati esibiti. Un altro gruppo di investigatori, all'opera immediatamente prima della Rivoluzione Culturale, aveva suggerito che le casse fossero state portate al nord da ufficiali comunisti che avevano disertato, sperando di riuscire a vendere i fossili prima di rifugiarsi a Taiwan.

Quest'ultimo gruppo di investigatori, che comprendeva un viceministro della Sicurezza Nazionale, ora defunto, aveva anche tentato di trovare e interrogare Cheng Hai-lin, ma pure lei era scomparsa contemporaneamente ai reperti, apparentemente catturata e uccisa dai giapponesi.

Una pagina aggiunta, fermata con dei punti metallici sul retro del volume, rimandava il lettore alla corrispondenza personale e ai rapporti di guerra esistenti presso l'Accademia delle Scienze Sociali: «Vedere le varie relazioni redatte dagli organizzatori della lotta clandestina, dai segretari locali di Partito, ecc..., per gli anni 1932-39 e 1940-49». Seguivano i numeri delle registrazioni.

Hong sollevò gli occhi dal volume e allungò una mano per prendere le sigarette. Ne tirò fuori una e rimase a fissare il pacchetto. Due bauletti scomparsi, due persone scomparse. Sia il DCI sia la Pubblica Sicurezza avevano tentato di localizzare Ostrander e Cheng Hai-lin. Hong estrasse dalla cartella una lista di tutte le divisioni al tempo di stanza presso Pechino, e scrisse un appunto per Chan perché trovasse gli indirizzi degli ufficiali ancora in vita. «E dov'è Cheng Hai-lin?» aggiunse. «Qualcuno è riuscito a trovarla?»

Lasciò la nota e l'elenco sulla scrivania di Chan. L'idea che Peter Ostrander fosse venuto in Cina per recuperare i fossili andati perduti sembrava più credibile che mai. Tutte le prove erano a favore di quella ipotesi. Eppure, si chiedeva Hong, perché le sue sensazioni lo dirottavano verso altre soluzioni più complicate, verso un tunnel buio di cui non vedeva la fine?

La porta dell'ufficio si aprì cigolando per lasciar entrare il Piccolo Monaco.

«Assistente vicedirettore, sono in possesso dei risultati preliminari sull'indagine che mi hai ordinato di compiere.»

Un'indagine? Per un attimo Hong ebbe difficoltà a distrarre la sua mente dal diario. Che cosa aveva chiesto? «Ah, sì, gli stranieri che lavorano negli ospedali.»

Il Piccolo Monaco fissava i fiocchi grigi di cenere e i mozziconi di sigaretta che erano traboccati dal portacenere. «Lu Hong, credo che tu fumi troppo.»

«Sì, è vero. Il tuo rapporto, per favore.»

Il Piccolo Monaco si mise in posa e incominciò a recitare con enfasi. Prima di tutto, c'era una équipe di cardiochirurghi russi all'Ospedale Civile. «Tutte spie, che però non lavorano per gli americani» dichiarò.

«Una buona deduzione» commentò Hong.

«In parecchie cliniche abbiamo degli osservatori giapponesi. Si lamentano dei loro autisti e fanno un sacco di fotografie. Sono molto più sgarbati degli italiani, ma non sono spie.» Tre burocrati tedeschi facevano ricerche presso il Ministero della Sanità sulle possibilità di sconfiggere le malattie veneree. «Andando a letto con le prostitute» aggiunse il Piccolo Monaco con disprezzo. «Ho informato i quadri del Ministero della Sanità perché non li perdano di vista.»

«Lavoro eccellente» commentò Hong. «Prepara un rapporto dettagliato.»

«Fra dieci minuti incomincia una riunione sull'educazione politica. Il compagno Zhu Gang ha detto che certamente non vorrai mancare.»

Hong ebbe la tentazione di suggerire al Piccolo Monaco di far volare il compagno Zhu Gang giù dalla finestra più vicina. Guardò l'orologio, il tentativo fallito di Lin di corrompere il fratello. Avrebbe dovuto attraversare la città per procurarsi i rapporti sugli organizzatori della lotta clandestina a cui si faceva menzione nell'ultima pagina del volume su Chou-kou-tien. Ora i documenti erano sepolti in qualche anfratto dell'Accademia delle Scienze Sociali. Bastava dedicare un'ora di noia all'educazione politica, e con un po' di fortuna sarebbe potuto arrivare all'Accademia nel primo pomeriggio.

«Vai avanti senza di me» disse Hong al Piccolo Monaco. «Ti raggiungo.»

Rimasto solo, Hong ripose i diari e le buste sul fondo di un cassetto della scrivania, richiuse e armeggiò con la chiave finché non riuscì ad aver ragione della vecchia e logora serratura.

14

Gli anelli della catena

Hong fu di ritorno in ufficio solo alle tre. Alla conferenza sull'educazione politica aveva dovuto sopportare un accesso di tosse, un aumento della temperatura e un attacco di mal di pancia. Quando era stato aggredito dai crampi non era riuscito a cogliere neanche una parola sui negoziati con i vietnamiti, e comunque la sua mente era stata occupata per tutto il tempo dal pensiero di Cheng Hai-lin e Theodore Ostrander. La conferenza non era durata solo un'ora, bensì quasi due, dopo di che Hong aveva preso un'auto per farsi condurre all'Accademia delle Scienze Sociali. Aveva avuto la strana sensazione di essere seguito, di avvertire alle sue spalle un carosello di auto e moto, ma l'aveva attribuita alla sua immaginazione, al suo precario stato di salute, allo stordimento prodotto dal caldo.

I bibliotecari dell'Accademia delle Scienze Sociali erano stati più cordiali del compagno Lo, e si erano prodigati per rintracciare la corrispondenza di guerra a cui faceva riferimento la lista.

Una volta tornato nel suo ufficio, Hong chiuse a chiave la porta e sistemò i documenti sulla scrivania. Anche questi erano stati rilegati in volume, ma con delle rigide copertine di cartone; e oltre alle riminiscenze personali includevano ritagli di giornale, richieste di rifornimenti salvate fortuitamente, rapporti sui progressi nelle varie zone archeologiche del Paese. Hong aprì la copertina del primo volume, e si trovò davanti agli occhi la triste storia di quello che aveva condotto alla guerra con i giapponesi nel 1937, e infine alla grande Guerra di Liberazione. I giapponesi, ovvero "i pigmei dell'Oceano Orientale" come li chiamava l'anonimo storico, avevano violato il territorio cinese per quasi un secolo, e alla fine della prima guerra mondiale avevano sottomesso la Cina trasformandola virtualmente in una colonia. Avevano assunto il controllo del governo e dell'esercito, erano subentrati nella vecchia concessione tedesca della provincia dello Shandong, e avevano occupato la maggior parte della Manciuria. Nel 1932 erano cadute le province del nord, ed erano diventate lo stato fantoccio di Man-chu-kuo, con a capo Pu Yi, l'ultimo imperatore manciù che avrebbe occupato il Trono del Dragone, ma che in effetti era manovrato totalmente dai giapponesi.

Hong scorse velocemente i primi anni Trenta, fino a quando non si imbatté in un nuovo corrispondente, che apparentemente scriveva da una imprecisata località del sud. Shanghai era governata dagli inglesi, dai francesi e dai tedeschi. I superstiti signori della guerra feudale e i loro governi provinciali dell'ovest si erano alleati con la Russia. Quanto a Chiang Kai-shek, sembrava più interessato a domare l'opposizione comunista che non a cacciare i giapponesi.

Nei diari vi erano frequenti riferimenti a vari siti archeologici – le tombe Shang di An-yang, il Lago Tien nel Kun-ming – ma neppure uno a Chou-kou-tien. La terza parte, di nuovo una corrispondenza dal nord, riferiva dell'incidente sul ponte Marco Polo nel 1937, che i giapponesi avevano usato come scusa per dichiarare guerra a tutta la Cina. A metà anno il Kuo-min-tang era stato costretto a trasferire il suo governo più all'interno, a Chongqing, mentre i giapponesi si erano spostati a sud, massacrando chiunque trovassero sul loro cammino.

Hong si chiese dove si trovasse Sun Sheng in quel periodo, dopo la Lunga Marcia. Forse in qualche località della valle dello Yang-tze, a organizzare l'esercito, a cercare di vanificare la presa che il Kuo-min-tang aveva sul popolo. O forse era già ritornato nelle caverne di Yen-an per informare il presidente Mao?

Un quarto diario era redatto da un'altra mano ancora – questa volta, incredibilmente, era indicata una data e una straordinaria ubicazione: *Fuxian, Provincia dello Shanxi, novembre 1940*. Fuxian era situata pochi chilometri a sud di Yen-an, il quartier generale del presidente Mao e dei suoi consiglieri.

Il tono del rapporto aveva ben poco in comune con gli altri. Era il primo a essere meno preoccupato della strategia militare e più della politica della lotta comunista; e anche il primo a lasciar intendere che a Yen-an l'ottimismo era una merce preziosa e sempre più scarsa.

> La rappresaglia giapponese per l'offensiva dei Cento Reggimenti incomincia a esigere un pesante tributo. La loro campagna intesa a bruciare tutto, saccheggiare tutto, uccidere tutti, conquista i contadini alla nostra causa, ma noi soffriamo della mancanza di cibo e di armi. Questo provoca molti dissensi. I nostri capi dicono che dobbiamo aderire con maggiore forza alla "Linea della Massa". Ma sebbene ci riusciamo nei villaggi, incontriamo difficoltà con i nostri compagni intellettuali di Yen-an.

Difficoltà con gli intellettuali? Il compagno Lo dell'Accademia delle Scienze si sarebbe divertito un mondo. Il presidente Mao aveva contato sui poeti e sugli studiosi per celebrare la Rivoluzione.

E improvvisamente Hong fu colpito dalla collocazione temporale: le "difficoltà" con gli intellettuali erano incominciate dopo la campagna dei Cento Reggimenti, cioè solo pochi mesi prima che il corriere di Sun Sheng fosse fatto a pezzi dai proiettili a Tianjin.

Hong concentrò la sua attenzione. Il corrispondente da Fuxian scriveva di quelli che componevano storie, commedie, poesie e saggi in supporto alla Rivoluzione. Gli intellettuali erano identificati due volte: prima con il nome che avevano ricevuto alla nascita, poi con quello che avevano adottato. I personaggi politici e intellettuali erano vissuti con diversi nomi; la moglie del presidente Mao ne aveva adottati quattro.

Sun Sheng veniva menzionato, insieme al leader della gioventù Deng Bo; ma nell'esaminare le annotazioni relative all'inizio del 1941 Hong fu attratto da un nome che lo interessava particolarmente: Gan Chunqiao. La donna era una degli intellettuali che avevano fatto la Lunga Marcia insieme al presidente Mao, e aveva pubblicato poesie e saggi con il nome di Cui Chun. Era passato tanto tempo, più di quanto Hong potesse ricordare, da quando qualcuno aveva chiamato sua madre con il nome attribuitole alla nascita.

> La nostra grande poetessa Cui Chun sembra aver perduto la fede nella nostra Rivoluzione. Il suo racconto *Vita di un soldato* rafforza la convinzione che i nostri compagni siano corrotti e troppo faziosi nelle spiegazioni che forniscono per la loro incompetenza. I suoi personaggi mettono in discussione la giustezza della nostra causa. «La morsa d'acciaio del Partito, le richieste del Partito,» dice il soldato di Cui Chun, «lo soffocano. Come poteva essere fedele a se stesso e anche al Partito?»
>
> Cui Chun lascia intendere che i nostri capi non sono abbastanza severi con le proprie debolezze. Nel suo racconto intitolato *Nel villaggio* suggerisce che noi non siamo diversi dai capitalisti. Perché Cui Chun scrive di un ragazzo intralciato nella sua educazione da incompetenti funzionari di Partito? Cui Chun dev'essere rieducata. Deve imparare che le critiche sono opportune solo nel luogo e nel tempo giusti.

Hong si rizzò. Ricordò di aver letto *Vita di un soldato* e *Nel villaggio* quand'era più giovane, ma non li aveva mai considerati degli attacchi al Partito. Il rapporto proseguiva dicendo che lo stesso presidente Mao aveva ordinato a Cui Chun «di sradicare le sue tendenze pessimistiche. Sta già contagiando gli altri compagni con i suoi pensieri negativi, particolarmente gli intellettuali della sua cerchia, e perfino i nostri strateghi militari...».

Hong si chiese che cosa significassero quelle considerazioni. Si voleva forse alludere all'amico Sun Sheng? Lui aveva fatto parte della cerchia di Cui Chun, ed era stato uno stratega militare. Anche Sun Sheng si era preoccupato della giustezza della propria causa?

Hong era così assorto nei suoi pensieri che il telefono squillò parecchie volte prima che lui se ne rendesse conto. Era Fen Like, dal Centro delle Pubblicazioni.

«Grazie al tuo elenco,» esordì Fen «sono risalito a una identificazione. L'uomo che compare in entrambe le fotografie con Theodore Ostrander è il dottor Guo Ke, uno stimato archeologo.»

«E che mi dici della costruzione nella seconda foto?»

«L'abbiamo confrontata» rispose Fen Like. «Si trova a Guangzhou. Era sede di uffici commerciali britannici.»

«Quanto spazio manca dalla fotografia?»

«Abbastanza per due persone.»

Hong ringraziò Fen e tornò ai documenti. Il corrispondente da Fuxian riferiva che, mentre declinava l'influenza di Cui Chun, la stella di qualcun altro era in ascesa, in particolare quella del leader della gioventù Deng Bo. Hong si soffermò anche sul nome Huang Xianglin. Gli suonava familiare. In un primo tempo, quando abitava a Shanghai, la donna aveva cambiato nome per motivi di organizzazione politica. Era stata in prigione due volte, e dopo essersi trasferita a Nanchino aveva di nuovo assunto un altro nome per evitare di essere catturata dal Kuo-min-tang. Infine, nella piccola città rurale di Yen-an, era entrata nella scuola del Partito e aveva assunto una nuova identità, quella che Hong aveva riconosciuto.

Era diventata Wei Ye, e tale era rimasta.

A quei tempi anche Wei Ye era stata una tigre. Leggendo tra le righe del diario, parve a Hong che lei e parecchi altri avessero preso il posto di sua madre nel cuore del presidente Mao e dei suoi luogotenenti. Hong si piegò sulla scrivania e, in un'annotazione datata febbraio, trovò le tappe di una sua ascesa nella gerarchia del Partito. A differenza dei saggisti e dei poeti, Wei Ye era una combattente nata.

> I nostri compagni dispongono di valide spie collocate opportunamente nelle zone dell'est controllate dai giapponesi. Di recente Wei Ye ha scoperto un complotto per attaccare i rifornimenti destinati all'armata del Diciottesimo Gruppo. Un collaborazionista dei giapponesi è stato giustiziato a Baoding. Stiamo ancora ricercando una contadina nelle campagne vicino a...

Hong voltò pagina. Mancava di nuovo una parte, e la contadina era stata lasciata a ciondolare nelle campagne. Una nota manoscritta diceva che il resto del diario era andato perduto. Hong fece scorrere le dita lungo i bordi del volume. I fogli non si erano staccati spontaneamente, bensì erano stati rimossi di proposito.

Hong spinse il libro da una parte. Mai prima d'allora aveva saputo con tanta chiarezza le ragioni per cui sua madre era caduta in disgrazia a Yen-an. Gli risultava che era stata mandata in una zona più interna della campagna nel 1942, e poi richiamata solo quando il presidente Mao si era reso conto di quanto fosse utile con i giornalisti stranieri, ai quali piaceva immensamente parlare con lei. Cui Chun e suo marito erano una gran buona propaganda per la causa: erano intelligenti ed entusiasti, e si dedicavano con impegno a coltivare le loro verdure e a farsi i vestiti. Ma solo una volta durante l'infanzia di Hong, all'inizio della Rivoluzione Culturale, era stato sollevato, per sommi capi, l'argomento del ruolo degli intellettuali della prima ora. Hong era seduto presso la porta del soggiorno, ad ascoltare i suoi genitori e i loro amici discutere sulla loro storia. Ricordò che sua madre aveva rammentato al gruppo che gli intellettuali erano vincolati a sostenere qualunque cosa e chiunque il Partito ordinasse loro di sostenere. Sapevano tutti qual era la pena che veniva inflitta ai dissidenti, aveva detto Cui Chun. Nella stanza era calata un'atmosfera cupa, che non era sfuggita neppure a Hong. La conversazione si era interrotta, e tutto il gruppo aveva posato lo sguardo su Cui Chun. «L'ebanista vuole che i suoi clienti siano ricchi,» aveva detto finalmente la donna «il fabbricante di bare li vuole morti.» Aveva inteso dir loro che la politica del Partito era diventata una questione di tattica e di necessità, non di ideologia. Proprio mentre Hong cercava di raccapezzarsi, suo padre lo aveva visto origliare e lo aveva spedito immediatamente a letto.

Hong riguardò i bordi frastagliati dei fogli lungo la rilegatura. *Stiamo ancora ricercando una contadina nelle campagne vicino a...* Quando erano state strappate le pagine? E cosa contenevano?

Hong pensava alla morte di un corriere che era stato a Chou-kou-tien proprio quando Theodore Ostrander progettava insieme ai marines americani di sottrarre i fossili sotto gli occhi delle autorità giapponesi per farli uscire dalla Cina. Pensava a Deng Bo e Wei Ye, alla loro ascesa, alla simultanea scomparsa della segretaria di Chou-kou-tien, Cheng Hai-lin, e di Theodore Ostrander.

Bisognava supporre che ci fossero dei collegamenti, o lui stava cercando di creare dei legami dove non esistevano? La regola dell'Aureo Mezzo diceva: se A è vero, B non è falso.

Hong si alzò, infilò le sigarette in tasca. Guardò l'elenco sulla scrivania di Chan, tutti gli ufficiali dell'esercito della guerra, e pensò a tutte quelle coincidenze temporali. Un attacco a Yen-an, lo scontento tra gli intellettuali, il viaggio segreto di Sun Sheng, l'uccisione di un corriere...

Degli anelli così fragili, pensava Hong guardando i vecchi documenti posati sul suo tavolo, in una catena così stranamente forte.

Nel cortile si fermò presso il garage, ma poi, preferendo non lasciare tracce, si diresse verso le rastrelliere delle biciclette. L'edificio che ospitava gli archivi del Partito era a sole venti strade di distanza. Hong inforcò la bicicletta, oltrepassò il cancello, e svoltò a destra, sulla Qianmen, un grande viale con quattro corsie per le auto nel mezzo, e due per le biciclette su entrambi i lati. Per andare da un estremo all'altro della città la Qianmen era la strada più logica. Hong oltrepassò la piazza alle spalle del Mausoleo di Mao e proseguì verso la via Xuanwumen. Interi isolati di tozzi edifici residenziali arrostivano sotto il sole di mezzogiorno. Non una sola finestra denunciava la presenza di un condizionatore. Be', è risaputo che i poveri tollerano il caldo meglio dei ricchi. Forse dipende da qualcosa che hanno nel sangue.

L'Archivio del Partito, un edificio in pietra senza alcuna indicazione, poco distante dall'Ente Filatelico Cinese, era il posto ideale per Hu, il cugino di Hong. Per coltivare il suo hobby della collezione di francobolli gli bastava fare pochi passi: e ormai gli impiegati lo conoscevano così bene che gli mettevano da parte i fogli di prova freschi di stampa. Hong parcheggiò la bicicletta, la chiuse con il lucchetto, pagò il posteggio e ritirò uno scontrino. Sull'altro lato della Xuanwumen c'era un vecchio seduto sul marciapiede con un treppiede di bambù che reggeva delle gabbiette di grilli, in attesa di compratori. E intanto conversava con il suo merlo parlante chiuso in gabbia. «Fa caldo, fa caldo» strillava l'uccello. «Dammi un bicchiere di tè.»

Gli ascensori erano fuori servizio. Sbuffando e sudando, Hong salì le scale ripide che conducevano al quinto piano.

«Zheng Hu?» chiese all'impiegata di servizio.

Hu era andato a una riunione, e non sarebbe stato di ritorno per almeno due ore. Dopo aver ringraziato l'impiegata, Hong si trascinò fino in strada e si diresse al ristorante della Famiglia Zhao, appena girato l'angolo: un locale con i tavoli sul marciapiede, sotto una tenda, dove, come si era aspettato, trovò il vecchio Hu seduto a godersi una tazza di tè tiepido e un piatto di vermicelli. Figlio del fratello del nonno paterno di Hong, morto per una cancrena a una gamba durante la Lunga Marcia, Hu era un vecchio dal portamento eretto, con un perenne mezzo sorriso sul volto e un sopracciglio arcuato che gli conferiva una continua espressione di perplessità. I folti capelli si erano ingrigiti ma la pelle era quella di un giovane, liscia dalla fronte fino al mento appuntito con tanto di fossetta.

«Abitiamo a quindici minuti di strada, e non ti vedo mai» disse Hu scherzosamente, mentre Hong si avvicinava al tavolo. «Hai mangiato?»

«Non sei mai in ufficio» rispose Hong con una risata, mettendosi a sedere.

«Sono troppo occupato con gli affari di Stato.» Hu mostrò una copia della *Rivista Filatelica*. «Quei vecchi francobolli di Mao che ho comperato un paio d'anni fa adesso valgono sette od otto volte il prezzo di emissione. Credo che li venderò.» Posò la rivista e chiamò una delle figlie Zhao per farsi portare un'altra tazza da tè. «Ho saputo che tuo fratello era in città. Come gli vanno le cose?»

«A gonfie vele» rispose Hong un po' acido.

«Mi sembri malato.»

«Colpa del tempo.»

«Ho scritto a Lin perché mi procurasse una radio nuova, e lui mi ha risposto che non ci sono problemi. Proprio come ai vecchi tempi.»

«Anche agli Zhao sta andando bene» osservò Hong, sbirciando i tavoli affollati di giovani con occhiali da sole speculari, all'ultima moda, e di operai che si rifocillavano prima di iniziare il secondo turno in fabbrica.

«Due anni fa morivano di fame» disse Hu. «Per sua fortuna, Zhao si è trovato disoccupato nel momento giusto.

Ha messo su una vera azienda a carattere familiare: sua madre cucina, suo padre pulisce, la madre di sua moglie tiene la contabilità, e due figlie e un genero servono in tavola. Mi fa venire in mente che dovrei andare in pensione a causa della mia precaria salute» aggiunse Hu con un lampo da cospiratore negli occhi «e poi aprire un negozio da ciabattino. Potresti entrare in società. Diventeremmo ricchi.»

«Non sapevo che la tua salute fosse così precaria» commentò Hong con un risolino.

«Potrebbe anche diventarlo, non si può mai sapere.»

«Ma se ti metti ad aggiustare le scarpe non ti resta più il tempo per leggere le riviste e commerciare in francobolli.»

«È vero, ma avrei più denaro per comperarli.»

Arrivò la tazza e Hu versò del tè per Hong. «Comunque, non sarai venuto fin qui per far piacere a un vecchio.»

«Volevo parlarti di quello che facevi durante la guerra.»

Il sopracciglio arcuato di Hu si sollevò gradatamente. «Quale guerra?» chiese, come se ce ne fossero state a decine.

«Contro il Giappone. Dov'eri all'inizio del 1941, ad esempio?»

«Questo dev'essere un pomeriggio di fiacca al tuo Dipartimento» osservò Hu prendendo una sigaretta dal pacchetto di Hong e accendendola. «Avete così poco lavoro che alla fine della giornata te ne vieni qui a chiacchierare di storia?»

«Non esattamente» rispose Hong.

Hu strinse la sigaretta tra il pollice e l'indice, e scrutò attraverso il fumo come se Hong fosse un'immagine lontana da mettere a fuoco con un binocolo. Hu era stato di valido aiuto nel prendersi cura di Hong e Lin dopo la Rivoluzione Culturale, essendone uscito relativamente incolume. Poteva anche essere definito un semplice archivista, ma aveva degli amici al Comitato Centrale. Era in grado di aprire mille porte, trovar lavoro alla gente, accelerare o rallentare la burocrazia a seconda delle necessità. E come tutti, poteva sospettare perfino del suo giovane cugino.

«La storia ti ha sempre interessato» disse con molta prudenza. «Come del resto la botanica, e la poesia. Da bambino avevi tanti interessi.»

«A proposito della guerra...»

«Grazie al cielo, ho trascorso la prima parte della guerra a Shanghai a fare il barista al Circolo Sportivo e al vecchio Hotel Park. Prima ho servito da bere ai francesi e agli inglesi, e poi ai soldati giapponesi.»

«Non eri una spia?»

«Qualche volta, ma niente di importante. Ritagliavo i giornali giapponesi, e li mandavo a degli indirizzi diversi a Chongqing. E avevo qualche ragazzo nella lotta clandestina che lavorava per me... Ma soprattutto cercavo di star fuori dai campi di prigionia.»

In famiglia era circolata la voce che Hu avesse messo insieme una banda di monelli da strada pronti a eseguire i suoi ordini: andavano in giro per la città in bicicletta a depositare delle bombe camuffate da scatole di caramelle, a sparare ai traditori con delle Mauser rubate, ad appiccare incendi nei grandi magazzini. Qualsiasi cosa potesse danneggiare i giapponesi. Un po' di zolfo, un pizzico di clorato di potassio, una sveglia da pochi soldi, il tutto nascosto in una scatoletta di metallo, e chi avrebbe potuto sospettare un bambino di dieci anni di trasportare una bomba? Hu aveva dei ragazzi che lavoravano nelle edicole dei giornali, nei chioschi dei droghieri e nei garage, per raccogliere informazioni utili; ragazzi che portavano messaggi a Chongqing, che stampavano volantini. O per lo meno così si raccontava.

«Avevi notizie dal nord?» domandò Hong.

«Di tanto in tanto» rispose Hu.

«Allora avrai saputo degli attacchi del Kuo-min-tang contro Yen-an. E dei problemi strategici connessi con la protezione delle linee di comunicazione con la Nuova Quarta Armata.»

Hu aspirò pensieroso dalla sigaretta e chiese con indifferenza: «È una tua curiosità, o una questione ufficiale?».

«Diciamo un po' l'una e un po' l'altra cosa.»

Hu diede un'occhiata al cielo al di là della tenda. «Io vengo a sapere le cose, come puoi immaginare. Ho sentito che sei un uomo molto rispettato all'interno della Sicurezza Pubblica, e che farai carriera. Non ci vuole molto a disfare un buon nodo. Adesso abbiamo dei disordini: teppisti che aggrediscono i nostri ospiti inglesi alle partite di calcio e agli incontri di nuoto, funzionari di Partito che rubano apparecchi televisivi e importano illegalmente le automobili. I tempi peggioreranno, avremo bisogno di uomini seri e leali, e risulta difficile anche ai migliori di noi proteggere quelli che agitano le acque per i loro ristretti interessi.»

«Di che interessi parli?» domandò Hong.

«Il tuo ufficio è un setaccio che lascia passare le notizie. E come ti ho detto, io sto a sentire.»

Forzagli la mano, si disse Hong. Hu ti proteggerà come ha sempre fatto. Qualcuno ti proteggerà. Si chiedeva che cosa avesse sentito il vecchio Hu, e da chi. Da Chan probabilmente, nel suo tentativo di proteggere Hong. Si chiese anche se il vecchio Hu avesse qualche dubbio sulla morte di Sun Sheng. «Le perdite subite nel 1940 e nel 1941» disse Hong. «Il Kuo-min-tang e i giapponesi che uccidevano le vostre spie dietro le linee a Pechino e Tianjin, che cosa sai di tutto questo?»

Il sorriso di Hu si fece più aperto, gli deformò il viso; e per la prima volta Hong si rese conto che forse quel suo mezzo sorriso era il risultato di un qualche danno subìto alla mascella. Acchiappando un ciuffo di vermicelli con le bacchette, Hu lanciò un'occhiata ai tavoli circostanti. «Ho sentito che è stato un massacro» rispose con voce mite. «Un autentico caos. Le nostre truppe al nord continuavano a cadere nelle imboscate. I camion con i rifornimenti di cibo venivano fatti saltare in aria. Le partite di armi sparivano.» Hu scosse il capo. «Dei momenti veramente terribili.»

«So che era difficile far passare le lettere, ma hai mai scritto ai miei genitori, hai avuto qualche notizia da loro, qualcosa che tradisse un loro eventuale malcontento?»

Hu si affrettò a rispondere di no: per tre o quattro anni né una lettera né un messaggio, la sicurezza era troppo importante, lui era troppo prudente, troppo sorvegliato per...

Quel fiume ininterrotto di parole aveva dato la certezza a Hong che il vecchio Hu mentisse.

Hong si invitò nell'ufficio dell'anziano cugino: «Forse mi puoi mostrare qualche volume di documenti della guerra» disse con noncuranza, posando sul tavolo quaranta fen per i vermicelli e il tè.

«Li hai tolti dal tuo stipendio?» domandò Hu, senza abbandonare il mezzo sorriso. Poi si alzò e precedette Hong lungo il marciapiede che conduceva all'Archivio.

In biblioteca c'erano due registri del 1941 che riportavano i movimenti delle truppe, gli attacchi sferrati, le battaglie perdute.

Hong rammentò la conversazione che aveva avuto con l'assistente di Sun Sheng, e si frugò nella memoria per ricordare il nome del ragazzo: Jin. Che cosa aveva detto Jin? ... *Carte sul pavimento, sulla scrivania, sugli scaffali, tutte sulla guerra di Liberazione. Lui non leggeva, faceva delle ricerche... Aveva delle documentazioni su vecchie campagne militari e su controversie politiche, e studiava molto, come se fosse un rapporto interno dei giorni nostri...* Sun Sheng aveva rovistato intere scatole di documenti, in cerca di qualcosa. Forse di qualche piano?

Hong abbassò gli occhi sul volume aperto sopra la scrivania di Hu. Forse era possibile controllare dov'era la gente, e quando si erano verificate le perdite. Qualcuno poteva averlo già fatto, per cercare di scoprire un traditore in quei vecchi libri polverosi? Gli comparve davanti agli occhi il viso di Sun Sheng. È una lunga strada buia, vero, Sheng? Ti hanno ucciso mentre percorrevi questa strada?

Continua così, si esortava Hong. Continua a credere che sei sulla pista giusta e non lasciarti spaventare da nessuno.

«Qualcun altro ha esaminato questi documenti di recente?» domandò.

«Non sono mai usciti di qui» rispose Hu.

«Lo faranno adesso.» Hong li infilò nella sua cartella di plastica nera, vuota tranne che per il rapporto sul Vietnam della riunione sull'educazione politica, che fece scivolare dentro uno dei volumi.

Il vecchio Hu prese la cartella, e per un attimo Hong pensò che volesse tirar fuori i libri. Invece Hu gliela restituì dicendo: «Plastica. Se tu lavorassi qui, potresti averne una di stoffa o di pelle di cinghiale».

«Se lavorassi qui, morirei di noia.»

«Tutti moriamo di qualche cosa» rispose il cugino Hu.

Non aveva senso andare a casa. Aveva appena il tempo di pedalare fuori della città occidentale, prima di andare da Min e Boda, dov'era atteso per il pranzo, e dove avrebbe espresso il suo apprezzamento da ignorante sulle sculture di Boda. Si frugò in tasca e diede lo scontrino all'anziana donna che sorvegliava il posteggio di biciclette, poi andò a ricuperare la sua Phoenix scalcagnata e fissò la cartella al portabagagli. Nel parcheggio affluivano numerosi gli impiegati che lasciavano il lavoro.

Si era appena immesso nella strada quando gli si fermò accanto una fiammante Bandiera Rossa, e una testa si sporse dal finestrino.

«Vai in direzione ovest? Ti do un passaggio.» Era il viceministro aggiunto alla Difesa Deng Bo. «Hai già mangiato?»

Hong rispose che andava verso est, ma Deng insistette per dargli un passaggio. «Fa caldo, su, metti la bicicletta nel bagagliaio.» Prima che Hong potesse rifiutare, l'autista saltò fuori veloce come un coniglio, afferrò la bicicletta e la infilò nel baule. Si spalancò la portiera posteriore, e Hong vide qualcun altro seduto dietro: un tizio dal viso tondo, con l'aria ben pasciuta e delle vistose borse sotto gli occhi che gli conferivano un aspetto vagamente primitivo. Era facile credere che fosse disceso da una scimmia. In grembo aveva un curatissimo cucciolo bianco di razza samoieda.

«Tu non conosci il nostro stimato viceministro Hsu Shao» disse Deng appena Hong fu salito in macchina. «Questo è Lu Hong, assistente vicedirettore della Sicurezza Pubblica, un uomo temuto dai criminali e dai revisionisti dovunque sia noto il suo nome.»

«Cioè in non molti posti» rispose Hong. «Lieto di conoscerti. Che bel cane» aggiunse, chiedendosi che cosa sarebbe accaduto se lui avesse dovuto farlo catturare ed eliminare. Un altro elemento per le statistiche.

«È di mia moglie» spiegò il viceministro vezzeggiando l'animale. «Sono andato a prenderlo dal veterinario.» Si spostò sul sedile per fare spazio al nuovo venuto. «Tuo fratello gode di una grande reputazione alla Difesa. Possiamo contare su di lui per il rifornimento di pezzi di alta qualità.»

La limousine si era diretta verso nord, dopo aver oltrepassato la stazione della metropolitana di via Xinhua.

«Credevo che andaste in direzione est» osservò Hong. «Io ho un appuntamento.»

«Ma ti fermerai un attimo con noi, vero?» disse Deng.

Non era una richiesta. L'autista rallentò per svoltare in una strada stretta e alberata, e fermò l'auto lungo il marciapiede. Il viceministro scese e Deng spinse delicatamente Hong perché facesse altrettanto. Salirono gli scalini di una piccola casa a schiera simile a tante altre, tranne che sulla porta c'era un solo campanello. Una sola famiglia viveva in quell'edificio? Impossibile. Il viceministro suonò il campanello con un gesto teatrale, tenendo il dito sospeso sul pulsante prima di premerlo e volgendosi verso Deng Bo con un'occhiata ammiccante. Si aprì uno spioncino, e un attimo dopo sulla soglia comparve una donna snella in tunica di seta nera con il collo alto, illuminata dalle luci sfolgoranti di un lampadario di cristallo a cascata.

Il corridoio centrale aveva la moquette color rosso vivo, e le pareti costellate di specchi molati. Proprio di fronte alla porta c'era un banco, con dietro un cuoco che serviva piatti di anatra fredda a fette, pomodori al vapore, bottiglie di acqua minerale Laoshan e di vino marca Pechino. In enormi vasi di porcellana bianca erano disposte rose e azalee, e su entrambi i lati del corridoio si aprivano dei salottini quadrati, immersi nel fumo azzurrino delle sigarette e decorati con lunghe pergamene.

Da lontano Hong sentì il ticchettìo inconfondibile delle tessere da mah-jong, e subito dopo vide, in una rientranza sotto le scale, un cassiere che cambiava fasci di banconote con gettoni rotondi di plastica.

«Spero che non vorrai arrestarci» disse in tono gioviale il viceministro mentre affidava il cagnolino a un domestico. No, pensò Hong, ma potrei arrestare il tuo cane.

Sbirciò dentro il salottino a nord, dove si stavano svolgendo in silenzio delle partite a Quaranta Punti e Cielo Nove. Sembrava di trovarsi in un tempio buddhista: vi regnava un'atmosfera di riverenza, se non proprio di santità. Mancava solo l'incenso, sostituito in qualche modo dal fumo delle sigarette. E dire che abbiamo combattuto per sradicare tutto questo, pensò Hong, e la gente ha dato la vita per porre termine a questi eccessi. Ciò nonostante gli piaceva quell'ambiente, con i bei tappeti, il buon cibo e le luci discrete che disperdevano il chiarore lunare. Un cameriere di passaggio gli offrì un piatto di anatra con salsa e focaccine, e suo malgrado Hong lo accettò. Ai tavoli da gioco, coperti di panno verde su cui erano fissate le carte, c'erano delle ragazze con abiti attillati di broccato rosa che tenevano in mano una ciotola con tre dadi. Gli uomini ai tavoli posavano i gettoni sulle carte, e le ragazze scuotevano i dadi due volte, li rovesciavano sul tavolo, raccoglievano i gettoni di chi aveva perso e pagavano le vincite.

«Tu giochi?» domandò sommessamente Deng rivolgendosi a Hong.

Se avesse risposto no, sarebbe parso scortese e rozzo. Se avesse risposto sì, si sarebbe lasciato coinvolgere in un reato. Così non disse niente.

«I nostri quadri lavorano sodo e hanno bisogno di rilassarsi un po'» proseguì Deng. «Lo stesso vicepresidente è un giocatore accanito di bridge. Viene qui di frequente. È stato lui a costruire questo posto.»

Hong aveva sentito muovere accuse del genere durante la Rivoluzione Culturale: che i leader di partito dirottavano il denaro per costruire delle case da gioco, che i segretari portavano documenti ufficiali ai tavoli di bridge per farli firmare agli alti quadri. Hong si guardò intorno e riconobbe alcuni visi di membri del Comitato Centrale che aveva visto in televisione durante il processo alla Banda dei Quattro. Probabilmente erano tutte vere quelle voci sull'appropriazione indebita di fondi dello Stato.

Deng stava ritirando un bel mucchietto di gettoni neri dal cassiere. C'erano due posti vacanti ai tavoli di Cielo Nove, ai due capi opposti, e Deng condusse Hong verso quello più vicino.

«Siediti e gioca. Tieni, qui ci sono dei gettoni. Valgono cinque yuan ciascuno.»

Hong lanciò un'occhiata al tavolo di Quaranta Punti, un gioco che lui conosceva. «Se proprio si deve giocare d'azzardo,» disse «è meglio farlo con qualche cosa che richieda intelligenza e bravura.»

«Forse che nella vita non giochiamo d'azzardo in continuazione?» domandò Deng facendo scorrere un'unghia sul bordo dei suoi gettoni. «E spesso non è meglio aver fortuna che bravura?» Si allontanò per andare a prendere posto all'altra estremità del tavolo. Hong si mise a sedere e gettò una fiche da cinque yuan sulla carta che aveva davanti, un nove. Furono lanciati i dadi e uscirono tre, tre e tre. Niente male. Deng aveva puntato sull'otto, aveva perso e aveva scelto l'undici. Hong lasciò la sua vincita sul nove, aggiunse una fiche, e i dadi rivelarono un sei, un due, un uno. Il nove si rivelò vincente ancora alcune volte, e Hong si sentì incoraggiato a tentare un'altra giocata più impegnativa. Spinse le fiche sul quindici, e ne aggiunse altre tre. I dadi segnarono sei, sei, tre. Un conto era avere fortuna e abilità, pensò Hong, ma in questo caso non c'entravano né l'una né l'altra. Puntò altre fiche sul quindici, oltre a lasciare la vincita, e uscirono un sei, un cinque e un quattro. Gli altri giocatori guardavano divertiti.

«Che cosa ci si può aspettare dalla Polizia?» disse uno degli spettatori con una risatina e un sussurro abbastanza forte da essere udito.

Hong sentiva gli sguardi dei presenti, la loro attesa per quello che lui avrebbe fatto. Spinse tutte le fiche che aveva sul quindici, oltre a lasciare la vincita, e i dadi rivelarono tre cinque. In quindici minuti cento yuan si erano trasformati in seicentocinquanta, più del suo stipendio di tre mesi. Hong si alzò e portò le sue fiche al cassiere.

«Hai una fortuna sfacciata» disse Deng alle sue spalle.

«Piovuta dal cielo» rispose Hong senza voltarsi, e Deng scoppiò a ridere sonoramente. Hong intascò la vincita, se tale si poteva chiamare, e porse a Deng dieci banconote da dieci yuan per ripagarlo delle fiche iniziali. Adesso che ho preso il suo denaro, pensava Hong, tenterà di riscuotere. Deng lo dirottò verso un salotto sul retro della casa, e si sedettero su un divano imbottito, come se fossero i consiglieri dell'imperatore.

«L'arte occidentale è decadente» stava dicendo un giovane funzionario. «Nudi, astrazioni, troppo colore.»

«Non solo l'arte, anche il concetto dell'economia. Prima che ce ne possiamo rendere conto, avremo gli operai in sciopero.»

«I lavoratori degli alberghi» aggiunse il primo. «Negli hotel a partecipazione straniera vengono pagati tre volte di più di quelli che lavorano negli alberghi di proprietà dello Stato. Una brutta situazione, che dobbiamo modificare con tutte le nostre forze. A nessuno piace servire, è un concetto feudale, ma tu prova a strapagarli e vedrai. Avremo un'intera classe di reazionari che pretendono solo dei salari più alti.»

Parassiti, maiali, fannulloni. I lavoratori degli alberghi erano inginocchiati a lavare i pavimenti mentre loro se ne stavano seduti a bere birra. I reazionari non morivano mai, prosperavano negli uffici del Partito come tanti piccoli scarafaggi. Hong si chiese con quanta forza li avrebbe combattuti se le armi fossero state i fucili, non le parole.

«Come vanno le indagini sull'americano?» chiese Deng.

«Procedono» rispose Hong.

«Probabilmente si tratta di un nemico dello Stato» commentò Deng. «Ma del resto ci sono nemici dello Stato dovunque.»

«Magari anche in questa stanza.»

Deng atteggiò il volto a un sorriso tirato, e quando parlò lo fece con la voce soddisfatta e trionfante di un oratore del Partito: «Molto bene, molto bene. Tu stai sempre all'erta. Hai scoperto cosa vuole Ostrander?».

Deng aveva assunto un atteggiamento da buffone, ma era solo come se avesse indossato il costume di un clown, e lo portasse con voluta negligenza, con la palese intenzione di *non* ingannare nessuno.

«Il proposito di Ostrander è lampante» disse Hong con noncuranza, come se una qualsiasi persona avesse già capito da sé. «È qui per rubare i risultati delle nostre ricerche.»

«Davvero?»

«È evidente» rispose Hong. «L'ospedale sta facendo delle ricerche sui bambini paranormali. Ci possono essere delle implicazioni nell'ambito della Difesa, se certi bambini possono configurare nella loro mente delle remote installazioni militari. Ostrander è qui per rubare i risultati di questa ricerca.»

L'idea era così assurda che Deng non poté fare altro che un cenno col capo. Hong si alzò, disse che era in ritardo per un altro appuntamento, e si diresse verso la porta. Deng offrì la sua auto, ma Hong rifiutò. «No, grazie, prenderò la mia bicicletta.»

L'autista scaricò la Phoenix dal bagagliaio. Hong guardò la sua cartella e notò la chiusura lampo parzialmente aperta. Ricordava di averla chiusa quando aveva lasciato l'ufficio del cugino Hu. Hong si voltò a guardare Deng, che gli sorrideva dalla veranda, poi montò in bicicletta e partì. Poter conoscere il contenuto di una cartella valeva cinquecentocinquanta yuan?

All'angolo si fermò e la aprì: il rapporto sul Vietnam era trasmigrato dal fondo del secondo volume alla metà del primo.

Risalì in bicicletta e pedalò in direzione est. Aveva percorso appena due isolati quando alla fioca luce dei lampioni a forma di tulipano vide brillare davanti a sé un'asta di metallo. Frenò, cercò di fermarsi, ma troppo tardi. Dai cespugli sporgeva un lungo palo. Si chinò, ma fu colpito duramente sulle spalle, e andò a sbattere con il ventre contro il manubrio. La bicicletta barcollò, Hong grugnì e pedalò forsennatamente per restare in equilibrio, ma le ruote slittarono e lui sentì storcersi la gamba sotto il telaio prima di cadere sul marciapiede.

Gli furono addosso in un attimo, a frugargli nelle tasche e a tenerlo inchiodato al suolo. Si sentì colpire al braccio da un oggetto di legno.

«Ladri!» gridò. «Gentaglia!»

Una mano gli tappò la bocca, gli coprì gli occhi. Lui si dimenò e incominciò a scalciare, ma non riuscì a liberarsi. Gli sembrava di avere addosso una dozzina di mani. Un pugno si abbatté sul suo stomaco, un braccio gli agganciò il collo, e gli parve che gli staccassero la testa. Chiuse e riaprì gli occhi per il dolore, e vide fluttuare sul suo capo un fascio di banconote e di fogli marrone. Maledizione, quei furfanti dovevano essere al corrente della casa da gioco, e si erano appostati in attesa di qualche idiota fiducioso.

«Teppisti» gridò, e fu immediatamente ripagato con un tacco di stivale piantato nell'inguine, e poi da un altro, e da un altro ancora.

Quando si riprese se n'erano andati, facendo risuonare il marciapiede dei loro passi frettolosi. Hong si rimise faticosamente in piedi, si strofinò il capo, e riuscì solo a scorgere delle forme indistinte che salivano su un'auto. Cercò gli occhiali in tasca, li trovò miracolosamente intatti, e li inforcò. La vettura era un vecchio camion 212, o forse era nuovo, il modello non cambiava mai: era verde e aveva un fanalino rotto.

Ladri da strada che si servivano di un camion?

Hong cercò di correre verso l'automezzo, ma le sue gambe si rifiutarono. Strizzò gli occhi per individuare la targa: il prefisso era 31, quello di Pechino, ma gli altri numeri stavano scomparendo nella notte. Pechino era una città buia, di notte diventava grigia e triste, come se si nascondesse a se stessa.

Quei bastardi di teppisti! Derubare un funzionario nel cuore della città! Era un crimine, un insulto, un'aggressione allo Stato. E da quando, si chiese Hong con la mente confusa, io sono un difensore dello Stato? Piegò le braccia, e, a parte un dolore lancinante dov'era stato colpito dal bastone, non riscontrò nessun altro danno. Si palpò delicatamente tutto il corpo, passò il palmo contuso sulle ginocchia, un dito esitante lungo le costole. Aveva un graffio sul mento, una sorda sensazione di nausea, ma apparentemente nessun osso rotto. La gamba sinistra dei pantaloni era a brandelli, e lungo il polpaccio sentiva scorrere rivoli di sangue.

Si trascinò fino alla bicicletta. Il manubrio era ammaccato, e dall'impugnatura era saltato via un frammento di gomma, ma le ruote erano intatte. La sua solida vecchia Phoenix sopportava meglio di lui di essere maltrattata. La spinse avanti e indietro, e le ruote si mossero scorrevoli come sempre.

I camion erano di proprietà dell'esercito, pensò, o forse di un ente produttivo che avesse la necessità di trainare dei rimorchi. Comunque, non appartenevano certo a dei teppisti qualunque. Si avviò verso la Qianmen, spingendo la bicicletta, e solo dopo aver fatto qualche passo vacillante si rese conto che l'equilibrio del veicolo non era perfetto. Non aveva abbastanza peso.

Mancava la cartella, e con essa i due volumi sulla guerra.

Hong pensò a quello che aveva detto Ru sulle possibilità di procurarsi il diario di Ostrander: *Avrei potuto farlo buttar giù dalla bicicletta. Magari di notte. Uno spiacevole incidente a opera di qualche cattivo soggetto, di un paio di delinquenti da strada.* E poi Hong rammentò l'aggressione a Yao Yilin, a Tianjin. Ma a Tianjin avevano cercato di uccidere, mentre questa volta avevano solo voluto procurarsi delle informazioni.

Il rapporto sul Vietnam non era importante, e in un certo senso non lo erano neanche i due volumi. Si chiese se avrebbe trovato un traditore tra le loro pagine. Forse, ma era molto significativo sapere che c'erano degli altri curiosi di scoprirlo.

In effetti, proprio l'assenza dei due volumi sulla guerra era l'elemento chiarificatore. Di nuovo Hong ebbe la curiosa sensazione, la stessa che aveva provato all'Archivio del Partito, di ripercorrere la pista che qualcuno aveva battuto prima di lui. E ora qualcun altro, che non si preoccupava di far perdere le sue tracce, stava seguendo la sua stessa pista.

Che cosa stanno cercando, vecchio Sheng? Perché ti hanno ucciso? Che cosa avevi trovato?

15

Si incoraggia l'ambiguità

La via Dongzhimen era un disastro. Abbastanza da piangerci sopra. Dal fango spuntavano grossi condomini grigi e rosa. Un campetto da gioco dava accesso a un ammasso di cemento dipinto chiamato Hotel Huadu, destinato ai soli stranieri, delimitato dalla parte della via Xinyuan da spuntoni che sbucavano dal suolo come insetti preistorici. Il Centro delle Esposizioni Agricole, con tanto di cupola e colonne, che un tempo era stato il tempio costruito da un architetto russo in mezzo al verde, se ne stava ingloriosamente avvolto da nubi di polvere a contemplare la marcia del progresso. Che cosa stavano facendo al volto della sua città? Lo massacravano fino a gettarlo nell'oblio.

Hong salì le scale che conducevano all'appartamento di Boda e Min, con il corpo e il cuore stanchi. Non parlava con il suo amico dal giorno in cui aveva chiamato dall'ufficio postale per favorire l'assenza di Hong dalla riunione della sua divisione. Quando giunse al terzo piano, Hong sentì il rombo di un aereo appena decollato dall'aeroporto di Pechino, e per un attimo, nello spazio tra due scalini, si sentì sollevare e portar via. Chissà dove andava l'aereo. In qualsiasi posto, si scoprì a pensare, portami in qualsiasi posto. Bussò, e sulla porta comparve Boda.

«Eravamo preoccupati, sei in ritardo» disse il suo amico; e appena si accorse dei pantaloni insanguinati e del graffio sul mento, gli afferrò un braccio ed esclamò: «Cosa è successo? Entra, mettiti a sedere!».

«Ho avuto un incidente. Il maledetto autista di un camion dell'esercito mi ha tagliato la strada.»

Min, con addosso ancora il camice bianco da medico, accorse sulla porta trascinandosi dietro la figlioletta Shaojia.

Min lavorava molto spesso fino alla sera tardi in clinica, e il suo bel viso ovale mostrava i segni di una vita piena di preoccupazioni. Si chinò a esaminare la gamba di Hong. «Accidenti a quegli sciagurati dell'esercito. Sono sicura che non si sono neppure fermati.»

«Infatti» confermò Hong.

La donna andò a prendere in bagno un asciugamano e dell'alcol, fasciò le escoriazioni con delle bende di garza, poi si rizzò a guardare Hong. Gli toccò la fronte.

«Hai la febbre.»

«Ho avuto il raffreddore.»

Min aggrottò le sopracciglia. «Vuoi prenderti una polmonite estiva? Sei un essere impossibile. Torna fra qualche giorno, e ti porterò qualcosa dalla clinica.»

«Hai cambiato pettinatura» disse Hong, notando una novità nell'acconciatura che assecondava la forma del suo viso. «Stai benissimo.»

«Via, non adularmi» rispose Min, abbassando il capo con il pudore di una ragazzina.

Quando la moglie se ne fu andata in cucina, Boda condusse Hong presso il suo tavolo da lavoro. «E così,» disse con impeto «dopo le Quattro Modernizzazioni avremo le Cinque Dissacrazioni: l'arte, l'umanità, l'architettura, il lavoro e la casa. Poi avremo le Tre Chiarificazioni, le Sette Distruzioni, e chissà che altro ancora.» Era palesemente di cattivo umore. Tirò Hong accanto a sé e gli sussurrò: «Mi dici cosa significa quella telefonata? Aveva qualcosa a che fare con la morte di Sun Sheng, non è vero?».

«Preferisco non parlarne» rispose Hong.

Boda fece una smorfia. «D'accordo, ma sta' attento.» Prese in mano uno dei suoi strumenti per modellare la creta. «Com'è andata la gita a Beidaihe? Come sta Yamei?»

«Non me ne parli in presenza di Min, vero? Lei continua a non approvare.»

«Min è molto affezionata a Shen Kuang, e Yamei è... be', è...»

«Giovane» aggiunse Hong.

«Sì, giovane.» Boda si volse e disse rivolto alle finestre: «Min è incinta».

Hong si sentì mozzare il respiro in gola. Una contadina

poteva anche farla franca con un secondo figlio, ma in città...

«Da quanto tempo?»

«Sette settimane. Non riesco proprio a capire. Usiamo la pillola.»

«Cos'ha intenzione di fare?»

«Min abortirà, naturalmente. Se io guadagnassi di più, magari potremmo affrontare le penali e avere ancora abbastanza denaro per sfamare un'altra bocca, ma stando così le cose...» La voce di Boda si perse in una nota dolorosa.

«Mi dispiace» disse Hong. In cucina la bambina stava piangendo.

«Tu sei fortunato. Se ti risposi, puoi avere un altro figlio. Un po' di prezzo da pagare, eh? Forse dovremmo avviare una nuova campagna: "Uno e basta, ma se divorzi puoi averne due". Potremmo dar vita a un movimento.»

«Tu e Min siete ancora abbastanza giovani» osservò Hong. «Forse cambierà la politica demografica, e tra qualche anno...»

Sapevano entrambi che, indipendentemente dai cambiamenti, la politica del figlio unico sarebbe durata per sempre. Boda si limitò a stringersi nelle spalle e a posare la mano su una grande scultura in creta, delle sottili ramificazioni che partivano da una colonna centrale. «La mia ultima creatura. Cosa ne pensi?»

Sembrava un albero morto. O un danzatore. O un prigioniero torturato che gridava il suo dolore.

«Interessante» commentò Hong, rendendosi conto che effettivamente vi si poteva scorgere quello che si voleva. Era quello il problema dell'arte non approvata ufficialmente: che favoriva l'ambiguità.

Boda toccò il braccio del suo amico. «Non deve piacerti per forza. Ma ti dirò cosa rappresenta: una donna che danza sul ritmo di una musica che solo lei può sentire. Ascolta» aggiunse, accendendo il registratore. Si diffuse il canto di un flauto. Boda chiuse gli occhi pensieroso. «Il secondo quartetto per flauti di Mozart. Composto per dei regnanti. Pagavano gli artisti perché facessero tutto quello che si sentivano di fare.»

Dalla cucina arrivò Min con il tè. «Allora le cose andavano meglio sotto l'imperatore» disse con un certo sbigottimento. «Il pranzo è quasi pronto. Va' a chiamare Nai-nai, per favore.»

La madre di Boda, che viveva con loro, era andata al piano di sotto a chiedere in prestito un tegame. Min chiuse la porta dopo che il marito fu uscito e si volse verso Hong, che si affrettò a dire: «Non è felice».

Le cose non andavano bene, ammise Min. La sorella di Boda aveva perso il lavoro in una fabbrica di frigoriferi in seguito a una nuova politica produttiva. «Vogliono lo spazio destinato al dormitorio per farne un'altra fabbrica, e può darsi che lei debba venire a stare con noi. Chi avrebbe mai immaginato che potessero accadere cose simili? La gente che perde il posto di lavoro?»

Hong annuì. Fino a pochi anni prima, nessuno doveva preoccuparsi per il posto di lavoro.

«E poi Boda non vende molto» proseguì Min. «Non vengono neppure più a dare un'occhiata quelli delle ambasciate straniere. Potevamo contare su cinquanta o sessanta yuan al mese. Ma veramente non è il denaro che lo preoccupa. È il pensiero che nessuno vedrà mai quello che fa.» Come se non bastasse, aggiunse Min, un suo vecchio amico d'infanzia, un ingegnere inviato in Francia nel quadro degli scambi scientifici, aveva deciso di non ritornare più, lasciando la moglie e due figli. La notizia era stata tenuta segreta.

Hong accolse quell'informazione con calma apparente, ma in effetti era spiacevolmente sorpreso all'idea che la notizia non gli fosse giunta al Dipartimento di Polizia. Si chiese quale tormento avesse accompagnato una simile decisione, come un uomo potesse abbandonare la moglie e i figli.

«E a te,» disse Min con improvvisa durezza «che cosa sta succedendo? Hai delle responsabilità, hai un figlio.»

Hong le rivolse uno sguardo del tutto inespressivo.

«Boda mi ha detto di Sun Sheng» aggiunse Min in tono grave. «E anche Chan me ne ha parlato. Come puoi essere così stupido? Credi che i *tuoi* genitori, con due figli, avrebbero corso rischi del genere?»

Forse li avevano corsi, pensò Hong. Forse proprio gli stessi. Cercò di spiegare il suo punto di vista a Min, i motivi dei suoi sospetti, ma lei non ebbe la pazienza di ascoltarlo.

«So che gli volevi bene,» gli disse in tono di comprensione «ma era vecchio.» Abbassò gli occhi a guardare i propri pugni, stretti in un gesto di frustrazione.

Si aprì la porta, ed entrò Boda con la madre. Min si alzò e si diresse verso la cucina. «Sapete cosa facciamo stasera?» annunciò. «Ci concediamo un bicchiere di vino, mangiamo e beviamo senza pensare alla politica.»

Aveva l'aria di credere che fosse una cosa possibile. E magari lo era, anche solo per una sera.

Parte Terza

«Per conoscere veramente un uomo,
bisogna conoscere i suoi ricordi...»

16

Il dottor Guo Ke

Che posto meraviglioso in cui vivere, pensava Hong, se si era vecchi abbastanza per aver un tempo posseduto una casa in un posto come quello, e se si era stati abbastanza in gamba da conservarla. Uscì dalla metropolitana in via Andingmen e si avviò verso il Fossato della Città Vecchia. A parte la breccia nel muro apertasi durante il terremoto del '76, in attesa paziente di essere riparata come un bambino che nessuno ama, il quadrante nord della città dava l'impressione che vi abitassero ancora i dotti dell'imperatore. L'archeologo dottor Guo Ke, identificato da Fen Like come l'uomo della fotografia con Theodore Ostrander, era vissuto lì, nella sua casa a un piano in mattoni grigi, prima della Liberazione; se n'era andato durante l'occupazione giapponese, era tornato dopo la Liberazione, se n'era di nuovo andato durante la Rivoluzione Culturale, per far ritorno un'altra volta dopo la riabilitazione. Secondo il suo dossier l'ultima assenza era durata quattro anni, durante i quali era stato mandato in una comune di Sichuan a raccogliere ortaggi. Nel bussare alla porta, Hong si preparò per un'ardua prova. I vecchi avevano solo cattivi ricordi.

Si aprì la porta e comparve un uomo alto e con la barba, che teneva in mano una copia di giornale: l'immagine vivente dell'intellettuale. Si chinò e strinse gli occhi per leggere il documento di identità di Hong attraverso la metà inferiore delle sue lenti bifocali.

«Compagno Lu Hong, da... dalla Sicurezza Pubblica» disse il dottor Guo, rizzandosi. «Che onore! Sono molti anni che non ho il piacere di una visita ufficiale.»

Le visite ufficiali dovevano essere state tutt'altro che felici, a giudicare dal tono sarcastico. La porta si aprì di più.

Hong prese visione dell'arredamento stile Impero: lunghi divani color marrone rossiccio, tappezzerie di seta. In fondo a un grande atrio, una donna anziana in pantaloni neri e giubbotto bianco ricamato era sparita dietro una tenda. Io sono qui a portare degli altri cattivi ricordi, pensò Hong. Tutti corrono a nascondersi.

«Gli scavi di Chou-kou-tien?» disse il dottor Guo dopo che si furono sistemati in soggiorno con davanti una tazza di tè. Si accarezzò la folta barba grigia. «È successo tanto tempo fa. Temo di non ricordare molto di quel periodo.»

«Conoscevi bene Ostrander?»

«Si può conoscere bene qualcuno?» rispose il dottor Guo con garbo.

«Sono io quello che fa le domande» disse Hong.

«Capisco. Forse avresti dovuto seguire la procedura e portare con te un funzionario locale. Dovresti chiedere che ti mandino qualcuno della sezione di Sicurezza Pubblica o del comitato di quartiere.»

«Questa è un'indagine speciale. Te lo chiedo di nuovo: conoscevi Ostrander?»

«A mala pena.»

«Un uomo che ha lavorato con te per... quanto tempo? Quattro anni? E tu lo conoscevi a mala pena?»

«Il nostro grande capo, il presidente Mao, era un mio quarto cugino» rispose paziente il dottor Guo, come se avesse dovuto spiegare il sole a un fiore. «Eppure non conoscevo bene neppure lui. In effetti, quando mi hanno mandato in campagna, i contadini si sono fatti l'idea che io fossi particolarmente malvagio, altrimenti il presidente mi avrebbe risparmiato.»

Si sentì un rumore sordo nell'atrio. Il dottor Guo si voltò verso l'arco aperto e la vecchia signora, che fino a quel momento non aveva mostrato il viso, entrò nella stanza.

Il dottor Guo tese una mano. «Ti prego, mia cara, resta dentro.»

«Chi è?» domandò la donna con una certa asprezza e con il viso corrucciato. «Che cosa vuole da noi?»

«È un funzionario della Sicurezza Pubblica, e non vuole niente. E ora, ti prego...»

La vecchia signora agitò un dito davanti alla faccia di Hong.

«Vai via! Lasciaci in pace! Ne abbiamo già passate troppe!»

Il dottor Guo si alzò, le circondò le spalle con un braccio, e la scortò fuori dalla stanza, con l'accompagnamento di insulti borbottati tra i denti dalla vecchia signora. Hong, massaggiandosi il braccio dolente, si avvicinò alle finestre allineate sul fondo della stanza. Nel giardino ombreggiato da un pergolato da cui pendevano grappoli di turgida uva verde, il dottor Guo stava porgendo alla moglie una piccola pala da giardinaggio. La luce del sole che cadeva su di lei a chiazze rivelò l'autentica follia che devastava il suo viso.

Quando il dottor Guo fu di ritorno, Hong riprese il suo interrogatorio sui soliti temi: Ostrander, gli scavi di Chou-kou-tien, la scomparsa dei reperti. Il dottor Guo lo ascoltò impassibile.

«Voi rappresentate tutto quello che non va nel nostro Paese» disse rivolgendo a Hong uno sguardo malevolo. «E dire che siete voi l'ossatura della Cina. Sparate a un ladruncolo, ma date i posti di lavoro ai vostri familiari e ai vostri amici. Sparisce il vostro vicino, e voi vi dimenticate anche del suo nome, come se non fosse mai esistito. E vi definite persone d'onore.» Incrociò le braccia, sollevò il capo lanciando uno sguardo di fuoco verso il basso. «Torna pure in ufficio a fare il tuo rapporto. Di' loro che sono un cattivo elemento. Di' loro ciò che ti pare. Io non sono disposto ad aiutarti.»

Hong era sbalordito da quella tirata, del tutto sproporzionata a un'indagine su avvenimenti così lontani nel tempo. «Le domande sono semplici,» disse «e le tue risposte non faranno del male a nessuno.»

«C'è sempre qualcuno danneggiato da quello che fate.»

«La vostra segretaria è scomparsa. Una donna di nome Cheng Hai-lin. Dove pensi che sia andata?»

«Non ne ho la minima idea» rispose il dottor Guo con fermezza.

«Cosa credi che sia successo ai reperti?»

«Forse li hanno gettati via i giapponesi. Forse sono stati rubati. Forse sono stati nascosti e perduti.»

«Da chi? Da Ostrander?»

Qualcosa negli occhi del dottor Guo, un lampo veloce, attrasse l'attenzione di Hong, e questa volta la risposta venne con minor forza. «Ostrander era uno scienziato.»

«Questo non significa che non fosse anche un ladro.» Hong si frugò in tasca, e solo a costo di alcune fitte dolorose riuscì a trovare una sigaretta. Ogni criminale vuole parlare, riempire l'aria vuota, non fosse altro che per protestare la sua innocenza. Ma il dottor Guo rimase in silenzio. «Apprezzavi Ostrander?» chiese ancora Hong.

«Ti ho già detto che lo conoscevo appena.»

«Ha rimandato negli Stati Uniti la moglie e il figlio, e poi è sparito anche lui. Dov'è andato?»

«Forse avrà cercato di salvare il frutto del nostro lavoro» rispose il dottor Guo. «Magari avrà preso una barca e sarà annegato in mare.» L'archeologo si alzò e attraversò la stanza per avvicinarsi agli alti scaffali pieni di libri. Tirò fuori un volume piuttosto sottile. «Una volta me li hanno rubati, tutti. Ne hanno bruciato la maggior parte. Questo dovresti riconoscerlo.» Con le mani ossute spinse la copertina verso Hong: «*Nel villaggio* di Cui Chun. L'ha scritto tua madre, vero? Qualcuno mi da detto che aveva un figlio nella Sicurezza Pubblica. Sei tu il figlio della Grande Poetessa della Rivoluzione? Sei anche tu un grande rivoluzionario?»

Hong trattenne a stento un sussulto. Quante volte i suoi genitori lo avevano esortato, quand'era ancora un bambino, a combattere per la Rivoluzione! Quella semplice domanda aveva riportato alla sua memoria il ricordo della loro determinazione nel volergli instillare le loro convinzioni, la loro passione. Ignorando il libro che gli era stato porto, tirò fuori le due fotografie riprodotte da Fen Like. «Ti ricordi quando sono state scattate? Durante la guerra, vero?»

«Prendevamo fotografie in continuazione.»

«Cosa facevi a Guangzhou?»

«Scattavo fotografie, ovviamente.» Ripose il libro nello scaffale.

«Queste fotografie sono dei falsi» annunciò Hong. «Guardale. Manca qualcuno.»

Il dottor Guo prese le fotografie e se le avvicinò al viso. Guardò la prima, probabilmente scattata a Chou-kou-tien, e dopo averla esaminata brevemente la mise da parte. Ma quando rivolse la sua attenzione alla seconda – quella in cui

Fen aveva riconosciuto un ufficio commerciale inglese di Guangzhou – il suo sguardo si fece inquieto; sollevò le sopracciglia e impallidì improvvisamente, come se avesse appreso un'orribile tragedia.

Ha riconosciuto le fotografie, pensò Hong, e sa chi manca.

«Chi c'era con voi?» domandò Hong, alzando la voce.

«Non... ricordo. È successo cinquant'anni fa.»

Hong balzò in piedi. «E invece sì che te lo ricordi!» urlò. «Chi c'era fra te e Ostrander?»

Il dottor Guo strinse gli occhi per guardare ancora la foto, poi la restituì a Hong. Si strofinò le mani sul torace, e riacquistò la padronanza di sé. «Tu vorresti incriminarmi e coinvolgermi nel tuo complotto per arricchirti» disse indignato. «Fare di me un elemento anche peggiore. No, assistente vicedirettore, comportati secondo le istruzioni della politica in corso. Va' a cercare la verità nei fatti... qualunque sia la verità che vorresti trovare.»

«Di quale complotto parli?» chiese Hong. «Come potrei arricchirmi? Come potrei incriminarti?»

Il dottor Guo uscì in una risata sommessa, emettendo il fiato a piccole raffiche. «Va'» disse amaramente. «Va' a servire il tuo popolo.»

Sul marciapiede che costeggiava il parco Dongdan gli ambulanti vendevano magliette impreziosite da slogan in inglese. Hong leccò il suo gelato di crema e guardò Chan che frugava tra quella mercanzia prima di decidersi a fare la sua scelta. Denotando una conoscenza quasi inesistente dell'inglese, optò per una maglietta rosa con la scritta color porpora che diceva DIVISIONE DEI LAVORI PUBBLICI, PECHINO, CINA. Felice del suo acquisto, un regalo per il nipote adolescente, Chan ritornò presso il carretto del gelataio.

«Cos'è quel graffio sulla guancia?» domandò mentre acquistava un gelato.

«Un incidente di bicicletta. Un camion dell'esercito mi ha tagliato la strada.»

«Quei fottuti di militari si credono i padroni della strada.» Si avviò verso l'ingresso orientale del parco. «Ostrander ha fatto amicizia all'ospedale. Con una donna.»

«Il nome?» domandò Hong.

«Liang Yu-shang. Un tipo turbolento, pare, trasferita da una clinica di Nan-kou per studiare amministrazione ospedaliera.»

«Ed è diventata amica di Ostrander. Una buona amica?»

«Parla inglese. Fanno colazione insieme tutti i giorni.»

«Un'amicizia anche troppo intima» osservò Hong. Che genere di donna avrebbe rischiato una simile familiarità con uno straniero? «Come ha imparato l'inglese a Nan-kou?»

«Mi sto procurando il suo dossier.»

«Che altro abbiamo sul conto di Ostrander?»

«Oltre alla donna, non ha visto nessuno di sospetto, non è andato in nessun posto sospetto, non ha detto niente di sospetto.»

«Una vera spia, no?»

Il caldo era asfissiante, l'inquinamento dell'aria il peggiore della storia. Un gruppo di turisti vestiti di stracci, alcuni con l'aria di provenire da qualche angolo remoto della Manciuria, si erano messi in posa per farsi fotografare davanti a una Datsun parcheggiata – un'idea di quello che poteva diventare la Cina.

«Ah, i benefici del socialismo» osservò Chan asciugandosi il sudore dalle guance. «Abbiamo il privilegio di ammirare le auto giapponesi, che loro hanno il piacere di guardare.»

Hong entrò nel parco e si avviò lungo un sentiero in pietra ombreggiato dagli alberi. Trascurando di dire a Chan che probabilmente il padre di Peter Ostrander aveva commesso uno dei più grandi reati del secolo, Hong descrisse il suo incontro con il dottor Guo e riferì del turbinoso commiato.

«Cerca la verità nei fatti» sbuffò Chan con un tocco di astio nella voce. «Come se ci fossero cose del genere – la verità o i fatti.»

«Ma di che cosa aveva veramente paura?» domandò Hong.

«Tu ti aspetti sempre che io sia uno che pensa e sa interpretare il carattere delle persone importanti. L'unica persona veramente importante che ho conosciuto è stata la moglie del nostro eroe, il dottor Sun Yat-sen. In che casa viveva!» Una volta Chan aveva fatto servizio di guardia alla casa di Madame Sun, una dimora situata sul Lago Posteriore dietro la Città Proibita. «Stanze su stanze, perfino un piccolo cinematografo, te lo immagini? Sapevi che aveva tre automobili? Una tedesca... una Benz, poi una Bandiera Rossa fatta su commissione, e una vecchia Volga nera abbastanza grande per un reggimento.»

«Sì, lo so» disse Hong con impazienza. «Immaginiamo che tu sia il dottor Guo, e che io ti chieda notizie di una persona che manca da una fotografia. Tu mi accusi di un complotto per arricchirmi. Perché?»

«Perché tutti si arricchiscono. Anche lui è ricco. Possiede quella casa, no?»

«Ma un complotto» ripeté Hong. «E perché accusarmi di volerlo incriminare?»

«I vecchi si esprimono così. Sono stati tutti accusati così spesso di qualche cosa da qualcuno che continuano a credere che li vogliamo mandare in prigione o in campagna o... chissà che altro.»

Nella maggior parte dei casi si poteva contare su Chan come su di un buon interlocutore, in grado di sbrogliare le complessità di un caso. Ma nel comportamento del dottor Guo avvertiva il candore.

Chan si fermò per stringere i lacci dei sandali, appoggiando un piede su una panca. «Perché sei andato dal dottor Guo?» Abbassò il piede, e si chinò sull'altro. «Perché invece non cerchi di liberarti di questo caso?»

La domanda non era più suscettibile di risposta. Perché non posso, pensò Hong, perché la morte di un uomo richiede vendetta, perché le spie non mettono a repentaglio il loro lavoro fraternizzando con persone moleste, perché... Hong aveva divagato, si era lasciato alle spalle le vere ragioni, non ancora chiare neppure a se stesso, mentre continuava a rimuginare il caso nella testa.

«Ci sono dei nodi da sciogliere» disse.

«Lasciali legati come sono.»

Il sentiero conduceva al cancello occidentale del parco. Al di là della strada videro un altro venditore ambulante, un sarto, che metteva su bottega sul marciapiede. A proposito di contraddizioni! Le attività capitalistiche godevano dell'approvazione ufficiale, mentre gli ultimi numeri di *Sistema Legale* e *Bandiera Rossa* esortavano il proletariato a fare dei sacrifici ancora maggiori in nome del socialismo. Un tempo tutti dicevano: «La Cina si è risollevata», e adesso dichiaravano: «È fantastico diventare ricchi». Quando parlavano di servire il popolo, concluse Hong in un accesso di rabbia silenziosa, intendevano che contemporaneamente dovevano fare il loro interesse. Sputò con forza al di là del marciapiede, e si chiese che cosa gli stava succedendo. Non era mai stato così cinico.

All'angolo con la Chongwen, Chan si mise una mano in tasca e tirò fuori una busta. La tenne sollevata per un momento, poi chiese: «Dov'eri martedì sera?».

«Te l'ho detto, in giro per commissioni.»

«Immagino che ti servisse qualcosa per andare al mare» osservò Chan.

«Esatto.»

«Di solito vai fino a Tianjin a fare le commissioni?»

Hong scoppiò in una breve risata. «Mi hai controllato.»

«Ti guardo le spalle, in caso qualcuno decida di spararti.»

«Cosa c'è in quella busta?»

«Non dovrei farlo» rispose Chan con un sospiro porgendo la busta a Hong. «E non dovrei permetterti di fare una cosa simile a te stesso. Ma qui c'è il tuo certificato di morte.»

«Così sei riuscito a procurartelo, il certificato di morte di Sheng.»

«E come ho appena detto,» precisò Chan «può darsi che sia anche il tuo.»

In ufficio, con Chan in piedi alle sue spalle, Hong aprì la busta. *Anagrafe del comune di Pechino, Certificato di morte, Nome del defunto, Residenza abituale.* In calce era stata redatta una dichiarazione firmata dal direttore sanitario dell'Ospedale per le Malattie Infettive: «Certifico di aver assistito il defunto, e dichiaro inoltre che il decesso non è avvenuto in seguito a ferite traumatiche o avvelenamento o altri eventi insoliti, bensì solo per cause naturali».

Tutto regolare, niente al di fuori della norma.

«Che cosa ti suggerisce?» domandò Chan.

«Nulla, assolutamente nulla» rispose Hong. «Credo di avere ancora qualche tessera per il cinema...»

«No» disse Chan.

«Ci sono altri tre certificati di morte che vorrei vedere, di tre uomini cremati dal tuo amico compagno Song nel giro di poche ore...»

«No» ripeté Chan con maggior fermezza. «Vuoi che ti dica una cosa semplice che riguarda la mia vita? Sono un uomo di mezza età, inquadrato in un livello medio. Non sarò sempre di mezza età, ma il livello medio è il mio destino, e io l'ho raggiunto. Vorrei restare qui a completare il mio servizio. Qualcuno nell'ufficio dell'Ispettore Sanitario potrebbe notare una richiesta di altri tre certificati di morte, e non basterebbero tutte le tessere per il cinema e tutti i buoni alimentari della città per impedire loro di risalire a noi. Hai già dichiarato che questo non ti dice niente, e altri tre ti diranno tre volte niente, cioè niente.»

«Sì, hai ragione» ammise Hong, tranne che, pensò, i medici, nonostante il loro insignificante potere di vita e di morte, si sottomettevano a un potere più forte altrettanto in fretta che un qualsiasi criminale comune con una pistola puntata alla nuca. «Sì, questo non mi dice proprio niente» ripeté.

Rimise il certificato nella busta come se si trattasse di una sacra pergamena, e rinchiuse il tutto nel suo recalcitrante cassetto laterale.

17

L'amica di Ostrander

La donna di mezza età sdraiata sul tavolo operatorio aveva dei gruppi di due o tre aghi da agopuntura piantati in una zona rasata della testa. Hong osservava dal corridoio dell'ospedale, come aveva fatto una settimana prima. Da una parte del tavolo c'era il dottor Yan, dall'altra sostavano Ostrander e un gruppo di assistenti armati di taccuini.

Il dottor Yan incominciò a leggere i numeri di tre cifre. Dopo averne sentiti cinquanta la donna si accinse a ripeterli, prima in ordine inverso, poi com'erano stati detti. Un notevole risultato. Il dottor Yan alzò gli occhi, vide Hong e disse a Ostrander di continuare l'esperimento. Ostrander fece un gesto amichevole all'indirizzo di Hong che, suo malgrado, ricambiò il saluto agitando la mano come un clown.

«Assistente vicedirettore Lu Hong, ti è piaciuto il nostro esperimento?» chiese il dottore Yan, uscendo dalla sala operatoria con maggiore agilità di quanto non si sarebbe potuto immaginare.

«Affascinante» ammise Hong.

«Vorresti offrirti volontario?» domandò il medico con un sorrisetto insinuante e malizioso. «Per un breve esperimento non ci sarebbe neppure bisogno di rasarti la testa.»

«No grazie» rispose Hong, e girando le spalle alla porta aggiunse con voce sommessa: «Voglio sapere della donna».

«La donna sul tavolo operatorio?» rispose il dottor Yan, fraintendendo di proposito la domanda. «Fa l'aiuto fornaio da...»

Hong fendette l'aria con il dito repentinamente teso verso il viso del medico. «La donna con cui si è messo Ostrander.»

«Dovresti veramente sottoporti all'esperimento. Sarebbe estremamente interessante... osservare le onde del tuo cervello, ascoltare i tuoi ricordi.» Sfiorò la mano di Hong. «Per conoscere veramente un uomo, bisogna conoscere i suoi ricordi.»

«Come ti è stata assegnata Liang Yu-shang?»

«Attraverso il Ministero della Sanità. Studia amministrazione ospedaliera. Ma il suo comportamento è così buono che deve essere per forza revisionista, vero? Perciò dovresti arrestarla immediatamente.»

Hong si incamminò per andarsene, e il dottor Yan lo seguì appoggiandosi al bastone.

«Perderò Ostrander, vero?» gridò.

Hong continuò a camminare. Lo perderemo entrambi, pensò.

«C'era un russo di nome Shereshevski» diceva Ostrander davanti a un tè con focaccine che stava consumando in un angolo della sala da pranzo dell'ospedale. «Era un reporter, e ricordava tutto quello che gli si diceva, praticamente parola per parola. Non prendeva mai appunti. Per lui non era niente ripetere una lista di cento numeri, lo faceva senza neppure esercitarsi. Non diceva una parola di francese, ma se gli leggevi una poesia in francese, lui te la sapeva ripetere dopo una settimana. Formule matematiche, linguaggio tecnico, frasi insignificanti, qualunque cosa gli dicevi lui se la ricordava senza neppure un errore.»

«Dev'essere stato difficile per lui» osservò Hong.

«Perché?»

«Avere tutte quelle informazioni inutili nel cervello.»

Ostrander scoppiò a ridere. «Be', sì, era un problema, continuava a constatare che la sua memoria era imbottita di cose che non gli servivano. Ma aveva trovato il modo per risolvere la faccenda. Tutte le volte che voleva liberarsi di qualche cosa, immaginava di scriverla su una lavagna, e poi immaginava di cancellarla.»

Un'abilità anche maggiore, stava per rispondere Hong, ma non ne fece nulla. «Era fortunato che la cosa funzionasse in entrambe le direzioni» disse invece.

«Vero? Comunque, noi stiamo cercando il modo di

manipolare la memoria. Shereshevski aveva i suoi trucchi mentali, ma se noi possiamo scoprire in quale punto del cervello avvengono questi trucchi, dove sono immagazzinate le cose e come fa il cervello a decidere di cancellarle, chissà quali segreti potremo svelare? Potremmo avere la risposta a tante domande, come agisce l'intelligenza, come si arriva alla senilità, a un'infinità di malattie...»

Entrarono tre impiegate chiacchierando e ridacchiando sommessamente. Ostrander esclamò: «Giada, vieni a conoscere il mio interprete». La donna che si avvicinò era molto bella e, a differenza delle altre, truccata: rossetto vivace, ombretto verde, fard rosa sulle guance. Incredibile! Nonostante che i negozi ora incoraggiassero le donne ad acquistare cosmetici, Hong si sarebbe aspettato un simile sfoggio solo da parte di quelle ben più spregiudicate di Shanghai. Perfino Yamei, che amava i vestiti nuovi e ammirava le donne delle riviste di cinema, non si sarebbe mai addobbata in quel modo così sfacciato. Doveva essere Liang Yu-shang, la donna di cui gli aveva parlato Chan. La traduzione del suo nome era Brina di Giada. Doveva aver passato la quarantina, ma chiaramente era stata esonerata dalle fatiche fisiche. Snella, con una carnagione liscia non danneggiata dal sole, aveva l'aria di una modella da manifesto pubblicitario che reclamizzasse vestiti, televisori o la politica del "basta uno". Il vestito verde pallido le stava troppo attillato: un abbigliamento più adatto a una prostituta che a un'impiegata d'ospedale.

«E così, come le avevo predetto, sta facendo amicizie» osservò Hong. La donna si avvicinò al tavolo, e Ostrander la presentò.

«Compagno Lu Hong, sono felice di conoscerti» disse la donna in perfetto inglese.

«Siediti, Giada» la invitò Ostrander, offrendole una sedia e versando un'altra tazza di tè.

«Sì, unisciti a noi» disse Hong alzandosi per metà. «Il tuo inglese è eccellente. Dove lo hai studiato?»

Liang Yu-shang ebbe un attimo di esitazione. «In California,» disse finalmente «negli Stati Uniti.»

«Interessante» commentò Hong. «Quando?»

«Prima della Rivoluzione Culturale,» rispose «quando mio padre faceva il professore.» Poi, con un largo sorriso che mascherava la sua rabbia evidente, si volse verso Ostrander e aggiunse: «Era un membro della "puzzolente nona classe". Da allora è andata meglio agli intellettuali». Si rivolse di nuovo a Hong. «Anche il tuo inglese è molto buono. Devi essere andato all'istituto di lingue straniere per aver imparato così bene.»

«E anche durante i suoi viaggi» intervenne Ostrander. «Ha visto più posti nel mondo di me.»

«Ah, sì?» disse Liang Yu-shang con curiosità in apparenza innocente. «Che fortuna! Dove sei stato?»

Hong avvertì qualcosa di più di una semplice curiosità in quella domanda. Cercò di ricordare esattamente quali città avesse menzionato a Ostrander. «Roma» azzardò. «Mosca, Parigi...»

«Anch'io sono stata a Parigi» disse Liang Yu-shang animandosi. «Non ti sei innamorato dei suoi tramonti, della luce che cade su Notre Dame?»

«Sì, è una chiesa stupenda» dichiarò Hong. La donna aveva voluto controllare se lui sapeva che Notre Dame era una chiesa.

«Dove abitavi quando eri a Parigi?» domandò ancora la donna.

«Nell'Ottavo Arrondissement,» rispose Hong con voce pacata, sostenendo lo sguardo di lei «negli alloggi destinati alla Missione per l'Acciaio, vicino all'Ambasciata. Lavoravo come traduttore.»

«Un'esperienza fantastica» commentò la donna senza molto entusiasmo. Prese una focaccina e si mise a sgranocchiarla. «È così dolce» proseguì. «Non avrei mai detto che dentro c'erano dei fagioli dolci, invece che la carne come pensavo.» Diede un altro morso, rise divertita e si strinse nelle spalle. «Perfino quando si tratta di focacce ripiene, non sempre le cose sono come sembrano.»

Un'osservazione non esattamente sottile, pensò Hong, che però Ostrander non colse affatto. Liang Yu-shang lanciò a Hong un'occhiata fascinosa ma nello stesso tempo astuta – e il suo sorriso disse che lei si era già trovata in una situazione simile, che sapeva chi era lui.

La conversazione si spostò sull'aiuto che lei dava a Ostrander come traduttrice, sui pettegolezzi dell'ospedale, su certe battute scherzose sul conto del vecchio dottor Yan e della sua benevola dittatura, sui tentativi che aveva fatto Ostrander di comperare del riso con dei buoni alimentari sbagliati. A ogni battuta scherzosa Hong si sentiva messo alla prova da Liang Yu-shang. Sì, quella donna sapeva sicuramente che lui non era un interprete dell'Accademia delle Scienze.

Ma lei, che cos'era?

Alla fine Hong si scusò, ma non prima di aver sentito Ostrander invitare la donna a cena al ristorante per soli stranieri tenuto dai francesi. Come avrebbe fatto a entrare Liang Yu-shang? Per chi si sarebbe spacciata?

Sulla porta della sala da pranzo Hong si voltò a dare un'occhiata alle due figure sedute al tavolo d'angolo, beatamente dimentiche della sua presenza. Come se nessuno potesse vederla, Liang Yu-shang sfiorò la mano di Ostrander, indugiando con la sua un momento di troppo.

Che abile commediante, pensò Hong. E si chiese di chi fosse il copione.

Il messaggio di Chan che trovò sulla scrivania diceva che non solo Cheng Hai-lin, la segretaria degli scavi di Chou-kou-tien, era sparita, ma non esisteva neppure una traccia della sua esistenza. Probabilmente aveva cambiato nome come tutti, e nel bel mezzo di una guerra, al di là delle linee nemiche, nessuno lasciava biglietti da visita o indirizzi a cui inoltrare la posta. Quanto all'elenco di ufficiali che avevano comandato le truppe comuniste e del Kuo-min-tang nel nord, Chan ci stava ancora lavorando. Il dossier su Liang Yu-shang sarebbe stato disponibile il mattino dopo.

In fondo al messaggio era stato scarabocchiato velocemente *Chiama Ru*. E subito dopo, *Chiama tua moglie*.

Compose il numero per avere una linea esterna, e poi quello di Radio Pechino. Tanto per cambiare, la comunicazione si presentò forte e chiara. Nessuno che stesse ascoltando. L'interno gli fu passato in pochi secondi.

«Sto andando a una riunione» disse Shen Kuang appena sollevato il ricevitore. «Ma volevo dirti che ho una copia del decreto di divorzio.»

E lui, che cosa doveva dire? Che ne era felice? «E così finalmente si sono convinti che non ci saremmo riconciliati.»

«Tu gli hai dato una mano» disse lei. «Tu e quella ragazza...» non chiamava mai Yamei per nome, ma si riferiva a lei come a "quella ragazza", "la tua amica" o con qualche definizione altrettanto sbrigativa... «siete stati visti insieme in troppi posti.»

«Be', comunque sono contento per te.»

«Mi servono quindici yuan per Bai» proseguì Shen Kuang.

«Per cosa?»

«Per fargli dare ripetizioni di matematica. Si trova in difficoltà.»

«Da quando?»

«Niente di importante, ma non voglio che resti indietro.»

Hong fu irrazionalmente tentato di rispondere che lei avrebbe dovuto farsi dare i quindici yuan da Zhu Gang. Quello scimmione, pensò. Quell'essere sub-umano. Se Zhu doveva assumersi il ruolo di padre, che pagasse per quel privilegio. Guadagnava venti o trenta yuan al mese più di Hong. Oppure poteva farle *lui* le ripetizioni a Bai, visto che aveva la mente di un bambino. «Quindici yuan non sono un problema» rispose invece. «Te li farò avere il prossimo fine settimana.»

«Bene. E adesso non ti seccare, ma devo andare in redazione.»

Attaccò. Hong tenne abbassata la forcella per un secondo, poi fece il numero di Ru alla Sorveglianza. Il suo amico lo informò immediatamente che Ostrander aveva iniziato un nuovo diario quella mattina, e lasciato il vecchio nella sua stanza.

«Puoi farmelo fotografare oggi stesso?»

«Non ho nessuno disponibile» rispose Ru. «Ci andremo domani quando uscirà per andare all'ospedale.»

«Oggi» ribadì Hong.

«Hong, io sto conducendo quattro operazioni a tempo pieno. Ho appena mandato una squadra a Katmandu. La Sicurezza Speciale mi ha preso due dei miei uomini migliori e...»

«Oggi.»

Ru sospirò. «Va bene, va bene, stasera mentre è fuori a

cena. Farò sviluppare le pellicole domani mattina, e le avrai prima di mezzogiorno.»

«Preferirei averle stasera.»

Ru perse la pazienza. «Hong, è ridicolo, è fuori discussione. Non è possibile.»

«In questo preciso momento,» disse Hong «sto scrivendo un appunto al direttore delle Operazioni per raccomandare che siano assegnati alla Sorveglianza altri sei agenti.»

«Facciamo otto» caldeggiò Ru.

«Non ho detto otto? Intendevo proprio otto.»

«E mi manderai l'autorizzazione a usare sessanta rotolini di pellicola.»

«Sessanta? Come dire milleduecento esposizioni.»

«Siamo anche a corto di pellicole.»

Per il diario di Ostrander ci sarebbero voluti al massimo dieci rullini. Gli altri cinquanta, venduti al mercato nero, avrebbero consentito a Ru di comperarsi due o tre vestiti costosi.

«Inoltrerò l'appunto oggi stesso.»

«Il diario sarà sulla tua scrivania a mezzanotte.»

«Grazie» disse Hong. «Servi il popolo.»

Era un pomeriggio molto intenso per il direttore delle investigazioni. Una dozzina di suoi assistenti ciondolavano fuori dal suo ufficio, in attesa di andare a consegnare il loro rapporto. Hong si sedette su una panca. Nessuno parlava di criminalità, nessuno si lamentava per le difficoltà di trovare casa, nessuno menzionava la politica o le nuove direttive sul razionamento delle lampadine o sui disordini alle partite di calcio. In gruppi così numerosi l'unico argomento di conversazione esente da rischi era il tempo. «Possiamo discutere per sempre del caldo,» amava dire Chan «perché non è sotto il controllo del Partito.»

Molte sopracciglia si sollevarono quando Hong fu chiamato prima degli altri. Lui si strinse nelle spalle, come se volesse esprimere la sua protesta per essere il favorito della settimana, e varcò la porta aperta, da cui stava uscendo un investigatore sulle frodi fiscali.

«È di pessimo umore» sussurrò l'uomo senza perdere un passo, e subito richiuse la porta alle sue spalle.

Wei Ye era china sui rapporti che le aveva fatto avere Hong. Senza sollevare il capo, gli fece cenno di venire avanti con la sigaretta che aveva in mano, disegnando anelli di fumo nell'aria.

«Ti prego, siediti.» Wei Yè alzò gli occhi. «Non stai impiegando le tue migliori energie per questo caso» disse con il tono ammonitore di un maestro di scuola. «Forse ci sono altri problemi che distraggono la tua attenzione?»

Ovviamente intendeva Shen Kuang, il divorzio.

«No» rispose Hong.

«Qualche questione personale? Qualcosa in cui potrei esserti utile?» Aveva assunto un tono da nonna, in una parodia di tenerezza.

«No, grazie. Non ho distrazioni di nessun genere.»

«Bene, allora. Avevi avuto istruzioni di farti amico Ostrander. Evidentemente l'americano è qui per localizzare e rubare fossili spariti. Ma avrà sicuramente dei complici, e tu devi scoprire con chi lavora. Passa più tempo con lui, rivela un po' di te stesso, e lui lascerà cadere la maschera. Pensa a dove potrebbe condurci una cosa simile. Magari cercherà perfino di reclutarti.»

«Non è nella mia natura essere troppo cordiale» osservò Hong.

«Ti stai sottovalutando» rispose lei, questa volta in tono adulatorio. «Con il pretesto di promuovere l'amicizia tra i popoli, puoi imparare molte cose.»

«Ma la sorveglianza a cui abbiamo sottoposto Ostrander non è approdata a nulla. Non è possibile che il caso non esista?»

«È un modo di pensare pericoloso» replicò la donna, passando dall'adulazione a un accorato disappunto. «Certo che esiste un caso, come ha rilevato il tuo lavoro in altre circostanze eccellente. Per esempio, hai identificato il dottor Guo Ke e ti sei procurato i dossier su Chou-kou-tien. Per questo mi congratulo con te. E anche per le indagini sugli altri medici. E soprattutto per avere astutamente arguito che un alto funzionario della Difesa facente parte del comitato di selezione dell'Accademia è responsabile di avere scelto Ostrander e di averlo fatto entrare nel nostro Paese, un aspetto del caso che non mancherò di esaminare personalmente.»

«Il ministro della Difesa si rifiuta di collaborare.»

«Collaboreranno con me, te lo assicuro. Tu procedi con le tue indagini. Trova i complici di Ostrander. Se non è il dottor Guo, sarà qualcuno dell'ospedale.»

«Si è fatto amico solo con una donna proveniente da una clinica rurale, mandata qui per studiare amministrazione ospedaliera.»

Wei Ye sporse in avanti il braccio e agitò energicamente la sigaretta verso Hong. «Vedi che stai facendo progressi?» disse lei eccitata, incitandolo a combattere. Sapeva essere dolce o fredda, congratularsi vigorosamente o rimproverare severamente. Possedeva una dozzina di facce e di umori, tutti contemporaneamente. «Interroga quella donna, fruga a fondo nel suo passato. Di dov'è?»

«Aspetto il suo dossier.»

«Una clinica rurale, hai detto. Ricordi il caso dei contrabbandieri birmani di droga? I loro complici venivano da certe comuni agricole, dove si fermavano per rifornirsi durante il viaggio verso est. Questa donna, se viene dal nord, potrebbe anche sapere dove sono i fossili. Non mollare la preda, questa è la tua grande occasione per rendere un grande servizio al tuo Paese.»

Per un attimo Hong rimase senza parola. L'aver citato il caso dei contrabbandieri di droga, in cui c'era mancato poco che le Tre Tigri non fossero implicate, era stato come uno schiaffo in pieno viso, non solo, ma anche un modo per rammentargli il suo potere. Come se lui ne avesse avuto bisogno.

«Sì, ci proverò» disse finalmente.

«Manchi di entusiasmo. È un brutto segno. Ti ricordo che eri esitante ad assumerti la responsabilità di questo caso. E il compagno Zhu mi ha detto che hai trascurato le riunioni sull'educazione politica organizzate dalla tua unità.»

«Ammetto che qualche volta ho troppo da fare.»

Lei scosse il capo. «Compagno Lu Hong, vergognati. Non hai orgoglio? Trascuri i tuoi doveri verso il Partito e trascuri questo caso. Non eri forse un ammiratore di Sun Sheng, nostro grande quadro e tuo ispiratore? Cosa avrebbe detto? Ti avrebbe ammonito che è da controrivoluzionari rifiutarsi di portare avanti un caso che tu stesso hai dimostrato essere di estrema importanza. E con Ostrander potrebbe accadere qualsiasi cosa. Ricordi il caso dello studente francese?»

Hong annuì. Come poteva non ricordarlo? Il vicedirettore incaricato del caso era stato processato in base alle imputazioni inventate e spedito in un campo di lavoro.

«Quello studente, dopo la sua partenza, si mise a viaggiare liberamente per le campagne e scrisse dei resoconti negativi e disonesti. Ostrander è anche lui una minaccia. Parla abbastanza la nostra lingua da avere degli alleati, e potrebbe servirsi dei suoi complici per trovare i fossili e farli uscire clandestinamente dal Paese. Devi intensificare i tuoi sforzi, e se ti serve dell'altro aiuto, hai solo da chiederlo. Ti è utile il compagno Wu Keping?»

«È fantastico,» rispose Hong «un modello di accuratezza.» Forse il Piccolo Monaco avrebbe rimediato una promozione.

Wei Ye si chinò in avanti, appoggiandosi sulle braccia. «Sei molto pallido, compagno.»

«Ho avuto un lieve raffreddore.»

«Prendi subito i provvedimenti necessari» ordinò.

«Lo farò senz'altro.»

Wei Ye si tirò di nuovo indietro. «Siamo d'accordo, allora? Questo dottor Ostrander è implicato in reati contro lo Stato, e tu lo proverai.» Spinse da parte i rapporti, lo congedò con un cenno della mano, e sollevò uno dei suoi telefoni nuovi per convocare il prossimo assistente vicedirettore.

Hong sgusciò fuori dalla porta, e passò accanto all'investigatore capo per i mezzi di comunicazione stranieri, che si affrettò a dire: «Ho sentito che è di pessimo umore».

«Sì,» rispose Hong «e la stessa cosa vale per molti altri.»

Reati contro lo Stato, pensava mentre scendeva lentamente le scale. Traditori nell'ambito delle ambasciate straniere e delle loro missioni commerciali, dei mezzi di comunicazione stranieri, dei club frequentati da studenti d'oltre oceano.

Ma Ostrander? Per rispondere a quella domanda Hong poteva solo basarsi sul suo istinto. Incominciò a tracciare un'immagine – prima la figura del drago, secondo il detto popolare, e poi i puntini degli occhi. Così come la cremazione di Sun Sheng era stata motivo di una profonda e pericolosa irritazione, anche le coincidenze legate alla presenza di Ostrander spingevano Hong a fidarsi della sua intuizione... un'intuizione sostenuta dalla logica. Ostrander non si camuffava con maschere o dissimulazioni, comunque non più di chiunque altro. Non c'era niente di altrettanto profondo che l'inespresso, ma Ostrander non aveva segreti. Hong si afferrò alla ringhiera: gli sudavano le mani. Pensò ai libri di Sun Sheng, al volume di Confucio che Ma Sufei gli aveva spinto tra le mani prima della frettolosa partenza per Guangzhou. *Se il nome non è giusto, le parole non suonano vere.* Pensò ai nomi scaraventati fuori da quei vecchi documenti come per una tempesta del deserto, e alle strane associazioni: i sospetti dell'anonimo corrispondente sull'esistenza del traditore a Yen-an, la scomparsa di due scatole riposte nei bauletti, i vagabondaggi di una donna di nome Cheng Hai-lin.

Chi sei veramente, dottor Peter Ostrander? Per quali ricordi sei stato invitato qui, e perché tutte le strade, in maniera così diversa, conducono a te?

Sulle scale incontrò il compagno Zhu Gang. Scimmione che non sei altro. Miserabile leccapiedi...

«Ah, compagno Lu Hong, stavo giusto per venire da te per discutere la possibilità di una riunione su...»

Hong proseguì sgarbatamente per la sua strada, ignorandolo come se non esistesse.

Giunto nel suo ufficio si mise a sedere, appoggiò i piedi alla scrivania, e pensò al dottor Yan che aspettava uno scienziato con cui dividere il suo lavoro di ricerca, e a un quadro della Difesa facente parte del comitato di selezione che aveva approvato – e forse incoraggiato – la scelta di Ostrander.

Per conoscere veramente un uomo, devi conoscere i suoi ricordi.

Un impiegato bussò, aprì la porta e con un saluto frettoloso lasciò cadere sulla scrivania la posta e i telex del pomeriggio. Hong aprì per prima cosa le buste dei rapporti dagli uffici del nord-est, e vi aggiunse le proprie annotazioni. In una busta sottile proveniente dalla Sicurezza Pubblica di Tianjin trovò inaspettatamente un dossier relativo al furto di lana dalla fabbrica di tappeti situata sulla strada nazionale di Jintang. Si trattava di un vecchio caso, chiuso da tre mesi.

Per qualche ragione l'assistente direttore in carica aveva fatto un aggiornamento – unicamente, spiegava la lettera di accompagnamento, per informare Pechino delle condanne inflitte ai colpevoli e dell'istituzione di nuove misure di sicurezza nella fabbrica. Una copia del dossier era stata anche inviata al Ministero dell'Industria Tessile.

Hong esaminò le quattro paginette. La Sicurezza Pubblica di Pechino riceveva simili aggiornamenti solo su richiesta, e Hong non aveva mai richiesto niente del genere. Riprese in mano la busta e vi frugò dentro. C'era un foglietto che non era stato allegato al dossier, come se fosse finito per caso in quella busta. Vi erano scritte annotazioni a casaccio: «Riunione del Dipartimento, mercoledì alle 3... piani per la nomina di agenti addetti alla strada...». *Se necessario, ci sono altri modi per comunicare*, aveva detto Yao Yilin. E così Yao era riuscito a risalire, tramite i suoi amici, al corriere che aveva predisposto il pericoloso ingresso di Sun Sheng a Tianjin. In un angolo del foglio, rinchiuso in un cerchio, c'era un nome che a prima vista non suggerì niente a Hong... Wang Zhen. Migliaia di Wang, milioni di Wang.

Hong aprì l'Annuario della Sicurezza Pubblica, e appena ebbe letto il titolo dell'uomo rammentò il suo volto severo, il suo modo riservato di salutare, la gioviale presentazione che aveva fatto Sun Sheng. «Suvvia, Wang, non essere così tetro. Lu Hong un giorno prenderà il posto di tutti noi. È meglio essere cordiale con lui adesso, se non vuoi andare a chiedergli dei favori in seguito.» Wang Zhen era stato vicedirettore delle investigazioni undici anni prima, al tempo in cui Hong era entrato a far parte del Dipartimento. Adesso Wang aveva lasciato il lavoro, e viveva della sua lauta pensione. Hong non ricordava di averlo visto al servizio funebre per Sun Sheng.

Non c'era bisogno di leggere le note biografiche di Wang nell'Annuario del Partito. Hong sapeva esattamente che cosa vi avrebbe trovato: che aveva preso parte attiva alla guerra contro il Giappone e alla guerra di Liberazione.

Hong avvertì un pulsare martellante alle tempie, a denunciare l'insorgere di un feroce mal di testa. Se fosse stato superstizioso lo avrebbe considerato un presagio, un segnale che lo invitava a fermarsi. La natura trova il modo di dare i suoi avvertimenti: con un terremoto, un uragano, il pulsare sordo del sangue. Ma esisteva un altro aspetto della natura che non gli sfuggiva, di cui aveva sentito parlare da un vecchio contadino durante una visita in campagna quando era ancora un bambino: quando il melone è maturo, cade dal picciolo. Alcuni eventi dipendevano dal tempo, non dalla volontà. Superstizione o no, si scoprì a pensare Hong, a quel punto non ci si poteva più fermare.

Gli isolati di vecchie case della via Lishi, alle spalle del parco Yuetan, erano di proprietà della Sicurezza Pubblica, ma negli ultimi quindici anni nessuno era riuscito ad assicurarsi un appartamento. Tutti gli inquilini erano pensionati e, con un parco nelle vicinanze, il mercato di Xidan facilmente raggiungibile in bicicletta, e il lago Yu-yuan a pochi passi, nessuno era disposto a trasferirsi se poteva farne a meno. Hong arrivò quando il sole incominciava la sua discesa verso l'orizzonte. Parcheggiò la bicicletta davanti a una casa di tre piani, con un portico a livello della strada appena restaurato: le tracce lasciate dal muratore erano ancora fresche. Le finestre del primo piano erano chiuse con le persiane, ma al secondo avevano le tendine trasparenti, e la porta d'ingresso, con una finestra a forma di ventaglio nell'architrave, era stata lucidata per bene.

Hong entrò e salì le scale scure fino al secondo piano. La porta contrassegnata con il numero tre, proprio in cima, aveva un piccolo batacchio d'ottone. Hong lo sollevò e lo lasciò cadere. Dall'interno gli giunse un cigolìo, un rumore secco, dei tonfi irregolari sul pavimento.

«Vengo, vengo, sei tu, piccola Ou?»

Si aprì la porta, e Wang Zhen indietreggiò con la sedia a rotelle alla vista di un visitatore estraneo. Sì, Wang era andato al servizio funebre. Hong rammentava la sedia a rotelle, un aggeggio di legno con il sedile in bambù e dei pedali all'altezza del petto che Wang spingeva con le mani. I folti capelli del vecchio erano di un bianco assoluto, del colore del gesso.

«Non sei tu, piccola Ou... chi c'è?»

Wang strinse gli occhi, e Hong si spostò alla luce, presentandosi e porgendo il suo documento d'identità del Dipartimento. «Ti ricordi di me? Ero amico di Sun Sheng, ci siamo conosciuti molti anni fa.»

Il vecchio rimase un attimo a pensare. «È probabile» disse finalmente. «Forse ci siamo conosciuti.» Si spostò ancora di più verso l'interno dell'appartamento, dopo aver fatto cenno a Hong di entrare.

«Aspettavo la mia nipotina» disse Wang Zhen con una voce lenta e determinata, che era la vera essenza della contemplazione. «Viene ogni giorno a leggermi qualcosa. La mia vista non è più tanto buona.»

Si erano seduti nella parte anteriore dell'appartamento, quella che dava sulla strada. Su un tavolo dipinto di bianco c'erano pile di libri e un assortimento di lenti d'ingrandimento, sul pavimento c'era un tappeto che era stato riparato così tante volte che il disegno era sparito. Hong aveva preparato il tè, un'operazione difficile per Wang che si reggeva in piedi a mala pena. In cucina avevano discusso di tutti gli argomenti immaginabili: dell'eroismo e del talento di Sun Sheng, della politica del Dipartimento di Polizia, dei nuovi orientamenti economici. Ma Hong non aveva azzardato il minimo accenno alle ragioni per le quali era venuto. Ora, sistemato su una sedia presso la finestra, decise che non poteva indugiare oltre, visto che tra meno di un'ora avrebbe dovuto trovarsi dall'altra parte della città.

«Ricordo di aver sentito una volta Sheng parlare della guerra, di come avevi lavorato per lui dietro le linee nemiche.»

Tranne che per un quasi impercettibile cambiamento di posizione, un piccolo moto del mento, niente nel comportamento di Wang lasciò intendere che l'argomento rivestisse un qualche interesse. «Allora la mia vista era migliore» disse.

«Eri a Tianjin, vero?»

«Lì e in molti altri posti» rispose Wang.

«Comunque, nel 1940, credo nel mese di maggio, tu preparavi la strada per i corrieri nei pressi di Tianjin.»

Wang allungò una mano a massaggiare le sue gambe avvizzite. «Adesso ti ricordo meglio,» disse pensieroso «sì, tu eri uno degli amici preferiti di Sun Sheng. Ma doveva essere stato più digressivo del solito quando ti ha parlato della guerra. Credo che nessuno di noi ci abbia pensato molto in tutti questi anni.»

Hong decise di giocare d'azzardo. «Allora diciamo che ne ho parlato con altri.»

Wang annuì ripetutamente, con esagerata deliberazione. «Avresti una sigaretta? Io non dovrei fumare, dicono che potrei morirne, ma sono già quasi morto, perciò che differenza fa?»

Hong si chinò, mise una sigaretta tra le labbra di Wang, fece scattare l'accendino.

«Adesso tu sei un vicedirettore» disse Wang, aspirando.

«Un assistente vicedirettore.»

«Non sei poi così in alto per condurre le indagini ufficiali.»

«Questa è ufficiosa» precisò Hong.

«E ti trovi a combattere una guerra diversa dall'ultima» disse ancora Wang, frettolosamente. «Tu non spari ai giapponesi. Tu spari nel buio. Ma mi va bene, visto che io non ci vedo comunque.»

«Tu preparavi la strada ai corrieri» suggerì Hong. «Nel maggio del 1940.»

Wang sollevò la sua tazza di tè, la mise da parte, e usò il piattino come portacenere. «Parli del 1940. In quel periodo mi occupavo del trasporto dei materiali. Forse ti può interessare.»

Hong rispose che gli interessava tutto quello che Wang aveva da dirgli.

«Be', tu non hai mai combattutto in guerra, ma saprai che per vincere una guerra ci vogliono i rifornimenti. Nel periodo che ti interessa, la situazione dei rifornimenti era molto precaria. I giapponesi avevano occupato Xiaoshan, tagliandoci la strada per Shanghai. Avevamo un buon servizio segreto a Shanghai – soprattutto via radio, due o tre uomini eccellenti che operavano nella concessione francese. Ma non si possono rafforzare le linee di rifornimento con la radio, serve alla gente. E da quel punto noi non avevamo accesso al mare.»

«Qual era l'incarico di Sun Sheng?» domandò Hong.

«Era addetto allo spostamento dei rifornimenti destinati alle truppe del nord. Aveva avuto degli aerei dai russi, ma gli servivano il carburante, le munizioni, i medicinali. Era inverno, gli uomini erano affamati e malati, e noi combattevamo contro il Kuo-min-tang per il controllo di Shanxi. Dovevamo combattere due nemici alla volta...»

Wang si afferrò le mani e sospirò. I comunisti potevano contare sull'aiuto degli inglesi di Hong Kong, disse, ma i giapponesi controllavano la costa. I rifornimenti da Hong Kong dovevano essere acquistati e mandati per via aerea a nord-ovest.

«E come facevate questi acquisti a Hong Kong?» chiese Hong, risentendo nella mente la voce di Raymond Caffey, l'inglese che aveva conosciuto a Beidaihe: *Sono venuto qui un mucchio di volte.*

Wang sollevò la sigaretta e scosse la cenere. «Abbiamo rischiato» rispose Wang con ammirazione. «Avevamo degli uomini a Hong Kong per fare le transazioni, e piloti disposti a sfidare l'artiglieria giapponese. I cannoni dei giapponesi erano migliori dei nostri, più nuovi, ma noi avevamo degli uomini disposti a rischiare.»

Era dato per scontato che qualche pilota sarebbe stato abbattuto. Ma in febbraio, spiegò Wang come se si fosse trattato del giorno prima, solo la metà degli aerei erano sopravvissuti all'impresa. In marzo, ne era rimasto a mala pena un terzo. Sun Sheng aveva ordinato che si ponesse termine ai voli. «Era solo questione di tempo, e Hong Kong sarebbe caduta in mano ai giapponesi; ma l'interruzione dei voli ci aveva danneggiato seriamente.»

«In quel periodo,» intervenne Hong «quando perdevate tanti piloti, si chiedeva mai Sun Sheng se non poteva essere responsabile qualcuno di Hong Kong?»

«I nostri servizi segreti non sono mai stati così in gamba da scoprirlo» disse Wang categoricamente.

«E Sun Sheng, cosa pensava?»

«Io ero un corriere, non uno stratega. Non parlavano con me di argomenti del genere» rispose Wang, chiudendo il discorso.

Hong lasciò trascorrere un momento di silenzio, ma Wang si guardò bene dal fare congetture sulle perdite di aerei e di piloti. Hong riprese da dove aveva incominciato: «Quello stesso anno, in maggio, Sun Sheng non fece un insolito viaggio per una delle destinazioni dei vostri corrieri?».

A quel punto Wang si concesse un lungo momento per pensare. Batté leggermente sui pedali della sedia a rotelle, emise piccoli suoni aspirando tra i denti, lanciò una rapida occhiata fuori dalla finestra, esaminò il tappeto.

«Sun Sheng» disse ancora Hong. «Un viaggio insolito per una delle destinazioni dei vostri corrieri, alla fine di maggio del 1940.»

«Insolito» osservò Wang. «Questo è un modo per definirlo.»

E in che altro modo lo definiva Wang? domandò Hong. Il vecchio rispose che lui lo considerava senza precedenti. Con l'aiuto di certi contadini comprensivi, lui aveva predisposto una sequela di soste per i corrieri che andava dalla costa orientale alla provincia di Shanxi. Ma non si era mai sentito che qualcuno proveniente da Yen-an avesse attraversato le linee nemiche. Gli strateghi militari erano troppo preziosi per far correre loro dei rischi in operazioni pratiche. Ciò nonostante, verso la fine di aprile, era stato inviato un messaggio destinato al solo Wang, con le istruzioni di predisporre il viaggio di Sun Sheng a Tianjin, e quello di ritorno a Yen-an.

Perché, chiese Hong, Sun Sheng aveva scelto proprio Wang per quella delicata operazione?

«Avevamo lavorato insieme a Pechino prima dell'invasione giapponese, e Sheng sapeva di poter contare su di me. Ovviamente i miei percorsi erano tutt'altro che perfetti, è impossibile stabilirne di assolutamente sicuri. Bastava che facessero fuori tre o quattro contadini, e subito bisognava escludere duecento chilometri diventati improvvisamente insicuri.»

«E Sun Sheng era stato avvisato che i percorsi dei corrieri erano tutt'altro che sicuri?»

Wang si sollevò sulla sedia a rotelle. «Credi che fossimo dei pazzi furiosi?» rispose a voce alta. «Certamente che lo avevo avvisato.»

Il che, osservò Hong, non aveva avuto alcun effetto sulla decisione di Sheng.

«Nessuno» confermò Wang.

«E così ti affidò la sua vita» disse Hong. «Ti incaricò anche di organizzare il suo viaggio in modo che nessuno di quelli che erano a Yen-an ne venisse a conoscenza?»

Wang strizzò gli occhi e lanciò a Hong un'occhiata stizzosa. «Penso che tu abbia parlato con molti altri di questo viaggio in passato.»

«Sun Sheng chiese che nessuno di quelli che erano con lui a Yen-an scoprisse che la sua destinazione era Tianjin. Anzi, pretese che diramassi delle false informazioni, non solo per sviare il nemico, ma anche perché i suoi compagni fossero convinti che lui andava in un altro posto.»

Wang guardò dalla finestra, verso la strada. «Sta arrivando mia nipote. Sarà meglio che tu esca dalla scala posteriore. Lei è molto patriottica, e si sentirebbe obbligata a informare il comitato di quartiere che mi ha trovato in compagnia di un visitatore.»

La vista cagionevole di Wang, che gli consentiva di far la parte di un cadente pensionato, evidentemente non gli impediva di vedere quello che succedeva in strada. Wang azionò con le mani i pedali della sedia a rotelle, e si diresse verso la parte posteriore dell'appartamento.

«Mandala via» disse Hong. «Dille che non ti senti bene. Pregala di venire più tardi.»

«No, no, te ne devi andare.»

Hong lo spinse in cucina. «I piani del viaggio di Sheng non erano stati rivelati neppure ai suoi compagni di Yen-an, vero?»

Giunto alla porta posteriore, Wang si protese maldestramente in avanti per aprirla. «Sì, hai ragione» disse frettolosamente. «La notizia doveva essere tenuta segreta anche ai compagni di Yen-an. E adesso sbrigati, te ne devi andare.»

Hong uscì, e la porta si chiuse alle sue spalle. Sentì il cigolìo della sedia a rotelle che si allontanava.

«Sei tu, piccola Ou? Arrivo.»

18

Un incontro quasi fortuito

Per cinquecento anni solo l'imperatore e i membri della sua corte erano entrati nella Città Proibita. Fuori dalle mura i suoi sudditi potevano anche morire di fame nei loro tuguri sovraffollati, ma all'interno diecimila palazzi ospitavano il sovrano che governava per mandato del cielo. La Rivoluzione aveva posto fine a tutto questo, e ora un qualsiasi contadino tibetano può essere sotto la Porta del Meriggio e posare per una fotografia presso una berlina Bandiera Rossa, di fronte alle colonne dorate del Palazzo dell'Armonia Suprema. I contadini vanno e vengono a centinaia, ma l'auto non si muove mai: è lì solo per essere fotografata.

Sulla Chaoyangmen, la strada che corre lungo le mura settentrionali della Città Proibita, Hong e Yamei pedalavano in direzione del Teatro delle Tre Porte. L'edificio, camuffato da antico tempio buddhista, con il tetto di piastrelle gialle, era situato in fondo a un lungo viale d'accesso bordato da antichi sempreverdi. All'ingresso del viale Hong e Yamei esibirono i documenti del Partito, e Hong presentò le sue tessere speciali. Un mese prima, in un accesso di generosità sollecitato da un torrente di lacrime, aveva concesso il certificato di residenza alla sorella di un'impiegata del Ministero degli Affari Culturali, amica di Chan, che aveva insistito per ricambiare con delle tessere per le proiezioni ristrette di film stranieri. Essendo già in ritardo, Hong e Yamei si affrettarono verso le tre altre porte rosse, e sistemarono le loro biciclette senza chiuderle con il lucchetto – un furto era impossibile in un posto come quello – in una rastrelliera laterale.

Trovarono i loro posti nella terza fila dal fondo. Quella sera veniva proiettato un film americano fatto subito dopo la fine della Rivoluzione Culturale, una storia imperniata sulla guerra vietnamita di Liberazione. Il film era già incominciato. Come la maggior parte delle pellicole destinate al mercato interno, era doppiato in cinese. Sullo schermo crepitavano gli elicotteri, un pezzo di giungla bruciava, un uomo con la testa rovesciata fissava un ventilatore a soffitto.

«Saigon» disse l'uomo. Spaccò uno specchio con il pugno, e si ripulì del sangue sul viso.

Yamei si coprì gli occhi. «È troppo violento.»

«Lo spirito umano è pieno di conflitti tra il bene e il male» disse l'uomo. Gli elicotteri attraversarono lo schermo con un rombo assordante, mentre all'uomo veniva ordinato di navigare il fiume alla ricerca di un altro uomo. Hong perse interesse per quella musica assordante e per il viaggio lungo il fiume, e lasciò vagare la sua mente. Ripensò ai preparativi fatti da Wang Zhen per scortare un uomo da Yen-an a Tianjin, e si chiese se qualcuno a Yen-an avesse scoperto le intenzioni di Sheng. Seguendo un altro corso dei suoi pensieri, considerò che genere di piani erano necessari per spostare una donna da una clinica remota a un ospedale di Pechino. Come era stata scelta quella donna in particolare? C'erano un sacco di belle donne che parlavano inglese.

A un'esplosione nella giungla Yamei afferrò la mano di Hong, che trasalì a quel tocco delicato, e si volse sentendo sobbalzare il cuore in petto. Yamei voleva così poco dalla vita: andare alle prossime Olimpiadi, sposarsi e avere un figlio, vivere in un modesto comfort. Chiedeva troppo? Forse.

Hong alzò lo sguardo. Gli elicotteri americani lasciavano cadere bombe incendiarie su un villaggio vietnamita.

«I prodotti chimici che uccidono la gente hanno l'odore della vittoria» disse il soldato americano dallo schermo.

Si accesero le luci prima che fosse terminata la scena finale. Hong guardò l'orologio: erano quasi le dieci. Doveva ammettere che si era trattato di una produzione superba, ma lui aveva già visto morire troppa gente, fra cinesi e vietnamiti, quando era di pattuglia sul confine. Quale ideologia volevano dimostrare gli americani? Che loro stessi erano malvagi?

«Non capisco» disse Yamei, alzandosi. «Cosa c'era di sbagliato nell'uomo grasso della giungla?»

«Era solo un simbolo» rispose Hong.

«Di cosa?»

«Dell'inutilità di quel viaggio. Della decadenza americana.»

«Continuo a non capire.»

Il cinema si svuotò in pochi minuti. Nel viale si misero in moto le auto, sbuffando fumo, le Bandiera Rossa e le Shanghai scivolarono verso l'uscita. Hong e Yamei percorsero il porticato per andare a recuperare le loro biciclette.

«Ti spiace se non ti accompagno a casa?» chiese Hong.

«Certo che no, è troppo lontano» rispose Yamei. «Grazie per avermi portata al cinema.»

«Non credo che ti sia piaciuto molto il film.»

«E invece sì, la fotografia era magnifica, e anche se la storia era molto triste è stato istruttivo imparare come la pensano gli altri.»

Hong si guardò attorno per vedere se qualcuno poteva sentire. «Ascolta,» disse «nelle prossime settimane avrò tantissimo da fare, e probabilmente non avrò tempo da dedicarti.»

Lei accettò quella possibilità con animo sereno, e si limitò ad annuire.

«E penso» proseguì Hong «che sarà meglio che tu non mi telefoni in ufficio.»

Yamei, allarmata, contrasse il viso. «Cosa c'è che non va?»

«Niente.» Hong scrutò di nuovo la folla. «Spero che i tuoi allenamenti procedano bene. Ti vedrò prima che tu parta per le gare.»

«Non hai prestato attenzione al film.» Lo trascinò tra le ombre del porticato. Lui urtò un albero, provocando una pioggia di aghi di pino.

«Per favore, dimmi» lo pregò Yamei con voce pacata. «Sei nei guai, vero?»

La verità poteva essere dannosa come la menzogna. Quello che lui voleva offrirle era impossibile: una fuga da lui. Rimase in silenzio per un attimo, poi la baciò. «Andiamo» le sussurrò. «Potrebbero notarci.»

Con palese riluttanza, Yamei spinse fuori la bicicletta. Le auto passavano loro accanto come altrettanti goffi cammelli, illuminate solo dalla luce della luna che filtrava tra gli alberi.

«È lei, compagno Lu Hong?» disse una voce alle spalle di Hong, che lui riconobbe immediatamente. Si voltò e vide l'inglese appoggiato alla portiera aperta di una Mercedes. Anche questa volta, come a Beidaihe, era vestito di bianco: un costoso completo di lino bianco spiegazzato di fresco, questa volta con il panciotto.

«Sì, è propro lei! Che piacevole sorpresa!»

Ma quale sorpresa? pensò Hong. A quest'ora l'inglese e la sua auto avrebbero già dovuto essere sulla Chaoyangmen. E invece lo aveva aspettato. Hong notò la targa: il prefisso 21 indicava Tianjin. Perché? Caffey offrì loro un passaggio. «Il bagagliaio è abbastanza grande per contenere due biciclette.» Yamei accettò educatamente la stretta di mano di Caffey, e con un tenue sorriso rispose che preferiva tornare a casa in bicicletta. Hong attribuì quel rifiuto al timore che lei aveva degli stranieri.

«Forse il compagno Lu Hong vorrà farmi compagnia e venire con me a bere qualcosa, a fare uno spuntino.»

«Sì, con piacere» rispose Hong. «Ci vediamo fuori di qui, in strada.»

Caffey si infilò nel sedile posteriore della sua auto, cacciandosi la giacca sotto il braccio. La portiera si richiuse con rumore quasi impercettibile, e il finestrino posteriore fu azionato elettricamente e si chiuse con un tonfo sordo. L'autista si insinuò nella fila di macchine.

«Perché vai con lui?» si affrettò a chiedere Yamei.

«Fa parte del caso a cui sto lavorando.»

«Ma è un contatto autorizzato?»

«Posso autorizzarlo io» rispose Hong. La tensione scoppiata tra di loro si stava facendo insostenibile. «Non mi telefonare, e non ti aspettare che io ti chiami.»

«Per quanto tempo?»

«Non lo so. Sappi solo che lo faccio per proteggere sia te sia me.»

Yamei sembrava sul punto di piangere. Si coprì la bocca con la mano, e il respiro le uscì rapido e affannoso.

La Mercedes di Caffey si fermò accanto a loro.

«Adesso vai» la sollecitò Hong. La ragazza aveva le lacrime agli occhi. Hong la guardò pedalare davanti all'auto e poi svoltare verso est, dopo avergli lanciato uno sguardo ansioso – forse in cerca di un segno qualunque. Ma per una volta, lui non aveva segni da trasmettere.

Il ristorante, chiamato la Locanda Occidentale, era situato in un vecchio rifugio antiaereo nei pressi del Palazzo della Cultura di Xidan. Restava aperto sino a tardi per i figli e le figlie dei quadri di un certo rilievo. I muri erano di cemento imbiancato, ma i tavoli a piedistallo erano ricoperti da lastre di pietra lucidata. Hong sospettava che Caffey avesse scelto quel posto perché certi suoi avventori sarebbero stati in grado di capire l'inglese.

«Gli americani erano convinti di vincere in Vietnam» disse Caffey. «Come potevano perdere contro quei maledetti musi gialli con il cappello a punta? È lì che sbagliano gli americani. Credono di essere i migliori di tutti.»

E altrettanto fanno gli inglesi, pensò Hong, e anche i cinesi. Esisteva una razza sulla terra che non si sentisse superiore a tutte le altre? Caffey aveva ordinato una bottiglia di *baijiu* – fulmine chiaro. Vagava da un argomento all'altro: la guerra vietnamita contro i cinesi, i punti deboli della politica estera americana. Era un uomo dal quale le chiacchiere fluivano come da una radio. La conversazione era la sua moneta corrente.

«E gli americani che sono qui,» stava dicendo «tutti a blaterare sulle meraviglie della Cina moderna. Come se il vostro sistema funzionasse veramente, come se i vostri contadini non morissero di fame. Immagino che il nostro amico Ostrander parli in questo modo, da quell'idealista che è.»

«È proprio così?»

«Scusi, non capisco a cosa si riferisce.»

«Ai nostri contadini» rispose Hong. «È sicuro che stiano morendo di fame?»

«Direi di sì, lei non è d'accordo? Sia sotto il profilo fisico sia sotto quello spirituale. Che cosa ne pensa Ostrander?»

«Non ha detto neppure una parola sull'argomento» rispose Hong.

Caffey offrì una sigaretta inglese, e l'accese con un lussuoso accendino di giada verde. «E che mi dice della sua attività di spia? Ha già allungato le mani su qualche segreto di Stato? Magari ha scattato qualche fotografia di carri armati e armi, o cose del genere.»

«Non credo che ne abbia avuto l'occasione» rispose Hong, e subito aggiunse, senza mezzi termini: «Mi chiedo se sia veramente una spia».

«Ma allora,» chiese Caffey, strascicando languidamente le parole «perché pensa che le abbiano affidato il compito di sorvegliarlo?»

«Forse lui ci condurrà a una spia» suggerì Hong con noncuranza, come se quell'idea gli fosse appena balenata alla mente. «Noi abbiamo un detto: ha la tela di un ragno ma la coda di un cavallo.»

Caffey aspirò lentamente dalla sigaretta e guardò Hong con un'espressione quasi ammirata. «Com'è possibile?»

«È solo un detto. Non so come sarebbe possibile.»

«Con la coda di un cavallo,» disse Caffey «forse sta dando la caccia a qualcun altro.»

«È una possibilità che non mi sento di scartare» osservò Hong.

Caffey si appoggiò allo schienale della sedia e lasciò spaziare lo sguardo sulla folla. I giovani fingevano di non notarlo, anche se non potevano fare a meno di sbirciare il suo abbigliamento, il luccichìo delle sue scarpe nere. Ma Hong vedeva solo le cicatrici sul naso e sulle dita di lui. Passo dopo passo, pensò; il metodo che Wei Ye aveva suggerito per Ostrander era ugualmente applicabile all'inglese. Rivela un po' di te stesso, e lui lascerà cadere la maschera.

«Mi piacciono molto i vostri detti *nuovi*» proseguì Caffey. «Diventare ricchi è meraviglioso. Il tempo è denaro.»

«Anche questi sono detti validi. Noi mescoliamo il vecchio con il nuovo.»

«Sì, state imparando, grazie al cielo. Prendiamo questa faccenda di stimolare la gente con il denaro. Da tempi ormai remoti il resto del mondo conosce certi fatti sul conto della natura umana. Perfino i russi hanno incominciato a prenderne un assaggio. Pagate di più la gente, fatela guadagnare, e costruite più camion, mangerete più riso, avrete più... soldi.»

«Purché non si perda di vista quello che è veramente importante. I camion e i soldi non significano niente senza la felicità dello spirito.»

Caffey intrecciò le dita e, con un'aria soddisfatta, posò le mani sul petto. «Compagno Lu, per essere un buon comunista lei mi sorprende. La felicità dello spirito è destinata agli artisti. Gli unici oggetti di valore sono quelli che si possono tenere in mano. L'argento, l'oro, la giada. I quadri, i pezzi di antiquariato.»

Hong passò alla lingua cinese.«*Koutour*» disse rapidamente.

Caffey sbatté le palpebre. «Ossa?»

«Non *goutour*, lei mi ha frainteso. Io intendevo *koutour*, ovvero le sofferenze, le privazioni. Esse conducono alla saggezza, che vale di più della giada.»

«Sicuro, l'avevo fraintesa. Pensavo al nostro amico Ostrander. L'altro giorno mi parlava di suo padre, di quei fossili spariti.»

Questa volta toccò a Hong farsi cogliere di sorpresa. «Ha parlato con Ostrander al telefono?» disse, pensando che gli fosse sfuggita la registrazione della chiamata sui libri.

«No, al Club Internazionale. Ci è venuto a far colazione.»

Incompetenti, pensò Hong. Non gli era giunto alcun rapporto di quell'incontro.

«E ha parlato con lei di suo padre?»

«Una storia affascinante, non trova? Un uomo svanito senza lasciare traccia. Si appresta a prendere un treno per Hong Kong e non ci arriva mai.»

«In treno a Hong Kong?»

L'espressione di Caffey vacillò. Il suo viso assunse l'aria disorientata di un uomo improvvisamente smarrito su un terreno un tempo familiare. Era come arrivare a casa e trovare la propria moglie a letto con un altro uomo; era come sentirsi afferrare per un braccio da un soldato quando si era quasi riusciti ad attraversare il confine con documenti falsi; era come addormentarsi in un paese e svegliarsi smarriti in un altro.

Come faceva Caffey a sapere delle cose che Peter Ostrander non conosceva?

Hong incalzò prima che il suo interlocutore si rimettesse la maschera. «Un treno per Hong Kong. È questo che le ha detto Peter Ostrander?»

«Be', sì, credo...» La maschera era tornata al suo posto.

«Immagino che i fossili siano andati perduti per sempre.»

«Se ne sono perse le tracce da molto tempo» ammise Hong.

«Oserei dire che, chiunque li abbia, possiede una merce di grandissimo valore. Roba da milioni. Ammesso che li abbia qualcuno.»

«Milioni di che cosa?» domandò Hong.

«Yuan, dollari, sterline, quello che preferisce.»

«Io? Io non ho niente a che fare con la valuta. Sono un servitore del popolo con un buono stipendio. Solo gli uomini del suo calibro hanno bisogno di denaro.»

«Era solo una figura retorica, compagno.» Accese un'altra sigaretta, poi passò il pacchetto e l'accendino a Hong. «Bella giada, vero? Ovviamente il dispositivo interno è di fabbricazione tedesca. I cinesi sono meravigliosi nelle arti antiche, ma non molto esperti in quelle moderne. Lo può tenere, se le piace. Un regalo da un amico della Cina.»

Hong sorrise. «Grazie, no, non sarei in grado di apprezzare la perizia con cui è stato fatto l'interno.»

Caffey fece scivolare l'accendino nella tasca del panciotto. «Dovrebbe venire a Shanghai a vedere il mio ufficio. Sono riuscito ad aiutare suo fratello, e sono sicuro che potrei aiutare anche lei.»

«Non riesco a immaginare come» replicò Hong.

«Lei ha più immaginazione di quanto non lasci trasparire, compagno.» Si portò un dito alle labbra. «I cinesi hanno un detto: Se due persone la pensano allo stesso modo, la loro acutezza può tagliare il metallo. Noi due non potremmo pensarla allo stesso modo?»

«Non ancora» rispose Hong. «La Cina è ancora troppo arretrata.» Guardò l'orologio. «Mi dispiace, ma domani devo alzarmi presto.»

Fuori, l'aria si era fatta più limpida e più fresca. Caffey si diresse verso la sua Mercedes, e tenne aperta la portiera per Hong. Ma Hong era rimasto ad aspettare vicino al bagagliaio.

«Allora buonanotte» disse Caffey mentre l'autista estraeva la bicicletta. «Spero che avremo l'occasione per un'altra chiacchierata.»

«Non ne dubito» rispose Hong. Guardò Caffey infilarsi in macchina, e allontanarsi lungo la Fuxingmen.

L'orologio della torre delle Poste e Telegrafi batté la mezzanotte. Hong pedalò verso le luci della piazza Tienanmen, passò accanto al Mausoleo di Mao. Il presidente continuava a sorridere imbalsamato con l'aiuto dei vietnamiti, anch'essi esperti nelle arti antiche. Sul viale della Pace Perenne alcuni operai martellavano il marciapiede per sistemare nuove lastre di pietra; alle loro spalle, sul suo piedistallo, l'obelisco-monumento agli Eroi del Popolo proiettava le sue stelle rosse verso il cielo. Granito, cemento, cazzuole e rastrelli, gli strumenti della Rivoluzione. La scritta dorata sul cornicione del Mausoleo di Mao brillava attraverso la piazza, gettando delle ombre sulle statue di contadini, soldati e scienziati. Hong non poté impedirsi di pensare quanto fossero appropriate quelle persone scolpite nella pietra. Come se gli architetti, ammesso che avessero potuto dare un ordine in tal senso, avessero voluto indicare loro come comportarsi anche nella vita.

La sentinella di guardia all'ingresso del Dipartimento balzò sull'attenti e quasi lasciò cadere la bottiglia quando vide Hong che suonava il campanello notturno.

«Lavori fino a molto tardi» disse.

«Non è mai troppo tardi per i servitori del popolo» replicò Hong. Parcheggiò la bicicletta, mostrò la tessera alle due sentinelle della porta, e salì le scale. Al primo piano brillavano alcune luci: il centro telegrafico, l'ufficio operativo. Il secondo piano era una specie di mausoleo. Hong si infilò nel suo ufficio, lasciò la luce centrale accesa, premette il pulsante della lampada sulla scrivania, e, come aveva promesso Ru, trovò le fotografie del diario di Ostrander, due pagine per ogni copia. *Abbiamo fatto del nostro meglio. Ru.* Hong si accorse immediatamente che il lavoro era stato fatto di fretta. I fogli erano ancora umidi, e per un quarto almeno le parole erano sfocate.

Hong prese dal cassetto centrale una lente d'ingrandimento e si piegò sui fogli. Ostrander era molto preciso nei suoi appunti: aveva annotato tutte le portate di tutti i pasti, tutti gli acquisti con i relativi prezzi, tutte le trattative con la burocrazia, nei minimi dettagli. Non c'era giorno in cui non avesse registrato tutto con quella sua calligrafia minuta ma chiara. Un lavoro da autentico studioso, pensò

Hong. Trovò un brano sul funzionario del Ministero della Difesa.

L'interprete che mi hanno assegnato è un tipo freddo in maniera sorprendente. Un fanatico che ha memorizzato tutti gli slogan che gli hanno propinato. Non lo voglio. Questa mattina l'ho sorpreso mentre prendeva appunti sulla mia conversazione con un sorvegliante. «Fraternizza di frequente» è tutto quello che sono riuscito a sbirciare. Svolge il suo lavoro, ma non mi sembra molto intelligente – non ha un briciolo di curiosità. Le battute di spirito non lo sfiorano neppure, a differenza del dottor Yan, sempre pronto a farsi spiegare una battuta di spirito se non la capisce.

Lascia fare a quelli della Difesa se vuoi un deficiente che non sia neppure capace di nascondere i suoi appunti, pensò Hong mentre sollevava la lente d'ingrandimento. Le pagine seguenti erano piene di osservazioni sulla ricerca effettuata da Ostrander, con numerosi accenni a quanto si considerasse fortunato. Fortuna? Se solo sapessi le ragioni che ti hanno portato qui. Hong guardò fuori dalla finestra, nel cortile buio. E se solo le sapessi anch'io, pensò. Si alzò, aprì la finestra, cacciò fuori il capo. Sulla Chang'an c'era il cambio della guardia: tre auto vicino al parcheggio dell'albergo scaricavano tre uomini, e altri tre prendevano il loro posto. Non molto diverso dai turni in fabbrica, tranne che il lavoro era meno gravoso.

«E se solo le sapessi anch'io» disse Hong ad alta voce, prima di ritornare alla scrivania. Quando aveva chiesto a Ru quelle pagine, sapeva che non vi avrebbe trovato delle prove. E allora, perché le aveva volute?

Per fare il guardone, per conoscere meglio Ostrander.

Smise di girare le pagine quando vide il suo nome.

Lu Hong è diverso. C'è una persona dietro quegli occhi. Lui è quello che vorrei credere che sono i cinesi. Serio, intelligente, spiritoso, ma impastoiato da una forma di governo che non lascia vivere la gente. Forse sto proiettando su di lui quello che vorrei per lui? Vorrei che dubitasse, che si chiedesse se il sistema non debba cambiare per permettere alla gente di vivere di nuovo. Ma forse lo fa. Sua madre è una poetessa. Sarà per questo che mi è simpatico? No, credo che sia una persona per bene che ha passato un sacco di guai. Forse mi dirà che genere di guai.

Forse lo farò, si sorprese a pensare Hong. Ma prima si sarebbe fatto dare da Ru i negativi del diario di Ostrander e li avrebbe distrutti. Chiunque avesse letto quelle pagine si sarebbe chiesto perché Ostrander aveva giudicato Hong sleale verso il suo Paese. Si chiese se fosse davvero la persona per bene che Ostrander aveva immaginato. Se meritasse di essere definito serio, intelligente e spiritoso.

Infine Ostrander aveva dedicato pagine e pagine a Liang Yu-shang. Parlava di sposarla e di portarla con sé negli Stati Uniti. Se era già stato fatto prima, diceva, si poteva fare di nuovo. Ma non sempre il passato faceva presagire il futuro. Forse Ostrander pensava di vivere in un racconto di Dickens, in cui i buoni trovavano sempre la felicità alla fine.

Mancavano pochi minuti all'una. Hong si frugò in tasca in cerca delle chiavi, aprì il cassetto laterale, e posò il diario di Ostrander sopra il certificato di morte di Sun Sheng. E allora diventiamo amici come ci hanno ordinato, pensò, parlando con Ostrander come se fosse in quella stanza; tu mi parli dei tuoi guai, e io ti parlo dei miei. Sfogheremo la nostra amarezza, cancelleremo il passato, tu porterai la tua donna a fare un lungo viaggio e ci verrò anch'io, con Yamei e tutti gli amici che potremo ospitare. Dov'è la barca? Quando partiamo?

Era esausto, troppo esausto per pensare di tornare a casa in bicicletta, perfino troppo stanco per svegliare un autista e chiedere una macchina. Vide sulla parete una giungla in fiamme, dei villaggi che esplodevano, le ultime immagini imprigionate nei suoi occhi prima di addormentarsi appoggiato allo schienale della sedia.

19

Come liberarsi degli uccelli

Il sole era avvolto in un sudario di foschìa. Perfino le nubi avevano deciso di parcheggiare in cielo, ad assorbire l'aria inquinata trattenendola perché la respirassero tutti.

Hong si era svegliato alle cinque, ancora rannicchiato sulla sedia, ed era uscito a fare colazione. Gli faceva male la schiena, come se un camion gli fosse passato sopra nel bel mezzo della notte. Tornato in ufficio, andò a prendere alla Sorveglianza i negativi del diario di Ostrander, poi trovò una dattilografa al primo piano, dettò due richieste di documenti, e si diresse verso l'ufficio del direttore delle investigazioni. Era possibile che la richiesta alla Difesa del dossier dell'inglese avrebbe indotto Wei Ye a capitolare e a invitare il Ministro per la Sicurezza Speciale ad assumersi le sue responsabilità. Possibile, ma non probabile. Hong incominciava a rendersi conto che Wei Ye aveva un interesse personale in quel caso – per il momento invisibile ma destinato a rivelarsi ben presto.

«E così sei preoccupato per l'inquinamento spirituale» disse Wei Ye quando lui ebbe riferito il suo incontro non del tutto casuale con Caffey. «Hai la sensazione di non essere in grado di procedere.» Era convinta che lui continuasse a desiderare che gli venisse tolto il caso. Ma Hong, a quel punto, non sapeva più che cosa voleva.

«Per poter proseguire correttamente,» disse «devo disporre del dossier del Ministero degli Esteri sul conto di Caffey. Voglio sapere tutto dei suoi contatti, dei visti, e dei rapporti con la burocrazia.»

Si aspettava che lei rifiutasse. I suoi rapporti con il Ministero degli Esteri erano terribili.

Invece, senza fare storie, rispose: «Questo non dovrebbe essere un problema».

Hong aprì la cartella e posò sulla scrivania la richiesta formale dattiloscritta. «Sarà meglio fare in fretta» disse.

Lei firmò in fondo al foglio con uno svolazzo. «Ecco fatto.»

Troppo facile. Chissà se la prossima carta giocata sarebbe andata altrettanto bene. «Credo che potremmo chiedere informazioni anche al Ministero della Difesa.» Estrasse dalla cartella la seconda richiesta dattiloscritta. «Ho ragione di credere che Caffey abbia avuto dei rapporti anche con la Difesa.»

«In base a che cosa?»

Per evitare di coinvolgere suo fratello, Hong si era preparato una risposta. «Caffey mi ha parlato del suo ruolo di mediatore per i fornitori stranieri. Il Ministero della Difesa compra delle merci all'estero. La conclusione viene naturale.»

La seconda carta giocata non era andata affatto bene. Wei Ye sembrava soppesare nella sua mente i pericoli a cui poteva andare incontro, probabilmente uno scontro con quelli della Difesa sull'opportunità di esportare un altro straniero. Riuscire a dimostrare che un vecchio amico della Cina era in effetti una spia sarebbe stato un colpo magistrale. Bastava aggiungere Caffey all'avvocato tedesco, e le Tre Tigri avrebbero conseguito due vittorie in due mesi.

Oppure, pensava Hong, le Tre Tigri potevano anche azzannare una vittima del tutto diversa. Magari un alto quadro della Difesa.

Wei Ye guardò i documenti, prese il timbro della sua firma, e dopo un altro attimo di esitazione li timbrò entrambi. «Il mio giudizio sul tuo talento si è rivelato esatto» disse, apponendo la firma sulla seconda richiesta. «Come ti avevo detto, se qualcuno dice una cosa, tu ne capisci tre.»

Chan lo bloccò in corridoio. «Il dossier su Liang Yushang è sulla tua scrivania. E guarda qui.»

Era la stesura preliminare di una mozione per la prossima riunione del Congresso Nazionale del Partito, in cui si caldeggiava l'assegnazione di posti nel Comitato Centrale a parecchi quadri della Difesa.

«Ci dev'essere qualcosa di grosso in cantiere» disse Chan.

Hong rilesse la mozione. I posti al Comitato Centrale erano molto ambiti – la sola strada per arrivare al Politburo. Anche se in teoria il Politburo era gerarchicamente inferiore, in effetti governava il Partito quando il Comitato Centrale non era riunito.

«Sono mesi che le Tre Tigri si battono per quei posti» disse Hong, chiedendosi se la mozione avesse qualcosa a che fare con le battaglie personali che Wei Ye conduceva contro la Difesa. «Le Tigri stanno perdendo terreno.»

«Sarà divertente osservarle mentre cercano di riguadagnarlo» commentò seccamente Chan prima di proseguire lungo il corridoio.

Divertente? La stabilità era da preferirsi al caos.

Il Piccolo Monaco era seduto sulla panca fuori dall'ufficio di Hong. I suoi pantaloni grigi, della stoffa più a buon mercato che si potesse immaginare, erano stirati con cura. Un uomo sfortunato, pensò Hong. Se fosse rimasto in campagna, Wu sarebbe stato un ricco contadino: probabilmente avrebbe potuto svolgere una prospera attività di trasportatore affiancata a quella agricola.

Il Piccolo Monaco balzò in piedi. «Sono a disposizione» disse.

«Bene. Voglio che tu vada all'Hotel Jianguo. Prendi una macchina con l'autista. Devi individuare un inglese di nome Caffey e seguirlo. Prima di uscire fermati alla Sorveglianza e fatti assegnare dal compagno Ru qualcuno che ti dia il cambio di notte.» Avrebbero dovuto farlo prima, pensava Hong. Ma una settimana fa, per delle ragioni che dovevano essere sembrate valide e in quel momento aveva difficoltà a ricuperare, non aveva voluto che Wei Ye pensasse a un coinvolgimento dell'inglese.

«È tutto autorizzato?» chiese il Piccolo Monaco, visibilmente nervoso.

«Sì, tutto autorizzato. E adesso muoviti, prima che l'inglese si svegli.»

Senza dare al Piccolo Monaco il tempo di protestare, Hong spalancò la porta e si voltò subito per tornare al lavoro. Si preparò una teiera di tè e aprì il dossier su Liang Yu-shang.

Nata il 17/9/41 a Tang-shan, da Liang Bairong, ingegnere, e Weng Ou, bibliotecaria, entrambi membri del Partito. Il padre ha organizzato la lotta clandestina per il Partito durante la guerra contro il Giappone, ed è stato fucilato dalle truppe giapponesi nel febbraio del 1941. Weng Ou...

Hong smise di leggere. I giapponesi uccidevano un bel po' di spie in quel periodo. Solo otto mesi prima avevano fatto fuori il corriere di Sun Sheng.

Ricominciò a leggere, poi si interruppe di nuovo per guardare le due date: la nascita di Liang Yu-shang, e la morte di suo padre. C'era forse un errore? No, poteva succedere durante la guerra: si concepiva un figlio con la speranza di vivere abbastanza a lungo per goderselo. Liang Bairong non era stato così fortunato. Sua figlia Liang Yu-shang era nata otto mesi dopo che lui era morto.

C'era anche la questione del luogo di nascita: Tang-shan, lo stesso posto in cui era stata registrata la nascita di Peter Ostrander. O forse anche lei, come Ostrander, era nata in un altro posto ed era stata iscritta all'anagrafe di Tang-shan?

Il dossier proseguiva dicendo che la madre si era risposata all'inizio del 1943, con uno studioso di letteratura. Portando con sé la figlia, non la moglie, l'uomo era andato nel 1948 a studiare presso l'Università di California, negli Stati Uniti. Nel 1956, dopo aver portato a termine i suoi studi, era patriotticamente ritornato in Cina. Poi, anch'egli vittima di una tragedia ripetuta un milione di volte, durante la Rivoluzione Culturale era stato mandato a raccogliere la verdura vicino a Nanchino. Tanto valeva essere un patriota. Sfortunatamente le Guardie Rosse tenevano in maggior conto le verdure che non i professori animati da spirito patriottico. L'uomo era stato picchiato a morte, con la motivazione, molto comune in quei giorni, che «aveva opposto resistenza». La descrizione del suo decesso era seguita da una annotazione a matita, redatta senza nessuna intenzione ironica: «Riabilitato nel 1977 per ordine del Ministero dell'Istruzione».

Morto da sei anni, e riabilitato. Chissà se qualcuno, in cielo, riconosceva valido un ordine del Ministero dell'Istruzione?

Squillò il telefono. Prima ancora di rispondere, Hong era sicuro che fosse il compagno Ru della Sorveglianza.

«Un cambio notturno per pedinare un inglese?» strillò Ru. «Che cosa credi che io comandi? Un esercito?»

«Ho fatto richiesta di due uomini da assegnare a te in permanenza» rispose Hong.

«È un piacere lavorare con te» disse Ru.

Hong ritornò al dossier, e ancora una volta la sua attenzione fu attratta dalle date. Pensò al subbuglio scoppiato a Yen-an, alle spie nemiche sradicate dai compagni più duri, al pericoloso viaggio di Sun Sheng a Tianjin – tutte cose successe tra il 1940 e il 1942.

Liang Yu-shang era sopravvissuta meglio di tanti altri alla sua sorte. Nonostante i suoi brutti trascorsi, era riuscita a iscriversi all'Accademia di Arte Drammatica di Nanchino per studiare recitazione e canto. Si era esibita con piccoli complessi, cantando canzoni popolari. Per due anni, dal 1964 al 1966, era stata ingaggiata per degli spettacoli presso gli avamposti militari sui confini occidentale e settentrionale, poi era tornata a far parte di una troupe di stanza a Nanchino. I suoi trascorsi di figlia di un intellettuale erano ritornati sfortunatamente a galla nel 1973, durante la Rivoluzione Culturale. Non solo aveva perso il posto, ma anche lo stipendio. Infine si era trasferita a Nan-kou, vicino a Pechino, dove era stata assunta come impiegata in una clinica. Si era considerata fortunata di aver trovato un lavoro.

Hong si chiese come fosse riuscita a ottenere quel posto a Nan-kou. Come mai la sua unità lavorativa aveva autorizzato il trasferimento di un cattivo elemento.

Entrò Chan con un fascio di telex delle unità operative. «C'è stata un'altra sommossa a Jinan. Qualcuno aveva un fucile. Un esattore delle tasse si è beccato due proiettili nello stomaco, ma sopravviverà.»

«Siediti» lo invitò Hong. «Voglio proporti una teoria.»

«Sugli esattori delle tasse?»

«Su Ostrander» rispose Hong.

Chan si lasciò cadere sulla sedia vicino all'archivio. «Ho lo strano presentimento che non mi piacerà.»

«Incominciamo da una persona sospettata di essere una spia» esordì Hong, percorrendo la stanza come faceva quando dava lezioni di procedura legale a Fengtai. «Questa persona viene affidata a me per delle ragioni non ancora del tutto chiare, ma non emergono prove che sia una spia. Segue degli esperimenti fino a poco tempo fa considerati di nessuna importanza, e rispolverati giusto in tempo per il suo arrivo. Nel comitato di selezione che lo ammette nel nostro Paese c'è un alto funzionario della Difesa. E poi c'è Deng Bo, un altro papavero della Difesa, che indaga sul caso senza una ragione apparente e che ha spalleggiato un capitalista inglese, il quale a sua volta appoggia il nostro uomo sospettato di spionaggio e poi mi rivela che pensa ai sacri fossili dei nostri antenati.»

«Sarà» disse Chan dubbioso. «Mi hai detto che sei stato tu a parlare di ossa con Caffey.»

«E infine abbiamo Liang Yu-shang.» Hong abbassò gli occhi sul dossier della donna. «Un caso molto interessante. Se pensi che rischia quello che difficilmente qualcun altro si sentirebbe di affrontare: una relazione intima con uno straniero.»

«È un cattivo elemento» commentò Chan. «Che cosa ti aspetti?»

«Un cattivo elemento? Forse, ma con un passato ispiratore. Dei trascorsi terribili, come figlia di un "lurido intellettuale". E poi è un'attrice, e come tale allenata nell'arte del recitare dei ruoli. Ha avuto due padri, entrambi morti. Uno ucciso dai giapponesi, stando a quanto si legge nel dossier. Il secondo picchiato a morte.»

«Vieni al punto» lo invitò Chan.

«Questa attrice riesce ad assicurarsi un nuovo posto quasi immediatamente, dopo aver perso quello di cantante. Si potrebbe quasi sospettare che si sia comperata il trasferimento al nord, ma con quale denaro? Ammesso che si abbiano delle buone maniglie, quanto potrebbe costare acquistarsi i documenti per un posto a Nan-kou, e poi un trasferimento a Pechino?»

«Una somma enorme» rispose Chan. «Perlomeno mille yuan.»

«Che corrisponde a quanto? A due anni di stipendio per un'attrice?»

«Anche tre» precisò Chan.

«Da chi è stato firmato il suo permesso di soggiorno?» chiese Hong.

«Ce lo hai tu il dossier» rispose Chan in tono lugubre.

«Sì, è vero.» Hong sfogliò le pagine. «È stato firmato dal compagno Ho, un funzionario del Ministero della Sanità che ho conosciuto al circo e che, guarda caso, è un amico del viceministro della Difesa Deng Bo. Inoltre vorrei che tu ti procurassi l'originale di questo documento, per favore. Al più presto.» Chiuse la cartella. «Allora, a che cosa porta tutto questo?»

«Guai» dichiarò Chan. «Anche se mi pare che tu abbia trascurato un dettaglio fondamentale.»

«E sarebbe?» domandò Hong.

«Te» rispose Chan. «Qual è la tua collocazione in questa storia?»

«Io non devo avere nessuna collocazione, sono solo un assistente vicedirettore assegnato a un caso» replicò Hong, rendendosi conto lui stesso come suonasse falsa la risposta.

«È incominciato tutto quando ti sei messo a scavare negli archivi,» osservò Chan «con tutti quei personaggi di Yen-an ormai defunti che ti frullavano in mente. Ti è passato per la testa che senza l'americano avresti molto più tempo per andare dietro ai tuoi sospetti? Tu in particolare dovresti avere a cuore la saggezza del tuo grande eroe. Se A è vero...»

Chan si interruppe, scosse il capo, agitò nervosamente le mani.

«Sei un amico fedele» disse Hong.

«Anche tu. Lascia che te lo dica, io non ho molti amici, e quelli veri sono difficili da mantenere. Specialmente se sono in un campo di prigionia dove non splende mai il sole, dove il cibo è una punizione, e dove nessuno andrà mai più a trovarli.»

L'ospedale occupava tre bassi isolati sulla Donghuamen, a est del fossato della Città Proibita. Hong aveva telefonato all'ufficio affari politici dell'ospedale per riferire che aveva deciso di interrogare Liang Yu-shang e determinare gli orari dei suoi turni. Voleva che l'interrogatorio avvenisse fuori dall'ospedale, e senza chc vi assistesse nessun membro del personale. Qualcuno poteva andare a spettegolare con Ostrander, ma Hong era sicuro che Liang Yu-shang non aveva nessuna intenzione di svelare la sua vera identità di funzionario della Sicurezza Pubblica. Lei aveva bisogno di Ostrander per dei suoi motivi particolari, Hong ne era certo, e si sarebbe guardata bene dal fare qualcosa che potesse spaventare il suo amico e farlo allontanare da lei.

L'autista si fermò davanti al terzo cortile, al N° 36 della via Beizuidi, edificio N° 5. Dal marciapiede dove accudivano ai nipoti spettegolando, le nonne lo guardarono attraversare il cortile. La porta contrassegnata con il N° 5 era coperta da un manifesto giallo sbiadito che rappresentava un parabrezza in frantumi: GUIDA CON PRUDENZA SE VUOI EVITARE GLI INCIDENTI. Hong sentì il suono di una radio all'interno, bussò, e non avendo ottenuto risposta gridò: «Aprite, sono un funzionario della Sicurezza Pubblica».

Il secondo turno dell'ospedale incominciava alle otto. Liang Yu-shang doveva essere a casa.

La porta si aprì. Metà viso della donna sembrava inesistente, privo com'era di cipria e di belletto. Hong trovava che il trucco ne oscurava la bellezza. La donna aveva in mano uno specchietto rotondo. Lanciò a Hong un'occhiata carica di odio represso.

«Annùnciati a voce ancora più alta» disse con un sorriso gelido «e procurami delle difficoltà anche maggiori con i miei vicini.»

Hong si introdusse nella minuscola stanza, di nove metri quadri, a mala pena: c'era spazio per tre letti stretti con relativi cassettoni, una piccola sedia imbottita, un guardaroba e, con grande sorpresa di Hong, un frigorifero. Come poteva permetterselo? Persino per lui le rate mensili erano uno sforzo non indifferente. Un unico pannello di vetro lasciava entrare la luce dal cortile.

«Dove sono le altre persone assegnate a questo appartamento?» domandò Hong.

«Non è stato ancora assegnato nessuno» rispose la donna.

E non succederà, pensò Hong.

«E così tu sei una guida e un traduttore» disse lei, sorridendo di nuovo. «In forza presso l'Accademia delle Scienze. Peter mi ha detto quanto sei cordiale con lui.»

«Usi il suo nome di battesimo» osservò Hong.

«Non dovrei? C'è qualche disposizione che lo impedisce?»

«Ti dispiace se mi siedo?»

«Certo che no, ti prego, mettiti comodo. Per quanto è possibile in questo tempio dell'eleganza.»

Hong si lasciò cadere sulla sedia, con le ginocchia premute l'una contro l'altra. «A proposito del tuo lavoro all'ospedale...»

«Sono qui a studiare per il bene della mia clinica. Mi propongo di riportare con me delle esperienze validissime, di grande utilità per tutti.»

«Hai imparato bene la lezione» commentò Hong. Aprì il cassetto in alto del mobile e frugò tra le camicette.

«Dovresti avere un mandato di perquisizione.»

«L'ho dimenticato» rispose Hong, chiudendo il primo cassetto per aprire il successivo. «Dove hai comperato il frigorifero?»

«È un reato possedere un frigorifero?»

«Con il tuo stipendio potrebbe esserlo.»

«Ho risparmiato per comperarmelo.»

«Dimmi come hai fatto a farti trasferire a Pechino» domandò ancora Hong.

«Chiedilo all'incaricato degli affari politici della mia clinica. Ti dirà che sono una lavoratrice impegnata e istruita.»

Si chinò sul cassettone, appoggiò lo specchietto al muro e continuò a truccarsi. «Spero che non ti dipiaccia, ma se non finisco faccio tardi al lavoro.»

«Vuoi farti bella per Ostrander» commentò Hong. «Se continui a fraternizzare con lui, sarai accusata di contraddizione. E potresti anche essere arrestata.»

«Non ho fatto niente di male» disse lei, tracciando il contorno degli occhi con una matita nera. «Il dottor Yan può testimoniare che sul lavoro il mio contegno è irreprensibile.»

«Sei vissuta negli Stati Uniti» disse ancora Hong.

«Sono stata riabilitata.»

«Com'è morto tuo padre?»

La donna finse di dedicare tutta la sua attenzione agli occhi e al colore delle guance. Ma nonostante quel suo atteggiamento di sfida, si avvertiva in lei una certa vulnerabilità. No, qualcosa di più: un terrore al quale sembrava abituata come ai suoi abiti. La paura non era un nemico; era un compagno di vita.

Si sentì cinguettare un uccello fuori dalla finestra. Yushang alzò lo sguardo. «Lo sapevi che molti anni fa c'è stata una campagna per liberare Pechino dagli uccelli?»

«Ti ho chiesto come è morto tuo padre» ripeté Hong.

«Gli uccelli erano un elemento malsano perché andavano a beccare nei rifiuti, secondo le autorità comunali. E così a tutti gli operai erano stati assegnati dei turni perché soffiassero nei fischietti e picchiassero sui barattoli di latta, per spaventare gli uccelli e impedire loro di posarsi per terra. Il frastuono durò per settimane intere. Gli uccelli continuavano a volare, senza posarsi mai, finché non morivano. E quando la campagna terminò, non c'erano quasi più uccelli.» Trasse un sospiro profondo, come se l'assenza di quei volatili fosse una grave tragedia personale. «Se non si riesce a trovare un terreno solido su cui posarsi, si muore.»

«Puoi scegliere di rispondere qui alle mie domande,» disse Hong «oppure in una cella dall'altra parte della città.»

La donna rimase in silenzio.

«Com'è morto tuo padre?»

«Durante una colluttazione. Era un revisionista , come ti ho già detto all'ospedale, un pericoloso intellettuale.»

«No» precisò Hong. «Intendevo il tuo *vero* padre, Liang Bairong.»

La donna non ebbe un attimo di esitazione. «Mio padre era una spia e probabilmente tu sai anche questo. È stato ucciso dai giapponesi.»

«E tua madre?»

«Morta anche lei. Di polmonite.»

«Non hai conosciuto tuo padre» disse Hong.

«Ne ho sentito parlare da... da mia madre. Lui era... un eroe della Rivoluzione.»

«Ne sei sicura?»

«È morto. Che cosa importa ormai?»

Stava nascondendo qualcosa. Non mentiva, ma non diceva neanche la verità.

Aveva finito di truccarsi. «Devo andare, non arrivo mai in ritardo.»

«Questo fa di te una persona insolita» osservò Hong.

Lo guardò come se fosse un pazzo. «Un funzionario della Sicurezza Pubblica con il senso dell'umorismo? Hanno fatto uno sbaglio. Perderai sicuramente il posto. Esiste un regolamento ben preciso contro l'umorismo, vero?»

«Una volta facevi la cantante, e ti esibivi per i militari, esatto? Hai fatto mai amicizie nell'ambito dell'esercito, o al Ministero della Difesa?»

«Io cantavo» replicò seccamente. «Non facevo la puttana.»

«Davvero?»

«Se anche lo fossi, non verrei a letto con te.»

«Hai conosciuto un tale di nome Deng Bo, per esempio?» proseguì Hong. «Un funzionario del DCI.»

«Mai sentito nominare.»

«Alla tua clinica saranno felici quando tornerai, adesso che hai fatto nuove esperienze di lavoro. Hai in programma di ritornarci, vero?»

Scoppiò a ridere di cuore, ormai stanca del gioco. «Tu ritorneresti?» chiese continuando a ridere, e subito aggiunse, fingendosi seria: «Non vedo l'ora di aiutare gli infermi e di servire il popolo».

«Di che cosa parli con Ostrander?»

Lei posò gli occhi sui suoi belletti, improvvisamente triste. «Di palme» rispose con voce uniforme. «Di posti dove la gente può guardarle quando vuole. E dove nessuno ti chiede mai a che cosa pensi o di che cosa parli.»

Hong fu colpito dal suo tono gentile, dalla sua bella voce. Era difficile immaginare un mondo in cui la gente parlava senza timore di essere sentita. Quanto a vivere in un mondo come quello...

Yu-shang si passò una spazzola tra i capelli, e la lasciò cadere in una borsa di tela. «Se non hai intenzione di arrestarmi subito, dovrei andare a prendere l'autobus.»

I giornali avevano pubblicato degli articoli per migliorare l'immagine della Sicurezza Pubblica agli occhi della gente; e la legge imponeva che, se Hong voleva approfondire la perquisizione, avrebbero dovuto essere presenti Liang Yu-shang e un componente della sua unità lavorativa o del comitato di quartiere. Ma Hong non voleva interferenze.

«Sì, devi andare se non vuoi fare tardi» disse senza alzarsi in piedi.

«Avrai anche il senso dell'umorismo,» commentò Liang Yu-shang «ma non molto rispetto per i diritti delle persone.» Si infilò al braccio la borsa di tela. «Abbi la cortesia di mettere il chiavistello quando te ne vai.»

Hong eseguì un'accurata perquisizione in tutta la stanza. Il frigorifero rivelò una piccola scorta di verdura fresca – cavoli, pomodori, fagioli – e un pollo arrosto. Su un ripiano del guardaroba c'erano due lattine da un quarto di chilo di olio da cucina, molto di più della razione di una persona sola. Nell'ultimo tiretto del cassettone Hong trovò una scatola di cartone con delle fotografie: una di Yu-shang ragazzina, vestita all'occidentale, in posa sotto una palma con il suo secondo padre; e poi un'altra di lei davanti a una vecchia auto con il tetto inclinato, presumibilmente americana. C'erano parecchie fotografie dei suoi genitori, di cui una in particolare attrasse l'attenzione di Hong. Era di colore seppia, con un'annotazione sul retro: «Mamma e papà, 1940». Il giovane uomo possedeva un bel viso han, con i tratti affilati e belle labbra carnose. Ecco da chi le aveva ereditate Yu-shang. La donna della foto aveva i grandi occhi rotondi e la pelle scura della minoranza zhuang. I due erano in piedi davanti a una piccola casa, mano nella mano.

Hong si infilò in tasca la fotografia, uscì, e si richiuse la porta alle spalle.

In cortile, ad attenderlo, c'era un uomo pallido e anziano con la faccia raggrinzita come un vecchio sacchetto di carta. Si presentò come Pan Yu, capo del comitato di quartiere, un tornitore in pensione. Il compagno Pan invitò Hong nella stanza delle riunioni, cercò di ingraziarselo con delle sigarette che Hong rifiutò, e con molta fierezza spiegò di aver tenuto d'occhio Liang Yu-shang fin da quando era arrivata in via Beizuidi.

«Fa degli orari normali,» annunciò l'efficientissimo Pan «tranne che molto spesso torna a casa dal lavoro parecchio tardi. Una volta, mercoledì di due settimane fa, è stata vista scendere da un'auto sulla Donghuamen.»

«Che genere di auto?»
«Giapponese.»
Un taxi, in compagnia di Ostrander? O un'auto ufficiale appartenente a... a chi?
«C'era qualcun altro nella macchina?»
«Non siamo riusciti a vedere perché è partita troppo in fretta.»
«È cordiale con i vicini?»
«Sono invidiosi di lei a causa dei suoi vestiti e del frigorifero. E anche perché gli altri letti della sua stanza non sono occupati. Molte donne si chiedono perché presti tanta attenzione ai bambini, ai quali fa continuamente piccoli regali: giocattoli, dolci.»
Il vecchio Pan dimostrò un particolare interesse per il frigorifero. Era stato consegnato due mesi prima da un camion prima dell'alba. «Il conducente del mezzo parlava con un accento del sud. Io l'ho abbordato ma lui si è rifiutato di rispondere alle mie domande. Liang Yu-shang ha detto di averlo ingaggiato per il trasporto del frigorifero, ma di non avere nessuna ricevuta comprovante l'acquisto. Dobbiamo dedurre che... lei ha...»
«Sì?»
«Ti prego, non interpretarmi male. Non sto criticando il nostro Partito.»
«Continua» lo sollecitò Hong.
Pan trasse un respiro profondo. «Ha degli amici tra gli alti quadri, non c'è altra spiegazione.» Soddisfatto di essersi tolto quel peso, si affrettò a proseguire: «Pensiamo anche che non stia bene. Parlotta da sola. L'hanno sentita mattina e sera declamare tra sé e sé. La gente si spaventa. Lei non è come noi. Si trucca troppo e si veste in maniera vistosa. Presumiamo che soffra di debolezza nervosa».
«Sì, è probabile» disse Hong.
Ringraziò Pan per l'ospitalità, e si diresse verso la Donghuamen. Debolezza nervosa? Molto improbabile, pensò. Liang Yu-shang sembrava in perfetta salute.

In ufficio trovò sulla scrivania il permesso per il viaggio di Ostrander a Chou-kou-tien. Chan era appoggiato allo schienale della sedia a guardare il soffitto con aria cupa.

«Cos'è questa atmosfera da tragedia?» domandò Hong. «Ci trasferiscono tutti al confine mongolo?»

«Peggio» rispose Chan.

«La Liang ha un frigorifero» spiegò Hong. «E ha paura di qualcuno, ma non di me. È completamente...»

«Il vecchio archeologo è morto» lo interruppe Chan. «Il dottor Guo Ke.»

Hong lo fissò sbalordito.

«Un attacco di cuore» proseguì Chan. «Questa mattina.»

Hong si sentì schiaffeggiato, preso a calci... e subito dopo inebetito. Aveva visto il vecchio archeologo solo una volta, ma da quell'unico incontro aveva ricavato la sensazione che tra di loro ci fosse una certa affinità. La morte di quell'uomo lo colpiva profondamente, per ragioni che gli risultavano oscure. Persone simili avrebbero dovuto restare al mondo più a lungo possibile. Aveva paura di quello che era sul punto sentire.

«All'Ospedale per le Malattie Infettive?» chiese, sperando che la risposta fosse no.

Chan annuì solennemente. Pensavano entrambi a Sun Sheng. Chan increspò le labbra e strinse gli occhi, come se provasse un qualche dolore. «Io... non riesco a crederci. Volevo convincermi che... che tu avevi torto, indipendentemente dalle prove. Ma ora...» Batté un pugno sul tavolo e gridò: «Possono ancora succedere cose simili? Si può continuare così?».

«Chi ha firmato il certificato di morte?» domandò Hong.

«Te ne farò avere una copia.»

«Non servirà a niente parlare con la vedova, suppongo.»

«Lei era fuori» rispose Chan.

Naturalmente, pensò Hong.

Il dottor Guo Ke sapeva chi mancava dalle fotografie del padre di Peter Ostrander. E lo avevano ucciso a causa del rapporto di Hong. Per quasi cinquant'anni nessuno aveva sospettato che il povero vecchio sapesse qualcosa, ed era stato proprio Hong a spifferare tutto.

Si lasciò cadere sulla sedia, appoggiò i gomiti sulla scrivania e il mento sui pugni chiusi, e lasciò vagare lo sguardo nel nulla. Si sentì travolgere da una forza selvaggia e virulenta. Aveva architettato infinite forme di auto-inganni, come del resto facevano tutti quelli che volevano continuare a vivere, a mangiare, a lavorare in un mondo stravolto a ogni battito dell'orologio. Aggràppati alla Rivoluzione, impara dai contadini; no, lascia che sboccino cento fiori, che si confrontino cento scuole di pensiero; costruisci il socialismo, il tempo è denaro. Scegli il tuo movimento, ma con prudenza, perché domani potrebbe finire. Aveva ingannato se stesso dichiarandosi d'accordo con chiunque proclamasse che la vita della gente era cambiata in meglio. Aveva ingannato se stesso aspirando a un codice d'onore più forte di quanto non possedesse effettivamente. La verità era che prima di tutto lui era stato fedele a se stesso e a quelli che amava, agli amici e alla famiglia. Dovendo scegliere tra un bene più grande e il proprio, aveva sempre dato la preferenza al proprio. Ci nutriamo di piccole bugie, pensò, per poter inghiottire quelle grandi.

Si alzò e agitò una mano verso la porta. Chan lo seguì fuori dall'ufficio, giù per le scale posteriori, verso l'angolo di verde che sorgeva nel bel mezzo di Zhengyilu. Due vecchi accosciati per terra giocavano a scacchi.

«Tenta una nuova teoria» disse Hong quando la sua voce fu ben nascosta dagli alberi. «È come regolare dei vecchi conti, un gioco, una competizione, un giro a Quaranta Punti. Proprio così, è un gioco a carte che dura da molto tempo. Quasi da cinquant'anni, credo. Vi partecipano tutti, e i giocatori non sono solo le persone, ma anche le carte.» Chan aprì la bocca per parlare. «No, non mi interrompere. Lasciami parlare. Le carte sono Ostrander, Shun Sheng, Liang Yu-shang, il dottor Guo Ke, chissà quanti altri... e sì, forse anch'io. Io, il figlio di una grande poetessa che ci ha insegnato che la Rivoluzione era il centro della vita, che servire il Partito equivaleva a servire il popolo. Anche quando hanno distrutto mio padre, mia madre ha continuato a predicare la fede. Ma non lo faceva quarant'anni fa, come non lo facevano molti di loro, forse neppure Shun Sheng, quando le misure di sicurezza a Yen-an erano così scadenti che i nemici potevano attaccare il quartier generale del presidente senza preavviso. E se ci fosse stato un traditore in mezzo a loro? E se per quarant'anni il traditore si fosse preoccupato che potessero emergere delle prove...»

«Quali prove?» lo interruppe Chan. «Che genere di prove si tengono nascoste da quaranta o cinquant'anni?»

«Non lo so» rispose Hong. «Ma la gente ha continuato a morire perché non venissero a galla.»

Chan aveva ascoltato abbastanza. «Non mi piacciono questi giochi di carte,» disse «e poi il gioco d'azzardo è illegale. Tu limitati a scrivere i rapporti.»

Era spaventato. Era già ritornato dall'inferno una volta, ed era ancora terrorizzato.

Attraversarono la strada in silenzio. Hong trovava che la paura era contagiosa. Anche lui era spaventato, ma in un modo nuovo e sorprendente. Aveva sempre temuto quelli che lo circondavano, ma ora, stranamente, aveva paura di qualcosa che aveva dentro di sé, qualcosa che lo spingeva dove non desiderava andare. Si chiedeva se potesse onestamente definire paura quella sensazione.

O non era forse ambizione?

Quando furono dall'altro lato della Zhengyilu, le nubi rotolarono via e un sole rosso colpì Hong direttamente negli occhi. Accese le pagliuzze di quarzo del marciapiede, che mandarono dei bagliori sul loro cammino.

Ostrander era un balsamo, una specie di anestetico. Usando come scusa la notizia del permesso per andare a Chou-kou-tien, Hong si era recato all'ospedale per scoprire qualche altra cosa sul conto di Liang Yu-shang. O forse voleva mettere in guardia Ostrander, convincerlo che quella donna non era quella che sembrava. Ma se lo metto in guardia contro di lei, aveva pensato, non dovrei anche metterlo in guardia contro di me?

«Ci sono due opposte scuole di pensiero sul comportamento umano» disse Ostrander a Hong che lo seguiva attraverso il cortile dell'ospedale. «Una sostiene che noi siamo il risultato delle nostre esperienze, del modo in cui siamo cresciuti da bambini. L'altra afferma che abbiamo una natura di base, che siamo nati in un certo modo. Ora, se si dilatano queste idee, ci si trova ad affrontare un'infinità di discussioni. Lei cosa pensa, Hong? Ogni uomo ha una natura di base?»

«La nostra natura è stabilita dalla classe in cui siamo nati. La natura dell'uomo è la lotta di classe.»

«Tutto qui?» domandò Ostrander. «Questo è il concetto comunista, ma Confucio ha detto che, anche se alla nascita siamo un foglio bianco, siamo tuttavia in grado di riconoscere quello che è giusto e quello che non lo è.»

«È un'idea sorpassata» dichiarò Hong.

«E così non esiste una natura umana, e noi siamo solo degli animali. È convinto di poter far fare a un uomo quello che vuole, solo esercitando il giusto tipo di pressione – castigo e ricompensa?»

«E lei, in che cosa crede?» chiese Hong.

«Che noi siamo animali e anche qualcosa di più» rispose Ostrander. «E lei è proprio convinto che il castigo e la ricompensa siano le uniche cose che fanno di noi quello che siamo?»

«Dovrei pensarci» rispose Hong.

«Lo faccia adesso. Sono curioso.»

A Ostrander, come a Sun Sheng, piacevano molto le discussioni, e anche sugli stessi argomenti. Sheng era solito dire che gli uomini sono legati dalle idee oltre che dai sentimenti. Da questo concetto Hong trasse la risposta e il motivo per condividerla.

«Il comportamento ci fa buoni o cattivi,» disse «e il castigo e la ricompensa sono concetti primitivi. Sono validi, ma non tengono conto di... di quello che lei chiama anima.»

Ostrander batté le mani. «Bravo! E che mi dice della nostra natura di base? Siamo fondamentalmente buoni o cattivi? Oppure né l'uno né l'altro?»

«Non credo che sia questa la domanda importante» osservò Hong.

«E quale sarebbe?»

«Come si fa a scoraggiare gli uomini dall'essere cattivi, e a incoraggiarli a essere buoni? Noi abbiamo un detto. Quando le forze del bene sollecitano una persona, quelle del male ne sollecitano dieci.»

«Non è un detto molto ottimista.»

«Ci sono molte ragioni per essere ottimisti?»

Liang Yu-shang si fece loro incontro dalla porta del cortile. Salutò calorosamente Hong, e disse rivolta a Ostrander: «Peter, il dottor Yan ti aspetta».

«Digli che arrivo tra un minuto.»

Quando la donna se ne fu andata, Ostrander posò una mano sulla spalla di Hong. «Amico mio, voglio farle una domanda. Che cosa accadrebbe se un occidentale si innamorasse di una cinese, e volesse sposarla e portarla via con sé?»

«È una situazione difficile» rispose Hong, rendendosi conto che qualunque avvertimento sarebbe stato superfluo. «Di solito il governo non approva.»

«Forse lei potrebbe darci una mano.»

Hong era stupito che *loro* avessero potuto essere così sicuri dei risultati. Era stata una prova di grande audacia mettere insieme Liang Yu-shang e Ostrander, e dare per scontato che sarebbe scoppiato l'amore.

«Dovremo aspettare e stare a vedere» disse Hong. «Sarà una cosa difficile.»

«Mi pare di capire che lei la trova una cattiva idea.»

«No, ho solo detto che è una situazione difficile.»

Ostrander si fermò. «Io amo quella donna, Hong. E voglio sposarla e portarla via con me.»

Salirono per andare al laboratorio ricerche. Ostrander si sdraiò sul tavolo e il dottor Yan gli inserì degli aghi nel collo e nella testa. Poi ripeté l'esperimento con i numeri, quello che Hong aveva visto fare con l'anziana donna. Ostrander lo eseguì alla perfezione.

«Adesso cerchi di ricordare» disse il dottor Yan «un'esperienza di molto tempo fa. Per esempio, ricorda il giorno in cui ha lasciato la Cina?»

Ostrander chiuse gli occhi. Dopo un attimo rispose: «Vedo chiaramente la scena . C'è una nave in porto... e... dei contadini sulla banchina che vendono roba da mangiare. È un porto molto lungo, con molte navi. Io sto male perché mio padre non è venuto con noi. Al di là della strada c'è una torre con l'orologio... manca un quarto alle due».

Il Bund di Shanghai, pensò Hong.

«Ecco la nave!» esclamò Ostrander eccitato. «Una passerella con delle bandiere rosse e blu, bandiere inglesi. Gesù, riesco a vedere il nome della nave... è la *Principe di Galles*!»

Hong ascoltava con attenzione. Si stavano avvicinando sempre più ai ricordi di Ostrander. Ma di quali in particolare avevano bisogno?

La fabbrica era una specie di bolgia impregnata del tanfo di prodotti chimici. In alto correvano dei nastri trasportatori, simili a giganteschi serpenti di metallo. Il puzzo era disgustoso, e il rumore degli ingranaggi e della fornace era assordante. Le donne con le cuffie azzurre controllavano la catena di montaggio, mentre gli uomini toglievano dei tubi di ferro dagli uncini e li immergevano in tinozze di acido, per sottoporli a un processo di galvanizzazione.

Proteggendosi le orecchie, Hong si portò sul piano di carico. Gli operai lo guardavano sbalorditi, chiedendosi come mai un funzionario così ben vestito fosse andato a visitare la fabbrica. Hong scese una rampa di scalini di cemento, si accese una sigaretta per eliminare dalla bocca il gusto di prodotti chimici, e attraversò il cortile in mezzo a cumuli di rottami di metallo e carrelli di bambù carichi di tubi nuovi.

La clinica per le famiglie della fabbrica era un bunker imbiancato a calce, situato all'estremità del cortile. Hong si portò da un lato della costruzione, sbirciò dalla finestra e vide la sua amica Min nello studio con una paziente, una ragazza dal viso arrossato, con un brutta ustione sul braccio. Min fasciò la ferita, scrisse una ricetta e fece uscire la paziente.

Hong batté sulla finestra. Min alzò lo sguardo, trasalì e corse fuori.

«Cosa è successo?» chiese senza fiato. «È capitato qualcosa a Boda?»

«No, sono venuto per la mia febbre» disse Hong. «Mi dispiace di averti spaventata.»

Dopo essersi calmata, lo guardò con sospetto. «La tua febbre, eh?»

«Pensavo che tu potessi darmi qualcosa.»

«Ti avevo detto che avrei portato a casa una medicina per te» borbottò la donna. «Vieni.»

Hong entrò nello studio e si appoggiò al lettino delle visite.

«Che cosa vuoi?» gli chiese Min.

Hong aveva in tasca il certificato di morte del dottor Guo Ke. Firmato, come quello di Sung Sheng, dal direttore amministrativo dell'Ospedale per le Malattie Infettive. Hong fece il nome dell'uomo e chiese a Min se ne aveva mai sentito parlare.

«Ho studiato chimica con lui» rispose lei. «A Wu-han. È il numero uno dell'Ospedale per le Malattie Infettive.»

«Che genere di uomo è?» domandò Hong

«Puoi procurarti il suo dossier. Perché lo chiedi a me?»

Hong si mise seduto sul tavolo delle visite. «Come uccideresti un uomo?» domandò.

«Hong, lo sai che potresti mettermi nei guai per essere venuto qui. Hai degli esperti al Dipartimento, perché non ti rivolgi a loro?»

«Dimmi, come uccideresti qualcuno?»

«È una domanda filosofica?»

«No, chimica. Come si può uccidere un uomo senza che nessuno sappia chi lo ha fatto?»

Min sbuffò, esasperata. «Hai qualcuno di speciale in mente?»

«Aiutami, ti prego» insisté Hong.

«Con l'estratto di una pianta chiamata *Strychnos toxifera* iniettato nella sinapsi neuromuscolare» disse Min esplicitamente. «Il risultato è la paralisi del sistema respiratorio.»

«Lo potresti definire un...» si tolse di tasca il certificato di morte «un episodio coronarico?»

«In questo caso serve il cloruro di potassio» spiegò Min. «Se lo si inietta direttamente in una vena, sopravviene un arresto cardiaco.»

«L'autopsia ne rivela la presenza?»

«No, è una sostanza difficile da scoprire.»

Hong era deluso. Se non era facile scoprire la presenza di quel prodotto chimico, che ragione c'era di cremarli subito dopo la morte?

«Non *nel* corpo» proseguì Min «ma forse *sul* corpo. In un anziano si può trovare il punto in cui è stata fatta l'iniezione.» Si interruppe per borbottare qualcosa tra i denti. «Suppongo che stiamo parlando di qualcuno in particolare» aggiunse. «Una persona anziana.»

Hong annuì. «Sì,» rispose stancamente «una persona molto anziana.»

Min prese uno specchietto, gli esaminò la gola, gli disse di respirare profondamente e auscultò i polmoni con lo stetoscopio; poi gli scrutò gli occhi con un punto luminoso. «Lo sai che la maggior parte delle persone diventano presbiti con l'età? A differenza di te. I tuoi occhi si comportano in modo opposto. Pensaci su.» Aprì un armadietto e ne prese un flaconcino di pillole. «Tieni.» Le versò in una bustina bianca e le porse a Hong. «Prendine una ogni sei ore.»

Lui mise in tasca la busta e ringraziò.

«Adesso te ne devi andare, ci sono degli altri pazienti che aspettano.» Gli aprì la porta posteriore e lo guardò corrucciata, ma con l'aria di volersi scusare. «Oggi io non ho parlato con te» gli disse con voce sommessa. «Tu non sei stato qui.»

20

Volare senza ali

Prima di andare al Ministero della Difesa, Hong aprì il cassetto laterale per depositarvi il certificato di morte del dottor Guo. La chiave entrò facilmente e la serratura scattò silenziosamente, senza opporre resistenza. Strano. Da sette anni Hong combatteva con quella serratura, un nemico inanimato e molto amato; e ora, come un criminale disposto a confessare, si era aperta senza neppure un cigolìo, come per dire: accomodati, non c'è niente di pericoloso. Hong la guardò sbalordito, si inginocchiò sul pavimento, allungò il collo, esaminò la piastra metallica. Neppure un graffio. Fece scorrere il dito lungo il bordo, e si trovò un cerchio nero di grasso sull'unghia. Qualcuno l'aveva aperta e non era stato capace di richiuderla. Qualcuno che per combinazione aveva con sé un barattolo di olio lubrificante.

Hong si alzò per prendere il certificato di morte del povero dottor Guo. E subito pensò: In che modo ti ho ucciso? Chi ho accompagnato alla tua porta? Si pulì il dito sull'angolo della scrivania, posò il rettangolo di carta sul mucchietto di documenti di Chou-kou-tien, e chiuse a chiave il cassetto.

La stazione di Nanlishilu della metropolitana era tappezzata di manifesti rossi e stendardi d'oro come per una festa nazionale. In effetti, tutta quella parata faceva parte di una campagna di sicurezza scattata in seguito a un incidente di un treno avvenuto il mese precedente. Gli addetti alla metropolitana avevano le divise nuove, notò Hong: pantaloni e camicia marrone chiaro. Si ricordò di una lettera, comparsa sul *Quotidiano della Cina*, di due controllori che si lamentavano delle loro informi divise grigie. I tempi stavano veramente cambiando.

Si avviò verso la strada. A metà scala si fermò e improvvisò una pantomima "su e giù - su e giù - devo essermi perso". Si tastò le tasche e aprì freneticamente la cartella. A un osservatore estraneo poteva dare l'impressione di un funzionario fuori di sé, che aveva dimenticato il documento più importante della sua vita. E adesso che lo hai fatto, diceva il suo volto corrucciato, loro avranno veramente la tua testa. Nel frattempo, esaminava furtivamente i volti di quelli che incontrava.

Qualcuno aveva improvvisamente distolto lo sguardo? Qualcuno era inciampato, o si era chinato ad allacciarsi la scarpa, o aveva aperto un giornale troppo in fretta?

Per quanto gli risultava, non aveva nessuno alle calcagna. Niente fermate improvvise. E nessuno che lo precedesse.

Se non erano né dietro né davanti, si chiese, allora dov'erano?

Il voluminoso dossier sull'inglese era in attesa alla Divisione Operativa del Ministero della Difesa. Decisamente quella era la settimana dei miracoli. Hong aprì la cartella in ascensore, e vide che incominciava nel 1939, quando Caffey aveva vent'anni. L'inglese era più vecchio di quanto non dimostrasse. Quando si aprì l'ascensore, Hong vide la parte posteriore di una testa a lui familiare, con i capelli spazzolati verso l'alto, e subito dopo notò il vestito di buon taglio. Deng Bo stava attraversando l'atrio. Sperando di non essere visto, Hong uscì dall'ascensore e si mescolò alla folla di funzionari che venivano verso di lui. Con un po' di fortuna poteva nascondersi tra la massa fino ad arrivare alla porta.

Riuscì a raggiungere il marciapiede prima che Deng, diretto verso una fiammante Bandiera Rossa, lo salutasse.

«Compagno Lu Hong, le nostre strade si incontrano in continuazione. Che cosa ti ha portato al Ministero?»

«Un incarico ufficiale» rispose Hong, sentendosi ridicolo per quel tono pomposo da funzionario. Fece scivolare il dossier di Caffey nella cartella.

«Una borsa nuova» osservò Deng.

«Sì, ho perso quella vecchia. Anzi, sono stato derubato quando tornavo a casa dopo il nostro ultimo incontro.»

Deng parve sinceramente stupito. «Un alto funzionario derubato? Che cosa terribile. Sei rimasto ferito?»

«Solo nell'orgoglio» rispose Hong, strofinandosi il graffio sul viso.

L'autista terminò di lustrare il cofano della Bandiera Rossa e aprì la portiera. «Torni in ufficio?» domandò Deng. «Io vado in città.»

«Considerando quello che mi è accaduto l'ultima volta, forse mi porta male accettare un passaggio da te.»

«La tua non è una generazione di superstiziosi.» Deng lo invitò con un cenno della mano, e Hong salì sul sedile posteriore. «Derubato... che cosa terribile.»

L'auto si mise in moto. Il fatto che lui si imbattesse sempre in Deng, pensava Hong, era fortuito quanto la presenza di Caffey all'uscita del cinema, quella sera. Ma in questo caso si trattava di un corteggiamento segreto, di un innamorato che si nascondeva in un vicolo per provocare un incontro casuale con la sua amata. Hong appoggiò il braccio sullo schienale, e sbirciò attraverso la tendina trasparente che copriva il finestrino posteriore. Vide una Shanghai verde chiaro che partiva stridendo come se volesse raggiungerli, per poi svoltare al primo angolo.

«Ho appena partecipato a una riunione organizzativa al Ministero» spiegò Deng, con un tono che denotava la noia di quelle incombenze burocratiche.

«Ah, sì?»

«Non faccio altro in questo momento. Una interminabile riunione dopo l'altra. Presto andranno in pensione molti quadri per far posto ad altri più giovani, e noi dobbiamo riorganizzare le nostre strutture. Immagino che succeda la stessa cosa al Dipartimento di Polizia.»

«Non saprei» rispose Hong. Sbirciò di nuovo attraverso la tendina. La Shanghai verde chiaro aveva fatto il giro dell'isolato e adesso era dietro di loro.

«Ti piace il lavoro che svolgi?» chiese Deng.

«Faccio quello che si aspettano da me» rispose Hong. Solo un mese prima la sua risposta sarebbe stata un semplice sì.

«Ti andrebbe di lavorare alla Difesa? O al DCI?»

«La gente come voi si deve preoccupare troppo della politica. Io preferisco arrestare i ladri.»

«E le spie» disse Deng. «Hai fatto un buon lavoro con quel tedesco. E poi, ti sottovaluti. Io avverto in te un profondo apprezzamento per la politica. E adesso ti hanno affidato questo americano, il dottor Ostrander. Come vanno le cose? Tuo fratello mi ha detto che non ti piace questo incarico, eppure lo porti avanti.»

«Anche un animale in trappola continua a lottare» rispose Hong, pensando che anche Wei Ye aveva detto che si sottovalutava. «E non è vero che non mi piace questo incarico. Ma è una perdita di tempo. L'americano non è una spia.»

«Davvero? E allora, perché continuare?»

«Perché il nostro direttore delle investigazioni è molto meticoloso nel seguire tutti i casi fino alla loro conclusione. E poi conosci la storia della tigre e della campana.»

«I tuoi genitori sono degli intellettuali» disse Deng. «I miei erano dei poveri tessitori di tappeti.»

«Fa Yen chiese ai monaci riuniti se poteva slegare la campanella d'oro sotto il collo della tigre. Nessuno fu in grado di rispondere. Il sacerdote T'ai Chin, in risposta alla stessa domanda, disse che la persona che aveva legato alla campanella poteva slegarla. Quando il ministro e il direttore delle investigazioni decideranno di slegare la campanella, chiuderemo il caso.»

«Le Tre Tigri non sono molto intelligenti, vero?»

«Sono dei grandi servitori del popolo» rispose Hong. «Perché la Difesa è ancora tanto interessata a Ostrander? Forse perché il vostro interprete è stato sostituito?»

«Sì, certo, è tutta una questione politica. Mi hanno detto che hai rivisto Caffey. Quell'inglese.»

«I muri hanno le orecchie» commentò Hong.

«No, ma la guardia di servizio al Teatro delle Tre Porte ha un telefono collegato con il mio ufficio.» Deng accese una sigaretta, una Philip Morris, e Hong accettò quella che gli veniva offerta. Se Caffey era amico di Deng, si chiese, perché mai Deng aveva bisogno di farsi fare un rapporto da una guardia?

«A proposito di tigri,» proseguì Deng «hai sentito del caso di Han Haji? Un kazakistano di Turban, un tipo molto attivo che era venuto a Pechino e aveva ripudiato le sue barbare abitudini religiose. Il marxismo dovrebbe trionfare sulla religione, diceva, perché è autentico e scientifico. Questo succedeva prima che i nostri capi si accorgessero delle pecche del marxismo.»

«Dove si trova Turban, esattamente?» chiese Hong.

«Sulla frontiera occidentale. Comunque, tutto quel suo grande parlare dei contenuti scientifici del marxismo gli aveva fruttato un amico all'Ente Esportazioni Arti e Mestieri, e insieme avevano dato l'avvio a un'eccellente attività commerciale. L'uomo di Turban andava a depredare i templi del Tibet, per vendere le statuette d'oro e le perle al suo amico, che a sua volta le vendeva agli stranieri. Anche il kazakistano sarebbe stato un buon venditore, tranne che chiedeva prezzi troppo alti per le statuette d'oro.» Deng aspirò una lunga boccata dalla sigaretta. «Naturalmente sono stati entrambi giustiziati» aggiunse con un sorriso. «Forse oggi il nostro uomo sarebbe un eroe, adesso che a diventare ricchi si riceve l'approvazione ufficiale.»

«Questo che ha a che fare con le Tigri?»

Deng sembrava aver dimenticato la ragione per cui aveva raccontato quell'episodio. «Ah, sì, è stato il suo amico dell'Ente Esportazioni a denunciarlo, sperando di salvarsi. Era incominciato tutto quando l'amico gli aveva detto che se non ci si avventura nella tana della tigre non si può catturare il suo cucciolo. L'uomo di Turban credeva che il cucciolo fosse il suo amico.»

«È il genere di errore in cui può incorrere un kazakistano» osservò Hong, con un tono di voce un po' troppo alto. «Una volta ottenuti i collegamenti, avrebbe dovuto liberarsi del suo amico. Probabilmente avrebbe trovato un fucile e gli avrebbe sparato.»

Deng scoppiò a ridere di cuore. «Non credo che sia questa la lezione. So di non essere un poeta come te o tua madre, ma ho imparato che quando due tigri lottano, sicuramente una delle due resta ferita.»

L'allusione di Deng non dava adito a errori di interpretazione. Si considerava una tigre, potente come il ministro e il direttore delle investigazioni della Sicurezza Pubblica. E il cucciolo era Hong.

Vieni pure nella tana, pensò Hong, ma da me non saprai niente.

L'auto si fermò davanti al Ministero della Sicurezza Pubblica.

«Spero che riuscirai a oltrepassare il cancello senza farti derubare» disse Deng.

Hong lo ringraziò per il passaggio e uscì. La Shanghai verde chiaro che li aveva seguiti era sparita dalla vista.

Caffey aveva vissuto una dozzina di esistenze, e concentrato le storie di una dozzina di uomini nella sua. Era come il Re Drago di un'antica fiaba contadina.

Il voluminoso dossier sull'inglese occupava quasi cento pagine. Da giovane Caffey era vissuto a Hong Kong con i suoi genitori, diplomatici al servizio del loro re, che avevano opportunamente assicurato al figlio una buona posizione in campo commerciale. *Vedere appendice 3*, si leggeva nel dossier. L'appendice 3 riferiva che il padre di Caffey era stato licenziato sotto l'accusa di contrabbando, e rispedito in patria con disonore. A seconda di com'è la pianticella, pensò Hong, cresce l'albero. Caffey, con la sua eccellente padronanza del cinese, era rimasto a Hong Kong, a predisporre accordi commerciali e diplomatici per conto del governo del Kuo-min-tang. A quanto pare, le merci che trattava principalmente erano le armi e le munizioni.

Ma la cosa più incredibile era che aveva fatto affari con i giapponesi anche dopo che avevano occupato la colonia britannica durante la guerra. Negli anni Quaranta era andato a Pechino molte volte. Dopo la Liberazione, durante gli embarghi degli anni Cinquanta, si era reso utile al governo comunista organizzando spedizioni di medicinali e soprattutto di petrolio.

Tutti quei viaggi a Pechino all'inizio degli anni Quaranta... quante cose strane succedevano in quel periodo. Caffey aveva fatto affari con i comunisti? Aveva forse denunciato i loro piloti ai giapponesi?

Comunque, il dossier non conteneva quello che Hong aveva sperato di trovare. Non il minimo accenno a dove conducevano i vari collegamenti di Caffey, ossia non compariva da nessuna parte, negli elenchi delle sue numerose visite, il nome di Deng Bo.

E, cosa che a Hong sembrava ancora più strana, non compariva neppure il nome di Peter Ostrander.

Ma il dossier si presentava tutto d'un pezzo, compatto come un sasso. Hong sfogliò le pagine avanti e indietro, registrando mentalmente tutte le date dei visti, cercando di trovare delle falle nella pietra.

All'improvviso una si rivelò spontaneamente, una simmetria sorprendente. Caffey elencava sempre le organizzazioni, i ministeri e le commissioni con cui veniva a contatto nei suoi viaggi. In breve, citava gli individui solo quando era assolutamente necessario. Trattava sempre dei gruppi. Quelli che avevano provveduto alla stesura del dossier, registrando un fatto dopo l'altro, non ci avevano badato, ma Caffey si era guardato bene dal lasciare tracce di sorta. Se vuoi vedere una persona, vedine molte. Fa' il nome di un alto funzionario, e poi vai a visitare i suoi subalterni. E lascia che un osservatore decida quale fra i tanti è il tuo vero anfitrione.

E così Caffey aveva visitato le università e gli istituti di ricerca, i più alti funzionari del partito e gli infimi furieri dell'esercito. Il nome di Deng Bo poteva anche non comparire, ma non era forse stato un leader del movimento giovanile a Yen-an? E successivamente non aveva ricoperto gli incarichi sia al Tesoro sia alla Difesa? E non aveva forse lodato Caffey nella birreria Kiessling di Beidaihe?

In fondo al dossier c'erano parecchie fotografie di Caffey. In una, scattata vicino a Shanghai, era solo, con un paio di calzoncini corti color kaki che rivelavano grosse ginocchia nodose, e un cappello di paglia per ripararsi dal sole. L'abbigliamento perfetto, pensò Hong, per andare presso un'azienda commerciale britannica di Guangzhou.

Hong mise quella fotografia in particolare nella cartella, e fu aggredito da un rimorso di coscienza. Quello che si accingeva a fare gli dava fastidio. Non aveva mai fabbricato delle prove contro qualcuno. Non solo era contro i suoi princìpi, ma era anche contro la legge; inoltre, era abbastanza facile cogliere in fallo i colpevoli. Ma cercò di convincersi che questa volta era diverso.

E allora, Mr. Caffey, facciamo un bel tuffo nel passato per andare a trovare Theodore Ostrander a Guangzhou, e vediamo chi altri ci troviamo.

Fen Like aveva raccolto una dozzina di fotografie, e le aveva montate su un tabellone. C'erano le due foto fornite da Hong: quella di Theodore Ostrander a Chou-kou-tien, e l'altra scattata a Guangzhou. C'erano parecchi ingrandimenti, di formato diverso, dell'edificio che ospitava l'azienda commerciale, quello con i balconi nella foto scattata a Guangzhou in cui comparivano Guo Ke e Theodore Ostrander.

«Non riesco a trovare niente di Chou-kou-tien» disse Fen. «Ma come vedi ho rintracciato la casa di Guangzhou di cui ti avevo parlato. Costruita dai portoghesi nel XVI secolo.»

«Che cosa ci facevano i portoghesi a Guangzhou?»

«La saccheggiavano,» rispose Fen con un'allegra alzata di spalle «come tutti gli altri.»

Staccò due ingrandimenti dal tabellone e li portò sotto la luce del suo tavolo da lavoro. Il primo, di Theodore Ostrander e del dottor Guo, era stato stampato su una carta molto sottile, quasi trasparente. Il secondo riguardava la casa in cui era situata l'azienda commerciale inglese.

Fen posò il primo sopra il secondo. «Come ti ho detto, lo spazio vuoto tra Ostrander e il dottor Guo basta per due persone.»

Hong guardò con attenzione le colonne della casa, gli ordini di ringhiere. «Per caso hai una vecchia fotografia di Deng Bo? Di quando aveva poco più di vent'anni? A un congresso di Partito, o alla cerimonia per l'inaugurazione di una diga o di un complesso abitativo. Meglio ancora, una vecchia foto dei tempi della scuola, o di quando era a Yen-an.»

«Devo averne a centinaia» rispose Fen. «Lo stimatissimo viceministro della Difesa adora farsi fotografare. Perché?»

«Portamene qualcuna.»

Fen chiuse un occhio e sporse in avanti il labbro inferiore, rivolgendo a Hong un'occhiata carica di perplessità e scetticismo. Nei suoi occhi si leggeva la domanda: Che cosa hai in mente di fare? Dopo un attimo disse: «Ci vorrà qualche minuto».

Hong riprese in mano la foto di Caffey a Shanghai. Gli venne in mente il presidente Mao che nuotava nello Yangtze. Con i ritocchi magici di Fen Like, un tratto di polvere qui e uno là, l'inglese e Deng Bo si sarebbero inseriti perfettamente tra Ostrander e il dottor Guo. Hong riusciva a immaginare la scena: una colazione a base di *dimsum*, un giro di acquisti, una visita della città, tutti con gli abiti adatti per il caldo. Doveva essere stata una giornata molto piacevole. E forse c'era stato un momento in cui Deng e Caffey avevano preso in disparte Theodore Ostrander, e gli avevano proposto un affare con i fossili di Chou-kou-tien...

L'assistente di Fen, un omino con la faccia da gatto, si avvicinò. «Compagno Lu Hong?»

«Sì?»

«Ti vogliono al telefono. Ti faccio passare la comunicazione.»

Hong lo ringraziò e tornò verso il tavolo da lavoro di Fen. La grande faccia quadrata di Theodore Ostrander sembrava farsi beffe di lui. Trovami se ci riesci, disse una voce. Il defunto dottor Guo aveva stretto gli occhi, infastidito dal sole.

Squillò il telefono di Fen.

«Parla Lu Hong.»

«Hong, sono Chan. Il Piccolo Monaco ha scovato un cattivo elemento che forse vorrai conoscere.»

«E tu dicevi che il Monaco era un essere inutile.»

«Chiedo scusa. Ci possiamo vedere sulla Jianguomen, di fronte all'albergo?»

Hong rispose che ci sarebbe stato tra una mezz'ora. Fen Like tornò dall'archivio con un fascio di fotografie. «Come ti avevo detto, il nostro uomo *adora* farsi fotografare.» Le sparpagliò sul tavolo: Deng Bo con una brigata di giovani; Deng Bo che ispezionava una fabbrica di aerei; Deng Bo nei campi di una comune. In una delle foto, era in compagnia del presidente Mao, con il viso rivolto verso la macchina e una mano sulla fronte per ripararsi gli occhi dal sole.

«Ricostruiscimi una fotografia» sussurrò Hong. «Mettici lui,» e indicò Deng «e lui» e indicò Caffey «vicino a Ostrander.»

Fen emise un lungo sospiro attraverso le labbra semiaperte. Quasi un fischio. «Hong, cosa mi chiedi... Non so, un conto è quando arriva l'ordine dall'alto, ma senza niente di scritto...»

«Ma si può fare?»

Fen batté con un dito su ciascuna delle quattro fotografie:

di Caffey, di Deng, della casa, e del dottor Guo Ke con Ostrander. «È un lavoraccio» rispose pensieroso, tirandosi il mento «trasformare quattro fotografie in una. Bisogna far collimare lo sfondo, dare un'esatta proporzione alle figure, e poi scattare una nuova foto che assomigli in tutto e per tutto a una vecchia. Se io avessi gli obiettivi tedeschi che ho ordinato...» Fece ruotare le fotografie, spostando Caffey accanto a Deng, e Deng vicino a Ostrander. «Non potrebbe sostenere un esame molto attento, ma sì, è possibile. Mi occorre una settimana.»

«Ti farò avere qualcosa di scritto.»

Fen ammucchiò le fotografie. «Sei sicuro di sapere cosa stai facendo?»

«Assolutamente» rispose Hong.

Fen si rasserenò all'improvviso. «In fin dei conti, qual è la cosa peggiore che potrebbe succedermi? Vengono a prendermi nel cuore della notte, e mi cacciano in prigione per vent'anni. In tua compagnia, probabilmente.» Accompagnò Hong alla porta. «Inoltre, ho già riscritto la storia per un buon numero di furfanti. Perché non dovrei fare altrettanto per te?»

Il mendicante Bun non aveva documenti né indirizzo, e non apparteneva a nessuna unità lavorativa. Tutti si chiedevano come riuscisse a sopravvivere. Qualche volta faceva lo sterratore e caricava i camion per pochi yuan al giorno. Spesso chiedeva l'elemosina presso la stazione ferroviaria di Yongdingmen. Il fatto che riuscisse a restare a Pechino non era una cosa da poco, visto che ufficialmente non esisteva neppure. Il Partito aveva decretato che solo le decadenti società capitalistiche producevano mendicanti. Tutta quella marmaglia di ragazzini fuori dalla stazione potevano essere definiti mendicanti, ma il Partito li definiva «persone in attesa che venga loro assegnato un lavoro». Ma Bun aveva rinunciato da un pezzo ad aspettare un lavoro. Lui era un fuorilegge, un accattone, un trafficante in questo e in quello: in poche parole, un furfantello specializzato.

Hong aveva attraversato la città, senza fretta, percorrendo strade secondarie e mercati, piazze e parchi. Gli era sembrato di vedere due ciclisti prima precederlo e poi seguirlo, dopo che aveva lasciato il Centro delle Pubblicazioni. Poi c'era stato un motociclista con il casco nero, gli occhialoni e un pezzo di stoffa bianca che fluttuava dal sidecar vuoto.

Il Piccolo Monaco e Chan avevano occupato un tratto di terreno proprio di fronte all'Hotel Jianguo, e fra di loro, sul marciapiede, era accovacciato Bun il mendicante. Dimostrava quindici o sedici anni, ma i suoi documenti interni ne dichiaravano diciannove. Aveva una tipica faccia han, molto levigata. Era ben nutrito, e sorprendentemente pulito. Portava gli occhiali da sole verdi cerchiati di nero, secondo la moda corrente tra i giovani che emulavano le abitudini occidentali. Era stato il Piccolo Monaco, mentre spiava i movimenti di Caffey e interrogava i dipendenti dell'albergo, a scoprire il giovane mendicante: non fuori dall'albergo ma dentro, dove si era piazzato ad ascoltare la musica della discoteca. Evidentemente il ragazzo aveva molti cambi d'abito, e numerosi amici tra lo staff dell'albergo.

«Ho perfino cenato nella sala da pranzo» si era vantato quell'impunito di Bun.

Il Piccolo Monaco aveva dato la sua versione dei fatti. «Ha mangiato vicino alla cucina. Scambia i buoni dell'olio con dei favori.»

«Io sto controllando tutto il resto» disse Chan. «Lui dichiara di essere stato completamente riabilitato, ma ammette di essere stato nel riformatorio di Tuan He per intercettazione di merci rubate e violenza carnale. Se fosse stato più vecchio lo avrebbero fucilato.»

«Merci rubate, stupro... sono quasi la stessa cosa» intervenne Bun. «Comunque, l'accusa di stupro non era fondata. Mi ci ha trascinato la ragazza.»

«Dove prendi i buoni per l'olio?» domandò Hong.

«Lavoro per procurarmeli. Se faccio tre notti a scaricare i camion, posso avere i buoni al posto dei soldi.»

«Da chi?»

«Se te lo dico,» rispose il ragazzo con una risatina «non me li danno più.»

Chan si fece avanti per dargli un ceffone, ma il ragazzo riuscì a schivarlo. «Le ragazze dell'albergo mi hanno detto che ha anche un piccolo traffico produttivo nel campo dei mattoni. Li ruba dai cantieri edili di Nan-kou, e li vende ai contadini che si costruiscono la casa.»

«Tu da solo sei un'industria di Stato» osservò Hong, facendo sorridere il ragazzo.

«Ma soprattutto è una feccia» aggiunse Chan. «Dicono anche che conosceva una cantante a Nan-kou, una tale che adesso lavora in un ospedale.»

Hong sollevò delicatamente il ragazzo e lo fece appoggiare al muro di cemento.

«Una donna di nome Liang Yu-shang?» chiese con voce sommessa.

A quelle parole l'atteggiamento del ragazzo subì una sottile ma istantanea evoluzione. Qualcosa gli fece afflosciare il viso e irrigidire le spalle. Hong allungò una mano e, con molto garbo, gli sollevò gli occhiali da sole. Colse un lampo di eccitazione nel suo sguardo.

«Credevo che vi interessasse l'inglese» si precipitò a dire Bun. «Quel Caffey. L'ho visto andare e venire.»

«È così,» rispose Hong garbatamente «ma ci interessa anche Liang Yu-shang.»

«La conosco» sparò il ragazzo, ma con un tremito nella voce. «La conosco, ma questo è tutto. Non ho niente a che fare con lei.»

Hong gli rivolse un'occhiata paterna per cercare di tranquillizzarlo. Non è il caso di avere paura, siamo tutti amici. «Allora,» disse con il tono più tenero e amichevole possibile «una donna arriva in città, non conosce nessuno, e forse tu le dai una mano a trovare qualche appoggio. Questo non è un reato.»

Lo sguardo del ragazzo saettò da Chan a Hong al Piccolo Monaco. Si era aspettato la frusta e aveva trovato una piuma. «È vero,» disse finalmente «l'ho aiutata a procurarsi il permesso di soggiorno. L'ho accompagnata in qualche posto, e le ho mostrato quali erano gli uffici giusti.»

«E le hai venduto qualche buono alimentare?» indagò Hong.

«No, sinceramente, non le ho venduto proprio niente. Non ne aveva bisogno. Ne aveva tanti per conto suo.»

«Ah, sì? Buoni per cosa?»

«Per tutto. Per l'olio, il riso e il cotone, ma non li ha avuti da me. Veramente, non mi ha mai chiesto niente, aveva perfino la sua bicicletta. Io l'ho accompagnata in giro per gli uffici, tutto qui, e lei mi ha dato delle sigarette, un sacco di sigarette.»

«E per caso non l'hai portata a trovare qualche suo amico in città?»

«No, mai. Dopo un paio di giorni non ne ho più saputo niente.»

Ma doveva avere degli altri amici, suggerì Hong. Doveva averne parlato, doveva aver raccontato come se la cavava, chi la aiutava. Su quel punto Bun restò irremovibile. Se Liang Yu-shang aveva degli altri amici, li teneva segreti.

Hong si fece un po' più vicino. «Eri con lei quando ha comperato il frigorifero?»

Bun sgranò gli occhi sbalordito. «Ha un frigorifero?»

Chan fece un rumore con le labbra, come per sputare. «Mente.»

«No» disse Hong. «Non credo.»

«Traffica in certificati per la valuta straniera» intervenne ancora Chan. «Non lo manderebbero più in riformatorio per questo reato.»

«No,» ammise Hong con un'espressione di grande tristezza «in questo caso sarebbe la prigione.» L'idea che Bun potesse finire in carcere sembrava affliggere non poco Hong. Che tragedia sarebbe, diceva la sua espressione grave, se dovessero incriminare il povero Bun per dei reati contro lo Stato. «Sicuramente la prigione» ribadì Hong. «Due o tre anni di lavori forzati.»

Il Piccolo Monaco, senza rendersi conto di quello che stava succedendo, disse: «Oh, no, non basterebbero due o tre anni. Oggi la condanna sarebbe almeno di cinque o sei anni».

Improvvisamente il giovane mendicante si trasformò in un puledro imbrigliato, pronto a correre una gara. Era disposto a vendere loro le corone funebri dei suoi antenati, a procurare loro una puttana, a offrire tutti i mattoni che aveva rubato. Da quel momento avrebbe detto solo la verità.

«Se c'è una persona con le maniglie giuste,» esordì Bun «è proprio l'inglese. Amicizie importanti, belle donne, è un ospite dello Stato che tutti apprezzano molto.»

Hong e Chan avevano lasciato il Piccolo Monaco all'Hotel Jianguo, e avevano condotto il ragazzo, per gli interrogatori, in una stanza nel seminterrato del Dipartimento di

Polizia. Nudo cemento, due sedie e uno sgabello, una finestra con il vetro così incrostato di sporcizia che fuori avrebbe potuto anche essere mezzanotte. Dal soffitto pendevano due lampadine nude che mandavano una luce fioca. L'aria era fetida, per la puzza di sudore che emanava dalle pareti. Per alleviare l'atmosfera, per alimentare l'illusione di essere tra amici, Hong aveva ordinato del tè e ne aveva dato una tazza al ragazzo. Poi se n'era versata una per sé, aveva preso una delle pillole che gli aveva dato Min, e si era messo a sedere, piegato in avanti e con le gambe tese.

«Un ospite dello Stato che tutti apprezzano molto» ripeté, accendendosi una sigaretta. «E come fai a essere così sicuro di tutte queste maniglie che avrebbe Caffey?»

«Non si vola senza ali» dichiarò Bun. «Lui ha una stanza in permanenza all'albergo. Vengono sempre a prenderlo delle macchine, non taxi, auto del Partito... Qualche volta tedesche, e poi le Cadillac, quelle nuove limousine americane, altrimenti le Bandiera Rossa.»

«Da quali ministeri?» domandò Chan, che si era appoggiato contro la porta.

«Come faccio a saperlo?»

«Indovina» suggerì Hong.

«Be', gli autisti hanno un sacco di amici in divisa dell'esercito.»

«La Difesa» disse Hong.

«E alcune auto hanno la targa con il prefisso 21.»

Immatricolate a Tianjin, pensò Hong, come la Mercedes di Caffey che aveva visto fuori dal Teatro delle Tre Porte. Caffey aveva amici a Tianjin, il che conduceva a Deng Bo e al Dipartimento Centrale delle Investigazioni. Le auto di lusso erano scarse e molto richieste. Nessun ministero, a parte quello degli Affari Esteri, poteva disporne in larga misura, a Pechino, a Shanghai e a Guangzhou. Ma il DCI aveva un bilancio praticamente illimitato, che, stando alle voci, gli consentiva un sostanzioso parco-macchine a Tianjin. Gli addetti agli approvvigionamenti aggiravano gli ostacoli assegnando le limousine a Tianjin e le facevano riportare a Pechino, a disposizione dei funzionari del DCI.

«Potrei avere una sigaretta?» chiese il ragazzo.

Hong gliene diede una, e tese un fiammifero acceso. «Chi sono le persone che Caffey va a visitare?» domandò.

«Gli alti papaveri» rispose Bun. Aspirò dalla sigaretta e sbuffò una nuvola di fumo azzuro verso le pareti umide. «Gente dell'esercito, procacciatori d'affari.»

«Come ad esempio?»

«Se vuoi i loro nomi, non chiederli a me. Che cosa ne so io?»

Non molto, pensò Hong, e neanche ne sapevano molto i dipendenti dell'albergo, a parte le guardie. I membri del Partito non firmavano mai i registri. Se erano vestiti in modo appropriato, facevano balenare i documenti di identità e nessuno osava fermarli.

Chan sollevò una mano e puntò l'indice verso il ragazzo, come una pistola. «Tu li conosci quei nomi» disse con voce stridula. «Perché anche tu traffichi con loro. Ma non vuoi rischiare di perdere una fonte di buoni alimentari, vero?»

Bun si drizzò sullo sgabello. «No, non ne conosco neanche uno. Perché dovrebbero aiutare proprio me?» Inclinò il capo, rimase un momento a pensare. «Ah, ho sentito dire che l'inglese si incontrava con uno della Sicurezza Pubblica. Ma a che cosa serve che vi parli di un morto? I morti non fanno male a nessuno.»

Non necessariamente, pensò Hong. I morti avevano fatto male a un sacco di gente. Disse a Bun che gli andava bene qualunque nome.

«Sun Sheng, sai chi era? È morto un paio di settimane fa. Un pezzo grosso del Partito. È venuto... sì... due o tre volte.»

Hong era sbalordito. Sheng. Cosa poteva avere a che fare con l'inglese?

Chan e Hong si scambiarono delle occhiate cariche di preoccupazione. Finalmente, senza guardare il ragazzo ma continuando a fissare Hong, Chan chiese: «Come fai a sapere che era Sun Sheng?».

«Lo ha riconosciuto uno dei cuochi, ha detto che una volta gli ha preparato un banchetto per un bel matrimonio.»

Le nozze di Sun Ch'ien, circa un anno e mezzo prima. Sheng e Caffey... incredibile. L'inglese era stato sotto la giurisdizione della Difesa. Sheng non avrebbe mai interferito in un caso della Difesa, a meno che non fosse stato esplicitamente invitato.

Chan aveva lo sguardo furioso, e sul suo viso stava accadendo qualcosa di terribile: un odio tremendo gli sgorgava dalla fronte, dalle guance, dalle pupille nere.

«E quando è venuto Sun all'albergo?» chiese, continuando a non guardare il ragazzo.

«Forse un anno fa» rispose Bun. «No, all'inizio dell'inverno, subito dopo che si è ammalato Caffey... dopo che sono venuti i medici.»

«Ammalato?» chiese Hong. «E di che cosa?»

«Come faccio a saperlo? Ma sono venuti i medici, in gruppo. Caffey è rimasto nella sua stanza per un mese... come per una quarantena. Come se lo avessero chiuso a chiave.»

«Medici di quale ospedale?» domandò ancora Hong.

«Come faccio a saperlo?»

Nel dossier di Caffey non si faceva menzione a nessuna malattia, a nessuna visita da parte di medici.

Intervenne di nuovo Chan, alzando la voce, praticamente urlando all'indirizzo del ragazzo. Hai mai trattato direttamente con Caffey? Mai, dichiarò Bun. Gli hai presentato Liang Yu-shang, in cambio di un piccolo compenso? No, protestò il ragazzo, quel punto lo aveva già chiarito, l'aveva solo accompagnata in giro per uffici.

Hong fece un cenno a Chan perché si spostasse nell'atrio. La porta foderata d'acciaio sbatté alle loro spalle. Per un attimo nessuno dei due parlò.

«Sa più di quello che dice» dichiarò Chan.

«Non credo.»

«Che cosa ci faceva Sheng con Caffey?»

«Non riesco a spiegarmelo» confessò Hong.

«Cos'è questa storia della malattia di Caffey? Perché non è andato all'ospedale?»

«Non riesco a spiegarmi neppure questo. Io torno all'albergo. Tu ricomincia a setacciarlo dal principio, poi lascialo andare.»

Chan, costernato, batté con una mano sulla parete umida. «Dovrebbe essere rinchiuso per il resto della sua vita.»

«Possiamo servirci di lui» rispose Hong. «Tienilo al guinzaglio, dagli un paio di yuan quando vuoi scoprire un giro di corruzione. Con quello che riuscirà a scovare, potrai aprire un nuovo caso ogni mese.»

«Incomincio subito» dichiarò Chan, dirigendosi verso la porta.

«Controllati» lo invitò Hong con molta fermezza. «Usa il cervello, non le mani.»

«Ottengo di più con le mani» rispose Chan con calma, anche se si sentiva sopraffare dalla rabbia. Hong si rese conto che lo stato d'animo del suo assistente non aveva niente a che fare con il giovane mendicante. Era il pensiero che proprio Sun Sheng potesse averli traditi, che come un attore impegnato in un intrigo sleale si fosse procurato la morte con le sue stesse mani.

Hong si rifiutava di crederci. Sun Sheng era un eroe.

«Niente violenza» ribadì, calcando entrambe le parole. «Non voglio che il ragazzo sia sottoposto a pressioni fisiche. Non ci serve morto.»

Chan annuì, entrò e Hong rimase in attesa. C'era un piacevole silenzio nell'edificio, come sempre quando subentrava il piccolo gruppo in servizio notturno. I pochi impiegati si preparavano il tè e cercavano di far passare più in fretta la notte. Hong fece schioccare le nocche irrigidite e si chiese che cosa avesse potuto condurre Sun Sheng da Caffey. Si chiese anche perché mai Caffey era stato messo in quarantena nella sua stanza d'albergo, e non in un ospedale. Che genere di malattia un ospedale sarebbe stato restìo a curare? O meglio, che genere di malattia l'inglese aveva preferito tenere segreta?

Al di là della porta, quel giovane furfante di Bun aveva incominciato a parlare. Hong si trattenne ancora un momento, finché si fu convinto che Chan non avrebbe ridotto la faccia del ragazzo a una maschera di sangue.

Quando Hong ritornò in ufficio, Chan se n'era già andato, il giovane mendicante era stato rimandato per le strade, e le trascrizioni delle telefonate di Caffey erano appena state recapitate. Nessuno tra il personale dell'Hotel Jianguo si ricordava di medici che fossero andati a visitare Caffey. All'infermeria dell'albergo non risultava che Caffey fosse stato malato. Gli elenchi dei visitatori ufficiali non si erano rivelati di nessun aiuto, visto che indicavano solo un assortimento di giovani ministri che erano andati a svolgere incarichi di lavoro. Hong esaminò le trascrizioni delle telefonate di Coffey. L'inglese aveva prenotato con la British Airways un volo per Londra, senza scalo, fra tre giorni.

Tre giorni...

Hong tirò fuori il dossier su Caffey del Ministero della Difesa. Pazientemente, pagina dopo pagina, controllò tutti i visti. Nei mesi di settembre e ottobre scorsi Caffey aveva viaggiato quattro volte tra Hong Kong e Pechino, ogni volta in treno via Guangzhou, ogni volta in vagone letto. Hong ricordò che l'inglese aveva detto che non avrebbe mai volato con la CAAC. Un mese prima, però, Caffey aveva volato da Hong Kong a Pechino con la CAAC, si era fermato tre giorni, e poi era andato a Guangzhou per una riunione con dei funzionari del Dipartimento per le Zone Economiche Speciali. Si era discusso dell'approvvigionamento di molti articoli: apparecchi elettronici, tessili, gomma.

Il viaggio di agosto era stato l'unico che Caffey avesse fatto in aereo e non in treno. E nonostante la sua dichiarata paura di volare con la compagnia aerea cinese, in quel caso aveva fatto una eccezione.

Come se fosse stato convocato, pensò Hong.

Come se qualcuno gli avesse ordinato di tralasciare ogni impegno e di precipitarsi a Pechino, con qualsiasi mezzo.

Improvvisamente, davanti a Hong si materializzò uno spettro, un anello della catena più forte di tutti gli altri. Una presenza palpabile. Qualcuno che giocava a carte.

Durante il viaggio di agosto a Guangzhou Caffey si era fermato sei giorni all'Hotel del Cigno Bianco sull'isola di Shamian. Al dossier era stata acclusa una copia della registrazione, fortunatamente stampata dal computer. A causa delle fiere, gli alberghi di Guangzhou erano stati i primi ad avere in dotazione queste apparecchiature. Per cinque giorni su sei a Caffey erano stati addebitati dei servizi di lavanderia, delle telefonate locali, e del cibo dai ristoranti dell'albergo. In una giornata, nel bel mezzo della settimana, non era stato addebitato niente. Eppure niente indicava che lui avesse lasciato Guangzhou.

Dov'era andato? Dove poteva essere arrivato con il treno, per fermarsi una notte e ritornare il giorno dopo? Oppure, spinto da un'improvvisa urgenza, dove poteva essere andato in volo in una sola giornata?

Hong prese una carta delle province meridionali e una matita. Tracciò un cerchio che comprendeva le province di Guangxi e di Kuang-tung e l'isola di Hai-nan. Mise un segno accanto a ogni aeroporto commerciale della zona: Guilin, Zhanjiang e Xining sulla terraferma, e Hai-kou sull'isola. Se quel viaggio era stato come tutti gli altri, l'elenco dei funzionari delle Zone Economiche Speciali non era altro che una copertura per i vari scopi dell'inglese. Caffey aveva sicuramente preparato il terreno, come sempre.

Hong sollevò il telefono per cercare di inserire un'altra tessera di quel rompicapo. Era abbastanza tardi per trovare un impiegato in servizio notturno al Ministero della Sanità, un tipo da poter intimidire. Rintracciò il numero del funzionario addetto alla sicurezza del ministero, e lo compose. Ma la chiamata fu raccolta immediatamente da un centralino.

«Gli apparecchi non funzionano» disse la centralinista. «Che numero desideri?»

«Con chi parlo?»

«Chi parla?»

«Con quale centralino sono collegato?» chiese ancora Hong.

«Chi parla?» ripeté la centralinista.

Hong decise di calmarsi e di presentarsi.

«Ah, compagno Lu Hong, sono Li Weng, e ti parlo dal centralino del nostro Dipartimento. Ti ricordi di me?»

Era la ragazza che aveva chiesto una raccomandazione per l'Istituto di Lingue Straniere, e che lo aveva salvato da una noiosa ricerca il giorno in cui era andato a controllare i registri.

«Sì, certo» rispose Hong. «Sto cercando di mettermi in comunicazione con il Ministero della Sanità. Cosa c'è che non va nell'impianto?»

Dopo una pausa, la ragazza rispose: «Be'... niente. È solo che le tue linee... quelle del tuo ufficio... ci danno qualche fastidio. Un momento, per favore.»

Hong si premette il ricevitore all'orecchio e rimase in ascolto, ma la linea era diventata muta. Davanti a me, pensò, dietro di me. Chi stava incalzando in quel modo?

Sulla linea comparve un altro centralinista. «Stiamo effettuando la tua chiamata» disse una voce maschile. E la state anche registrando, pensò Hong. Si udirono alcuni squilli. Hong fu tentato di riagganciare, ma a che scopo? Ormai avevano il numero.

L'impiegato del Ministero della Sanità prese nota del nome di Hong, della sua unità lavorativa, del numero della divisione, e staccò per parecchi minuti, giusto il tempo per controllare le informazioni ricevute sui suoi elenchi. Sullo sfondo si sentivano gli altri impiegati che scherzavano sulla moglie brutta di un collega. In un altro punto della stanza era in corso un'animata partita a carte. Quando ritornò in linea l'impiegato, Hong gli chiese di prendere la cartella clinica di uno straniero. Seguì un silenzio di tomba.

«Pronto?»

«Sì, compagno Lu Hong, sono qui. È una richiesta insolita. Forse dovrai aspettare domani mattina.»

«È fondamentale per un'indagine della massima importanza. Se sarà necessario, verrò subito lì e controlleremo la cartella insieme.»

Non era il caso di interrompere la partita a carte dei colleghi. L'impiegato disse che avrebbe cercato la cartella e avrebbe richiamato.

«Resto in linea» rispose Hong.

L'impiegato sospirò. «Sì, certo.» Posò il ricevitore sul tavolo, e Hong sentì gridare: «Non giocare la mia mano, idiota. Mi ci vorrà solo un minuto».

Ci volle ancora meno. Alla fine dell'anno precedente l'inglese era stato curato da tre medici dell'Ospedale per le Malattie Infettive in seguito a un lieve attacco di lebbra.

«Lebbra?»

«Così dice la cartella. Pare che l'abbia contratta a Hong Kong.»

«Sono indicati i medici?»

«Solo il primario.»

«Grazie molte e scusa il disturbo» disse Hong. «Torna pure alla tua partita.»

La lebbra era responsabile delle cicatrici sulle mani e sul naso di Caffey. La malattia era stata praticamente sconfitta in Cina, e sicuramente anche a Hong Kong. Una recrudescenza della malattia avrebbe fatto scalpore. Dove aveva potuto essere contagiato Caffey? Solo in un clima tropicale, nel caldo sud, fuori dalle città.

Hong riprese la carta geografica e guardò i segni che

aveva fatto vicino agli aeroporti. Poi il suo sguardo si posò sulla speciale zona commerciale situata sull'isola di Hai-nan. Vi si produceva gomma, e Caffey aveva parlato di gomma nei suoi incontri di Guangzhou.

Sull'isola di Hai-nan era situato anche un lebbrosario.

La mente di Hong incominciò a filtrare le informazioni di cui disponeva. Ma la sua memoria scricchiolava come il resto del suo corpo.

L'isola di Hai-nan, dove ne aveva sentito parlare di recente?

Prese la chiave, aprì il cassetto della scrivania e tirò fuori la montagna di documenti che aveva raccolto. Doveva essere lì... in un promemoria di Chan... Ufficiali dell'esercito di stanza vicino a Chou-kou-tien durante la guerra.

Chan aveva terminato il rapporto all'inizio della settimana, ma Hong aveva appena dato un'occhiata alle due pagine di nomi a distanza ravvicinata. Fece scorrere il dito sugli indirizzi, finché arrivò a uno che sembrava bruciasse la carta: *Tenente Shun Tsung, Hai-kou, Isola di Hai-nan.* Il tenente Shun era stato ufficiale nell'offensiva dei Cento Reggimenti contro i giapponesi, al nord.

Caffey era andato nell'isola di Hai-nan forse per parlare di gomma, e forse per vedere il tenente Shun Tsung.

Ma perché? Chi era il tenente Shun Tsung? Che ruolo aveva avuto cinquant'anni prima? Perché Caffey era andato da lui?

E, cosa ancora più importante, chi aveva mandato Caffey nel lebbrosario? Qualcuno aveva raggiunto Caffey a Hong Kong e gli aveva detto di precipitarsi a Pechino, anche se questo comportava un volo sulla CAAC. Poi Caffey era andato a Guangzhou, e subito dopo aveva contratto la lebbra.

Per avere la comunicazione con Hai-nan ci sarebbero volute parecchie ore. Hong scribacchiò un messaggio per il direttore del lebbrosario, e si diresse alla stanza dei telex del primo piano. L'operatore del turno di notte era addormentato. Hong spalancò totalmente la porta e la sbatté per richiuderla.

L'operatore si svegliò immediatamente.

«Inoltra questo messaggio» ordinò Hong. «Di' loro che voglio una risposta all'istante.»

Tenente Shun Tsung, diceva il messaggio. *È lì? È ancora vivo?*

La pioggia aveva interrotto l'assedio del caldo, e per la prima volta dopo tanti giorni Hong non sentiva il bisogno impellente di andare a letto e dormire. Era seduto accanto alla finestra, con gli auricolari giapponesi sulle orecchie, e aveva orientato l'antenna verso est. Attraverso la foschia vedeva la cupola del Planetarium, e al di là la guglia del Centro delle Esposizioni. Quella settimana c'era una rassegna dedicata ai calcolatori da tutto il mondo. Computer in grado di costruire automobili, scrivere in cinese... e creare dossier sul conto di chiunque.

Hong cercò di sintonizzare la sua radio a onde corte ma la pioggia, oltre che recare sollievo dal caldo, disturbava l'etere. La Voce dell'America arrivava a tratti, interrotta da interferenze di una stazione russa di confine. Hong cercò di sintonizzarsi sul notiziario inglese, ma non trovò altro che una lezione in lingua inglese di Radio Pechino: «Andate a pagina 211... ripetete... truppe... attacco... dolore». Finalmente, attraverso l'etere, giunse un dono inaspettato: lo scampanìo di Big Ben, che evocò nella mente di Hong l'immagine della torre sovrastante Westminster Square e della grande chiesa. Poi una pausa, seguita da quella voce piena e uniforme, che sembrava non cambiare mai, e che lui considerava ormai come un amico: «Questo è il notiziario mondiale della BBC, da Londra». Le notizie riguardavano la guerra nel Golfo Persico, le lotte in Francia tra la sinistra socialista e la destra conservatrice. Le etichette erano irrilevanti, lì come altrove, ma Hong si sentì trascinato lontano da quelle controversie politiche che avvenivano in un Paese distante migliaia di chilometri. Loro potevano permettersi di avere delle divergenze, di discuterne alla radio, di raccontarle al mondo intero.

La pioggia batteva furiosa sui telai delle finestre. Poi si udì il fragore di un tuono, e il segnale sparì. Hong si strappò di dosso la camicia, si versò, eccezionalmente, un bicchiere di birra e si andò a sdraiare sul letto. Il lenzuolo gli si appiccicò alla schiena come se fosse di gomma bagnata. Pensò a Yamei. Ricordò lo sbigottimento che le aveva letto sul viso quando l'aveva salutata dopo il cinema. Chissà se in quel momento dormiva, e se faceva dei buoni sogni. Pensò a Liang Yu-shang, a come la donna aveva descritto la sua storia con Ostrander. *Dei posti dove la gente può guardare gli alberi tutte le volte che vuole. Posti dove nessuno chiede mai di che cosa parla la gente.* Dopo aver finito la sua birra, Hong posò il bicchiere sul comodino da notte, e incominciò a rigirarsi in quella inquieta oscurità. Prima di abbandonarsi al sonno, pensò agli uccelli costretti a continuare a volare da un rumore terribile, senza un posto dove posarsi, condannati a morire in cielo.

21

Chou-kou-tien

Il mattino seguente Hong fece quattro telefonate. La prima a Fen Like per chiedergli se la fotografia ricostruita poteva essere pronta un po' prima. Con il suo consueto spirito, Fen rispose che se Hong si accontentava dei pezzi incollati su un cartoncino non ci sarebbero stati problemi, ma che un lavoro fatto a regola d'arte richiedeva del tempo.

«Allora sbrigati, per favore» lo sollecitò Hong. «Non c'è bisogno che sia un'opera d'arte.» Per dimostrare l'esistenza di un complotto aveva bisogno di prove; le prove potevano anche essere false, ma il complotto era sicuramente reale; e, una volta che Caffey fosse partito per l'Inghilterra, era difficile prevedere quando sarebbe ritornato.

«Ti avevo detto una settimana» rispose Fen. «Vedrò di farcela in tre giorni.»

Hong abbassò la forcella, la lasciò andare e chiamò l'operatore del telex per sentire se c'era stata risposta dal lebbrosario dell'isola di Hai-nan. No, niente, rispose l'operatore, con un tono che lasciava intendere che era da pazzi aspettarsi una risposta dalla sera al mattino dopo. Ma c'era stata almeno una conferma? Sì, secondo l'ufficio postale di Hai-kou, il telex era arrivato ed era stato portato a mano al lebbrosario. Quanto al tempo che poteva trascorrere prima che il messaggero si decidesse a tornare con una risposta, be', poteva essere una mattinata, un giorno, una settimana. Anche se zona speciale di traffici commerciali, Hai-nan era pur sempre un'isola, su cui la vita si svolgeva a rilento...

Hong ringraziò l'impiegato e ordinò di inviare immediatamente una seconda richiesta. Poi chiamò l'ufficio della Regione Militare di Pechino e richiese lo stato di servizio del tenente Shun Tsung durante la guerra.

Infine si mise in comunicazione con l'Hotel Jianguo, dove il Piccolo Monaco era appena subentrato al collega che aveva fatto la sorveglianza notturna. In quel momento l'inglese stava consumando due uova alla coque e litri di tè, seduto davanti al mediatore locale di un commerciante giapponese di pelli di cinghiale. Dov'era stato Caffey nelle ultime ventiquattr'ore?

«In albergo» rispose il Piccolo Monaco. «È rimasto nella sua stanza tutto ieri e la notte scorsa. Nessuna visita.»

«Telefonate?»

Due: una alla British Airways per confermare il volo per Londra, l'altra al suo ufficio in Inghilterra.

«Le registrazioni?» chiese ancora Hong.

«Sono state autorizzate.»

Convinto che non si potesse fare altro, Hong scese al garage per prendere l'auto che doveva servire per il viaggio di Ostrander a Chou-kou-tien. Gli erano stati destinati una Datsun nuova color crema, con l'aria condizionata, e un autista nuovo, un giovane gnomo che Hong non aveva mai visto. L'omino si presentò con le credenziali alla mano e una camicia rosso vivo che sbatteva come una bandiera sul suo corpo minuscolo.

Un simbolo di patriottismo, pensò Hong, o un ammonimento?

La strada per Fang-shan era costellata di camion e di carri di contadini trainati da muli neri che si trascinavano stancamente. Era una vergogna nazionale che per fare meno di cinquanta chilometri ci volessero due ore. Fuori dai finestrini ermeticamente chiusi della Datsun si vedevano i contadini che, incuranti di tutti quegli estranei che vomitavano sostanze inquinanti sui loro raccolti, raccattavano granturco e cavoli. L'aria era così rovente che avvizzivano perfino gli alberi.

Per mezz'ora Ostrander era rimasto seduto con aria solenne, senza quasi dire una parola, a guardarsi intorno senza soffermarsi su niente, come se fosse afflitto da qualche cosa. Hong pensò che fosse addolorato al ricordo del suo defunto padre e della fanciullezza perduta. Nei pressi della linea ferroviaria di Shijingshan si imbatterono in un ingorgo di traffico. Il ponte Marco Polo era totalmente bloccato. L'autista saltò giù e si avviò in direzione del fiume.

«È strano tornare in questi posti» disse finalmente Ostrander «dopo tanto tempo.»

«Se li ricorda?»

«No... sì... non esattamente. Lei è mai stato a Chou-kou-tien?»

«Mai» rispose Hong.

«Allora era solo una cittadina.»

«Probabilmente lo è ancora.»

Ostrander aspirò dalla pipa. Guardava Hong con molta franchezza, come aveva fatto al ricevimento del Ministero degli Esteri, come se volesse dirgli con gli occhi che lo sapeva, lo aveva sempre saputo, che Hong non era quello che diceva di essere. «Mi meraviglio di lei» disse sommessamente.

«A che proposito?»

«Con la sua preparazione, potrebbe avere delle ambizioni... be', qualcosa di meglio che occuparsi di me.»

«I visitatori stranieri sono molto importanti» osservò Hong. «A cos'altro dovrei aspirare?»

Ostrander abbassò il capo. «La sto offendendo.»

«No, la prego, a che cosa dovrei aspirare?»

«Be', non so... alla diplomazia, a diventare ambasciatore...»

«Non mi passa neppure per la mente. Mi dica, lei come fa a sapere che cosa vuole essere veramente?»

A giudicare dal momentaneo turbamento comparso sul suo viso, Ostrander era rimasto sconcertato da quella domanda. «Questa è solo una teoria,» rispose dopo un attimo «ma io ci credo. La teoria dice che abbiamo dentro di noi delle cose che vogliamo ma non sappiamo esprimere a noi stessi. Cose che provengono da... dall'infanzia. Forse non abbiamo mai ottenuto quello che volevamo, per questo cerchiamo di ottenerlo più tardi, senza neppure rendercene conto. Per capire noi stessi, dobbiamo arrivare ai nostri... desideri segreti.»

«Ma l'unica strada per la felicità» disse Hong «è il controllo dei nostri desideri. In Occidente voi concedete a tutti di esprimere i loro desideri, e il risultato è il caos.»

«Ma è un buon caos, quello che deriva dall'essere vivi.»

«Forse,» ammise Hong «ma io non credo di avere desideri segreti.»

«C'è un racconto scritto da sua madre, *Nel villaggio*, che parla di una ragazza che lavora per il Partito...»

«Lo conosco bene.»

«Be', parla di libertà» disse Ostrander. «Lei non ha desiderio di libertà?»

«Ma io sono libero» replicò Hong. «Libero di lavorare, di costruire un Paese migliore per tutto il popolo.» Quante volte aveva pronunciato quelle parole, e quante volte erano suonate vuote. «Ma è meglio non parlare di politica.»

Improvvisamente si scoprirono entrambi nervosi. Ostrander sporse il capo dal finestrino. «Non si muove nessuno.»

Hong spalancò la portiera. In cima alla fila di auto un gregge di pecore attraversava la strada. Alcuni camionisti strillarono per incitarle ad affrettarsi, insieme ai loro pastorelli terrorizzati.

«Dovremo restare qui per un po'.»

«Non importa» rispose Ostrander. «È una bella giornata.»

«Davvero?»

Si guardarono per un breve istante e subito dopo, inaspettatamente, scoppiarono a ridere, quasi a voler dissipare qualsiasi nota falsa. Hong pensò: Lei mi ha detto di farmelo amico. Era questo che aveva in mente?

«Ho conosciuto un suo amico» disse Hong. «Un inglese di nome Caffey.»

«Ah, sì? Dove?»

«Lavora con degli amici di mio fratello» rispose Hong, schivando la domanda.

«Che cosa fa suo fratello?»

«Dirige una fabbrica a Shanghai.»

«Caffey è un tipo notevole, non trova?» disse Ostrander. «Alla sua età la maggior parte delle persone smettono di lavorare. E lui, quando è già un uomo maturo, impara una nuova lingua e inizia una nuova carriera. Le persone come lui hanno tutta la mia ammirazione.»

«Quando era già un uomo maturo?»

«Be', è venuto per la prima volta in Cina quattro anni fa. E adesso è un commerciante di portata internazionale.»

«Sì, è una cosa ammirevole» ammise Hong.

Caffey aveva mentito a Ostrander, ovviamente. E non aveva ritenuto opportuno dirgli che aveva conosciuto suo padre.

Ostrander si fece più vicino. «Ho richiesto l'autorizzazione a sposare la donna che lei ha conosciuto... Liang Yu-shang. Sembra che le permetteranno di venire via con me.»

L'unica probabilità che avevano di andarsene insieme era che venissero ammanettati, o rinchiusi in una bara. «Sarebbe una bella cosa» disse Hong. «Il matrimonio è sempre auspicabile. Non trova strano di essersi innamorato così in fretta in un Paese straniero?»

«Perché strano? Io sono più vecchio di lei, Hong, e sono già stato innamorato. Mia moglie...» Ostrander trasse un profondo respiro. «Invecchiando, siamo in grado di riconoscere quando l'amore arriva troppo in fretta. Questa volta non è successo.»

«Lo capisco. Liang Yu-shang è molto bella.»

«Sembra che abbia paura di lei» osservò Ostrander.

«Di me?» esclamò Hong, fingendosi sbalordito.

«Sì, lei l'ha spaventata, me ne sono accorto.»

«La gente che si lascia spaventare facilmente di solito ha delle buone ragioni. Per esempio, Peter, lei ha detto che io non devo aver paura di lei, che non è una spia. E questo mi ha spaventato. Ma se lei fosse veramente una spia, passerei dei guai.»

Ostrander, sbigottito, alzò gli occhi verso il tetto dell'auto. «Oh, mio Dio, avrei dovuto accorgermene. Lei si preoccupa di questo fin da quando ci siamo conosciuti.»

«Proprio così.»

«Ma qualcuno mi ha detto che i cinesi considerano spie tutti gli stranieri. Scherzavo quando l'ho detto. Spero che lei mi creda.»

«Le credo» rispose Hong.

Ostrander guardava a bocca aperta le bancarelle del mercato alla periferia di Chou-kou-tien, che l'auto stava attraversando. All'orizzonte, interrotto da montagne di calcare, alcune ciminiere sbuffavano verso il sole nubi color perla. I bulldozer tuffavano le pale dentate nella cava, e scaricavano il materiale sui camion in attesa. Lungo la linea ferroviaria erano allineati grossi mucchi di carbone, simili a enormi termitai.

La città in se stessa era piccola: una trentina di isolati di case ricoperte di assicelle grigie, di due piani al massimo, erano schierati lungo strade strette, pavimentate di recente e punteggiate di alberi potati a forma di pallone. Niente auto, niente motociclette, nessun segno di vita. All'estremità occidentale della città, a dominare la valle, sorgeva una specie di torta gigantesca: un moderno condominio di mattoni rossi, con dei prati alla base della montagna e tre file di balconi bianchi allineati sulla facciata. I funzionari locali di Partito si trattavano bene. Dal lato opposto, in fondo a una strada a tre corsie che tagliava in due la città, si ergeva un imponente edificio in calcare, sormontato da un'antenna radio a tralicci d'acciaio: il municipio. Grigio, triste, brutto.

«Non ricordo niente di tutto questo» disse Ostrander a voce bassa. «Non immaginavo niente di simile.»

Il museo sorgeva sul versante meridionale della Collina dell'Osso del Drago, sovrastante la linea ferroviaria. Un autobus carico di scolari attraversò scoppiettando il cancello e si fermò accanto a un chiosco che vendeva ghiaccioli, alcune marche di sigarette e malconce guide turistiche. Il posto aveva un'aria squallida, di abbandono. Mentre Hong scendeva dall'auto, un uomo smilzo con la faccia equina e le palpebre pesanti si precipitò giù per la scalinata del museo. Sembrava un essere senza vita, svuotato della linfa vitale. Indossava un paio di pantaloni marrone e una costosa camicia bianca.

«Tu sei il compagno Lu Hong?» chiese in cinese, tendendo la mano.

«Sì, e tu chi sei?»

Si chiamava Wang, ed era il vicesindaco di Choukou-tien. «Sono venuto a dare il benvenuto al nostro onorevole ospite.»

Hong avvertì un formicolìo alle braccia, tra i capelli sulla nuca. Sentì un tremito allo stomaco. «Chi ti ha detto che saremmo venuti oggi?»

«Ho ricevuto una telefonata dall'Accademia delle Scienze.»

Il vicesindaco si volse verso Ostrander, si presentò in un inglese approssimativo, e li precedette su per le scale di pietra. Su entrambi i lati delle tre porte c'erano alcune palmette striminzite dentro vasi di metallo verde, e piantine di salici piangenti dentro cassette scalcinate. Hong sollevò gli occhi e vide, dietro le lunghe finestre del museo, quattro uomini in uniforme verde oliva.

Ostrander, seguito dal vicesindaco, entrò, scrutato dagli scolari come se fosse un mitico gigante, e tenuto d'occhio prudentemente dai militari. Erano ufficiali, e scherzavano ad alta voce sulla loro prolungata licenza. Parlate più forte, pensò Hong, perché potrei anche essere sordo. Portate sempre la divisa quando siete in vacanza?

La sala principale del museo ospitava un enorme plastico della zona archeologica, protetto da un coperchio di vetro, alcune fotografie formato poster degli scavi originari, mappe geologiche verdi con degli scarabocchi circolari che indicavano il sottosuolo. Davanti a una delle fotografie Ostrander si fermò portandosi una mano alla bocca. «È lui» sussurrò. «Quello è mio padre. Guardi, Hong!»

Theodore Ostrander era in fondo a un'ampia e profonda fenditura del suolo, con in mano un pezzo di cranio teso verso la macchina fotografica.

«Gli assomiglia molto» osservò Hong.

Ostrander era troppo emozionato per starlo a sentire. Come un bambino allo zoo, guardava sbalordito tutto quanto era esposto, senza stancarsi un attimo di fare domande. Il vicesindaco Wang rispondeva come uno zio paziente. Ma solo quando Ostrander ebbe visto il diorama del sito archeologico e i modelli in gomma del cranio dell'Uomo di Pechino, Hong incominciò a capire il motivo della presenza del vicesindaco Wang e del suo inatteso comitato di benvenuto.

«Andiamo a vedere il luogo degli scavi» disse a quel punto il vicesindaco. «C'è della gente al villaggio che aspetta di conoscervi.»

Davanti al municipio si era raccolto intorno all'auto un gruppo di persone anziane. Ostrander si era fermato all'interno del crepaccio nella montagna di calcare dov'erano stati scoperti i fossili, e aveva preso fotografie di sé insieme a Hong servendosi dell'autoscatto. Ora, appena sceso all'ombra della torre municipale, si ritrovò circondato da tutti quegli anziani, con i quali cercò di comunicare con la mediazione del vicesindaco Wang che faceva da interprete. Quelle persone si ricordavano gli scienziati americani e tedeschi, il famoso dottor Theodore Ostrander con la sua bella moglie e il figlio. Insieme al vicesindaco e a parecchi giovani quadri comparsi come per incanto, gli anziani spinsero Ostrander lungo la strada, fino a un vicolo ghiaioso.

Il vicesindaco Wang annunciò con orgoglio: «Questo è il posto dov'è nato lei».

Era una casa imbiancata a calce, con le finestre quadrate a livello degli occhi, circondata da un piccolo parco di pini coperti di polvere di carbone. Ostrander rimase a guardare a bocca aperta, afferrando Hong per un braccio. «Ho giocato in questo cortile» disse con una voce che tradiva l'emozione. «Avevamo una bambinaia, un'*amah*, che qualche volta si prendeva cura di me. Mi faceva sedere laggiù, su una vecchia altalena, e mi raccontava le favole.»

«Una specie di zia?» domandò Hong stupito. «Venuta dalla città?»

Si fece avanti arrancando una donna fragile e curva con dei logori vestiti da contadina, e le dita irrimediabilmente nodose strette intorno a un bastone ricavato da un ramo. Qualcuno doveva averglielo fatto, pensò Hong: con quelle mani ormai non poteva più fare nulla. Le dita erano così contorte che dovevano essere state intrappolate in un trattore un secolo prima, o addentate da una macchina per tessitura. La fronte, le guance e il collo della donna erano un intrico di rughe, incise su una pelle resa bruna e coriacea da una vita trascorsa al sole; i suoi piedi, coperti da un paio di sandali malridotti, erano piccoli e rivolti verso l'interno, come se un tempo fossero stati legati. Ma ovviamente non era stato così: dipendeva solo dalla vecchiaia. Sostenuta da due vecchi altrettanto decrepiti, la donna si avvicinò a Ostrander con una buffa espressione negli occhi.

«Ero io quella che ti raccontava le favole» sussurrò. La sua voce, anche se tremante, aveva una forza straordinaria, tale da ridurre al silenzio le altre voci sommesse della folla. Il suo inglese, anche se un po' incerto, era chiaro.

Ostrander, colto di sorpresa, le si avvicinò lentamente, come se camminasse nell'acqua. «Oh, Gesù, sei tu, sei... io ti chiamavo zia Helen.»

La faccia della donna si aprì in un grande sorriso, che scoprì una schiera di lucidi denti d'oro e d'argento. «E tu sei il piccolo Peter» disse con grande soddisfazione. «Il tempo ricongiunge sempre i vecchi amici. Ti prego, vieni a prendere il tè con noi.»

Che fatto sorprendente, pensava Hong, che coincidenza che un personaggio appartenente al passato di Ostrander fosse comparso in quel posto, altrettanto inaspettato che il vicesindaco Wang. Hong era rimasto colpito dal viso dell'anziana donna. Aveva un che di familiare, come se appartenesse a qualcuno conosciuto tanto tempo prima: un'estranea incontrata nella notte, o una graziosa spazzina di cui non si sarebbe mai conosciuto il nome, ma con un viso che si era impresso per sempre nella memoria. Ma dove poteva averla conosciuta?

Mentre Ostrander entrava con la vecchia, Hong sfiorò il braccio del vicesindaco Wang. «Chi è?»

«Si chiama Kang Xiao-tse» rispose il vicesindaco con tono irritato.

Hong tirò fuori il taccuino e annotò il nome. «A quale unità lavorativa apparteneva?»

«Per molti anni ha tenuto la contabilità negli uffici della cava.»

«Perché non siamo stati informati che era stata organizzata questa specie di manifestazione?»

«Ma io ne ho informato l'Accademia» replicò il vicesindaco con aria di sfida. «Avresti dovuto ricevere la comunicazione. Se c'è stato un errore, è da parte vostra e non da parte mia.»

La casa della vecchia era pulita ma arredata con il minimo indispensabile. Nella prima stanza c'erano due brandine d'acciaio separate da un paravento di bambù che partiva da una stufa aperta, a carbone. Nell'altra, oltre a un guardaroba e un vecchio letto di quercia, c'erano degli scaffali per i libri lungo le pareti: una stanza da intellettuali.

Kang Xiao-tse e suo marito Shi Jun abitavano con il figlio maggiore e sua moglie, che si affrettò a versare il tè mentre l'anziana suocera continuava con le sue reminiscenze. Hong si sistemò in un angolo, con la schiena appoggiata al guardaroba, e rimase ad ascoltare la donna che raccontava a Ostrander del giorno che l'aveva visto partire dalla stazione con sua madre, della volta in cui il piccolo Peter si era perso nelle campagne, ed era stato ricondotto a casa da un contadino sopra un carro di letame. Kang Xiao-tse andò a scovare dei vecchi album di fotografie, e ne regalò una a Ostrander, che lo raffigurava bambino, seduto sulle ginocchia del padre.

Ma quella conversazione suonava strana, come se fosse una rappresentazione teatrale con degli attori che recitavano una parte. Hong provava la stessa sensazione di quando aveva conosciuto Liang Yu-shang: come se si trovasse di fronte a un copione recitato a memoria.

«E come stanno tua madre e tuo padre?» domandò Kang Xiao-tse.

«Credevo che lo sapessi» rispose Ostrander. «Mio padre è morto.»

La vecchia tradusse, e immediatamente lei e suo marito si scambiarono un'occhiata nervosa.

«È molto triste» disse. «Speravamo sempre di aver notizie degli scienziati, di ricevere una visita da tuo padre un giorno o l'altro. Ha avuto una buona vecchiaia?»

«Mio padre... non è mai tornato dalla Cina. Non sappiamo esattamente come sia morto.»

La donna annuì ripetutamente. «Mi dispiace. La guerra ha fatto molte vittime. E tua madre?»

«Si è risposata con una persona per bene. Avrebbe voluto venirti a trovare, ma adesso non sta abbastanza bene per viaggiare. Ha cercato di scriverti, dopo la guerra. Parliamo spesso di te.»

Kang Xiao-tse fece un cenno al marito. «Per favore, va' a prendere il quadro.»

«Che quadro?» chiese Ostrander.

«Tuo padre ha lasciato qualcosa per te.»

«Uno dei suoi dipinti, oh mio Dio...»

Un altro evento imprevisto, che fece rimescolare il sangue nelle vene a Hong. Da un foglio malandato di carta di riso uscì una vecchia tela di circa un metro quadrato, inchiodata a un telaio di legno: un dipinto a olio che rappresentava una scena rurale, una grande casa in stile occidentale con il portico di mattoni, e dei fiori su un pendìo erboso digradante verso il fiume. Il quadro non era ovviamente opera di un artista cinese. La vecchia donna lo porse a Ostrander.

«Tuo padre lo ha dipinto quando era qui» disse.

«Sì, in cortile. Ci teneva un cavalletto.»

«Il quadro era troppo grande perché potesse portarlo con sé, e così ci ha chiesto di mandartelo. Ma c'era la guerra, e non si potevano spedire pacchi dal villaggio. E poi non avevamo il tuo indirizzo. Così te lo diamo adesso, con le nostre scuse.»

Hong vide nell'angolo inferiore destro della tela una firma e una data scritte in nero: *T. Ostrander, 40*. Peter non nascondeva il suo stupore. Guardò il quadro, poi sollevò gli occhi verso la parete sopra il letto. Si vedeva chiaramente un grande rettangolo di muro che era stato risparmiato dalla polvere, più bianco del resto della parete. Un chiodo era piantato nel sottile strato di intonaco prossimo a sgretolarsi.

«Lo tenevate appeso lì» disse scuotendo il capo per lo stupore. «Tutti questi anni...» Si avvicinò la tela agli occhi, poi si alzò e andò alla finestra per esaminarla alla luce.

Il marito di Kang Xiao-tse attirò l'attenzione della moglie con una gomitata. «Gli hai detto della lettera?» le chiese precipitosamente in cinese.

Ostrander si voltò. «Una lettera? Di mio padre?»

«Sì, sì, di tuo padre» si affrettò a rispondere la vecchia. «Aveva scritto per dire che uno degli scienziati di Pechino avrebbe portato il tuo indirizzo. Ma non è venuto nessuno.»

«Hai ancora la lettera?»

«No, mi dispiace, è passato tanto tempo...»

«Quando ti ha scritto? E da dove?»

Da una località del sud, rispose la vecchia. «Ci diceva che stava andando a Guangzhou, e che da lì avrebbe lasciato il nostro Paese.»

Hong avanzò verso la donna. «Quando è arrivata la lettera?» chiese bruscamente.

La donna sbatté le palpebre, e lanciò un'occhiata fulminea al vicesindaco Wang. Hong ripeté la domanda.

Né la donna né il marito se lo ricordavano.

«È stato prima della Liberazione?» chiese ancora Hong. «O dopo?»

«Noi... non ce lo ricordiamo» farfugliò la vecchia.

«Mio Dio,» intervenne Ostrander rivolto a Hong «lei pensa che possa esserne uscito vivo? Che ce l'abbia fatta a raggiungere Hong Kong...?»

Il vicesindaco Wang annunciò che la gente doveva ritornare al lavoro.

«No» obiettò Ostrander. «Rimaniamo ancora un po'. Vorrei parlare con le altre persone che si ricordano dei miei genitori.»

«Magari un'altra volta» disse il vicesindaco Wang. «Adesso la gente deve ritornare alle sue occupazioni.»

«Bene, allora ritornerò» dichiarò Ostrander, rivolto verso Kang Xiao-tse. «O forse ti piacerebbe venire a Pechino?»

La donna, palesemente turbata, guardò il vicesindaco in cerca di un'imbeccata. Lui annuì, e lei rispose: «Sì, possiamo farlo».

Il vicesindaco Wang e i suoi giovani quadri scortarono Ostrander fino all'auto in attesa, ma Hong, rimasto indietro, tese un braccio attraverso il vano della porta per sbarrare il passo a Kang Xiao-tse.

«Qualcuno ti ha ordinato di parlare con Ostrander oggi» disse. «Chi è stato?»

«No... no, ce l'ha detto il comitato di quartiere che veniva.»

«Ti hanno pagata, o minacciata?»

Hong scorse un tremito sulle labbra della donna, che si affrettò a rispondere: «Nessun pagamento», cercando di sgusciare fuori dalla porta.

«Quel quadro,» domandò ancora Hong senza spostare il braccio «dove lo hai preso?»

«Ce lo aveva affidato Ostrander, sotto la nostra responsabilità, perché lo mandassimo a suo figlio.»

Diede un'occhiata verso la strada, dove Peter Ostrander era in attesa presso la portiera aperta dell'auto. Hong abbassò il braccio, rimediò un sorriso per la donna, e la trascinò fuori. Sostenuta dai soliti due uomini anziani, la vecchia arrancò fino a Ostrander appoggiandosi al bastone, gli offrì una guancia alla maniera occidentale per farsi dare un bacio, gli augurò buon viaggio a Pechino, e ringraziò il cielo per quel loro incontro. Ostrander, da parte sua, disse con molto calore che non avrebbe mai osato sperare tanto, che gli pareva un'esperienza irreale.

La stessa sensazione provava Hong mentre l'auto partiva, sollevando una nuvola di polvere.

«È mai possibile» disse Ostrander dopo un lungo silenzio «che sia esistita una sua lettera? Perché non scrivere a noi?»

«Forse lo aveva fatto» rispose Hong con la voce roca per la gola secca. «Forse ci aveva provato.»

E probabilmente, pensò, non era vero niente, non c'era mai stata nessuna lettera. Sarebbe valsa la pena cercare di appurarlo. Richiamò alla memoria il viso di Kang Xiao-tse, ma era uno tra mille. Per quanto rovistasse negli archivi della sua mente, non riusciva a darle un nome e una collocazione. Eppure quella faccia era memorizzata in qualche parte del suo cervello, in attesa di una sistemazione. Immaginò che sulla sua scrivania avrebbe trovato una comunicazione dall'Accademia, opportunamente giunta in ritardo per colpa di un impiegato negligente, con una descrizione dettagliata dei preparativi che avrebbero fatto i buoni funzionari di Chou-kou-tien per accogliere degnamente l'ospite straniero.

Ostrander prese in mano la tela che aveva appoggiato sul pavimento dell'auto. «Mio padre si sedeva in cortile,» disse «e a detta di mia madre si rilassava solo quando dipingeva. Credo che questo paesaggio appartenga a una delle favole che ci raccontava zia Helen. O forse è un posto dove eravamo andati.» Appoggiò il quadro alla portiera. «Tutti noi bambini la chiamavamo zia Helen. Davamo sempre dei nomi americani alle nostre *amah*. È terribile, se ci si pensa. Anche mia madre la chiamava Helen. Avremmo potuto imparare il suo vero nome, ma lei lo avrebbe cambiato comunque.»

Sicuro, pensò Hong. Per dare agli stranieri la sensazione di essere i benvenuti.

Zia Helen... Helen...

Accadde all'improvviso, come se finalmente fosse stato inserito l'ultimo pezzo di un vecchio rompicapo in legno: una manciata di anelli tintinnanti che si erano messi insieme a formare una catena. Non tutti chiari, ovviamente, ma quello in particolare lo era.

Sun Sheng sapeva tutto. Hong ripensò al segnalibro nel volume di Confucio, che Ma Sufei gli aveva messo in mano prima di essere spedita a Guangzhou, e al messaggio scarabocchiato da Sheng: *Se il nome non è giusto, le parole non suonano vere*.

Il nome non era giusto, ma Hong sapeva chi fosse veramente Kang Xiao-tse.

Si rallegrò in silenzio. Ora sapeva dove aveva visto quel viso: in una fotografia color seppia che aveva infilato in tasca una settimana prima. L'idea gli balenò in mente fulminea. Pensò a Liang Yu-Shang, la cui nascita era stata registrata a Tang-shan come quella di Ostrander, che però era nato a Chou-kou-tien. Pensò al diario che aveva letto, agli appunti della segretaria del laboratorio annesso al sito archeologico dov'erano stati scoperti i fossili... «Sono tempi difficili, i nostri rapporti non vengono inoltrati... Chissà se sopravvivero alla guerra?» Incredibilmente, era sopravvissuta. E aveva persistito. Ma per quale causa?

«Una lettera dal sud» disse Ostrander. Voltò il capo a guardare Hong negli occhi. «Che cosa ha chiesto a zia Helen presso la porta?»

Lo smascheramento di Hong da parte di Ostrander aveva fatto un passo avanti, in maniera insidiosa. Dal momento in cui si era soffermato per interrogare la donna, Hong si era reso conto che la sua maschera sarebbe caduta, o che Ostrander sarebbe riuscito a vederci attraverso. E ora, senza essersi ancora ripreso dallo shock che i compagni di Chou-kou-tien gli avevano provocato, Ostrander stava per fare un altro passo avanti. Il suo sguardo franco si era mutato in un'espressione febbrile, carica di una furia accusatrice.

Sussurrò con voce spenta: «Lei non è dell'Accademia delle Scienze, vero?».

Hong sospirò. «Perché dice una cosa simile?» chiese, ma la sua voce aveva già fatto un'implicita ammissione.

«Per come le è stato addosso a proposito di quella lettera» rispose Ostrander con la stessa voce spenta. «E poi non voleva lasciarla uscire dalla porta. Lei è... lei è un poliziotto.»

Hong borbottò, quasi a se stesso: «Noi abbiamo un detto: l'uomo onesto non teme di essere scoperto».

«Ma perché un poliziotto?» Ostrander ebbe un lampo improvviso, e si batté un palmo sulla fronte. «Ah, capisco. I fossili, gli scheletri, mio padre... Lei crede che io sappia dove sono finiti i reperti. Oh, Gesù...»

Hong gli posò una mano sulla spalla. «Lei non è una spia.»

«No, gliel'ho già spiegato, era uno scherzo! Lei crede che sia questa la ragione per cui sono qui.» Si allontanò da Hong. «Voi siete tutti matti. Mio padre è morto da quasi cinquant'anni, io l'ho conosciuto appena, come potete pensare che io...» Affondò il capo tra le mani.

«Mi hanno detto che lei era una spia,» disse Hong «ma adesso non ha più importanza.»

«Lei è convinto che io sappia qualcosa che non so!» gridò Ostrander. Era impaurito. «Dica pure a quelli per cui lavora che non ne so niente. Ha capito? Glielo dica! Io non sono altro che un medico...»

L'autista aveva preso un'altra strada per rientrare a Pechino: in quel momento passavano davanti al tempio Fayuan. Un ciclista li mancò per un pelo, e si mise a scampanellare. A chi dovrei dirlo? pensava Hong. A chi dovrei spiegare che sei solo un medico? Lo sanno già tutti.

22

L'interrogatorio

Bastava una sola scintilla per appiccare il fuoco alla prateria. O per lo meno era questa l'opinione di Hong non appena l'auto si fermò al complesso che ospitava gli stranieri e il corpo pesante di Chan si mosse goffamente giù per la scalinata. Ostrander saltò giù in preda a una profonda irritazione, e si diresse verso la porta in un silenzio rabbioso.

«Ha avuto uno shock» spiegò Hong.

«Me ne sono accorto» rispose seccamente Chan, porgendogli un rapporto informativo dell'Accademia delle Scienze. «E ci scommetto che lo hai avuto anche tu. Questo è arrivato dopo che te n'eri andato.»

L'Accademia delle Scienze aveva il piacere di informare la Sicurezza Pubblica che Ostrander sarebbe stato ricevuto a Chou-kou-tien dal vicesindaco Wang, accompagnato a una riunione con i contadini che avevano prestato servizio presso le famiglie degli stranieri, e fatto oggetto di tutte le attenzioni possibili ecc. ecc. Il comunicato veniva inviato in copia a tutti gli uffici minimamente interessati alla faccenda.

«Qualche altra grandiosa teoria?» domandò Chan, accingendosi a salire in macchina.

«Non qui» rispose Hong. Aprì e richiuse le dita a imitare una bocca che abbaiava, e indicò l'autista con un cenno del capo.

«Per il momento non andiamo in nessun posto» disse Chan all'autista, prima di sbattere la portiera.

Hong riepilogò gli avvenimenti della mattina, con metodo. Fece notare le manipolazioni effettuate dal vicesindaco Wang, la mancanza di spontaneità nel discorso della vecchia, il dono del quadro. Per rappresentare il momento culminante, quello in cui Ostrander aveva scoperto l'identità di Hong, aveva scagliato le sue accuse e si era proclamato innocente, Hong eseguì una pantomima, stringendosi la testa tra le mani. Alla fine tralasciò solo la sua conclusione sull'identità di Kang Xiao-tse, anche se non riusciva a trovare una giustificazione alla sua reticenza. Forse aveva perso la fiducia in Chan? O voleva solo proteggerlo? Più sapeva, più diventava vulnerabile. Né l'una né l'altra cosa, decise Hong. Voleva semplicemente aspettare e verificare quella sua folle logica.

«Puoi uscirne immediatamente» disse Chan.

«Come?»

«Riferisci a Wei Ye che Ostrander ti ha smascherato. Dille che lui non ne sa niente.»

«Se dico che mi ha scoperto, ammetto il mio fallimento. A che cosa potrei andare incontro? E se riferisco che lui non ne sa niente, devo esibire delle prove.»

A quella raffica di argomentazioni Chan non seppe cosa rispondere.

«Ma il vero punto della questione» proseguì Hong «è che lui doveva smascherarmi. Qualcuno voleva che lo facesse. E gli hanno dato quel quadro per una ragione ben precisa.»

«E se io prendessi un crick e ti spaccassi la testa? E se...»

«Sun Sheng è morto» lo interruppe Hong. «Il dottor Guo Ke è morto, oltre a una dozzina di altre persone che hanno commesso il reato di sapere quello che noi non sappiamo. Adesso vorrei sapere cosa sapevano.»

«E così diventi un morto anche tu?» domandò Chan.

«Per poter accusare Deng Bo di tradimento. È stato Deng Bo a far venire qui Ostrander. Ed è sempre Deng che vuole tutto quello che Ostrander può trovare... i fossili, o qualcosa che abbia a che fare con i fossili, qualcosa che tengono nascosto da cinquant'anni. Lo sapevamo entrambi che si trattava di Deng, quando abbiamo visto che c'era un alto funzionario della Difesa nel comitato di selezione dell'Accademia. Non l'ho ancora chiarito completamente, ma Caffey è in qualche modo un complice di Deng. Voglio smascherarli, vederli processati e giustiziati.»

«Magari ti piacerebbe premere il grilletto» osservò Chan.

«Credo di sì.»

«Che cosa ti avrebbe detto il grande Sung Sheng?» chiese Chan con enfasi. «Cercare la vendetta significa scavare due fosse.»

«Più di due» precisò Hong. «E il tuo riferimento a Sheng è quanto mai appropriato. In qualche modo, non so ancora come, è tutto concatenato: la morte di Sheng, Ostrander, l'inglese.» Fece un cenno con il capo verso la macchina. «Perché hai detto all'autista di aspettare?»

«A causa di questo.» Dalla cartella Chan estrasse quello che sembrava un permesso di soggiorno, e lo passò a Hong.

Era l'autorizzazione originale del Ministero della Sanità rilasciata a Liang Yu-shang, una copia di quella che c'era nel suo dossier tranne che per due piccole variazioni: questa portava il timbro del Ministero delle Comunicazioni, e aveva allegata la richiesta per il telefono. Solo gli alti quadri avevano diritto al telefono.

«Tu ci sei stato» disse Chan. «Hai visto se c'era il telefono?»

Hong si trovò per un attimo in difficoltà. Aveva esaminato minuziosamente quella piccola stanza, aveva aperto tutti i cassetti, l'armadio, il favoloso frigorifero. Guardò di nuovo il modulo. «Sei sicuro che la richiesta sia stata inoltrata?»

«No, hanno detto di no, che la donna non ha mai avuto un numero telefonico.»

Con un sobbalzo Hong rammentò il giudizio su Liang Yu-shang espresso esplicitamente da Pan Yu, il capo del comitato di quartiere. Debolezza di nervi. Liang Yu-shang parlava da sola, a tutte le ore del giorno e della notte.

Ed era un'attrice.

«Sali in macchina» disse.

Le nonne e i nonni con i nipotini al seguito si erano fermati in via Beizuidi per dare un'occhiata da vicino alla nuova Datsun e ai suoi occupanti. Hong e Chan li avevano schivati bruscamente e si erano diretti verso il terzo cortile: N° 36, casa 5.

Chan alzò gli occhi e agitò una mano con il dito puntato. Tre nuovi pali erano stati innalzati per portare le linee elettriche e telefoniche. Quello che restava dei vecchi erano dei mozziconi piantati nel terreno, e i loro rimpiazzi mostravano già segni di vandalismo.

«I fili girano intorno all'edificio» osservò Chan. «Probabilmente arrivano alla Tienanmen con una sosta al Museo.»

«E nei settori settentrionale e orientale?» domandò Hong.

«Probabilmente vanno fino alla galleria d'arte e al mercato di Dongfeng.»

«Esatto. Linee che probabilmente nessuno usa di mattino presto o di sera tardi.»

Con gli occhi sempre puntati verso i tetti, entrarono in cortile e si diressero verso l'estremità senza sbocco, seguiti da una frotta di nonni curiosi. Un palo telefonico era appoggiato alla casa N° 5. Senza dire una parola Chan indicò l'angolo della grondaia su cui posava.

«È possibile» disse Hong e, dopo una breve pausa, aggiunse: «Un'idea brillante. Un compromesso fra due rischi: che venga scoperto il telefono o che qualcuno si faccia vedere con lei. Hanno scelto il telefono».

Dentro la stanza di Liang Yu-shang, Hong tirò le tendine sull'unica finestra. Terribile, pensò. La donna aveva cercato di coprire il puzzo d'umidità con incenso e profumo, ma era stato come cercare di dipingere sull'acqua. Hong si diresse verso la parete a nord, Chan verso quella a sud. Entrambi si misero a far scorrere le dita lungo le fessure, a tastare le assi del pavimento.

«Trovato» disse Chan.

Era inginocchiato accanto al frigorifero, presso un avvallamento del pavimento. Nell'interstizio tra il legno fradicio e la parete sgretolata correva un tratto di cordone nero. Un'estremità era stata recisa, e Chan teneva in mano i tre fili attorcigliati: uno di rame, gli altri due di colore grigio. I tre cavi metallici potevano essere facilmente collegati e staccati.

«E dov'è il telefono?» chiese Chan, accingendosi ad aprire i cassetti.

«Non è qui» rispose Hong. «Il comitato di quartiere potrebbe entrare e scoprirlo.» Il mattino in cui aveva interrogato Liang Yu-shang, l'aveva vista andarsene con una pesante borsa di tela. Avrebbe dovuto darci un'occhiata.

Chan aprì le tendine, ed entrambi uscirono in cortile, lasciando la porta spalancata. Hong tornò indietro a chiuderla. Era sufficiente violentare la donna, pensò, senza lasciarla nuda in strada.

Si fermarono alla sede del comitato di quartiere e ordinarono al vecchio Pan Yu di mettersi di guardia all'esterno e di tenere la bocca chiusa. Hong chiamò il Dipartimento di Polizia e si fece passare il compagno Ru, alla Sorveglianza. La linea suonava sgombra, senza nessuno in ascolto. Hong chiese subito a Ru di procurarsi una lista delle chiamate in arrivo al telefono privato di Deng Bo.

«Hong, stai parlando di un potente membro del Partito. Non ha a che fare con il Comitato Centrale?»

«Non ancora» rispose Hong.

«E questa tua richiesta riguarda un'indagine ufficiale?» chiese ancora Ru. «Abbiamo dei problemi?»

«No, e per di più ho un'autorizzazione scritta a carattere confidenziale che il direttore delle investigazioni mi ha rilasciato per questo caso particolare. Perciò mi farai il favore di rispettarla.»

«Naturalmente, ma al Ministero delle Comunicazioni le notizie trapelano come l'acqua attraverso un tetto di catrame in inverno. A proposito, è appena arrivata per te un'infornata di telex, richiesti da quella tua pallida ombra... come si chiama?»

Ru alludeva al Piccolo Monaco. «Wu Keping.»

«Esatto.» Si sentì un fruscìo di carte. «Cittadino britannico, residente a Hong Kong, di nome Caffey... ah, quello che abbiamo sorvegliato di notte. Be', ho tutto qui. Torni oggi?»

Hong rispose di sì e riattaccò. «In questo momento dove dovrebbe trovarsi Peter... ehm, Ostrander?»

Chan frugò nella sua cartella in cerca del programma. «Ritorno da Chou-kou-tien, e poi ricevimento all'ambasciata americana. Andrà di corsa a spifferare quello che ha scoperto su di te. Lo imbarcheranno sul prossimo aereo... vediamo... domani pomeriggio.»

«Non credo» rispose Hong. L'amore avrebbe tenuto

tranquillo Peter, il suo desiderio di sposare Liang Yu-shang.

Ringraziarono il vecchio Pan e gli spiegarono con molta serietà che doveva guardarsi bene dal fare pettegolezzi sul loro conto. Ma il vecchio li avrebbe fatti comunque: era il suo mestiere. L'auto era sparita dalla via Beizuidi, e una delle nonne indicò loro di girare l'angolo. Per far posto agli spazzini, la macchina era andata a fermarsi sulla Andingmen. Mentre Chan saliva a bordo, Hong vide, sull'impalcatura di un nuovo edificio destinato a uffici, uno stendardo blu vivo con scritto in bianco: USATE LE COSE STRANIERE PER SERVIRE LA CINA. Hong sorrise tra sé e sé: forse alludevano a Ostrander.

Mentre saliva le scale dell'ospedale Hong avvertì una specie di stordimento che gli ricordò, suo malgrado, le scalate dei monti Ailao, vicino a Jinping, per tenere meglio sotto tiro il nemico vietnamita. Una tenda da campo sulle spalle, il corpo affamato d'ossigeno, il fucile che oscillava a ogni passo, e un timore della morte stranamente confortante. Questa volta non aveva né il fucile né la tenda, e la paura della morte era tutt'altro che confortante. Un buon soldato si aspetta di morire, un buon quadro del Partito si aspetta di vivere in eterno.

Nel laboratorio del terzo piano era in corso un esperimento sulla memoria. Hong e Chan entrarono nell'anticamera. Il dottor Yan e due assistenti in camice bianco erano chini su un uomo di mezza età, con degli aghi piantati nella testa e nel collo, e dei fili collegati con il generatore appoggiato su un tavolino di metallo grigio. Il paziente aveva una voce ansimante, da asmatico, ma con accenti di meraviglia. «Sto aspettando nel sole,» diceva «mia sorella mi solleva fino a un ramo e io... io raccolgo un'arancia, una grossa arancia. C'è anche Nai-nai, che mi abbraccia e mi sbuccia l'arancia...»

Uno degli assistenti si accorse della presenza di Chan e toccò un braccio al dottor Yan. Il medico alzò gli occhi, incontrò quelli di Hong. Giocherellò con espressione tetra con il cappuccio della penna, dedicò un tempo eccessivo a rassicurare il paziente che l'esperimento procedeva bene, e con un improvviso scatto di rabbia passò il taccuino all'assistente, afferrò il bastone e si diresse verso l'anticamera.

«Ostrander non è qui» disse.

«Stiamo cercando Liang Yu-shang» rispose Hong con calma.

Il dottor Yan increspò le labbra, li guardò entrambi e ruotò bruscamente sul bastone. «D'accordo» borbottò.

Passarono davanti alla postazione delle infermiere, lungo un corridoio, e giunsero in una stanzetta dove quattro donne, tra cui Liang Yu-shang, infilavano delle buste negli schedari. Un lavoro femminile, come districare i bozzoli dei bachi da seta. Le donne alzarono il capo e sorrisero alla vista del dottor Yan. Liang Yu-shang esibì il sorriso più ampio di tutti, e Hong ebbe l'impressione che fosse riservato a lui, scagliato contro i suoi occhi come un dardo. Notò con stupore che, in tutti gli anni che aveva trascorso a spaventare la gente, non aveva mai visto nessuno altrettanto capace a nascondere la paura. Forse bastava conviverci a lungo per seppellirla sotto la pelle.

Liang Yu-shang posò le buste che aveva in mano, salutò le altre donne, e marciò coraggiosamente verso il dottor Yan, con le spalle ritte e la testa alta. Hong non poté fare a meno di pensare che sarebbe stata un ufficiale perfetto, con quel portamento. Ma nello stesso tempo Liang Yu-shang era troppo bella per l'esercito. Una vita con l'uniforme addosso l'avrebbe indurita.

Passò oltre il dottor Yan, e si fermò davanti a Hong e Chan. «Pare che io abbia delle visite importanti» disse con tono allegro.

Fu in quel momento, mentre la fissava, che Hong ebbe la conferma della conclusione a cui era giunto a Chou-kou-tien. Liang Yu-shang assomigliava a sua madre, con quei grandi occhi scolpiti nella pietra come quelli di un Buddha. Era la figlia di Kang Xiao-tse. «Vorremmo parlarti» disse.

«Parlarmi?» chiese la donna, scoppiando in una risata. «*Parlarmi?* Allora andiamo a prendere il tè in cortile: potremo parlare finché non tramonta il sole. Parleremo di buoni amici e di bei ricordi, del duro lavoro che si fa a vantaggio del popolo...»

Chan la interruppe. «Zitta!» le ordinò. «Mostraci il tuo armadietto.»

Senza perdere la sua spavalderia, salutò le altre donne con un festoso cenno della mano e imboccò il corridoio. Il dottor Yan fece per seguire il gruppetto nello spogliatoio dei dipendenti, ma Hong lo fermò.

«Penso che dovresti tornare al tuo esperimento» disse come se si trattasse di un suggerimento amichevole.

«Questa donna è alle mie dipendenze,» rispose il medico con molta fermezza «se deve essere interrogata insisto per essere presente.»

Liang Yu-shang gli prese la mano libera tra le sue, con un gesto affettuoso. «No,» disse «hai già fatto abbastanza per me. Ti prego, per il tuo bene, non sollevare delle questioni. Io me la caverò benissimo.»

Il dottor Yan esitò, apparentemente deciso a sostenere i suoi antiquati princìpi.

«Devi assolutamente andare» insisté Yu-shang con dolcezza. «Te lo prometto, me la caverò. Non c'è niente che tu possa fare.»

L'anziano dottore si mise in moto, poi si volse. «Se le succede qualcosa,» esclamò «se sparisce, faccio un chiasso d'inferno, vedrete.»

Quanta nobiltà, quanto coraggio. Aveva trovato il coraggio, pensava Hong, di fare ammenda per quando era stato a guardare mentre trascinavano via i suoi colleghi medici. Un comportamento ammirevole, perfino encomiabile, ma del tutto inutile.

Raggiunsero il N° 44 di Banbuqiao, una moderna prigione a sud della stazione ferroviaria principale. I suoi alti muri scoraggiavano quei folli abbastanza curiosi da indugiare presso i cancelli, e i grugniti dei prigionieri che facevano ginnastica ricordavano a quelli che abitavano nelle vicinanze che l'obiettivo era il ravvedimento, non la punizione. In inverno era un posto terribile, gelido fino all'inverosimile, ma per essere una prigione era considerata un modello: pulita, non troppo affollata, un posto in cui la violenza veniva esercitata contro lo spirito più che contro il corpo.

Naturalmente il telefono era stato nascosto dove Hong si era aspettato di trovarlo: avvolto in un asciugamano dentro la borsa di tela riposta nell'armadietto dell'ospedale. Yu-shang lo aveva portato avanti e indietro ogni giorno. Nel lasciare l'ospedale si era rifiutata di commentare il fatto, dopo aver lanciato un'occhiata indifferente all'apparecchio telefonico come se appartenesse a qualcun altro. Ma Hong aveva smesso subito di preoccuparsi del telefono.

Alla prigione richiese di poter usare una grande stanza per gli interrogatori al terzo piano del blocco L, di cui si era già servito in precedenza. Nella maggior parte dei casi la preferiva alle buie celle sotterranee, dove i prigionieri spesso si sentivano sconfitti dal terrificante potere dello Stato. Un criminale già soggiogato non ha più niente da dare. Fuori dalla stanza del blocco L erano sedute due guardie armate di manganello, e dentro, davanti a una parete di alte finestre, c'era un unico lungo tavolo di acciaio con quattro sedie pure d'acciaio. Con grande dispiacere di Chan, Hong aveva rifiutato l'offerta di un registratore. Non voleva che restassero tracce dell'interrogatorio. Si sedette insieme a Chan da un lato del tavolo, di fronte al muro, e fece accomodare Liang Yu-shang dal lato opposto, di fronte alle finestre. Così era costretta a guardare verso la luce, e la libertà. Il sole del tardo pomeriggio creava un alone intorno alla sua persona.

Con il dossier della donna aperto davanti, Hong le assicurò che doveva solo dire dove si era procurata il telefono e con chi parlava, e poi sarebbe stata rimandata al suo lavoro.

«Dovete avere dei documenti per trattenermi» disse la donna sprezzante. Aveva incominciato a sudare. Il suo viso era imperlato di una delicata rugiada.

«Non ci serve niente del genere per i primi dieci giorni» rispose Hong, e si accese una sigaretta. Tese il pacchetto a Yu-shang. «Fumi?»

«Se accettassi qualcosa da te, te lo dovrei per il resto della mia vita.»

Chan picchiò un pugno sul tavolo, che tintinnò di un suono metallico. «Farai meglio a rivolgerti con rispetto a un assistente vicedirettore della Sicurezza Pubblica.»

«Solo se si rispettano i porci» rispose la donna con insolenza.

Chan si era già alzato per metà dalla sedia, pronto a percuoterla. Hong lo trattenne.

«Non ci sono portacenere» gli disse. «Per favore, procuracene uno, insieme a un thermos di tè.»

Chan raggiunse goffamente la porta e uscì. Hong avrebbe potuto fare a meno del tè, e come portacenere poteva andar bene il pavimento. Ma voleva tre minuti da trascorrere a tu per tu con Liang Yu-shang.

Si chinò sul tavolo e disse in tono di scusa: «Il vecchio Chan si agita facilmente e perde il controllo. Allora, riproviamo. Perché non incominciamo da tua madre?».

«Te l'ho già detto, mia madre è morta.»

«Kang Xiao-tse? L'ho vista questa mattina e mi è sembrata viva e vegeta. Deng Bo ha minacciato di ucciderla? È così che ti ha coinvolto in questo complotto?»

L'attrice che era in lei si scatenò. Senza un attimo di incertezza chiese: «Kang Xiao-tse? E chi è?».

«Tua madre» rispose Hong, e subito dopo scoccò la sua freccia nel buio: «Ha cambiato nome dopo la guerra per proteggersi. Lo ha cambiato due volte».

«Mia madre si chiamava Weng Ou, ed è morta.»

«Le assomigli molto. Doveva essere molto graziosa, anche di più che in fotografia.»

«Hai rubato una foto dalla mia stanza. Se la Sicurezza Pubblica non ha rispetto per la legge, come vi potete aspettare che lo abbiano gli altri? Non siete meglio dei teppisti.» Allungò una mano verso le sigarette e l'accendino. «Adesso la prendo una sigaretta.»

Hong allontanò il pacchetto. Se fumava impiegava più tempo a rispondere, e lui non aveva tempo da perdere. Chan poteva ricomparire da un momento all'altro. «Potrai avere una sigaretta la prossima volta che te la offrirò. Di cosa aveva paura tua madre? Perché ha cambiato nome?»

Liang Yu-shang fece la sorda e si mise a fissare la luce del sole.

«Sapeva dov'erano i fossili?»

Ancora nessuna risposta, ma la sua concentrazione incominciava a vacillare. A Hong parve che fosse percorsa da un tremito, o era frutto della sua immaginazione? Anche lui si era messo a sudare: sentiva delle goccioline che gli scivolavano giù per la schiena.

Finalmente lei si decise a parlare. «Sì, i fossili, mia madre sa dove sono.»

Hong balzò dalla sedia sbalordito, e fece un passo indietro. Era chiaro, quella era la scia del ragno. «No...» disse, guardando verso il cielo «no, non si trattava dei fossili, vero? Tua madre aveva qualche altra cosa da nascondere, qualcosa di molto più prezioso.» Si chinò sul tavolo, con le mani allargate e il peso del corpo tutto concentrato sulle braccia. «È un'altra cosa... ma cosa? Che cosa nasconde?»

Liang Yu-shang non rispose.

Hong spinse via la sedia con una tale forza da farsi male alla mano. «Se non me lo dici, non te ne vai di qui.»

La porta stridette come la sirena guasta di una fabbrica, e Chan entrò con un thermos, tre tazze e un portacenere di vetro. Da una tasca spuntava il manico di un manganello delle guardie.

L'interrogatorio doveva riprendere com'era incominciato. Hong aspettò che Chan versasse il tè, poi si sedette di fronte a Liang Yu-shang e aprì il suo dossier.

«Prendi una sigaretta.»

Lei accettò, con un'occhiata torva.

«Torniamo al telefono,» disse Hong avvicinando l'accendino «dove lo hai preso?»

Dopo aver aspirato una boccata di fumo, la donna ritrovò la voce. «Al Ministero delle Comunicazioni.»

«Benissimo. Facciamo dei progressi. E perché lo staccavi e te lo portavi sul posto di lavoro?»

«Avevo paura che me lo rubassero.»

«Davvero? Chi mai ruberebbe un telefono? Per farne cosa?»

«Io vengo dalla campagna, non so come vanno le cose in città. Avevo sentito dire che qui sono tutti ladri.»

«Te lo ha detto il tuo amico Bun?»

«È un ragazzo, non coinvolgetelo in questa storia.»

«Adesso ti preoccupi» disse Hong in tono ironico. «Improvvisamente prendi a cuore la sorte di un mendicante.»

«A me sta a cuore la gente molto di più che i tipi come voi.»

«E Deng Bo? Ti stava a cuore anche lui? Quante volte gli hai parlato? Quante volte sei andata a letto con lui?»

«Me lo hai già chiesto prima. Non so chi sia.»

«Adesso basta. Ho qui una lista delle telefonate dal tuo quartiere alla casa di Deng Bo. Di mattino presto, di sera tardi. I tuoi vicini ti hanno sentito parlare con lui.» Lei non aveva modo di sapere che la lista delle telefonate era ancora sulla scrivania di Ru.

«Non puoi provare nulla» disse la donna.

Chan si alzò di slancio e la schiaffeggiò, una volta sola, sonoramente. La testa di lei vacillò, la sua pelle si arrossò e subito sbiancò, come se la mano di lui non l'avesse neppure sfiorata. Picchiami, sembrava dire, intanto non sento niente.

«Quando hai conosciuto Deng Bo?» chiese ancora Hong. «Quando recitavi per i militari? Quando ti ha reclutato?»

«Ho già subìto degli interrogatori» disse lei con calma, senza guardarlo. «Non è giunto il momento che tu mi getti sul pavimento e mi prenda a calci? Oppure prima mi spezzi le dita?»

Chan alzò una mano.

«No» disse Hong, e gli fece cenno di mettersi a sedere.

«Lascia che mi picchi» ribatté la donna con disprezzo. «Dovresti farlo anche tu. Tu, con i tuoi genitori rivoluzionari. Tu, con il tuo prezioso bagaglio culturale. Ma non puoi farmi del male. Tu sarai qui quando me ne sarò andata, ma io sarò libera.»

«Libera? E chi ti darà la libertà? Deng Bo?»

Chan picchiò un pugno sul tavolo e urlò: «Puttana! Sei andata a letto con Deng Bo, e adesso vai a letto con Ostrander!».

«Hai mai sentito parlare d'amore?» domandò la donna, quasi sussurrando.

Chan alzò la mano per schiaffeggiarla di nuovo, ma Hong si era diretto verso la porta. «Lasciala stare» disse.

«Non ha ammesso niente.»

«Mi ha detto tutto quello che mi serviva di sapere» disse ancora Hong.

Uscendo, lasciò di proposito la porta aperta, perché lei potesse sentire. «Mettila in una cella da sola» istruì ad alta voce la guardia. «Manderemo i documenti. Nel frattempo, ufficialmente la donna non è qui. Non deve essere rilasciata per nessuna ragione.»

Lasciò Chan al Dipartimento di Polizia, e dopo che la macchina si fu messa in moto disse all'autista di ritornare a

Chou-kou-tien. Chan si era dimostrato tutt'altro che soddisfatto, sospettando di essere escluso dal caso, e infuriato che Hong non gli avesse rivelato la sua destinazione e il motivo per cui Liang Yu-shang era stata mandata in cella così in fretta.

Il traffico era diminuito, i contadini avevano radunato i cavalli e i carri. Hong arrivò al municipio di Chou-kou-tien poco prima del tramonto. L'ufficio locale della Sicurezza Pubblica stava per chiudere. Hong chiese che fossero convocati immediatamente Kang Xiao-tse, la sua famiglia e i vicini. Ma era troppo tardi, protestò il funzionario, un omino con gli occhi piccoli coperti da un paio di lenti molto spesse, e un berretto a visiera di uso corrente. Con quale autorità, chiese, si andavano ad arrestare dei comuni lavoratori? Avevano commesso qualche reato? Chiama il sindaco, suggerì Hong. Chiama il vicesindaco Wang. Sfortunatamente erano andati entrambi a Fang-shan per una riunione di Partito, e sarebbero stati assenti parecchie ore.

«Allora dovrai emettere il mandato servendoti della tua autorità» disse Hong, intrecciando le dita delle mani. E subito dopo aggiunse, per consentire al funzionario di salvare la faccia: «O della mia».

L'uomo esaminò i documenti di Hong, chiedendosi che cosa mai avesse condotto fin lì un funzionario della Sicurezza Pubblica di stanza a Pechino. «Ci serviremo della tua autorità» disse.

Furono inviati due poliziotti a eseguire l'arresto. Il funzionario locale lasciò a Hong la sua scrivania, ordinò il tè e si mise a sedere in un angolo. Nel giro di pochi minuti più di quindici persone erano state radunate nell'atrio.

Ma tra esse non c'era Kang Xiao-tse.

«Dov'è la vecchia?» chiese Hong agli agenti. Entrambi si strinsero nelle spalle. Alzando la voce, Hong si rivolse ai vicini della donna: «Dov'è Kang Xiao-tse, quella che oggi si è intrattenuta con l'americano?».

Un uomo che Hong riconobbe come il figlio della donna si fece timorosamente avanti. «Mia madre... è andata al mercato oggi pomeriggio,» esordì con voce sicura «ed è stata investita da un camion.» Guardò suo padre, accovacciato sul pavimento. Il vecchio aveva gli occhi rossi e pieni di lacrime. «È all'ospedale.»

«È ferita gravemente?» chiese Hong con calma.

«Ha il cranio fratturato, è in coma» rispose il figlio con voce inespressiva. «Non può sentire né parlare. Dicono che morirà presto.»

«Mi dispiace.» Hong si sentiva imbarazzato. Qualunque domanda poteva sembrare una deplorevole intrusione. «Dimmi, che genere di camion era?»

«Non saprei... era un camion e basta.»

«Un camion dell'esercito» disse Hong, pensando ai militari che aveva visto al museo.

«Sì, sì, era un camion dell'esercito.»

Il funzionario locale si era avvicinato alla chetichella, ed era tutto orecchi. Hong si chinò per offrire una mano al vecchio Shi Jun, che si aggrappò per rimettersi in piedi. Tremava, e aveva le pulsazioni accelerate.

«Mi dispiace per tua moglie. Ti prego, vieni con me.» Terrorizzato, il vecchio lanciò un'occhiata supplice al figlio, che non disse niente. «Vieni» ripeté Hong, e lo condusse fuori.

Il funzionario locale li tallonò fino alla macchina. Hong batté con l'indice sul finestrino, disse all'autista di scendere, e aprì la portiera posteriore. Fece cenno al vecchio di salire. Il funzionario locale si avviò verso il sedile anteriore.

«Gli parlo da solo» disse Hong.

«Ma questa è la mia giurisdizione, vorrai che io faccia un rapporto.»

«No, non sarà necessario.»

Andò a sedersi accanto al vecchio, che ovviamente non era mai salito su una macchina in vita sua. Hong contava sul potere intimidatorio esercitato dall'automobile. Chiuse dolcemente la portiera.

Rimasero in silenzio per qualche istante. Il funzionario locale si era appoggiato al cofano e chiacchierava con l'autista. I vicini e i parenti del vecchio si tenevano a distanza, e seguivano la scena dagli scalini del municipio.

«Mia moglie guarirà» sussurrò il vecchio fiducioso. «Così hanno detto i medici.»

«Sì, certo...» Il funzionario locale stava accendendo la sigaretta all'autista, e sicuramente raccogliendo i frutti del suo attento origliare. «E adesso devo farti qualche domanda. Tua moglie oggi ha dato un quadro all'americano. Chi le ha ordinato di farlo?»

Il vecchio si torse a lungo le fragili mani macchiate di scuro prima di rispondere. «Nessuno» disse finalmente. «Lo aveva tenuto per tanto tempo...»

«È giunto il momento di dire la verità» lo invitò Hong con calma.

«Ma loro avevano detto che non dovevamo, che nessuno deve sapere...»

«D'accordo. Quando sono venuti?»

«Cinque mesi fa, al tempo del raccolto invernale del grano.»

Cinque mesi... poco prima che fosse concesso a Ostrander il visto d'entrata. «E hanno portato il quadro con sé?»

«No, lo aveva sempre tenuto mia moglie, fin da quando se n'erano andati gli stranieri. Sono venuti due funzionari che sapevano del quadro, e le hanno chiesto se lo aveva ancora.»

Due funzionari... sicuramente del DCI. Mandati da Deng Bo. «Che aspetto avevano?» chiese Hong.

«Erano... funzionari. Sono venuti in macchina. Persone importanti.»

Agli occhi dei poveracci, i potenti erano tutti uguali.

«Giovani? Vecchi?»

«Della tua età... né giovani né vecchi.»

«Perché Kang Xiao-tse aveva conservato il quadro?»

«Glielo aveva dato l'americano. Lei diceva che le sarebbe servito a punire i responsabili. Sarebbe servito ai buoni per raccogliere delle prove contro i cattivi.»

«Quali prove?» chiese Hong con una certa ansia. «Chi doveva essere punito?»

Al vecchio Shi Jun si spezzò la voce in gola. «Non me lo ha voluto dire. Io l'ho pregata, le ho detto che era pazza. Lei continuava a scrivere lettere, a spedirle in tutto il Paese. Diceva che la guerra per lei non sarebbe mai finita, che i cattivi dovevano essere puniti.»

«A chi scriveva le lettere?»

«A... al Partito... a... non lo so. Continuava a spedire

lettere. Qualche volta otteneva una risposta, poi più niente. Lei rispondeva, giurava che aveva trovato un alleato, e nessuno si faceva più vivo.»

«Ha conservato quelle risposte?»

«No, le ha bruciate. Aveva paura.»

«Da dove venivano?»

«Da molti posti... Guilin, Chongqing, Nan-ning, da tutte le parti.»

Dei vecchi che morivano qua e là, pensò Hong, a due o tre alla volta, e poi un uomo solo a Dalian cinque mesi fa... proprio quando Sun Sheng aveva iniziato le sue ricerche presso gli archivi del Partito.

«Ti ricordi se di recente aveva mandato una lettera a Dalian?»

«Non saprei, non me ne parlava sempre» rispose il vecchio.

L'interno dell'auto era diventato un forno a vapore. Hong aprì uno spiraglio nel finestrino e si portò una manica alla fronte. «Quando scriveva quelle lettere, parlava mai del quadro?»

«Lei non mi mostrava mai quello che scriveva, ma io lo sapevo. Diceva loro che aveva delle prove.»

Prove di un furto? O di un piano per rubare i preziosi fossili scoperti nelle colline di Chou-kou-tien?

Oppure prove di un reato ancora più grave?

«E Theodore Ostrander?» proseguì Hong. «Scriveva anche a lui? E lui le aveva scritto da Hong Kong, per dirle di mandare il quadro a suo figlio?»

«Non c'è mai stata nessuna lettera dall'americano» dichiarò il vecchio. «Quei due funzionari le avevano detto di mentire. Volevano che il figlio credesse che suo padre poteva essere ancora vivo.»

E lo era ancora?

«Ma lei aveva lavorato per Ostrander» proseguì Hong. «È esatto?»

«Abbiamo lavorato tutti per gli stranieri.»

Il vecchio aveva infranto la promessa fatta ai due funzionari inviati da Deng Bo. Avrebbe anche infranto la promessa fatta alla moglie? Quello era l'ultimo intoppo. Ed era anche il bagliore nel buio che lui aspettava da tempo.

«Da quanti anni siete sposati?» chiese Hong.

L'uomo ebbe un attimo di perplessità di fronte a quella domanda. «Diciannove» rispose.

«Io pensavo che aveste lavorato tutti per gli stranieri, più di quarant'anni fa. A quel tempo non eri sposato con Kang Xiao-tse?»

Il vecchio abbassò gli occhi a fissare il pavimento.

«Lì non troverai nessuna risposta» disse Hong. «Come si chiamava tua moglie?»

Shi Jun si era messo a tremare e a torcersi di nuovo le mani. Hong ripeté la domanda, più forte.

«Kang Xiao-tse,» rispose il vecchio «si chiama Kang Xiao-tse.»

«Ti ho chiesto come si *chiamava*. Prima di essere Kang Xiao-tse, prima della Liberazione.»

«Non lo so.» La voce del vecchio uscì smorzata.

«Era un membro del Partito, aveva avuto altri mariti, altri nomi, prima che tu la conoscessi, vero?»

«Ti prego...»

«Non c'è motivo di aver paura» disse Hong. Si chinò e prese dal secchiello termico posato sul pavimento una bottiglia di Laoshan. La aprì e la tese al vecchio, che la accettò con molta gratitudine.

«Il suo nome prima della Liberazione» insisté Hong.

«W... W... Weng Ou» balbettò il vecchio.

Il nome citato nel dossier di Liang Yu-shang: sua madre Weng Ou, la bibliotecaria.

«E prima di essere Weng Ou,» disse Hong con gentilezza «quando lavorava per Ostrander, come si chiamava?»

Il vecchio si era messo a piangere. «Non dovevo dirlo a nessuno, nemmeno ai nostri figli, nessuno doveva saperlo...»

«Si chiamava Cheng Hai-lin» suggerì Hong.

«Sì, sì» disse il vecchio con una mano davanti alla bocca. «Cheng Hai-lin.»

Come l'inglese Caffey, anche Kang Xiao-tse aveva vissuto molte vite. Come Cheng Hai-lin era stata la segretaria degli scavi archeologici di Chou-kou-tien, aveva lavorato per Theodore Ostrander, giocato con il suo figlioletto e tenuto un diario sul lavoro svolto dagli stranieri. *Mi mancherà il piccolo Peter.* Ma gli stranieri preferivano i nomi che sapevano pronunciare.

Hai-lin... Helen. Cheng Hai-lin era diventata zia Helen.

Poi, per qualche ragione, non era stato più prudente essere Cheng Hai-lin, e allora la giovane donna era diventata Weng Ou, la bibliotecaria che aveva avuto il marito ucciso, un uomo che aveva organizzato la lotta clandestina per il Partito. Prima che finisse la guerra aveva preso un terzo nome, Kang Xiao-tse.

Hong aveva capito perché era diventata Kang Xiao-tse: per non essere scoperta dai giapponesi, che le avevano ucciso il marito. *Stiamo ancora ricercando una contadina nelle campagne presso...*

Ma erano proprio stati i giapponesi? O forse il padre di Liang Yu-shang era stato ucciso da qualcun altro?

Chiunque fosse stato a ucciderle il marito, Weng Ou aveva voluto far perdere le tracce di sé. Almeno su questo non vi erano dubbi. Ma non si capiva perché avesse voluto cambiare nome la prima volta. Chi poteva avere interesse a perseguire una segretaria di nome Cheng Hai-lin?

«Perché è diventata Weng Ou?» chiese Hong.

«Per proteggersi. Era convinta che l'avrebbero trovata e uccisa. Quella gente cattiva l'avrebbe scoperta.»

Il vecchio Shi era un essere innocente, non aveva la più pallida idea di chi fosse la gente cattiva, o di chi cercava Cheng Hai-lin.

«Basta così» disse Hong. «Grazie, e scusami se ti ho disturbato in un momento come questo.»

«Adesso mi uccidete?»

Nessuno aveva intenzione di ucciderlo, lo rassicurò Hong. Era libero di andarsene.

«Ti prego» disse il vecchio con la voce carica di disperazione. «Io credo nel Partito. Ti prego, cerca di farle giustizia. Ti prego, trova quella gente cattiva. L'hanno investita con il loro camion come se fosse un animale. Falle giustizia.»

Hong promise che l'avrebbe fatto, che quella gente cattiva sarebbe stata punita. «La giustizia trionfa sempre» lo rassicurò.

Erano passate le dieci quando Hong giunse all'ingresso sulla Qianmen del Dipartimento di Polizia. La sua mente era un guazzabuglio di congetture formulate per metà. Scese dall'auto e andò in cerca della sua bicicletta, ma la guardia di servizio al cancello gli disse che lo voleva il suo assistente. Hong alzò gli occhi e vide la luce accesa nel suo ufficio. Chan non se n'era ancora andato. Salì le scale che conducevano al secondo piano.

Con la lampada della scrivania ancora accesa, Chan si era addormentato con la testa appoggiata alle braccia incrociate. Hong lo toccò su una spalla, e lui fece un balzo e si svegliò.

«Sei tornato» disse con la voce impastata di sonno.

«Cos'è successo? Perché non sei a casa nel tuo letto?»

«C'è stata una sparatoria. Il Piccolo Monaco.»

Hong abbassò gli occhi, trasse un respiro dall'aria immobile. Quando sarebbe finita quella storia? Hong si era affezionato al Piccolo Monaco, così disponibile, così ansioso di rendersi utile; con sua grande sorpresa si era accorto che era più utile di quanto ci si potesse legittimamente aspettare.

Chan gli spiegò che il Piccolo Monaco aveva seguito Caffey, il quale aveva lasciato l'albergo alle sette, poco prima che subentrasse l'uomo di Ru addetto alla sorveglianza notturna. Secondo l'ultima annotazione sul taccuino di Wu Keping, rinvenuto insieme al suo corpo, l'inglese era andato a bere qualcosa al Club Internazionale. Si era seduto da solo, aveva parlato unicamente con il barista, e alle sette e mezza era uscito e si era messo a passeggiare. Il cadavere del Piccolo Monaco era stato rinvenuto da un poliziotto di pattuglia in una galleria incompiuta della difesa civile, costruita durante il decennio precedente per consentire la fuga verso la periferia. La galleria era piena di merci rubate e di contrabbando: videocassette da Taiwan, cartoni di sigarette nazionali e straniere, televisori da Hong Kong.

«La polizia urbana si è fermata alla versione dell'omicidio tra ladri» concluse Chan. «Un contrabbandiere che ne ha ucciso un altro.»

Hong sbuffò rumorosamente. «Come se quel poveretto fosse stato abbastanza scaltro da essere un contrabbandiere.»

«Stai per propinarmi la tua super-teoria?» domandò Chan con calma.

«Credi che sia ancora una storia puramente teorica?» rispose Hong. «Non ti sono piaciuti i miei giochi di carte, le mie teorie. Ti sei rifiutato di credere che avessero ucciso Sun Sheng, o il vecchio archeologo, o i quattordici uomini morti di malattia che viaggiavano per le province e, miracolosamente, venivano colpiti ogni qualche anno.»

Chan lo guardò fisso per un lungo momento. «Immagino» disse finalmente «che tu abbia fatto la diagnosi della malattia.»

«Non del tutto, ma quasi» rispose Hong con un certo fervore nella voce. «Quasi» ripeté. «Quegli uomini sono morti di una malattia chiamata conoscenza, la conoscenza di un crimine, e sono morti perché cercavano delle prove.»

«Di cosa, esattamente?» domandò Chan.

«Dell'esistenza di un traditore, probabilmente. Di un ladro e di un assassino.»

«E Sheng aveva trovato quello che cercava?»

«Doveva esserci arrivato molto vicino» rispose Hong. «Ma le prove reali sono nelle mani di una donna in possesso di un quadro, una vecchia che chiede aiuto da più di quarant'anni.»

Chan posò gli occhi sull'unica lampadina accesa sulla sua scrivania. «La donna di Chou-kou-tien» disse. «E quali sarebbero le prove?»

«Ahimè, prima che glielo potessi chiedere ha intrapreso il viaggio verso il cielo. Ha avuto il cranio fracassato in un incidente provocato da un camion militare.»

«Però! Ma questa donna, come aveva saputo a chi rivolgersi per essere aiutata, come aveva trovato Sun Sheng?»

«Non mi è ancora del tutto chiaro» rispose Hong. «Aveva mandato delle lettere a quelli di cui aveva conosciuto il nome durante la guerra. Li incontrerà in cielo, probabilmente, e spiegherà loro quali erano le prove che si aspettava da loro. Ma c'è una cosa di cui sono sicuro. La cura per la loro malattia è qui, e risponde al nome di Ostrander.»

Chan annuì ripetutamente. «Uno dei giocatori della tua partita a carte» disse. «Spero per il tuo bene che abbia una mano vincente.»

«Lui sa dove si trovano le prove. È quello che noi cerchiamo, e che sta cercando anche il mediatore Mr. Caffey.

Per questo Sheng era andato a trovarlo. Sheng metteva insieme i pezzi, e Caffey era uno di questi. Ma questo è stato il suo errore, e per questo lo hanno ucciso.»

«Quando avrai trovato le prove, *se* le troverai, forse mi dirai chi ha commesso il crimine.»

Hong scoppiò in una risata sommessa. «Ma te l'ho detto questa mattina» replicò, con un tono incalzante e un po' stridulo. «Chi ha invitato Ostrander? Chi gli ha messo accanto un interprete e ha cercato di accaparrarsi il caso prima che fosse affidato a noi? Chi è amico intimo dell'inglese? Chi ha piazzato un'attrice accanto a Ostrander, in ospedale, cosicché lui potesse rivelare accidentalmente le cose riposte nella sua memoria? Un'attrice il cui padre è stato ucciso, la cui madre ha nutrito per quarant'anni le sue speranze di vendetta. Immagino che l'attrice farebbe qualunque cosa se qualcuno le promettesse la libertà. Potrebbe aiutare un traditore a trovare l'unica prova esistente contro di lui. C'è un filo conduttore in tutta questa storia, una persona che è riuscita a salvarsi in tutti questi anni: un alto funzionario della Difesa che esercita una grande influenza al Dipartimento Centrale delle Investigazioni.»

Chan si alzò faticosamente dalla sedia e spense la lampada sulla scrivania. «Andiamo a vedere il Piccolo Monaco» disse.

Si fecero condurre all'ingresso della galleria che dava sulla Zhushikou, subito a nord del Tempio del Parco Celeste. Chan aveva chiesto che il cadavere non fosse rimosso fino all'arrivo di Hong, e due giovani agenti li aspettavano per scortarli. Le scale erano un altro incubo concepito da un urbanista folle, con una svolta ad angolo retto ogni quindici gradini. In caso di emergenza, chiunque avesse voluto servirsene sarebbe stato travolto.

I due agenti fecero strada con le torce a luce gialla, che proiettavano delle ombre allucinanti sulle pareti. Nel punto più largo la galleria sotterranea consentiva il passaggio di un camion, ma senza destinazione. A poche centinaia di metri dalla base della scala, il tunnel terminava con una montagnola di terra, bloccata da casse e cartoni appoggiati su listelli di legno per proteggerli dall'umidità.

In mezzo al pavimento di cemento giaceva Wu Keping, supino, con un braccio lungo il fianco e l'altro teso, con la palma socchiusa, come se fosse a letto e cercasse la mano di una donna. Hong si inginocchiò accanto a lui. Ah, Piccolo Monaco, cosa ti ho fatto? Ti ho mandato via per tenerti occupato. Notò che aveva un'espressione straordinariamente felice, quasi sognante, e come al solito era molto ordinato tranne che per il foro del proiettile e la pozza di sangue al centro del torace.

Accanto a lui c'era uno dei due giovani agenti, con un taccuino in mano. «Assistente vicedirettore Hong...» esordì.

Hong alzò gli occhi su di lui.

«Vuoi leggere il rapporto?»

Hong si alzò in piedi. «Sì, dimmi che cosa hai messo insieme» rispose stancamente.

«Be', ovviamente il colpo è stato sparato da vicino. Ci sono tracce di bruciature sulla stoffa intorno alla ferita. Si direbbe una pistola da nove millimetri, ma non lo sapremo fino a quando non avranno estratto il proiettile.» Tese il taccuino.

Secondo il suo rapporto l'agente era di pattuglia a piedi quando, intorno alle otto, aveva sentito uno sparo attraverso una grata per l'aerazione. Aveva cercato la fonte del rumore, ma gli ci era voluta oltre un'ora per localizzarla. Era sceso nel tunnel e aveva trovato il corpo nella esatta posizione in cui si trovava ora. Il taccuino della vittima era stato rinvenuto a due metri di distanza, al di là del braccio teso. Apparentemente non mancava niente dalle sue tasche: nel portafoglio aveva quattordici yuan.

Che strano, pensò Hong, che l'avessero lasciato nello stesso posto delle merci di contrabbando. Perché non lo avevano spostato? Caffey e i suoi compari dovevano aver avuto molta fretta.

«Una pistola» disse Hong. «Le uniche pistole da nove millimetri sono in dotazione alla Sicurezza Pubblica.»

«O alle guardie dell'esercito» lo corresse l'agente. «Saprai certamente che ne sono venuti in possesso parecchi furfanti, dopo averle rubate alle fabbriche.»

«Avevi già visto dei fori di proiettile?» domandò Hong.

«Sì, certo.»

«Dove?»
«A... a Chang-sha. Durante le sommosse.»
«Eri una Guardia Rossa?»
«No davvero, ma ci sono state molte sparatorie.»
Hong aveva visto e sentito abbastanza. Indicò all'altro agente di ricondurlo su per quelle scale pericolosamente tortuose.

Era mezzanotte, ma le strade si erano animate di operai del terzo turno che pedalavano verso casa. In cielo stava calando la luna estiva, e le luci a uso dei turisti del Tempio del Cielo sfavillavano a quattro isolati di distanza. Chan accese due sigarette e ne tese una a Hong.
«Grazie. Di' loro che possono rimuovere il cadavere.»
«L'ho già fatto. E non darti la colpa di quanto è accaduto. Mezz'ora più tardi, sarebbe toccato a uno degli uomini di Ru.»
Un furgone verde della Polizia arrivò scoppiettando e sbuffando gas di scarico dallo scappamento.
«È stato informato il direttore delle investigazioni?»
«Abbiamo mandato un messaggio, ma potrebbe non essere ancora arrivato. Il direttore sta partecipando a un banchetto di inaugurazione delle celebrazioni in onore di Lu Xun.» Era il cinquantesimo anniversario della morte dello scrittore, e per settimane si sarebbero susseguiti i banchetti.
«Dovrebbe essere informata» osservò Hong.
«Vuoi interrompere il suo pranzo? Io no.»
«Qualcuno le ha scaricato la patata bollente» disse Hong. «Qualcuno potente come lei.»
«Smettila con questa idea» ribatté Chan. «Slogan del giorno: chi segue una trama diversa rovina tutto il tessuto. Il Piccolo Monaco aveva a che fare con i contrabbandieri, secondo il rapporto, e a te conviene lasciare le cose come stanno.»
Un'altra vittima, pensò Hong, di una vecchia partita ancora da sistemare. Si avviarono verso l'auto.
«Pensavo» osservò Chan «che è passato tanto tempo da quando facevo servizio per le strade: forse darò una ripulita alla mia pistola e ricomincerò a portarla.»
La stessa idea era venuta a Hong.

Parte Quarta

«Nel bel mezzo della morte, cerca la vita.»

23

Gli slogan della Rivoluzione

Una sirena destò Hong prima che suonasse la sveglia. Fu sorpreso di ritrovarsi vivo, perché aveva sognato di essere di fronte a un plotone d'esecuzione. L'ambulanza era giunta a sirene spiegate proprio quando i fucili stavano per sparare.

Nella stanza dei telex due impiegati, un funzionario anziano con i capelli grigi e suo nipote, oziavano dietro le rispettive scrivanie. Il nipote, con la sigaretta che pendeva dalle labbra, sfogliava *Gioventù cinese*. Lo zio sembrava addormentato. Gli altri tre impiegati erano in ritardo, e gli apparecchi telex giapponesi erano muti e spenti. E non era ancora arrivata una risposta dal lebbrosario dell'isola di Hai-nan.

«Come mai le macchine non funzionano?» chiese Hong.

«Stanno facendo un nuovo impianto» rispose il nipote sollevando appena gli occhi dalla rivista. «Le macchine sono fuori uso da ieri pomeriggio. Dicono che potranno di nuovo funzionare tra un paio d'ore.» Si strinse nelle spalle. «Ma lo hanno detto anche ieri.»

Hong abbassò gli occhi e vide la fotografia della sua ex moglie in un editoriale che inneggiava a un film televisivo intitolato *Prima di tutto la sicurezza*. Il caporeparto di una acciaieria, nell'intento di rispettare i tempi di produzione, fa scoppiare un forno provocando gravi lesioni al suo migliore amico. Sheng Kuang, che era il produttore del film, lodava profusamente il regista, di soli ventisette anni: «Il duro lavoro e una disciplina di ferro hanno portato ai vertici questo lavoratore modello in così giovane età». Duro lavoro, ma anche buone maniglie. Si dava il caso che il lavoratore modello fosse il figlio di un famoso regista degli studi televisivi di Shanghai.

Hong afferrò il telefono e chiese al centralino di essere messo in comunicazione con la Sicurezza Pubblica di Haikou, sull'isola di Hai-nan.

«Ci vorranno almeno due ore» disse il centralinista. «I cavi sottomarini sono occupati.»

Hong andò al secondo piano, in uno stato di agitazione quale non provava da mesi. Un camion militare che investiva Kang Xiao-tse, il Piccolo Monaco morto ammazzato. Gli eventi gli sfuggivano di mano. Per un attimo pensò di chiamare Yamei, di fare una litigata con lei a beneficio degli ascoltatori, qualsiasi cosa pur di salvarla.

Sulla scrivania trovò un messaggio dell'amministratore delle Forze Armate regionali: nessuna traccia del tenente Shun Tsung negli archivi dell'esercito. Ma c'erano state, pensò Hong. Qualcuno le aveva fatte sparire.

Spostò il messaggio da una parte, e sotto vide le trascrizioni delle telefonate di Caffey. La sera prima, nella fretta di correre alla galleria, aveva trascurato di leggerle. Il nome del Piccolo Monaco compariva in cima alla lista, come quello del funzionario che aveva fatto la richiesta alla Sorveglianza. Un ultimo incarico ufficiale, pensò Hong, al servizio di un insuccesso.

Le note, redatte sia in inglese sia in cinese, indicavano che Caffey aveva cambiato la prenotazione del volo. Era passato dalla British Airways alla CAAC, e sarebbe partito per l'Inghilterra con un giorno di anticipo, all'una. Fugge dalla scena del delitto, pensò Hong, e continua a correre. Era riportata anche una conversazione con un socio imprecisato, che era stato definito semplicemente *Inghilterra* dal trascrittore.

Caffey: «Pronto, sei tu, Will? Ci sei?».
Inghilterra: «Sì, Raymond, come stai? Com'è il tempo?».
Caffey: «Fradicio come la foresta pluviale. E da voi?».
Inghilterra: «Piove a dirotto. Come vanno le tue trattative?».
Caffey: «Splendidamente, Will, davvero splendidamente. Penso che potremo avere a disposizione il prodotto

entro la settimana. Basta rimuovere le complicazioni. E il nostro amico Lord Wimsey? Se ricordo bene, dovevi concludere l'affare con lui».
Inghilterra: «Sì, Lord Wimsey e i suoi amici sono disposti a pagare quanto richiesto. (*Risata*) Comprese le spese di trasporto».
Caffey: (*Risata*) «Splendido, Will. È una magnifica notizia. E tu hai fatto il trasferimento?».
Inghilterra: «Sul tuo conto, come d'accordo».
Caffey: «Allora cantiamo un inno. Ci vediamo presto».

Hong compose il numero di Fen Like. Il telefono squillò cinque volte, sei, sette. Al decimo squillo il centralino si sarebbe inserito chiedendo di lasciar libera la linea. Al nono squillo Fen rispose.

«Mi chiedevo che ne è della mia fotografia» disse Hong.

«Te l'ho promessa per oggi, e l'avrai. Puoi passare verso le due?»

«Mi serve stamattina» precisò Hong. «Tra un'ora.»

Fen ridacchiò. «Sei fortunato. È ad asciugare. Ma la prossima volta che ti serve un favore...»

Hong aveva già riattaccato.

La foto era riuscita perfettamente: Ostrander e il dottor Guo Ke, Deng Bo e Caffey, tutti e quattro schierati al sole di Guangzhou, con l'aria di quattro ragazzi felici dopo una partita di calcio. L'immagine era granulosa, ma era ricomparso il balcone mancante, e combinavano perfino le ombre sui visi. «L'aerografo è una grande invenzione» disse Fen. Mise la fotografia sotto una lente d'ingrandimento, e guardò compiaciuto il suo lavoro. Non si vedeva il minimo segno dove si incontravano le quattro diverse fotografie. «E adesso mi piacerebbe andarmene ad Harbin per una settimana. Ci pensi tu?»

Hong corse all'Hotel Janguo insieme ai due agenti che lo avevano accompagnato al Centro delle Pubblicazioni. All'ingresso principale dell'albergo stavano già caricando il bagaglio di Caffey su una Bandiera Rossa in attesa. Hong saltò giù dalla sua auto proprio mentre l'inglese usciva sul marciapiede.

Con le mani sui fianchi, in una posa che annunciava il possesso del mondo, Caffey gli si rivolse con tono esuberante: «Compagno Lu Hong, è venuto a salutarmi?».

«No, sono venuto ad arrestarla» rispose Hong. I due agenti si erano piazzati alle sue spalle.

Caffey esibì un'espressione di finto terrore. «Santo cielo, che cosa mai avrò fatto?»

«La arresto in forza della parte II, capitolo 2, sezione 7, articolo 91 della Legge di procedura penale. Le imputazioni sono: tentato contrabbando di reperti archeologici e assassinio di un investigatore della Sicurezza Pubblica.»

«Delle accuse piuttosto pesanti» osservò Caffey, guardando il bagagliaio della Bandiera Rossa in cui venivano caricate le sue valigie. «È sicuro che io sia l'uomo giusto?»

«Senza ombra di dubbio» rispose Hong. «Lei è il fulcro di un complotto. Forse troverà interessante questa.» Tirò fuori dalla cartella la foto di Guangzhou e gliela tenne sollevata davanti agli occhi.

Per la frazione di un secondo il sangue freddo di Caffey vacillò. La sua espressione mutò, e da dietro i suoi occhi un animale rabbioso guardò la fotografia. Era un camaleonte, che cambiava forma e aspetto. Poi, nel secondo successivo, i suoi lineamenti si ricomposero in quelli dell'essere umano tranquillo e scherzoso che era stato fino a un momento prima.

«Servitore del popolo,» disse senza il minimo tono di compatimento «mi permetta di citarle il capitolo 5, articolo 31, della Legge di procedura penale. "Chiunque falsifichi, nasconda o distrugga delle prove sarà perseguito a termini di legge." Questa fotografia è un falso, e posso facilmente provarlo. Se mi arresta in base a false prove, finisce in prigione anche lei.» Guardò i due agenti. «Siete sicuri di volermi arrestare?»

Hong non rispose e Caffey aprì la portiera della Bandiera Rossa.

«Allora me ne vado. Ho molti amici che mi verranno in aiuto e dimostreranno che le sue prove sono un falso. Le sembra che valga la pena rischiare?»

La foto in un primo tempo aveva convinto Caffey, lo aveva fatto vacillare. Poi si era accorto che si trattava di un falso. Hong si vide rinchiuso in una cella, con Deng Bo sempre in circolazione. Sentì crescere dentro di sé una rabbia impotente.

Caffey si sistemò baldanzosamente sul sedile posteriore. La decisione era scaturita da sola: arrestarlo era un rischio troppo grande.

L'auto si mise in moto.

Caffey sporse la testa dal finestrino. «Compagno Lu Hong,» disse «i cinesi hanno un proverbio: "In grande misura simile, in piccola misura diverso".»

Tirò su il vetro e sparì.

Il volo CAAC sarebbe partito solo tra due ore, ma una telefonata all'aeroporto lo avrebbe fermato. Il direttore delle investigazioni aveva i poteri per far restare l'aereo sulla pista, farlo perquisire e trattenere un passeggero.

Wei Ye parlava a due telefoni contemporaneamente: con un cenno della mano indicò a Hong la sedia bassa di fronte alla sua scrivania. Il ritratto del primo ministro Chou En-lai, appeso alle sue spalle, era stato spolverato dall'ultima visita di Hong, e le tende erano state lavate.

«Sì, un contrabbandiere» disse Wei Ye in un telefono. «È stato trovato nella galleria della difesa civile con delle merci rubate. Sì, me ne assumo la completa responsabilità, avrei dovuto stare più attenta. Scoveremo sicuramente i complici. È probabile che fosse collegato con gli spacciatori di droga che abbiamo scoperto tra noi due anni fa. Credevamo di averli imprigionati tutti, ma evidentemente non ci siamo riusciti.»

Cercava di collegare la morte di Wu Keping con il caso dei tre contrabbandieri birmani di droga, che si era concluso con il trasferimento di alcuni suoi dipendenti fortemente sospetti.

Ma il Piccolo Monaco? Pensare che quell'omino evanescente e ligio al dovere potesse avere organizzato una banda di contrabbandieri equivaleva a credere che i muli potessero volare e i camion piangere.

«Sì, questa volta ci riusciremo, puoi stare sicuro. Te lo

garantisco.» Wei Ye posò un ricevitore e proseguì con l'altro. «Il banchetto è stato eccellente» disse. «I delegati dell'Associazione Scrittori sono rimasti molto soddisfatti.»

Terminò la conversazione e alzò gli occhi. «Questa morte ci procura dei problemi» disse con una certa preoccupazione, ma con il tono di voce che avrebbe potuto dedicare a una teiera rotta. «Il ministro ne è stato informato prima del banchetto in onore di Lu Xun, ieri sera, e sta strepitando perché si proceda a un arresto.»

«L'assassino sta lasciando il nostro Paese proprio adesso» rispose Hong. «Quell'inglese, Caffey. Quando c'è stata la sparatoria, il compagno Wu lo seguiva dietro mie istruzioni. Valendoti della tua autorità, puoi far ritardare la partenza dell'aereo e arrestare Caffey.»

«Lu Hong, tu mi sorprendi. Sei stato assegnato a investigare sull'americano, Ostrander. Ti ho concesso di estendere le tue indagini su Caffey, l'inglese, quando hai avanzato l'ipotesi che potesse essere un complice. Adesso affermi che l'inglese ha ucciso un funzionario della Sicurezza Pubblica che palesemente commetteva dei reati contro la nostra economia. È un'ipotesi piuttosto azzardata.»

Hong afferrò i braccioli della sedia. Si era aspettato che per lo meno ordinasse di trattenere l'aereo.

«Caffey *è* un complice,» disse «ma non dell'americano.» Trasse un profondo respiro. Era andato più in là di quanto si era proposto. «Caffey agisce insieme a un funzionario della Difesa.»

Wei Ye si drizzò sulla sedia. «Un funzionario della Difesa?» Era palesemente sorpresa. «Che cosa vorresti dire?»

«Che il viceministro della Difesa Deng Bo e l'inglese hanno architettato un complotto, e che Wu Keping è stato ucciso quando lo ha scoperto.»

Wei Ye balzò in piedi. «Questa è quasi un'accusa di tradimento» disse solennemente. «Intendi dire che dovrei anche arrestare Deng Bo? A meno che tu non disponga di prove precise, ti consiglio di non insistere su questa linea.»

«Ho delle prove basate sui viaggi dell'inglese, che potrebbe aver visitato illegalmente...»

Wei Ye sollevò una mano. «Un momento! *Potrebbe* aver visitato, hai detto. Questa non è una prova.»

«E così non ritarderai la partenza dell'aereo» disse Hong.

Wei Ye girò intorno alla scrivania e andò a sedersi accanto a lui. «Non ti ho già spiegato una volta che iniziative del genere sono antidemocratiche? Non possiamo arrestare la gente senza prove. Tu devi solo fornirmene, e io ordinerò l'arresto di chiunque cospiri con Ostrander. Fino a quel momento, dobbiamo dedurre che il compagno Wu è stato traviato da cattivi elementi. Si è cacciato in traffici illegali ed è stato ucciso durante una rissa tra banditi. Questa è l'unica spiegazione.»

«Non c'è niente a carico dell'americano» affermò Hong. «La sua visita è stata predisposta per...»

«Ma ci sarà sicuramente un caso Ostrander» lo interruppe lei con slancio. «Lo hai già dimostrato. Stai vicino all'americano, scopri le prove di un complotto, presentamele, e da quel momento potremo procedere a tutti gli arresti che vorrai.»

Dopo aver bussato brevemente alla porta, entrò il suo segretario. «Il ministro richiede la tua presenza immediata» disse «a proposito del funzionario che è stato ucciso.»

«Hai visto?» esclamò Wei Ye stancamente, alzandosi e dirigendosi fuori insieme a Hong. «Questo succede quando viene infranto l'ordine. Problemi a non finire.»

I manifesti del grande scrittore Lu Xun erano esposti nelle vetrine dei librai, dei ristoranti, perfino dell'ufficio postale. Da un giorno all'altro, un unanime consenso nazionale. Hong si avviò verso una tavola calda di via Dongdan, la strada degli artisti e degli artigiani. Non aveva appetito, ma l'attesa di una chiamata da Hai-nan lo faceva sentire inutile. Ordinò un litro di birra, e ne bevve cinque bicchieri di seguito, sotto lo sguardo sbalordito degli avventori.

La birra lo fece sudare e sentire anche più inutile. Caffey se n'era andato, il Piccolo Monaco era morto. Se Deng Bo si aspettava di sapere qualcosa da Ostrander, non era possibile senza l'aiuto di Liang Yu-shang; e quando Ostrander avesse scoperto che la sua amata era in prigione, sarebbe partito senza di lei. Avrebbe comunicato alla sua ambasciata che preferiva tornare a casa senza portare a termine le sue ricerche scientifiche.

Hong pensò alla vecchia di Chou-kou-tien e si chiese se fosse già morta. Quella sua ossessione lo interessava molto. Come si fa a tenere in vita la fede? E quanto costa? Questi sono i vagabondaggi della mente, pensò, quando si ha un litro di birra nel sangue. Abbassò gli occhi e vide della cenere di sigaretta nella schiuma del bicchiere. Si chiese se qualcuno avrebbe mai scoperto le prove che la donna aveva cercato tutta la vita, o il reato che quelle prove avrebbero palesato. Ripensò alla trascrizione della telefonata di Caffey in Inghilterra: *Potremo avere a disposizione il prodotto entro la settimana. Basta rimuovere le complicazioni...*

Rimuovere le complicazioni poteva anche voler dire essere costretti a uccidere Wu Keping. Il povero Piccolo Monaco, che era morto con il taccuino in mano...

Hong si alzò così precipitosamente da far cadere la bottiglia di birra, che andò in mille pezzi sul pavimento. Lasciò tre fen per il danno che aveva provocato, si scusò con il cameriere, e si diresse verso l'ufficio al veloce trotto di un ubriaco.

Non aveva ancora archiviato il rapporto dell'agente sulla morte del Piccolo Monaco, e sperava che Chan fosse stato troppo stanco per farlo.

Era ancora dentro la cartellina, sulla scrivania di Chan, e Hong lo rilesse attentamente. L'agente di pattuglia aveva sentito lo sparo alle otto, ma il corpo era stato scoperto oltre un'ora più tardi.

Ma Wei Ye aveva detto che il ministro era stato informato della morte del Piccolo Monaco prima del banchetto. E Chan aveva riferito che il messaggio inviato a Wei Ye probabilmente non era arrivato in tempo, perché il banchetto era già incominciato. Più tardi delle nove?

Hong aprì il taccuino del Piccolo Monaco e vi trovò in prima pagina gli impegni di Caffey. Anche l'inglese era stato invitato al banchetto, che aveva avuto inizio alle otto e trenta.

In grande misura simile, aveva detto Caffey della fotografia, in piccola misura diversa. Certo: la persona mancante nella fotografia non era Deng Bo. Hong aveva sistemato la persona sbagliata accanto a Caffey, aveva scelto il cospiratore sbagliato. Non era stato Deng Bo a fare quel viaggio al sud e a posare per la foto con Theodore Ostrander e l'archeologo dottor Guo Ke. Adesso Hong si rendeva conto del perché il corpo del Piccolo Monaco fosse stato lasciato tra le merci di contrabbando, e del perché il colpo fosse stato sparato così da vicino. Gli assassini avevano fretta perché dovevano partecipare a un banchetto: non c'era tempo di spostare il cadavere, e una pallottola in pieno petto da parte del suo potente capo era l'ultima cosa che il Piccolo Monaco poteva aspettarsi.

Sulle Colline Occidentali non faceva caldo, non c'erano nubi, e non esisteva neppure il tempo. La via Yiheyuan era quasi vuota: un solitario autobus N° 333 diretto a Xiangshan, un contadino con un enorme carico di mattoni in equilibrio sulla schiena, un camion che arrancava faticosamente. Appena passato il Palazzo d'Estate, le fattorie erano a grande distanza l'una dall'altra, e il marciapiede diventava un viottolo sterrato, circondato da campi di grano. Dalla strada, Hong si voltò a guardare la gigantesca nave di marmo sulla lingua di terra che si protendeva sul lago Kun-ming, dove l'imperatrice madre era solita organizzare sontuosi ricevimenti. Per costruire la nave di marmo aveva sperperato allegramente l'intero bilancio della Marina cinese.

Nella luce del crepuscolo si stagliavano dei bellissimi aceri di antica data – alberi veri, voluti non da una campagna antinquinamento ma dalla natura stessa. L'auto, una Shanghai messa insieme con pezzi di ricambio rimediati tra gli scarti, correva lungo il canale d'irrigazione che costeggiava i nuovi condomini destinati all'esercito.

Per percorrere i centoquaranta chilometri fino a Dongshanmiao ci vollero quasi tre ore. Al di là del limite occidentale della città, una stradina sterrata tagliava una distesa di vigneti che sembravano avere un gran bisogno d'acqua. La stradina, appena sufficiente a far passare l'auto, correva tortuosa verso le montagne. Alla base della prima collina, sorgeva una brutta casa di legno a due piani.

L'auto si fermò. Hong scese e chiese all'autista di aspettare.

La casa era un po' cambiata: sua madre l'aveva sistemata da quando era venuto l'ultima volta, nella primavera scorsa. Sul davanti, illuminata dalla luce rossa del tramonto, correva una rete metallica a protezione di alcuni filari di pomodori e di zucche. In una stia che girava intorno al portico, fino a uno stagno sul retro, i polli chiocciavano allegramente. Il tetto della casa era coperto da nuove assicelle verdi. Sul dorsale sorgevano altre due case, più piccole, dove vivevano e allevavano anatre dei vecchi amici, due ufficiali dell'esercito in pensione e le loro mogli. Il tutto aveva un'aria molto piacevole, ma anche da esilio.

Mentre si avviava verso il cortile, Hong notò che presso una delle case sul dorsale erano comparsi due uomini. Sembravano entrambi scrutarlo con un binocolo.

Sua madre uscì sotto il porticato con un piatto di focacce e un boccale di tè. Indossava il solito vecchio abito, calzoni e blusa blu informi. «Un buon figlio fa visita alla madre la domenica pomeriggio, non di sera» disse. «Ho sentito arrivare la macchina. Farai meglio a portare qualcosa da mangiare all'autista, così se ne sta tranquillo. O forse in questi giorni nessuno si preoccupa che si usino le macchine del popolo per i trasporti personali?»

Il popolo, sempre il popolo. Ma lei era un'esperta in sopravvivenza, e Hong fece come gli era stato detto. Quando fu di ritorno, lei lo aspettava in soggiorno. Due divani imbottiti e coperti di un tessuto di cotone marrone erano sistemati uno di fronte all'altro, con in mezzo un tavolino di bambù. Sotto una lastra di vetro c'erano delle fotografie di Hong e Lin: a scuola, il giorno del loro matrimonio, con le mogli e i figli. La parete accanto alla finestra era decorata con encomi del Partito, vecchie fotografie e manifesti del periodo di Yen-an, e annunci pubblicitari dei suoi libri.

«Perché non vai su a vederlo?» La donna si versò una tazza di tè.

«C'è stata una sparatoria, volevo parlartene.»

Lei smise per un attimo di versare il tè, poi proseguì. «A tuo padre farebbe piacere di vedere suo figlio.»

Nella camera in cima alle scale, suo padre giaceva nel letto, avvolto nelle lenzuola e con lo sguardo vacuo rivolto al soffitto. Il suo viso era arrossato dal sole e gonfio per le medicine. Qualunque cosa gli dessero, gli conferiva un'aria stranamente sana. Hong sostò sulla soglia finché poté resistere a quella vista, poi si volse per andarsene.

«Non entri?» gracidò sommessamente il vecchio.

Hong entrò e andò a sedersi accanto al letto. Suo padre gli si fece più vicino.

«Te l'ho detto che il presidente è venuto a trovarci?» Intendeva il presidente Mao, credeva che fosse ancora vivo. «Il mese scorso, o forse due mesi fa, ci ha portato dei vasi di fiori e dei *lichees* dal sud, freschi e ben maturi. Avremo presto dei nuovi incarichi.»

«Molto bene» disse Hong.

Il vecchio si allontanò di nuovo, e riprese a fissare il soffitto. Dopo un attimo ruotò gli occhi verso Hong. «Non ti hanno ancora ammazzato?»

«No, sono ancora qui.»

«E tuo fratello Hong, lo hanno ammazzato?»

«Sono io Hong.»

Un altro vuoto mentale, un altro ritorno alla realtà. Piccoli ictus, dicevano i medici. Capillari che si rompevano nel cervello. «Dov'è la tua famiglia? A quale famiglia appartieni?»

«È questa la mia famiglia, sono tuo figlio.»

«È vero, sei mio figlio. Va' a trovare tua madre.»

Hong scese lentamente le scale. Ogni volta che veniva in quella casa, provava la sensazione che sarebbe stata l'ultima. In soggiorno sua madre era seduta con un taccuino in grembo, e scriveva alla luce di un'unica debole lampada con il paralume rosa.

«Peggiora» disse Hong, mettendosi a sedere di fronte a lei.

«Sì, è vero» rispose sua madre con tono realistico, mettendo da parte il taccuino.

«C'è stato un omicidio» proseguì Hong. «Un investigatore che mi era stato assegnato da Wei Ye. Credo che sia stata lei a ucciderlo.»

«E così adesso si ammazzano a vicenda! Non passerà molto tempo prima che tutti abbiano una pistola. Alzeranno di nuovo i prezzi dei generi alimentari e tutta la città si ribellerà, oppure ci sarà un piccolo colpo di Stato, e l'esercito salirà al potere.»

«Ci hanno già provato» rispose Hong, tutelandosi contro una tirata sulla rovina della Cina.

«E ci riproveranno» disse Cui Chun. «Tutto il Paese andrà in malora. Libertinaggio sessuale, il che significa malattie veneree. Abbiamo combattuto trentacinque anni per liberarcene, e adesso sono diventate un flagello. Ingordigia, crimine, mercato nero, stiamo andando in rovina, puoi starne certo.»

«Hai scritto un articolo per il *Quotidiano del Popolo*? Una parabola sulla dinastia Ming?»

Cui Chun fece finta di non sentire, o forse la sua rabbia aveva soverchiato la voce di Hong. «Tuo fratello mi ha mandato una bicicletta Piccione Viaggiatore, una radio, un riscaldatore a vapore, e più vestiti di quanti io ne possa indossare. Per essere un direttore di stabilimento serve molto bene il popolo, non trovi?»

«Come vorresti che fosse?»

«Non corrotto.»

«E per me, cosa speri?»

La donna trasse un profondo respiro. «Che tu rimanga vivo» disse.

Dal gruppo appeso alla parete, Sun Sheng li guardava.

«Wei Ye ha ucciso un funzionario» dichiarò Hong.

Ci fu una lunga pausa mentre calava la sera. La stanza si fece buia, tranne che per la piccola aurora che si sprigionava dalla lampada. Cui Chun intrecciò le braccia sul petto, e le sciolse subito. «Wei Ye» disse finalmente, e con tristezza. La sua voce era così bassa che Hong si fece automaticamente più vicino per sentirla. «Così leale. Così dissoluta e avida. Sempre tesa a inseguire il potere.» Seguì un'altra lunga pausa. «Quella tua indagine... lei contrabbandava veramente eroina?»

«È possibile che lo abbia fatto» rispose Hong.

Cui Chun scosse malinconicamente il capo. «Non cambia niente, vero? Cinquant'anni fa era la stessa cosa. Quando eravamo...»

«Giovani» la imbeccò Hong.

La donna sorrise. «No, non siamo mai stati giovani. Eravamo troppo occupati a combattere.»

«Ma nel 1941 hai smesso di scrivere storie sulla Resistenza. Hai incominciato a criticare il Partito. Hai perso il favore del presidente Mao.»

«Ah, e così hai studiato la storia» esclamò lei con finta soddisfazione. «Ve lo lasciano fare, adesso? Dobbiamo distruggere il passato, diceva il Vecchio, per costruire il futuro.» In un accesso d'ira afferrò il taccuino e lo gettò sul pavimento. «"Gli alberi si risvegliano e sono pieni di gemme, gli uccelli cantano sulle colline..." Sono queste le insulsaggini che scrivo adesso.»

«Scrivi anche per il *Quotidiano del Popolo*?»

Lei ignorò di nuovo la domanda, e sorseggiò il suo tè. «Wei Ye era la beniamina del vecchio Mao: gli sono sempre piaciute le ragazze. Più andava avanti negli anni, più gli piacevano giovani.» Scoppiò in una strana risata, un misto di amarezza e di tedio della vita.

«Cosa è successo nel 1941?»

La donna non rispose.

«Che cosa è successo?» chiese di nuovo Hong. «Perché ti sei messa a muovere delle critiche per iscritto? Cos'era cambiato?»

«Combattevamo per una grande causa, per il futuro del nostro Paese. Ma anche uno spirito forte si può fiaccare. Non era sempre facile continuare a credere.»

«E cosa è accaduto esattamente che ti ha fatto smettere di credere?»

Cui Chun frugò tra i cuscini del divano, trovò le sigarette e ne accese una. Hong pensava che non gli avrebbe risposto. Nel suo viso contratto c'era qualcosa, una specie di dolore, quasi una supplica rivolta a lui perché si fermasse, non tirasse troppo la corda. Si era resa conto di quello che si era proposto suo figlio?

Finalmente disse, in un sussurro: «C'erano delle cose... che non riuscivamo a spiegarci».

«Come il fatto che Sun Sheng aveva perso un corriere a Tianjin» intervenne Hong. «Nel giugno del 1940.»

Alzò gli occhi, sbalordita. «Come lo hai saputo?»

«Non ha nessuna importanza. Che altro non riuscivate a spiegarvi?»

«Molte cose, molte cose...» rispose lei stancamente.

«Quali cose?» la sollecitò Hong.

Seguì una lunga pausa durante la quale lei aspirò dalla sigaretta, prese la tazza, bevve, e la posò di nuovo. «Molte cose» ripeté.

«E precisamente?» la incitò Hong, alzando la voce.

Per un po' lei si limitò a fissarlo. Lasciami in pace, sembravano voler dire i suoi occhi.

«E precisamente?» ripeté Hong.

«Aeroplani» rispose lei finalmente. «Aeroplani carichi di

rifornimenti che venivano abbattuti. Attacchi ai nostri guerriglieri. Ogni giorno i nostri informatori dei Servizi Segreti facevano degli errori, uno dopo l'altro.»

«Che genere di errori?»

«Alcuni dei nostri uomini dietro le linee, organizzatori della lotta clandestina, erano stati catturati; altri si erano perfino convinti di essere stati traditi...»

«Ma tutto questo era accaduto prima» insisté Hong. «Nel 1941 tu hai smesso di scrivere le tue teorie piene di fervore. Cosa è accaduto nel 1941? Un fatto specifico, forse?»

La donna serrò le mani, spiegazzando la sigaretta. Batté i pugni sui cuscini, spargendo cenere dovunque.

«*Un* caso» rispose. «*Uno* in particolare.»

Si schiarì la gola, emise un respiro. Hong rimase in attesa.

«Fu ucciso un uomo,» continuò Cui Chun «un organizzatore della lotta clandestina. Quelli dei Servizi Segreti dissero che era un collaborazionista, una spia dei giapponesi. Sun Sheng pensava... altri di noi pensavano... che ci avesse sempre fornito delle buone informazioni...»

Ancora una volta la mente di Hong tornò al diario che aveva letto: *... un complotto per attaccare l'armata del Diciottesimo Gruppo... un collaborazionista dei giapponesi è stato giustiziato nei pressi di Baoding... stiamo ancora ricercando una contadina nelle campagne vicino a...* Il marito di Cheng Hai-lin, il padre di Liang Yu-shang, un organizzatore della lotta clandestina di nome Liang Bairong. Cheng Hai-lin era la donna che loro cercavano: per questo lei aveva cambiato nome. Ma secondo il dossier su Yu-shang, suo padre era stato ucciso dai giapponesi. Qualcuno aveva manipolato la versione dei fatti.

«Una esecuzione vicino a Baoding» disse Hong. «Un organizzatore della lotta clandestina ucciso per ordine di Wei Ye. È così?»

Cui Chun distolse lo sguardo. «Non hai studiato solo la storia» disse.

«Ma l'uomo non era un collaborazionista dei giapponesi.»

«Ti devi rendere conto che erano tempi terribili» osservò la donna, rivolgendo di nuovo al figlio uno sguardo supplice.

«Non potevamo *permetterci* di dissentire, e Wei Ye era una valorosa rivoluzionaria...»

«E anche brutale, come mi hai detto tu stessa. Quale credi che sia stata la vera ragione per cui è stata uccisa quella presunta spia, per ordine di Wei Ye?»

«Non avevamo prove!» rispose lei rabbiosa. «Solo sospetti! Wei Ye era la compagna più leale. Quando altri vacillavano, o avevano dei dubbi, lei rimaneva salda nelle sue posizioni. Non era neppure pensabile sospettare di lei...»

«Ma qualcuno aveva le prove, vero?» disse Hong. «Qualcuno ha cercato di dirvi che quell'uomo era innocente.»

«No, allora no» rispose lei sulla difensiva.

«E dopo di allora?»

«Solo sospetti» ripeté Cui Chun.

«Non una parola da nessuno? Niente?»

«D'accordo, ci sono state delle lettere, molti anni dopo, da una vecchia pazza che si rifiutava di dirci chi era. Lettere folli su certi diari... perché mai avremmo dovuto darle ascolto?»

«Ma lo sapevi comunque» disse Hong sbalordito. «Da qui la tua delusione! Sapevi che Wei Ye aveva sottratto i fossili di Chou-kou-tien, con l'intento di venderli. Ma cos'è il contrabbando? Solo un modo per fare soldi. E quello era un tipo di corruzione che potevate tollerare. Tutt'altra cosa era fare delle spiate al Kuo-min-tang. E anche ai giapponesi. Per questo era stata attaccata Yen-an, e i vostri aerei venivano abbattuti. Questo spiega tutte le battaglie che avete perduto. Quella donna vi tradiva. E quando quell'uomo lo ha scoperto, lei lo ha fatto uccidere.»

Cui Chun si rannicchiò su se stessa e chinò il capo. Hong si protese in avanti e la scosse violentemente per le spalle. «È andata così? Ho ragione?»

«Non ne eravamo sicuri... non avremmo mai immaginato che fosse possibile...»

Ma dall'espressione sconfitta della madre, Hong capì che aveva visto giusto.

«Rivoluzionari!» esclamò con disprezzo. «Per tutti questi anni hai saputo di lei, e non mi hai neppure messo in guardia.»

Con un sorprendente scoppio d'ira Cui Chun gettò via il pacchetto di sigarette e gridò: «Io non l'ho *mai* saputo! *Non* c'erano prove! E poi, che importanza aveva? Era troppo tardi.

Lei avrebbe potuto rovinarti in qualunque momento».

«Non è questa la ragione» disse Hong. La verità si stava facendo strada dentro di lui. «Avresti dovuto ammettere con te stessa che sapevi. E avresti dovuto ammetterlo anche con me, e non potevi. Ma hai incominciato a preoccuparti quando è morto Sun Sheng, vero?»

«Avevo dei sospetti...»

«Davvero? Perché?»

«Per nessuna ragione precisa, solo...»

«Solo che lui era in buona salute» disse Hong con amarezza. «Solo che ne erano morti tanti altri. E tu sapevi che anch'*io* mi sarei posto dei quesiti. Così hai scritto quel racconto sul pittore e la figlia, per mettere in guardia Wei Ye, per dirle di non coinvolgermi, di fermarsi. Minacciavi di smascherarla.»

«No, non è vero» replicò la donna. «Ero preoccupata per te, per la tua posizione in seno al Dipartimento, tutto qui.»

Hong si alzò per andare alla finestra. Alla fievole luce della luna d'estate vide il suo autista appoggiato alla macchina. Si voltò verso sua madre. «Perché?» le chiese, con la voce rotta che sfumava in un sussurro. «Perché non potevi ammettere la verità con te stessa?»

Vide offuscarsi gli occhi della madre, concentrarsi in un punto poco lontano, come se lei guardasse indietro, in cerca della strada che l'avrebbe ricondotta nel suo passato. «Ricordo ancora la prima volta che ci siamo incontrati» disse. «Nel 1934, a una riunione di Partito a Shanghai. Era una ragazza timida, piccola e graziosa, a prima vista non molto acuta. Ma quanto si prodigava, a portare messaggi e a reclutare iscritti. Così pallida e minuta all'apparenza, ma assolutamente intrepida... una tigre bianca. Avremmo potuto essere arrestati tutti quanti, il Kuo-min-tang era dovunque. In qualsiasi posto andassimo, in qualunque momento ci incontrassimo, eravamo in pericolo...»

Sorseggiò un po' di tè, e offrì la teiera al figlio.

«No, continua» disse lui.

«Volevo dimenticare tutto questo.»

«Ma non puoi» ribatté Hong. «Continua. Quando sono cambiate le cose?»

«Mi riesce molto difficile ricordare i dettagli. Prima che andassimo a Yen-an, o forse più tardi. Lei era... be', immagino che fosse gelosa di noi, che avesse la sensazione che noi fossimo migliori, o che noi ci credessimo tali. Noi eravamo gli studiosi, in grado di meditare sulla Rivoluzione, mentre lei si accollava gli incarichi sgradevoli, quelli per i quali noi non avevamo sufficiente coraggio. Ma ricordati: comunque, *lei era una di noi.* Capisci? Era stata con noi fin dall'inizio.»

Erano stati tutti amici, avevano diviso le difficoltà, si erano rintanati nelle caverne e avevano fatto la Lunga Marcia. Avevano combattuto e mandato altri a combattere. E se anche i loro amici erano cambiati, se anche la ragazza timida li aveva traditi, loro non avrebbero mai potuto accusarla. Se sospetti che un tuo compagno, con il quale hai preparato la Rivoluzione, sia un traditore, come puoi ammettere la verità? Forse che lei non era stata una tigre?

Hong si chiese se Wei Ye, la rozza ragazza di campagna, non avesse avvertito dolorosamente il loro disprezzo, e non si fosse sentita tradita da loro. Nessuno sarebbe mai stato in grado di capire a fondo i motivi o la portata del suo tradimento, ma forse quella poteva essere una spiegazione. Ma era sufficiente? Loro non le avevano promesso di volerle bene, ma lei aveva promesso di essere leale. Lei aveva venduto i loro segreti, infranto tutte le promesse. Aveva trattato con i loro nemici, ucciso i loro soldati, commesso altri omicidi pur di proteggere se stessa. E quando loro avevano vinto, quando il Paese era diventato una cosa loro, aveva preso parte alla vittoria.

Tutti loro lo avevano saputo, nascondendosi la verità, chiudendo gli occhi davanti ai suoi inganni, sperando che il sole avrebbe continuato a sorgere, tramontare e risorgere, e che con un nuovo giorno avrebbero potuto crogiolarsi nelle loro illusioni di fratellanza. E così non erano riusciti ad ammettere che la loro fedelissima compagna, un tempo loro amica, era una traditrice.

Ma capire non significava perdonare. Hong era desolato, si sentiva lui stesso tradito. Si sentì sommergere da un'ondata di rabbia, quella stessa rabbia che era cresciuta dentro di lui dal giorno in cui aveva scritto quell'assurdo elenco dei compagni di Yen-an che erano morti. «La Rivoluzione non è un banchetto» esplose. «Me lo hai detto tu. Avete tollerato quella donna perché avevate dato troppo alla Rivoluzione. Non potevate sopportare il pensiero che uno dei vostri, uno degli eroi, non avesse la stessa incrollabile fede che avevate voi. E vi piaceva essere degli eroi, vero?»

Cui Chun si alzò in piedi.

«Eroi!» gridò Hong. «Bisogna servire il popolo! Bisogna servire la Rivoluzione! Ma voi ci credevate? O avete smesso di crederci tanto tempo fa?»

«Non giudicare. Abbiamo vinto una Rivoluzione, abbiamo conquistato il cuore del popolo.»

«E adesso, cosa facciamo?»

«Io sono stata abbastanza fortunata da essere sopravvissuta» disse lei con voce sommessa. «Tu fai pure quello che devi fare, ma non morire per una causa.»

Spense la luce e si avviò per uscire dalla stanza.

«Neppure per Sun Sheng?» le urlò dietro Hong. «Neppure per vedere Wei Ye davanti al plotone d'esecuzione?»

Guardò sua madre avviarsi su per le scale. La porta sul pianerottolo si aprì, si richiuse, e poi cadde il silenzio. Ma nell'aria era rimasta l'eco del loro dolore e del loro turbamento.

Hong uscì. La notte era fresca, la falce di luna inseguiva le nubi. Si fermò a guardare la luce al secondo piano. Un tempo dovete aver creduto in qualche cosa, pensò. Oppure avete combattuto per niente?

Esausto com'era, si sedette alla scrivania con un barattolo d'olio, una manciata di scovolini con il cotone in punta, uno straccio e un tubicino di acciaio. Nel silenzio che lo circondava, sentì rintoccare in lontananza l'orologio del palazzo delle Poste e Telegrafi: le cinque del mattino, l'ora giusta per pulire una pistola. Smontarla risultò più difficile di quanto si era aspettato. Era una vecchia Lanzhou calibro 38, con un meccanismo migliore e più sicuro della 9 millimetri. Solo che era incrostata di polvere per essere rimasta inutilizzata per anni.

Pensò a sua madre, e si chiese come fosse vissuta in compagnia dei suoi ricordi.

Ripulì il cilindro come se fosse stato un delicato avorio, fece passare attraverso la canna il tubicino d'acciaio avvolto nello straccio, oliò il meccanismo con molta cura. L'odio che covava dentro di sé lo incitava a superare qualunque incertezza. Se Wei Ye avesse progettato a suo beneficio una malattia infettiva o un attacco di cuore, lui avrebbe sparato ai medici prima di morire.

Qualcuno bussò leggermente alla porta. Un guardiano?

«Sì, chi è?»

«Compagno Lu Hong? Ho il telex che aspettavi.»

Hong avvolse la pistola nello straccio, coprì tutto con l'elenco telefonico, si alzò e andò ad aprire il chiavistello della porta. Un impiegato con gli occhi pieni di sonno gli tese il telex e una ricevuta da firmare. Hong si affrettò a leggere il messaggio: *Shun Tsung, età 73 anni, ricoverato presso la Clinica Speciale (Lebbrosario). Direttore della Clinica Speciale N° 5, Hai-kou, Hai-nan.* Firmò la ricevuta, e quando l'impiegato se ne fu andato frugò nel cassetto della scrivania di Chan in cerca di un orario della CAAC.

C'era un volo per Guangzhou alle 7,20 e, dopo una sosta di un'ora, una coincidenza per Hai-kou alle 12,30. Prese un modulo di autorizzazione, lo compilò con i voli, decise che avrebbe dovuto fare a meno del timbro di Wei Ye e falsificò la sua firma. Ovviamente gli aerei sarebbero stati pieni. Lo erano tutti. E potevano anche non decollare. Bastava un niente per cancellare un volo: le piste erano troppo affollate, il tempo era cattivo, il pilota aveva un raffreddore di testa.

Hong infilò la pistola smontata in due buste, insieme al telex e a un modulo in bianco che gli sarebbe servito per il viaggio di ritorno. Dal cassetto laterale, non più così recalcitrante adesso che la serratura era stata ingrassata, prese alcuni rapporti su Ostrander e Caffey. Infilò il tutto nella cartella, scese al piano terra e lasciò all'agente di guardia all'ingresso una comunicazione per informare che sarebbe partito in treno per Tianjin, a causa di certi furti alla manifattura tessile, e sarebbe ritornato nel pomeriggio del giorno dopo.

Il sole stava sorgendo. In cortile, vicino al garage, l'autista di un camion scaricava manifesti di Lu Xun. Anche lì? Hong si affrettò verso la sua bicicletta. Doveva fermarsi a casa, e correre all'aeroporto in tempo per sbatter fuori qualcuno dal suo posto sull'aereo. *Non morire per una causa*, gli aveva detto sua madre. Mentre pedalava, si scoprì a pensare che poteva anche non essere disposto a morire per una causa, ma a vivere per essa. Il che era tutta un'altra questione.

24

La confessione del tenente Shun Tsung

Il volo per Guangzhou partì in orario, avendo lasciato a terra un imbronciato agente compratore della Petrolchimica di Pechino. L'aereo era un piccolo Ilyushin 62 con l'impianto di condizionamento difettoso che eruttava sbuffi di condensa bianca e terrorizzava tutti i passeggeri. Un gruppo di turisti italiani protestava clamorosamente con le assistenti di volo. I passeggeri cinesi leggevano diligentemente il giornale e facevano finta che andasse tutto bene. Erano i funzionari ben vestiti e ben nutriti della nuova classe di uomini d'affari, specie di falchi che si gettavano a capofitto sulla preda. Nella parte anteriore c'erano degli Hakka provenienti da sud che farfugliavano nel loro incomprensibile dialetto; e nella fila accanto a Hong erano seduti due preti cattolici di Shanghai, che saggiamente si astenevano dal parlare tra di loro o con gli altri. Le hostess distribuirono dei portachiavi-ricordo della CAAC e ventagli di carta decorati con scene montane. Hong si accorse che il suo corpo aveva un bisogno disperato di sonno, e per restare sveglio si mise a contare i morti: Sun Sheng, Kang Xiao-tse, il Piccolo Monaco. Accanto a lui un funzionario deturpato dall'acne e con i denti macchiati di nicotina si dava da fare su delle tabelle zeppe di numeri. Alzò gli occhi su Hong e si presentò.

«Sei addetto alla produzione?» chiese.

«No» rispose Hong. «E tu?»

«Alimenti congelati» rispose l'uomo annoiato. «Destinati all'esportazione. Apriamo una nuova fabbrica a Shenzhen.» Fece un cenno con il capo verso i due preti cattolici, che portavano una croce appesa a una catena e tenevano la Bibbia in grembo. «Loro si sono accaparrati il lavoro migliore» aggiunse.

«E perché?» si informò Hong.

«Studiano tutto il giorno, non devono rispettare i programmi produttivi, e qualunque cosa dica il Partito a loro non interessa, perché il principale, quello vero, è a Roma. Qual è la tua unità?»

«Sicurezza Pubblica, Pechino.»

«Davvero?»

«Sì. E neanch'io devo rispettare i programmi produttivi.»

«Non dovrei chiedertelo,» disse il funzionario addetto alla produzione, facendosi più vicino e abbassando la voce «ma lo stipendio è buono?»

«Con le indennità speciali, sì. E il tuo?»

«Se abbiamo avuto un anno proficuo e con i nuovi incentivi, non c'è male. Come sai, gli incentivi ti stimolano a lavorare di più. Devo viaggiare molto, e non vedo molto mia moglie.»

«Peccato.»

«Al contrario.» Si strinse nelle spalle e sorrise. «Io non piaccio a lei, lei non piace a me.»

«Un'altra lezione sul potere degli incentivi» osservò Hong.

All'aeroporto di Guangzhou, bevve una tazza di tè e un bicchiere di succo d'arancia molto zuccherato. L'umidità era densa come il grasso, e i vestiti erano fradici di sudore. Hong si sorprese a fissare le guardie dell'esercito appostate presso i cancelli d'uscita, e gli agenti della Sicurezza Pubblica che vagavano per le sale. Quel viaggio sconsiderato era una perdita di tempo. Credeva veramente di poter incriminare un direttore della Sicurezza Pubblica per un assassinio? Per due assassinii, tre, una dozzina?

Guardò l'orologio, prese la valigetta e si avviò verso il cancello d'imbarco. Fuori stazionava un Ilyushin 14 dal muso rincagnato. Sulle rotte brevi venivano usati vecchi aerei russi e Trident britannici, su quelle lunghe i Boeing americani. Sulla pista dietro l'Ilyushin erano parcheggiati alcuni Shenyang F-9, copie perfette dei Mig russi, azionati da motori Rolls-Royce.

Aerei russi, americani, inglesi. La Cina ricostruisce, pensò Hong. Forse tra non molto sarebbe stata in grado di ricostruire un aereo tutto da sola.

Al banco presso il cancello d'imbarco era scoppiato un litigio. Un giovane ministro del Sesto Ministero della Meccanica, dopo aver scoperto che lo avevano dirottato su un volo del giorno dopo, chiedeva a gran voce di parlare con il direttore dell'aeroporto. Il funzionario addetto alle operazioni d'imbarco, che aveva scalzato il giovane ministro per far posto a Hong, dopo essersi profuso in scuse disse che c'era stato un deprecabile errore, ma purtroppo il volo era al completo. Il ministro si allontanò impettito, e Hong pregò in cuor suo che se ne andasse a casa. Se avesse dato corso al suo reclamo, e qualcuno avesse controllato a Pechino l'autorizzazione a viaggiare del compagno Lu Hong, all'aeroporto di Hai-kou ci sarebbero stati dei soldati armati di fucile ad aspettarlo. Per un attimo si pentì di aver lasciato a casa il suo revolver smontato, poi si rese conto che avrebbe dovuto consegnarlo senza fare la minima resistenza.

I due preti cattolici di Shanghai erano seduti di fronte a lui, con gli occhi fissi sulla Bibbia. Passarono altri funzionari addetti alla produzione, impegnati nelle loro misteriose operazioni di approvvigionamenti e di traffici internazionali. Hong riusciva a capire solo una frase ogni tanto di quel loro dialetto impenetrabile. Un piccolo hakka con la faccia stralunata si lasciò cadere nel posto accanto a Hong, infilando con ostentazione sotto il sedile le sue costose borse di cuoio. In mano aveva una carta d'imbarco per Shanghai.

«Che barbari» borbottò in dialetto *putonghua*. «Dovrebbero rinchiuderli.»

Hong capì immediatamente che si riferiva ai preti, e lo ignorò. I due sacerdoti continuavano a tenere gli occhi fissi sulla Bibbia.

«Preziosi come sono i posti in aereo,» borbottò più forte il tizio, rivolto verso Hong «è un delitto lasciar volare quella gente. Dovrebbero prendere il treno. Dovrebbero essere costretti ad andare a piedi.»

«Perché?»

«Sono decadenti, ostacolano il progresso del socialismo incoraggiando un'irrazionale superstizione.»

«Vogliono solo salvarti» rispose Hong. «Vogliono solo la tua anima.»

«Che vadano a salvare qualcun altro» ringhiò il funzionario, seccato per non aver trovato uno che condividesse il suo odio per i barbari. «Che salvino te.»

All'aereo in fase di atterraggio venivano incontro le palme. Un tabellone in fondo alla pista proclamava: HAI-NAN, SEDE DI INVESTIMENTI REDDITIZI. Era un invito per i capitali stranieri a investire nella gomma, nel palissandro, nell'ebano, nei giacimenti offshore, nello zucchero. E negli alberghi, ovviamente. Mille anni fa l'imperatore esiliava su questa isola i suoi cortigiani molesti. E ora su quelle spiagge tropicali si sarebbero sviluppate le località di villeggiatura.

Al terminal nessun soldato armato di fucile.

Il lebbrosario era a una trentina di chilometri verso ovest, sulla costa. La sezione di Sicurezza Pubblica dell'aeroporto mise a disposizione di Hong un'auto e due giovani agenti della minoranza li, uno dei quali in grado di stenografare. Percorsero la strada litoranea attraverso vibranti campi di canne da zucchero, cave di quarzo, piantagioni di caffè. In lontananza si scorgevano ciminiere che sbuffavano scarichi puzzolenti di gomma bruciata, e il Mar Cinese Meridionale che si frangeva rumoreggiando sulla spiaggia. I due agenti li offrirono a Hong *lichees* e melograni contenuti nei loro cesti di provviste, e subito dopo caddero in un silenzio carico d'ansia. Considerando la loro destinazione, Hong poteva anche capirli. Un'unica malattia era citata nel diritto di famiglia della Repubblica Popolare Cinese: a chi contraeva la lebbra veniva rifiutato il permesso di sposarsi.

Il direttore del lebbrosario andò ad accoglierli al cancello. Era un miao dal naso largo, un uomo delle colline. Indossava un turbante di un blu sbiadito e una tunica, stretta in vita da una cintura, color zafferano, e aveva la pelle liscia dei suoi avi vietnamiti, scura come l'argilla. Con un sorriso storto distribuì maschere e guanti di plastica bianca. «Non toglieteveli mai» disse. «Qui quasi nessuno è contagioso, e comunque solo il cinque per cento di quelli che si espongono prende la lebbra.»

I due agenti li non si sentirono affatto rassicurati. Dopo essersi scambiata un'occhiata piena di apprensione, si infilarono i guanti e si legarono stretta la maschera. Hong fece altrettanto.

Il registro dei visitatori non indicava nessuno che fosse andato a trovare il tenente Shun Tsung nell'arco degli ultimi dieci anni – quello coperto dalle registrazioni – e il direttore non ricordava che qualche visitatore avesse omesso di firmare. «Però io non sono sempre qui, qualche volta vado in città» aggiunse. «Perché non ci parli tu con il tenente? È un eroe. Chiedigli di parlarti del suo arruolamento dopo l'incidente del ponte Marco Polo, potrebbe andare avanti per giorni e giorni a raccontarti che ha partecipato con l'Ottava Armata all'evacuazione di Nanchino, che ha combattuto i giapponesi corpo a corpo a Wu-han, e che aveva una sua brigata, sempre che tu ci creda. Ha cercato di convincerci che operava clandestinamente, che faceva saltare i ponti e cose del genere. Gli piace costruire delle storie.»

«Sì, è tipico degli anziani» osservò Hong, non sentendo il bisogno di spiegare che certamente il tenente Shun aveva fatto saltare in aria moltissimi ponti, e forse un gran numero di giapponesi insieme a essi.

Attraverso la finestra del suo studio il direttore indicò a Hong una figura contorta, sdraiata su una brandina di tela sotto un alloro. «Si ricorda della guerra, ma per il resto il suo cervello è svanito» lo avvertì il direttore. «E poi è cieco.»

Hong si diresse verso l'alloro aspettandosi il peggio. Ma, al di là di ogni sua immaginazione, si trovò davanti una scena che quasi gli fece fermare il cuore. Il vecchio tenente non aveva più la faccia, solo una massa di lesioni gialle coagulate, con due occhi gonfi e il naso ridotto a due buchi rosicchiati. Non aveva capelli. Non aveva né mani né piedi, solo dita deformate. E solo dei vaghi contorni di quella che un tempo era stata la bocca.

Hong si sedette su un seggiolino di tela davanti all'ufficiale, e si presentò come un investigatore di Pechino, con un incarico speciale di cui non poteva rivelare la natura. Il tenente Shun Tsung annuì, e Hong esordì con la faccenda del registro delle visite. Era vero che nessuno era venuto a trovarlo negli ultimi dieci anni? Non aveva fratelli, sorelle, una moglie, dei figli?

«Non ho moglie» rispose il tenente con una voce così delicata che Hong si sentì sopraffare da un'ondata di pietà. «Non ho figli.»

«Allora fratelli, sorelle?»

«No, sono stati uccisi durante la guerra. Ho solo i miei amici di qui.»

«Da quanto tempo ci sei?»

«Da molto, fin dove la mia memoria può arrivare.»

«E quanti anni sarebbero?»

«Molti, molti anni» rispose Shun Tsung.

«L'estate scorsa,» chiese ancora Hong «hai ricevuto qualche altra visita da Pechino?»

Shun Tsung sollevò un braccio verso la parte superiore del suo capo sfigurato. «Sì, da Pechino.»

«Due visitatori,» suggerì Hong «un alto funzionario e uno straniero. Un inglese.»

Il tenente non riusciva a ricordare.

«Ma ti ricordi dell'alto funzionario?» chiese Hong. «Era una donna?»

«No... forse c'era una donna, non ricordo.»

Hong fu sul punto di agguantare il vecchio soldato, ma non si sentiva di essere crudele con lui. E nonostante le assicurazioni del direttore, non era del tutto convinto che i guanti di plastica fossero sufficienti a non fargli correre rischi.

Si volse verso i due agenti che lo avevano accompagnato. «Prendete appunti, per favore» disse. Aprì la cartella, facendo tutto il rumore possibile, tolse la cartella che conteneva i suoi documenti di viaggio e si rivolse di nuovo al tenente. «Ho qui con me il tuo dossier ufficiale dell'esercito. Possiamo scorrerlo insieme per verificare i fatti.»

Sentendo menzionare una documentazione ufficiale, le macchioline che un tempo erano stati gli occhi del tenente furono percorse da un lampo di luce. L'uomo si sollevò sulla brandina, alzando la testa più in alto dello schienale.

Con voce formale, Hong incominciò con l'arruolamento del tenente in seguito all'incidente del ponte Marco Polo del 1937, per poi passare al servizio prestato nell'Ottava Armata.

«Vediamo,» disse Hong sfogliando le pagine «in quale divisione?» Attingendo ai suoi vaghi ricordi della storia, azzardò: «La 112ª...».

«No, la 115ª...» precisò il tenente.

«Sì, scusa, ho letto male.»

Hong proseguì, fingendo di scorrere le pagine, soffermandosi sulla presenza del tenente all'evacuazione di Nanchino, la sua possibile assegnazione al comando di una propria brigata contro i giapponesi a Wu-han.

«È tutto giusto fino a questo punto?» chiese infine Hong.

«Sì, va tutto bene» rispose il tenente.

«Perfetto. E adesso esaminiamo il tuo servizio dietro le linee nemiche incominciato nel...» Hong sfogliò le pagine avanti e indietro.

«Nel 1939» suggerì spontaneamente il vecchio ufficiale.

«Sì, nel 1939.» A quel punto Hong sferrò il suo attacco migliore, un attacco al buio. Se falliva, poteva anche andare tutto a monte. «Tu operavi sotto la diretta supervisione di Yen-an, agli ordini della compagna Wei Ye. È esatto?»

Il tenente esitò.

«Shun Tsung, lo stenografo attende la tua risposta.»

«Sì, è esatto» confermò il tenente. «Il mio diretto superiore era la compagna Wei Ye.»

Hong fece una pausa, per assorbire l'euforia. «Scusami un secondo» disse, e si mise a scartabellare rumorosamente i documenti che aveva davanti. «Te lo chiedo di nuovo. Un anno fa, hai ricevuto delle visite da Pechino?»

«Sì, sì, avevi ragione.»

«Uno straniero» disse ancora Hong. «Un inglese.»

«Sì, un inglese.»

«Ed è venuto con... qui si dice che è venuto con il direttore delle investigazioni del Ministero della Sicurezza Pubblica. Ossia Wei Ye, vero?»

«Io... io non ricordo» rispose il tenente.

«Davvero? Eppure non è passato tanto tempo, è successo solo l'anno scorso... In agosto, per l'esattezza.»

«La mia memoria non è più buona...»

«Ma è tutto annotato qui» precisò Hong. «Hai ricevuto la visita di un inglese e della compagna Wei Ye nell'agosto dell'anno scorso.»

«No, non ricordo.»

Hong gli cacciò via le mosche dal viso. Il tenente si tirò indietro, portandosi le mani rattrappite sulla testa come a parare un colpo.

«Se ti propongo un'idea,» disse Hong «forse ti ritorna la memoria.»

«Forse» rispose il vecchio ufficiale.

«Stiamo parlando di avvenimenti che si sono verificati quando tu prestavi servizio dietro le linee nemiche. Eri un buon soldato, le tue note personali erano ottime.»

«In effetti si diceva che me la cavavo bene.»

«E si trattava di una guerra dura, bisognava combattere due nemici, i giapponesi e il Kuo-min-tang. Tu in particolare avevi un incarico ingrato... doversi fidare della gente locale, che poteva anche nutrire delle simpatie per il Kuo-min-tang. Forse alcuni erano al soldo dei giapponesi. Per questo tu dovevi stare molto attento.»

Il tenente si afferrò le anche per sollevarsi, ma con molte sofferenze. Dopo essersi sistemato sulla brandina, sembrò più sereno. «Stavamo tutti molto attenti» ammise.

«È naturale, la vostra vita era in gioco ogni giorno. Immagino che tu avessi molte linee di comunicazione con i tuoi superiori. Magari loro ogni tanto mandavano degli ordini segretissimi.»

«Effettivamente ricevevamo molti ordini segreti.»

«Supponiamo, tanto per venire in aiuto della tua memoria, che tu eseguissi degli ordini segreti per conto di un alto funzionario, magari anche per il tuo diretto superiore, Wei Ye. E supponiamo anche che da allora tu non abbia mai più parlato di questi ordini con nessuno. C'erano delle spie allora, e ce ne potrebbero essere anche adesso.»

«Ci preoccupavamo dei traditori» ammise il tenente.

«Sicuro, eravate persone prudenti. E quando arrivavano questi ordini segreti – o forse venivano consegnati personalmente – voi non li mettevate in discussione. Se ti si chiedeva di trattare con gli stranieri, ti veniva data una spiegazione ragionevole. Se dovevi far fuori un traditore, potevi anche mettere in dubbio le prove contro di lui, ma eri un soldato, ed eseguivi gli ordini perché è questo che fanno i soldati.» Hong si fece più vicino, e gli occhi infossati del tenente parvero seguire ogni movimento, reagendo alle ombre e alla luce. «Per esempio, hai mai ucciso personalmente un traditore?»

«Io... io credo di sì. Sì, ho sparato a molti traditori.»

«Secondo gli ordini impartiti dal tuo diretto superiore.»

«Molta gente a Yen-an impartiva ordini del genere.»

«Ma nel 1941, ad esempio, venivano principalmente dalla compagna Wei Ye.»

«Sì, principalmente da lei» ammise il tenente.

«E ti ricordi di un caso in particolare, quello di un organizzatore della lotta clandestina per il Partito, un uomo che si era sempre dimostrato leale e fidato, ma che a un certo punto era stato accusato di collaborazionismo con i giapponesi? Doveva essere successo vicino a Baoding, all'inizio del 1941. In febbraio, per l'esattezza.»

Per la seconda volta il tenente reagì palesemente, rendendosi conto che Hong sapeva di più di quanto lui poteva aspettarsi. Sollevò ancora di più la sua povera testa sfigurata e disse: «Baoding, un collaborazionista dei giapponesi ucciso, sì, mi ricordo».

«Tenente Shun Tsung, sono sicuro che sei stato messo in guardia contro i nemici del popolo, i cattivi elementi. Ma noi non siamo cattivi elementi. Qui c'è una disposizione...» Hong prese il suo documento di viaggio e lo sventolò davanti alla faccia del vecchio ufficiale «secondo la quale tu mi devi parlare del servizio da te prestato nel 1940 e nel 1941.»

Shun Tsung posò sul foglio i suoi poveri occhi martoriati, ma non disse nulla.

Hong si fece ancora più vicino. «Adesso ti spiego. Tu sei al centro di una cospirazione di cui non sai niente. Ma adesso è indispensabile che tu rilasci la tua testimonianza.» Piegò e rimise in tasca il foglio di carta e rimase in attesa, ma il tenente si rifiutò ancora di parlare. «L'uomo che hai ucciso credendolo un collaborazionista dei giapponesi era innocente» proseguì Hong con più forza. «Era un leale membro del Partito, rimasto vittima di un errore. Adesso dobbiamo correggere questo errore, dobbiamo riabilitare quest'uomo. Tu sei l'unico testimone, e senza la tua deposizione non si può porre rimedio all'ingiustizia compiuta.»

Il tenente abbassò il capo. «Io non vivrò più tanto» disse con semplicità. «Mi hanno minacciato di portarmi via di qui, lontano dai miei amici. Mi hanno minacciato di chiudermi in prigione.»

«Ma non sarai mandato in prigione» disse Hong. «Te lo assicuro.»

Seguì un altro lungo silenzio, e finalmente il vecchio ufficiale sollevò il capo con un sospiro. «Caffey,» disse «l'inglese del tempo di guerra.»

Hong puntò un dito contro uno degli agenti che lo

avevano accompagnato. «Scrivi tutto. Parola per parola.»

I gabbiani volavano in cerchio attorno alle cime degli alberi; la brezza marina faceva frusciare le foglie. E finalmente la storia venne fuori.

L'inglese e Wei Ye erano arrivati lo scorso agosto, nel tardo pomeriggio e senza preavviso. Da quando il tenente aveva portato le sue truppe dietro le linee nemiche, tutti gli ordini gli erano pervenuti direttamente da Wei Ye, un onore di cui era molto fiero. «Ero il suo ufficiale più importante nella zona attorno a Pechino. Tutti gli ordini diramati da Yen-an venivano inviati a me. Io li trasmettevo ai miei uomini, a tre diversi reggimenti. Facevamo delle incursioni in territorio nemico. Dovevamo disgregare i giapponesi, far saltare i loro treni, sabotare i rifornimenti di cibo. Avevamo spie, informatori, contadini che ci segnalavano la presenza del nemico.»

«E tu, nella tua qualità di ufficiale più importante alle dipendenze di Wei Ye, avevi degli incarichi speciali?»

«Eseguivo parecchie missioni speciali. Lei una volta mi ha detto che si fidava di me come di nessuno, che ero il suo migliore ufficiale.»

«Parliamo del collaborazionista dei giapponesi ucciso a Baoding» lo invitò Hong.

Il tenente lo ricordava bene, era un organizzatore del Partito che veniva dai dintorni di Chou-kou-tien.

«Nome?» chiese Hong con tono militaresco.

«Liang Bairong.» Il padre di Liang Yu-shang, il marito di Cheng Hai-lin. Il cervello del vecchio tenente non era così rammollito come pensava il direttore.

«E di che cosa era stato accusato?»

«Aveva organizzato tre gruppi di contadini nei pressi di Chou-kou-tien, aveva dato loro pistole e bombe perché sabotassero i rifornimenti sulle strade, e danneggiassero la ferrovia fra Tianjin e Pechino. Era il modo più efficace per colpire i giapponesi. Due dei tre gruppi erano stati catturati. Gli uomini erano stati torturati, e poi giustiziati. Qualcuno aveva dato la loro ubicazione ai giapponesi.»

«E perché avevano sospettato di Liang Bairong? Perché lo avevano ritenuto responsabile?»

«Uno degli uomini ai miei ordini gli aveva chiesto di fare delle indagini, ma la compagna Wei Ye aveva scoperto che il colpevole era proprio Liang Bairong, che aveva informato il colonnello giapponese del posto. Indagava su un crimine commesso da lui.»

Chiaro e lampante, pensò Hong. Se Liang Bairong avesse proseguito con le sue indagini, avrebbe potuto scoprire la verità. Molto probabilmente, quando era stato ucciso l'aveva già scoperta. Bisognava eliminarlo prima che ne potesse parlare con qualcuno.

«E così ti è stato ordinato di ucciderlo» disse Hong.

«Sì. Siamo andati a Chou-kou-tien nel cuore della notte, e lo abbiamo trovato a letto. Ci avevano detto di uccidere anche sua moglie, ma non c'era. Probabilmente era fuggita nelle campagne.»

No, era già andata a Pechino, a lavorare per gli stranieri.

«Ma se lo avete ucciso a Chou-kou-tien,» chiese Hong «perché il rapporto parla di Baoding?»

«Sono stato io a farlo in questi termini.»

«E per quale ragione?» insisté Hong.

«Per proteggere noi stessi. Le comunicazioni non erano sicure, e anche nei messaggi che inviavamo a Yen-an spesso alteravamo la nostra posizione. Se i giapponesi ci avessero cercato vicino a Baoding, non ci avrebbero trovato. Era una procedura standard. Anche noi avevamo delle spie tra le nostre linee.»

Davvero, pensò Hong. Il tuo diretto superiore, tanto per dirne una. «E non avete messo in dubbio il fatto che quell'uomo fosse un traditore?»

«Perché avremmo dovuto? È vero che godeva di una buona reputazione, che la gente si fidava di lui, ma quando arrivava un ordine da Yen-an avevamo poca scelta. La compagna Wei Ye aveva detto che lui faceva il doppio gioco, e tradiva le nostre truppe. Avevamo subìto degli attacchi, il nemico era troppo informato sui nostri spostamenti. Avevamo già sospettato che qualcuno riferisse le nostre posizioni.»

Effettivamente esisteva un traditore, ma non era Liang Bairong.

«Ma quando l'anno scorso sono venuti Wei Ye e l'inglese, non è stato per quello che era successo a Baoding, vero?»

No, rispose il tenente, l'inglese era stato coinvolto in un'altra missione, parecchi mesi dopo. «È passato tanto tempo, i mesi sembrano tutti uguali.» I superiori del tenente, di stanza a Yen-an, temevano che i preziosi fossili scoperti a Chou-kou-tien potessero cadere nelle mani dei giapponesi, o che gli scienziati stranieri potessero rubarli. Gli stranieri non avevano alcun sentimento di lealtà nei confronti della Cina. Perciò sarebbe stata fatta un'offerta per acquistare i fossili da loro, per pagare quegli avidi diavoli stranieri. I comunisti avevano degli amici ricchi che amavano la Cina e non volevano vederla saccheggiata dei suoi tesori. «L'inglese era un amico della Cina, poteva aiutarci a portar fuori del Paese i preziosi reperti, a Hong Kong, dove sarebbero rimasti fino alla fine della guerra.»

«Wei Ye ti aveva detto che Caffey era un amico della Cina.»

Non direttamente, rispose il tenente, ma in un messaggio portato da un corriere. Il messaggio gli aveva dato istruzioni di avvicinare un americano a Pechino, uno scienziato di nome Ostrander, con l'offerta di pagarlo in moneta inglese se avesse rubato i fossili e avesse aiutato l'inglese a mandarli a Hong Kong.

«Quanto denaro?» chiese Hong.

«Io ho fatto come mi è stato ordinato, io ero una persona leale.»

«Certo, lo sappiamo» rispose Hong. «Quanto denaro?»

«Cinquantamila sterline.»

«E cosa ha risposto Ostrander?»

«Stranamente, mi aspettava. Aveva già sentito parlare dell'offerta, e dell'inglese. Conosceva anche il suo nome.»

Naturalmente, pensò Hong. Caffey e Wei Ye avevano già avvicinato Ostrander a Guangzhou per discutere l'affare.

«Forse sei stato un po' sospettoso,» osservò Hong «a proposito del fatto che Ostrander ti aspettasse.»

«Mi aveva fatto capire che si aspettava un'offerta accettabile.»

Ostrander doveva aver rifiutato una proposta precedente, fatta da Caffey e Wei Ye a Guangzhou, e chiesto più denaro. Ma quando Caffey e Wei Ye avevano deciso di accettare le sue condizioni, lui era già tornato a Pechino. Tutti quei riferimenti nel diario di Cheng Hai-lin, su come Ostrander si fosse dato da fare per salvare il frutto delle loro ricerche archeologiche. Ma con Ostrander in territorio occupato dai giapponesi, Wei Ye aveva avuto bisogno di un intermediario. E chi altri avrebbe potuto scegliere se non il suo ufficiale più fidato? Hong si chiese se Caffey non avesse cercato di corrompere anche il dottor Guo Ke. Chissà se il dottor Guo aveva sospettato Theodore Ostrander di stringere un accordo separato? Non ci sarebbe mai stata una risposta a simili domande.

«E così Ostrander accettò di vendere i fossili,» disse Hong «di dare una mano a portarli fuori dalla Cina.»

«Sì, dopo che fu pagato.»

Il padre di Peter Ostrander era un ladro, un furfante. «Sei stato tu a pagarlo?»

«Io avevo ricevuto metà della somma, un pacchetto di banconote britanniche. È stato difficile spostarle, con i giapponesi dappertutto, ma sono riuscito a consegnare il pacchetto a Pechino. Il sole, per favore.» Hong si spostò per fargli schermo con il suo corpo. «Ho rischiato di essere preso dai giapponesi.»

Ma perché, dopo quarant'anni, Wei Ye era andata a trovarlo proprio lì? Che cosa voleva?

«I fossili non sono mai stati consegnati.»

«Da Ostrander, vero? Tu lo hai pagato, ma lui non ha portato i fossili.»

«Sì, io e l'inglese siamo andati all'appuntamento, ma Ostrander ha chiesto il resto del denaro. L'inglese voleva vedere prima i fossili...»

«Dove?» lo interruppe Hong. «Dove vi siete incontrati?»

«Nelle vicinanze di Pechino, non ricordo esattamente. Era stato tutto predisposto dall'inglese. Ma Ostrander non li aveva portati, e Caffey tirò fuori una pistola. Io fui colto alla sprovvista, ignoravo che fosse armato. Disse che sapeva dov'erano i fossili, che non avevamo più bisogno di Ostrander. E gli sparò in testa.»

«Cosa rendeva Caffey così sicuro di poter trovare i fossili?»

«I miei uomini avevano pedinato lo scienziato americano durante due viaggi che aveva fatto fuori città. Caffey era convinto che l'americano li avesse lasciati in qualche posto lungo il cammino.»

Caffey, da quell'ingordo che era, aveva pensato di potersi tenere il denaro e trovare i fossili. Aveva ucciso il padre di Peter Ostrander in quella lotta tra ladri. «Ma è successo più di quarant'anni fa» osservò Hong. «Adesso che cosa ci potresti fare tu?»

«Io non sarei servito a niente, ma la compagna Wei Ye era convinta che avessi seguito Ostrander, che avessi visto il suo nascondiglio.»

«Ma avrebbe potuto chiedertelo quarant'anni fa,» suggerì Hong «quando sei ritornato a Yen-an.»

La bocca deforme del tenente si piegò all'insù, in una curva simile a un sorriso. «Ma è questo il punto, non ci sono mai ritornato. Sono stato catturato due settimane dopo, e ho trascorso il resto della guerra in un campo di prigionia giapponese. A Yen-an credevano che fossi morto. Per tutti questi anni, lei ha creduto che io fossi morto.»

Era l'una di notte quando il volo da Guangzhou atterrò a Pechino. L'aereo era stato trattenuto sulla pista a causa della pioggia, e aveva decollato con quattro ore di ritardo. Hong era rimasto sveglio, a pregare che il volo non venisse annullato, e che non fosse stata ancora scoperta la vera ragione della sua assenza. Quando finalmente l'aereo si era alzato dalla pista, aveva ceduto alla stanchezza e aveva dormito per tutta la durata del volo, circa tre ore.

La hostess lo aveva svegliato in prossimità dell'aeroporto. Con la confessione del tenente, rilasciata alla presenza dei due agenti, Hong aveva messo insieme gli ultimi anelli della catena. Come aveva sospettato, non erano stati i giapponesi a uccidere il padre di Liang Yu-shang. Wei Ye aveva ordinato di eliminarlo, e Cheng Hai-lin, la moglie di lui, aveva conservato le prove del tradimento. *Una vecchia pazza... lettere... diari*, aveva detto Cui Chun. Caffey, nel corso della telefonata in Inghilterra, aveva parlato di una spedizione, ovviamente riferita ai fossili, ma Wei Ye voleva qualche altra cosa: le prove in possesso dell'anziana donna. *Se non ci riusciranno i marines, probabilmente ci proverà il professor Ostrander. Prego che possa farcela, per il mio bene. Chissà se sopravviverò alla guerra?* Adesso Hong capiva che cosa aveva inteso la donna. Aveva affidato le sue prove a Theodore Ostrander perché le nascondesse. Un'altra cosa che avrebbe potuto vendere insieme ai fossili.

Quanto a Peter Ostrander, era la pedina di tutti. Solo lui poteva trovare le prove che avrebbero distrutto Wei Ye. Hong si chiese come Deng Bo avesse dato inizio alla sua caccia. La figlia dell'anziana donna lo aveva trovato, o era stato lui a trovare lei, un'attrice che cantava per i militari? Cerca di vendicare tuo padre, poteva averle detto Deng, prostituisciti con Ostrander, e io ti prometto la libertà. Ma non era riuscito a proteggere sua madre. Ben presto sarebbe morta anche l'ultima testimone.

Però non proprio tutti, disse Hong fra sé, io sono ancora vivo.

Durante l'assenza di Hong era piovuto anche a Pechino. Sul marciapiede fuori dall'aeroporto brillavano le pozzanghere, come tanti specchi bianchi nel manto scuro della notte. Hong passò baldanzosamente oltre le auto del Dipartimento di Polizia, e prese un taxi al di là della strada. Mentre aspettava che l'autista trovasse le chiavi, guardò atterrare un Boeing 747, con le ali che mandavano bagliori di luce: il volo da Tokyo, che tra un'ora sarebbe ripartito, e attraverso il Mar Giallo, lo Stretto di Corea e il Pacifico, sarebbe arrivato negli Stati Uniti. Hong si chiese inutilmente come si sarebbe sentito se fosse stato a bordo di quell'aereo, con Yamei al suo fianco.

Un bulldozer bloccava l'accesso alla sua casa. Fece fermare il taxi all'estremità orientale della via Sanlihe, e ritirò la ricevuta della corsa. La pioggia aveva lavato il cielo, e lo spicchio di luna corteggiato da un milione di stelle ammiccava dalla sua coltre nera sfavillante di luci. Hong si trascinò faticosamente verso casa, passando davanti alla finestra della vedova Ou. Aveva le palpebre pesanti di sonno, ma aveva bisogno dei documenti in suo possesso per poter presentare la denuncia.

Giunto al primo piano, decise di prendere una saggia precauzione: tolse la confessione del tenente dalla cartella, la piegò a metà, poi ancora e ancora, fino a farla diventare un piccolo quadrato. Con la penna scavò una fessura nell'intonaco tra due mattoni, vi infilò il foglio ripiegato, e rimise i pezzi di intonaco lungo la fessura.

Al quinto piano, in procinto di svoltare l'angolo prima del suo appartamento, si fermò. Forse la sua attenzione esasperata lo traeva in inganno. Una giornata senza quasi dormire, una stanchezza infinita... forse era la voglia di vivere che gli aveva acuito i sensi. Rimase in ascolto. Avvertì un debole fruscìo in fondo al corridoio. C'era anche qualcuno nascosto in fondo alle scale? Appoggiò un orecchio all'intonaco e udì come dei passi strascicati. Da dietro e davanti. Si sarebbero arrischiati a spararagli proprio lì?

Si massaggiò i muscoli dolenti della nuca, rizzò le spalle e avanzò fiducioso. Giunto alla nicchia a pochi passi dalla sua porta si voltò di scatto, gettò la valigetta contro la figura appostata nell'ombra, sferrò un pugno in direzione dei due occhi. Le sue nocche incontrarono la carne. Si schivò e attese il colpo di una pistola che cadeva.

Peter Ostrander avanzò barcollando, accarezzandosi la faccia sanguinante.

Hong si trattenne a stento dal ridere. Andò in cerca del fazzoletto e lo tese a Ostrander. «Com'è arrivato qui?» gli sussurrò.

«Io... l'ho aspettata tutta la notte.» Si tamponò il labbro con il fazzoletto, si toccò il naso e sussultò di dolore. «Credo che il mio naso sia rotto.»

«Mi dispiace» disse Hong. «Questo succede quando ci si nasconde negli angoli ad aspettare la gente al buio. Come ha scoperto dove abito? L'ha vista qualcuno?»

«Me lo ha detto il dottor Yan. Ho aspettato che andassero tutti a dormire.»

«Lei è pazzo, Peter, amico mio. Potrebbero arrestarla se la trovassero qui.» Aprì la porta del suo appartamento. «Prego, venga dentro prima che qualcuno ci senta.»

Ostrander esitò.

«D'accordo, resti dov'è» disse Hong, avviandosi per entrare. «Non ho tempo da perdere.»

Ostrander gli afferrò una spalla. «Ha messo in prigione Liang Yu-shang. Voglio che la rilasci.»

«È stato un errore,» rispose Hong «ma io non posso farci niente.»

«E invece sì. Lei fa parte della Sicurezza Pubblica, il dottor Yan ha detto che lei è una persona molto potente.»

«Anche il dottor Yan è pazzo.» Con uno strattone si liberò

dalla presa di Ostrander. «Si rivolga al suo governo, avanzi una protesta, chieda alla sua ambasciata di far rilasciare la sua innamorata.»

«L'ho già fatto» rispose Ostrander, tamponandosi di nuovo il labbro. «Mi hanno detto che mi sarei cacciato nei guai a mia volta.»

«È vero» confermò Hong. «È mai stato in un carcere cinese? Al confronto quelli americani le sembrerebbero un paradiso.»

«Perché ha arrestato Yu-shang? Che cosa ha fatto?»

«Lavorava per loro» rispose Hong. «Faceva l'amore con lei perché trovasse i fossili che loro volevano. Perché crede che l'abbiano invitata a venire qui? Dimentichi Yu-shang, è una prostituta. Dimentichi di essere venuto in Cina, torni a casa finché può.»

«Ma mio padre, il quadro, la lettera...»

«Suo padre è morto, ammazzato dal suo amico Caffey.»

«È assurdo, è ridicolo... lei mente.»

Era anche ridicolo che suo padre avesse tramato di rubare un grande tesoro? Hong si chiese cosa avrebbe pensato Peter di un'informazione del genere.

Nessuna porta si era aperta lungo il corridoio, nessun curioso con il sonno leggero aveva sbirciato per vedere chi fossero i protagonisti di quella animata discussione. «È meglio che se ne vada, prima che arrivi la milizia cittadina» suggerì Hong.

«Il dottor Yan non dirà sicuramente che sono qui» replicò Ostrander.

«Non vengono per lei. Vengono per me.»

Hong oltrepassò la soglia e fece per chiudere la porta con un gomito. Ostrander insinuò un piede, tirò Hong per un braccio, lo spinse contro il muro, facendogli strisciare la fronte e le mani sul cemento. Ma Hong era più giovane e più forte: si liberò facilmente di Ostrander, facendolo crollare bocconi sul pavimento del corridoio.

«Torni a casa» gli disse. «Se ne vada dalla Cina. Qui non c'è niente per lei.»

Raccolse in fretta i documenti, e si preparò il discorso che avrebbe fatto al ministro. Sentì venirgli meno le forze, si abbandonò alla stanchezza e si riposò sulla sedia per un tempo che gli sarebbe sembrato brevissimo. Si appisolò, si svegliò, si appisolò di nuovo. Quando finalmente fu in grado di tirarsi su dalla sedia, scoprì che aveva perso quasi un'ora.

La luna era scivolata nella notte, l'orizzonte grigio si era pennellato di nero. In cortile, Hong legò le cartelle di documenti al cestino della bicicletta, e pedalò verso la Fuchengmen, prendendo la strada più corta. Se avevano già emesso un mandato di arresto, non si aspettavano certo di trovarlo lì, a pedalare da solo. Si sarebbero aspettati che scappasse.

Il complesso della Tsungenwai era una fortezza addormentata. Nessuna luce accesa nelle case, nessuna auto in attesa nel cortile. Hong passò lentamente davanti al cancello, costeggiò il parco Dongdan, e notò una fila di auto Bandiera Rossa parcheggiate diagonalmente al marciapiede. La luce dei lampioni faceva brillare le lucide carrozzerie nere e le pozzanghere della strada. Hong guardò in tutte le direzioni in cerca di auto della Sicurezza Pubblica, di una jeep con un autista in attesa, di eventuali malviventi nascosti tra i salici.

Ma non vide niente. Sostò sul marciapiede lungo il parco e sbirciò verso la Tsungenwai. Se lo stavano aspettando, erano ben nascosti. Pedalò lungo il vicolo alle spalle del complesso, svoltò l'angolo e si accostò al cancello d'acciaio. Nell'istante in cui toccò i freni, uscì un soldato dalla guardiola.

«Non puoi fermarti qui» disse.

Hong si rese conto che il soldato poteva guardare con sospetto il suo vestito spiegazzato, i graffi sulle mani e sul viso frutto della sua colluttazione con Ostrander. Esibì i suoi documenti di identità. «Voglio vedere il ministro della Sicurezza Pubblica» disse. «È molto urgente.»

Il soldato sbirciò i documenti di Hong, poi di nuovo il suo vestito e la sua faccia. «Il ministro non c'è. E adesso devi andartene.»

«È una cosa molto importante» insisté Hong. «Parlerò con il viceministro.»

Con riluttanza il soldato accettò di prendere i documenti di identità e si ritirò nella guardiola, chiudendosi la porta alle spalle. Hong lo vide fare un'annotazione sul registro, sollevare il telefono e comporre un numero di quattro cifre, evidentemente di un interno. Parlò brevemente con qualcuno, poi ritornò restituendo i documenti a Hong. «Posso prendere nota della tua richiesta, ma niente di più. Abbiamo severe disposizioni di non disturbare nessuno.»

Hong cercò di vincere il panico e trasse un profondo respiro. «Devi chiamare il viceministro! È urgente! Devo parlargli subito!»

«Assistente vicedirettore Lu Hong, te ne devi andare. La tua richiesta è stata registrata.» Dopo di che, il soldato rientrò nella guardiola e chiuse la porta.

Incapace di riflettere con chiarezza, Hong risalì in bicicletta e pedalò in direzione della Fuchengmen. E adesso? Doveva presentarsi al cancello del primo ministro e tentare di conferire direttamente con lui? Se i viceministri avevano dato ordine di non essere svegliati, chissà se le guardie del primo ministro avrebbero risposto diversamente?

Percorsa tutta la Fuchengmen, per un attimo pensò di andare al complesso che ospitava gli alti quadri del Partito, e invece svoltò verso nord e si diresse verso casa. Avrebbe presentato la sua denuncia in prigione, avrebbe incriminato Wei Ye nel corso del suo processo. Ma era un'illusione, una speranza vana. Per lui non ci sarebbe stato proprio nessun processo.

Alla fermata del tram della Baiwanzhang vide qualcuno che lo salutava da una bicicletta. Era Boda, che pedalava freneticamente verso di lui, con la capigliatura selvaggia scompigliata dal vento.

Boda frenò ansimando, con la camicia fradicia incollata al torace. «Venivo... a casa tua...» disse senza fiato. «Sono venuti mezz'ora fa... io non ho potuto muovermi prima. Sei stato accusato, contro di te c'è una lista di imputazioni.»

«Calmati,» lo invitò Hong, appoggiando la bicicletta al marciapiede. «Di quali accuse si tratta?»

Boda prese fiato e si asciugò il sudore dalla fronte. «Contrabbando, cospirazione con gli stranieri. Dicono che tutti si sono dissociati da te, tuo fratello, Chan, tuo cugino Hu e...» Boda si fissò i piedi.

«Finisci la frase. Chi altri?»

«Hanno parlato di Yamei e dei suoi genitori, ma io non ci credo. Lei non farebbe mai una cosa simile.»

Era troppo tardi per presentare una denuncia contro Wei Ye? Lei ne aveva già architettata una contro di lui. «Spero che anche tu ti sarai dissociato» disse Hong.

«Certo che no.»

«Avresti dovuto. Saranno tempi duri per te e Min.» Si volse a prendere i documenti dal cestino. «Voglio che li tenga tu, e quando Ma Sufei tornerà da Guangzhou...» L'espressione tesa di Boda gli impedì di proseguire.

«Lei non...»

Boda annuì. «Abbiamo saputo che c'è stato un incidente all'albergo.»

«Ti prego, prendi questi documenti e conservali per me» disse Hong; ma mentre Boda stava per tendere la mano, li tirò indietro con uno strattone. «No, non ne vale la pena. Avrai già abbastanza guai.»

Boda afferrò il fascio di carte. «Le buone azioni procurano sempre dei guai. È sempre stato così. E adesso, cosa hai intenzione di fare?»

Alla fermata del tram si erano messi in coda alcuni operai del primo turno, e il cielo si stava tingendo di un tocco d'arancio chiaro. Hong sfiorò la mano di Boda. «Se scappo, sono colpevole» disse, accingendosi ad andarsene. «E se resto, sono colpevole. Se vivo sono colpevole, e se muoio sono colpevole. Dovrò trovare qualche altra soluzione.»

«E quale?» domandò Boda.

Qualcosa che stia tra il fuggire e il restare, pensò Hong girandosi a fare un cenno di saluto che avrebbe potuto essere un addio. Qualcosa tra la vita e la morte.

In palestra erano appena incominciati gli allenamenti mattutini. La squadra di Yamei si esercitava in piscina, sprigionando bagliori nell'acqua. Ragazzi asciutti e slanciati, una gloriosa rappresentanza della gioventù socialista. Hong si scoprì a pensare a suo figlio. Cosa ne sarebbe stato di Bai, con un traditore per padre?

Yamei era accovacciata sul trampolino, con in mano un cronometro, a incitare ed esortare i suoi ragazzi. Hong era dietro la finestra dell'ufficio degli allenatori che dava direttamente sulla piscina. Sopra la sua testa c'erano degli altri nuotatori in allenamento. Il soffitto tremava e il ventilatore emetteva un lamento.

Due ragazze uscirono dalla piscina, e Yamei si sdraiò accanto a loro su un materassino, per suggerire loro alcuni efficaci movimenti con le gambe. Hong vide la curva del braccio, la linea della mascella. Si erano trovati, lei avrebbe dato vita a un piccolo nuotatore, destinato a diventare un eroe socialista. E adesso Hong stava per perderla.

Quando si alzò per soffiare nel fischietto e annunciare una pausa, Yamei lo vide. Fece scorrere affannosamente lo sguardo per tutta la piscina. Si aspettava di vedere dei soldati? O era solo sorpresa perché era mattino e lui avrebbe dovuto essere al lavoro? Oppure in prigione?

Spalancò la bocca in preda al terrore, e con gli occhi che incominciavano a riempirsi di lacrime, si mise a correre verso di lui lungo il bordo della piscina, anche se sembrava così lontana da dare la sensazione di correre all'infinito senza poter mai raggiungerlo. E invece arrivò fino a lui: schizzò nell'ufficio e chiuse la porta. Lo attirò a sé e lo strinse tra le braccia, al riparo dalla finestra. «Credevo che ti avessero arrestato» gli disse con la voce rotta dal pianto.

«Non ancora, ma lo faranno presto.»

Lei incominciò a scusarsi per i suoi genitori. Il procuratore era arrivato nel cuore della notte, suo padre si era spaventato, sua madre aveva riferito le barzellette di Hong sul presidente Mao, e avevano concluso che Hong poteva essere un criminale.

«E tu,» chiese Hong «che cosa hai detto?»

Yamei si mise a piagnucolare, stringendolo più forte.

«Non importa» disse Hong. «Non avevi altra scelta.»

«Ho detto che non ne sapevo niente, che tu sei sempre stato fedele e devoto al Partito, ma che altro potevo fare? Ho dovuto ammettere che avresti potuto creare qualche inconveniente. Mi avrebbero arrestato, Hong, mi avrebbero portato in prigione e io... non potevo... Ma tu non sei un contrabbandiere, non è vero!»

No, non era vero, la rassicurò Hong.

«Come è potuta accadere una cosa simile? Noi eravamo così felici, tu lavoravi con tanto impegno...»

Si interruppe, cercando di trattenere i singhiozzi. Hong le accarezzò le spalle su cui si erano attorcigliate le spalline del costume da bagno. Non l'aveva mai vista piangere così.

«Ascoltami» le disse prendendole il viso tra le mani. «Ascolta,» ripeté mentre lei continuava a singhiozzare. «Se ti chiederanno di testimoniare contro di me, tu dovrai farlo. Non devi neppure provare a difendermi.»

«Devi andartene» disse lei con improvvisa fermezza. Aveva smesso di piangere ed era diventata di nuovo una persona efficiente. Si mise a percorrere la stanza, sfregandosi le mani. «Puoi andare verso occidente, è la cosa migliore; se arrivi fino in Tibet non ti troveranno mai. Poi, quando ti avremo scagionato potrai tornare a casa, resterai nascosto e...»

«Mi troveranno» rispose Hong. «Non posso fuggire.»

Yamei sbuffò. «*Non* ti troveranno. Puoi attraversare il confine, se è necessario; oppure andare a sud, forse è ancora meglio, a Hong Kong...»

«Smettila.» Era condannata anche lei, e si preoccupava per lui. La afferrò per le spalle. «Non posso fuggire abbastanza lontano, finirebbero col trovarmi. E non posso passare il confine per andare a Hong Kong servendomi dei miei documenti. Se anche ci riuscissi, mi troverebbero e mi riporterebbero indietro. Volevo solo... dirti addio. Non credo che riuscirai a vedermi in prigione.»

O in nessun altro posto, pensò.

Lei si liberò per dirigersi verso un armadietto-archivio sistemato in un angolo. Dopo aver armeggiato con la chiave, aprì il cassetto superiore. «Qui ci sono i nostri documenti di viaggio» disse trionfante. «Quelli che servono alla mia squadra per andare a Hong Kong.»

Esibì un fascio di passaporti, aperti e tenuti insieme da un elastico spesso. Yamei glieli sventolò davanti al viso. «Guarda, visti di uscita! Regolarmente timbrati!»

«Yamei, non può funzionare...»

«No!» gridò lei, e la sua voce fu rimandata dalle piastrelle. «No,» ripeté più calma «non ti vedrò andare in prigione. Ti nasconderai qui, qualcuno ti ospiterà...»

«Yamei...»

Lei lo zittì e frugò tra i passaporti, poi ne brandì uno, allegra come una bambina con un nuovo giocattolo. Era un'idea assolutamente pazzesca. «Guarda come ti assomiglia.»

Hong sorrise alla sua ingenuità. Era il passaporto di un assistente allenatore a cui Hong avrebbe potuto assomigliare cinque anni prima.

«Ma dovrei avere un documento interno che corrispondesse a questo» disse cercando di dissuaderla da quella pazzia. «Mettili via.»

Lei andò a frugare nello stesso cassetto, ed estrasse un altro plico contenente i documenti interni della sua squadra. «Li abbiamo mandati per avere i visti, e non li abbiamo ancora restituiti. Per il momento abbiamo tutti dei documenti provvisori.»

Hong esaminò i due documenti. La fotografia sul passaporto interno sembrava la sua. Con un po' di fortuna, se la polizia di frontiera era abbastanza negligente, con quei documenti lui poteva anche provarci...

«Se mi prendono con questi,» disse «finisci in prigione anche tu.»

«Stai perdendo tempo» gli sussurrò Yamei con voce affannosa. «Ti prego, prendili. Fa' presto...»

Lo abbracciò, lo baciò, scoppiò di nuovo a piangere. «Ti prego, va' via...»

Hong stava per dirle che, se fosse riuscito a fuggire, un giorno lei avrebbe potuto anche raggiungerlo, ma in quel momento gli parve un modo sbagliato per dirle addio.

Mentre percorreva il lungo corridoio piastrellato che conduceva alle scale della palestra, Hong meditava sulla sua fuga. Tre anni prima aveva dato la caccia a una banda di rapinatori attraverso mezza Cina, giorno e notte, senza mai fermarsi. Li aveva persi, erano passati i mesi, loro erano stati avvistati, e lui aveva ricominciato a dar loro la caccia. Alla fine erano stati catturati, per finire davanti al plotone d'esecuzione. Le probabilità di raggiungere Guangzhou e poi Hong Kong in treno erano infinitesimali, anche con dei documenti falsi. Yamei aveva avuto ragione solo quando gli aveva suggerito di scappare verso ovest: lui avrebbe potuto far perdere le sue tracce in Tibet, anche se solo per un po'.

Nessuna delle alternative era allettante: quindici o vent'anni di prigione, una pallottola nella nuca, o la fuga a ovest dove sarebbe morto di fame o di freddo. Forse l'unica possibilità era quella di dirigersi a sud.

Quando uscì si trovò davanti due pistole, impugnate da due brutti ceffi che vedeva da anni circolare per il Dipartimento di Polizia.

Accanto a loro c'era Wei Ye, in piedi dietro la portiera aperta di una Shanghai nuova.

«Sapevo che saresti venuto qui» disse mentre Hong si dirigeva verso di lei. «E così hai trovato il tenente. Non eri tenuto a spingerti così avanti.»

«Ma sei stata tu a dirmi che se qualcuno dice una cosa, io ne capisco tre.»

«Quattro, cinque... tu capisci troppo. Mi hai creato un problema collocando una guardia al lebbrosario. Per favore, sali in macchina.»

«E quanto capiva Sun Sheng?» domandò Hong, sentendosi montare la rabbia in gola. «Quanto si è spinto avanti?»

«Non abbastanza. Era il tuo eroe, vero?»

«Era un uomo grande e saggio» rispose Hong.

«Ma l'eroe ha sempre troppa fretta. Voleva diventare ministro della Sicurezza Pubblica. Non era diverso da noi.» Fece una pausa e gli sorrise. «Tranne te, naturalmente. Tu porti il fardello della bontà.»

Sun Sheng poteva anche voler diventare ministro, ma era diverso da Wei Ye. Attribuisci pure agli altri le tue basse mire, pensò Hong. Diffamalo quanto vuoi. Che cosa ci si può aspettare da un maiale se non un grugnito?

«Un anno fa,» chiese Hong «che cosa ti ha condotto dal tenente?»

Lei sorrise. «È stata un'idea dell'inglese. Quando gli ho detto che Ostrander era stato invitato a venire in Cina, lui molto astutamente ha suggerito di andare a controllare ogni cosa. Povero Mr. Caffey... astuto, ma non abbastanza.»

Poco distante si fermò un'altra auto, da cui scesero quattro agenti, che salirono le scale della palestra.

«Cosa ci fanno qui?»

«Vanno a raccogliere la confessione della tua complice» rispose soavemente Wei Ye. «Dobbiamo procurarci tutte le testimonianze possibili.»

Per quale ragione arrestare Yamei? Che altro poteva dire loro? Solo che gli aveva dato quei documenti di viaggio. Con un senso di nausea allo stomaco Hong si rese conto che si sarebbe fatta torturare piuttosto che rivelare qualcosa.

«E adesso sali in macchina o saremo costretti a trascinartici, con grande disagio di tutti.»

Hong andò a sistemarsi sul sedile posteriore, e lei lo raggiunse. I due agenti salirono davanti, uno al volante e l'altro con una pistola puntata alla testa di Hong. Una scena un po' melodrammatica, pensò Hong. «Puoi anche metterla via. Non ho intenzione di saltar giù da un'auto in corsa.»

Wei Ye annuì, la pistola sparì immediatamente nel fodero, e l'agente rivolse tutta l'attenzione alla sua protettrice.

«Dov'è la foto di Caffey e di Deng Bo?» chiese Wei Ye.

«Perché? A che cosa serve?»

«Ma è una prova irrefutabile» rispose lei con legittimo stupore. «Per tenere in prigione un inglese e un alto funzionario abbiamo bisogno di prove.»

«Caffey è in prigione?»

«Naturalmente. L'ho fatto arrestare all'aeroporto. Cospirava con il compagno Deng Bo.»

E così Caffey, l'abile mediatore, era stato incastrato. Improvvisamente Hong si rese conto che perfino Deng aveva avuto dei sospetti su di lui. Quella volta a Beidaihe, quando aveva accennato all'interesse che la Sicurezza Pubblica nutriva per Ostrander, Deng aveva inteso che Hong indagasse su Caffey, che contribuisse a tenerlo in riga. Caffey aveva fatto il doppio gioco e Deng lo sapeva, ma Wei Ye aveva trionfato su entrambi. Hong le disse che la foto di Caffey era nel suo ufficio, nello stesso cassetto che lei aveva già aperto una volta.

L'auto svoltava verso la Dianmen occidentale, perciò non erano diretti al Dipartimento, o alla Prigione Numero Uno, o al 44 di Banbuqiao. Dove lo stava portando?

«Non mi hai lasciato arrestare Caffey,» le disse «e poi lo hai fatto tu. Perché?»

«Perché se ti avessi dato la possibilità di interrogarlo, specialmente con quel bruto che hai per assistente, avresti capito troppo. E io avevo bisogno che tu continuassi con Ostrander. È successo che il compagno Deng ha accompagnato Caffey all'aeroporto, cosa che avevo sospettato quando mi hai informato che aveva cambiato volo. Il compagno Deng, come adesso sai anche tu, trama contro di me fin da quando ha fatto entrare Ostrander in Cina. Avendolo trovato con Caffey, non ho avuto altra scelta che farli arrestare entrambi.»

Hong non si era aspettato che lei rispondesse, ma mentre la ascoltava avvertiva un senso di liberazione nella sua voce, uno strano orgoglio. Era vissuta per tutta la vita tra gli inganni, e adesso aveva finalmente qualcuno con cui confidarsi. Avendo bisogno di un uditorio per i suoi geniali tradimenti, sembrava quasi vantarsi dei suoi successi.

«E così la tigre finisce col vincere» disse Hong. «Anche a Yen-an i tuoi compagni si meravigliavano di te.»

«I miei compagni erano dei deboli.»

«Immagino che Caffey e Deng moriranno in prigione. Magari di una malattia infettiva. Quando mi unirò a loro? O forse soccomberò per un attacco di cuore?»

«Tu non vai in prigione» rispose Wei Ye. «Tu vai a cercare i fossili.»

Adesso Hong capiva perché Wei Ye aveva mandato gli agenti in palestra a cercare Yamei: per assicurarsi il suo silenzio. «Ma non solo i fossili» disse. «Vuoi anche il diario che è nascosto con essi.»

«Congratulazioni!» esclamò lei sprezzante. «Se ti si dice una cosa, ne capisci sei.»

«Ostrander non sa dove sono i fossili. Se lo sapesse, li avrei già trovati.»

«Suo padre ha lasciato quel quadro per una ragione ben precisa» aggiunse Wei Ye in tono confidenziale. «L'informazione che cerchiamo è nella testa di Ostrander. E tu, come amico suo, puoi tirargliela fuori.»

«Non mi considera più un suo amico.»

«Troverai un modo» lo rassicurò lei.

Fino a quel momento Hong non ne aveva imbroccata una. Ora gli si presentava l'occasione di fare una cosa giusta. «Se tu rilasciassi Liang Yu-shang...»

«È stata incriminata» rispose Wei Ye. «È impossibile rilasciarla.»

«Ostrander la vuole. E questo è l'unico modo per avere la sua collaborazione. Senza di lui, non riuscirai ad avere niente.»

Lei abbassò gli occhi a studiarsi una mano. «Puoi fargli balenare l'idea» disse finalmente.

«E se io mi rifiutassi?»

«E perché dovresti? Nella migliore delle ipotesi trascorreresti il resto della tua vita in un campo di rieducazione. Vent'anni a spalare carbone dove è sempre inverno non mi pare una prospettiva allettante. E la tua amica Cao Yamei? Con molta fortuna potrebbe essere invitata a unirsi a quelli che colonizzano la provincia di Qinghai. Un posticino un po' noioso. Non si vedono altro che cammelli. E lei è una ragazza delicata, è vissuta troppo a lungo in città, non credo che sopravviverebbe a una simile esperienza. Quando qualcuno ruba del cibo in quel posto, gli legano insieme i pollici con il fil di ferro. E se viene lasciato troppo a lungo, bisogna amputare.»

Hong sapeva che lui non avrebbe mai visto gli alti muraglioni e il filo spinato di un campo di lavoro. Sarebbe morto molto prima che fosse completata una qualsiasi istruttoria: diventando il testimonio di cui Wei Ye aveva un bisogno così disperato, si era condannato a morte. Ma in quel momento la morte gli sembrava quasi auspicabile: chissà a quali orrori sarebbe andata incontro Yamei? «Se io accetto di aiutarti con Ostrander,» disse «che cosa accadrà ai miei amici?»

«È altrettanto facile riabilitarli quanto punirli per il fatto che ti conoscono. Diremo che c'è stato un errore, daremo una promozione alla tua ragazza, e assegneremo al tuo scultore un posto all'Istituto d'Arte.»

Non c'era possibilità di intercedere per loro. Yamei sarebbe stata degradata per sempre, forse anche imprigionata, suo padre avrebbe perso le sue indennità, l'appartamento di Boda sarebbe stato messo sottosopra in cerca di sculture e libri sovversivi, Lin avrebbe perso il suo prezioso posto di direttore dello stabilimento. Anche Kuang sarebbe stata considerata un elemento pericoloso, e Bai sarebbe stato marchiato per sempre come il figlio di un criminale. Probabilmente solo Chan sarebbe riuscito a cavarsela.

«E le imputazioni contro di me?»

«Saranno ritirate. Ti sveglierai da questo brutto sogno, e sarai libero.»

Libero di essere ammazzato, pensò Hong, durante un

tentativo di fuga. «C'è un aspetto della faccenda che non mi è ancora chiaro» disse. «Perché mi hai assegnato a Ostrander fin da subito? Solo a causa di Sun Sheng?»

Wei Ye scoppiò a ridere. «Quello non sarebbe stato un problema. Una lista di funzionari morti, dei medici che non avrebbero mai detto una parola contro di me... forse nel giro di qualche anno saresti riuscito a istruire un caso. Inoltre, quando sarò nel Comitato Centrale, nessuno mi potrà toccare. No, non è stato per i tuoi sciocchi sospetti su Sun Sheng, è stato per tua madre. Dal momento in cui ha scritto quella storia per il *Quotidiano del Popolo*, non ho potuto fare a meno di preoccuparmi. Lo sa il cielo che cosa ha detto ai redattori. Non la verità, naturalmente. Ma pensavo che prima o poi voi due potevate anche riuscire a stroncarmi.»

«Perché non far fuori anche lei?» domandò Hong.

Wei Ye prese in considerazione la faccenda. «Sarebbe stato difficile. Non è così semplice uccidere qualcuno, anche con l'aiuto dei migliori medici. Tua madre vive in quel complesso circondato dai contadini, non esce mai di casa. E poi ci sono quei maledetti guardiani dell'esercito, che controllano chi va e chi viene. Se fosse uccisa, se avesse un incidente, troppe persone farebbero delle domande. Qualche volta penso che sia andata ad abitare laggiù per sentirsi protetta. Ma se io potessi metterti in una situazione che mi consentisse di montare un caso contro di te, le tapperei la bocca per il tempo che mi serve per occuparmi di Ostrander.»

L'auto si fermò all'angolo tra la Wangfujing e la Chaoyangmen. Wei Ye si sporse ad aprire la portiera dalla parte di Hong. «Scendiamo» disse. «Tu hai un appuntamento.»

Lo condusse verso l'Ospedale Universitario, mentre la macchina li seguiva da vicino. Per la gente che affollava la strada erano oggetto d'invidia quegli alti funzionari che passeggiavano beati, davanti ai quali la folla faceva ala per lasciarli passare. Hong si scoprì a pensare che doveva essere molto triste e frustrante trascorrere la propria vita sempre nell'oscurità, essere in grado di fare progetti grandiosi e non avere nessuno che riconosca la tua grandezza, nessuno che renda omaggio al tuo genio. Anche se sentiva crescere dentro di sé un'enorme repulsione, anche se il ribrezzo per la scelleratezza di quella donna gli gelava il sangue, Hong aveva scoperto dentro di sé una perversa ammirazione. Lei era così diversa da quelli che l'avevano preceduta. O la distingueva da loro solo l'audacia con cui aveva perpetrato i suoi inganni?

«C'è ancora un altro mistero» disse Hong. «Forse tu me lo puoi chiarire.»

«Sarà mio piacere.»

«Tu eri una beniamina del presidente. Perché vendere informazioni ai giapponesi o al Kuo-min-tang? Perché cercare di ricavare del denaro dai fossili? Qualunque cosa fosse accaduta, tu avresti potuto vivere bene.»

«Solo se avessimo vinto» replicò Wei Ye accendendosi una sigaretta. «Ma se avessimo perso?»

«Troppo facile. Nessuno diventa una spia solo per denaro.»

«Non si trattava solo di denaro, era anche una garanzia. Chiunque avesse vinto, io sarei stata al potere. E poi credo di non essere mai stata una comunista convinta.»

«Tu vorresti crederlo» obiettò Hong. «Ma io so che non è così. La verità è che tu odiavi i tuoi compagni per come ti avevano trattata. Ti consideravano una stupida, ti guardavano dall'alto al basso, ti disprezzavano per la tua mancanza di istruzione. Non era la loro causa che tu volevi colpire, bensì loro.»

Wei Ye si fermò davanti al complesso ospedaliero. Degli operai scaricavano letti nuovi, scrivanie, paraventi. La donna si volse verso Hong con un'espressione furiosa. «Pensa quello che vuoi» gli disse. «Il tuo amico Ostrander sta aspettando.»

25

I ricordi

Ostrander negò tutto. Negò di essere una pedina, che Liang Yu-shang fosse una prostituta, che Hong fosse innocente. E fra un diniego e l'altro continuò a giurare e a minacciare. L'uomo che aveva amato la Cina e il suo popolo meraviglioso aveva visto crescere dentro di sé un odio pari alla rabbia infantile che lo aveva pervaso. Tutto era diventato semplice: la Cina era un posto infame, uno Stato fascista capace solo di ostacolare il suo amore.

«Noi non siamo fascisti, siamo marxisti-leninisti» precisò Hong, e poi aggiunse, tentando una battuta: «Anche se in questi giorni non ne siamo troppo sicuri».

Ma le sue battute di spirito non divertivano più il suo amico. «Lei mi disgusta» rispose Ostrander, toccando il cerotto che aveva sul naso.

Erano nello studio del dottor Yan, con uno scagnozzo di Wei Ye che faceva la guardia in corridoio. Il sole che entrava dalla finestra dipingeva strisce di luce sul volto di Ostrander, quasi a voler sottolineare la sua posizione di prigioniero. Ma non abbiamo un tribunale, pensava Hong, non abbiamo giudici che ci assolvano o ci condannino.

«Io l'ho definita un pazzo» disse a Ostrander. «La prego di accettare le mie scuse. Lo sono stato anch'io.»

«Lei è bravo a mentire, sa?» commentò beffardo Ostrander. «Ma già, dimenticavo, è allenato a questo.»

Gli insulti di Ostrander erano irritanti. Stiamo qui a litigare, pensava Hong, quando già abbiamo un piede nella fossa. «Lei ha due scelte» disse. «Se ha fiducia in me, noi ricuperiamo i fossili e le diamo in cambio Liang Yu-shang. Questo è il patto che ho stipulato io. Se non si fida di me, io muoio e Yu-shang marcisce in prigione per il resto della sua vita, che potrebbe anche essere breve.»

«E se decido di non fidarmi di lei,» chiese Ostrander «che cosa pensa di fare di me?»

«Consideri che è solo l'ipotesi di un umile funzionario, che pensa con una pistola puntata contro la testa: la spediranno a casa con il primo volo, o la arresteranno come spia e le tireranno fuori le informazioni che vogliono a suon di botte. In base alla mia esperienza, direi che opteranno per la seconda soluzione.»

«È incredibile» ringhiò Ostrander. «Non potete trattare la gente in questo modo. Il mio governo avanzerà una protesta, l'ambasciatore...»

«Non riceverà risposta alle sue telefonate. Lei pensa che la sua ambasciata abbia dei poteri quasi magici. Lei crede che, essendo uno straniero, sarà protetto, proprio com'è protetto all'interno del complesso in cui abita. Ma il suo ambasciatore sentirà parlare di lei solo quando sarà troppo tardi. La prego, Peter, mi creda. Lei deve aver fiducia in me.»

Ostrander si accigliò, e Hong andò a sedersi davanti alla scrivania del dottor Yan. Incominciava a capire, per la prima volta in vita sua, cosa significava aver fiducia nelle ambasciate e negli ambasciatori, nelle leggi e nei governi. Per un attimo pensò che doveva essere una cosa straordinaria, ma immediatamente si rese conto che era vero il contrario. Non era affatto una cosa straordinaria: per Ostrander era irrilevante come andare a comperare una scatola di penne a sfera, una macchina fotografica, i suoi taccuini rilegati in pelle. Era la cosa più ovvia del mondo.

«Ricorda che cosa mi ha detto a proposito dei desideri segreti?» chiese Hong. «Aveva ragione lei. Adesso so molte più cose sulla libertà. So quanto è preziosa.»

«Ah, è così? Allora forse si renderà conto...»

Era scoppiata una rissa in corridoio: il dottor Yan si era messo a litigare con la guardia.

Hong aprì la porta. «Lascialo entrare» ordinò bruscamente.

Il dottor Yan, strofinandosi le spalle e lisciando i risvolti del camice bianco, entrò trascinandosi la gamba malata e sbatté astiosamente la porta con l'aiuto del bastone.

«E così sei stato denunciato» disse bruscamente rivolto a

Hong. «Un contrabbandiere? Un controrivoluzionario? Mi stupisci. Non ti avrei mai attribuito un simile coraggio.»

«La mia recente reputazione è del tutto immeritata» rispose Hong.

Il dottor Yan si avviò verso la scrivania. A Ostrander disse, con un tono più smorzato: «E sfortunatamente anche lei fa parte della cospirazione. Mi dispiacerà molto perderla».

«Io non faccio parte di nessuna cospirazione» protestò Ostrander.

«Non secondo la nostra realtà, ma secondo la loro, sì. Le ho già spiegato le molteplici realtà in cui viviamo qui in Cina, e non mi riferisco agli psicotici o agli schizofrenici. Loro dicono che lei è un cospiratore, e perciò lo è.» Si rivolse a Hong. «Vogliono i suoi ricordi, vero?»

«Esatto» rispose Hong.

«Sono tardo di mente» disse il dottor Yan, passandosi una mano tra i folti capelli bianchi. «Era tutto chiaro e lampante, se solo mi fossi dato il disturbo di guardare. Vivranno?»

«Spero di sì» rispose Hong.

«Un momento» intervenne Ostrander rabbioso. «Chi è che dovrebbe vivere?»

«Lei e la sua donna» rispose il dottor Yan. «Il compagno Lu Hong è responsabile del vostro destino.»

«Mi sta dicendo che dovrei fidarmi di lui?»

«Vuole che la sua donna parta con lei?» replicò il dottor Yan, e senza aspettare una risposta si affrettò ad aggiungere: «Allora sì, deve fidarsi di lui».

Ostrander era sdraiato sul tavolo operatorio con gli occhi chiusi. Il dottor Yan gli piantava gli aghi nella testa, nel collo, nella piccola zona muscolosa in cima alla spina dorsale. Dopo aver finito di sistemare gli aghi, il dottor Yan immise la corrente dal generatore.

«Riesce a vedere la scena rappresentata nel quadro?» chiese.

«No, vedo un treno» rispose Ostrander. «Sono sdraiato in una cuccetta, mio padre e mia madre mi stanno davanti. Andiamo a trovare... un suo amico, qualcuno che fa lo stesso genere di lavoro.»

«La scena del quadro» disse Hong.

«Ci sto arrivando» rispose Ostrander. «Penso alla casa del quadro, e tutto incomincia sul treno.»

Hong suggerì al dottor Yan di ritirarsi in anticamera. «Non vorrai stare a sentire queste cose» disse.

Il dottor Yan prese il bastone e indietreggiò maldestramente verso la porta, come un supplicante che avesse offerto l'incenso al Buddha. «Resto qui fuori, chiamami se hai bisogno di me.»

«Perché vuole che se ne vada?» chiese Ostrander.

«Questa è una cosa fra di noi» rispose Hong. «Così siamo più al sicuro. Continui.»

Ostrander chiuse di nuovo gli occhi. Per un attimo restò in silenzio. «È come in un sogno, ho un burattino con me, una marionetta, con i fili attaccati alle mani e ai piedi...»

«Sì, lo so.»

«La marionetta! Devo avere otto anni perché l'ho avuta per il mio compleanno.»

Allora era dopo il gennaio del 1941. «Ma dove state andando?»

«È un bel treno» proseguì Ostrander. «Tutti i controllori mi fanno molti complimenti per la marionetta.» Portò la mano al generatore e regolò la corrente. «Siamo andati in un posto per prendere una barca. Scendiamo dal treno e caricano i nostri bagagli su un carro, grandi valigie e bauli...»

«Due bauli» precisò Hong.

«Sì» confermò Ostrander dopo una pausa. «Prendiamo un'auto e attraversiamo tutte quelle colline. La barca ha una grande macchina a vapore, ed è ai piedi di una collina. C'è una città alle nostre spalle, siamo venuti dalla stazione ferroviaria. Io ho uno zainetto, le cinghie mi tagliano le spalle e mia madre me lo toglie. C'è un ponte sul fiume, e alle nostre spalle sorgono delle case su palafitte al di sopra del porto; e poi c'è quella discesa, una carrozza che corre sui binari fino al porto, è così che siamo arrivati alla barca...»

C'era solo un pendìo del genere sul fiume Yang-tze. «Chongqing» disse Hong.

«Esatto, è lì che ci ha portato il treno. Saliamo sul battello, tutti ci guardano perché siamo stranieri. Mia madre mi dice che non andremo tanto lontano, discendiamo il fiume solo per un tratto; e ben presto attracchiamo a una spiaggia, a un piccolo pontile. Un amico di mio padre scende a darci il benvenuto: mi chiama per nome, e io corro verso di lui. È lo zio... lo zio Bill. È un professore universitario. In quel posto lui fa la stessa cosa di mio padre, certi scavi. Parlano di un tempio... dall'altra parte della città... raccontano a mia madre di un poeta. Si tratta del Tempio del Poeta, mia madre dice che mi ci porterà.»

«Un tempio» ripeté Hong, pensando ad alta voce. «Un posto che si può raggiungere in una mattina. Lo Zhongxian, probabilmente.» Quali erano i siti archeologici della zona? Aveva letto qualcosa al proposito. «Certo, è il tempio commemorativo di un poeta della dinastia Tang... come si chiama? Bai Juyi.»

«E così scavano sotto un tempio» disse Ostrander, mettendosi a sedere.

«No, un sito più vecchio poco lontano da lì, che è stato chiuso due mesi dopo.» Hong spense il generatore. «Qian Jinggou,» disse «a est di Fengdu, sullo Yang-tze.»

Il dottor Yan prese congedo da Ostrander e gli augurò un viaggio privo di difficoltà. Come due fratelli sul marciapiede lungo un treno, l'uno dei quali in partenza per la guerra e l'altro destinato a restare a casa, espressero le loro improbabili speranze di rivedersi. Dopo di che Hong prese Ostrander in disparte e con il suo tono più autoritario sciorinò una lista di istruzioni da seguire esattamente, senza la minima deviazione. Un bagaglio leggerissimo, visto che si sarebbero spostati velocemente. Ostrander doveva lasciare tutto il resto – materiale di ricerca, macchine fotografiche, registratori, vestiti – nella sua camera. Nessuno, né all'ambasciata né al complesso per gli stranieri, doveva essere informato della loro destinazione.

«Quando dovrei essere pronto?» chiese Ostrander.

«Immediatamente» rispose Hong. «Partiamo oggi.»

Nel frattempo, senza ancora metterne al corrente Ostrander, Hong occupava la sua mente con altri piani. Con altrettanta determinazione dava istruzioni a se stesso, perché doveva mettere in movimento dei progetti suoi, che con un po' di fortuna sarebbero andati a buon fine molto prima di quelli orchestrati da Wei Ye.

I due scagnozzi lo condussero al Dipartimento, dove rimasero di guardia fuori dal suo ufficio, con la porta aperta, mentre lui prendeva il suo passaporto interno.

Chan balzò dalla sedia quando vide entrare Hong. «Sei la vergogna del tuo Paese e del Partito» disse ad alta voce, a beneficio delle guardie e del telefono sotto controllo. Attraversò la stanza, scribacchiò un appunto, e lo fece scivolare sulla scrivania di Hong.

Dove vai?

«Sono innocente» rispose Hong.

Mettiti davanti a me, scrisse sul taccuino di Chan.

«Innocente?» replicò Chan con rabbia. «Saresti accusato di crimini del genere se tu fossi innocente? Ti sospettavo da tempo. Non continuare a cercare di far di me un cospiratore.» Bloccando la visuale delle guardie, Chan continuò a scagliarsi su Hong, azzardando rabbiosi suggerimenti sulla qualità e la durata della sua carcerazione. Hong finì di scrivere e Chan, indicando una cartella di rapporti in cima a uno stipetto, si diresse verso la porta.

«Non sopporto di stare nella stessa stanza con te» disse finalmente, passando impettito accanto alle guardie. «Dovunque ti manderanno a scontare la pena,» gridò dal corridoio «sarà sempre troppo poco per i tipi come te.»

Hong lasciò il suo messaggio nel dossier indicato da Chan, e sotto gli occhi vigili dei due scagnozzi andò nel suo appartamento. Preparò la valigia di tela verde, e mentre i due mastini gli volgevano la schiena e si servivano di birra fredda su invito dello stesso Hong, infilò i pezzi del revolver smontato e una scatoletta di munizioni dentro una camicia pulita. Gli pareva di vivere in un sogno, di essere invisibile, di poter camminare attraverso i muri. Mentre andava verso la macchina, le anziane donne che stendevano i panni in cortile lo fissarono come se fosse un fantasma.

Alle tre del pomeriggio lui e Ostrander furono condotti all'aeroporto, scortati da ufficiali dell'esercito in motocicletta con sidecar. I monsoni erano esplosi con violenza, scaricando rovesci di pioggia spessi come tende di plastica. Il cielo si era fatto nero. Hong giocherellava nervosamente con la maniglia della valigia, preoccupato che il maltempo potesse impedire all'aereo di decollare. Ostrander era sprofondato in un silenzio imbronciato. Per lui gli orari erano irrilevanti; per

Hong i tempi erano calcolati al secondo, come per il percussore di un cannone automatico. Nessuno dei due aveva parlato mentre passavano nel vecchio quartiere delle ambasciate; e sempre in silenzio, dopo aver superato un ponte, avevano imboccato la strada fiancheggiata da aceri che conduceva all'aeroporto. Gli alberi erano spazzati dal vento, come se anch'essi dovessero prepararsi a combattere una battaglia.

«Dov'è Yu-shang?» chiese Ostrander.

«Ci sarà.»

«Io non vado in nessun posto senza di lei.»

«Neanch'io» dichiarò Hong.

Nell'atrio dei voli nazionali regnava il caos. Faceva più caldo che in un bagno pubblico, e c'era molto più vapore. Nanchino, Kun-ming, Hohhot, Shanghai, Xi'an, Shen-yang: da ogni banco si snodavano lunghe file. I passeggeri erano carichi di borse di tela grezza, sacchetti di viveri, scatoloni raffazzonati frettolosamente, pieni di vestiti per i parenti di campagna. Gli impiegati consegnavano gli scontrini dei bagagli e discutevano la validità dei biglietti: questa prenotazione non è giusta, quel volo è stato cancellato.

Al banco per Chongqin era in attesa Yu-shang, circondata da agenti della Sicurezza Pubblica in borghese. Hong li riconobbe comunque. Nonostante le guardie, lei aveva l'aria di una passeggera in difficoltà, una bambina abbandonata per caso in un mondo di estranei indifferenti. Ostrander la raggiunse di corsa e fece per baciarla, ma lei lo allontanò con le braccia. Tutti quelli della fila avevano incominciato a fissarli. Le guardie se ne andarono e Hong si insinuò alle spalle della donna.

«Sei un essere ripugnante» disse lei con voce sommessa. «Hai ucciso mia madre» e poi, rivolta a Ostrander: «È una trappola. Lui non è un interprete».

Ostrander sollevò le mani. «È tutto combinato. Non ti preoccupare. Ci lasceranno partire insieme.»

«Qualunque cosa ti abbia promesso,» rispose lei «qualunque cosa farai per loro, saremo uccisi comunque.»

Hong era dispiaciuto per lei, ma nello stesso tempo la sua cieca arroganza lo mandava su tutte le furie. Aveva una piccola speranza di salvarle la vita, e una ancora più piccola di salvare la propria, ma lei doveva lasciarlo fare. «Deng Bo è in prigione» le disse. «Hai capito? Senza di me, non c'è nessuna speranza.»

«Porco» rispose lei.

«Adesso basta» disse Hong con voce pacata. «Perché non gli dici il motivo per cui lo hai sedotto?»

Per un attimo perfino Liang Yu-shang fu turbata da quel linguaggio. Parlare di sesso in privato richiedeva una rara spudoratezza; parlarne in pubblico era semplicemente volgare.

«Non sei solo un essere spregevole,» ribatté lei «sei anche triviale e maleducato.»

«Diglielo» la sollecitò Hong.

Yu-shang contrasse il viso e non rispose.

«Su, diglielo» la incitò Hong con maggiore durezza. «Digli come ti ha reclutato Deng Bo. Spiegagli come sei stata trasferita a Pechino.»

Un altro silenzio.

«Questa donna si è servita di lei» disse Hong rivolto a Ostrander. «Le hanno detto di venire a letto con lei, di strapparle delle informazioni, e le hanno offerto in cambio la libertà. Le hanno offerto... di che cosa parlavate? Le palme.»

Ostrander spostò gli occhi da Hong a Liang Yu-shang, con uno sguardo che implorava non la verità, ma una bugia soddisfacente. Nonostante tutti i suoi atteggiamenti, un uomo ha bisogno di essere desiderato altrettanto che una donna.

Liang Yu-shang chinò il capo. «Sì, all'inizio,» ammise con grande imbarazzo «all'inizio è stato così. Non avrei dovuto innamorarmi di te. Ma l'ho fatto.» Alzò gli occhi. «Non fare niente per lui. Non ci lascerà partire.»

Erano arrivati al banco del check-in. Dietro la sgangherata bilancia per i bagagli c'erano due donne trafelate, una delle quali era una creatura semplice e grassoccia, con una penna bianca nel taschino della giacca blu. E se non fosse stata lì? E se improvvisamente l'avessero destinata a un altro incarico? Hong le passò la busta con i biglietti. La donna la guardò, alzò gli occhi su di lui, e si allontanò scusandosi.

«Cosa c'è che non va?» chiese Ostrander.

«Niente, stia tranquillo.»

La donna ricomparve e compilò tre carte d'imbarco.

Quando restituì la busta, era molto più spessa. Hong ci guardò dentro ed esultò in silenzio. Benedetto Chan, benedetto il sodalizio di tutti quelli pronti a correre dei rischi personali, a tirar fuori la testa senza aver paura di essere uccisi. Qualcuno lo aveva fatto per venirgli in aiuto.

Si chinò a legare le etichette alla borsa di Ostrander, alla sua, a quella di Liang Yu-shang.

«È una trappola» disse la donna.

«Ce ne andiamo» rispose Hong. «Subito.»

Sull'aereo Hong esaminò gli altri passeggeri, chiedendosi chi fosse stato mandato a pedinarli. C'erano due tizi appostati strategicamente: un bestione con le sopracciglia cespugliose in fondo all'aereo, e un armadio di uomo sul davanti, che viaggiavano soli e leggevano il giornale. Hong non li aveva notati nella sala d'imbarco. Sotto la giacca, all'altezza della vita, c'erano delle protuberanze che nessuno dei due si era preoccupato di nascondere. Due tipi che giocavano duro, non abituati alle finezze dei viceministri e degli investigatori.

Come Hong aveva sperato, l'aereo era un Trident: gli Ilyushin non avevano le toilette. Prese la borsa e si diresse verso la parte posteriore dell'aereo, non trascurando di dare una bella occhiata al bestione sistemato sul fondo. Si chiuse dentro la toilette e rimontò il revolver a tempo di record: non più di tre minuti.

Quando ritornò al suo posto, Liang Yu-shang stava parlando con Ostrander. «Hanno ucciso mio padre, mia madre voleva giustizia. Ha aspettato quasi cinquant'anni, e hanno ucciso anche lei. E adesso ammazzeranno noi. Non contiamo nulla per loro, non ci considerano neppure esseri umani.»

Hong si chinò su di lei, sfiorandole il braccio nudo. «Credi che qui nessuno capisca l'inglese?»

«Costui è uno schifoso» disse lei rivolta a Ostrander, ritraendo il braccio. Si sfiorò con i polpastrelli le lievi escoriazioni sul viso, a conferma di quanto aveva dichiarato.

«Mi dispiace che ti abbiano picchiato,» disse Hong «ma conserva pure la tua rabbia. Avrai bisogno di energia.»

Sotto di loro sfavillava il grande canestro di verdura del Sichuan, ricco e verde: campi e terrazze su montagne rosse che si estendevano all'infinito, ai margini di un'enorme dispensa che nutre con i suoi prodotti un intero Paese. Dall'alto, Chongqing sembrava un unico tetto grigio che scendeva fino alla confluenza dei due fiumi: il Jialing e il possente Yang-tze. Sul Jialing era sospesa la teleferica che trasportava gli operai della periferia settentrionale al di là del fiume. Lo Yang-tze era attraversato da un ponte che passava sopra l'isola di Shanhuba, e dal centro della penisola sporgeva una sottile lingua di terra percorsa da ripide colline che costituivano il centro della città. Alla luce del crepuscolo Chongqing sembrava un gigantesco palazzo galleggiante. Chissà se a Ostrander faceva la stessa impressione? Che cosa vedeva nel possente Yang-tze, ferrovia d'acqua per cento milioni di contadini? Anche per lui il grande fiume era un simbolo maestoso?

L'aereo attraversò una cortina di aria grigia, inquinata dal carbone, che parve penetrare nelle fessure della sua superficie. Dopo l'atterraggio Hong tolse la sua borsa da sotto il sedile, si alzò e colse una lunga occhiata proveniente dal bestione con le sopracciglia folte. Mi sta prendendo le misure, pensò Hong.

L'aeroporto, un tempo campo d'aviazione militare, era situato in una valle tra le colline occidentali, vicino a Bishan, ed era dotato di strutture molto approssimative. L'umidità era così intensa che a Pechino in confronto sembrava di essere in inverno. Nel terminal sgangherato erano seduti dei vecchi, a bere tè e birra e a guardare gli aerei che decollavano e atterravano. Hong avvertì una fitta di nostalgia per i momenti sereni della sua gioventù: le battaglie dei grilli insieme a Boda, i vecchi agli angoli delle strade che giocavano a scacchi, le gite in campagna per andare a lavorare nell'orto. Ma i suoi ricordi gli davano la misura di quanto fosse selettiva la nostalgia: niente contadini affamati a turbare quell'idillica rappresentazione, niente vittime dei movimenti antireazionari, niente amici che soffrivano quando i loro genitori venivano denunciati. Incredibile che la sua mente avesse preso quella direzione. Ci sono dei limiti al di là dei quali la mente non tollera più la paura, e si ritrae nella routine quotidiana. Non si può essere spaventati tutto il tempo.

Era sorprendente: lui era uscito dalla paura per rifugiarsi in una strana tranquillità. Aveva smesso di preoccuparsi della sua morte.

In cerca di un'auto con la targa della Sicurezza Pubblica, condusse Ostrander e Liang Yu-shang attorno al terminal, senza perdere d'occhio i due mastini dell'aereo che nel frattempo li avevano superati per dirigersi verso una sgangherata berlina Varsavia. I due si infilarono dietro all'autista e rimasero in attesa. Questa è la mia vera punizione, pensò Hong, peggiore della morte: essere affidato alle cure, sia pure temporanee, di questi due odiosi e goffi individui.

«Gesù, che caldo» disse Ostrander, asciugandosi il viso con la manica della camicia.

Proprio davanti alla Varsavia era parcheggiata una Datsun verde. Si aprì la portiera e l'autista fece un cenno a Hong. Il motore era già avviato.

«La nostra macchina» disse Hong facendo strada.

Salirono a bordo e la Datsun uscì dall'aeroporto e imboccò la via Gelou. La Varsavia si mise alle loro costole.

I battelli della linea fluviale *L'Oriente è rosso* si fermavano al tramonto, e Wei Ye aveva predisposto delle stanze in un piccolo albergo vicino alla banchina. Hong dormì cinque ore, un sonno più che sufficiente, e dopo si vestì e rimase sdraiato sul letto, pronto a partire. La stanza singola era squallida, con i muri scrostati dall'umidità. La lampada del tavolino da notte, con il paralume a frange tutto macchiato d'acqua e la base decorata con piccoli globi di vetro rosso e verde, era di un gusto assolutamente pacchiano. Il materasso era tutto a gobbe, il condizionatore emetteva un flusso costante di aria tiepida, le sedie e le vecchie pergamene appese ai muri si insaccavano come se fossero sopraffatte dal caldo. Quella era una stanza di medio livello per un funzionario di medio livello. La gerarchia del sistema non trascurava neppure i prigionieri.

Hong prese da sotto il cuscino la pistola e la busta con i biglietti. Esaminò i due passaporti, quello interno e quello esterno, appartenenti all'assistente allenatore di nuoto. Nascosti nella cartelletta dietro i suoi documenti autentici, erano sfuggiti ai due scagnozzi di Wei Ye quando lo avevano perquisito prima che salisse a bordo dell'aereo. Yamei poteva sempre dire che lui glieli aveva rubati, ma ne avrebbe comunque subìto le conseguenze. Hong pregava solo che non le togliessero la vita. Ma doveva scordarsi i suoi bravi allievi, il viaggio per partecipare alle Olimpiadi. Hong si chiese quanto gli si addicesse il ruolo di cinese all'estero, se per miracolo fosse riuscito ad assumerlo, e se un giorno gli sarebbe stato concesso di ritornare, non fosse altro che per andare a spazzare le tombe dei suoi antenati.

I due mastini che gli avevano messo alle calcagna si erano svegliati nella stanza accanto: facevano la doccia, si stuzzicavano a voce alta. In distanza Hong sentiva lo scoppiettìo delle motociclette, la città che si svegliava. Si infilò la pistola nella cintura, lasciò la camicia sciolta e fuori dai pantaloni, e uscì sul ballatoio. L'aria rovente emanava un odore acre di carbone e di ferro in fusione. Al di là della conca in cui era situato l'albergo si estendevano le colline di Chongqing, coperte di tetti grigi digradanti fino al porto, di case su palafitte strette le une alle altre per protezione, di vicoli stretti in cui vivevano gli operai della fabbrica di motociclette. Al di sopra di tutto, sorgevano dei grattacieli-condominii a strisce bianche. In cielo gracchiavano i corvi. Hong andò fino alla porta della camera di Ostrander, e vi appoggiò l'orecchio. Nessun rumore. Girò la maniglia, entrò e vide il letto intatto. Sempre ai condannati veniva concessa un'ultima notte d'amore.

Si aprì la porta della stanza di Liang Yu-shang, e Ostrander uscì nel ballatoio.

«Buongiorno» disse imbarazzato e in preda a un certo nervosismo.

«Buongiorno» rispose Hong.

«Andiamo via subito?»

«Appena siete pronti. Perché non avete tentato di fuggire durante la notte?»

«Yu-shang mi ha detto che non c'era speranza, uno straniero non può viaggiare inosservato.»

«Si sta facendo più scaltra» osservò Hong. «E perché non ci ha provato lei a scappare?»

«Vuole rimanere con me.»

«Amore vero» osservò Hong, sentendo la mancanza di

Yamei. «Prezioso come la giada. Le ha parlato dei diari?»
«Quali diari?»
«Se vuole essere rimessa in libertà, ci occorrono i diari. Glielo prometto, se li troviamo sarete liberi entrambi.»
Ostrander si voltò a guardare verso la città. «Perché vuole che noi ci si fidi di lei?»
Ritornarono i corvi gracidanti a circolare alti nel cielo, come granelli di polvere nel vento. Hong li seguì nelle loro evoluzioni e disse: «Forse perché adesso sono uno di voi».
L'aria inquinata si stava diffondendo ovunque, e Hong la sentiva sulla pelle, negli occhi e in gola. Ostrander si avvicinò, diede una rapida occhiata su e giù per il ballatoio, e sussurrò: «Yu-shang pensa che due uomini ci stiano pedinando».
«Molto acuto da parte sua» rispose Hong. «Ma non ci seguiranno a lungo.»
«Lavorano per lei?»
«Per me?» Hong rovesciò il capo all'indietro e scoppiò a ridere, a lungo e forte come non gli succedeva da anni, un boato che raggiunse le colline e rimbalzò come un'eco. «Nessuno lavora più per me» rispose.

26

Sullo Yang-tze

Nella caligine mattutina il caldo era diventato una bolla soffocante che faceva scorrere il sudore come lacrime. L'auto li condusse a una vecchia terrazza di pietra prospiciente il porto e ombreggiata da grandi olmi rigogliosi. Forse qualcuno aveva dato ordine che Hong non comparisse personalmente all'imbarcadero. Dalla guardiola della terrazza un impiegato telefonò al comandante del porto, che in breve tempo arrivò dalla via Shaanxi portando con sé tre biglietti per il battello N° 11: uno a nome di Ostrander, uno a nome di Hong, il terzo intestato a una compatriota di Macao, una certa Miss Ling. Non sarebbe rimasta alcuna traccia dell'arrivo a Chongqing di Liang Yu-shang, o della sua partenza dalla città: il che era già un buon segno perché, se non era rintracciabile, forse Wei Ye aveva previsto di lasciarla svanire nel nulla. Per contro, Yu-shang poteva sparire altrettanto comodamente in un campo di lavoro. Hong accese una sigaretta, e osservò il viso di Ostrander, pallido e tirato per la mancanza di sonno. I muscoli intorno agli occhi gli si contraevano in continuazione.

Seguendo il comandante del porto, attraversarono il mercato libero sistemato lungo un pendìo che costeggiava una ripida scalinata in cemento. Nelle bancarelle coperte da un tetto di lamiera ondulata si vendevano cachi e legno di sandalo, funghi bianchi e radici di zenzero; e dal basso giungeva il martellare dei picconi che spaccavano l'asfalto per ripavimentare la strada. Giunti in fondo al mercato, i quattro salirono sulla funicolare che conduceva al pontile di Chaotianmen.

«Ce ne abbiamo due alle calcagna» sussurrò Ostrander.

Hong sbirciò alle sue spalle e vide i due soliti mastini. «Sì, lo so, non preoccupatevi.»

Il primo battello della giornata partiva dal molo N° 4, all'estremità orientale della penisola. Gli altoparlanti, accompagnati da un'orchestra di sirene da nebbia, trasmettevano musiche marziali registrate, un residuo della parata del Giorno della Liberazione, celebrato nell'ottobre precedente. L'orologio del terminal batté le cinque, e la musica si trasformò in una fragorosa versione dell'inno nazionale cantata da un coro militare: «In piedi, in piedi, tutti voi che rifiutate di essere schiavi...».

Per qualche ragione, Hong non provò alcuna emozione.

Liang Yu-shang, truccata da facoltosa turista di Macao, si avviò per prima verso il battello. Com'è aggraziata, pensò Hong, sembra la concubina di un imperatore, si direbbe che cammini sulla seta. All'estremità della rampa a Ostrander saltarono i nervi. Tirò con violenza la manica di Hong, e gli indicò i due mastini, fermi accanto alla funicolare. «Possono seguirci dovunque. Che cosa le fa pensare che ci lasceranno andare?»

«Una volta che saremo sul battello, Wei Ye non potrà più farci pedinare. In primo luogo dovrebbe spiegare perché ci troviamo qui.»

«E perché mai?» chiese Ostrander affannosamente. «A chi potrebbe importare?»

«Wei Ye *ha bisogno* di noi» rispose Hong. «Finché non ottiene quello che vuole, noi siamo pericolosi per lei tanto quanto lei lo è per noi.»

«Ne è convinto?»

«Forse sì, e forse no.»

«Il passaporto che si è procurato per Yu-shang, i biglietti dell'aereo, fino a che punto ci serviranno? Chi ci assicura che ci lasceranno salire a bordo a Shanghai?»

«L'aereo parte da Shanghai giovedì sera» rispose Hong. «Ma noi non andiamo a Shanghai.» Sollevò la camicia per mostrare il calcio della pistola. «E se Wei Ye cercherà di farci seguire, dovrò minacciare di uccidere lei, e poi me.»

Ostrander si concesse un mezzo sorriso. «E lo farebbe?»

«Il battello è in partenza» rispose Hong con un sorriso, spingendolo avanti.

Sbarcarono a Fuling, due fermate a est, e in porto Hong trovò un barcone in procinto di partire per Wu-han. Lo stanco equipaggio aveva già caricato enormi vasi d'argilla contenenti mostarda piccante e botti di olio di tung, e si era messo a giocare a poker. Il comandante era un ex ufficiale di marina con la faccia quadrata e schiacciata da bulldog: labbra carnose, naso simile a un tappo. Dopo aver dato un'occhiata al documento di identità di Hong e alle due banconote da dieci yuan, dichiarò: «Sono sempre felice di aiutare un funzionario della Sicurezza Pubblica». Il denaro sparì in un taschino come se avesse avuto le ali. Hong si sorprese a pensare: E se arriviamo là e non troviamo niente? E se non abbiamo niente da barattare?

Liang Yu-shang si avvolse i capelli in un foulard color prugna e si appoggiò al parapetto. La partita a poker terminò, e il barcone incominciò le sue manovre tra le giunche del porto di Fuling. Gli uomini dell'equipaggio guardavano a bocca aperta quella bellona sdegnosa e incipriata, che sembrava uscita dalle pagine di una rivista di cinema per venire a rallegrare la loro vita. Ma apparentemente la donna non si accorgeva dell'attenzione che le veniva dedicata.

Hong scrutò la riva in cerca di altri gruppi di sorveglianza. Si fidava del suo istinto, che gli consentiva di fiutare la presenza di qualcuno nell'ombra, ma nello stesso tempo si sentiva nervoso, e temeva che il suo istinto si fosse preso una giornata di vacanza. Sul battello della linea *L'Oriente è rosso* non aveva visto nessuno che avesse minimamente l'aria di un agente della Sicurezza Pubblica, nessuno con scritto Pechino sui vestiti o sul viso; ma era anche possibile che Wei Ye avesse reclutato della gente a Chongqing.

La riva, tuttavia, sembrava sgombra di segugi, e Hong si sentì rafforzato nella convinzione che la sua fiducia nell'estrema sicurezza di sé tipica di Wei Ye non era stata malriposta. Con Yamei in prigione, Wei Ye era convinta che Hong non avrebbe mai cercato di fuggire, specialmente con un fardello come Ostrander e Liang Yu-shang. Ciò nonostante, Hong si era trovato in difficoltà quando aveva dovuto chiedere che nessuno li seguisse durante la navigazione. Se ci fossero state delle guardie, Ostrander sarebbe stato recalcitrante. Si sarebbe rifiutato di collaborare se avesse avvertito qualche minaccia per sé o Yu-shang. Wei Ye aveva finito con l'accettare le condizioni di Hong perché sapeva che non avrebbe perso in nessun modo. Ostrander non avrebbe rischiato la vita di Liang Yu-shang lasciando che Hong la portasse a presentare una denuncia in una qualsiasi città lungo il fiume, con Deng Bo in prigione, e un'istruttoria che Wei Ye aveva già iniziato contro di loro. E in ogni caso, quali probabilità avevano tre persone, una delle quali era uno straniero, di lasciare il Paese senza essere scoperti?

Hong attraversò il barcone e andò a sedersi presso la gabbia traforata che copriva il blocco motore. Allungò le gambe e sbirciò attraverso lo sportello aperto della stiva: lo sguardo gli cadde su tre manubri, sicuramente appartenenti a tre motociclette rubate. Merce di contrabbando, passeggeri di contrabbando: il comandante si arricchiva sicuramente. Niente male come lavoro, pensò Hong. Una buona paga, un sacco di viaggi, e un piccolo mercato nero privato. Alzò gli occhi e vide che Ostrander si allontanava da Yu-shang per venire verso di lui.

L'americano tirò fuori la pipa e la riempì. Hong si mise una sigaretta tra le labbra e l'accese riparando la fiamma con le mani a coppa. «Non è permesso fumare sul ponte di un barcone» disse. «Ma concediamoci questa piccola audacia.»

«Non so cosa pensare di lei» osservò Ostrander, mettendosi a sedere.

«Allora siamo in due. Una bella giornata per una gita in barca, vero?»

«Volevo dire che capisco cosa è accaduto a me, ma continuo a non capire come è potuto capitare a lei.»

«A dire la verità, neppure io.» Hong si tolse gli occhiali per pulirli dagli spruzzi del fiume con un lembo della camicia. «Wei Ye voleva che diventassi suo amico. Se lei aveva simpatia e fiducia nei miei confronti, poteva anche rivelarmi quello che sapeva. E Wei Ye contava sulla simpatia che io nutrivo per lei, Ostrander.»

Dolorosamente, Hong si rese conto di come lo avesse usato bene Wei Ye. La somma dei suoi sotterfugi, tutto quello che aveva lasciato fuori dai rapporti, la sua ostinazione nel negare la colpevolezza di Ostrander, erano tutte prove contro di lui. Wei Ye non si era limitata ad assicurarsi il silenzio della madre di Hong, ma aveva anche avvertito in lui una fondamentale debolezza, una infatuazione per degli assurdi concetti di giustizia e ingiustizia. Aveva capito che i suoi sogni lo avrebbero adescato, che lui e Ostrander erano le due metà di un unico segreto, che alla fine lui avrebbe protetto Ostrander da lei, senza poter più proteggere se stesso. Che cosa aveva detto Wei Ye? *Tu porti il fardello della bontà*. Era veramente questo il suo concetto di fardello? Hong avrebbe dovuto chiederle quali erano i suoi.

«Come sono arrivati a farle arrestare Yu-shang?» domandò Ostrander. «E come mai anche lei si trova nei guai?»

«È molto semplice» rispose Hong. «È stato ucciso un uomo che mi stava molto a cuore. Tutto qui.»

«Un suo amico» osservò Ostrander.

«Sì, un amico... anzi, qualcosa di più.»

Ostrander tacque, rispettando la memoria di un uomo che non aveva mai conosciuto; ma dopo qualche istante chiese: «Chi è questa Wei Ye?».

«Un'ottima domanda, devo dire. È un miscuglio di molte persone. È un potente funzionario con credenziali rivoluzionarie, ed è una ladra. È un difensore della pace, e contemporaneamente un'assassina e una traditrice.»

«Una grossa contraddizione in un grande Stato comunista come il vostro. Credevo che tutti fossero al servizio del popolo.»

«Ma da noi ci sono molte contraddizioni» rispose Hong amichevolmente. «Contraddizioni interne ed esterne. Senza di esse il nostro grande Stato comunista non funzionerebbe.»

«Lei ha contribuito a farlo funzionare» osservò Ostrander.

«Esattamente. Io sono la contraddizione più grande di tutte.»

Il barcone raggiunse la città di Zhongzhou, nello Zhongxian, dopo un'ora di navigazione. Sulle rive paludose prosperavano rigogliosi boschetti di bambù. In quella terra di affamati, nessun appezzamento di terra fertile restava incoltivato. Hong si avvicinò alla cabina di pilotaggio e aprì il portafoglio davanti al comandante, seduto a registrare sul manifesto del carico.

«Quanto ci vuole da qui a Yichang?» domandò.

«Dipende dalle correnti che si incontrano nelle forre» rispose il comandante, sbirciando il nutrito fascio di banconote. «Sei ore, forse sette. Di più se scoppia un temporale. Il cielo non promette bene.»

Hong sporse una mano dal finestrino posto sopra il timone. L'aria era carica di pioggia imminente.

«Se è possibile, vorrei che ci aspettaste. Potremmo aver bisogno di parecchie ore.»

«Be', non lo so...»

Hong gli infilò in mano due banconote da dieci yuan.

«Potrei concedervi due ore» rispose il comandante.

Hong tirò fuori altri venti yuan. «Ce ne saranno altri cinquanta se sarete qui quando ritorniamo, e ancora cento quando arriviamo a Yichang.»

Il denaro sparì in un baleno nella tasca del comandante. «Fate con comodo» disse con uno sbadiglio, allungando le gambe e rovesciando il capo all'indietro per appoggiarlo alle palme delle mani.

Hong raggiunse Ostrander e Liang Yu-shang sulla piccola banchina.

«Cosa ci faceva là dentro?» chiese Ostrander.

«Discutevo di riforme economiche» rispose Hong.

«Che cosa?»

«Gli ho impartito una lezione sul potere degli incentivi.»

Seguiti dagli sguardi curiosi dei presenti, salirono i gradini di legno. I forestieri erano abbastanza rari, per non parlare degli stranieri. Al centro della città sorgeva una fabbrica per la lavorazione della sica, e i vapori che uscivano dalle finestre a inferriate impregnavano l'aria di un odore intenso di legumi fermentati. Hong fu accolto come un importante dignitario. Vieni da Pechino? Bene, sta' a sentire le nostre lamentele. Il caporeparto lo accolse nella sala per ricevere gli ospiti con dei bicchieri di tè. Alle pareti erano appesi i grafici della produzione, e ritratti in cornice del presidente Mao, di Stalin, di Marx e di Lenin. Lì nel cuore del Paese il presidente Mao era ancora un dio, e i russi erano i suoi fedeli teoreti. Dopo essere stato intrattenuto sulle interferenze di Pechino e sulle eccellenti prestazioni degli operai della fabbrica, Hong si impossessò di un camion, di una mezza dozzina di pale e di tre uomini. Supponeva che i fossili fossero stati sotterrati.

Il sito archeologico di Qian Jinggou era stato abbandonato dagli scienziati all'inizio degli anni Sessanta, dopo che erano state dissotterrate le ultime asce e zappe dell'Età del Bronzo. Gli edifici eretti per gli archeologi erano stati depredati dai contadini durante la Rivoluzione Culturale e ridotti a tre fondamenta di cemento posate sul suolo come antiche pire funerarie. Era sopravvissuta un'unica struttura: una massiccia costruzione rettangolare, con delle finestre alte e strette e un porticato di mattoni rosso scuro in stile ambasciata britannica. L'edificio era stato trasformato in scuola elementare, e il terreno più vicino al fiume era stato asfaltato, recintato e tramutato in campo da pallacanestro.

«Quella è la casa che compare nel quadro» disse Hong. «Dove scaviamo?»

Ostrander esaminò con attenzione la scena, e scosse il capo. «Noi eravamo qui,» dichiarò sconcertato «ma io non li ho visti sotterrare niente.»

«Ci pensi bene» lo invitò Hong. «Lui voleva che lei sapesse.»

Liang Yu-shang si intromise tra i due. «Non farlo» disse.

Ostrander le posò le mani sulle spalle. «È la nostra unica possibilità di salvezza.»

Lo seguì mentre faceva il giro attorno alla scuola. I bambini, attirati dal rumore dello scappamento del camion, sbirciavano dalle finestre aperte. Hong mostrò il suo documento d'identità all'insegnante, che si affrettò a rimandare i bambini ai loro banchi a ritagliare uccelli di carta. Gli uccelli di carta, pensò Hong, sono indicati per i bambini e per i depressi.

Ostrander svoltò l'angolo e attraversò il porticato di mattoni. Gesticolando prima con la mano sinistra e poi con la destra, si mise a percorrere il campo da pallacanestro, evocando ad alta voce il passato. «Ci sedevamo qui,» disse, «e là c'era il forno, vicino a un pozzo scoperto. C'erano dei mucchi di terra, mio padre mi mostrava gli ami da pesca scavati dal pozzo. Dormivamo in un edificio vicino al fiume, con le persiane, e io giocavo qui, scavavo con una paletta. Mio padre mi insegnava a scavare, a diventare uno scienziato; scavammo un grosso buco, e il giorno dopo lo trovai riempito...»

Ostrander si era fermato accanto al porticato, dove finiva l'asfalto.

Hong fece un cenno ai tre operai e prese a sua volta una pala. «Scaviamo qui» disse.

La giornata sembrava eterna, ma il tempo a disposizione era poco. Scavarono una fossa profonda tre metri e larga quattro per quattro, e non trovarono niente. Ma per lo meno il terreno era soffice: era piovuto anche lì. Hong si concesse una pausa e guardò l'orologio, come se per effetto della sua volontà le lancette potessero rallentare il loro ritmo. Le otto, poi le nove. Bisogna aggiungere sei o sette ore, pensò Hong, otto se la corrente era forte, di più ancora se fosse scoppiato un temporale. Per due volte aveva mandato un operaio della fabbrica a vedere se il barcone era ancora attraccato alla piccola banchina traballante. Era sempre là, l'equipaggio era sceso a terra, il comandante faceva un pisolino nella cabina di pilotaggio.

Ostrander guardò dentro la fossa. «Abbiamo sbagliato posto» annunciò.

Hong ordinò agli operai di continuare a scavare. Il padre aveva giocato con il suo bambino, aveva fatto un buco nel terreno. Durante la guerra non era andato nella capitale del Kuo-min-tang a trovare gli amici.

Adesso usavano dei secchielli per tirare su la terra. Un altro metro, altri due, altri tre. Hong risalì in superficie e si ripulì la faccia e le braccia dal terriccio umido, che si era impastato con il sudore. Era ridotto come una zebra, a righe marrone sul torace e sotto le braccia. La canna della pistola gli aveva escoriato la pelle dell'inguine.

Si aprì la porta principale della scuola, gli scolari irruppero nel portico, e i maschietti, più avventurosi, si precipitarono attorno alla fossa.

«Che cosa state cercando?» chiese uno di loro.

«Il tesoro di un'antica principessa» rispose Hong, passandosi sulla fronte il dorso della mano.

L'insegnante condusse i ragazzi a giocare a pallacanestro, mentre le bambine si erano impegnate in una gara che consisteva nello spostare con dei bastoncini delle biglie da un piatto all'altro. Ostrander e Liang Yu-shang si erano seduti sotto il portico, e tubavano come colombi. Lasciamoli amoreggiare, pensò Hong. Lasciamo che facciano quello che fanno gli innamorati quando temono di non rivedersi più. Chissà se esisteva un piacere speciale, riservato ai soli innamorati, a sognare quello che non sarebbe mai accaduto?

«Lei ha detto che Caffey ha ucciso mio padre.»

Hong alzò gli occhi. Non aveva sentito avvicinarsi Ostrander. «Sì» rispose.

«Perché?»

Era una domanda che Hong aveva paventato: sapeva che Ostrander gliel'avrebbe rivolta fin dalla notte di quel suo sciocco eroismo nel corridoio buio fuori dall'appartamento di Hong. Ma la verità sarebbe servita a qualcosa? E Ostrander voleva la verità? Anche tuo padre ha tradito: ha tradito i suoi compagni e ha tradito il mio Paese.

Proteggimi, leggeva Hong sul viso di Ostrander, nei suoi occhi fissi su di lui. Ingannami.

Hong non aveva idea della risposta che avrebbe dato finché non se la trovò sulle labbra. «Caffey offrì del denaro a suo padre in cambio dei fossili. Cercò di convincerlo a venderli. Ma suo padre, da quell'uomo onesto che era, rifiutò, e Caffey lo uccise.»

Era una risposta traballante, e non del tutto convincente. Su questo Hong non aveva dubbi. E per un attimo passò un lampo di consapevolezza negli occhi di Ostrander, un'espressione lucida e ferma che sembrava chiedere a un tempo la verità e l'assoluzione. Ma Ostrander non desiderava sapere la verità più di quanto Hong desiderasse dirgliela, e l'attimo passò.

Hong consultò di nuovo il suo orologio, soffiò via la terra dal vetro. In un altro Paese, pensò, avrebbe potuto cambiare quel prezioso Rolex con dei vestiti nuovi.

«Perché continua a controllare l'ora?» gli chiese Ostrander.

«Perché ci sta scadendo il tempo» rispose Hong. «Dobbiamo prendere un treno.»

Yu-shang stava per raggiungerli, strizzando gli occhi per il sole, quando sentirono un rumore di metallo che colpiva dell'altro metallo. Dall'interno della fossa giunse lo schianto di una pala che colpiva qualcosa di molto duro.

«Che cosa avete trovato?» chiese Hong agli operai.

Dalla terra emerse un baule, di metallo verde con delle bande nere, e delle tracce irregolari di ruggine. Gli uomini lo sollevarono sopra le loro teste e, conficcando i piedi come degli scalatori nelle pareti della fossa, lo riportarono in superficie.

«È leggero» gridò uno di loro. «Dentro c'è qualcosa che sbatte.»

Sul davanti penzolava una serratura arrugginita, ma il chiavistello era intatto. Hong rimosse con il piede i grumi di terra, afferrò una pala e colpì con forza la serratura. Il baule scivolò verso il recinto metallico del campo da pallacanestro. Hong lo inseguì, colpì di nuovo. La serratura non si aprì, ma si scardinò.

Il colpo contro il recinto aveva fatto cadere uno strato di terra dalla parte superiore, rivelando una "V" dipinta in rosso, e aveva attirato l'attenzione dei bambini che erano corsi ai bordi del campo. Ostrander si inginocchiò, rimosse il resto della terra e scoprì una lettera "A", capovolta. Facendo leva con la pala sotto il coperchio, riuscì ad aprirlo.

Tranne che per alcuni pezzi di roccia e ciotoli, il baule era vuoto. Per un lungo istante nessuno parlò.

«Dov'è il tesoro della principessa?» gridò uno dei bambini.

Hong si accovacciò accanto a Ostrander, fece scorrere le mani all'interno del baule. Ai suoi polpastrelli umidi si attaccò una fine polvere bianca, che si insinuò nelle pieghe delle palme.

«Dopo tutto quello che abbiamo fatto,» disse, guardandosi le mani spettrali «non siamo approdati a niente. Doveva essere ritornato a prendere i fossili, o doveva aver vuotato i bauli prima di arrivare qui, oppure qualcun altro...»

Alle loro spalle stavano tirando fuori dalla fossa un altro bauletto. Certo, ce ne dovevano essere due. Hong sentì il cuore galoppargli in petto. Fa' che ci siano i diari, pregò, e subito si chiese quale dio lo avrebbe ascoltato. Non aveva mai creduto in nessuno di loro, neppure nel presidente Mao.

«Questo è più pesante» gridò uno degli scavatori.

Questa volta la lettera dipinta in rosso sul coperchio era più evidente – una "B" – ma la serratura era meno arrugginita e perciò più resistente. Hong fece allontanare i bambini, adagiò il baule sul dorso, e calò con tutte le sue forze la pala sulla serratura. Neppure una scalfittura. Ci riprovò per tre volte, ma invano.

«Mi serve un cric» disse.

Aveva parlato ad alta voce? O forse si era rivolto al vento? I tre operai, come altrettanti attori mascherati, lo fissarono con gli occhi privi di espressione.

«Ho detto di andare a prendere un cric nel camion.»

Uno di loro, quello che aveva fatto da autista, si decise ad eseguire. Avrei dovuto andarmelo a prendere io, pensò Hong. L'autista ritornò con la stessa calma con cui si era allontanato, portando con sé una cassetta per gli attrezzi. Hong trovò un cacciavite, che introdusse tra la serratura e il chiavistello, incuneandolo saldamente. Mentre sollevava la pala ebbe una visione di Guardie Rosse che appiccavano incendi e abbattevano le porte dell'ospedale con le asce e i calci dei fucili. Hong calò con forza la lama di piatto, il manico del cacciavite si disintegrò. Ma era fatta: la serratura saltò via dai rivetti.

Ostrander accorse per primo a sollevare il coperchio.

All'interno, vide una pila di assi di legno. Niente fossili. Un tempo le assi erano appartenute alle cassette usate per imballarli. Ma dov'erano finiti i reperti? Chi era andato a prenderli? Facendo attenzione ai chiodi – quello non era il momento di ferirsi una mano – Hong sollevò le assi una per una e le gettò fuori finché non ebbe svuotato il baule.

O meglio, quasi svuotato. In fondo era posata una vecchia scatola di pelle, lunga e poco profonda, probabilmente destinata a contenere degli scacchi o forse uno strumento musicale, ad esempio un flauto. Il coperchio era dipinto a pennellate d'oro su una base sottile di cremisi: la scena rappresentava la corte dell'imperatore. Ostrander allungò una mano per prendere la scatola, ma in una esplosione di sollievo e di giubilo Hong lo spinse da parte, sollevò la scatola come un'offerta, e la posò per terra. La piccola serratura di ottone si aprì immediatamente, quasi a volersi liberare di oltre quarant'anni di assedio da parte dell'umida terra.

Dentro c'era un libro rilegato in pelle.

Hong lo aprì alla prima pagina di carta pergamena: un diario, il diario di un morto, le prove fornite da un organizzatore della lotta clandestina i cui rapporti su un traditore erano arrivati solo al traditore stesso. Anzi, alla traditrice. Hong voltò le altre pagine, finché non gli parve di udire un urlo quasi frenetico dell'autore, i suoi sospetti che le crescenti sventure dei suoi compagni non erano più da attribuire alle coincidenze. Abbiamo trovato le prove, pensò Hong, quelle prove per cui sono morte tante persone. Chiuse il diario, lo posò di nuovo nella scatola.

«Non ne hai il diritto» disse Liang Yu-shang, incombendo sopra di lui.

Hong prese la scatola di pelle e si diresse verso il camion. Ricordò quello che aveva detto quel piccolo furfante di Bun: un morto non può far male a nessuno. E invece sì, concluse Hong.

27

In cerca della vita

La pioggia incominciò a cadere prima di Yichang, a est di Hubei. Il cielo si oscurò, il fiume si mise a esalare vapori, e sullo Yang-tze si abbatté un tifone, un turbine di nuvole grigie. I pochi secondi del terribile acquazzone lavarono il ponte come una lunga scopa inviata dal cielo. Hong, da prua, sentì che il barcone rallentava e virava verso la riva. Quel tifone era un presagio, pensò, come il terremoto che aveva preannunciato la morte del presidente Mao. Dai dirupi di calcare argenteo che incombevano su Badong, a sud, cadevano fragorosamente delle cascate d'acqua. Alcuni uomini che da riva cercavano di trascinare contro corrente una giunca a tre vele erano stati gettati a terra.

Aggrappandosi al parapetto e maledicendo se stesso per aver ceduto alla superstizione, Hong si avviò verso la cabina di pilotaggio, urtando con le gambe i grossi vasi d'argilla. Ostrander, drappeggiato in un poncho di tela per lenzuoli, lo incontrò a mezza strada. La sirena del barcone ululava nella tempesta.

«Ci fermiamo» gridò Ostrander in un palese stato di eccitazione. «Non ce la faremo mai.»

«Torni nella stiva» gli ordinò Hong. «Non ci fermiamo affatto.»

Flagellato dalla pioggia e appoggiandosi ai grossi tappi di sughero dei vasi per mantenersi in equilibrio, Hong attraversò il ponte. Il comandante impartiva ordini all'equipaggio, che lottava contro il vento e contro l'ostinato argano arrugginito che doveva abbassare le corde dell'àncora. Hong seguì il comandante nella cabina di pilotaggio.

«Non abbiamo tempo di fermarci» gli urlò per soverchiare il martellare della pioggia sul tetto catramato. «Devi procedere.»

«Con un tempo come questo?» esclamò il comandante. «Sei pazzo?»

«Dobbiamo essere a Yichang entro le sette, non più tardi.»

«Io non posso ripartire finché non passa questa burrasca. Rischiamo di incagliarci, o di rovesciarci e perdere il carico.»

«Dobbiamo rischiare» dichiarò Hong.

«Non con la *mia* barca» urlò il comandante inflessibile.

Il natante sobbalzò e si abbassò, mandando Hong a sbattere contro la paratia. Le àncore avevano toccato il fondo. Hong si raddrizzò e chiese: «Quando pensi che finirà questa burrasca?».

«Tra un'ora, non molto di più» rispose il comandante, spegnendo i motori.

«Noi non possiamo buttar via un'ora» disse Hong.

«Voi no, ma io sì. Il mio carico è più importante di voi.»

«Io ti pago» precisò Hong con voce pacata.

«Non mi paghi perché io muoia.»

«Si tratta di una questione della massima importanza per la sicurezza dello Stato.»

«Se non basta il denaro per farmi rischiare la vita, figuriamoci la sicurezza dello Stato» rispose il comandante.

Ostrander era comparso sulla porta aperta della cabina. Afferrandosi allo stipite, fece scorrere lo sguardo da Hong al comandante, il volto segnato dall'ansia.

Hong andò in cerca della pistola. Fino a quel momento l'aveva tenuta come un talismano, senza pensare di usarla. L'impugnatura gli restituì il calore del suo corpo. Si chiese se avrebbe avuto il coraggio di sparare, o la calma necessaria per mirare. Si era trovato in mano la pistola come una radice staccatasi inaspettatamente dal suolo, una sorpresa. Cos'è questa roba? Un revolver, puntato contro la mascella del capitano da pochi centimetri di distanza.

Il comandante non mutò espressione. Non era la prima volta che vedeva una pistola. «Tu sei veramente pazzo» disse stupito ma non spaventato. «Il dirottamento è un reato gravissimo. Fai parte veramente della Sicurezza Pubblica? Nell'arma a cui appartenevo, gli ufficiali...»

«Ordina all'equipaggio di levare le àncore.» Hong cercava di controllare il tremito della voce e della mano. Premette la bocca della pistola contro il collo del comandante, facendogli increspare la pelle. Contava sul fatto che il pensiero di avere una pallottola a pochi centimetri dal cervello avrebbe spezzato anche lo spirito più indomito.

«Non osare spararmi» disse il comandante, ma con meno baldanza di un momento prima. «Sai guidare un barcone?»

«Posso imparare» rispose Hong, con la voce che gli si inceppava in gola.

«Di quali reati sei accusato?» domandò il capitano.

«Reati? Te l'ho detto, sto trattando una questione riservata, della massima importanza per lo Stato.»

«Solo un colpevole usa la pistola.»

«Non è questo il caso.»

«Sarai anche innocente,» dichiarò il comandante «ma noi non leviamo le àncore.»

Hong spostò la pistola verso sinistra, e fece fuoco prima ancora di sentire sul dito il grasso che colava dal grilletto. Il finestrino dietro la testa del comandante andò in frantumi. Un vecchio regolamento marittimo in cornice cadde dal chiodo che lo reggeva. Hong abbassò gli occhi sulla pistola, sbalordito da quel suo gesto violento.

La pallottola era finita nel fiume, ma era stata sparata così vicino da lasciare una striscia di polvere nera e una piccola bruciatura sulla nuca del comandante. L'uomo si portò la mano al collo, con un grugnito. Il suo respiro si era fatto affannoso.

«Mi dispiace,» disse Hong «ma andiamo a Yichang.»

Il comandante si premette uno straccio sul collo. «Avresti potuto uccidermi» disse.

«Ma non l'ho fatto. Mettiamoci in moto.»

Con Hong che lo tallonava da vicino, il comandante andò a dare istruzioni all'equipaggio di levare le àncore, poi si sistemò al timone.

Hong agitò la pistola in direzione di Ostrander. «Torni giù.»

L'americano lo guardò sbalordito. «Mi sono sbagliato sul suo conto, vero? Lei vuole veramente salvarci.»

«Io voglio salvare me stesso» rispose Hong bruscamente. «Torni nella stiva.»

«No, io e Yu-shang le stiamo a cuore. A lei sta a cuore tutto quello che è giusto.»

Il comandante abbassò una leva e premette un pulsante: i motori ringhiarono e il barcone ricominciò a discendere il fiume. Un'ondata si abbatté sopra il parapetto, sferzando il carico e quasi sbattendo Ostrander fuori bordo. «Torni sottocoperta prima di finire nello Yang-tze» gli urlò Hong.

Quando Ostrander fu sparito al di là della porta che conduceva alla stiva, Hong si diresse di nuovo verso la cabina di pilotaggio, sempre con la pistola in mano. Il comandante cercava faticosamente di governare il barcone. I motori gemevano. Tenendo la pistola bene in vista, Hong andò a sistemarsi in un angolo. Guardò la pistola e pensò a quello che gli avevano insegnato sui criminali, alle deformazioni mentali di uomini che infrangevano la legge, che rubavano, uccidevano, sequestravano navi, e potevano essere riabilitati solo dopo anni di lavori forzati. Ma nessuno gli aveva mai insegnato a diventare lui stesso un criminale.

«La situazione peggiora» disse il comandante.

Sotto molti aspetti, pensò Hong.

La pioggia diminuì prima che raggiungessero il porto di Yichang. Avevano attraversato la lunga striscia di pianura alluvionale e superato le chiuse della diga di Gezhouba in direzione ovest, avendo sacrificato alla tempesta solo due cime. Dopo l'attracco alla banchina del porto Hong consegnò al comandante i cento yuan che aveva promesso, più altri cinquanta per le cime.

Dopo aver preso il denaro, il comandante disse: «Appena ve ne andate, avverto la Sicurezza Pubblica».

«Davvero? E cosa racconterai? Che ci hai portato attraverso la tempesta sotto la minaccia di una pistola? A chi crederanno, a un uomo che indubbiamente si è già lasciato corrompere altre volte, o a uno stimato funzionario della Sicurezza Pubblica?»

«Ho un finestrino rotto, una bruciatura...»

«E nessun buco di proiettile. Immaginiamo che abbiano bisogno di un caso esemplare per la campagna anticorruzione. Da quel buon funzionario che sono, io mi sento obbligato a fare il mio dovere e suggerisco loro di perquisire la tua stiva in cerca di tre motociclette rubate. Certo, potresti scaricarle, ma è facile rintracciarle. Sono sicuro che hai già rischiato di essere scoperto. In questo periodo i reati di natura economica sono puniti severamente.»

«Fuori dai piedi» disse il comandante.

«Felice viaggio a Wu-han» rispose Hong.

Il taxi li condusse alla stazione ferroviaria alle sette meno dieci. Sugli scalini erano accovacciati a fumare alcuni mendicanti con cesti di paglia e rotoli di coperte. Quella gente non esisteva. Era un miraggio. Da quanto tempo siete qui, si chiese Hong, e dove andate? Sperate forse in un permesso di soggiorno? O solo in un pasto, in un paio di scarpe?

C'erano solo quattro binari, tre dei quali vuoti. Il campanello per il treno della notte diretto a Guangzhou stava già suonando. Il treno si fermava a tutte le stazioni fino a Chang-sha, poi diventava un diretto. Hong si fermò sotto l'arco che conduceva dalla biglietteria ai marciapiedi. In un angolo era seduto un gruppo di agenti della Sicurezza Pubblica, nessuno dei quali prestava la minima attenzione alla folla. Tutto intorno, uomini che salutavano donne, donne che salutavano uomini, ragazze che salutavano ragazzi, e viceversa. Dovunque c'erano innamorati che ricordavano a Hong quello che si lasciava alle spalle.

Tirò fuori la busta che gli aveva dato l'impiegata all'aeroporto di Pechino.

«Lei prende una cuccetta morbida» disse a Ostrander, porgendogli un biglietto.

«Io resto con Yu-shang» rispose Ostrander.

«Si dà troppo nell'occhio. Noi tre insieme attiriamo l'attenzione, mentre uno straniero da solo non è un problema. Inoltre, se qualcuno ci cerca, si aspetta tre persone. Volete arrivare a Hong Kong?»

Liang Yu-shang non riuscì a trattenere un risolino. «Non ha importanza, Peter. Non andiamo in nessun posto. Dove ha comperato quei biglietti? Glieli hanno fatti trovare pronti. Ci uccideranno mentre tentiamo di fuggire.»

«È vero, Hong? Sarebbe disposto a rinunciare a Yu-shang pur di salvarsi?»

Hong si sentì ribollire. Abbi un attimo di pazienza, si

disse, e ti risparmierai mille anni di guai. «Un mio amico ha rischiato la testa per questi biglietti» spiegò. «E altrettanto hanno fatto i suoi amici, e gli amici dei suoi amici. Siate grati a tutta questa gente, come lo sono io. E adesso muoviamoci, non possiamo perdere questo treno.»

Liang Yu-shang posò in terra la borsa. Le tremavano le labbra, e per la prima volta la sua maschera arrogante parve sgretolarsi. Incominciò a piangere. «Addio» disse, tendendo le braccia verso Ostrander. «Pensa a me, se puoi. Ricordati che ti ho amato.»

«La porterò sul treno» disse Hong a denti stretti, spingendo avanti Ostrander. «Si sbrighi.»

L'americano si mosse indietreggiando, poi si fermò. I due innamorati si salutarono agitando le mani, e lui proseguì.

Liang Yu-shang prese la borsa e si avviò verso la stazione. «Chi ci sta aspettando?» chiese. «L'esercito? Qualche altro vostro assassino?»

Hong le afferrò con forza un braccio, e la costrinse a dirigersi verso il marciapiede. Incredula, la donna dapprima resistette guardandolo fisso. Lui la tirò di nuovo, e lei si decise a seguirlo. Attraverso i finestrini delle carrozze con i sedili duri si vedevano dei contadini che scartocciavano il cibo e versavano il tè. I parenti a terra salutavano, passavano gli ultimi pezzi di bagaglio. Chi di loro si sarebbe preso il disturbo di andare a denunciare un funzionario errante al più vicino agente della polizia ferroviaria? Forse quella coppia laggiù, un caporeparto e la moglie con il loro patriottico figlio in uniforme? Si poteva ragionare con loro, spiegare che per far funzionare la legge bisognava infrangerla?

I corridoi del treno brulicavano di funzionari di medio livello che andavano a Tongren, Heng-yang, Guilin. Il controllore si spostava con efficienza da uno scompartimento all'altro, a bucare i biglietti. Era una donna anziana e corpulenta, con l'aria di una lavoratrice accanita, e i capelli tagliati cortissimi. Lanciò un'occhiata particolarmente ostile a Yu-shang. Troppo truccata, secondo una decadente abitudine borghese. Il fard di Yu-shang era striato di lacrime e le scorreva giù per le guance.

Quando la donna controllore se ne fu andata, Hong entrò nello scompartimento, si versò del tè dal thermos posato sul tavolino ribaltabile sotto il finestrino, ne sorseggiò un po', e sbirciò su e giù per il marciapiede. Niente soldati, niente agenti della Sicurezza Pubblica.

«Perché stai facendo tutto questo?» domandò Liang Yu-shang.

«Ah, improvvisamente non sono più un porco» disse Hong, con lo sguardo sempre sul marciapiede. Suonò l'ultima campana, il treno si mosse, avanzò a strattoni, accelerò.

«Potresti consegnare loro il diario di mio padre» disse ancora Yu-shang. «Mi potresti consegnare a loro adesso.»

Hong si mise a sedere di fronte a lei. «Deng Bo non ti aveva promesso la libertà? Almeno questa te la meriti.»

«Perché me la merito?»

«Hai avuto una vita difficile» rispose Hong.

«Tu non sai niente di me, né di come sono vissuta. Non conosci un bel niente della mia vita.»

«Forse ci sarò anch'io sul treno in partenza da Guangzhou» disse Hong. «Forse parto con voi.»

«Non ci credo.»

«Tu non credi a niente. Io farei altrettanto, se fossi al tuo posto.»

L'amarezza di lei, stranamente, lo placava: come un amico prevedibile, stabile, fidato. Guardò fuori dal finestrino. Dopo aver attraversato un'autostrada, il treno correva parallelo a una strada costeggiata da setifici. Dagli autobus scendevano eserciti di donne dirette al lavoro. I camion scaricavano montagne di bozzoli.

«Tu hai una famiglia,» disse Yu-shang, cercando di convincere se stessa «hai un posto nel mondo, sei un membro del Partito, hai un'ottima posizione.»

«Rammenti gli uccelli di cui mi hai parlato? Quelli che non avevano un posto dove posarsi e morivano in aria? E se io ti dicessi che ero un uccello che voleva posarsi?»

«Ma non lo sei» rispose la donna. «Non hai mai sofferto, avete sempre avuto il meglio, tu e i tuoi genitori rivoluzionari.»

«Dove hai imparato tutto questo disprezzo?» chiese Hong. «Ci sono delle scuole speciali negli Stati Uniti dove ti hanno insegnato a odiare il tuo Paese? Dici che non so niente di te, di come sei vissuta. Ma tu credi di conoscere me.» Si alzò in piedi. «Sono affamato. Ti andrebbero dei vermicelli? Il cibo su questo treno è molto buono.»

Uscì, lasciandola nello scompartimento.

Nel cuore della notte Hong fu svegliato dalla campana del treno. Sognava di fare un viaggio in treno con suo padre, in piena estate, fino a Shen-yang, in campagna, dove Yamei stava davanti a un plotone di esecuzione sotto la pioggia. Un caporale aveva armato un fucile, lo aveva dato a Hong, gli aveva detto di sparare. «L'hai uccisa comunque» aveva commentato il sottufficiale.

Hong si mise seduto, si strofinò gli occhi, diede un'occhiata a Liang Yu-shang, poi sollevò la tenda del finestrino. Il treno correva nella periferia di Heng-yang, e aveva cambiato binario in direzione di Guangzhou. In lontananza si vedevano montagne di calcare. Dal fondo della vettura proveniva un vociare concitato. Investigatori giunti da Pechino? Hong si dimenò sul sedile di legno e portò la mano alla pistola. Le voci si fecero più forti e passarono davanti allo scompartimento.

«I meccanici e i cuochi guadagnano di più, anche noi dovremmo guadagnare di più» disse un'irata voce femminile.

Una discussione politica sui salari. Ad alta voce, ovviamente, e nel cuore della notte.

Hong tirò giù la tendina e si rimise a dormire.

La cuccetta di legno di Yu-shang era vuota. Hong si svegliò immediatamente: si mise seduto troppo in fretta, batté la testa e scivolò fino in terra. Aprì la porta dello scompartimento, sbatté gli occhi davanti al sole, guardò in entrambe le direzioni. Possibile che Yu-shang fosse scesa dal treno? No, c'era stata una sola fermata durante la notte, e Hong era convinto che lei coltivava ancora una speranza di trovare rifugio dall'altra parte del confine.

Doveva essere andata, stupidamente, nello scompartimento di Ostrander.

Hong si cambiò la camicia, alzò le tendine della porta e del finestrino, si versò una tazza di tè ormai tiepido. Tra poco sarebbe arrivato l'incaricato ad annunciare che stava per essere servita la colazione. In corridoio si era fermato un giovane ufficiale dell'esercito, per sporgersi dal finestrino. Aveva un viso amorfo, come uno dei rari pezzi di pietra lucidata che faceva Boda: non una ruga, non un segno dell'età, e neppure un accenno di barba. Girò le spalle al finestrino per accendersi una sigaretta, e il suo profilo riportò Hong indietro nel tempo: era il tenente Wang, il suo vicino di vent'anni prima. Hong si era rannicchiato dietro la porta dell'appartamento dei suoi genitori, e aveva visto la testa del tenente Wang rimbalzare sul cemento, lasciando una traccia di sangue, mentre lo trascinavano giù per le scale. Che cosa poteva pensare un ragazzino di avvenimenti del genere? Suo fratello si era messo a capo di un gruppo di Guardie Rosse, esimi studiosi erano stati mandati a spalare nelle fogne, ufficiali dell'esercito erano stati epurati. Il declino di suo padre era incominciato allora, prima ancora che lo mandassero a vivere in campagna. Hong si chiese che cosa vedevano i suoi genitori quando guardavano indietro. Solo un altro momento della storia, gli aveva detto una volta sua madre. Il tempo non è una inesorabile marcia marxista verso il futuro, aveva aggiunto. Il tempo è una spirale, che si muove avanti e indietro, si avvolge su se stessa e prosegue il suo cammino.

Il giovane ufficiale si scostò per lasciar passare Liang Yu-shang. La donna aprì la porta, entrò e si mise a sedere.

«Finirai col farci arrestare» disse Hong.

«Almeno mi ha vista e sa che sono qui.»

«Con il rischio di rovinare tutto.»

«Nel bel mezzo della morte,» disse lei «io cerco la vita.» Era un vecchio detto riferito all'opportunità di correre dei rischi: quando ti minaccia il peggio, rischia il tutto per il tutto. «Il treno è in ritardo» proseguì Yu-shang. «Abbiamo perso tempo durante la notte.»

Hong guardò l'orologio e consultò l'orario ferroviario. Sarebbero dovuti arrivare a Guangzhou tra due ore, alle nove e cinque, e avrebbero avuto a disposizione più di un'ora per attraversare la città e raggiungere la stazione est. Fino all'anno prima l'espresso Guangzhou-Kowloon partiva dalla stazione principale, ma era stato spostato per ragioni di sicurezza. «Abbiamo già passato Qujiang?»

«L'ultimo posto era Shaoguan.»

Il treno sarebbe arrivato con quasi un'ora di ritardo. Alla faccia dell'efficienza socialista, pensò Hong. I treni erano l'orgoglio e la gloria della Cina.

L'addetto alle vetture con i sedili duri aprì la porta senza bussare. «Colazione» annunciò.

«Non abbiamo fame» rispose Hong.

«Dovete consumare la colazione. L'avete pagata.»

«Allora veniamo subito» rispose Hong.

La paura che lo aveva abbandonato per due giorni era ritornata, ma trasformata in terrore. Stava diventando come Yu-shang, ossessionato dall'idea di raggiungere il confine. L'espresso per Kowloon partiva alle 10,30, e mai in ritardo. Se lo perdevano, non avevano speranza di riuscire a nascondersi fino al mattino dopo. Non essendosi presentati a Shanghai, Wei Ye li avrebbe fatti ricercare. Hong chiuse gli occhi: vide davanti a sé un campo di prigionia, dei muraglioni con in cima il filo spinato, i suoi pollici legati insieme mentre lui sorseggiava una ciotola di brodaglia.

«Andiamo a mangiare» disse, riaprendo gli occhi. «Ci meritiamo un ultimo pasto.»

Dai finestrini si vedevano sfilare veloci i baniani. Il fiume e le risaie erano delle masse confuse. Il treno acquistò velocità a San-shui, attraversò sbandando una zona di fabbriche di cemento, di cantieri navali, di industrie tessili. Hong immaginava che il macchinista avesse delle buone ragioni per recuperare il tempo perduto. Forse era una questione di orgoglio. I ferrovieri erano una razza a parte.

Il treno entrò sferragliando nella stazione principale di Guangzhou con cinquanta minuti di ritardo. Hong e Liang Yu-shang erano già in fondo alla vettura quando il controllore aprì la porta e fece calare con un calcio la scaletta. A Hong venne in mente che mai in vita sua era sceso da un treno senza essere accolto da qualcuno: sua madre o suo padre, Shen Kuang o Yamei, o per lo meno da un'auto ufficiale. Sbirciò il marciapiede in cerca di qualcuno pronto a dargli il benvenuto. Nessuno. Bene, forse era invisibile. Afferrò Yu-shang per un braccio e si avviò verso la vettura con le cuccette morbide. Lei cercò di liberarsi, ma lui riuscì a trattenerla facilmente. Era difficile correre con i tacchi alti. «Una gamba rotta sarebbe la nostra fine» le sussurrò.

Ostrander era in attesa in fondo alla prima rampa di scale.

«Lei se ne va separatamente» gli disse Hong. «Consegni il biglietto al primo banco. Esca dall'uscita principale e cerchi di evitare i mendicanti. Attraversi la strada e aspetti vicino alla coda per i taxi. Tutto chiaro?»

Ostrander annuì e si avviò su per le scale. È tutto troppo facile, pensò Hong. Mancava anche il normale contingente di agenti della Sicurezza Pubblica. Vide Ostrander che consegnava il biglietto senza incidenti, e passò la barriera anche lui, alle spalle di Yu-shang. Avevano trenta minuti scarsi per raggiungere la stazione est.

E poi? Sarà quel che sarà, si sorprese a pensare Hong.

«Andiamo in taxi fino alla via Hongyun,» disse quando ebbero raggiunto Ostrander al di là della strada «e da lì a piedi fino alla stazione est. Non muovetevi troppo in fretta, cercate di non attirare l'attenzione.»

Erano i primi della fila. Hong fece salire prima Ostrander, poi Yu-shang. Voleva uno di loro in mezzo, qualcuno da bloccare se si fossero fatti venire l'idea ridicola di squagliarsela.

«Alla stazione degli autobus a lungo percorso» disse Hong al tassista. «Via Hongyun.»

«La stazione di Huanshi sud è molto più vicina» rispose l'uomo.

«Grazie, ma dobbiamo incontrarci con alcuni amici.»

Il tassista imboccò la via Huanshi nord, lungo i margini della città, oltrepassò l'ufficio telegrafico e costeggiò il verde lussureggiante del parco Yuxieu. Il traffico del mattino era intenso: jeep, camion dalla campagna, e molte più macchine che a Pechino. Sulla destra sorgeva l'edificio della televisione, a sinistra correvano i binari della ferrovia per Hong Kong. Attraverso la stoffa della sacca Hong sentiva la scatola di pelle contenente il diario. Si toccò il taschino della camicia, dove i documenti dell'assistente allenatore di nuoto si intridevano del sudore che gli scorreva sul torace. E se le guardie di frontiera avessero guardato attentamente? E se gli avessero chiesto altri documenti di identità? Ostrander sarebbe passato facilmente, e il passaporto di Yu-shang era autentico, anche se il nome non lo era. Ma il suo? Andò in cerca nella tasca dei pantaloni dei biglietti per Kowloon che Chan aveva prenotato a costo di chissà che cosa. I biglietti gli diedero un po' di speranza. La guardia di frontiera avrebbe confrontato il nome sul passaporto dell'assistente allenatore di nuoto con quello sul biglietto, e forse si sarebbe accontentato.

Ma come poteva lasciare Yamei? Si sentì avvampare le guance, inghiottì ripetutamente ma senza risultato, il nodo che aveva in gola aveva la consistenza di un tumore. Cercò di ricacciare le lacrime. Non pensare a Yamei. Pensa alla pallottola, ai campi di prigionia. Pensa ai cinesi che stanno a Hong Kong, negli Stati Uniti, in tutto il mondo. Un giorno tornerai a casa, ti scagioneranno e tu ritornerai a casa.

Chi sarebbe diventato in un altro Paese, chi avrebbe amato? Chi lo avrebbe amato?

Il taxi svoltò in via Zhongshan. Un nome in codice, pensò Hong. Anche il dottor Sun Yat-sen si era servito di nomi in codice: si era chiamato Zhongshan quando mandava i messaggi durante la guerra. E così io oggi sono un allenatore di nuoto. Guardò l'orologio: mancavano venti minuti alla partenza dell'espresso per Kowloon. Passarono davanti al tempio confuciano ombreggiato dai salici che era diventato l'Istituto del Movimento Contadino, e al cancello rosso del parco dedicato ai Martiri dell'Insurrezione del 1927. Il traffico era diminuito. Il taxi accelerò lungo la Dongchuan, abbordò la Hongyun, scese verso il fiume.

Hong pagò la corsa, poi si tolse gli occhiali: l'allenatore di nuoto non li portava. Ostrander aprì la portiera dalla sua parte e Liang Yu-shang fece per seguirlo, ma Hong la afferrò per un braccio e la fece scendere dalla sua parte. La tenne stretta mentre attraversavano la strada diretti alla stazione est.

«Non dovremmo correre?» chiese Ostrander.

«È meglio se siamo tra gli ultimi a salire» rispose Hong. «È probabile che ci guardino i documenti con minor attenzione.»

Erano appena incominciati i restauri. All'interno della stazione c'erano cavalletti e muri sventrati, tubi che spuntavano dall'intonaco, simili a candelotti non accesi di dinamite, un'infinità di buchi per far passare i fili elettrici. Su tutta quella desolazione, delle file di ventilatori a soffitto smuovevano l'aria umida e appiccicosa come melassa.

Ostrander sussurrò: «Sono terrorizzato, Hong».

«Anch'io» rispose Hong.

Il primo posto di controllo era davanti a loro, appena al di là delle due file di passeggeri in fondo a un passaggio provvisorio fatto con tavole di legno. Passarono tre suore trascinando le valigie sulle rotelle: da dietro, alla vista confusa di Hong, le loro cuffie bianche sembravano elmetti alati. Ai banchi sulla loro destra venivano rilasciati gli scontrini per i bagagli e i bolli doganali. Alla loro sinistra, dei manifesti proibivano di portare sul treno armi da fuoco ed esplosivi. Una falange di uomini d'affari giapponesi, tutti vestiti di grigio con la cravatta nera, sorpassarono le suore e andarono ad ammucchiarsi al controllo passaporti, una specie di garitta di fortuna.

Yu-shang, la turista di Macao, sventolò con gesto regale i suoi documenti falsi davanti agli occhi della guardia, che controllò il nome, le consegnò un modulo per la dichiarazione doganale, e con un cenno la invitò a passare. Per fortuna non le hanno chiesto le ricevute del bagaglio, pensò Hong. Una turista porta sempre con sé del bagaglio, ma c'erano dei limiti anche alle risorse di Chan. Hong e Ostrander si ritrovarono in testa a un gruppo di uomini d'affari britannici: si insinuarono nell'altra fila e si fermarono davanti alla garitta.

Hong porse alla guardia i suoi due passaporti, uno marrone e uno rosso. La guardia si soffermò un attimo sulla foto dell'allenatore di nuoto, controllò la sua lista, e spinse avanti il modulo per la dogana. Guardando il giovane viso della guardia, Hong si chiese in che modo lo avrebbero punito. Non troppo severamente, sperò. Pensando alla guardia, la mente di Hong si soffermava dove lui voleva: lì e in nessun altro posto, sul presente. Non sul passato o sul futuro. *Prendi la medusa, per esempio. Un sistema nervoso primitivo. Senza passato, senza futuro. Il massimo della libertà, si potrebbe dire.*

«È tutto» disse la guardia.

«Sì, grazie.»

Hong si trovò nell'atrio, mise gli occhiali e si diresse verso la zona d'attesa, un grande quadrato di panche circondato da cavalletti. Trascinava i piedi faticosamente, come se camminasse in una palude. C'è solo un'altra barriera prima di arrivare dall'altra parte, pensò. Forse anche là avrebbe dato la caccia ai criminali. No, aveva chiuso con i criminali. Vide che Yu-shang seguiva con gli occhi Ostrander, e stava per farle segno di proseguire quando notò quella figura grigia in piedi accanto al secondo controllo dei passaporti.

Era Deng Bo, in compagnia di altri due uomini. Militari, probabilmente. Hong si rammentò che quando due tigri combattono, sicuramente una viene ferita.

Non c'era da stupirsi che fossero arrivati fin lì. Wei Ye era stata sconfitta, e Deng Bo aveva trionfato. Il DCI non era venuto meno alla sua reputazione – con l'aiuto di Chan, probabilmente. Ma quel momento era privo di gloria, e anche di giustizia; e nel riandare con la mente alla strana ammirazione che aveva nutrito per We Ye, Hong si rese conto che aveva anche avuto compassione di lei. Aveva tradito il suo Paese e i suoi amici, ma non l'avevano tutti tradita a loro volta, e tradito anche se stessi? Assassinii, tradimenti, l'eterna lotta per il potere: non erano vissuti tutti secondo le stesse spregevoli regole, incutendosi il terrore a vicenda come facevano con i loro nemici? La Rivoluzione non è un banchetto. Il potere esce dalla canna di una pistola. In un attimo Hong pensò agli amici del dottor Yan, morti suicidi, a suo padre bandito in campagna e ridotto alla pazzia, a sua madre che viveva nella mezza luce grigia dei suoi sogni infranti. Pensò a infinite altre persone, agli eroi rivoluzionari periti per mano dei loro ex compagni. Se Wei Ye era stata catturata nella sua stessa trappola, non era stato certamente a opera di un cacciatore rispettabile.

Hong si fermò, abbassò la mano. Deng gli sorrise e annuì, accennò un inchino. Uno dei soldati fece un passo verso il recinto di cavalletti, ma Deng gli fece cenno di fermarsi.

Possibile che quel loro viaggio non avesse una ricompensa? Si sarebbe concluso lì, con i suoi protagonisti prigionieri di quel bastardo per cui non erano altro che delle pedine di un gioco infame?

Hong si volse, prese Ostrander per mano e lo condusse da Liang Yu-shang.

«Andate avanti senza fermarvi» disse con calma. «E senza voltarvi indietro.»

Deng si mosse nella loro direzione. Yu-shang aveva portato le mani alla bocca, terrorizzata.

«Cosa c'è che non va?» chiese Ostrander.

Hong gli diede uno spintone. «Su, andate via.»

I due si allontanarono, e Ostrander non resistette alla tentazione di voltarsi a guardare. Hong si girò su se stesso per affrontare Deng, che sembrava avanzare sospeso in aria, fluttuando sul pavimento di cemento.

«Finalmente sei sceso da cavallo alla tigre» disse.

«E tu hai slegato il campanello» ribatté Hong.

«Non senza qualche aiuto» disse Deng. «È da molto che raccolgo capi d'imputazione, e non da solo» confessò abbassando gli occhi sulla valigia di Hong. «Credo che tu abbia qualcosa per me. Mi serve come prova nel processo contro di lei.»

Tutti avevano bisogno di prove: fotografie contraffatte, diari veri, che differenza c'era? La campana che annunciava la partenza dell'espresso per Kowloon si era messa a suonare. Hong sentì che la sua mano si stringeva involontariamente sulla maniglia della valigia. «La lascio sul treno» disse inutilmente.

«Non basta» ribatté Deng.

«Allora te la spedisco.»

Con un sorriso ancora più ampio Deng guardò verso i due uomini fermi a una decina di metri. «Il compagno Xu ha una mira infallibile. E nessuno potrebbe biasimarlo. Un funzionario della Sicurezza Pubblica che tenta di fuggire con importanti documenti di Stato... gli darebbero una medaglia se riuscisse a fermarlo.»

La mano destra di Hong si mosse impercettibilmente verso la protuberanza della pistola infilata nella cintura.

«Lu Hong, pensi davvero di potermi sparare, o di prendermi in ostaggio, prima che il caporale Xu ti pianti una pallottola nella testa? Perché vuoi fare una cosa simile?»

Hong aprì la valigia e tirò fuori la scatola di pelle contenente il diario, la prova del tradimento di Wei Ye.

«Adesso sì che ragioni» disse Deng. Prese la scatola, sollevò il coperchio, ci guardò dentro e la richiuse. «Ecco fatto. Dal tuo amico Boda abbiamo avuto i tuoi dossier e la confessione del tenente che ti sei procurato ad Hai-kou. Ben presto avremo la testimonianza del marito della vecchia di Chou-kou-tien, e adesso abbiamo il diario dell'uomo che Wei Ye ha fatto uccidere. Wei Ye sarà processata con l'imputazione di tradimento e di omicidio. Per questi reati finirà davanti al plotone d'esecuzione.»

«E che ne sarà di me?» chiese Hong.

«Credevi che volessi arrestarti? Tu non sei importante in questa storia. Come istruttore di nuoto, Lu Hong, puoi partire, prendere quel treno, a me non importa niente. Oppure puoi restare come testimone a favore dello Stato. Per il resto, non hai nessun valore per me. Fa' come ti pare.»

Deng rimase un attimo a fissarlo, poi si allontanò verso la barriera per il controllo dei passaporti, tallonato dai due soldati.

Che fortuna essere una persona di nessun valore. Quello che Hong aveva sempre temuto e voluto di più era di diventare assolutamente e definitivamente inutile. Chi si prende la briga di disturbare gli esseri inutili?

Guardò i due soldati sparire lungo il passaggio provvisorio, e si chiese come Deng fosse venuto a conoscenza dei documenti dell'allenatore di nuoto.

La campana che annunciava la partenza del treno suonava con insistenza, come un allarme scattato nel cuore della notte che nessuno si preoccupava di fermare. La folla dietro le barricate si era mossa contemporaneamente, e si spingeva per raggiungere il treno. Tutti tranne Liang Yushang e Ostrander, che se ne stavano fermi in disparte. Sulla parete alle loro spalle e sui loro visi fluttuavano delle ombre. Hong sollevò il capo a guardare, aspettandosi quasi di vedere... che cosa? Uno stormo di uccelli? Le ombre erano prodotte dai ventilatori del soffitto.

La zona di partenza si era svuotata. Hong fece un passo verso i cavalletti, verso l'ultimo controllo dei passaporti, poi si fermò.

«Venga con noi, Hong» gli gridò Ostrander.

Ormai sembrava che la distanza fra di loro si trasformasse visibilmente in un lungo e stretto tunnel, che diventava sempre più lungo. Hong vedeva in lontananza i verdi vagoni del treno. Venire con voi? Dove?

Il funzionario addetto al controllo passaporti aveva lasciato la garitta per andare a chiudere l'ultima barriera.

Hong avvertì la sua presenza dietro di lui prima di voltarsi e vederla. Era appostata vicino alla garitta della dogana. Prima vide la sua mano, il suo braccio sottile, i capelli scuri e soffici, un occhio... Yamei. Chissà se si era aspettata che lui partisse? Forse Yamei aveva sempre saputo quello che Hong non aveva mai voluto ammettere: che una parte di lui viveva dall'altro lato della frontiera.

La campana smise di suonare. L'atrio era caduto nel silenzio, tranne che per il ronzìo dei ventilatori. Ostrander e Liang Yu-shang si erano fermati sulla soglia dell'uscita verso i marciapiedi. Ostrander alzò un braccio, per invitarlo a raggiungerli o per salutarlo, ma Hong distolse lo sguardo prima ancora di rendersene conto. Mentre si avviava verso l'uscita, pensò che forse ci sarebbe stata una Bandiera Rossa ad attenderlo. Sarebbe stato piacevole fare una bella corsa in una macchina come quella. Quando passò accanto alla garitta della dogana, Yamei gli si accostò e gli prese una mano, senza dire una parola. Lasciami essere utile, pensò Hong, lasciami essere innocente come te e avere la tua fede. Ma lei era ancora così innocente? Così piena di fede? Non aveva importanza, lei avrebbe ritrovato la sua fede, e forse anche lui. Le asciugò una lacrima da una guancia, le lisciò i capelli, e lei gli appoggiò il capo su una spalla. Mano nella mano uscirono, videro una berlina Bandiera Rossa posteggiata lungo il marciapiede, ma passarono oltre. Il cielo era limpido, il sole una palla di fuoco. Si diressero verso il fiume, dove i gabbiani, dopo molte evoluzioni, atterravano in porto.

Ringraziamenti

Nella stesura di questo romanzo mi sono stati di grande aiuto molti cinesi, sia qui sia in Cina. Tra le persone che in Cina sono state così generose del loro tempo e della loro amicizia, ve ne sono alcune che per ovvie ragioni non posso nominare. Ma tra quelli che mi hanno aiutato involontariamente, sono particolarmente grato a Shen Shoujun, che con la sua franchezza e onestà ha chiarito che i leader cinesi sono spesso consapevoli della loro debolezza oltre che della loro forza; e Li Junhua, che con la sua inesauribile arguzia mi ha aiutato a sopportare il caldo soffocante di Guilin; e soprattutto sono grato a Zhang Yaomin, che mi ha fornito un altro paio di occhi e un altro paio di orecchie. Se dovesse venire in possesso di una copia di questo libro, potrebbe riconoscersi in piccola parte nell'eroe di questa storia, non tanto per la sua politica quanto per la sua incredibile tolleranza.

Tuttavia è importante chiarire che nessun personaggio, storico o attuale, è basato su persone reali. Non si deve intendere né arguire nessuna somiglianza del genere.

Sono grato anche ai produttori cinematografici Sue Yung Li e Michael Lerner, che mi hanno facilitato l'accesso alla Cina, e a quelli che hanno letto il manoscritto, principalmente Michael Korda e Andy McKillop, Elaine Markson, Carol Suen Shookhoff, Linda Epstein, Eugene Epstein, Robert Rosenblum e Geri Thoma. Ho un debito di gratitudine anche con molti reporter e studiosi, tra cui Jay e Linda Mathews, Fox Butterfield, Orville Schell, Jonathan Spence, Dick Wilson, e naturalmente il compianto Edgar Snow.

E infine voglio esprimere il più sentito grazie al mio amico Chang Xiang-ru. Se sono stato fedele alla vita e allo spirito dei cinesi, lo devo in gran parte a Chang, che mi ha dato il contributo della sua squisita intelligenza.

ROBERT STUART NATHAN
New York, dicembre 1987.

Indice

PARTE PRIMA

PARTE SECONDA

PARTE TERZA

Finito di stampare nel mese di febbraio 1989
dalla RCS Rizzoli Libri S.p.A. - Via A. Scarsellini, 17 - 20161 Milano

Printed in Italy